Knaur.

Knaur.

Über die Autorin:
Margot S. Baumann wurde 1964 im Kanton Aargau, Schweiz, geboren. Nach zahlreichen Veröffentlichungen im Bereich Lyrik wechselte sie 2008 zum Romanschreiben und lebt heute mit ihrer Tochter zusammen im Kanton Bern. Weitere Informationen über die Autorin finden Sie auf: www.margotsbaumann.com.

Margot S. Baumann

Die Frau in Rot

Roman

Knaur Taschenbuch Verlag

Besuchen Sie uns im Internet:
www.knaur.de

FSC
www.fsc.org
MIX
Papier aus verantwortungsvollen Quellen
FSC® C014496

Originalausgabe August 2012
Knaur Taschenbuch

Ein Unternehmen der Droemerschen Verlagsanstalt
Th. Knaur Nachf. GmbH & Co. KG, München

Redaktion: Dr. Heike Fischer
Umschlaggestaltung: ZERO Werbeagentur, München
Umschlagabbildung: Trevillion Images/© Yolande de Kort;
Corbis Images/© Natalie Tepper/Arcaid
Satz: Adobe InDesign im Verlag
Druck und Bindung: GGP Media GmbH, Pößneck
Printed in Germany
ISBN 978-3-426-50950-0

2 4 5 3 1

Für meine Mutter
Elsbeth Baumann-Härry

Wenn die Zeit endet,
beginnt die Ewigkeit.

Anonymus

Prolog

Bern, Mai 1743

Er sprach leise und eindringlich auf die Krähe ein. Der Vogel lauschte mit geneigtem Kopf, ließ ein Krächzen folgen und plusterte seine Federn auf. Dann stieß er sich vom ausgestreckten Arm des Mannes ab und flog gegen das hell erleuchtete Fenster. Mit einem dumpfen Laut krachte das Tier gegen die Scheibe, drehte sich zweimal um die eigene Achse und fiel leblos auf die Eingangsstufen hinab. Nahezu zeitgleich öffnete sich ein Fensterflügel, und eine Silhouette wurde sichtbar. Sie beugte sich über das Sims, verharrte einen Moment und verschwand wieder.

Auf der gegenüberliegenden Straßenseite duckte sich der hagere Mann tiefer in den Schatten der Arkaden. Seine Augen verengten sich zu schmalen Schlitzen. Vor dem Eingangsportal standen zwei Kutschen. Beide mit Koffern und Kisten beladen. Morgen, in aller Frühe, würden vermutlich die Pferde eingespannt werden, und die Familie führe auf ihren Landsitz. Er wäre fast zu spät gekommen.

Er kannte die Frau nicht, nur die Miniatur, die ihm sein Bruder von ihr gezeigt hatte: Alabasterhaut, feuerrote Locken, üppige Brüste und eine Taille, die er leicht mit seinen Händen hätte umspannen können. Dirne! Hexe! Sie würde Johannes' Kinder gebären, die später das Schloss erben würden. Und er selbst ginge leer aus. Das musste er verhindern, wie er es schon einmal verhindert hatte. Bei der ersten Frau. Nicht umsonst hatte er einen Pakt mit Luzifer geschlossen. Doch die Verwandlungen kosteten Kraft. Es war an der Zeit, dass er endlich seinen Lohn dafür bekam.

Die Eingangstür wurde aufgestoßen. Ein gelber Lichtschein fiel nach draußen auf die Treppenstufen und den Tierkadaver. Die Dirne trug ein helles Nachthemd, darüber einen Schlafrock. Die roten Locken fielen ihr in wilden Kaskaden über den Rücken. In der Hand hielt sie einen Kerzenleuchter. Sie eilte die Stufen hinab, ging in die Knie und stupste die Krähe an. Jetzt!

»De profundis ad te clamavi. Sic volo, sic ferro ignique, ad honorem diaboli iubeo.« Aus der Tiefe habe ich zu dir gerufen. So will ich, so befehle ich, mit Feuer und Eisen, zu Ehren des Teufels.

Er wuchs, bis seine Schultern fast die Arkadendecke erreichten, trat dann einen Schritt nach vorne, verharrte aber weiterhin im Schatten.

Noch nicht, warte!, befahl er sich. Von seinen Lippen tropfte Speichel. Sie würde zart sein, saftig. Ein heiseres Knurren kam aus seiner Kehle. Seine Augen glühten.

Als ob sie ihn gehört hätte, hob die Frau unvermittelt den Kopf, schaute nach links und rechts, stand schließlich auf und starrte zu ihm herüber. Er sah, wie ein Schauer ihren Körper schüttelte.

»Komm, Hexe, komm und speise meine Seele!«, zischte er.

Ihre Schultern strafften sich, der Leuchter entglitt ihrer Hand, und die Kerzen erloschen. Sie kam mit leerem Blick auf ihn zu. Nass glänzte das Kopfsteinpflaster, spiegelte das Mondlicht. Ein Brausen erfüllte die Luft. Kälte stieg auf und bildete Nebelschwaden, die ihre schlanke Gestalt umhüllten. Näher, noch näher. Er konnte sie schon riechen.

»Aus dem Weg!«
Der Kutscher schrie aus Leibeskräften, riss an den Zügeln und zog die Bremse an. Die Pferde stemmten ihre Hufe in den Boden, kamen auf den Pflastersteinen ins Schlittern und stiegen. Die Droschke neigte sich gefährlich zur Seite und hielt nur wenige Zoll vor dem Mädchen.
»Verdammtes Balg!«, schimpfte der Fuhrmann. »Man sollte dich für deinen Leichtsinn verprügeln!«
Die Frau starrte die Kutsche einen Moment entsetzt an, wandte daraufhin langsam den Blick zum Bogengang und öffnete den Mund zu einem durchdringenden Schrei. Dann drehte sie sich um und rannte zurück ins Haus. Die Tür fiel krachend hinter ihr ins Schloss.
Er hatte versagt.

I

Zürich, Juni 2010

»Schatz, das Taxi ist da.« Damaris Morlot stand am Fenster und spähte durch die Gardinen auf die Straße hinab. Sie wandte sich um und horchte. Die Rockmusik, die seit den frühen Morgenstunden in Anouks Zimmer gehämmert hatte, war verstummt. »Anouk«, rief sie nochmals, »beeil dich bitte!«

Im oberen Stockwerk schlug eine Tür zu, und gleich darauf hörte Damaris Schritte auf der Treppe.

»Ist ja gut, bin schon da«, murmelte ihre Tochter und schlüpfte in ihre abgewetzte Jeansjacke.

Damaris versuchte, sich nicht anmerken zu lassen, wie sehr der Anblick ihrer Jüngsten sie erschreckte, die in den letzten Wochen noch dünner geworden war. Die blasse Haut spannte sich wie Pergament über ihren hochstehenden Wangenknochen. Die kupferfarbenen Locken sahen stumpf und ungepflegt aus; ihre grünen Augen waren trüb, als würden sie hinter einer milchigen Scheibe liegen. Das gefeierte Topmodel, das die Titelseiten internationaler Modemagazine geziert hatte, war nur noch ein Schatten seiner selbst.

Damaris' Herz krampfte sich zusammen. Sie hoffte inständig, dass der Ortswechsel Anouk helfen würde, das Vergangene zu verarbeiten.

»Na, wenn das kein gutes Zeichen ist, Schatz«, wandte sie sich an ihre Tochter und bemühte sich um ein strahlendes Lächeln. »Soeben hat es aufgehört zu regnen. Wenn du Glück hast, wird's noch ein sonniger Tag.«
Anouk zog gleichgültig die Achseln hoch, schulterte ihre Reisetasche und zog den Rollkoffer wie einen lahmen Hund hinter sich her.
»Tschüs, Mama«, sagte sie und hauchte ihrer Mutter einen Kuss auf die Wange. »Ich rufe dich an, sobald ich da bin.«

Der Intercity war nahezu leer. Im Abteil muffelte es nach getragenen Socken und verbrauchter Atemluft. Anouk verstaute ihre Reisetasche im Gepäckfach, schob den Koffer unter den Sitz und stöpselte die Kopfhörer ihres MP3-Players ein. Sie legte die Füße auf den freien Sitz gegenüber, ignorierte den missbilligenden Blick einer älteren Dame und schaute zum Abteilfenster hinaus. Der Ansturm der morgendlichen Pendler war vorüber. Obwohl nur wenige Reisende mit einem Lächeln auf den Lippen unterwegs waren, schienen die meisten doch glücklich zu sein. Oder jedenfalls zufrieden. Viele marschierten zielstrebig an ihr vorbei. Den Blick geradeaus, einen Aktenkoffer oder eine Mappe in der Hand. Einige mit einer Zeitung unter dem Arm, andere wiederum mit vollgepackten Rucksäcken und Bergschuhen an den Füßen. Eine Horde Schulkinder lief johlend vorüber. Anouk beneidete sie. Irgendjemand wartete auf sie, irgendwo würden sie vermisst werden, wenn sie nicht ankämen, irgendwer liebte sie. Und wer liebte Anouk? Sie biss sich auf die Lippen. Etwas Selbstmitleid gefällig?
Die vergangenen Jahre war sie von Termin zu Termin, von Location zu Location gehetzt. Manchmal hatte sie sich nicht einmal mehr daran erinnern können, in welchem Land sie

sich gerade befand. Die Hotelzimmer sahen alle gleich aus. Lediglich an den Außentemperaturen und der jeweiligen Vegetation konnte sie ausmachen, ob sie in den Everglades oder vor einem Fjord posierte. Zeit für eine Partnerschaft blieb bei diesem Job nicht. Jetzt wäre es schön gewesen, einen vertrauten Menschen neben sich zu haben. Jemand, der sie in den Arm nehmen und ihr sagen würde, dass alles gut wird … irgendwann.

Anouk fummelte an ihrem MP3-Player herum, bis sie einen Rocksong fand. Die harte Musik vertrieb ihre melancholischen Gedanken. Sie wippte mit dem Kopf im Takt. Genau vor ihrem Abteilfenster stand ein Liebespaar und küsste sich. Das Mädchen erinnerte sie an Julia. Die gleiche blonde Lockenmähne, die gleiche zierliche Gestalt. Anouks Kehle wurde eng. Sie bekam plötzlich kaum noch Luft und keuchte. Die Frau schräg gegenüber griff nach ihrer Handtasche. Vermutlich dachte sie, Anouk sei drogensüchtig. Doch Drogen hatten sie nie interessiert. Ihre Mitreisende war anscheinend nicht der gleichen Meinung, denn sie raffte hastig ihre Sachen zusammen und setzte sich auf einen freien Platz neben den Ausgang.

Anouk konnte sich ein Grinsen nicht verkneifen. Aus den Augenwinkeln sah sie immer noch die blonden Locken des küssenden Teenagers. Geschwind senkte sie den Kopf. Sie hätte sich gerne eine Zigarette angezündet, doch im Zug war das Rauchen untersagt, deshalb langte sie nach ihrer Handtasche und kramte darin herum, bis sie einen Kaugummi fand. Abrupt hielt sie inne, als sie die pinkfarbene Packung erkannte. Julias Lieblingskaugummi! Anouk schossen Tränen in die Augen. Mit einer schnellen Handbewegung wischte sie sie weg und zuckte zusammen. Die Wunde über ihrem linken Auge heilte gut ab, schmerzte aber immer noch. Es würde

besser werden, hatten die Ärzte gesagt, sie könne auch sicher weiterhin als Model arbeiten. Nur müsse sie die kommenden Monate eine kaschierende Frisur tragen. Anouk verzog das Gesicht. Klar, ganz einfach. Alles vorbei und vergessen. Weitermachen, als wäre nichts gewesen.
AC/DC dröhnte in ihren Ohren. *Hell's Bells.* Sie hatte sie gehört, die Höllenglocken. Sie hörte sie noch immer. Die Melodie bestand aus kreischenden Reifen, zersplitterndem Glas und krachendem Blech. Und sie wusste auch, wie die Hölle roch: nach verbranntem Gummi, Benzin und warmem Blut. Julias Blut.
»Nächster Halt Lenzburg. Umsteigemöglichkeiten nach …«
Anouk spuckte den Kaugummi in den Abfallbehälter, griff nach ihrem Gepäck und ging den Mittelgang entlang. Der Zug bremste abrupt; sie taumelte, verlor das Gleichgewicht und landete direkt auf dem Schoß eines Reisenden.
»Hoppla!«, sagte der Fremde erschrocken.
»'tschuldigung«, murmelte sie errötend, hob den Kopf und blickte in ein Paar haselnussbraune Augen. »Ich fahre selten Zug, aber seit dem Unfall …« Sie brach ab.
»Kein Problem.«
Der Mann lächelte. Anouk nickte und stolperte dann schnell Richtung Zugtür davon. War sie denn noch zu retten? Jetzt hätte sie beinahe einem Wildfremden von dem Crash erzählt. Sie brauchte wirklich Urlaub.
Der Lenzburger Bahnhof war modernisiert worden. Anouk blickte sich suchend nach der Haltestelle des Überlandbusses um. Sie war müde, überlegte kurz, ein Taxi zu nehmen, entschied sich aber dagegen. Ein Bus hatte viel mehr schützendes Metall um sich als ein Personenwagen.
Sie erinnerte sich daran, wie sie und ihre Schwester Aimée als Kinder Großtante Valerie in den Sommerferien besucht hat-

ten. Die Dame war schon damals recht schrullig gewesen. Doch seitdem bei der Fünfundsiebzigjährigen Altersdemenz festgestellt worden war, ging es mit ihr stetig bergab, hatte der Hausarzt Anouks Eltern mitgeteilt. Körperlich sei sie noch recht fit, aber im Kopf purzele alles durcheinander. Sie hätte oft Phasen, in denen sie nicht mehr wüsste, wo und in welcher Zeit sie sich gerade befände.

Aus diesem Grund hatten Anouks Eltern, als Valeries nächste Verwandte, beschlossen, die alte Frau in ein Heim einweisen zu lassen. Dort wurde jedoch erst in sechs Monaten ein Zimmer frei. Und deshalb war Anouk dazu überredet worden, den Sommer in Seengen bei ihrer Großtante zu verbringen.

Anouk schnaubte und warf ihre Haare in den Nacken. Wie hatte sie sich bloß dazu breitschlagen lassen können? Vermutlich waren das noch die Nachwirkungen des Schocks gewesen. Aber als ihre Mutter mit dem Vorschlag angekommen war, hatte sie es als äußerst verlockend empfunden, aus Zürich wegzugehen. Die lauten Partys, die versnobten Vernissagen und die extrovertierte Modelszene mit ihrer Vorliebe für Drogen und Alkohol gingen ihr auf die Nerven. Und das Loft, das sie sich mit Julia geteilt hatte, konnte sie im Moment nicht betreten, ohne in Weinkrämpfe auszubrechen. Ein wenig Abstand würde ihr guttun, auch wenn Krankenpflege nicht unbedingt zu ihren liebsten Freizeitbeschäftigungen gehörte. Anouk seufzte. Vielleicht würde ja unverhofft doch noch ein Zimmer vor Ablauf des halben Jahres frei werden, und ihre Großtante könnte schon eher ins Heim ziehen. Dort lebten schließlich alte Leute – und alte Leute starben. Bis dahin hätte sie auch sicher wieder Aufträge. Womöglich keine Nahaufnahmen, die Narbe würde auch kein noch so geschicktes Make-up vollständig abdecken können, aber ein paar Laufstegjobs lagen durchaus im Bereich des Möglichen.

Sie war schließlich erst vierundzwanzig; heutzutage kein Alter für ein Model. Seengen lag außerdem nicht am Ende der Welt. Mit dem Auto waren es bloß dreißig Minuten bis nach Zürich. Und irgendwann würde sie auch wieder einen Wagen steuern können. Hoffentlich.
Anouk ließ sich mit einem Stöhnen in den Polstersitz des Busses fallen. Es war kurz nach zehn Uhr – Montagmorgen – und das Fahrzeug nur spärlich besetzt: zwei ältere Hausfrauen mit Einkaufstaschen, ein pickliger Jüngling und ein schlanker Mann mit einem schlechten Haarschnitt.
Anouk betrachtete den Nacken des Fremden, der zwei Reihen vor ihr saß, und überlegte, ob sie sich zu einem Kurzhaarschnitt durchringen sollte. Der Gedanke kam ihr jeden Sommer, aber letztendlich hatte sie es noch nie übers Herz gebracht, ihre Locken abzuschneiden. Die Agenturen buchten Anouk, wenn sie ein Model mit katzenhafter Ausstrahlung suchten. Mit ihren grünen Augen und dem roten Haar war sie dafür wie geschaffen, doch im Moment wäre sie eher für ein Shooting in einem Krematorium geeignet. Sie hatte fünf Kilo Untergewicht und musste unbedingt etwas auf die Rippen bekommen.
Der braunhaarige Nacken drehte sich um und winkte. Anouk schob ihre Sonnenbrille auf die Nasenspitze und linste darüber hinweg. Toll, der Sturzhelfer aus dem Zug! Sie nickte ihrem Retter flüchtig zu und schaute dann demonstrativ aus dem Fenster. Sie hatte keine Lust, sich zu unterhalten.
Bei der Poststelle in Seengen stieg der Mann aus und schenkte ihr zum Abschied ein Lächeln. Sie verzog den Mund. Schlecht sah er ja nicht aus. Seine Aufmachung war zwar nachlässig, doch mit der richtigen Style-Beratung hätte man aus ihm eine ansprechende Erscheinung machen können.

Max sah dem Postauto hinterher und schulterte seine Tasche. Er fand es schade, dass ihm die rotgelockte junge Frau mit ihrer Reaktion so deutlich zu verstehen gegeben hatte, dass sie kein Interesse an einem Kennenlernen hatte. Wirklich schade, denn sie gefiel ihm. Vielleicht etwas zu dünn und zu ernst für seinen Geschmack, aber schon im Intercity hatte er bedauert, dass sie ihm wie gerade eben keine Möglichkeit gelassen hatte, sich ihr vorzustellen. Nun ja, sie war sicher eine Touristin, die er sowieso nie wieder zu Gesicht bekommen würde. Von daher konnte es ihm eigentlich egal sein. Und schließlich war da ja auch noch Brigitte.
Vom Kirchturm schlug es halb elf. Der kurze Ausflug nach Zürich zu einem früheren Studienkollegen hatte länger gedauert, als er gedacht hatte, und vermutlich platzte sein Wartezimmer bereits aus allen Nähten. Von einem »Arztbesuch nach Vereinbarung« hielten die Dörfler absolut nichts. Sie kamen einfach vorbei, wenn ihnen etwas fehlte. Max schüttelte schmunzelnd den Kopf und machte sich dann auf den Weg zu seiner Praxis.

Als Anouk beim Schloss Brestenberg ausstieg, schlug ihr die Junihitze wie eine Faust ins Gesicht. Sie beeilte sich, in den Schatten der ausladenden Eichen am Straßenrand zu kommen, und stellte ihr Gepäck ab. Um das Gebäude herum war ein Gerüst angebracht worden. Das Gemäuer war bis nach dem Zweiten Weltkrieg eine Kaltwasser-Heilanstalt gewesen, was auch immer das bedeuten mochte, und hatte danach lange Zeit leer gestanden. Offenbar war man jetzt im Begriff, das Anwesen in ein Hotel umzuwandeln.
Sie überquerte die Straße und sah auf den Hallwilersee hinab, der nur zweihundert Meter entfernt lag. Das blaue Gewässer hockte wie eine brütende Henne zwischen zwei Hügelzügen.

Im Süden sah man den kleineren Baldeggersee und dahinter, im morgendlichen Dunst, die schneebedeckten Alpen. Ein paar Segelboote dümpelten auf der spiegelglatten Wasseroberfläche. Anouk leckte sich über die Lippen. Sie war plötzlich schrecklich durstig.

Ein kleines Mädchen stand auf der gegenüberliegenden Straßenseite und starrte zu ihr herüber. Das Kind trug nur ein weißes Hängerchen, das wie ein Nachthemd aussah, und war barfuß. Rote Locken umgaben sein rundliches Gesicht wie Schlangen das Haupt der Medusa. Anouk schaute sich nach der Mutter des Mädchens um. Obwohl nicht viel Verkehr herrschte, war es doch unverantwortlich, ein Kind in diesem Alter ohne Aufsicht zu lassen. Doch außer ihnen beiden war weit und breit kein Mensch auszumachen. Ob sie die Kleine nach Hause bringen sollte? Das Kind war höchstens drei Jahre alt und sicher nicht weit gelaufen.

Dröhnendes Hupen ließ Anouk zusammenzucken. Mit einem Schrei sprang sie zurück auf den Gehsteig. Knapp einen Meter vor ihr raste ein Laster vorbei. Hinter der Autoscheibe sah sie einen Mann mit verzerrtem Gesicht, der wild mit der Hand herumfuchtelte. Sie schluckte. Das war knapp gewesen! Im dieselgeschwängerten Luftzug fröstelte sie plötzlich. Sie rieb sich die Arme und blickte zu dem kleinen Mädchen hinüber. Doch der Platz, an dem das Kind mit den roten Locken noch vor wenigen Augenblicken gestanden hatte, war leer. Hatte sie jetzt etwa schon Halluzinationen? Sie schüttelte den Kopf und griff nach ihrem Gepäck.

»Na, dann wollen wir mal!«, sagte sie und drehte sich um. Hoffentlich hatte die alte Dame in der Zwischenzeit nicht wieder etwas Verrücktes angestellt.

Landsitz derer von Diesbach, Mai 1743

»Ihr könnt mich nicht dazu zwingen!«
Bernhardines Augen funkelten. Wütend presste sie die Lippen aufeinander und warf den Kopf in den Nacken. Dabei verrutschte ihre Perücke, und eine rote Haarlocke stahl sich unter ihr hervor, die sie sich ärgerlich aus der Stirn pustete.
»Mädchen«, brummte ihr Vater, und eine Falte bildete sich über seinen buschigen Augenbrauen, »benimm dich! Es gibt nichts mehr zu diskutieren. Die Sache ist per Handschlag besiegelt.«
»Per Handschlag?« Bernhardines Stimme überschlug sich. »Bin ich denn ein Ackergaul, den man am Markttag an den Meistbietenden verhökert?« Sie ballte die Hände zu Fäusten.
Franz Ludwig von Diesbach, Freiherr zu Liebistorf, stieß den Stuhl zurück, stand auf und hieb mit der flachen Hand auf den Sekretär, so dass einige Schriftstücke in die Luft flogen und langsam zu Boden flatterten.
»Es reicht, Bernhardine Amalia!«, fauchte er seine Tochter an. »Du vergisst dich! Am Fünfzehnten wirst du dich auf den Weg nach Schloss Hallwyl machen, und im Juni wird geheiratet. So ist es abgemacht und wird geschehen!«
Er wies mit dem Arm zur Tür und ging drohend einen Schritt auf seine Tochter zu. Bernhardine raffte ihr Kleid und stürmte aus dem Arbeitszimmer.
Franz Ludwig ließ sich schnaufend auf seinen Stuhl zurückfallen und seufzte. Er strich sich den Schweiß von der Stirn, wischte die Hand an seiner Kniehose ab und kratzte sich unter der Allongeperücke, die einen penetranten Geruch nach Talkumpuder und Schweinefett verbreitete. Der Sommer hatte erst begonnen, doch schon jetzt ächzte das ganze Land unter einer brütenden Hitze, die breite Risse im Ackerboden

entstehen ließ und das Vieh beutelte. Amandine, sein Eheweib, lag ihm seit Tagen in den Ohren, nach Bern zurückzukehren, um die heißen Tage in ihrer Stadtresidenz zu verbringen. Doch Franz Ludwig hatte keine Lust auf endlose Mahlzeiten in unbequemer Kleidung und städtisches Geschwafel. Er hangelte mit seinem Schnallenschuh nach einem Pergament, das zu Boden gefallen war, und hob es auf. Es zeigte seinen zukünftigen Schwiegersohn. Der Künstler hatte den Bräutigam darauf mehr als geschönt.
Johannes von Hallwyl war Witwer, fünfundfünfzig und somit zwei Jahre älter als er selbst. Der Aargauer trug einen altmodischen Gehrock mit Aufschlägen, ein gefälteltes Hemd, das ihm wie eine Schaumkrone aus der geknöpften Weste sprang, dazu einen Dreispitz mit einer albernen Feder.
Franz Ludwig zog die Mundwinkel nach unten. Ein Adonis war sein zukünftiger Eidam wahrlich nicht. Aber Bernhardine war schon sechzehn Jahre alt, und ihr rebellisches Wesen hatte in der Vergangenheit alle Bewerber in die Flucht geschlagen. Seitdem er den Hallwyler im Frühjahr in Einsiedeln kennengelernt und dieser ihm von seinem einsamen Leben auf seinem Schloss berichtet hatte, hielt es Franz Ludwig daher für eine großartige Idee, ihm seine Jüngste schmackhaft zu machen. Der Mann war so vermögend, dass er keine übertriebene Mitgift forderte. Des Weiteren schickte ihm der Aargauer ein paar seiner besten Handwerker, die den von Diesbachs die löchrigen Decken reparieren sollten. Unentgeltlich!
Franz Ludwig legte das Porträt seines zukünftigen Schwiegersohns auf den Sekretär zurück. Bernhardine musste sich eben fügen. Schließlich war sie bloß eine Frau und hatte zu gehorchen.
»Weiber!«, knurrte er. »Man hat nur Scherereien mit ihnen.«

Bernhardine warf sich auf ihr Bett und trommelte mit den Fäusten auf das Kissen. Verkauft und verschachert! Abgeschoben ins Hinterland! Sie hasste ihren Vater abgrundtief. Ein Schluchzen entrang sich ihrer Kehle. Lieber würde sie ins Wasser gehen, als in der Einöde dieses Landstriches zu versauern. Sie riss sich die Perücke vom Kopf und schleuderte sie quer durchs Zimmer.

Warum nur war sie nicht als Mann auf die Welt gekommen? Dann hätte sie tun und lassen können, was sie wollte. Doch stattdessen verbrachte sie ihre Tage mit Stickarbeiten, Musizieren und gehobener Konversation. Was nützte ihr das alles, jetzt, da man sie einem Bauern versprochen hatte?

Sie drehte sich auf den Bauch, steckte ihre Hand unter die Rosshaarmatratze und zog einen schmalen Gedichtband hervor. Der braune Ledereinband war schon ganz abgegriffen. Und eine Seite so lose, dass sie ein Lufthauch hätte davonwehen können.

Wie konnte ihr der Vater nur so etwas antun? Es ziemte sich nicht, eine junge Edeldame einem tattrigen Zausel zu überlassen. Dieser Johannes war ja fast so alt wie Methusalem. Vielleicht hatte er schon gar keine Zähne mehr und sabberte beim Essen. Oder er hatte Mühe damit, das Wasser zu halten. Sie schüttelte sich. Vorsichtig entfernte sie das Lesebändchen.

Augen! Lasset Tränen fallen!
Weinet, was ihr weinen könnt!
Meine Hoffnung bricht mit Knallen,
weil das Glücke mir nichts gönnt.
Alle Freude ist nun hin,
hochbetrübt ist Seel und Sinn.

Sie drehte sich auf den Rücken, presste den Gedichtband an die Brust und ließ ihren Tränen freien Lauf. Sidonia Hedwig Zäunemann wusste auf alles eine Antwort. Was für eine Dichterin! Bernhardine schniefte und starrte zur Decke. Die Stuckengel, die ihr Zukünftiger dort hatte anbringen lassen, lächelten auf sie herab, als wollten sie sie verspotten. Die drallen Figuren gefielen ihr nicht. Sie hatten etwas Unheimliches an sich. Als würden sie jeden ihrer Schritte verfolgen.
Bernhardine gähnte und rieb sich die Schläfe. Seit Tagen schlief sie schlecht, hatte Kopfschmerzen, und eine ständige Übelkeit raubte ihr den Appetit. Normalerweise war sie gesund wie ein Haflinger auf der Weide. Doch in letzter Zeit fühlte sie sich oft krank. Genauer gesagt, seitdem diese grässlichen Putten angebracht worden waren. Ob da ein Zusammenhang bestand? Sie fröstelte plötzlich, drehte sich auf die Seite und schloss die Augen.

Die Räder rumpelten über ein Schlagloch, und die Kutsche kam gefährlich ins Schwanken. Bernhardine schreckte auf, klammerte sich mit einer Hand an den Haltegriff, mit der anderen hielt sie ihren Hut fest. Die Karosse glich immer mehr einem fahrenden Backofen. Der Schweiß lief ihr schon seit Stunden den Rücken hinab. Das Mieder war durchnässt, die Unterröcke klebten ihr wie eine zweite Haut an den Beinen und begannen schon zu riechen. Marie, die sie auf der Fahrt begleitete, saß ihr gegenüber und war eingeschlafen. Ihre alte Amme schnarchte mit halb geöffnetem Mund. Ein Speichelfaden rann aus ihrem Mundwinkel und tropfte auf den stattlichen Busen.
Bernhardine massierte ihren verspannten Nacken und sah aus dem Fenster. Die Gemeinden waren klein und ärmlich. Nicht mehr als ein paar schäbige Hütten, die sich um ihre Dorfkir-

chen scharten wie Lämmer um das Mutterschaf. Äcker und Obstbäume säumten den unebenen Weg, unterbrochen von Tannenwäldern.
Sie mochte das Landleben nicht. Zu viel Vieh, zu viel Gestank und zu wenig Zerstreuung. In der Ferne erhoben sich schneebedeckte Gipfel im Dunst. Nach Auskunft des Kutschers würden sie ihr neues Zuhause bald erreicht haben.
Das Gefährt stoppte abrupt. Bernhardine wurde nach vorne geschleudert und fiel auf Marie, die mit einem Quieken aus dem Schlaf fuhr.
»Jesses Maria und Josef!«, stammelte sie und starrte Bernhardine entsetzt an. Im selben Moment wurde auch schon die Tür aufgerissen. Als der Kutscher Bernhardines verrutschtes Kleid sah, färbte sich sein Gesicht dunkelrot.
»Entschuldgen Se vielmals, die werten Damen. Eine Schafherde versperrt den Weg. Wollen Se sich die Füß' vertretn? Ich such gleich den Schäfersmann und mach dem Halunk' Beine.«
»Mache Er schnell!«, befahl Bernhardine und ordnete ihre Röcke.
»Sehr wohl, gnädges Fräulein«, erwiderte der Mann, verbeugte sich und machte sich aus dem Staub.
Bernhardine griff nach ihrem Sonnenschirm und stieg aus der Equipage. Sie befanden sich in einem Birkenwäldchen. Eine leichte Brise ließ die Blätter rascheln. Sie hätte gerne ihr Kleid angehoben, um etwas Luft an ihre Haut zu lassen, doch ein Blick in Richtung Schafherde hielt sie davon ab. Zwischen den schmutzigen Wollleibern sah sie eine Horde Kinder, die die Reisenden angafften, als wären sie exotische Tiere. Bernhardine spannte ihren Schirm auf und versuchte, ein paar Schritte zu gehen. Doch rings um sie herum waren nur blökende, penetrant riechende Schafe und Lämmer.

»Husch!«, rief sie, als ihr eines zu nahe kam, und scheuchte es mit dem Sonnenschirm fort.
Hinter ihr ertönte ein scharfer Pfiff. Sie drehte sich um und sah einen schwarz-weiß gefleckten Hund, der bellend durch die Schafherde preschte. Dabei teilte er sie in zwei Hälften wie einst Moses das Rote Meer. Der Kutscher kam schnaufend auf sie zugestolpert und wischte sich über die Stirn. Sein Gesicht war schweißüberströmt.
»Gleich geht's weiter«, japste er, beugte sich vornüber und stützte die Hände auf die Knie.
Bernhardine schnupperte. War das etwa Bierdunst, was sie in seinem Atem roch? Wie zur Bestätigung unterdrückte der Mann einen Rülpser.
»Wir fahren!«, zischte sie und funkelte den Fuhrknecht böse an.

2

Seengen, 2010

Das Trottengässli hatte sich nicht verändert. Anouk erinnerte sich daran, wie sie dort als Kinder immer Himmel und Hölle auf der Straße gespielt hatten. Eine getigerte Katze sonnte sich auf dem warmen Gehsteig. Sie beachtete Anouk nicht, gähnte ausgiebig und fing an, sich das Fell zu lecken. Großtante Valeries Häuschen lag am Ende der kurzen Sackgasse. Es war ein hübsches Fachwerkhaus inmitten eines parkähnlichen Gartens. Die alte Dame hatte schon vor Jahren ihre Gemüse- und Blumenbeete zugunsten eines pflegeleichteren Rasens umpflügen lassen. Frisch gemähtes Gras leuchtete Anouk wie ein grüner Orientteppich entgegen. Sie runzelte die Stirn. Wieso stand denn die Haustür offen?

»Hallo? Tati Valerie?« Sie betrat den dunklen Hausflur und blinzelte, bis sich ihre Augen an den Lichtunterschied gewöhnt hatten. »Ich bin's, Anouk. Bist du da?«

Keine Antwort. Sie hörte die Standuhr ticken und das Zwitschern der Vögel in den Kastanienbäumen hinter dem Haus. Hinter dem Haus? Alarmiert lief sie durch den Flur und stolperte über ein Paar Hausschuhe, die mitten im Gang stehen gelassen worden waren. Die Tür zum Garten stand ebenfalls sperrangelweit offen.

»Tati Valerie!«, rief sie und schaute nach links und rechts. Lag da

nicht eine Gestalt vor den Forsythiensträuchern? Anouks Knie wurden weich. War der Tod denn ihr ständiger Begleiter geworden? Erst Julia und nun Großtante Valerie? Hatte sie das Schicksal herausgefordert, indem sie erst kurz zuvor so geringschätzig über alte Leute gedacht hatte? Ihr brach der kalte Schweiß aus.
Ihre Großtante lag mit ausgestreckten Armen zwischen den Sträuchern und hatte die Stirn auf den Boden gepresst. Sie sah wie ein Mönch aus, der auf dem Fußboden seiner Kirche liegend Buße tut.
»Tati Valerie?«
Anouks Stimme zitterte. Sie beugte sich zu ihrer Großtante hinunter und berührte deren Schulter. Valerie Morlot drehte den Kopf. Anouk schrie erschreckt auf und sprang einen Schritt zurück.
»Meine Güte, Anouk«, sagte ihre Großtante in genervtem Tonfall, »weshalb schreist du denn so? Ich bin doch nicht taub. Hilf mir lieber hoch!«
Sie streckte ihre Hand aus. Anouk war zu perplex, um etwas zu erwidern, und griff automatisch nach den welken Fingern, die sich erstaunlich kühl anfühlten. Die Haut war weich und fein wie Kalbsleder. Anouk hatte den Eindruck, einen jungen Vogel in der Hand zu halten, dessen zarte Knochen beim geringsten Druck brechen würden.
»Ich habe dich später erwartet, Kleine.« Valerie strich sich die weißen Haare aus der Stirn und lächelte ihre Großnichte erfreut an. »Du solltest mehr essen«, fügte sie hinzu und schnaubte missbilligend. »Ein Mann will schließlich etwas in den Händen halten.«
»Tati Valerie, was zum Kuckuck hast du gerade gemacht? Ich habe mich zu Tode erschrocken.«
»Tatsächlich? Das tut mir leid«, erwiderte ihre Großtante und zupfte sich einen Grashalm von der geblümten Bluse. »Ich

habe das Kind gesehen, aber als ich aus dem Haus kam, war es bereits wieder weg.« Sie seufzte und schüttelte den Kopf. »Egal, dass es verschwindet, bin ich ja schon gewohnt, also habe ich mich halt mit den Ameisen unterhalten.«
Anouk glaubte, sich verhört zu haben. »Du hast was?«
Die Augen ihrer Großtante wurden schmal. »Ich bin nicht verrückt«, murmelte sie, drehte sich um und ging aufs Haus zu. Sie blieb stehen und blickte über die Schulter. »Magst du einen Früchtetee? Es ist heiß heute. An solchen Tagen sollte sich eine Dame nicht zu lange in der Sonne aufhalten … das schadet dem Teint.«
Anouk schaute ihrer Großtante mit offenem Mund hinterher. Das konnte ja heiter werden.
Das Gästezimmer befand sich im Obergeschoss. Als Anouk die Tür öffnete, schlug ihr abgestandene, nach Mottenkugeln und altem Staub riechende Luft entgegen. Sie nieste, riss das Fenster auf und hievte ihren Koffer aufs Bett. In diesem Zimmer hatte sie zusammen mit ihrer älteren Schwester Aimée immer die Sommerferien verbracht. An den Wänden hingen noch ein paar ihrer Kinderzeichnungen, die ungeschickt mit Reißzwecken befestigt waren. Sie schmunzelte. Gottlob hatten weder sie noch ihre Schwester eine Karriere als Malerin angestrebt.
Aimée lebte mit ihrem Mann in Marseille und hatte inzwischen drei Kinder. Die Zwillinge Matthieu und Luca und Charlotte, das Nesthäkchen.
Anouk vermisste ihre große Schwester und hatte auf ihren Reisen so oft wie möglich in Südfrankreich Station gemacht. Julia hatte sie manchmal in die Camargue begleitet. Ihre Freundin liebte alles, was französisch war. Hatte geliebt.
Anouk setzte sich aufs Bett und vergrub das Gesicht in ihren Händen. Sie hätte an jenem Tag am Steuer sitzen sollen und

nicht Julia. Im Grunde war es nur Zufall gewesen, dass sie noch lebte, während Julia gestorben war und nun auf dem Friedhof lag, wo eigentlich sie hätte liegen müssen.

Durch das offene Fenster strich eine leichte Brise herein, die den Geruch von Seewasser und Kuhmist mitbrachte. Irgendwo lachte ein Kind, und ein Hund bellte sich die Seele aus dem Leib. Aus der Küche drang Geschirrklappern zu ihr nach oben. Anouk stand auf, atmete zweimal tief durch, und der Kloß in ihrem Hals wurde kleiner.

Der Therapeut hatte sie vor der Überlebenden-Falle gewarnt. Es sei sinnlos, hatte er gesagt, sich ständig Vorwürfe zu machen. Ihre Schuldgefühle würden ihre Freundin auch nicht wieder lebendig machen. Der hatte gut reden!

Anouk schloss das Fenster, kramte in ihrer Handtasche nach einem Gummiband und fasste ihre Haare zu einem Pferdeschwanz zusammen. Sie betrachtete ihren Koffer und die Reisetasche. Das Auspacken konnte warten, jetzt wollte sie zuallererst einmal wissen, wie man mit Ameisen sprach.

»Du wurdest also dazu abkommandiert, der Verrückten so lange Gesellschaft zu leisten, bis man sie ins Heim abschieben kann.«

Valerie Morlot rührte in ihrer Teetasse und sah Anouk herausfordernd an. Diese verschluckte sich an einem Haselnusskeks und begann zu husten. Ihre Großtante war schon immer sehr direkt gewesen und hasste jede Art von Scheinheiligkeit; deshalb hielt sie es für besser, erst gar nicht nach einer Ausrede zu suchen.

»Tati«, fing sie an und räusperte sich, »keiner hält dich für verrückt. Es ist nur ... also, wir haben uns gedacht ... weil ich doch ...«

Sie brach ab. Wie sollte sie ihrer Großtante den Beschluss des

Familienrats erklären, wenn sie doch selbst nicht von ihm überzeugt war?
»Schau«, begann sie von neuem, »mir geht's im Moment nicht so gut. Meine Agentur hat alle meine Termine abgesagt. Ich nehme mir quasi eine Auszeit.« Sie atmete tief durch. »Im Loft halte ich es nicht mehr aus, bei meinen Eltern noch viel weniger. Die behandeln mich wie eine Zehnjährige. Ich musste mal raus aus Zürich. Und wenn ich hier bei dir bin, schlagen wir doch zwei Fliegen mit einer Klappe. Ich kann dir zur Hand gehen und habe Zeit, mir über einige Dinge klar zu werden.« Sie griff über den Tisch und legte ihrer Großtante die Hand auf den Arm. »Du weißt doch, wie lieb ich dich habe und wie gerne ich bei dir bin. Können wir diese paar Wochen nicht zusammen genießen?«
Valerie schürzte die Lippen, gab vier Löffel Zucker in ihre Teetasse, nahm einen Schluck und verzog den Mund.
»Ist schon gut, Kleine. Manchmal tue ich eben Dinge, die anderen komisch vorkommen und vermutlich nicht als normal gelten. Was auch immer normal sein mag.« Sie lachte. »Aber ich bin nicht senil. Wenn wir also für eine Weile zusammenleben wollen, bitte ich dich, mich nicht wie eine Schwachsinnige zu behandeln. Keine arrangierten Kaffeekränzchen, keine Bingoabende im Gemeindehaus, keine Altersausflüge nach Hintertupfingen. Und was ich mir ausdrücklich verbitte, keine Besuche irgendwelcher frömmelnden Pfaffen, die mein Seelenheil retten wollen.«
Anouk verbiss sich ein Lachen. »Auf keinen Fall, Tati!«, versicherte sie ihrer Großtante, und diese nickte zufrieden.
»Gut, dann also herzlich willkommen!«
Valerie lächelte, und Anouk bemerkte wieder einmal, wie schön ihre Großtante immer noch war. Trotz ihres hohen Alters blickten ihre grünen Augen, die alle weiblichen Familien-

mitglieder der Morlots geerbt hatten, neugierig in die Welt. Ihr Gesicht wies kaum Falten auf. Lediglich am Hals und an den Händen konnte man ihr wahres Alter erahnen.
Anouks Großtante griff nach einem Keks, prüfte die Konsistenz des Gebäcks und legte es wieder auf den Teller zurück. Sie schaute zur Standuhr in der Ecke und hob die Augenbrauen.
»Oh, ich muss mich umziehen. Doktor Sandmeier hat versprochen, heute noch vorbeizukommen. Kennst du ihn?«
Anouk schüttelte den Kopf. Obwohl der Arzt zusammen mit ihrer Familie den Umzug Valeries in die Wege geleitet hatte, waren sie sich noch nie persönlich begegnet. Sie war zu dieser Zeit noch im Krankenhaus gewesen, und so hatten sich ihre Eltern allein mit dem Hausarzt ihrer Großtante getroffen.
»Du solltest ihn kennenlernen. Er ist nett«, sagte Valerie und stand auf. »Und unverheiratet«, fügte sie mit einem verschmitzten Lächeln hinzu.
Anouk seufzte. »Danke, Tati, aber mir steht der Sinn nicht nach Männerbekanntschaften.« Sie erhob sich ebenfalls und räumte das Teegeschirr in die Küche. »Ich werde einen Spaziergang machen, wenn du erlaubst.«
Ihre Großtante wedelte mit der Hand, und Anouk fühlte sich entlassen. Sie ging die Treppe hinauf, öffnete ihren Koffer und nahm ihren Kulturbeutel heraus. Dann stellte sie sich unter die Dusche, die nach einem kurzen asthmatischen Röcheln heißes Wasser ausspuckte.
Ein Wagen stoppte vor dem Haus. Das musste der Doktor sein. Anouk zog sich eine bequeme Hose an, wählte ein sommerliches Top und schlüpfte in ihre alten Turnschuhe. Als sie die Treppe hinunterging, hörte sie Stimmen aus dem Wohnzimmer.
»Na, was haben die Ameisen denn heute erzählt?«

Anouk unterdrückte ein Lachen. Der Arzt wusste also über die Freizeitbeschäftigung ihrer Großtante Bescheid. Sie war ihm insgeheim dankbar dafür, die Frage ohne jeden ironischen Unterton gestellt zu haben. Es machte ihn ihr sympathisch, aber sie hatte trotzdem keine Lust, seine Bekanntschaft zu machen.
Sie verließ das Haus durch den Hinterausgang und schlug den Weg zum See ein. Es war später Nachmittag. Die arbeitende Bevölkerung befand sich auf dem Heimweg. Anouk passte eine größere Lücke im dichten Verkehr ab, lief über die Straße und stieg die Böschung hinter dem Brestenberg hinunter. Die Sonne brannte vom wolkenlosen Himmel. Schon nach wenigen Minuten kam Anouk ins Schwitzen und atmete auf, als sie den Uferweg erreichte, der von mannshohem Schilf gesäumt war. Linker Hand lag das Brestenberg-Bad. Eine Lichtung am Seeufer, auf der man grillen, sich sonnen oder über eine gemauerte Treppe ins Wasser steigen konnte. Gleich daneben befand sich ein kleiner Kiosk, an dem Getränke, Eis und Sandwichs verkauft wurden.
Anouk hörte Gelächter, plärrende Musik und das Gekreische planschender Kinder. Sie wandte sich nach rechts und folgte dem Pfad, der sich rund um den See schlängelte. Nach wenigen Minuten war der Lärm der Badenden verhallt. Jetzt waren nur noch das Plätschern der Wellen und vereinzelte Vogelstimmen zu hören. Der gut gepflegte Weg wurde schmaler. Ab und zu begegneten ihr Spaziergänger, die ihre Hunde ausführten, und ältere Paare, die freundlich grüßten.
Nach einer knappen halben Stunde endete der Pfad an einem kleinen Wasserlauf. Über einen Steg gelangte Anouk auf einen gekiesten Platz, der von mächtigen Eichen gesäumt wurde. Durch die belaubten Äste hindurch erspähte sie das Wasserschloss Hallwyl. Seine gestreiften Fensterläden, die in

Ocker und Schwarz gestrichen waren, hatten Aimée und Anouk in ihrer Kindheit immer an riesige Bienen erinnert, die sich auf ihrer Suche nach Nektar an der Fassade des Schlosses eine kleine Pause gönnten. Das Areal war menschenleer, was sie erstaunte, normalerweise herrschte vor dem malerischen Wasserschloss immer ein Gedränge, als wäre man auf der Kirmes. Anouk schaute auf ihre Armbanduhr. Es war kurz nach sechs. Vermutlich war das alte Gemäuer schon geschlossen. Und tatsächlich stand sie kurze Zeit später vor dem verriegelten Holztor, das über eine Steinbrücke zu erreichen war.
»Montag ist zu«, sagte eine Stimme neben ihr und ließ sie erschrocken zusammenfahren. Ein kleines Mädchen mit einem blonden Pferdeschwanz und einer riesigen Zahnlücke grinste zu ihr hoch und wies mit dem Arm auf eine Tafel mit den Öffnungszeiten.
»Danke«, erwiderte Anouk, »aber ich kenne das Schloss. Ich kam als Kind früher oft hierher. Und …« Sie brach ab.
Das Mädchen neigte den Kopf zur Seite und hüpfte davon.
Anouk biss sich auf die Lippen. Wieso hatte sie nur ständig das Gefühl, sich für alles rechtfertigen zu müssen?
Sie atmete tief durch, setzte sich auf eine Parkbank in der Nähe des Wassergrabens und sah den Enten zu, die sich um ein Stück Brot balgten. Eine Krähe hockte auf einer Zinne und beäugte ihre gefiederten Verwandten aufmerksam. Über dem träge dahinfließenden Bach, in dem sich das Sonnenlicht spiegelte, tanzte ein Schwarm Mücken. Der Geruch von brackigem Wasser, Algen und trockener Erde war nicht unangenehm. Er erinnerte Anouk wie die Bienen-Fensterläden an ihre Kindheit. Sie legte den Kopf in den Nacken und sah zu den Baumkronen hinauf. Die Blätter zitterten leicht, obwohl kein Wind zu spüren war, als hätten sie vor etwas Angst. Anouk schloss die Augen. Sie fühlte sich müde und ausgelaugt.

»Désirée! Wo bist du?«
Nackte Panik schwang in der Frauenstimme. Anouk schreckte hoch. Ihre Nackenhaare richteten sich auf, und sie sah alarmiert in den Wassergraben. Mein Gott, trieb da etwa ein Mädchenkörper? Doch es war nur eine Plastiktüte, die sich zwischen den Seerosenblättern verfangen hatte. Sie stieß erleichtert die Luft aus, stand auf und sah sich um. Aber weit und breit war niemand zu sehen – sie war mutterseelenallein.

Schloss Hallwyl, Mai 1743

»Gnädiges Fräulein.«
Ein schmächtiges Männchen streckte ihr die Hand entgegen. Bernhardine grauste vor dessen knochigen Fingern. Doch ihr blieb keine Zeit, sich zu zieren. Hinter ihr hatte sich Marie bereits erhoben und drängte sie aus der Kutsche, deshalb verzog sie nur das Gesicht, griff nach der dargereichten helfenden Hand und stieg aus.
Es war später Nachmittag. Sie hatten ihr Ziel endlich erreicht. Die Sonne schien durch das Blätterdach einiger hoher Eichen und malte goldene Kringel auf den festgestampften Lehmboden. Sie waren das letzte Stück Weg durch eine schattige Allee gefahren und hatten danach vor einer Steinbrücke angehalten, die zum weit geöffneten Schlosstor führte. Es roch penetrant nach fauligem Wasser und Pferdedung.
Bernhardine reckte ihren verkrampften Rücken und fächelte sich Luft zu. Noch immer war es schwül. Unter ihrer Perücke juckte es höllisch, aber sie unterdrückte den Drang, sich zu kratzen. Im Wassergraben, der die wuchtige Burg umgab, blühten Seerosen. Darüber tanzten Mückenschwärme im schwindenden Licht des Tages.

Sie schaute sich interessiert um. Die Bediensteten waren in ländliche Kleidung gewandet: Kniehosen, einfache Leinenhemden, Schlapphüte. Sie sah keinen einzigen, der Livree trug. Die meisten gingen barfuß oder hatten klobige Holzpantinen an den Füßen. Ein zerlumpter Junge mit Haaren wie Stroh kümmerte sich um die Pferde. Ein Ärmel seines Hemdes war oben an der Schulter zusammengenäht. Er warf den Ankömmlingen scheue Blicke zu und zog lautstark den Rotz hoch. Bernhardine wandte sich angeekelt ab. Sie legte den Kopf in den Nacken und betrachtete den Bergfried. Er lag bereits im Schatten und wirkte bedrohlich. Der Rundbau erhob sich gleich hinter der Auffahrt, sein trutziger Anblick hatte früher sicher zur Abschreckung feindlicher Soldaten beigetragen. Das Schloss selbst war nicht unattraktiv. Aber mit den Patrizierhäusern in Bern konnte es in keiner Weise mithalten. Eine feste Steinmauer mit Zinnen, aber ohne Wehrgang, umgab die verschiedenen Gebäude, die sich auf zwei Inseln erhoben und durch einen gemauerten Gang miteinander verbunden waren. Über den Burggraben wölbte sich eine hölzerne Zugbrücke mit schweren Ketten auf beiden Seiten. Gelb-schwarz bemalte Holzläden prangten an den winzigen Fenstern, die Schießscharten ähnelten.
Marie und ein grobschlächtiger Mann, der den Posten des Gutsverwalters, des Meiers, innehatte, kümmerten sich um das Gepäck. In der kommenden Woche würde Bernhardines Mitgift eintreffen. Darunter auch ihre Aussteuertruhe mit den Bettlaken und dem neu eingestickten Monogramm: B. v. H. für Bernhardine von Hallwyl. Der Name klang fremd. Ob sie sich je an ihn gewöhnen würde? Sie versuchte, die aufsteigenden Tränen zurückzudrängen, als sie die abschätzenden Blicke der Leute um sich herum spürte, die wie Ameisen über ihren Körper krabbelten. Sie würde hier bald die Herrin

sein und durfte sich vor den Angestellten keine Blöße geben. Daher presste sie ihren Beutel an die Brust und ging erhobenen Hauptes über die Brücke auf das Eingangsportal zu. Als sie durch den Torbogen schritt, klatschte etwas vor ihren Füßen auf den Boden. Ein blutgetränktes, fedriges Ding, das zuckte und krächzte. Erschrocken sprang sie zur Seite und prallte gegen den einarmigen Buben, der bei ihrer Ankunft die Pferde versorgt hatte.

»Verzeihn Se. Ich krieg für jeden Schwarzrock 'n Stück Brot.« Der Junge grinste und zeigte dabei seine verfaulten Zähne. Dann griff er nach der Krähe, klemmte sie sich zwischen die Beine und drehte ihr mit einer einzigen Bewegung den Hals um. Das Tier erschlaffte. Der Knabe steckte sich die Steinschleuder in den Hosenbund, schnappte sich den Kadaver und stob zu den Pferden zurück. Bernhardines Magen rebellierte. Sie packte den Arm des Meiers, um nicht zu straucheln.

»Entschuldigen Sie, Herrin, aber die Krähen sind hier wirklich eine Plage. Ich …«

Sie brachte ihn mit einer Handbewegung zum Schweigen, ging weiter und betrat den Innenhof. Dort herrschte geschäftiges Treiben. Knechte luden einen Karren ab, der mit prallen Säcken beladen war, und trugen diese anschließend durch einen Torbogen in einen Schuppen. Ein kleines Mädchen, barfuß und schmutzig wie ein Jagdhund nach der Fuchsjagd, scheuchte eine Gänseschar über den Hof.

Bernhardine schüttelte ärgerlich den Kopf. Hatte man die Dienerschaft denn nicht auf ihre Ankunft vorbereitet?

»Wir hatten die Herrschaften später erwartet«, sagte der Meier, als hätte er ihre Gedanken erraten, »haben aber natürlich einen Willkommenstrunk angerichtet. Wenn das hochwohlgeborene Fräulein mir bitte folgen möchte?«

Er verbeugte sich und wies mit dem Arm auf ein flaches Gebäude, das sich neben dem Eingang an die Schlossmauer schmiegte.
Ob Johannes sie in dieser Kate erwartete? Bernhardines Puls beschleunigte sich bei dem Gedanken. Sie nickte, raffte ihr Kleid und ging auf das Häuschen zu.

Die Wohnräume des Schlossherrn lagen im hinteren Teil der Anlage. Ein Mädchen mit blonden Zöpfen, das kaum älter als zehn Jahre alt sein konnte, geleitete Bernhardine über eine gemauerte Steinbrücke. Unter dem Steg gurgelte das dunkle Wasser des Aabachs. Die Zimmer der Herrschaft befanden sich im Palas. Eine Wendeltreppe führte ins Obergeschoss hinauf. Danach ging es einen schmalen Gang entlang bis zu einer Holztür mit Eisenbeschlägen. Ihr Gemach war auf den ersten Blick nicht unzumutbar, bot aber bei weitem nicht die Annehmlichkeiten, die Bernhardine von ihrem Elternhaus her gewohnt war.
In einer Ecke stand ein Eisenbett, über dem sich ein Baldachin aus weißem Damast spannte. Eine schlichte Holztruhe, ein Stuhl mit gepolsterter Rückenlehne und eine Kommode, auf der sich das Waschgeschirr befand, waren die einzigen Einrichtungsgegenstände. Die Wände zierte eine vergilbte Tapete mit Rosenranken. Der Fußboden bestand aus hellen und dunklen Holzpaneelen, die durch das jahrelange Scheuern zwar jeden Glanz verloren hatten, sich aber zu einem hübschen Karomuster zusammenfügten.
Bernhardine fröstelte trotz des warmen Luftzuges, der durch das geöffnete Fenster hereinströmte. Sie würde nach der Vermählung in das Zimmer ihres Gatten umziehen. Die Aussicht, mit einem alten Mann das Bett teilen zu müssen, verursachte ihr Bauchschmerzen. Ihre Mutter hatte ihr diesbezüglich ein

paar Ratschläge erteilt, die sie mehr oder minder hatte nachvollziehen können. Was die Freiherrin jedoch mit »dem Fluch des Ehebettes« gemeint hatte, war ihr nicht klar geworden.
Bernhardine öffnete eine unscheinbare Tür neben dem Bett und rümpfte die Nase. Der Abort stank abscheulich. Sie hielt sich die Hand vor die Nase und schloss den Zugang schnell wieder, dabei stieß sie mit dem Fuß an ein kleines, schwarzes Päckchen. Sie hob es auf. Es war mit einem einfachen Bindfaden verschnürt. Als sie es öffnete, fiel eine tote Fliege heraus, die in Spinnweben eingewickelt war. Mit einem Laut des Abscheus warf sie die Kreatur in den Abort. Schon das zweite tote Tier seit ihrer Ankunft. Was wohl als Nächstes käme? Ein kopfloser Reiter?
Aufgeregte Stimmen im Nebenzimmer erregten ihre Aufmerksamkeit. Marie hatte man in einem Kabuff neben ihrem Zimmer untergebracht. Sie hörte, wie sich die Amme lauthals mit dem blonden Mädchen stritt.
Bernhardine schmunzelte, setzte ihren Hut ab und warf ihn achtlos auf den Stuhl. Sie trat ans offene Fenster, steckte vorsichtig den Kopf hinaus, damit ihre Perücke nicht verrutschte, und spähte in den Schlosshof hinunter. Dort eilte gerade eine Magd mit einem Huhn unter dem Arm über das Steinpflaster und verschwand in einem Nebengebäude. Vermutlich war in diesem die Küche untergebracht, denn eine dünne Rauchfahne stieg aus einem Loch seines Daches in den blassen Abendhimmel hinauf. Der Duft von Gebratenem und Weißkohl stieg Bernhardine in die Nase, und ihr Magen begann, vernehmlich zu knurren.
Beim Willkommenstrunk hatte der Meier verlauten lassen, dass Johannes noch auf der Jagd sei und bei seiner Rückkehr sicher untröstlich darüber wäre, die Ankunft seiner Braut verpasst zu haben.

Bernhardine schnaubte. Ein Affront sondergleichen! Sie setzte sich aufs Bett, kramte in ihrem Beutel und zog ein nicht mehr ganz sauberes Taschentuch hervor, in dem sie ein »Schäfli« versteckt hatte. Das süße Lebkuchengebäck in der Form eines Schafes hatte ihr der Vater aus dem Kloster Einsiedeln mitgebracht. Von dieser unseligen Reise, auf der er den Hallwyler kennengelernt hatte. Der Lebkuchen war zwar in der Zwischenzeit steinhart geworden, doch immerhin schmolz er nicht in der Hitze.
Gedankenverloren knabberte sie an der gewürzten Köstlichkeit, die nach Anis, Kardamom und Nelken duftete, als an die Verbindungstür gehämmert wurde. Marie platzte ins Zimmer. Ihr Gesicht war gerötet, und ihre dunklen Knopfaugen funkelten vor Zorn.
»Das glaub ich nicht!«, fing die Amme an zu wettern und stemmte beide Hände in die Hüften. »Sagt mir das Gör doch, dass ich später ins Gesindehaus ziehen muss, wenn die Herrschaften geheiratet haben. Das lässt du doch nicht zu, Bernhardine, oder?« Sie wischte sich mit dem Handrücken über die Augen.
Marie beim gemeinen Gesinde? Das konnte unmöglich Johannes' Ernst sein. Wer würde ihr dann beistehen?
»Hör auf zu greinen!«, sagte sie und steckte den Lebkuchen in ihren Beutel zurück. »Ich werde mit meinem Zukünftigen darüber sprechen. Jetzt hilf mir aus dem Kleid; ich will mich waschen.«
Marie schniefte, nickte aber und trat hinter Bernhardine, um die Schnürung zu lösen und aufzuziehen. Mit einem leisen Rascheln fiel das Reisekleid zu Boden. Nicht einmal einen Spiegel gab es in dieser Kammer. Während Bernhardine zum Waschtisch trat, sah sie aus den Augenwinkeln, wie Marie mit der flachen Hand über die Wände strich, das Bett und den

Baldachin berührte; das Gleiche dann auch mit dem Stuhl, der Holztruhe und schlussendlich mit der Kommode tat. Dabei murmelte sie vor sich hin, als würde sie ein Gebet sprechen.
»Was tust du da?«
Marie wirbelte herum. »Nichts, mein Spätzchen. Mach jetzt hurtig, ich kümmere mich derweil um deine Kleider, damit du ordentlich Staat machen kannst.«
Sie drehte sich um und verließ die Kammer. Bernhardine schüttelte den Kopf. Die Alte wurde immer wunderlicher.
Ob ihr zukünftiger Ehemann sie wohl in diesem Zimmer aufsuchen würde? Obwohl es nicht schicklich war, dass sich die Brautleute vor der Hochzeit ohne Anstandsperson trafen, konnte sie sich nur allzu gut vorstellen, dass dieser Johannes von Hallwyl sich nicht um Sitte und Anstand scherte. Schließlich hatte ihm sein Gewissen auch nicht verboten, sie sich als Eheweib auszusuchen. Eine Frau, die vom Alter her gut und gerne seine Enkelin sein konnte. Vermutlich war dieser Mann ein regelrechter Barbar, der sich nahm, was er wollte, ohne sich um andere zu kümmern.
Röte schoss ihr heiß ins Gesicht. Sie atmete schwer. Das Korsett schien ihr plötzlich zu eng zu sein, und ein leichter Schwindel erfasste sie. Bernhardine griff sich an den Hals und tastete nach dem kleinen, silbernen Kreuz. Gott möge ihr beistehen!

3

Seengen, 2010

»Du kommst spät.«

Valerie warf Anouk einen vorwurfsvollen Blick zu und widmete sich dann wieder dem Geschnetzelten, das in einer Pfanne vor sich hin brutzelte.

»Entschuldige, Tati. Ich habe die Zeit ganz vergessen.« Anouk öffnete den Geschirrschrank und holte zwei Teller hervor. »Essen wir auf der Terrasse?«

Valerie nickte. Anouk trat durch die Küchentür auf die Veranda und begann, den Tisch zu decken.

»Warst du am See?«, fragte ihre Großtante und streute, nachdem sie die Soße gekostet hatte, noch eine Prise Salz hinein.

»Ja, beim Schloss«, bestätigte Anouk und nahm zwei Kristallgläser von der Anrichte. »Sie haben den hinteren Teil renoviert, nicht?«

Valerie nickte, öffnete den Kühlschrank und griff nach einer Flasche Weißwein, die sie Anouk in die Hand drückte. »Die Wiedereröffnung war im Frühling. Sogar der Regierungsrat kam und hat eine Rede gehalten, dieser Schwachkopf!«

Anouk schmunzelte. Ihre Großtante machte keinen Hehl aus ihrer Abneigung gegen Politiker, die für sie lediglich gut bezahlte Lügner in maßgeschneiderten Anzügen waren.

»Man hat jetzt alles wieder so eingerichtet, wie es früher ein-

mal war. So um das achtzehnte Jahrhundert herum«, fügte sie hinzu. »Es gibt auch solche Ohrendingens am Eingang, aus denen dir einer in sechs verschiedenen Sprachen die Geschichte derer von Hallwyl ins Trommelfell plärrt. Du solltest dir das einmal anschauen oder anhören ... wie auch immer.«
»Ja, mach ich.« Anouk entkorkte den Wein, füllte die Gläser und reichte eines ihrer Großtante. »Worauf wollen wir trinken?«
»Auf die Morlot-Frauen, die sich nie unterkriegen lassen, was immer auch geschieht.«
Anouk schluckte, lächelte aber und nickte. »Auf uns!« Sie leerte ihr Glas in einem Zug und schenkte sich gleich wieder nach. Als sie die gerunzelte Stirn ihrer Großtante bemerkte, rieb sie sich die Schläfen. »Ich bin durstig.«
Schon den ganzen Tag über hatte sie Lust auf einen Drink verspürt. Doch am Bahnhof hatte sie nicht die Zeit gefunden, sich mit ihrem Lieblingslikör, einem italienischen Amaretto, einzudecken. Und die Flasche, die sie mit zu ihren Eltern genommen hatte, hatte ihre Mutter klammheimlich entsorgt. Vermutlich hielt sie ihre Tochter für eine Alkoholikerin. Anouk stieß empört die Luft aus.
»Hast du etwas gesagt, Liebes?« Valerie nahm die Pfanne vom Herd.
»Sag mal, Tati, kennst du hier jemanden, der Désirée heißt?«
»Nein ... wieso?« Ihre Großtante goss die Nudeln ab und richtete sie auf einer Platte an.
»Nur so.«
Anouk überlegte kurz, ob sie ihrer Großtante von der Frauenstimme am Wassergraben erzählen sollte, entschied sich dann aber dagegen. Eine Verrückte in der Familie reichte vollkommen!

Der junge Mann mit der unmöglichen Krawatte scheiterte schon bei der dritten Frage des Ratespiels, das im Fernsehen lief. Anouk grinste schadenfroh. Sie griff nach ihrem Glas. Es war leer – ebenso wie die Flasche, bereits die zweite, die sie praktisch allein ausgetrunken hatte. Sie warf einen Blick zum Sessel hinüber, in dem ihre Großtante friedlich schnarchte. Anouk erhob sich leise und ging in die Küche. Der Kühlschrank war gut gefüllt, enthielt aber nur Esswaren. In den Schränken brauchte sie erst gar nicht nachzusehen. Valerie Morlot war mehr der Tee-Typ und hatte den Weißwein wahrscheinlich nur wegen ihr gekauft.

Der Höchste schlug;
er wird sich auch der elend
und betrübten Armen
nach seinem väterlichen Brauch,
nach seiner Huld und Gnad erbarmen.
Wer aber davon hört und spricht,
verdamme ja und richte nicht!

Anouk verdrehte die Augen, als sie Valerie das Gedicht durch die offene Küchentür hindurch rezitieren hörte. Schiller? Goethe? Sie kannte sich mit Lyrik nicht besonders gut aus. Doch als sie wieder in die Wohnstube trat, schien ihre Großtante noch immer zu schlafen. Anouk zog verblüfft die Augenbrauen hoch.

Liegt nicht ein festes Eis in Gründen?
Bedecket nicht anjezt ein tief gefallner Schnee
die grün und finstern Tannen-Wälder,
die sonst mit Klee geschmückten Felder?

Was zum Teufel ging hier vor? Valerie hatte eine Hand erhoben und schwenkte sie im Rhythmus der Verse, die sie mit verstellter Stimme und geschlossenen Augen vor sich hin murmelte.
»Tati?« Anouk berührte ihre Großtante sanft an der Schulter. »Seit wann magst du denn Gedichte?«
Valeries Gesichtszüge waren verzerrt. Schweißtropfen standen auf ihrer Stirn, die Augenlider flatterten. Plötzlich öffnete sie den Mund und stieß einen markerschütternden Schrei aus. Anouk zuckte zusammen und stieß gegen den Beistelltisch. Das leere Weinglas, das darauf stand, fiel zu Boden und zerbrach mit einem hässlichen Klirren. Anouk starrte mit schreckgeweiteten Augen auf die Bescherung. Doch ihre Großtante reagierte nicht, erst als die Werbung einsetzte, öffnete sie die Augen.
»Oh, Pause, dann gehe ich mal aufs Klo.« Mit diesen Worten rappelte sie sich aus ihrem Sessel hoch und steuerte, als ob nichts gewesen wäre, Richtung Bad.
Anouk blickte ihr verstört nach, dann lief sie Valerie hinterher und riss die Badezimmertür auf.
»Was ist mit dir?«, rief sie mit sich überschlagender Stimme. Ihre Großtante stand vor dem Waschbecken und seifte ihre Hände ein.
»Was soll denn mit mir sein?«, fragte sie, griff nach einem Handtuch und drehte sich um.
»Das frage ich dich!« Anouks Stimme zitterte. »Du hast ein Gedicht deklamiert … und danach laut geschrien.«
Valerie zog spöttisch einen Mundwinkel nach oben und schüttelte den Kopf.
»Sei nicht albern, Anouk. Ich kann Poesie nicht ausstehen. Und weshalb sollte ich schreien?« Sie wandte sich zum Spiegel und steckte sich eine widerspenstige Strähne in ihren Dutt zurück. »Du solltest weniger trinken, Schatz!«

Anouk schluckte. »Aber ...« Sie brach ab. Hatte sie etwa geträumt?

»Wenn du erlaubst, möchte ich jetzt meine Notdurft verrichten«, sagte Valerie. »Wenn du also bitte die Tür schließen würdest.«

Anouk fasste sich an die Stirn. »Ja, natürlich.«

Sie drehte sich um.

»Geh doch zu Bett, Liebes«, sagte ihre Großtante in einem Ton, wie man ihn gerne bei Verwirrten anschlug.

Anouk nickte. »Ja, ich denke, das wäre eine gute Idee.«

»Bis Morgen, Kleine. Wird schon wieder.«

Ihre Großtante zwinkerte ihr zu und zog sich das Kleid über die Hüften. Anouk beeilte sich, aus dem Bad zu kommen.

»Das macht dann dreiundfünfzig Franken fünfzig.«

Die Frau hinter dem Tresen des Quartierladens warf Anouk einen prüfenden Blick zu. Eine Flasche Amaretto und ein Päckchen Zigaretten waren vermutlich nicht der übliche Morgeneinkauf in Seengen. Doch Anouk konnte darauf keine Rücksicht nehmen. Sie brauchte unbedingt einen Schluck Alkohol. Dringend!

Die Nacht war alles andere als erholsam gewesen. Wirre Träume hatten sie gequält. Doch sobald sie die Lider geöffnet hatte, waren ihr die Bilder entwischt wie eine Horde flinker Wiesel.

Aus dem Zimmer ihrer Großtante war noch kein Laut gedrungen, als Anouk beschlossen hatte, einen Morgenspaziergang durchs Dorf zu unternehmen. Sie zog ihren Jogginganzug und die Turnschuhe an und ging auf Zehenspitzen die Treppe hinunter. Über dem See waberten weiße Dunstschleier. Die Luft war noch kühl, doch der Wetterbericht hatte wiederum einen heißen Sommertag angekündigt.

Anouk hatte hämmernde Kopfschmerzen. Sie befühlte die Narbe auf ihrer Stirn. Der Schorf war fast schon zur Gänze abgefallen, trotzdem versuchte sie, den noch vorhandenen Rest mit einer Haarsträhne abzudecken. Die Schramme musste ja nicht sofort von jedermann bemerkt und begutachtet werden.
Das Dorf hatte sich nicht sehr verändert. Die gleichen schmucken Einfamilienhäuser, weißen Gartenzäune und Blumenbeete wie zu Anouks Kinderzeit. In der Luft lag der Duft von frisch gemähtem Gras, Mist und heiler Welt.
Der Tante-Emma-Laden hatte noch geschlossen. Anouk setzte sich auf die Bank vor dem Schaufenster und beobachtete die Vorbeigehenden: Schüler, ein paar junge Mütter mit Kinderwagen, eine Frau mit einem schmutzig grauen Pudel an der Leine und der Postbote auf seinem gelben Mofa. Sie linste zur Kirchturmuhr. Noch eine Viertelstunde, bis das Geschäft öffnen würde. Sie schlang die Arme um die Knie und legte ihren Kopf darauf.
Was für eine bescheuerte Idee zu meinen, ein Aufenthalt in diesem Kaff würde ihr etwas bringen! Sie war kaum einen Tag hier und langweilte sich schon zu Tode.

Du aber frommes Weib,
ruh in der kühlen Erde,
bis dich dein Lebens-Fürst
zur Freud erwecken werde.

Anouks Kopf schnellte nach oben. Vor ihr stand ein Mädchen mit einem Schultornister auf dem Rücken und starrte mit leerem Blick auf einen Punkt unterhalb von Anouks Brust.
»Was hast du gesagt?« Anouks Stimme zitterte, und sie griff nach der Hand der Schülerin. Die Kleine löste ihren Blick von

Anouks Trainingsjacke und runzelte die Stirn. »Was hast du da gerade gesagt?«, fragte sie nochmals.
»Lassen Sie mich gefälligst los!«, schrie das Mädchen und entwand sich ihrem Griff. »Ich darf nicht mit Fremden sprechen!«
Es drehte sich um und rannte davon. Anouk starrte ihm verblüfft hinterher. Was ging hier vor? Zuerst die Frauenstimme am Wassergraben, dann Tatis Rezitation vor dem Fernseher und jetzt diese kleine Göre. War das alles nur Zufall? Oder reine Einbildung? Wurde sie langsam verrückt? Die Ladentür öffnete sich, und eine mollige Frau um die fünfzig stellte einen Korb mit roten Äpfeln vor die Eingangsstufen. Anouk sprang auf und floh in das Geschäft.

Der Duft von frisch gebrühtem Kaffee lag in der Luft, als sie eine halbe Stunde später durch die Haustür trat. Aus der Küche drang Klaviermusik von Debussy, dem Lieblingskomponisten ihrer Großtante. Anouk lief ins obere Stockwerk, trank einen Schluck Amaretto, verstaute die Flasche danach in ihrem Koffer und ging in die Küche hinunter.
»Hallo, Liebes. Seit wann bist du denn Frühaufsteherin?«
Valerie hatte den Tisch gedeckt und häufte Rühreier auf zwei Teller.
»Ich habe schlecht geschlafen«, murmelte Anouk und setzte sich. Sie goss sich eine Tasse Kaffee ein und hoffte, ihre Großtante würde nicht riechen, dass sie kurz zuvor Alkohol getrunken hatte.
»Oh, das tut mir leid, Schatz.« Valerie strich sich über ihre tadellose Frisur. »Das ist sicher nur der Jetlag.«
Anouk unterließ es, ihre Großtante darauf hinzuweisen, dass sie gestern nur eine knappe Stunde unterwegs gewesen war. Am liebsten hätte sie sich irgendwohin verkrochen, wo weder

kleine Mädchen noch alte Tanten herumgeisterten und auch keine ominösen Stimmen zu hören waren. Das Ganze war ihr unheimlich. Und obwohl sie sonst immer gerne allem auf den Grund ging, wusste sie in diesem Fall nicht so recht, ob sie ihrer grundsätzlichen Neugierde nachgeben und den merkwürdigen Vorfällen wirklich nachspüren sollte. Was, wenn sich dabei herausstellte, dass nur sie diese Stimmen hörte? Ihr Kopf nicht mehr richtig funktionierte und sie seit ihrem Unfall an einer Art Realitätsverlust litt?

»Wenn du Lust hast, können wir heute einen Ausflug machen«, unterbrach Valerie Anouk in ihrem Gedankengang. »Zum Beispiel das Kloster Baldegg besichtigen, oder wir gehen einkaufen.« Sie warf einen abfälligen Blick auf Anouks ausgeleierten Jogginganzug. »In Lenzburg gibt es ein paar hübsche Geschäfte.«

Anouk gähnte. Obwohl sie kein allzu großes Verlangen verspürte, mit ihrer Großtante zum Shoppen zu gehen, war es immer noch besser, als hier herumzusitzen.

»Ja, okay, wenn du möchtest.«

Valerie warf ihr einen prüfenden Blick zu, sagte aber nichts, sondern nahm stattdessen drei verschiedenfarbige Pillen, die sie mit einem Glas Wasser hinunterspülte.

»Um drei Uhr müssen wir aber zurück sein. Ich habe einen Termin bei Doktor Sandmeier. Du weißt schon, dem gutaussehenden Arzt.«

Valerie zwinkerte.

»Schon wieder? Der war doch erst gestern hier.«

Anouk griff nach dem dunklen Brot und betrachtete es kritisch.

»Er ist die Freundlichkeit in Person. Ich wüsste wirklich nicht, was ich ohne seine Unterstützung machen würde. Ich glaube fast, er ist ein wenig in mich verschossen.«

Anouk verschluckte sich und bekam einen Hustenanfall.
Ihre Großtante runzelte die Stirn. »Denkst du etwa, das sei nicht möglich?«, fragte sie schnippisch.
Anouk wischte sich die Tränen aus den Augen und unterdrückte einen Lachanfall.
»Tut mir leid, Tati«, krächzte sie, »ich wollte dich nicht beleidigen. Ja, lass uns nach Lenzburg fahren«, wechselte sie das Thema. »Ich brauche wirklich ein paar neue Klamotten. Mir ist alles zu groß geworden.«

»Es ist Rot!«
Anouk stemmte beide Füße in den Wagenboden und klammerte sich an den Sicherheitsgurt.
»Herrgott«, presste Valerie zwischen den Zähnen hervor, »ich hab's gesehen! Erschreck mich doch nicht so! Ich baue sonst noch einen Unfall.« Sie verstummte abrupt und warf Anouk einen schnellen Blick zu. »Tut mir leid, Liebes, ich wollte dich nicht so anfahren.«
Anouk nickte und streifte sich die schweißnassen Hände an ihrer Jeans ab.
»Ist schon gut, Tati. Mir tut's auch leid … ich … es …«, sie brach ab und schüttelte den Kopf.
Es war keine gute Idee gewesen, mit dem alten BMW ihrer Großtante nach Lenzburg zu fahren. Schon auf der Hinreise war Anouk tausend Tode gestorben. Und obwohl Valerie für ihr Alter noch erstaunlich sicher fuhr, war die Rückfahrt die reinste Tortur. Anouk verkrampfte sich, sobald ein Zebrastreifen in Sicht kam. Das T-Shirt klebte wie eine zweite Haut an ihrem feuchten Rücken, und ihr Herzschlag hatte sich verdreifacht.
»Wir sind gleich bei der Praxis, Schatz.« Valerie legte ihr beruhigend die Hand auf den Oberschenkel. »Vielleicht kann

dir Doktor Sandmeier ja eine Tablette geben. Das mit dem Ausflug war vermutlich doch keine so gute Idee«, fügte sie zerknirscht hinzu und betätigte den Blinker.

Anouk versuchte zu lächeln, was ihr gründlich misslang.

»Nein, ist schon okay. Irgendwann muss ich mich ja wieder ans Autofahren gewöhnen. Das ist wie beim Reiten: Man muss nach dem Runterfallen gleich wieder aufsteigen.«

Ihre Großtante nickte.

»Ja, so sagt man. Et voilà, wir sind da!« Sie stieß die Luft aus, zog die Handbremse an und griff nach ihrer Handtasche. »Kommst du?«

»Geh bitte schon vor, ich komme gleich nach«, erwiderte Anouk und stieg schnell aus.

»Ist wirklich alles in Ordnung?«

Valerie neigte den Kopf. Anouk hasste es, wenn man sie so ansah. Wie einen dreibeinigen Hund. Sie wollte kein Mitleid, wenn sie überhaupt etwas wollte, dann Absolution. Aber die würde sie weder von ihrer Großtante noch von einem anderen Menschen bekommen.

»Ich brauche nur etwas frische Luft.«

Valerie wandte sich um.

»Im zweiten Stock die erste Tür links. Bis gleich, Liebes.«

Schloss Hallwyl, 1743

Die hölzerne Eckbank knirschte, als Bernhardine sich eine bequemere Stellung suchte. Der Reifrock zwickte, und ihr Korsett war so eng geschnürt, dass sie fürchtete, demnächst in Ohnmacht zu fallen. Die Standuhr in der Ecke schlug die achte Stunde. Man hatte ihr gesagt, eine Dienstmagd würde sie zum Nachtmahl abholen, und sie den Rest des Tages sich

selbst überlassen. Bernhardine knetete ihre eiskalten Finger. Bald würde sie ihrem zukünftigen Gemahl das erste Mal gegenüberstehen. Sie stellte sich vor, wie Johannes von Hallwyl seine Braut wahrnehmen würde: ein sechzehnjähriges, schlankes Mädchen in einem lavendelfarbenen, mit Rosen bestickten Taftkleid. Die eng geschnürte, mit einem violetten Band zusätzlich noch betonte Taille, der durch das Mieder stark gewölbte Busen, den ein spitzenbesetztes Tuch züchtig verhüllte. Und schlussendlich die in Löckchen gelegte Perücke, die ihr kupferrotes Haar verbarg. In Ermangelung einer Putzmacherin vor Ort hatte Marie Hand anlegen müssen. Das Resultat war ansehnlich. Bernhardines Haut war makellos, weshalb sie auch darauf verzichtet hatte, sich das Gesicht weiß zu pudern. Als Hommage an die neue Umgebung hatte sie einen Fächer mit einem Schäferinnenmotiv gewählt und fächelte sich damit energisch Luft zu.
Wie unhöflich, die zukünftige Schlossherrin warten zu lassen! Zuerst der fehlende adäquate Empfang, die Abwesenheit des Schlossherrn und jetzt auch noch Unpünktlichkeit. Als hätte ihr Ärger das Stichwort gegeben, klopfte es an der Tür. Auf Bernhardines Aufforderung hin trat eine junge Magd in den Salon und knickste unbeholfen.
»Das Abendessen ist serviert, gnädiges Fräulein … Herrin«, lispelte das Mädchen hilflos und errötete heftig. Bernhardine verdrehte die Augen. Sie würde hier wahrlich viel zu tun haben. Der Dienerschaft korrekte Umgangsformen beizubringen, wäre eine ihrer ersten Handlungen.
»Nenne mich ›Madame‹!«, befahl sie.
Die Bedienstete senkte den Blick und nickte. Bernhardine erhob sich und folgte der Magd den Stufengang hinab. Ein langer Korridor, der nur spärlich von flackernden Talglampen beleuchtet wurde, führte in einen Vorraum mit Porträts an

den Wänden. Grimmig dreinblickende Männer, viele im Ornat eines Priesters, starrten auf die Eintretenden hinab. Bernhardines Herzschlag beschleunigte sich. Am liebsten wäre sie davongerannt und hätte sich versteckt. Ein jähes Heimweh nach ihrer Mutter überrollte sie wie eine dunkle Welle und machte ihr das Atmen schwer. Unwillkürlich entfuhr ihr ein leiser Seufzer.

Die junge Magd warf ihr einen ängstlichen Blick zu. »Madame?«, fragte sie leise.

»C'est rien«, antwortete Bernhardine. »Es ist nichts.« Sie straffte die Schultern und holte tief Luft.

Der Speisesaal war genau so, wie sie ihn sich vorgestellt hatte: fensterlos, karg und feucht. Obwohl es Sommer war, brannte ein Feuer im Kamin. Über dem schmucklosen Tisch hingen zwei Lüster, in denen tropfende Kerzen flackerten. Die einzige Zierde war ein verblasster Gobelin an der Wand, der eine Hirschjagd darstellte. Auf dem Tisch befanden sich zwei Gedecke. Eines am Kopf-, das andere am Fußende. Links und rechts der Tafel standen Stühle mit hohen Lehnen wie eine kleine, hölzerne Armee. Die Magd knickste wieder, wandte sich zum Gehen und schob die Türflügel hinter sich zu, die mit einem hohlen Knall ins Schloss fielen. Bernhardine zuckte bei dem Geräusch zusammen. Von ihrem zukünftigen Gemahl war weit und breit nichts zu sehen.

Es geziemte sich nicht, sich an die Tafel zu setzen, solange der Hausherr nicht anwesend war, deshalb wanderte sie im Saal umher, besah sich den rußigen Kamin, den verblassten Wandteppich und strich mit dem Finger über die Lehne eines Stuhles. Ihre Absätze klackten laut auf dem Steinfußboden. Sie wurde unruhig und hätte unbedingt auf den Abort gemusst. Je länger der Schlossherr auf sich warten ließ, desto ärgerlicher wurde sie. Was war denn das für ein Benehmen? Sie war

schließlich seine Braut und nicht irgendein gemeiner Bittsteller.
Endlich hörte sie Schritte auf dem Korridor. Die Tür wurde aufgerissen, und zwei riesige Wolfshunde sprangen ins Zimmer. Bernhardine stieß einen Schrei aus und drückte sich an die Wand. Die zotteligen Ungetüme stutzten einen Moment, als sie die Fremde bemerkten, stellten die Ohren auf und schlichen dann langsam auf sie zu. Bernhardine fing an zu zittern und presste ihre Arme an die Brust. Einer der Hunde schnüffelte an ihrem Rocksaum, der andere setzte sich hin und fing an, sich ausgiebig zu kratzen.
»Hector, Achilles, Platz!«
Hinter den Bestien war ein korpulenter Mann eingetreten. Johannes von Hallwyl trug einen einfachen braunen Justaucorps. Der Oberrock war altmodisch geschnitten und reichte ihm bis zu den Waden. Eine senffarbene Kniehose mit passender Weste, die sich über seinen Kugelbauch spannte wie ein Pergament über einen vollen Schmalztopf, und eine grau gepuderte Perücke vervollständigten seine Aufmachung. Seine dicken Wangen waren gerötet, als hätte er sich zu lange in der Sonne aufgehalten. Dennoch besaß er eine herrschaftliche Ausstrahlung, wenn diese auch so gar nicht mit den Vorstellungen übereinstimmte, die sich Bernhardine bei der Lektüre von Sidonias Gedichten von ihrem zukünftigen Ehegatten gemacht hatte. Sie musste sich beherrschen, um nicht die Nase zu rümpfen.
»Madame, ich muss mich für mein spätes Erscheinen entschuldigen. Unabdingbare Geschäfte hielten mich von dem Entzücken, Ihre Bekanntschaft früher zu machen, ab. Ich hoffe, es ist alles zu Ihrer Zufriedenheit arrangiert? Wenn nicht, genieren Sie sich nicht, mir all Ihre Wünsche zu nennen. Ich werde mein Möglichstes tun.«

Er machte eine formvollendete Verbeugung, und Bernhardine neigte – ein wenig besänftigt – den Kopf. Wenigstens waren seine Umgangsformen tadellos. Der Schlossherr bot ihr den Arm und geleitete sie ans Kopfende der Tafel. Die Wolfshunde folgten ihnen, ließen sich vor dem Kamin nieder und beäugten die Szene aufmerksam.
Nachdem sich Bernhardine gesetzt, ihr Kleid zurechtgezupft und den Fächer neben dem Teller platziert hatte, dachte sie, es sei nun an der Zeit, das Wort an ihren zukünftigen Gemahl zu richten, um einige Dinge gleich im Vorfeld klarzustellen. Der Sprung ins kalte Wasser erschien ihr angemessener, als zu warten, bis Johannes sich womöglich ein falsches Bild von seiner Braut gemacht hatte. Der Hausherr begab sich unterdessen ans andere Ende der Tafel, befestigte sein Mundtuch mit einem Kettchen vor der Brust und klingelte mit einer Messingglocke.
»Monsieur, ich ...«
Die Tür öffnete sich, und ein Diener trug eine dampfende Suppenschüssel herein. Bernhardine schüttelte den Kopf, als ihr der Bedienstete die Suppe auftragen wollte. Ganz bestimmt würde sie kein Arme-Leute-Essen zu sich nehmen!
»Madame ist nicht hungrig?«
Johannes stockte in der Bewegung, seinen Löffel zum Mund zu führen, und zog die Augenbrauen hoch. Der Diener seinerseits stellte die Schüssel in der Mitte des Tisches ab, setzte sich auf einen Stuhl neben die Türe und legte die Hände in den Schoß.
»Nicht wirklich, Monsieur«, entgegnete sie und nahm aus einem Korb ein Stück Brot. Es war dunkel und bestand aus rohem Schrot, das zwischen ihren Zähnen knirschte. Bernhardine verzog den Mund. Immerhin schmeckte der Wein gut. Sie griff nach dem Kelch und genehmigte sich einen gro-

ßen Schluck. Anders als in ihrem Elternhaus, wo man den Wein stets mit Wasser gemischt hatte, war dieser unverdünnt. Sie spürte bereits, wie er ihr zu Kopf stieg.
Johannes zog seinen Teller näher und schlürfte weiter seine Suppe. Er vermittelte nicht den Eindruck, große Lust auf Konversation zu verspüren. Bernhardine begann, sich zu langweilen. Zu Hause wurde Tischmusik gespielt, meist hatte man Gäste geladen, häufig Geschäftspartner ihres Vaters, die von fremden Ländern und Sitten zu berichten wussten. Manchmal waren auch ihre Brüder und Schwestern mit ihren Familien zu Besuch gekommen. Dann wurde viel gescherzt und gelacht. Sie schluckte den dicken Kloß, der sich bei diesen Erinnerungen in ihrem Hals gebildet hatte, hinunter. Es fehlte gerade noch, dass sie sich vor ihrem zukünftigen Gemahl irgendeine Blöße geben würde.
Johannes hatte seinen Teller indes geleert und winkte dem Diener. Dieser nahm die Suppenschüssel vom Tisch und verließ den Saal. Bernhardine räusperte sich, und der Schlossherr schaute mit einem erfreuten Lächeln hoch.
»Madame?«
Sie rutschte ein wenig auf ihrem Stuhl hin und her und fasste sich schließlich ein Herz. »Monsieur, wenn Sie schon die Güte haben, mich nach meinen Wünschen zu fragen. Es gib in der Tat ein paar Dinge, die ich zu verändern gedenke.«
Johannes von Hallwyl zog belustigt einen Mundwinkel hoch. »Tatsächlich, Madame. Dann erweisen Sie mir doch die Ehre, mich diesbezüglich zu informieren. Ich würde es nicht gerne sehen, wenn meine zukünftige Gattin irgendetwas missen müsste.«
Bernhardine strahlte und ließ sich vom eintretenden Diener den Teller mit Gebratenem und Kohl füllen. Plötzlich war sie sehr hungrig.

Johannes von Hallwyl setzte sich an seinen Sekretär und legte seufzend sein rechtes Bein auf einen Schemel. Die Gicht plagte ihn wieder, und er biss sich auf die Lippen, als der Schmerz von seinem Fuß weiter das Bein hinaufschoss. Er zog behutsam seinen Schnallenschuh aus. Sein Fuß pochte und fühlte sich heiß an. Sicher war er auch geschwollen.
Johannes lehnte sich zurück und dachte an seine junge Braut. Sie war genauso hübsch wie auf der Miniatur, die er von ihrem Vater bekommen hatte. Aber sie war noch ein Kind, und er fragte sich, ob er nicht zu voreilig um sie gefreit hatte. Selbst sein Bruder Gerold hatte ihm seine Bedenken bezüglich einer erneuten Heirat dargelegt. Dies so vehement und wiederholt, dass Johannes beinahe einen Rückzieher gemacht hätte. Aber ein von Hallwyl stand zu seinem Wort. Sogar auf die Gefahr hin, sich eine Hexe – wie Gerold die junge Diesbach nannte – ins Haus zu holen. Doch Johannes glaubte weder an Hexen noch an Zauberei. Auch wenn er jetzt ein wenig an seiner Entscheidung zweifelte. Man hatte ihm vorhin eine Liste mit den Wünschen seiner zukünftigen Ehefrau gebracht. Er zog das Pergament hervor, überflog es kurz und schüttelte den Kopf. Eine Putzmacherin wollte sie haben, parfümierte Wasserschalen für den Esstisch, Spielleute – über vierzig Posten waren aufgeführt. Grundgütiger, woher sollte er das Geld für all das nehmen?
Johannes kratzte sich am Kopf, worauf seine Perücke verrutschte. Er nahm sie ab und warf sie auf den Schreibtisch. Zufällig fiel sein Blick dabei auf einen Messingleuchter. Wenn sein Konterfei auch durch die Wölbung des Metalls verzerrt wurde, konnte er nicht umhin zu bemerken, dass er alt geworden war. Von dem stattlichen Recken von einst war nur noch ein übergewichtiges, kahlköpfiges, gichtgeplagtes Mannsbild zurückgeblieben. Ob seine junge Frau ihn abstoßend fand? Zweifelsohne, da machte er sich nichts vor. Ver-

mutlich waren ihre verklärten Vorstellungen, was das Erscheinungsbild ihres zukünftigen Gemahls anging, herb enttäuscht worden. Aber schließlich bot er ihr ein Schloss, eine sichere Zukunft und einen Titel. Sie sollte sich also glücklich schätzen, so eine vorteilhafte Partie zu machen! Aber vielleicht tat er der jungen Bernerin ja unrecht, und sie musste sich nur erst an ihn und an die neue Umgebung gewöhnen. Auch Viktoria war es zu Anfang schwergefallen. Über Johannes' Gesicht huschte ein warmes Lächeln wie jedes Mal, wenn er an seine erste Frau dachte. Das Schicksal hatte sie ihm viel zu früh entrissen. Bei der Geburt ihres Kindes waren sowohl sie als auch ihr gemeinsamer Sohn gestorben. Er war danach nicht mehr fähig gewesen, eine andere Frau zu lieben. Liebschaften, ja, die hatte es natürlich gegeben. Er war schließlich ein Mann und die Mägde willig, aber zu einer Nachfolgerin für Viktoria hatte sein Mut nicht gereicht. Doch jetzt wurde er alt und spürte das Verlangen, einen Menschen um sich zu haben, der für ihn sorgte, bis ihn der Allmächtige zu sich rief. Außerdem musste er seine Nachkommenschaft sichern, ansonsten würde das Schloss Gerold zufallen.
Johannes schnaubte. Er verstand sich immer weniger mit seinem jüngeren Bruder, dessen frömmelnde Art ihm auf die Nerven ging. Überall sah dieser Hexen, Ketzer und Verdammte. Wenn Gerold könnte, würde er das Schloss vermutlich in ein Kloster verwandeln. Erst kürzlich hatte er erneut gegen die Bernerin gewettert. Doch Johannes wollte einen Erben. Bernhardine war jung und gesund; sie hatte die nötigen Voraussetzungen, ihm einen Stammhalter zu gebären. Vielleicht konnte sie ihn sogar irgendwann lieben. Er nahm sich vor, sein Bestes dahin gehend zu versuchen. Der Weg zum Herzen einer Frau lag oft in der Erfüllung ihrer Anliegen. Johannes griff erneut nach der Liste und klingelte nach seinem Diener.

4

Seengen, 2010

Im Wartezimmer der Arztpraxis roch es nach Desinfektionsmitteln und Bohnerwachs. Über einer hellbraunen Sitzgruppe hing ein Bild des Matterhorns. In einer Ecke stand ein fleischiger Gummibaum. Die Magazine auf dem Glastisch waren abgegriffen und zerfleddert. Anouk hatte die Wahl zwischen einer Tageszeitung der vergangenen Woche, dem *Reader's Digest* und einem Arztmagazin, auf dessen Titelblatt ein schwach durchblutetes Herz prangte. Sie setzte sich auf einen Stuhl, schlug die Beine übereinander und wühlte in ihrer Handtasche nach einem Kaugummi.

Ob sie mit dem Arzt über die Ereignisse der letzten Tage reden sollte?

»Hallo, Herr Doktor, ich höre seit meinem Unfall Stimmen, die Gedichte aufsagen – ist das normal?«

Anouk grinste. Womöglich würde er sie daraufhin sofort in die Psychiatrie einweisen lassen. Außerdem wagte sie zu bezweifeln, dass ein Wald- und Wiesenarzt überhaupt der Richtige für die Analyse solcher Symptome war. Sie hörte Türen schlagen, gleich darauf trat ihre Großtante ins Wartezimmer und sagte über ihre Schulter hinweg: »Ah, Herr Doktor, darf ich Sie mit meiner Großnichte Anouk bekannt machen? Sie betreut mich alte Frau für ein paar Monate.«

Valerie kicherte mädchenhaft. Anouk stand der Mund offen. Seit sie sich erinnern konnte, hatte sie ihre Großtante noch nie auf diese Weise lachen hören. Dieser Doktor musste wirklich etwas ganz Besonderes sein.
»Aber Frau Morlot, Sie sind doch nicht alt! Sie fischen doch nur nach Komplimenten, Teuerste.«
Teuerste? Anouk verdrehte die Augen. War der Mann vielleicht so etwas wie ein schlechter Komödiant? Hinter Valerie trat ein schlanker Mann herein, der einen weißen Arztkittel trug und dringend einen Haarschnitt benötigt hätte. Anouk riss die Augen auf.
»Sie sind das!«, riefen sie und der Doktor gleichzeitig aus.
Valerie schaute die beiden verblüfft an. »Ihr kennt euch?«
Der Arzt fand als Erster die Sprache wieder. »Ja, das heißt, nein. Ich meine … wir lernten uns im Zug kennen. Ich habe Ihre Großnichte sozusagen körperlich aufgefangen.«
Er zwinkerte Anouk zu.
»Davon hast du mir ja gar nichts erzählt.«
Valerie runzelte die Stirn. Klang da etwa Eifersucht mit? Anouk verbiss sich ein Schmunzeln.
»Ich wusste doch nicht, dass er dein Hausarzt ist, Tati«, versuchte Anouk, sie zu beschwichtigen. »Ich bin gestolpert und auf Herrn Sandmeier gefallen. Das ist alles.« Sie griff nach ihrer Handtasche. »Können wir?«
Valerie legte vertraulich ihre Hand auf den Arm des Arztes. »Also um halb sieben. Und bitte keine Blumen – die sparen Sie sich lieber für meine Beerdigung auf.«
Doktor Sandmeier lachte schallend und nickte.
»Abgemacht. Aber eine Flasche Wein darf ich doch mitbringen, oder? Ich habe heute nämlich keinen Bereitschaftsdienst, und ich weiß ja, was für eine hervorragende Köchin Sie sind. Und zu einem köstlichen Essen gehört auch ein köstlicher Wein.«

Anouks Blicke flogen hin und her. Der Arzt würde zum Abendessen kommen? Ihre Tante hatte also postwendend den Kuppeldienst aufgenommen. Anouk stieß die Luft aus, und der Arzt warf ihr einen schnellen Blick zu, als er es bemerkte. Sollte er doch, es war ihr gleichgültig. Hauptsache, er brächte Wein mit. Hoffentlich gleich zwei Flaschen.

»Du bist unmöglich!« Valerie kämpfte verbissen mit der Gangschaltung des BMW. Mit einem hässlichen Knirschen quittierte das Getriebe ihre Bemühungen, und der Wagen schoss aus der Parklücke. »Doktor Sandmeier ist so ein feiner Mensch. Er hat es nicht verdient, dass du dich über ihn lustig machst. Ich bin wirklich böse auf dich!«

»Nun komm schon, Tati. Ich habe ja gar nichts gesagt.« Anouk klammerte sich ängstlich an ihre Handtasche. »Würdest du bitte langsamer fahren?«

»Nein, gesagt hast du nichts, aber du warst unhöflich.« Ihre Großtante trat das Gaspedal noch fester durch und würgte den zweiten Gang rein. »Der Mann ist ja nicht dumm.«

Anouk seufzte. Ihre Großtante hatte recht. Der Arzt konnte nichts dafür, dass sie im Moment ein bisschen neben sich stand.

»Tut mir leid. Ich verspreche, heute Abend bin ich die Liebenswürdigkeit in Person.« Anouk fing einen skeptischen Blick ihrer Großtante auf. »Und wenn du jetzt noch so freundlich wärst, vom Gas zu gehen, lächle ich auch den ganzen Abend über. Ehrenwort!«

Max setzte sich an seinen Schreibtisch und notierte das aktuelle Tagesdatum in Valerie Morlots Patientenakte. Die vaskuläre Demenz, die er vor einem halben Jahr bei ihr diagnostiziert hatte, stagnierte zu seiner großen Freude für den Moment. Die Arterienverkalkung, die zu Verengungen der Blutgefäße im

Hirn führte, war nicht heilbar, doch die medikamentöse Behandlung schlug gut bei seiner Patientin an, und er hoffte, dass der Krankheitsverlauf mit gezieltem Gedächtnistraining und einer leichten Beschäftigungstherapie um einiges verlangsamt werden konnte. Max mochte die alte Dame, die ihn mit ihrer unkonventionellen Art immer zum Lachen brachte. Und so hoffte er nur, dass die Krankheit noch möglichst lange stillhalten und kein hilfloses Bündel Mensch aus ihr machen würde, das auf ständige Betreuung angewiesen war. Max seufzte. Das Leben war manchmal wirklich ungerecht.

Unwillkürlich dachte er an die attraktive Touristin, die sich als Valerie Morlots Großnichte entpuppt hatte. Und obwohl sich Anouk ihm gegenüber äußerst reserviert verhielt, gefiel sie ihm immer besser. Außerdem glaubte er zu wissen, dass sich hinter ihrer Ruppigkeit in Wahrheit eine tiefgehende Traurigkeit verbarg. Valerie Morlot hatte ihm vom Unfall ihrer Großnichte erzählt, und so sah er in ihrem abweisenden Verhalten eher eine Nachwirkung dieses schrecklichen Ereignisses als eine grundlegende Antipathie ihm gegenüber. Ob sie sich wohl die Schuld am Tod ihrer Freundin gab? Vermutlich, sonst wäre sie sicher etwas aufgeschlossener gewesen.

Doch letztendlich ging ihn das nichts an, und so murmelte er abschließend vor sich hin: »Du hast genug andere Patienten, kümmere dich lieber um die.«

Er griff nach dem nächsten Krankenblatt und läutete seiner Sprechstundenhilfe. Trotzdem kehrte er in Gedanken noch einmal zur Großnichte seiner Patientin zurück. Er freute sich auf den heutigen Abend. Anouk Morlot forderte ihn auf eine Weise heraus, die ihn ebenso fesselte, wie sie ihn beunruhigte. Und er war gespannt, welches der beiden Gefühle die Oberhand gewinnen würde.

Pünktlich um halb sieben klingelte es an der Haustür. Anouk zupfte sich eine Haarsträhne vor ihre Narbe und setzte ihr schönstes Lächeln auf.

»Herr Doktor Sandmeier, welche Freude, Sie wiederzusehen!«, flötete sie, hielt dem verblüfften Arzt die Tür auf und ließ ihn eintreten.

»Ja, mich freut es auch … sehr«, stammelte dieser, offensichtlich mehr als überrascht, so freundlich von ihr empfangen zu werden.

»Dann herein in die gute Stube!« Anouk schloss die Tür, quetschte sich an dem Arzt vorbei und ging ihm durch den Flur auf die Terrasse voraus. »Meine Großtante kommt sofort, sie pudert sich nur noch die Nase. Möchten Sie mir vielleicht den Wein geben?«

Doktor Sandmeier sah auf die beiden Flaschen, die er in den Händen hielt, als hätte ihm jemand zwei fremde Säuglinge in die Arme gelegt.

»Natürlich, hier.«

Anouk verbiss sich ein Lachen. Sie räusperte sich und nahm sich vor, tatsächlich etwas liebenswürdiger mit ihrem Gast umzugehen. Ihre Großtante würde sie sonst womöglich rauswerfen.

»Setzen Sie sich doch! Möchten Sie einen Aperitif?«

»Nur ein Glas Wasser, bitte. Und sagen Sie doch Max zu mir. Schließlich sind Sie nicht meine Patientin.«

Er lächelte. Anouk registrierte mit Verwunderung, wie gutaussehend er war, wenn er nicht so ein ernstes Gesicht machte. Seine haselnussbraunen Augen und seine weißen, regelmäßigen Zähne, deren Regulierung seine Eltern vermutlich Unsummen gekostet hatte, waren ihr im Zug schon aufgefallen. Und während er sich eine Haarsträhne aus dem Gesicht strich, nutzte sie die Gelegenheit, auch noch einen raschen

Blick auf seine Hände zu werfen. Gepflegte Arzthände – natürlich – mit langen, schlanken Fingern. Feine Äderchen überzogen seine Handrücken. Er trug weder einen Ring noch eine Uhr. Gekleidet war er eher nachlässig. Eine verwaschene Jeans und ein kurzärmeliges Hemd, das so aussah, als hätte er es schon als Student getragen.

»Zufrieden?«

Anouk räusperte sich. »Bitte?«

»Mit der Musterung«, erwiderte der Arzt und zog spöttisch einen Mundwinkel nach oben. »Ich bin vermutlich nicht der Weltgewandteste, aber blind bin ich deshalb noch lange nicht.«

Anouk lachte. Etwas zu laut, da sie sich ertappt fühlte. Sie streckte ihm die Hand hin. »Hallo, Max, ich bin Anouk … und eigentlich ganz nett.«

Ein ohrenbetäubendes Krachen riss Anouk aus dem Schlaf. Wo zum Teufel war sie? Bei Tati Valerie – natürlich. Verfluchter Wein! Die grünen Digitalziffern des Weckers standen auf zwei Uhr fünfundvierzig. Anouk schlug die Bettdecke zurück und tappte, ohne das Nachttischlämpchen anzuknipsen, ins Badezimmer. Irgendjemand hatte ihr erzählt, dass es nicht ratsam sei, im Halbdunkel in den Spiegel zu blicken. Denn dann sähe man sein wahres Ich darin. Und wenn alle Selbstlügen fielen, sei schon mancher wirr im Kopf geworden. Obwohl sie nicht abergläubisch war, steuerte sie gesenkten Kopfes am Badezimmerspiegel vorbei und setzte sich auf die Toilette.

Draußen tobte ein Sommergewitter: Bäume bogen sich unter Windböen, Regen klatschte gegen die Fenster, Blitze erhellten gelbdunkle Wolken. Erneut ließ ein Donnerschlag die Fensterscheiben klirren. Anouk griff sich an die Stirn; sie hatte ra-

sende Kopfschmerzen, und ihre Kehle war so trocken wie eine Wüste. Sie stand auf, öffnete den Spiegelschrank und kramte blind nach einem Aspirin. Mit der hohlen Hand schöpfte sie etwas Wasser und würgte die Tabletten hinunter. Der Abend war, wider Erwarten, recht unterhaltsam verlaufen. Max Sandmeier konnte wunderbar Geschichten erzählen und hatte die Morlot-Frauen damit mehrfach zum Lachen gebracht. Den Schrullen der Landbevölkerung gewann er unter humoristischen Gesichtspunkten das Beste ab. Er lobte seine Patienten ob ihrer Standhaftigkeit bei Schmerzen. Max hatte vor ein paar Jahren seine gut florierende Arztpraxis in einem Zürcher Nobelviertel aufgegeben, weil ihm die dortigen Kranken auf die Nerven gefallen waren. Die bräuchten gar keinen Arzt, hatte er gesagt. Ihre Wehwehchen wären meist nur eingebildet und dazu da, sie über ihre langweiligen Tage hinwegzutragen. Nach der vierzigsten Dame aus der Oberschicht, die angeblich an einer unheilbaren Krankheit litt und auf nächtliche Hausbesuche pochte, hatte Max den Bettel hingeschmissen und war nach Seengen zurückgekommen, wo er zur Schule gegangen war. Und obwohl er weit weniger verdiente als in Zürich, fühlte er sich hier gebraucht und am richtigen Platz.
Anouk beneidete ihn um dieses Gefühl. Sie würde einfach durch ein anderes Model ersetzt werden, wenn sie nicht bald wieder verfügbar war. Das Modelbusiness war schnelllebig und sprunghaft. Seitdem sie mit neunzehn einen Modelnachwuchswettbewerb gewonnen und daraufhin das Gymnasium geschmissen hatte, war sie ständig unterwegs gewesen. Sie kannte zwar viele Leute, aber nur oberflächlich. Nur Julia war ihr durch die Jahre hindurch eine wahre Freundin gewesen – und ihr gemeinsames Loft Anouks eigentliches Zuhause. Sie hatte sich immer darauf gefreut, ein paar freie Tage in

Zürich verbringen zu können, bevor das nächste Shooting anstand. Doch jetzt war Julia tot. Und damit auch die einzige Person, die Anouk Halt gegeben hatte. Gewiss, ihre Eltern waren immer für sie da. Auch ihre Schwester Aimée würde sofort kommen, wenn sie nach ihr riefe, aber sowohl ihre Schwester als auch ihre Eltern führten ihr eigenes Leben. Anouk war jetzt vierundzwanzig. In diesem Alter hatte ihre Mutter bereits zwei Töchter großgezogen; Aimée war im gleichen Alter verheiratet und schwanger gewesen. Und was hatte sie vorzuweisen? Eine dicke Fotomappe, eine Setcard und einen Pass mit exotischen Stempeln. Ein paar Jahre lang würde sie den Job noch machen können. Und dann? Sie hatte keine Ausbildung, keine Freunde, keine Perspektive. Anouks Augen füllten sich mit Tränen.

»Toll, ein bisschen Selbstmitleid zu nächtlicher Stunde bringt einen so richtig in Stimmung«, murmelte sie und wischte sich mit dem Handrücken über die Augen. Sie ging zurück ins Schlafzimmer, legte sich aufs Bett und starrte an die Decke. Das Gewitter war schwächer geworden, und der Regen prasselte jetzt gleichmäßig und monoton gegen die Fensterscheiben. Wäre dieses halbe Jahr, das sie mit ihrer Großtante verbringen würde, ein Wendepunkt für sie? Gaben ihr diese sechs Monate Zeit, um ihrem Leben eine andere Richtung und eine neue Perspektive zu geben? Sie war noch jung, sie konnte noch alles erreichen, sie musste nur herausfinden, was sie wollte.

Als sie das zweite Mal die Augen aufschlug, schien die Sonne durch einen Gardinenspalt ins Zimmer. In dem hellen Lichtstreifen tanzten Staubpartikel. Eine Schar Amseln stritt sich lautstark im Baum vor ihrem Fenster. Anouk streckte ihre Arme über dem Kopf aus und gähnte. Der Kopfschmerz hatte sich zu einem dumpfen Pochen zwischen ihren Augen zusammengezogen. Sie presste einen Moment Daumen und

Mittelfinger darauf. Ich muss weniger trinken, nahm sie sich vor. Die zweite Flasche, die Max gestern Abend mitgebracht hatte, hatte sie allein geleert. Dementsprechend pelzig fühlte sich ihre Zunge an. Anouk stand auf und öffnete das Fenster. Das Gewitter hatte die Luft rein gewaschen. Der Geruch von nassem Asphalt und zerquetschten Regenwürmern lag in der Luft. Bei diesem Gedanken musste sie daran denken, dass ihre Großtante Gespräche mit Ameisen führte. Sie hatte vorgehabt, Max danach zu fragen, hatte aber am gestrigen Abend keine Gelegenheit gefunden, ihn unter vier Augen zu sprechen. Sein Handy hatte plötzlich geklingelt, und er war nach einer kurzen Entschuldigung hastig aufgebrochen. Ein Notfall? Oder ein Anruf seiner Freundin? Der letzte Gedanke ließ sie die Stirn runzeln. Über dieses Thema hatten sie nicht gesprochen. Auch Tati Valerie hatte dazu nichts verlauten lassen, obwohl sie doch meist über alles Bescheid wusste, was im Dorf vorging. Aber was ging es sie überhaupt an, ob der Dorfarzt mit jemandem liiert war oder nicht?

Es war erst sieben Uhr. Verwandelte sie sich hier in Seengen etwa noch in eine Frühaufsteherin? Sollte sie etwas lesen? Oder lieber einen Spaziergang machen? Anouk beschloss, eine Runde joggen zu gehen. Die Bewegung würde ihr guttun und auch den Kopfschmerz vertreiben. Sie zog den neuen Trainingsanzug, den sie sich gestern in Lenzburg gekauft hatte, aus der Plastiktüte und schlüpfte hinein. Das Zähneputzen vertrieb zum Glück den letzten Rest Weinaroma in ihrem Mund, und als sie ins Freie trat, fühlte sie sich schon besser.

Es herrschte reger Verkehr. Die Berufstätigen fuhren um diese Zeit zur Arbeit nach Aarau, Basel und Zürich. Anouk kam sich ein wenig wie eine Schülerin vor, die den Unterricht schwänzte und sich einen schönen Tag machte. Sie musste einen Moment am Straßenrand warten und dachte plötzlich an

das kleine, rothaarige Mädchen, das sie am Tag ihrer Ankunft gesehen hatte. Hoffentlich war es noch gut nach Hause gekommen.
Sobald Anouk den Feldweg zum See erreicht hatte, fiel sie in einen leichten Trab. Unbewusst schlug sie den Weg zum Schloss ein. Obwohl der Uferweg vom nächtlichen Wolkenbruch aufgeweicht und voller Pfützen war, legte sie an Tempo zu. Eine unerklärliche Unruhe hatte sie mit einem Mal ergriffen. Ein Gefühl, als würde ihr etwas entgehen, wenn sie nicht so rasch wie möglich zum Anwesen derer von Hallwyl gelangte. Normalerweise war sie gut in Form, doch der Gewichtsverlust, der viele Alkohol und die Zigaretten forderten ihren Tribut. Schon nach kurzer Zeit bekam sie Seitenstechen, und ihr wurde schwindlig. Sie lief etwas langsamer und versuchte, gleichmäßiger zu atmen. Eine Ratte huschte knapp vor ihren Füßen über den Weg und verschwand im Schilf. Anouk fuhr erschrocken zurück. Gott, sie hasste Ratten wie die Pest! Was für widerliche Tiere. Nach weiteren zehn Minuten sah sie die ersten Zinnen der Schlossmauer. So früh am Morgen befanden sich noch keine Touristen auf dem Gelände. Auch die Sonne hatte ihren Weg durch den dichten Baumbestand noch nicht gefunden. Der gekieste Vorplatz lag in bläuliches Licht getaucht. Erst um die Mittagszeit, wenn die Sonne im Zenit stand, würde es hier hell werden.
Anouk stoppte, beugte sich vornüber und versuchte, wieder zu Atem zu kommen. Schweiß lief zwischen ihren Brüsten hinab. Ein Königreich für ein Handtuch!
Sie trat zur Bank, die vor dem Burggraben stand, und begann, ihre Beinmuskulatur zu dehnen. Eine Ente lief schnatternd und flügelschlagend übers Wasser und erhob sich in die Luft. Ab und zu sprang eine Forelle aus dem Tümpel und schnappte nach einem Insekt.

Anouk lächelte. Sie hatte beinahe vergessen, wie schön es im Seetal war. Auch die seltsame Unruhe war schlagartig von ihr abgefallen. Vermutlich war diese nur eine letzte Nachwirkung ihres gestrigen Weinkonsums gewesen.

Oh, ist ein Mann schon schlimm und dumm,
und geht von hohem Alter krumm;
Hat er nur Geld und keine Erben;
So will er nur getrost und kühn,
um meine Liebe sich bemühn,
und bei den Eltern um mich werben.

Anouks Kopf schoss in die Höhe. Es war dieselbe Frauenstimme wie gestern! Ihre Nackenhaare richteten sich auf. Fieberhaft drehte sie sich in alle Richtungen, konnte weit und breit aber keine Menschenseele entdecken. Ihr Herzschlag verdoppelte sich. In ihren Ohren rauschte das Blut, und ihre Kehle lechzte nach einem Schluck Wasser.

»Hallo!«, krächzte sie. »Ist da jemand?«

Doch es war nur das Plätschern der Wellen zu hören, die sich an den Mauern des Schlosses brachen. Die Vögel waren verstummt, ein paar wenige Enten kauerten nahe der Schleuse. Selbst die Krähen hockten regungslos in den Eichen entlang des Ufers. Sie sahen wie überdimensionale Tannenzapfen aus. Unvermittelt roch es nach Rosen und etwas anderem, das ihre Großtante zum Kochen verwendete. Nelken? Anouk wagte kaum zu atmen. Die Härchen auf ihren Unterarmen stellten sich auf, ein kalter Schauer lief ihr über den Rücken.

»Ich finde das überhaupt nicht witzig!«, schrie sie und drehte sich im Kreis herum. »Absolut nicht! Sollte sich also jemand einen Scherz mit mir erlaubt haben, sei ihm hiermit gesagt, dass er gelungen ist! Ha, ha! Ich lach mich tot!«

Ihre Stimme überschlug sich. Sie fror plötzlich entsetzlich und schlang die Arme um ihren Körper.
»Anouk? Was tust du denn hier?«
Sie wirbelte so schnell herum, dass sie aus dem Gleichgewicht geriet.
»Max?«, keuchte sie. »Gut, dass du kommst. Ich habe …«
Anouk brach ab. Wollte sie dem Arzt ihrer Großtante wirklich erzählen, dass sie körperlose Stimmen hörte?
»Du hast was?« Max kam näher und sah sie erwartungsvoll an.
»Ach, nichts«, erwiderte sie und trat einen Schritt zurück. »Wie kommt es überhaupt, dass du hier bist?«
Sie strich sich über die Stirn und fühlte kalten Schweiß.
»Ich hänge Plakate auf«, sagte er und wies auf eine Reihe von Rollen, die in dem Rucksack steckten, den er in der linken Hand hielt.
Anouk musterte zuerst die Plakate, dann Max' Gesicht. Seine Erklärung klang überzeugend. Überhaupt war es eine Frauenstimme gewesen, die sie gehört hatte. Genau dieselbe, die gestern nach einer Désirée gerufen hatte. Aber ein Mann konnte seine Stimme natürlich auch verstellen. Doch wieso sollte Max so etwas tun? Um sie zu ängstigen? Möglich, aber aus welchem Grund?
»Tut mir leid, wenn ich dich erschreckt habe«, sagte er und zog eine Rolle aus seinem Rucksack. Er entfernte das Gummiband und befestigte das Plakat anschließend mit vier Reißzwecken an einem Holzschild, an dem bereits andere Ankündigungen hingen. »Wir führen demnächst ein Theaterstück im Schlosshof auf«, fügte er hinzu und wies mit dem Kopf auf den Anschlag. »Laienspieltruppe.« Er grinste.
Anouk nickte. »Verstehe. Nun denn, ich muss wieder zurück. Meine Großtante macht sich sonst Sorgen.«

Sie drehte sich um und wollte lostraben, doch Max griff nach ihrem Arm und hielt sie fest.
»Anouk, noch eine Frage.«
»Ja?«
»Möchtest du eventuell bei uns mitmachen?«
»Bei eurer Theatergruppe?« Sie lächelte belustigt.
»Wäre doch eine Abwechslung. Eine unserer Schauspielerinnen hat sich letzte Wochen den Fuß gebrochen und fällt deshalb aus. Wenn du Lust hast, kannst du ihre Rolle übernehmen. Sie ist nicht besonders groß ... ich meine die Rolle, nicht die Frau«, stammelte er und lachte dann.
Anouk seufzte. Sie hatte kein schauspielerisches Talent, obwohl sie beim Modeln oft in verschiedene Rollen schlüpfen musste. Oder sollte sie es einfach versuchen? Was hatte sie schon zu verlieren? Sie langweilte sich doch jetzt schon zu Tode. Vielleicht würde das Theaterspiel tatsächlich etwas Abwechslung in das öde Landleben bringen.
Max hatte vermutlich ihre Gedanken erraten, denn er beugte sich vor und murmelte verschwörerisch: »Komm einfach mal vorbei und sieh es dir an, einverstanden? Wenn's dir nicht zusagt, dann lass die Finger davon. Aber womöglich gefällt es dir ja. Ich würde mich freuen.«
Er lächelte und blickte sie treuherzig an. Was für schöne braune Augen dieser Mann doch hatte.
»Na gut«, erwiderte sie nach einer Pause, »ich sehe es mir mal an. Aber versprechen kann ich nichts.«
»Fabelhaft!« Er strahlte. »Ich hole dich heute Abend um sechs ab. Jetzt muss ich los, meine Praxis öffnet gleich.«
»Was, heute Abend schon?«
Sie hob abwehrend die Hand, aber er hatte sich schon umgedreht und war zwischen den Bäumen verschwunden.
Anouk drehte sich um und ging kopfschüttelnd den Weg zu-

rück. Sie horchte auf das Geräusch eines wegfahrenden Autos, doch alles blieb ruhig. Wie zum Henker war Max zum Schloss gekommen?

Vom Kirchturm schlug es Viertel vor acht, und Max trat stärker in die Pedale. Er verfluchte seinen Wagen, der heute Morgen schon wieder nicht angesprungen war. Er konnte sich zurzeit keinen neuen leisten und hoffte, dass die Kiste noch ein paar Jahre ihren Dienst tun würde. In Momenten wie diesen bereute Max es manchmal, dass er Zürich samt seinen betuchten Patienten verlassen hatte. Doch als er in die Hauptstraße einbog und den Hallwilersee zwischen den beiden grünen Hügelzügen liegen sah, verflog der Gedanke sofort wieder. Diesen Anblick konnte keine noch so florierende Nobelpraxis aufwiegen.
Seine Gedanken schweiften zu seiner vorherigen Begegnung mit Anouk zurück, die ihn im ersten Moment angestarrt hatte, als hätte sie einen Geist erblickt. Irgendetwas stimmte nicht mit ihr, obwohl der gestrige Abend bei ihrer Großtante äußerst entspannt verlaufen war. Doch Max spürte, dass irgendetwas die junge Frau stark beschäftigte. Und vorhin hatte es fast den Anschein gehabt, als würde sie mit ihm darüber sprechen wollen. Im letzten Moment aber hatte sie sich wieder in eine verschlossene Auster verwandelt. Das war nicht gut. Obwohl Max kein Fachmann für die Diagnose und Therapie von Unfallopfern war, war er überzeugt, dass Anouk Morlot eine schwere Last mit sich herumtrug. Eine ähnlich schwere Last, wie er sie selbst einmal getragen hatte. Max biss sich bei dieser schmerzlichen Erinnerung auf die Lippen.

Schloss Hallwyl, Juni 1743

Die Spielleute stimmten ein Menuett an, und die anwesenden Damen klatschten begeistert in die Hände. Johannes führte Amandine aufs Parkett, verbeugte sich und reichte seiner strahlenden Schwiegermutter die Hand. Bernhardine setzte sich auf ihren Brautstuhl, der mit weißem Damast und Rosen geschmückt war, und atmete auf. Eine kurze Pause würde ihr guttun. Sie fächelte sich Luft zu und schauderte, als ihr der Schweiß den Rücken hinunterlief. Sie spürte ein Brennen im Nacken und wandte den Kopf. Gerold, Johannes' jüngerer Bruder, lehnte an einem Pfeiler und beobachtete sie. Sie mochte ihn nicht, versuchte aber, ihn höflich zu behandeln. Ganz im Gegensatz zu ihm, der seine Abneigung für seine neue Schwägerin unverhohlen zeigte. Bis jetzt hatte Bernhardine aber noch nicht herausgefunden, weshalb sie ihm so missfiel.

»Hässlicher Mensch«, murmelte sie, lächelte aber dabei und nickte ihrem Schwager zu. Gerold blickte zur Seite, stieß sich von der Säule ab und strebte dem Ausgang zu. Er zog beim Gehen die Schultern hoch, als würde er jeden Moment einen Schlag auf den Hinterkopf erwarten. Bernhardine dachte an den einarmigen Jungen. Schade, dass er nicht hier war, um diese alte Krähe mit seiner Steinschleuder zu erledigen. Dafür hätte sie ihn glatt mit einem Stück Schinken belohnt.

Ihr Hochzeitstag hatte in den frühen Morgenstunden mit einem strahlend blauen Himmel aufgewartet, mittlerweile war es aber so schwül geworden, dass ihr das Brautkleid am Körper klebte. Über dem See ballten sich dunkle Wolken, und in der Ferne hörte man Donnergrollen. Ein schlechtes Omen?

Bernhardine hatte den Tag wie in einer Art Trance verbracht und kaum einen Augenblick verschnaufen können. Sie hatte gelächelt, bis ihr der Kiefer schmerzte. Die vielen Menschen

um sie herum waren im Laufe der Zeit zu einer homogenen Masse aus Augen, Mündern und Händen verschmolzen. Sie konnte sich des Gefühls nicht erwehren, dass sie ein unaufhaltsamer Strudel immer weiter in die Tiefe zog und zu ersticken versuchte. In dem Moment, in dem sie ihre schmerzenden Füße lockerte, traf sie die Erkenntnis wie ein Keulenschlag. Ihre Kindheit war vorbei! Endgültig. In dieser Nacht würde Johannes ihr das erste Mal beiwohnen. Er hatte schon alle ihre Utensilien in sein Zimmer bringen lassen. Bernhardines Mund wurde trocken. Würde sie alles richtig machen? Würde sie überhaupt etwas machen müssen? Sie hatte schon Pferde bei *dieser* Sache beobachtet, sich jedoch meist entsetzt abgewandt. Menschen konnten so etwas doch unmöglich miteinander tun? Oder doch? Ihre Schwester hatte ihr vor einer halben Stunde mit hochrotem Kopf und hinter aufgeschlagenem Fächer den Rat erteilt, stillzuliegen und es einfach zu ertragen … es würde nicht lange dauern. Aber was war »es«?
Bernhardine betrachtete ihren Gemahl, wie er mit ihrer Mutter über die Tanzfläche schritt. Seine Hamsterbacken waren gerötet und glänzten. Über dem Hochzeitsstaat trug er eine violette Schärpe, geschmückt mit Orden, die ihn als Lehnsherren auswiesen. Bernhardine hatte ihn überreden können, einen moderneren Justaucorps anzuziehen, der nur noch knapp bis zu den Knien reichte. Auch seine stinkenden Perücken hatte sie kurzerhand weggeworfen und ihm neue machen lassen. Johannes sah zwar immer noch nicht wie ein griechischer Gott aus, aber wenigstens musste sie sich seiner nicht mehr schämen. Ihre vornehme österreichische Verwandtschaft tuschelte hinter vorgehaltener Hand über das Schloss, seine Bewohner und vor allem über Johannes; Bernhardine versuchte, dieses Getratsche zu ignorieren. Es war schließlich eines jeden Weibes Pflicht, loyal hinter seinem Mann zu stehen.

Bernhardine beobachtete verstohlen die Anwesenden. Die meisten Gäste kannte sie nicht, ein paar wenige dem Namen nach. Unvermittelt fühlte sie sich schutzlos und elend. Sie war eine Fremde unter Fremden! Würde sie sich hier je heimisch fühlen? Johannes suchte ihren Blick. Offenbar ahnte er, was in seiner Braut gerade vorging, denn er entschuldigte sich wortreich bei seiner neuen Schwiegermutter, machte einen Kratzfuß und führte Amandine zu den anderen Damen, die sich in der Nähe des Kamins aufhielten. Dann gesellte er sich zu seiner Braut.
»Ist Ihnen nicht gut, meine Teuerste?«, fragte er und schaute ihr prüfend ins Gesicht.
»Es geht schon, Monsieur«, versicherte Bernhardine und nahm noch einen Schluck Wein. »Nur eine kleine Unpässlichkeit.«
Johannes legte die Stirn in Falten, wandte sich um und hob den Arm. Die Musikanten hörten augenblicklich auf zu spielen, und die Gäste drehten sich erstaunt um.
»Liebe Freunde. Es ist für uns nun an der Zeit, Euch zu verlassen.« Ein paar der Herren lächelten maliziös und zwinkerten Johannes zu. Einige der Damen kicherten und stießen sich gegenseitig mit ihrem Fächer an. »Meine Braut und ich sind müde. Wenn vielleicht auch nicht aus denselben Gründen …«
Gelächter füllte den Saal. Johannes hob schmunzelnd die Hände. »Feiert aber bitte weiter, liebe Freunde! Heute reut es mich nicht. Trinkt auf meine hinreißende Frau, Euren Herrn und auf die von Hallwyl! Auf dass dieses Geschlecht noch lange die Geschicke des Seetals lenke. Mit Gottes Hilfe schon bald in der nächsten Generation.«
Bernhardine senkte den Kopf und errötete heftig, die Gäste lächelten, hoben ihre Kelche und prosteten dem Brautpaar zu.
»Madame …« Johannes bot ihr seinen Arm, und unter dem Applaus der Anwesenden verließen sie den Hochzeitssaal.

Im Schlafgemach brannten Kerzen. Es war stickig; der Geruch von Wachs und ungelüfteter Bettwäsche lag in der Luft. Bernhardine stand steif wie ein Stock an der Wand und sah zu, wie Johannes seine Kleider ablegte. Er würde doch nicht etwa ...! Vor ihr ...?

Sie keuchte und schlug sich die Hand vor den Mund. Ihr Gatte wandte sich um. Er hatte bereits seinen Oberrock und die Schärpe ausgezogen und war gerade im Begriff, die Weste aufzuknöpfen. Johannes schaute Bernhardine mit hochgezogenen Augenbrauen an, dann kräuselten sich seine Lippen, und er meinte: »Möchte Madame eventuell nebenan Ihr Schlafgewand überziehen? Ich kann nach Marie läuten.«

Bernhardine nickte stumm. Ihre Knie fühlten sich an wie Haferbrei, und sie befürchtete, gleich in Ohnmacht zu fallen. Johannes griff nach der Silberglocke auf dem Nachttisch und läutete. Ein paar Wimpernschläge später klopfte es an die Tür, und ein Diener steckte den Kopf herein.

»Gehe Er und hole Er die Amme!«, befahl Johannes, setzte sich aufs Bett und begann, seine Strümpfe herunterzurollen.

Gleich darauf linste Marie durch den Türspalt. »Herr?«

»Helfe Sie der Herrin beim Ausziehen!«, sagte er, wobei sich seine Mundwinkel amüsiert nach oben zogen.

Bernhardine wurde wütend. Machte er sich etwa lustig über sie? Sie öffnete schon den Mund zu einer scharfen Erwiderung, als Marie sie am Arm packte und in die Nebenkammer zog. Energisch schloss sie die Tür.

»Du dummes Gör!«, zischte sie. »Reiß dich zusammen und benimm dich!«

»Wie redest du denn mit mir? Ich bin jetzt hier die Herrin, und du hast mir Respekt zu erweisen.«

Marie schnaubte und griff nach den Knöpfen des Hochzeitskleides.

»Respekt, Respekt!«, äffte sie Bernhardine nach. »Respekt wird demjenigen erwiesen, der ihn verdient. Ich sehe nur ein dummes Mädchen vor mir, das sich kindisch aufführt.«
Bernhardine schluckte. Eine Träne kullerte über ihre Wange. »Ich habe Angst, Marie.«
Marie zog ihr den Rock aus und öffnete das Mieder.
»Es wird nur beim ersten Mal weh tun, Dinchen«, sagte sie, und Bernhardine schluchzte auf, als sie ihren alten Kosenamen vernahm. »Du wirst dich daran gewöhnen«, fuhr Marie fort, »wie alle Frauen.« Sie nahm Bernhardine die Perücke ab und streifte ihr das Nachtgewand über den Kopf. Dann griff sie in ihre Schürze und holte einen kleinen Stoffbeutel hervor. »Hier!« Sie drückte ihr das Säckchen in die Hand. »Lege das unters Kopfkissen!«
Bernhardine schnupperte an dem Beutel. Er duftete schwach nach Rosen und Nelken.
»Und warum?«
»Das besänftigt den Stier im Manne«, sagte Marie und zupfte resolut an Bernhardines Nachtgewand herum.
»Den Stier? Ich verstehe nicht.«
Marie kicherte leise. »Mach einfach, was ich dich geheißen habe. Und jetzt hab Mut und geh!«
Sie nickte ihr nochmals aufmunternd zu und schob sie sanft zur Tür. Bernhardine rieb sich die eiskalten Hände und straffte die Schultern. Dann öffnete sie erneut die Schlafzimmertür. Draußen rüttelte der Wind an den alten Eichen, die Fensterläden klapperten, und der Donner ließ die Bodendielen erzittern. Ein Sturm zog auf.
Die Kerzen waren bis auf die zwei, die auf den Nachttischen standen, ausgegangen. Das Schlafzimmer wirkte in der Dunkelheit größer. Von Johannes fehlte jede Spur. Bernhardine lief eilig auf das Ehebett zu, froh, sich ihrem Gemahl nicht im

Nachthemd zeigen zu müssen, und schlüpfte unter die Bettdecke. Sie steckte den Stoffbeutel hastig unters Kopfkissen und faltete die Hände über dem Bauch. Johannes war auf dem Abort. Bernhardine atmete auf. Eine kurze Galgenfrist.
Die Bänder ihrer Schlafhaube hatten sich selbständig gemacht, und mit zitternden Fingern schnürte sie einen ordentlichen Knoten. Sodann stopfte sie ihre Locken unter die Haube, zog die Decke bis zum Kinn hoch und zählte die Schläge ihres Herzens. Die Geräusche, die aus dem Örtchen zu ihr ins Zimmer drangen, trugen nicht dazu bei, ihre Nerven zu beruhigen. Sie lachte nervös. Obwohl draußen ein Sommergewitter tobte, erschrak sie vor dem Klang ihrer eigenen Stimme. Die Tür zum Abtritt ging auf, und ihr frisch angetrauter Ehemann betrat das Gemach. Er trug ein langes Nachtgewand aus grobem Leinenbatist, das mit einer Kordel am Hals zusammengehalten wurde, und eine weiße Schlafkappe.
Bernhardine hatte gesehen, dass der Schlossherr kaum noch Haare auf dem Kopf hatte, doch an seinen bleichen Waden wucherten dafür umso mehr. Sie schauderte. Johannes setzte sich aufs Bett und seufzte. Er wandte ihr den Rücken zu.
»Madame«, begann er, und sie hörte Müdigkeit in seiner Stimme, »ich kann mir vorstellen, dass Ihnen bange ist vor dem, was jetzt folgt. Ich werde versuchen, Sie nicht zu erschrecken.«
Bernhardines Herz setzte einen Moment aus, um danach in doppelter Geschwindigkeit weiterzuschlagen. Sie schluckte und zog das Plumeau noch höher hinauf. Ihre Hände waren eiskalt. Johannes befeuchtete seine Finger mit etwas Spucke und drückte die Kerzenflamme aus. Jetzt brannte nur noch die auf Bernhardines Nachttisch. Sie hätte sie ebenfalls gerne ausgemacht, wagte aber nicht, unter der Bettdecke hervorzukommen. Ein schwacher Luftzug strich über die Kerze und ließ die Flamme flackern, die verzerrte Schatten an die Wand warf.

Johannes streckte sich auf dem Bett aus, wartete einen Moment und drehte sich dann zu Bernhardine. Sie konnte Wein und Zwiebeln in seinem Atem riechen. Seine Hand tastete über die Bettdecke und blieb auf ihrem Busen liegen. Er riss das Plumeau weg und versuchte, die Bänder ihres Nachtgewandes zu lösen, was ihm nicht gelang, weshalb er es ihr ungeduldig von den Schultern zerrte, bis es sich um ihre Hüften bauschte. Bernhardine bekam eine Gänsehaut und verschränkte die Hände vor der Brust.
»Lass das!«, knurrte Johannes. Sie gehorchte anstandslos und presste die Arme seitlich an den Körper wie ein Zinnsoldat. Johannes begann, ihre Brüste zu kneten, als walke er einen Teig. Es war kein unangenehmes Gefühl, obwohl es ein bisschen schmerzte. Sie entspannte sich. So schlimm war das Beiwohnen ja gar nicht. Dann griff er ihr jedoch zwischen die Beine. Sie schrie erschrocken auf. Johannes rieb mit seinen Fingern an ihrem Geschlecht auf und ab und fing an zu grunzen. Bernhardine verzog das Gesicht. Die zarte Haut unterhalb ihrer Schambehaarung wurde heiß und fing an zu brennen. Am liebsten hätte sie seine groben Finger zur Seite geschlagen, doch sie wagte nicht, sich zu rühren. Mit einem Stöhnen wälzte sich Johannes auf ihren Körper. Er war schwer, und Bernhardine konnte kaum noch atmen.
Der Regen prasselte an die geschlossenen Fensterläden, und die Balken des Schlosses ächzten mit Johannes um die Wette. Bernhardine fühlte etwas Hartes an ihrem Oberschenkel. Plötzlich zog ihr Gemahl sein Nachtgewand hoch, presste mit seinem Knie ihre Beine auseinander und stieß mit irgendetwas, das sie nicht auszumachen wusste, in ihr Loch.
Sie schrie auf und zog die Knie an. Der Schmerz war scharf wie ein Messerschnitt. Er wird mich in Stücke reißen! Die Tränen schossen ihr in die Augen, und sie begann zu wim-

mern. Johannes kümmerte sich nicht darum. Er hob und senkte seinen Hintern, stieß immer wieder zu und presste seine wulstigen Lippen auf ihren Busen. Schweiß tropfte auf ihren Bauch. Der Ekel schüttelte sie, ihr Magen rebellierte. Nicht mehr lange, und sie würde sich übergeben müssen. Johannes bemerkte nichts von ihrer Pein. Er keuchte, als müsste er harte Arbeit verrichten. Bernhardine fühlte, wie etwas Warmes ihre Hinterbacken hinablief und das Laken unter ihr befeuchtete. Der Schmerz ließ nicht nach. Sie presste die Lippen fest zusammen und schloss die Augen. Sie würde ganz bestimmt nicht schreien. Auf einmal ging ein Zittern durch Johannes' Leib. Ihr Gemahl bäumte sich auf und stieß einen grollenden Laut aus. Dann sank er mit einem tiefen Atemzug auf Bernhardines Körper, blieb dort einen Augenblick liegen und wälzte sich schließlich von ihr herunter.

»Danke, Madame. Ich wünsche Ihnen eine angenehme Nachtruhe.«

Der Regen hatte nachgelassen. Ab und zu hörte man noch ein leises Donnergrollen. Die Nachtkerze war beinahe vollständig heruntergebrannt. Bernhardine betastete ihre Scham. Sie war heiß und geschwollen. Und als sie ihre Hand wieder nach oben zog, gewahrte sie mit Entsetzen, dass sie voller Blut war. Hatte Johannes sie etwa absichtlich verletzt? Sie schluckte schwer und betete, dass der Fluch des Ehebettes sie zukünftig nicht jede Nacht heimsuchen würde. Dann drehte sie sich auf die Seite und fing an zu weinen.

5

Seengen, 2010

»Tati, du hast nicht zufällig die Mobilfunknummer von Doktor Sandmeier?«

Valerie krauste die Nase. »Seine Mobilfunknummer?«, echote sie.

Anouk nickte und fühlte, wie ihr das Blut ins Gesicht schoss. Jetzt würde ihre Großtante in Gedanken sicher schon das Hochzeitsbankett planen.

Anouk hatte den ganzen Morgen über Max' Angebot, bei dem Theaterstück mitzuwirken, nachgedacht und sich entschlossen, ihm für die Rolle abzusagen. Sie fühlte sich weder körperlich noch seelisch in der Verfassung, an so einem Projekt teilzunehmen. Wie konnte sie sich bei einem Bühnenspiel vergnügen, wenn Julia tot war? Das war mehr als pietätlos. Des Weiteren würde sie vermutlich schon vor der Premiere wieder nach Zürich zurückkehren. Und dann würde es für Max noch schwieriger werden, auf die Schnelle Ersatz zu finden.

»Du kannst ihn doch in der Praxis anrufen, Liebes«, sagte Valerie und ließ das Spülwasser abfließen, das sich mit einem Gurgeln verabschiedete. »Fühlst du dich nicht wohl?«

»Das ist es nicht«, erwiderte Anouk. »Es ist ... eher privat.« Sie hängte das Geschirrtuch an den Haken hinter der Küchentür.

»So, so«, meinte ihre Großtante mit einem anzüglichen Lächeln. »Privat. Ich verstehe.«
Anouk bezweifelte dies zwar, hatte aber keine Lust, Valerie über das Theaterspiel aufzuklären. Am Ende würde diese die Idee noch ganz fantastisch finden und sie bedrängen, ihre Absage nochmals zu überdenken.
Ihre Großtante trocknete sich die Hände an ihrer Küchenschürze ab und ging zum Telefonapparat, der auf einem Sekretär neben dem Fernseher stand.
»Ich glaube, hier muss sie irgendwo sein«, murmelte sie und wühlte zwischen verschiedenfarbigen Zetteln, Zeitungsausschnitten und Coupons, die sich zu einem beträchtlichen Stapel zusammengefunden hatten. »Wusste ich's doch!«, rief sie triumphierend und zog eine Visitenkarte aus dem Haufen. Anouk streckte die Hand danach aus, aber Valerie drückte die Karte an ihre Brust. »Gefällt er dir?«, fragte sie und lächelte verschmitzt.
Anouk seufzte. »Ja, ich finde ihn ganz nett.« Und als ihre Großtante zufrieden mit der Zunge schnalzte, fügte sie rasch hinzu: »Das ist aber auch alles.«
Anouk schnappte sich die Visitenkarte, bevor Valerie noch etwas erwidern konnte, lief die Treppe hinauf und setzte sich aufs Bett. Sie öffnete ihren Koffer, holte den Amaretto hervor und griff nach ihrem Handy.
Der Alkohol brannte köstlich in der Kehle und verwandelte sich in eine beruhigende Wärme, als er in ihrem Magen ankam. Es klingelte nur zweimal, bis sich Max meldete.
»Sandmeier.«
»Anouk hier. Ich wollte …«
»Anouk? Wie nett, von dir zu hören. Ist etwas mit deiner Großtante?«
Der Klang seiner Stimme war von Freude in Besorgnis umgeschlagen, und Anouk kam sich reichlich schäbig vor, ihn aus-

gerechnet jetzt zu enttäuschen. Wie es schien, mochte er Tati Valerie wirklich. Und auch ihr brachte er vermutlich mehr Sympathie entgegen, als es gegenüber der Angehörigen einer Patientin üblich war. Aber sie hatte nicht vor, sich auf eine Liaison mit ihm einzulassen. Sie würde bald wieder abreisen und wollte kein gebrochenes Herz zurücklassen.

»Nein, keine Sorge, Tati Valerie geht's gut. Es ist wegen des Theaterstückes.« Sie holte tief Luft. »Ich habe mir das noch mal überlegt und ... also ... ich finde es doch keine so gute Idee und möchte lieber nicht mitmachen.«

Am anderen Ende blieb es still, bis sie schon dachte, die Leitung sei unterbrochen. »Max? Bist du noch da?«

»Ja«, erwiderte er. Seiner Stimme war nicht anzumerken, ob ihn ihre Absage getroffen hatte.

»Bist du jetzt enttäuscht?« Sie nahm noch einen Schluck aus der Flasche.

»Nein. Es ist nur ...« Er räusperte sich. »Nun ja, ich finde es schade, weil ich mir sicher bin, dass du das Stück, die Proben und das ganze Drumherum gemocht hättest. Aber natürlich musst du selbst wissen, was du dir zutrauen kannst. Vielleicht ist es auch ganz gut so, schließlich bist du quasi Rekonvaleszentin und möglicherweise noch gar nicht in der Lage, dich einer solchen Herausforderung zu stellen.«

Anouk schnaubte. Als ob sie nicht in der Lage wäre, eine so kleine, popelige Rolle zu übernehmen! Für wen hielt sich Max denn? Für Woody Allen?

»Ich ...«

»Bitte keine Entschuldigung«, unterbrach Max sie. »Ich verstehe deine Entscheidung. Wirklich. Ich muss jetzt los. Wir sehn uns.«

Anouk betrachtete verblüfft ihr Handy. Er hatte einfach die Verbindung gekappt. So eine Unverschämtheit! Sie knallte das Telefon auf den Nachttisch und trank noch einen Schluck Amaretto. In ihrem Magen begann der Alkohol, mit den Nudeln zu kämpfen, und sie stürzte zur Toilette.

»Wer war das denn?«
Brigitte trat aus dem Badezimmer und trocknete sich ihre Hände, da Max vergessen hatte, ein Handtuch aufzuhängen, an ihrer Jeans ab.
»Eine Patientin«, sagte Max zögernd. »Danke für die Bücher, Brigitte«, fuhr er fort. »Ich hätte sie mir aber auch in der Bibliothek abholen können.«
Brigitte lächelte und zuckte mit den Schultern. »Ich war gerade in der Gegend, von daher ...«
Max blickte zum Fenster hinaus. Er wusste ganz genau, weshalb sie ihm die Exemplare während ihrer Mittagspause vorbeigebracht hatte und was sie sich in Bezug auf ihn erhoffte. Und weil er das wusste, schämte er sich. Denn jede über Freundschaft hinausgehende Regung war, seitdem Anouk ihm im Zug in die Arme gefallen war, für ihn unmöglich geworden. Als hätte seine anfängliche Zuneigung zu Brigitte gar nie bestanden. Meine Güte, war er wirklich so oberflächlich? Und was bildete er sich eigentlich ein? Dass er tatsächlich Chancen bei einem Topmodel haben könnte, dem die Welt zu Füßen lag? Gerade eben hatte sie die Theaterrolle hingeschmissen – das sagte ja wohl alles.
Brigitte trat zu ihm und legte ihre Hand auf seinen Arm.
»Max, ich ...«
»Nein!«, stieß er heftig hervor, und Brigitte zuckte zurück. »Entschuldige, ich wollte dich nicht erschrecken.« Er schaute auf die Uhr. »Aber ich muss noch einen Hausbesuch machen.« Er lächelte gequält.
Brigitte nickte. »Verstehe«, sagte sie mit einem Seufzer. »Dann also bis zur Theaterprobe.«

Max nickte ebenfalls und atmete erleichtert auf, als die Wohnungstür hinter ihr ins Schloss fiel. Mein Gott, was war er bloß für eine Memme! Doch er hasste es, jemandem weh zu tun, und das würde er zweifellos, wenn er Brigitte reinen Wein einschenkte.
Er setzte sich an den Tisch und betrachtete sinnend die beiden dicken Bücher. Dann griff er entschlossen nach dem ersten und schlug es auf. *Posttraumatische Belastungsstörung: Definition.*

Im Schatten der Kastanienbäume war es angenehm kühl. Anouk lag auf einem Liegestuhl im Garten, ein Buch auf den angewinkelten Knien, und betrachtete eine Hummel, die zwischen den Taubnesseln emsig nach Nektar suchte. Tati Valerie hatte sich zu einem Mittagsschläfchen hingelegt. Am späten Nachmittag wollten sie zusammen am Seeufer ein Eis essen und im Anschluss daran schwimmen gehen.
Anouk dachte an die Stimme, die sie beim Schloss gehört hatte, an die Schülerin im Dorf und an ihre Großtante. Beide hatten Verse vorgetragen, ohne dass es ihnen anscheinend bewusst gewesen war. Verse in einer altmodischen Sprache. Valerie hatte solche Gedichtzeilen vermutlich noch in der Schule auswendig lernen müssen. Aber in der heutigen Zeit waren wohl eher Texte von Rappern als klassische Gedichte gefragt. Anouk erinnerte sich nur noch vage an den Wortlaut der Verse. Irgendetwas mit Eis, Schnee, einem frommen Weib und fehlenden Erben. Zum ersten Mal bereute sie es, ihr Laptop nicht mit nach Seengen genommen zu haben. Aber eventuell fände sie in der örtlichen Bücherei einen Hinweis. Vielleicht ergab das Ganze ja einen Sinn, wenn sie den Verfasser herausfinden und die Gedichte nochmals nachlesen könnte. Sie hatte momentan sowieso nichts Besseres zu tun. Also warum

sich nicht auf eine kleine Schnitzeljagd begeben? Für das meiste, was einem anfänglich übernatürlich erschien, gab es eine simple, logische Erklärung. Und sie würde sich bedeutend ruhiger fühlen, sobald sie eine gefunden hätte.

Entschlossen klappte sie das Buch zu und stand auf. Wenn sie sich beeilte, könnte sie zurück sein, bevor Tati ihre Siesta beendet hatte. Im Schuppen fand sie ein verrostetes Fahrrad, prüfte es auf seine Fahrtauglichkeit und strampelte los.

Die Bibliothek befand sich im Gebäude der Seenger Realschule. Anouk lehnte das Rad in Ermangelung eines Ständers an die Hauswand und trat durch die offen stehende Eingangstür. Ein Duftgemisch aus Kreide, Bohnerwachs und Turnbeuteln schlug ihr entgegen, und sie fühlte sich in ihre Schulzeit zurückkatapultiert. Eine jüngere Frau mit einem riesigen Stapel Taschenbücher ging an ihr vorbei.

»Kann ich Ihnen helfen?«, fragte sie und platzierte die Bücher mit einem Seufzer auf einem Glastisch. Sie fuhr sich mit der Hand über die Stirn. »Eine Affenhitze ist das heute!«

Anouk lachte. »Ja, kaum zum Aushalten! Ich suche Gedichte«, beantwortete sie darauf die ihr gestellte Frage, »alte Gedichte.«

Die Bibliothekarin wies mit der Hand auf die gegenüberliegende Wand. »Von Schiller über Goethe bis hin zu Droste-Hülshoff haben wir alles da, was das Dichterherz begehrt. Mein Vorgänger hatte ein Faible für Lyrik.«

Die Frau verdrehte theatralisch die Augen.

Anouk schluckte, als sie die vielen, mit Büchern vollgepfropften Regalreihen erblickte. Um das alles durchzugehen, bräuchte sie ja Jahre!

»Ich suche ein bestimmtes Gedicht.«

Die Angestellte runzelte die Stirn. »Kennen Sie vielleicht dessen Titel oder Verfasser?«

Anouk schüttelte den Kopf. »Nur ein paar Worte … leider.« Sie hob entschuldigend die Achseln.
»Na, dann schauen wir doch mal, was Schwester Klara dazu meint.«
»Schwester Klara?«
Die Frau lachte schallend. »So heißt unser Computer. Die Schüler haben ihn so getauft. Ich kann den Teil der Verse oder die Worte, an die sie sich erinnern, eingeben, und wenn wir Glück haben, spuckt er beziehungsweise sie daraufhin einen Autorennamen aus. Ist wie googeln. Wollen wir?«
Anouk nickte erfreut. Die Bibliothekarin setzte sich an ein Pult und startete den Computer. Auf dem Bildschirm erschien eine Aufnahme von Schloss Hallwyl samt einer Eingabemaske.
»Bereit?«

Vor dem Haus ihrer Großtante parkte der Van eines Kurierdienstes, als Anouk eine Stunde später wieder ins Trottengässli einbog. Ein Mann in einem hellblauen Hemd stieg gerade aus, öffnete die Schiebetür und zog ein breites, flaches Paket heraus.
»Sind Sie Valerie Morlot?«, fragte er und hielt ihr ein MDE-Gerät unter die Nase.
»Ihre Großnichte«, erwiderte Anouk und stellte das Fahrrad in den Schuppen.
»Gut, dann können auch Sie unterschreiben.«
Er hielt ihr das schwarze Scanner-Kästchen mit Unterschriftsfeld und einen Stift unter die Nase. Anouk quittierte den Empfang, und der Kurier drückte ihr das Paket in den Arm.
»Schönen Tag noch.«
Er tippte zum Gruß mit dem Finger an die Stirn, stieg in seinen Van und fuhr rückwärts aus der Einfahrt.

»Kostümverleih Hächler« stand auf dem Paket. Anouk schürzte die Lippen. Was zum Henker wollte Tati Valerie mit einem Kostüm? Fastnacht war doch erst im Februar, und von einem Maskenball mitten im Sommer hatte sie nichts gehört. Sie bugsierte den unförmigen Karton durch die Haustür und stellte ihn vor die Treppe.
In ihrer Tasche befand sich der Bestellschein für zwei Lyrikbände. Die Angestellte der Bibliothek hatte mit Schwester Klaras Hilfe zwei Namen gefunden: Christiana Mariana von Ziegler und Sidonia Hedwig Zäunemann. Beides Dichterinnen aus dem achtzehnten Jahrhundert, die, im Zuge einer Hommage an die Frauen in der Dichtkunst, vor ein paar Jahren neu aufgelegt worden waren. Leider gehörten die Bücher nicht zum Bestand der Seenger Bibliothek, aber die freundliche Bibliothekarin hatte Anouk versprochen, ihr Möglichstes zu tun, damit beide Exemplare bis Mitte der Woche geliefert werden würden.
Anouk wusste nicht so recht, was sie mit den Lyrikbändchen anfangen sollte. Was würde es ihr letztendlich nützen, wenn sie den Verfasser der Zeilen kannte? Aber etwas in ihr drängte sie dennoch dazu herauszufinden, was es mit den rätselhaften Versen auf sich hatte.
Ihre Großtante trat aus der Küche und klatschte erfreut in die Hände, als sie das Paket erblickte.
»Endlich! Mein Reifrock ist da.«

»Nicht so fest!«
Valerie griff sich an die Brust und keuchte. Nicht weniger als Anouk, die versuchte, die Bänder des Korsetts festzuzurren. Sollte sie vielleicht ihren Fuß gegen Tatis Hintern stemmen? Die Vorstellung erheiterte sie so sehr, dass sie lachen musste, dabei ließ sie die Schnüre los, und das Mieder platzte wie eine reife Tomate auf.

»Mein Gott, wie müssen diese armen Frauen früher gelitten haben. Das ist ja die reinste Folter!« Valerie setzte sich seufzend auf ihr Bett und schüttelte den Kopf. »Kein Wunder, dass die alle naselang in Ohnmacht gefallen sind.«
Anouk nickte und pustete sich eine Haarsträhne aus der Stirn. Auf einem Stuhl lag das Kleid, das sich ihre Großtante beim Kostümverleih bestellt hatte. Ein Ungetüm aus hellgelbem Damast, bedruckt mit Rosenknospen und Schmetterlingen. Am Dekolleté, an den Puffärmeln und am Saum war es zusätzlich mit Tüll eingefasst. Das Kleid sah wie ein riesiges Sahnebaiser aus. Daneben stand wie ein monströses Drahtskelett der Reifrock, der es stützen und ihm Form verleihen sollte.
»Und weshalb hast du dir diesen gelben Alptraum gekauft?«, fragte Anouk und setzte sich zu ihrer Großtante aufs Bett. »War das etwa ein Ameisenratschlag?«
Valerie schnaubte. »Bitte etwas mehr Respekt, junge Dame! Am Mittwoch ist das jährliche Sommerkonzert auf Schloss Hallwyl. Davon habe ich dir doch erzählt.« Anouk schüttelte den Kopf, doch ihre Großtante fuhr unbeirrt fort: »Und dieses Jahr spielen sie Musikstücke aus dem achtzehnten Jahrhundert. Da dachte ich mir, es wäre doch chic, wenn ich an diesem Abend ein Kleid aus der gleichen Epoche tragen würde. Vor allem werde ich damit Frau Großrätin Brechbühl um Längen schlagen. Die alte Vettel takelt sich jedes Jahr wie eine Zwanzigjährige auf und hält sich für Ich-weiß-nicht-was, nur weil ihr dürres Männlein einmal in der Regierung saß.«
Anouk lachte schallend, als sie den grimmigen Gesichtsausdruck ihrer Großtante bemerkte. Die langjährige Feindschaft zwischen den beiden Frauen bestand also immer noch. Anouks Mutter hatte einmal erzählt, dass die zwei Damen in ihrer Jugendzeit in denselben Mann verliebt gewesen waren.

Seit damals konnten sie sich nicht ausstehen, auch wenn keine von ihnen das besagte Objekt ihrer Begierde später geheiratet hatte.
»Doktor Sandmeier hat übrigens noch eine zusätzliche Karte besorgt, damit du das Konzert ebenfalls besuchen kannst.«
Anouk hob den Kopf. »Aber …«
»Vergiss nicht, dich dafür bei ihm zu bedanken, Liebes«, unterbrach sie Valerie. »Und jetzt zieh!«

In der Nacht hatte es geregnet. Als Anouk gegen acht Uhr am Mittwochmorgen die Fensterläden aufstieß, tropfte es von den Bäumen. Die Luft war erfüllt vom Duft feuchter Erde und nasser Gräser. Über dem See zogen sich die letzten Dunstschleier ins Blau eines wolkenlosen Himmels zurück. Das Konzert würde also bei besten Wetterbedingungen stattfinden. Anouk hatte zwar gehofft, Petrus würde Erbarmen mit ihr zeigen und die Musikaufführung ins Wasser fallen lassen. Doch allem Anschein nach machte er sich einen Spaß daraus, sie mit einer Kopie Marie-Antoinettes ins Konzert zu schicken und sie außerdem noch neben dem vermutlich in Liebe entbrannten Dorfarzt zu platzieren.
Anouk gähnte herzhaft. Seit dem Unfall hatte sie nicht mehr so gut geschlafen wie letzte Nacht. Die wirren Träume, in denen sie den Crash immer und immer wieder nacherlebte, suchten sie nur noch selten heim. Manchmal kam sie darüber sogar ins Grübeln. Wie konnte sie das Geschehene nur so schnell vergessen? War es denn nicht wichtig, sich weiterhin daran zu erinnern? Die Selbstkasteiung als ein Weg zur Absolution? Aber wem half sie schlussendlich damit? Ihre Schuldgefühle machten ihre Freundin nicht wieder lebendig, genauso wenig, wie sie Julias Familie dabei halfen, mit dem tragischen Verlust ihrer Tochter fertig zu werden.

Ihr Handy klingelte. Sie schaute auf das Display, aber es war keine ihr bekannte Nummer.
»Morlot?«, meldete sie sich und strich sich die zerzausten Locken aus dem Gesicht.
»Guten Morgen, Frau Morlot. Hier Häusermann. Ihre Dichterinnen sind angekommen.«
Anouk hörte ein kurzes Lachen und versuchte, Namen und Aussage in einen Zusammenhang zu bringen. Die Lyrikbände – natürlich!
»Schon da? Toll! Ich werde heute noch vorbeikommen und sie abholen. Besten Dank für den Anruf.«
»Keine Ursache. Bis dann.«
Als Anouk nach einer halben Stunde die Küche betrat, war ihre Großtante bereits geschäftig am Werk. Auf dem Tisch standen verschiedene Töpfchen und Tiegel, ein Fächer, ein Paar Spitzenhandschuhe, und auf der Kaffeekanne thronte eine weiße Lockenperücke.
»Ich brauche mindestens zwei Stunden, bis ich das alles angezogen habe«, jammerte Valerie und verzog den Mund. »Ob das so eine gute Idee war?«
Anouk verkniff sich eine ironische Bemerkung, goss sich ein Glas Orangensaft ein und setzte sich an den Küchentisch. Mit spitzen Fingern griff sie nach den Handschuhen.
»Wir kriegen das schon hin, Tati, keine Sorge. Schwieriger wird vermutlich der Transfer. Oder holt uns ein offener Einspänner ab?«
Ihre Großtante riss die Augen auf. »Himmel, ja! Wie komme ich in diesem Kleid überhaupt ins Auto? Fahren kann ich damit jedenfalls nicht. Das musst du übernehmen, Schatz!«
Anouks Herz stockte. Nie im Leben würde sie sich hinters Steuer setzen. »Auf gar keinen Fall, Tati. Sorry, aber das traue ich mir nicht zu.«

»Papperlapapp! Es ist ja nicht weit. Das schaffst du schon.« Anouk biss sich auf die Lippen. Ihre Großtante bestimmte, und der Rest der Welt musste sich fügen. So war es schon immer gewesen.

»Vielleicht könnte ja Doktor Sandmeier …?« Anouk griff nach einem Stück Brot. »Ich meine, er geht ja auch hin und …«

»Unmöglich!«, ereiferte sich Valerie. »Er musste schon Himmel und Hölle in Bewegung setzen, um dir eine Karte zu besorgen. Ich werde seine Freundlichkeit nicht überstrapazieren und ihm auch noch die Rolle des Chauffeurs aufdrängen. Hast du dich übrigens schon bei ihm bedankt?« Anouk senkte den Blick. »Also nicht«, stellte ihre Großtante fest. »Das ist wirklich unhöflich. Ich weiß nicht, was ich davon halten soll.«

»Ist ja gut, Tati. Ich werfe mich ihm heute Abend zu Füßen und danke ihm unter Tränen für seine Güte.«

Valerie kniff die Augen zusammen. »Sarkasmus ist hier gänzlich fehl am Platz. Und Höflichkeit hat noch keinem geschadet, meine Liebe.«

Anouk zog die Schultern hoch. Sie wusste selbst nicht, wieso sie so gereizt reagierte, sobald es um Max ging. Im Grunde gefiel ihr der Arzt. Er war so ganz anders als sie. Ruhig, besonnen und mit der nötigen Bodenhaftung, die Anouk oft fehlte, wenn ihr Temperament sie wieder einmal in die Luft gehen ließ. Der perfekte Ausgleich zu ihrem impulsiven Charakter. Außerdem liebte sie seine braunen Augen. Aber Anouk hatte in Max' Gegenwart auch immer das unbestimmte Gefühl, sich für ihr Tun rechtfertigen zu müssen. Allein seine Gegenwart war schon eine stumme Anklage. Als wäre sie ein Studienobjekt für ihn, das er nüchtern unter die Lupe nahm, während sie sich emotional zu ihm hingezogen fühlte. Er irritierte sie mehr, als sie es im Moment gebrauchen konn-

te, weshalb es auch das Beste war, ihm so weit wie möglich aus dem Weg zu gehen.
»Ich muss jetzt los«, sagte sie und stand auf. »Brauchst du etwas aus dem Dorf?« Valerie Morlot schüttelte stumm den Kopf. Vermutlich wartete sie auf eine Entschuldigung, aber Anouk konnte genauso stur sein wie ihre Großtante. »Okay, dann bis später.« Sie schnappte sich ihre Handtasche und wandte sich noch mal um. »Tati?« Valerie drehte den Kopf. »Ich hab dich lieb.«

»Jetzt weiß ich endlich, woher ich Sie kenne!« Die Bibliothekarin strahlte. »Aus dem Werbespot mit diesem Parfüm. Wie hieß es noch gleich? Irgendetwas mit Eis, nicht wahr?«
Die Werbung für den Duft von Chiomac war europaweit ausgestrahlt worden und hatte Anouks Gesicht vor fünf Jahren über Nacht berühmt gemacht.
»Crystal Frozen«, sagte sie lächelnd.
»Genau!« Die Angestellte der Bibliothek schlug sich mit der flachen Hand an die Stirn. »Ich habe mir damals sogar einen Flakon davon gekauft, obwohl ich eher auf herbe Düfte stehe.«
Anouk nickte und zog ihren Bestellschein aus der Tasche.
»Ah, ja, Ihre Bücher.« Die Bibliothekarin griff nach zwei unscheinbaren Bändchen, die neben der Kasse lagen. »Ich habe mir erlaubt, einen kleinen Blick hineinzuwerfen. Also, mein Geschmack ist's ja nicht. Aber mit Lyrik tue ich mich schwer. Zu viele Röschen und Mägdelein. Wie gesagt, ich bin eher der herbere Typ.«
Sie lachte schallend nach ihren letzten Worten, und Anouk schmunzelte. Frau Häusermann war nett, wenn auch etwas schwatzhaft. Aber vermutlich war das ein Berufsrisiko. Wer ständig mit stummen Büchern zu tun hatte, nahm wohl jede Gelegenheit wahr, um zu kommunizieren.

»Danke«, sagte sie, als ihr die Bibliothekarin die Kassenquittung und die Plastiktüte reichte. »Ich hab's im Grunde auch nicht so mit Gedichten. Es handelt sich eher um ein Experiment.«

Frau Häusermann runzelte die Stirn und öffnete wieder den Mund, worauf Anouk sich schnell umdrehte und nach draußen floh.

Am gegenüberliegenden Kiosk kaufte sie sich ein Vanilleeis und setzte sich auf eine der Bänke im Schulhofareal. Unter den schattigen Kastanienbäumen war die Hitze erträglich. Durch ein geöffnetes Fenster plätscherte Klaviermusik zu ihr hinab, die plötzlich abbrach und nach einer Weile wieder einsetzte. Anouk griff in die Plastiktüte und zog die beiden Lyrikbände heraus. Auf einem sah man das Bild einer Frau, die in ein spitzenverbrämtes Kleid gehüllt war, das Tatis gelbem Sahnebaiser verblüffend ähnelte. Christiana Mariana von Ziegler. Ihr Buch hieß *Versuch in gebundener Schreib-Art,* und sein Inhalt erwies sich nach kurzer Prüfung als absolut belanglos. Anouk legte das Exemplar zur Seite und betrachtete den zweiten Band. Sidonia Hedwig Zäunemann. Ihr Gedichtband trug den schwärmerischen Titel: *Poetische Rosen in Knospen.* Das klang schon besser. Auch das Porträt der Dichterin war Anouk um einiges sympathischer als das der Ziegler. Es zeigte eine junge Frau mit einem Lorbeerkranz im Haar, die keck in die Welt hinausblickte. Anouk schlug das rosa Büchlein auf und blätterte es durch. Es begann mit einer Widmung an die Kaiserin, danach folgte ein ellenlanges Vorwort, das sie gleich übersprang. Für Leichengedichte war es zu heiß, Hochzeitsgedichte interessierten sie nicht, aber bei den vermischten fing sie an zu lesen. Die Sprache war – wie erwartet – altmodisch. Oft musste sie eine Zeile zweimal lesen, um deren Sinn zu erfassen. Nach drei Gedichten gab sie es auf und seufzte. Es war eine Sackgasse. Wie sollte sie aus diesem Wust von Reimen und Versen nur diejenigen herausfinden, die sie gehört hatte? Und selbst wenn sie sie fände, was wäre damit gewonnen?

Die Schulglocke ertönte, und innerhalb weniger Sekunden füllte sich der Platz mit lärmenden Kindern. Anouk beschloss, zurückzufahren und Tati bei ihren Vorbereitungen für den heutigen Abend zu helfen.

Der Ehstand ist ein schwarzes Meer,
worein viel trübe Wasser fließen;
Er ist ein herb- und bittrer Kohl.
Kann ihn ein beißend Salz versüßen?

Anouk stockte der Atem. Wer hatte das eben gesagt? Sie schaute sich alarmiert um. Ein paar Mädchen spielten Fangen, drei Jungen dribbelten mit einem Basketball unter einem Korb. Die meisten Schüler standen jedoch nur in der Gegend herum, schwatzten miteinander und aßen ihr Pausenbrot.

Anouk schlug die Hände vors Gesicht.

»Ich bin doch nicht verrückt«, murmelte sie, »ich habe die Verse deutlich gehört, und dafür muss es doch eine logische Erklärung geben.«

»Bitte was?«

Anouk schrie auf und sprang mit einem Satz auf die Beine. Vor ihr stand Frau Häusermann.

»O Gott«, sagte die Bibliothekarin mit aufgerissenen Augen, »haben Sie mich jetzt erschreckt!«

»Das beruht auf Gegenseitigkeit«, japste Anouk und raffte ihre Utensilien zusammen. »Haben Sie gerade eben ein Gedicht aufgesagt?« Sie wagte kaum zu atmen.

»Ich? Nein, wie käme ich denn dazu? Ich sagte Ihnen doch schon, mit Poesie habe ich nichts am Hut.«

Frau Häusermann warf ihr einen seltsamen Blick zu.
Anouk lächelte bemüht. »Ich glaube, die Hitze bekommt mir nicht. Ich werde dann mal gehen.«
Die Bibliothekarin nickte, setzte sich auf die äußerste Ecke der Bank und holte einen Apfel aus ihrer Handtasche.
»Ist noch etwas?«, fragte sie zögerlich.
»Nein, alles in Ordnung.«
Anouk schulterte ihre Tasche und ging zum Fahrrad. In ihrem Rücken spürte sie Frau Häusermanns Blick.
»Ich bin nicht verrückt!«, wiederholte sie nochmals. Aber ganz sicher war sie sich nicht.

Schloss Hallwyl, Oktober 1746

Der Oktober dieses Jahres war einer der schönsten, den Bernhardine je erlebt hatte. Am Wegrand blühten Taubnessel und Hirtentäschel, die noch etwas Farbe in das braun werdende Gras tupften. Aber wirkliche Pracht entfalteten die Blätter der Eichen im Schlosspark. In einem sattem Gelb, Gold und Rot leuchteten sie mit der Herbstsonne um die Wette. In ihren mächtigen Kronen sammelten sich seit Tagen Stare für ihren Flug über die Alpen. Ein ohrenbetäubendes Gezwitscher verfolgte die Schlossbewohner schon seit den frühen Morgenstunden. Bernhardine beobachtete ein paar Knechte im Park, die mit Steinen nach den schwarz gefiederten Vögeln warfen. Doch die lautstark pfeifenden Tiere flogen nur kurz auf, um sich danach erneut auf den Ästen niederzulassen.
Bernhardine schloss das Fenster und warf einen Blick auf die Wiege mit den Zwillingen. Die beiden Knaben ließen sich durch das Vogelkonzert nicht stören und schlummerten friedlich Seite an Seite. Gegenüber auf der Chaiselongue saß

Désirée, ihre Erstgeborene, herzte ihre Puppe und brabbelte vor sich hin.

Es war jetzt über drei Jahre her, dass Bernhardine aufs Schloss gekommen war, um Johannes von Hallwyl zu ehelichen. Im März des darauffolgenden Jahres hatte Désirée das Licht der Welt erblickt. In diesem Januar die Zwillinge Burkhardt und Kaspar. Bernhardine hatte also ihre Pflicht, den Hallwyls einen männlichen Erben zu gebären, mehr als erfüllt. Ihr Gatte kümmerte sich seither nur noch wenig um sie und widmete sich lieber seinen Geschäften, der Jagd und den hübschen Mägden auf den umliegenden Bauernhöfen. Was Bernhardine nicht unangenehm war. Bereits als sie mit Désirée schwanger war, hatte sie auf einer eigenen Zimmerflucht bestanden und diese nach langen, ermüdenden Diskussionen auch bekommen. Das Einrichten ihrer neuen Gemächer hatte sie für kurze Zeit vom Heimweh und den Gedanken über ihr tristes Schicksal abgelenkt.

Bernhardine erinnerte sich an einen Abend vor drei Jahren, als Johannes' Bruder sie in ihrem neuen Boudoir aufgesucht hatte. Sie war gerade dabei gewesen, ihre Töpfchen und Tiegel vor dem Schminkspiegel zu richten, als es an der Tür geklopft hatte.

»Herein!«

Bernhardine schnüffelte an einem kleinen Gefäß, das eine grünliche Salbe enthielt, und rümpfte die Nase. Der Kampfergeruch schoss ihr unangenehm in die Stirnhöhle, und sie verschloss den Tiegel eilig wieder.

»Verehrte *Belle-Sœur* ...« Gerold stand in der Tür und starrte sie mit seinen Kohleaugen an. »Erlauben Sie mir, auf ein kurzes Wort einzutreten.«

Bernhardine zog erstaunt die Augenbrauen hoch. Zum einen hatte sie nicht gewusst, dass sich ihr Schwager im Schloss be-

fand, zum anderen hatte er bislang noch nie mehr als einen Satz an sie gerichtet, und das auch nur, wenn Johannes anwesend war. Sie nickte und bedeutete ihm mit einer Handbewegung, einzutreten und sich zu setzen.
Gerold stakste ins Zimmer. Mit ruckartigen Kopfbewegungen schaute er sich in ihrem neuen Gemach um, taxierte das Himmelbett, die französische Kommode, den Schminkspiegel und den hochflorigen Orientteppich unter seinen Füßen. Der Mann ähnelte immer mehr einer zerzausten Krähe, die auf der Suche nach einem Nest voller Eier war, um es auszuräubern. Zuletzt blieb sein Blick an ihrem gerundeten Leib hängen. Unwillkürlich legte Bernhardine die Hand auf ihren Bauch, und Gerolds Augen wurden für einen Moment schmal. Er schenkte ihr ein Lächeln, das sie in seiner religiösen Intensität an ein Fresko des heiligen Stephanus erinnerte, auf dem der Märtyrer mit dem gleichen verzückten Gesichtsausdruck abgebildet war, bevor ihn die Schergen steinigten. Sie hoffte, ihr Schwager würde die Unterredung kurz halten. Sie war müde, ihre Beine geschwollen und das Gewand um ihre Taille schon wieder zu eng geworden. Es zwickte unerträglich.
Gerold setzte sich mit einem Ächzen auf einen gepolsterten Stuhl und streckte die Beine von sich. Er faltete die Hände über seinem Bauch und ließ die Daumen kreisen.
Am liebsten hätte Bernhardine den hässlichen Vogel vor ihr an seinen mageren Schultern gepackt und heftig geschüttelt. Denn seit ein paar Wochen fiel es ihr immer schwerer, Geduld für die Dinge und Menschen um sich herum aufzubringen. Und auch jetzt ergriff sie eine kribbelnde Nervosität, die zu unterdrücken ihr nur mit Mühe gelang.
»Nun, verehrter *Beau-Frère,* was beschert mir die Ehre Eures Besuches?«

Gerold rutschte bis ganz nach vorn an die Stuhlkante und senkte den Kopf. Sein schwarzes Haar war ungepflegt. Es hätte Bernhardine nicht verwundert, Flöhe und Läuse darin zu entdecken. Ihr wurde flau im Magen. Plötzlich hob ihr Schwager blitzschnell den Kopf, beugte sich vor, riss seine Augen auf, bis nur noch die rotgeäderte Iris zu sehen war, und zischte ein paar Worte in einer fremden Sprache. Dabei presste er seine klauenartige Hand auf ihren Bauch. Der Spuk dauerte nur ein paar Augenblicke. Danach setzte Gerold sich wieder aufrecht hin, schlug die Beine übereinander und sagte beiläufig: »Hoffentlich wird es ein Junge, Madame. Sie wissen, wie sehr sich mein geliebter Bruder einen Erben wünscht.«
Bernhardine war zu perplex, um eine intelligente Antwort geben zu können. Sie starrte ihren Schwager mit offenem Mund an. Was zum Henker hatte das eben zu bedeuten gehabt? Ihr blieb jedoch keine Zeit, Gerold nach seinem ungewöhnlichen Gebaren zu befragen, denn schon erhob sich dieser und wünschte ihr eine angenehme Nachtruhe. Das ungeborene Kind in ihrem Leib fing unvermittelt an, heftig zu treten, so dass es Bernhardine angst und bange wurde.

Sie hatte schon von Magie und Verwünschungen gelesen. Und manchmal ertappte sie Marie dabei, wie diese murmelnd durch die Räume schlich und dabei Gegenstände berührte. Angeblich, um diese milde zu stimmen, damit sie den Bewohnern Schutz vor dem Bösen böten. So ein Humbug! Doch Gerolds Zwischenspiel hatte rein gar nichts mit Maries harmlosen Sprüchen zu tun gehabt. Seine Worte waren, und das hatte Bernhardine gespürt, voller Hass gewesen. Sie strich sanft über ihren kugeligen Bauch und summte dabei ein Lied, um das Kind zu beruhigen. Was hatte sie ihrem Schwager bloß getan? Genauso wenig, wie sie an Maries Gemurmel und Getue glaubte, glaubte sie an Hexen, Dämonen und Zauberei.

Das war tiefstes Mittelalter und fußte nur auf dem Aberglauben ungebildeter Menschen. Dennoch würde es sicher nicht schaden, morgen in der Schlosskapelle eine Kerze anzuzünden und ein zusätzliches Vaterunser zu beten. Ob sie Johannes davon erzählen sollte? Besser nicht. Ihr Gatte wurde unleidlich, sobald sie sich über Gerolds Benehmen ihr gegenüber beklagte. Man müsse Verständnis zeigen, knurrte er immer, sein Bruder hätte es in seinem Leben nicht leicht gehabt.
Désirée klatschte in die Hände und riss Bernhardine aus ihren Überlegungen. Sie betrachtete die Kleine, die mit ihrer Puppe in einer Sprache redete, die vermutlich nur andere Kinder oder Engel verstehen konnten.
Das letzte Drittel ihrer ersten Schwangerschaft war schwer gewesen. Bernhardine hatte oft geblutet und daher viel liegen müssen. Manchmal hatte sie sogar befürchtet, das Kind zu verlieren. Nur ein Mädchen! So hatte sie den Ausdruck, der in Johannes' Augen gestanden hatte, gedeutet, als er den schrumpeligen Wurm nach der Geburt zu Gesicht bekommen hatte.
Bernhardine seufzte und zupfte an ihrer Perücke herum. Ihr Gatte verhielt sich nicht herzlos ihr gegenüber, meist versuchte er sogar, ihre Wünsche zu erfüllen, aber er behandelte sie auch nicht wie eine Gefährtin, sondern eher wie ein französisches Möbelstück: schön anzusehen, aber für den täglichen Gebrauch ungeeignet.
Ihr Gatte war in den vergangenen Jahren enorm in die Breite gegangen; ständig waren die Näherinnen damit beschäftigt, seine Kleider umzuarbeiten. Und der Stallmeister hatte eigens einen kräftigen Warmblüter anschaffen müssen, weil er befürchtete, Johannes würde sonst alle Pferde zuschanden reiten. Der Schlossherr litt tagelang unter dem Zipperlein und

war dann unausstehlich. Auch sprach er dem Wein zumeist mehr zu, als ihm guttat.
Bernhardine betrachtete lächelnd ihren Nachwuchs. Nach Désirée waren die Zwillinge gekommen, über die sich Johannes weit mehr gefreut hatte als über seine Tochter. Mit einem dreitägigen Fest hatte er deren Geburt gefeiert. Doch obwohl Bernhardine ihre Kinder über alles liebte, verlangte es sie auch nach gleichaltriger Gesellschaft, nach Abwechslung und höfischem Flair. Ihre Cousine Constanze, die seit einem halben Jahr am österreichischen Hof lebte, hatte ihr kürzlich in einem Brief vorgeschwärmt, wie kultiviert es in Wien unter Kaiserin Maria Theresia zuging. Wie prunkvoll die Bälle waren, wie exzellent die Roben der Damen und wie stattlich die Offiziere in ihren schmucken Uniformen. Bernhardine seufzte und griff nach dem Stickrahmen. Nachdenklich betrachtete sie die Rosenranken auf dem zarten Leinen. Sticken und beten. Das war ihre tägliche Beschäftigung. In einem Anflug von Widerwillen warf sie die Handarbeit gegen die Wand. Désirée schreckte zusammen, und ihre Mundwinkel begannen zu zittern. Bernhardine stand schnell auf und kniete sich vor ihre Tochter hin.
»Sch … sch … *Chérie.* Mama wollte dich nicht erschrecken«, schmeichelte sie. »Schau nur, wie hübsch deine *poupée* ist!« Sie griff nach dem Püppchen, das Désirées Händen entglitten war, und schwenkte es vor den Augen ihrer Tochter hin und her. Diese lachte hell auf und griff mit ihren dicken Patschhändchen nach dem Spielzeug. Sie drückte es an sich und schmiegte ihre Wange daran. Bernhardine lächelte. Désirée hatte die roten Locken und die grünen Augen von ihr geerbt, den Körperbau aber von ihrem Vater. Sie würde später vermutlich, genau wie Johannes, zu Übergewicht neigen. Bei den Zwillingen war noch nicht klar, ob sie mehr nach den von

Hallwyls oder den von Diesbachs kamen. Aber das spielte auch keine Rolle; sie waren Männer, bei ihnen zählten allein Herkunft und Vermögen.
Bernhardine trat erneut ans Fenster und blickte auf den Park hinaus. Der einarmige Stalljunge sammelte Eicheln. Normalerweise wurden diese an die Schweine verfüttert, doch Marie hatte ihr erzählt, dass die Bauersleute die Früchte auch zur Mehlherstellung verwendeten. Bernhardine schüttelte den Kopf. Auf was für Ideen die Leute hier kamen!
Ein Klopfen unterbrach sie in ihren Betrachtungen. Nach der Aufforderung einzutreten steckte Marie den Kopf durch den Türspalt. Désirées Augen leuchteten auf, als sie die Kinderfrau bemerkte. Sie streckte ihre Ärmchen nach ihr aus, und Bernhardine fühlte einen Stich der Eifersucht, der aber rasch verging, weil ein ankommender Reiter ihr Interesse weckte.
»Nimm die Kleine ruhig mit, Marie«, sagte sie. »Und später hole auch die Knaben und bringe sie zu der jungen Amme! Sie werden hungrig sein.«
Marie nickte und hob Désirée von der Chaiselongue hoch.
»Wollen wir in die Küche, Dédée«, gurrte sie zärtlich, »und dort einmal sehen, ob die Frau einen süßen Brei für das Schätzchen hat?«
Bernhardine blickte erneut aus dem Fenster und auf den Reiter, der auf einem schweißglänzenden Rappen in den Burghof geritten kam. Der Fremde trug einen burgunderfarbenen Reitmantel, eine dunkelbraune Hose und schwarze, bis über die Knie reichende Stiefel. Sein Gesicht konnte sie nicht erkennen, da er einen Dreispitz auf dem Kopf hatte, der mit einer weißen Feder geschmückt war.
Was für eine ungewöhnliche Erscheinung! Die Satteltaschen seines Pferdes waren prall gefüllt; eine hölzerne Konstruktion baumelte auf einer Seite. Bernhardine kniff die Augen zusam-

men. War das etwa eine Staffelei? Sie schnappte nach Luft. Das würde doch nicht etwa der holländische Maler sein? Sie hatte Johannes schon seit Monaten darum gebeten, von ihnen allen Porträts malen zu lassen. Das Bild seiner ersten Frau Viktoria hing immer noch an prominentester Stelle in der Ahnengalerie und war ihr jedes Mal, wenn sie daran vorbeiging, ein Dorn im Auge. *Sie* war schließlich diejenige, die Johannes die sehnlich erwarteten Erben geschenkt hatte. Deshalb gebührte ihrem Konterfei auch der beste Platz! Doch ihr Gemahl hatte ihren Wunsch stets damit abgetan, sich keinen Maler leisten zu können. Schon gar keinen holländischen, dem er nebst der Arbeit auch noch Anreise und Unterkunft zahlen musste. Ob es denn nicht auch einer aus der Eidgenossenschaft täte? Aber Bernhardine hatte darauf bestanden, einen Meister aus Antwerpen zu beauftragen. Hatten ihre ständigen Bitten endlich Früchte getragen?
Sie befeuchtete ihre Lippen und strich sich das Tageskleid glatt. Ein Gast, wie aufregend! Vor allem jetzt, da sich das Jahr dem Ende zuneigte und bald der Winter Einzug halten würde. Die Jahreszeit, die sie am meisten verabscheute. Mit ihren grauen Tagen, an denen die Sonne es kaum schaffte, durch die wabernden Nebel zu dringen. Und den endlosen Nächten, in denen sie neben einem Greis wach lag und sich nichts sehnlicher wünschte, als von liebenden Armen umfangen zu werden.
Eine Gänsehaut lief Bernhardine über den Rücken. Sie schüttelte sich, eilte in ihr Ankleidezimmer hinüber und riss die Schranktür auf. Was für eine Toilette sollte sie heute Abend bloß tragen?

6

Seengen, 2010

»Beeil dich, Tati. Wir kommen sonst zu spät!«

Anouk stand vor dem BMW ihrer Großtante, kaute auf ihrer Unterlippe herum und beäugte den Wagen argwöhnisch, als würde er sie gleich anspringen und seine Zähne in ihr Fleisch schlagen. Sie trug ein eng anliegendes, schwarzes Cocktailkleid, das sicher zu festlich für den heutigen Anlass war, ihren schlanken Körper jedoch hervorragend zur Geltung brachte. Ihre roten Locken hatte sie lässig hochgesteckt, eine schmale Goldkette mit einem tropfenförmigen Perlenanhänger zierte ihren Hals. Es war ein Familienerbstück, das seit Generationen von den weiblichen Mitgliedern der Familie Morlot getragen und weitergegeben wurde.

Anouk ging um den Wagen herum, strich mit einem Finger über den Lack und schluckte. Sie öffnete die Fahrertür, spähte in den Innenraum wie ein Ritter in eine Drachenhöhle und atmete tief durch. Dann setzte sie sich hinters Lenkrad und schloss vorsichtig die Hände um das glatte Leder. Ein Schweißtropfen rann zwischen ihren Brüsten hinab. Sie schauderte. Ich schaffe das einfach nicht!, dachte sie verzweifelt.

Innerhalb von Sekunden verwandelten sich ihre Finger in Eiszapfen, ihr wurde übel, und sie atmete stoßweise. Anouk stürzte aus dem Wagen. Keuchend, als hätte sie eben einen Hundertmeterlauf absolviert, stand sie neben dem Auto und versuchte, die Panik wegzuatmen.

»Tatatataaa! Wie sehe ich aus?«

Auf den Eingangsstufen stand Valerie Morlot und deutete einen Hofknicks an. Der Anblick war so surreal, dass Anouk hysterisch zu lachen begann.

»Tati, entschuldige bitte!«, japste sie und strich sich die Lachtränen aus den Augen. »Aber … entweder platze ich gleich, oder ich muss mich übergeben.«

Ihre Großtante hob konsterniert die Augenbrauen, schüttelte dann den Kopf und schritt die Stufen hinab. Das Kleid – auf dem Bügel noch ein gelber Alptraum – stand ihr ausgezeichnet. Sie sah darin wie eine ältere Version der französischen Königin Marie-Antoinette aus. Sogar das Schönheitspflästerchen auf ihrer Wange passte wie die Faust aufs Auge.

»Du siehst ganz entzückend aus, Tati«, sagte Anouk, als sie sich von ihrem Lachanfall erholt hatte. Ihr Bauch schmerzte, und sie hatte Seitenstechen. »Wirklich! Ich wage dich kaum zu duzen.«

Valerie lächelte geschmeichelt, nahm den Fächer, der an ihrem Handgelenk baumelte, und schlug ihn auf.

»Vielen Dank, Liebes«, erwiderte sie und versteckte ihr Gesicht kokett hinter dem Gebilde aus Reispapier und Spitzen. »Und jetzt starten wir die Operation: Reifrock im BMW!«

Nachdem sie versucht hatten, Valerie zunächst auf dem Vorder-, danach auf dem Rücksitz unterzubringen, und beide Male kläglich gescheitert waren, klappte Anouk kurzerhand die Rückbank nach vorne. Sie breitete eine Wolldecke auf der dadurch entstandenen Fläche aus, auf der ihre Großtante nun bequem Platz fand. Während dieser Aktion alberten sie wie Teenager herum und kamen tüchtig ins Schwitzen.

»Lass bitte die Klimaanlage laufen, Liebes! Ich bekomme gleich einen Hitzekollaps in dem Fummel«, stöhnte ihre Großtante und fächelte sich hektisch Luft zu. Anouk setzte sich wieder hinters Steuer. Sie schloss einen Moment die Augen, steckte den Schlüssel ins Zündschloss und startete den Motor.

»Du schaffst das, Anouk«, sprach ihr Valerie Mut zu. »Glaub an dich!«

Anouk versuchte zu lächeln, brachte aber nur eine Grimasse zustande.

»Ja, ich schaff das«, murmelte sie, »es ist ganz leicht. Kupplung, erster Gang, Gas.« Mit einem Satz schoss der Wagen nach vorne. Valerie stieß einen spitzen Schrei aus. »Entschuldige«, sagte Anouk kleinlaut und zog den Kopf zwischen die Schultern. »Ich bin wohl etwas aus der Übung.«

»Kein Problem, Schatz«, tönte es von hinten, und im Rückspiegel sah sie, wie sich ihre Großtante die weiße Lockenperücke wieder zurechtrückte.

Sobald Anouk auf die Hauptstraße eingebogen war, entspannte sie sich ein wenig. Ganz automatisch betätigte sie Blinker, Kupplung und Gangschaltung. Gott sei Dank herrschte nur wenig Verkehr. Nach knapp zehn Minuten erreichten sie den Parkplatz des Schlosses, der nahezu vollständig belegt war. Mit einem hässlichen Geräusch würgte sie den Motor ab, legte die Stirn aufs Lenkrad und versuchte, ihren Herzschlag unter Kontrolle zu bringen.

»Ging doch wunderbar, Liebes«, rief ihre Großtante fröhlich, »und jetzt hilf mir aus dem Vehikel! Ich möchte nicht, dass das Kleid noch mehr zerknittert.«

Das Publikum hatte sich in Schale geworfen, so dass Anouk letztendlich froh um ihr elegantes Cocktailkleid war. Ihre Tante erregte wie erwartet großes Aufsehen. Sie schien es zu genießen, neigte huldvoll den Kopf nach allen Seiten, bot einem Bekannten die behandschuhte Hand zum Kuss und lächelte hinter ihrem Fächer hervor wie eine Geisha beim traditionellen Kirschblütentanz.

Die Dämmerung kroch über den See, und die Menschen vor dem Schlosstor setzten sich in Bewegung. Anouk reichte ihrer Großtante den Arm, und zusammen schritten sie über die Steinbrücke durchs weit geöffnete Eingangstor.

Im Hof des Schlosses hielt Anouk Ausschau nach Max, konnte seinen braunen Haarschopf in der Menge jedoch nirgendwo entdecken. Valerie suchte unterdessen nach den Eintrittskarten in ihrem gelben Tüllbeutel. Der Kontrolleur, ein Mann in klobigen Holzpantinen, weißem Hemd und grauer Kniehose, drückte ihnen je ein Glas Champagner in die Hand, und nachdem sie das prickelnde Getränk getrunken hatten, nahmen sie ihre Plätze in der dritten Reihe ein. Valerie versuchte, sich so hinzusetzen, dass ihr der Reifrock nicht den Blick auf die Bühne versperrte. Doch der klappte bei jedem Kontakt mit der Sitzfläche sofort nach oben und zeigte ein Stück ihrer spitzenbesetzten, knielangen Unterhose. Das Gelächter ringsum war Anouk peinlich. Sie machte sich so klein wie möglich. Valerie fand die Situation dagegen eher erheiternd. Nachdem ein hilfreicher Galan ihr den ganzen Tüll samt Spitze und Damast unter den Stuhl geklemmt hatte, konnte schließlich auch ihre Großtante einen freien Blick auf die Bühne genießen.

Die Sonne ging als glühender Feuerball zwischen den dicken Eichen des Schlossparks unter. Fast augenblicklich begannen Hunderte von Zikaden mit ihrem monotonen Gezirpe. Valerie förderte ein Mückenspray zutage, sprühte sich kräftig damit ein und reichte es dann an Anouk weiter. Die musste sich ein Lachen verbeißen. Man konnte ihrer Großtante vieles nachsagen, aber wenn es um praktische Dinge ging, war sie unerreicht. Plötzlich flammte ein Scheinwerfer auf und warf einen hellen Lichtkegel auf die niedrige Holzbühne. Das Gemurmel des Publikums erstarb. Das Orchester, das sich bislang noch in einem Zelt links neben der Bühne befunden hatte, nahm nun seinen Platz ein und stimmte die Instrumente. Anouk schaute auf die Uhr. Der Stuhl neben ihr war immer noch leer. Ärzte und ihre Notfälle!

In den nächsten Minuten vergaß sie jedoch Max Sandmeier, wie sie auch fast vergaß, wo sie sich befand. Die Musik nahm Anouk auf der Stelle gefangen. Die Melodie und vor allem die Stimme der Sopranistin berührten sie auf eine intime Weise. Es war, als kenne sie diese Musik schon seit langem, als wären diese Töne nur in ihr verschüttet gewesen und als hätte es bloß einiger weniger Akkorde bedurft, um sie wieder ans Tageslicht zu bringen.

Ein Kribbeln zog sich über Anouks Rückgrat, als ob eine Schar Spinnen daran entlangziehen würde. Sie schüttelte sich, und in diesem Moment sah sie die Gestalt auf der Mauer. Rechts von ihrem Platz befand sich ein Aluminiumgerüst, auf dem zuoberst verschiedene Scheinwerfer angebracht waren. Gleich dahinter erhob sich die Außenmauer des Schlosses mit seinen quaderförmigen Zinnen. Zuerst dachte Anouk, es würde sich um eine Spiegelung der Sopranistin handeln. Doch im Gegensatz zu der in Hellblau gewandeten Sängerin trug die Gestalt auf der Mauer ein tief ausgeschnittenes, feuerrotes Kleid, dessen Schnitt Anouk ein wenig an das Kostüm erinnerte, das ihre Großtante an diesem Abend trug. Ihre langen Locken fielen ihr ungezähmt über den Rücken. Sie war barfuß und winkte Anouk lächelnd zu.

Die riss die Augen auf und blinzelte. Sie beugte sich etwas weiter nach vorne. Hatte die Frau den Verstand verloren? Was hatte sie dort oben denn überhaupt zu suchen? Gehörte das eventuell mit zur Aufführung? Anouk warf einen Blick ins Publikum. Doch bislang schien keiner der Anwesenden die Frau in Rot auf den Zinnen bemerkt zu haben. Aller Augen waren auf die Bühne gerichtet. Anouk schüttelte den Kopf und blickte erneut zur Außenmauer empor. Die Frau stand noch immer dort oben, hob noch einmal die Hand, presste die andere an ihre Brust und ließ sich dann einfach rücklings ins Nichts fallen.

»Nein!«

Anouk sprang auf. Ihre Handtasche flog im hohen Bogen durch die Luft. Valerie schrie erschrocken auf und griff sich ans Herz. Der Gesang der Sopranistin brach mit einem Misston ab. Das Orchester spielte noch ein paar Takte weiter, hörte dann aber ebenfalls abrupt auf. Ein paar Köpfe drehten sich in Anouks Richtung.

»Himmel, was ist denn?« Tati Valerie blickte mit weit aufgerissenen Augen zu ihr hoch. »Du hast mich zu Tode erschreckt!«

Anouk deutete mit ausgestrecktem Arm zu den Zinnen hinauf. »Dort … eine Frau«, stammelte sie, »sie ist hinuntergefallen!«

Ein allgemeines Gemurmel setzte sein. Diejenigen, die nicht verstanden hatten, was sie gesagt hatte, reckten ihre Hälse. Der Mann neben Valerie erhob sich.

»Eine Frau?«, fragte er ungläubig und spähte zur Mauer hinüber.

»Ja, in einem roten Kleid. Sie ist von den Zinnen ins Wasser gestürzt!« Anouk war kreidebleich geworden und fühlte auf einmal den Champagner in ihren Eingeweiden rumoren.

»Sind Sie sicher?« Der Mann schaute sie skeptisch an. »Wie sollte sie dort hinaufgekommen sein? Die Außenmauer besitzt, wie Sie sehen, keinen Wehrgang und ist auch sonst von nirgendwoher zugänglich. Außer von den Zimmern des Schlosses aus kann die Frau nur über das Gerüst mit der Lichtanlage dorthin gelangt sein. Und das hätte gewiss irgendwer im Publikum bemerkt.«

»Natürlich bin ich mir sicher«, flüsterte Anouk resigniert. Ihre Lippen bebten, und sie zitterte am ganzen Körper.

»Setz dich, Liebes!«, sagte Valerie und griff sanft nach ihrem Arm. »Jemand wird nachsehen, einverstanden?«

Anouk ließ sich auf ihren Sitz fallen und nickte. Ein Herr in Krawatte und Anzug gesellte sich zum Sitznachbarn ihrer Großtante, und die zwei flüsterten miteinander. Der Krawattenträger lauschte, warf Anouk und Valerie einen prüfenden Blick zu und schüttelte dann den Kopf. Als der andere weiter auf ihn einredete, verdrehte er die Augen. Die beiden lachten, der Herr im Anzug klopfte dem Sitznachbarn auf die Schulter und entfernte sich wieder.

»Das ist der Obermufti hier. Ich kenne ihn«, sagte Valerie und deutete mit dem Kopf auf den Davoneilenden. »Ein richtiger Volltrottel. Dem habe ich einmal ein totes Huhn in den Briefkasten gelegt. Seitdem hält er mich für meschugge.«

Anouk schaute ihre Großtante entgeistert an. »Warum, in Gottes Namen, hast du das denn getan?«

Valeries Miene verfinsterte sich. »Er betreibt eine Hühnerfarm und hält sich nicht an die Vorschriften des Tierschutzes. Die Käfige dort haben die Größe einer Postkarte.«

Anouk verschlug es die Sprache. Keiner hier würde ihren Beobachtungen Glauben schenken. Die hielten sie jetzt vermutlich für genauso verrückt wie Tati Valerie.

»Aber es war nur ein tiefgekühltes«, fügte ihre Großtante mit einem verschmitzten Lächeln hinzu, »keine Angst.«

»Das war der Bühnenleiter«, bestätigte der Sitznachbar Valeries Aussage. »Er wird jemanden mit einem Boot zu der Stel-

le vor der Schlossmauer schicken. Er hat mir aber noch mal versichert, dass es keinen Aufgang zu den Zinnen gibt. Vielleicht haben Sie sich ja getäuscht.«
Anouk fror plötzlich und rieb sich die nackten Arme.
»Ich habe mich nicht getäuscht!«, widersprach sie energisch. »Ich sah eine Frau, die von dort oben hinuntergestürzt ist.«
Der fremde Mann schaute sie nach wie vor zweifelnd an. Währenddessen wurden die Konzertbesucher langsam unruhig. Einige erhoben sich und riefen, man solle doch weitermachen. Jemand begann zu buhen, und einer warf sogar einen Pappbecher auf die Bühne. Der Intendant lief mit ausgebreiteten Armen auf das Podest, verbeugte sich und erzählte etwas von einem technischen Defekt. Es werde gleich weitergehen, sagte er und verschwand hinter den Kulissen.
Technischer Defekt? Anouk lächelte bitter. Ein Psychologe hätte das hübscher formuliert. Nach wenigen Augenblicken betrat die aufgeputzte Sängerin wieder die Bühne, und das Konzert wurde fortgesetzt. Jemand reichte Anouk ihre Handtasche, und die Köpfe aller drehten sich wieder nach vorne.
»Geht's denn, Schatz?«, flüsterte ihre Großtante und beugte sich unauffällig zu Anouk hinüber. »Oder möchtest du lieber nach Hause?«
»Schon okay, Tati«, presste Anouk hervor. »Ich muss nur mal kurz auf die Toilette, entschuldige.«
Ihre Großtante nickte. Anouk ging in gebückter Haltung die Stuhlreihe entlang und ignorierte das Geflüster hinter ihrem Rücken. Sie ließ die Waschräume jedoch links liegen, lief am Kartenhäuschen vorbei und drückte auf den Riegel des Eingangstores. Es war nicht verschlossen. Sie huschte hinaus, setzte sich auf eine niedrige Mauer und zündete sich eine Zigarette an.

Was zum Teufel war da eben passiert? Hatte sie nach der Frauenstimme am Wassergraben, den altmodischen Gedichten, die Tati und die Schülerin rezitiert hatten, jetzt auch noch eine Erscheinung gehabt? Wurde sie langsam verrückt? Sie rauchte in hastigen Zügen und wartete darauf, dass ein Boot zu Wasser gelassen wurde. Doch das einzige schwimmende Objekt war ein Stück Holz, das gemütlich im Burggraben an ihr vorbeitrieb.
Es würde niemand mehr kommen, um nachzusehen. Valerie Morlots Taten warfen ihre Schatten. Anouk begann zu lachen, obwohl ihr eher zum Weinen zumute war. Dann straffte sie die Schultern. Sie musste eben selbst aktiv werden! Auch wenn am Horizont nur noch ein blasser Lichtstreif schimmerte, würde eine Frau in einem roten Kleid doch sicher im Wasser zu erkennen sein. Riesige Scheinwerfer strahlten die Schlossmauern an verschiedenen Stellen an. Wenn sie Glück hatte, wäre dort, wo sie die Springerin vermutete, einer angebracht.
»Danke fürs Warten … das wäre aber nicht nötig gewesen.«
Anouk erschrak. Die Zigarette fiel ihr aus der Hand und brannte ein Loch in ihr Cocktailkleid.
»Mist!« Sie sprang auf und schlug hektisch auf den kokelnden Stoff. »Musst du mich denn so erschrecken, Max?«
Er trug einen dunklen Anzug und machte ein zerknirschtes Gesicht. Seine Haare glänzten feucht, als wäre er gerade erst aus der Dusche gekommen. Sie konnte sein Aftershave riechen: Zimt und Sandelholz. Er hob entschuldigend die Hände.
»Verzeih, ich dachte, du würdest hier auf mich warten.«
»Warum sollte ich das tun?«, entgegnete sie süffisant. »Du bist doch bloß der Arzt meiner Großtante.«
Max senkte seinen Blick und fixierte den Kiesboden zu seinen Füßen. »Ja, genau. Du hast recht. Und auch noch verspätet.«

Sie hatte ihn offensichtlich verletzt und schämte sich ob ihrer harschen Reaktion. Aber er hatte auch wirklich ein Talent, immer im ungelegensten Moment aufzutauchen.
Anouk holte tief Luft: »Hör zu, Max, es tut mir leid, dass ich so ungehalten reagiert habe, aber ich bin ein wenig von der Rolle.« Einen Augenblick zögerte sie, dann gab sie sich einen Ruck. »Ich denke, es ist an der Zeit, dir etwas zu erzählen.«

Mit ausholenden Gesten berichtete Anouk ihm von körperlosen Stimmen, der Erscheinung einer Frau auf den Zinnen und dem unbestimmten Gefühl, dass ihr jemand mit alldem etwas Wichtiges mitteilen wollte. Max hörte ihr stumm zu und ging im Geiste die Artikel in seinem Fachbuch über Unfalltraumata durch. Von syndromalen Störungen wurde darin berichtet, von Übererregungssymptomen wie Reizbarkeit, Schreckhaftigkeit und Alpträumen. Ob Anouk daran litt? Er war kein Fachmann auf diesem Gebiet, und lediglich anhand eines Buches eine Diagnose zu stellen war weder professionell noch hilfreich für den Betroffenen. Und weshalb wollte er ihr eigentlich helfen? Interessierte sie ihn als Patientin oder als Frau? Du bewegst dich auf mehr als dünnem Eis, dachte er bei sich.
»Hörst du mir eigentlich zu?«
Anouk funkelte ihn aus ihren grünen Augen an und stemmte die Hände in die Hüften.
Max räusperte sich. »Ja, natürlich«, erwiderte er schnell.
»Und? Was hältst du davon? Glaubst du mir, oder denkst du vielmehr, dass ich verrückt bin?«
»Würden Sie bitte etwas leiser sein. Sie stören die Aufführung!«
Der Kartenkontrolleur war unbemerkt zu ihnen getreten, schüttelte missbilligend den Kopf und enthob Max damit einer

Antwort, wofür dieser alles andere als undankbar war. Er hätte auf die Schnelle keine adäquate Antwort auf Anouks Frage gewusst.
»Selbstverständlich«, sagte er und zog Anouk am Arm vom Eingangsbereich des Schlosses weg. »Komm«, meinte er, »lass uns einfach nachsehen gehen!«

Stöckelschuhe waren ein Muss in der Zürcher Schickeria, aber für einen dunklen Park ein äußerst ungeeignetes Schuhwerk. Wäre Anouk mutiger gewesen, hätte sie die Riemchensandaletten ausgezogen, aber sie fürchtete sich davor, auf ein Insekt zu treten.
Atemlos und ohne Pause hatte sie Max von der Frauenstimme, den Versen und der Gestalt auf den Zinnen erzählt. Zuerst hatte sie gesehen, dass er sich das Lachen verbeißen musste, und ihm einen schmerzhaften Boxhieb verpasst, aber mit der Zeit hatte er immer interessierter zugehört und sogar ab und zu eine Zwischenfrage gestellt. Jetzt stolperten sie durch den Park, um die Stelle zu finden, an der die Frau von der Mauer ins Wasser gesprungen war. Ein Boot hatten sie nirgendwo entdecken können, weshalb Anouk den Intendanten in Gedanken verwünschte.
Obwohl ein Fußweg um das ganze Schloss herumführte, bog dieser genau an der Stelle in die angrenzende Wiese ab, wo die Zinnenwandlerin auf der Mauer gestanden haben musste. Das Konzert war immer noch in vollem Gange. Die Musik sprühte in die Sommernacht hinaus wie ein Springbrunnen aus gewirkten Tönen. Einen Moment dachte Anouk an ihre Großtante und ob sie sich wohl Sorgen um sie machte.
»Gib mir deine Hand … hier liegt ein umgestürzter Baum.«
Max streckte den Arm aus, und Anouk tastete nach seinen Fingern. Er hatte einen festen Griff und zog sie mühelos über

den Baumstamm. Sie spürte ein Kribbeln im Bauch und räusperte sich.

»Danke! Das nächste Mal montiere ich mir am besten ein paar Steigeisen.«

Die Nordfassade des Schlosses wurde von gewaltigen Scheinwerfern angestrahlt. Ihr grelles Licht warf scharfe Schatten an die Außenwand. Deren wenige Fenster wirkten wie tote Augen, abweisend und unheilvoll, als hätten sie ein dunkles Geheimnis zu hüten. Anouk konzentrierte sich auf das unwegsame Gelände. Am Südportal, hinter dem das Konzert stattfand, waren die Lichter ausgeschaltet, um die Aufführung nicht zu stören, und nur ein blasser Widerschein fiel aufs Wasser.

Sie hatten den ganzen rückwärtigen Teil des Schlosses umrundet; Verlies-, Wohn- und den sogenannten Archivturm passiert und standen jetzt gegenüber den Zinnen, auf denen Anouk die Gestalt erblickt hatte. Direkt vor ihnen tat sich der fünf Meter tiefe Schlossgraben auf. Dass sich auf seinem Grund Wasser befand, konnte man nur sehen, wenn man sich nach vorne beugte. An dieser Stelle befand sich auch kein Geländer, wie es entlang des Fußweges angebracht worden war, um tollpatschige Touristen vor einem Absturz zu bewahren. Nur ein Dummkopf würde auf die Idee kommen, sich dem Schloss von dieser Seite aus zu nähern. Und davon gab es nun gleich zwei: ein arbeitsloses Fotomodell und einen Theater spielenden Dorfarzt.

»Pass bloß auf, dass du nicht stolperst!«, warnte Max, der vorsichtig in den Abgrund spähte.

Anouk enthielt sich einer sarkastischen Bemerkung und suchte die Wasseroberfläche ab. Nichts! Weder ein rotes Kleid noch ein treibender Körper. Im Schlossgraben gab es so gut wie keine Strömung. Er führte während der Sommermonate nur wenig Wasser. Wenn also jemand in ihn hineingefallen war, konnte er nicht einfach so weggeschwemmt worden sein. Weiter unten zog der Aabach, der das ganze Gemäuer umfloss, an einer Mühle vorbei, die früher zum Schloss gehört hatte. Beim Vorbeigehen hatte Anouk einen eisernen Rechen bemerkt, der Treibholz und schwere Gegenstände vom Mühlrad fernhielt.

»Der Rechen!«, riefen Max und Anouk gleichzeitig und fingen dann schallend an zu lachen.

»Das ist es«, sagte Max, »wenn etwas in den Schlossgraben gefallen ist, muss es dort festhängen.«

Anouk blieb das Lachen im Hals stecken. Etwas? Er hatte nicht von einem Menschen gesprochen. Glaubte er ihr etwa nicht? Und hatte sie tatsächlich eine Frau gesehen? Sie war sich plötzlich nicht mehr so sicher. Aber die Gestalt hatte ihr doch zugewinkt. Und sogar dabei gelächelt. Das konnte unmöglich ein Schatten oder eine Spiegelung gewesen sein. Anouk strich sich müde eine Locke aus der Stirn und berührte dabei ihre Narbe. Ob das die Spätfolgen des Unfalls waren? Flatterte irgendeine Synapse wie ein loses Segel in ihrem Gehirn herum und versuchte krampfhaft, wieder einen Kontakt herzustellen? Konnte sie deshalb Traum und Wirklichkeit nicht mehr auseinanderhalten?

»Alles in Ordnung?«

Max berührte behutsam ihre Schulter. Zuerst wollte Anouk seine Frage einfach bejahen, doch sie entschied sich dagegen. Was nutzte es, ihm etwas vorzumachen? Er war Arzt, vielleicht litt sie ja wirklich an einem posttraumatischen Unfallsyndrom, und er konnte ihr helfen.

»Denkst du, ich bin verrückt?«, fragte sie unsicher, und Max räusperte sich leise. »Ein einfaches ›Nein‹ hätte es auch getan«, versuchte Anouk zu scherzen.

»Hör zu, Anouk! Ich bin kein Psychiater und auch kein Neurologe. Deine Großtante hat mir von dem Unfall deiner Freundin erzählt und …«

»Toll!«, unterbrach sie ihn unwirsch. Was fiel ihrer Großtante denn nur ein, mit Max über den Crash zu reden? Das ging niemanden etwas an! Anouk spürte Wut in sich aufsteigen. »Was hat sie sonst noch so alles ausgeplaudert? Dass ich Drogen nehme? Eine Alkoholikerin bin und auf Sadomaso stehe?«

Ihre Stimme hatte einen harten Klang angenommen, und sie bereute es zutiefst, Max überhaupt etwas von ihren Problemen erzählt zu haben.

Statt einer Antwort griff er fest nach ihrem Arm und riss sie zu sich herum.

»So, jetzt reicht's mir aber langsam! Alles, was ich sage oder mache, ziehst du entweder ins Lächerliche oder schnappst danach wie eine Klapperschlange nach der Maus. Ich habe echt die Schnauze voll von deinem Verhalten! Ich finde dich anziehend, und du hast etwas im Kopf. Eine Mischung, der ich nur schwer widerstehen kann, aber alles hat seine Grenzen. Entweder vertraust du mir, oder der Teufel soll dich holen!«

Er ließ ihren Arm so schnell los, wie er ihn gepackt hatte, als hätte er sich an einem glühenden Eisen verbrannt. Anouk konnte seinen Gesichtsausdruck nicht sehen, aber sie hörte, dass er heftig ein- und ausatmete.

»Du findest mich anziehend?« Ihre Wut verpuffte augenblicklich.

»Ja, verdammt noch mal!«

»Tolle Wortwahl, Herr Doktor.«

Als er sich knurrend abwandte, stieg ihr der Duft seines Aftershaves in die Nase. Anouk hörte das leise Glucksen des Wassers in der Tiefe, spürte die warme Luft der Sommernacht über ihre nackte Haut streichen und fühlte sich auf einmal überaus lebendig. Er mochte sie! Ein leichtes Flattern in ihrer Magengegend ließ sie lächeln. Sie hatte sich also nicht getäuscht, dass er ihr Gefühle entgegenbrachte. Und sie? Ging es ihr ähnlich? Wollte sie das überhaupt? Anouk wusste es nicht, sie wusste nur, dass sie ein heftiges Verlangen verspürte, ihn zu berühren.

Max' Silhouette hob sich nur schemenhaft gegen die Dunkelheit ab, doch klar genug. Sie schlang ihre Arme um seinen Hals und zog sein Gesicht zu sich heran. Sie waren praktisch gleich groß. Einen Moment standen sie einander stumm vis-à-vis. Dann berührten sich ihre Lippen. Erst zart, dann immer leidenschaftlicher, bis sie sich schließlich keuchend voneinander lösten.

Anouk war überrascht, wie heftig sie auf Max' Kuss reagiert hatte, und froh, dass er ihr Gesicht nicht sehen konnte. Ihm schien es ähnlich zu gehen, denn er räusperte sich mehrmals, bevor er mit belegter Stimme sagte: »Wir sollten jetzt den Rechen kontrollieren.«

Im Schloss brandete Applaus auf. Das Konzert war vorbei.

Schloss Hallwyl, Dezember 1746

»Cornelis van Cleef«, murmelte Bernhardine und betonte dabei jede Silbe einzeln. Sie saß in ihrem Boudoir, nippte an einer Tasse Tee und ließ ihre Blicke durch den Raum schweifen. Dessen Wände waren mit einer französischen Seidentapete bezogen. Eine zierliche Sitzgruppe stand unterhalb des Erkerfensters. Das Spinett aus Italien mit der gepolsterten Sitzbank rundete die Einrichtung ab.

Was für ein fesches Mannsbild dieser Holländer doch war! In seinen himmelblauen Augen konnte man regelrecht versin-

ken. Er trug seine braunen, gelockten Haare lang. Eine Perücke zu tragen, lehnte er ab. Das sei, so sein Kommentar, nicht mehr in Mode. Die ginge jetzt wieder mehr in Richtung Natürlichkeit.
Bernhardine fand diese modische Strömung zwar äußerst charmant, aber etwas exzentrisch. Ohne Perücke? Sie, mit ihren roten Locken? Niemals! Am Ende würde man noch ohne Hut und Korsett aus dem Haus gehen. Sie kicherte.
Cornelis' perfekt gestutzter Bart und sein klassisches Profil hätten so manch griechischen Gott vor Neid erblassen lassen. Seine Umgangsformen waren tadellos, sein Französisch exquisit, und seine Bilder … Bernhardine seufzte. Der Mann war über alle Zweifel erhaben! Johannes mochte den Holländer, der ihm von einem Bekannten empfohlen worden war, zwar nicht und hatte schon einige abfällige Bemerkungen über ihn gemacht. Doch sie ließ nichts auf den Maler kommen, ein Umstand, der am gestrigen Abend zu einem fürchterlichen Streit zwischen den Eheleuten geführt hatte. Johannes hatte daraufhin das Schloss verlassen und war die ganze Nacht über fortgeblieben. Bernhardine schürzte die Lippen. Sollte der alte Mann doch fernbleiben! Am besten für immer! Sie verabscheute ihren Gatten. Sein schwammiges, überquellendes Fleisch, seinen stinkenden Atem und die knorpeligen Wucherungen an seinen Gelenken, die von der Gicht herrührten. All das verursachte ihr Brechreiz. Jedes Mal, wenn er ihr beiwohnte, musste sie sich zusammenreißen, um ihn nicht mit einem Laut des Abscheus von sich zu stoßen. Gott sei Dank kam er nur noch selten in ihr Bett. Wahrscheinlich vergnügte er sich zurzeit wieder mit irgendeiner drallen Bauerntochter, wie er es bereits während ihrer Schwangerschaften getan hatte. Umso besser! Auf diese Weise hatte sie wenigstens ihre Ruhe.

Im Gegensatz zu Johannes sah Cornelis Michelangelos David ähnlich. Wie süß müsste es sein, in seinen Armen zu liegen! Bernhardine erschrak bei diesem Gedanken, und ihre Hand zitterte. Etwas Tee schwappte über die Porzellantasse, tropfte auf ihr Kleid und hinterließ einen bräunlichen Fleck.
»*Bien fait!*« Gut gemacht!
Sie setzte sich ans Spinett und ließ ihre Finger gedankenverloren über die Tasten gleiten. Es war erst drei Uhr nachmittags, aber bereits um diese Zeit zog sich das Licht, das sich den ganzen Tag über nicht richtig hervorgetraut hatte, zurück. Die grauen Wolken hockten wie eine Horde Krähen knapp über den Baumwipfeln und spotteten der frühen Stunde.
Als die Magd ins Zimmer trat, um Holz nachzulegen, befahl ihr Bernhardine daher, die Kerzen anzuzünden. Sie versuchte sich am »Wohltemperierten Klavier« von Bach, gab nach ein paar misstönenden Akkorden jedoch auf. Für wen sollte sie ihre Spielkunst auch verfeinern? Johannes machte sich nichts aus Musik, die Kinder waren noch zu klein, und die wenigen Gäste, die sie empfingen, waren mehr am Essen und Trinken interessiert als an gehobener Kammermusik.
Bernhardine holte tief Luft. Womit hatte sie ein solch tristes Leben nur verdient? Sie stand auf, trat vor das Bücherregal und griff nach Sidonia Zäunemanns Buch. Seit sechs Jahren war ihre Lieblingsdichterin nun schon tot – ertrunken in der Gera. Ob sie aus freiem Willen aus dem Leben geschieden war? Bernhardine fröstelte und setzte sich an den Kamin. Als sie den Band aufschlug, fiel eine gepresste Kornblume heraus. Sie riss verblüfft die Augen auf und bückte sich geschwind nach dem filigranen Gebilde. Sie hatte den Poesieband an Cornelis ausgeliehen. Die Trockenblume musste also von ihm sein.
Eine Kornblume. Die Pflanze bedeutete: Ich gebe die Hoff-

nung nicht auf. Bernhardine errötete und atmete schneller. Sie würde ebenfalls hoffen. Auf irgendetwas. Vielleicht gab Gott ihr ein Zeichen.

Désirée quengelte seit einer halben Stunde und war nicht zu beruhigen. Bernhardine wurde langsam ärgerlich. Cornelis zeigte seinen Unmut nur durch das spöttische Heben einer Augenbraue, ansonsten versuchte er, ihre Tochter mit allerlei Späßen und lustigen Grimassen bei Laune zu halten, doch dem Trotzkopf war nicht beizukommen.

»Madame«, wandte sich der Maler zu guter Letzt an Bernhardine, »ich glaube, für heute kommen wir nicht weiter.«

Er verzog den Mund zu einem entschuldigenden Lächeln und legte Pinsel und Palette neben die Staffelei auf die Kommode, die mit einem Tuch abgedeckt war und behelfsmäßig als Tisch diente. Der Raum, der zu einem Atelier umgewandelt worden war, befand sich im Archivturm. Die vielen Kerzen hatten ihn aufgeheizt. Die Luft war geschwängert vom Geruch der Farben und von Terpentinöl.

Van Cleef zog seinen Arbeitskittel aus und strich sich mit seinem Halstuch über die glänzende Stirn. Er trug ein weißes Leinenhemd, das über seiner Brust offen stand. Die weiten Ärmel hatte er bis über die Ellbogen hochgekrempelt. Seine langen Beine steckten in engen, braunen Hosen. Bernhardine merkte, dass sie den Holländer anstarrte, und wandte hastig den Kopf. Sie griff nach der Klingel und läutete nach Marie.

»Nimm die Kleine mit!«, befahl sie, als ihre alte Amme eintrat. »Und keine Süßigkeiten! *La Demoiselle* war ungezogen.«

Marie hob Désirée mit einem Keuchen hoch. »Du Racker«, schimpfte sie, lächelte aber dabei, »du wirst ja immer schwerer. Nicht mehr lange, Dédée, und *du* musst die alte Marie tragen.«

Désirée kicherte, und Bernhardine verdrehte die Augen.
»Sprich gefälligst Französisch mit ihr!«, befahl sie. »Wie soll sie die Sprache denn sonst lernen? *Ces domestiques, incroyable!*« Ihre Bediensteten benahmen sich einfach unglaublich! Bernhardine erhob sich vom Diwan und schlug in gespielter Verzweiflung die Hände zusammen.
Cornelis lachte schallend. »Entschuldigt bitte meine Ungezogenheit, Madame, aber Dienstboten muss man mit harter Hand führen, sonst tanzen sie einem auf der Nase herum. Schaut mich an ...!« Er machte ein paar elegante Tanzschritte, verbeugte sich formvollendet und grinste sie frech von unten herauf an. »Also straft mich, verehrte Herrin.«
Bernhardine schmunzelte und griff nach ihrem Fächer. Ihr war auf einmal heiß, und sie spürte, wie ihr Herz heftig zu schlagen begann. Das tief ausgeschnittene Kleid mit dem engen Korsett, das sie extra für das Porträt hatte anfertigen lassen, schnürte ihr die Luft ab. Schweißtröpfchen hatten sich auf ihrer Stirn gebildet, die sie sich mit einem Spitzentaschentuch verstohlen abtupfte. Sie trat an das bleiverglaste Fenster und öffnete den Riegel. Kalte Winterluft strömte ins Zimmer und ließ die Kerzenflammen flackern. Die Luft roch nach Schnee. In drei Wochen war Weihnachten – das Fest der Liebe. Auf einmal schossen ihr die Tränen in die Augen. Liebe? Was für ein Wort! Sidonia hatte gewusst, wie sich Liebe anfühlte, sie hatte in ihren Gedichten darüber geschrieben. Aber was war mit ihr, Bernhardine? Würde sie je wissen, was dieses Wort, dieses Gefühl wirklich bedeutete? Oder würde sie in diesem verlotterten Schloss sterben, mit einem vertrockneten Herzen und der Erkenntnis, dass etwas Großes an ihr vorübergegangen war?
»Madame? Ist Euch nicht wohl?«
Cornelis war hinter sie getreten. Sie spürte seinen Atem in ihrem Nacken, spürte die Wärme seines Körpers, atmete

seinen Geruch ein. Gänsehaut überzog ihre Haut, und sie schauderte. Sie drehte sich mit einem Lächeln um und wollte ihm sagen, dass nichts sei. Dass es ihr gut gehe, bloß eine leichte Unpässlichkeit, ein Frauenleiden; dass morgen schon wieder alles in Ordnung wäre. Doch sie brachte kein Wort über die Lippen. Sie sah nur Cornelis' blaue Augen, sah seine Brust und dass er heftig atmete. Sie streckte die Hand aus.

Mit einem Krachen schlug die Flügeltür auf, und Johannes torkelte in den Raum. Sein Gesicht war gerötet, er schnaufte wie ein altes Schlachtross, hielt einen Moment inne und rülpste. Bernhardine ließ ihre ausgestreckte Hand, die nur noch einen Zoll von Cornelis' Brust entfernt war, fallen, als hätte man sie ihr mit der Guillotine abgehackt.

»Wo ist denn jetzt das Bild?«, nuschelte der Schlossherr und drehte sich dabei im Kreis. »Ich will endlich meine hübsche Gattin bewundern!«

Bernhardine senkte den Blick. Sie schämte sich zutiefst für ihren betrunkenen Ehemann. Wie konnte er sie vor dem Maler nur so demütigen? Sie eilte auf Johannes zu, der gefährlich schwankte, und fasste ihn am Arm.

»Monsieur, das Porträt ist noch im Entstehen. Wenn Ihr möchtet, schaut es Euch doch morgen bei hellem Tageslicht an.«

Sie warf Cornelis einen hilflosen Blick zu. Der Maler lehnte mit verschränkten Armen am Fensterkreuz und beobachtete die Szene mit einem spöttischen Grinsen.

»Nein! Jetzt!«, zischte Johannes. »Wenn mir dieser *crétin* schon so lange auf der Tasche liegt, möchte ich sein Geschmiere wenigstens begutachten, wann immer ich will!«

Er riss sich von ihr los, schwankte auf die Staffelei zu und beugte sich mit zusammengekniffenen Augen vor.

Auf dem Bild waren bislang lediglich die Umrisse Bernhardines in ihrem roten Kleid zu sehen. Daneben Désirées Silhouette und die Wiege der Zwillinge. Der Hintergrund zeigte einen lichten Blätterwald mit einem glitzernden Wasserfall.
»Und wo bin ich?« Johannes warf sich in Positur. »Er möge mich in Siegerpose abbilden!«
Er wandte sich Cornelis zu, der das Gesicht verzog, als hätte er in eine rohe Zwiebel gebissen.
Bernhardines Knie zitterten. Was wäre gewesen, hätte Johannes die Türe einen Moment später aufgerissen und seine Frau in einer kompromittierenden Situation ertappt? Sie wollte sich diese Schmach gar nicht erst ausmalen. Zu schrecklich war der Gedanke, welche Folgen sich daraus für sie hätten ergeben können. Doch Gott hatte sie gerade noch vor einem leichtsinnigen Fehltritt bewahrt. Sie würde zehn Vaterunser beten und in der Schlosskapelle eine Kerze anzünden.
»Edler Herr«, ergriff Cornelis das Wort. »Mir wurde ein Porträt der Schlossherrin mit den Kindern in Auftrag gegeben. Solltet Ihr jedoch ein eigenes Gemälde wünschen – und nichts würde ich lieber erstellen, seid Euch dessen gewiss –, dann werde ich Euch mit Freude auf einem feurigen Ross malen. Mit erhobener Schwerthand, in einer prächtigen Uniform und mit blitzenden Augen.«
Johannes lächelte geschmeichelt und kratzte sich am Kopf. »So sei es, Meister van Cleef!«, erwiderte er besänftigt, zog ein Schnupftuch hervor und wischte sich den Schweiß von der Stirn. »Dann überlasse ich Ihn nun weiter seinen Studien.«
Er drehte sich um, und Bernhardine warf dem Maler einen dankbaren Blick zu. Dieser schmunzelte und deutete eine Verbeugung an.
»Kommt Ihr, Teuerste?« Johannes war stehen geblieben und streckte die Hand nach ihr aus.

Auf dem Steinaltar der Schlosskapelle brannte eine Talgkerze. Es war bitterkalt. Bernhardine zog den Wollmantel enger um ihre Schultern. In einem Messinggefäß neben der Kanzel schwelte nasses Holz und füllte den kleinen Raum mit beißendem Rauch. Seit einer halben Stunde kauerte sie auf dem hölzernen Kniebrett der Bank und versuchte zu beten. Der gekreuzigte Heiland an der Wand hatte den Kopf gesenkt, doch Bernhardine beschlich das Gefühl, dass er sie beobachtete. Zu Recht! Sie war unkeusch gewesen. In Gedanken und, wenn Johannes nicht ins Zimmer gekommen wäre, vermutlich auch in Taten.

Über Nacht war Föhn aufgekommen. Der warme Südwind ließ den angehäuften Schnee im Schlosshof schmelzen und verursachte ihr Kopfschmerzen. Die Sparren der Holzdecke ächzten unter dem Ansturm der Böen. Irgendwo klapperte ein loser Fensterladen in unregelmäßigem Rhythmus.

Cornelis van Cleef! Bernhardine seufzte und presste die Hände noch stärker gegeneinander. Sie fieberte jeder Sitzung mit ihm entgegen und konnte ihre Enttäuschung an den Tagen, an denen das Licht zum Malen zu schwach war und sie ihn nicht zu Gesicht bekam, kaum verbergen. Und doch durfte sie sich nichts anmerken lassen. Sie war verheiratet – ihre dummen Träumereien nicht statthaft. Doch wie riss man sich einen Traum aus dem Herzen? Marie hatte sie schon mehrmals mit gerunzelter Stirn gemustert, wenn sie von den Porträtsitzungen zurückgekommen war. Ob sie etwas ahnte?

Bernhardines Knie fingen an zu schmerzen, und sie verlagerte ihr Gewicht etwas zur Seite.

»Vater unser, der Du bist im Himmel, geheiligt werde Dein Name. Dein Reich komme. Dein Wille geschehe …«

Die Kapellentür flog auf. Ein heftiger Windstoß ließ die Kerzenflamme flackern. Bernhardine warf einen ärgerlichen

Blick über die Schulter. Die Schlosskapelle war nur den Herrschaften vorbehalten. Im Zwielicht konnte sie die Gestalt nicht deutlich ausmachen. Die stand reglos in der Nische, wo sich der Klingelbeutel befand. Handelte es sich etwa um einen Dieb?

»Wer da?«, fragte sie forsch. »Gebe Er sich zu erkennen!«

»Die schöne Reande saß einsten alleine, und seufzte von Herzen nach ihrem Galan. Inzwischen kam Lamus und hörte dies an, und sagte: Mein Kindgen, wohlan, ich erscheine, damit sich mein Herze mit deinem vereine.«

Bernhardine schnappte nach Luft. Eine Eiseskälte zog mit einem Mal durch ihr Herz, gleichzeitig jagten siedendheiße Schauer durch ihren Körper. Cornelis!

Sie kämpfte sich aus ihrer knienden Position hoch, wollte etwas sagen, ihn fortschicken, hinauswerfen, doch über ihre Lippen kam nur ein erstickter Laut. Mit zwei Schritten war der Holländer bei ihr und griff nach ihren Händen.

»Herrin!«, rief er stürmisch. »Geliebte Herrin. Endlich!«

Er fiel auf die Knie und presste ihre kalten Finger an seine Wange.

Cornelis' Haut war heiß, als hätte er Fieber. Im Kerzenschein leuchteten seine blauen Augen wie Eiskristalle im Mondlicht.

»Cornelis …«, sie räusperte sich. »Meister van Cleef. Ich bitte Euch, erhebt Euch und bewahrt Contenance! Ich bin eine verheiratete Frau.«

Der Maler senkte den Blick, ließ aber ihre Hände nicht los. Plötzlich presste er mit einem leisen Stöhnen seine Lippen auf ihre Finger. Bernhardine entfuhr ein spitzer Schrei. Ihr Herzschlag verdoppelte sich, und sie begann zu zittern.

»Darf ich denn hoffen, verehrte Dame?« Cornelis erhob sich endlich und schaute sie bittend an. »Sagt es mir. Jetzt! Ich muss es wissen. Zu schwer sind meine Nächte, zu bitter die

Tage, an denen ich Euch nicht sehen kann. Wenn aus Eurem süßen Mund ein Nein kommt, werde ich mich entfernen. Denn wer kann stetig in die Sonne blicken, ohne zu erblinden?«

Draußen heulte ein Hund. Ein Männerlachen schallte über den Schlosshof. Bernhardine erbebte. Wenn Johannes in die Kapelle käme ... ihr wurde übel bei diesem Gedanken.

»Madame, bitte, eine Antwort.«

Cornelis stand kaum eine Handbreit von ihr entfernt. Auf seinem Umhang glitzerten Regentropfen. Er roch nach Ölfarbe und nach Pferd.

»Morgen. Eine halbe Stunde nach dem Nachtgeläut werde ich hier auf Ihn warten.«

Seine Augen strahlten, ein Lächeln flog über sein Gesicht, und er nickte. Dann hauchte er ihr einen Kuss auf die Wange, ging zur Tür und schlüpfte aus der Kapelle.

Bernhardine legte langsam ihre Hand an die Stelle, wo sie vor ein paar Sekunden noch Cornelis' Lippen berührt hatten. Sie zitterte. Ihre Zähne schlugen klappernd aufeinander, und sie fror entsetzlich. Sie bückte sich, nahm ihr Gebetbuch von der Holzbank und verließ die Kapelle. Bevor sie die Tür schloss, warf sie jedoch noch einen Blick zum Altar zurück: Der Heiland schien ihr direkt ins Herz zu sehen.

7

Seengen, 2010

Die Konzertbesucher strömten aus dem geöffneten Schlosstor. Die meisten hatten ein Lächeln auf dem Gesicht und unterhielten sich angeregt über die Vorstellung. Als der Fluss ins Stocken geriet und etwas Gelbes im Durchgang sichtbar wurde, stieß Anouk Max mit dem Ellbogen an und wies mit dem Kopf zum Eingang hinüber. Max riss die Augen auf und fing an zu husten. Anouk bahnte sich einen Weg zu ihrer Großtante.

»Da bist du ja, Liebes!«, rief Valerie gut gelaunt und spielte mit ihrem Fächer. »War das Konzert nicht atemberaubend?«

Anouk wollte schon etwas erwidern, ließ es aber und nickte nur.

»Schau mal, wer letztendlich doch noch gekommen ist!«

Max beugte sich über Valeries Hand und deutete einen Handkuss an. »Madame, Sie sehen heute wieder formidable aus.«

Anouks Großtante kicherte geschmeichelt. »Sie alter Schwerenöter«, gurrte sie.

Sie drehte sich um die eigene Achse, und ihre Augen leuchteten plötzlich, als sie jemanden in der Menschenmenge entdeckte. Sie hob die Hand und winkte. Ein hochgewachsener, braungebrannter Herr mit silbernem Haar kämpfte sich durch die Konzertbesucher hindurch auf sie zu.

Anouk erinnerte sich vage an ihn. Es handelte sich um einen von Valeries Bekannten, dessen Namen sie jedoch vergessen hatte.
»Valerie, schön, dich zu sehen.« Der Herr hauchte ihrer Großtante einen Kuss auf die Wange. Als er sich wieder aufrichtete, streifte sein Blick Anouk. Die spürte ein Kribbeln im Nacken und schlug nach dem vermeintlichen Insekt. »Was für ein entzückendes Kostüm!«, rief der Mann begeistert. Er griff nach dem Kleid ihrer Großtante und prüfte den Stoff zwischen seinen Fingern. »Ist das ein Original?«
»Also bitte, Herbert«, schnaubte Valerie und riss ihm das Gewebe aus der Hand. »Als Nächstes schnüffelst du noch daran.« Der Gerügte lachte schallend und zeigte dabei ein strahlendes Gebiss, das zu weiß und zu regelmäßig war, um noch sein eigenes zu sein. »Darf ich dir Doktor Sandmeier vorstellen, meinen Hausarzt?« Und an Max gewandt: »Dieser stattliche Mann hier ist ein Jugendfreund von mir. Professor Herbert Rufli. Er beschäftigt sich …«, sie brach ab und runzelte nachdenklich die Stirn. »Womit beschäftigst du dich eigentlich? Ach, egal.« Danach schob sie Anouk in sein Blickfeld. »Und meine Großnichte kennst du ja sicher noch. Sie und ihre Schwester haben dich früher immer Herr Adebar genannt. Weißt du noch?«
Anouk erinnerte sich jetzt wieder an den Professor, den Kurator aus dem Seetal. Sie lächelte zu ihm hoch und gab ihm die Hand. Ebenso Max, der ihn gleich in ein Gespräch über eine geplante Bilderausstellung im Schloss verwickelte.
»Immer noch ein schöner Mann, nicht wahr?«, flüsterte Valerie, hakte sich bei Anouk ein und sah den beiden Männern nach, die sich Richtung Wassergraben entfernten. »Schade, dass seine Frau noch lebt. Ansonsten …« Sie wiegte den Kopf hin und her und schnalzte mit der Zunge.

Anouk hob amüsiert die Augenbrauen. Sie hätte nicht gedacht, dass ihre Großtante noch romantische Gefühle für einen Mann hegte. Doch bei dem Gedanken, wie sie und der Kurator … Nein, sie schüttelte sich, so weit wollte sie ihrer Fantasie lieber keinen freien Lauf lassen.

Du warst in deinem Geist gewiss,
sie nicht auf ewig zu verlieren.
Gott würde sie im Paradies
dir wieder wissen zuzuführen.

Anouks Magen rebellierte, und ein bitterer Geschmack stieg ihr die Kehle hinauf. Sie begann zu würgen, beinahe hätte sie sich erbrochen. Sie packte Valeries Arm.
»Was für Verse sind denn das nun wieder? Wieso redest du ständig in Rätseln?«, zischte sie. Die Umstehenden wandten die Köpfe. »Ich finde das nicht komisch, Tati. Echt nicht!«
»Aua! Lass meinen Arm los, Anouk! Du tust mir weh.« Ihre Großtante verzog den Mund. »Es ist doch nichts dabei, wenn ich Herbert attraktiv finde.« Sie riss sich von Anouk los und rieb sich den Unterarm. »Mein Gott, gerade von dir hätte ich etwas mehr Verständnis erwartet. Heutzutage ist man doch nicht mehr so prüde.«
Valerie schüttelte missbilligend den Kopf.
»Das meinte ich doch gar nicht«, fauchte Anouk, »ich meinte die Verse.« Ihre Stimme zitterte. »Diese verdammten Verse!«
»Achte auf deine Wortwahl, mein Fräulein«, erwiderte ihre Großtante tadelnd. »Eine Dame flucht nicht! Des Weiteren habe ich keine Ahnung, wovon du überhaupt sprichst.«
Anouk sah sie entgeistert an. Ihrer Großtante war also auch dieses Mal nicht aufgefallen, dass sie in Reimen gesprochen hatte? Was ging hier vor? Und wieso war Max nicht da? Es

war zum Verrücktwerden! Er hatte an ihrem Bericht über die Stimmen gezweifelt, das hatte sie deutlich gemerkt, jetzt hätte er sich selbst von der Wahrheit ihrer Worte überzeugen können. Oder war sie etwa die Einzige, die diese Verse hörte? Ihr schwindelte bei diesem Gedanken. Wenn ja, bedeutete das, dass sie tatsächlich geistesgestört war.

Sie ließ ihre Großtante einfach stehen und schlängelte sich durch die Konzertbesucher bis zum Wassergraben. Weiter vorne entdeckte sie das silberne Haupt des Kurators, neben ihm stand Max. Die beiden diskutierten angeregt und hielten jeder ein Glas Weißwein in der Hand.

»Ich muss dich sprechen«, flüsterte Anouk ihm eindringlich zu, als sie sich zu den Männern durchgekämpft hatte. Sie nahm dem verblüfften Max das Glas aus der Hand und reichte es Professor Rufli. »Meine Großtante hat Durst.« Dann zog sie Max am Ärmel durch die Menschenmenge. Unter den Eichen blieb sie stehen und ließ ihn los. Eine Haarsträhne hatte sich aus ihrer Hochsteckfrisur gelöst, energisch strich sie sie hinters Ohr.

»Ich mag selbstbewusste Frauen ja durchaus«, sagte Max lächelnd, »aber was sollte das eben?«

»Es ist schon wieder passiert!«

Max riss die Augen auf. »Du hast eine weitere Gestalt gesehen?«

Anouk schüttelte den Kopf. »Nein, aber weitere Verse gehört. Irgendetwas vom Paradies und vom Vereinen. Tati Valerie hat sie rezitiert, aber sie konnte sich danach wieder nicht daran erinnern.« Hinter Anouks Stirn pochte es heftig, und sie befühlte ihre Narbe. »Vielleicht werde ich wirklich noch verrückt, denn ich bin mir nicht mehr sicher, ob es diese Stimmen tatsächlich gibt oder ob sie nur in meinem Kopf existieren.«

Max atmete tief durch und sagte erst einmal kein Wort. Die Gäste drängten sich um den Getränkestand neben der Stein-

brücke, tranken Wein, unterhielten sich übers Konzert und genossen den Sommerabend. Überall sah man lächelnde Gesichter, hörte das Zirpen der Grillen und leises Gläserklirren.
»Ich weiß nicht, was ich dazu sagen soll«, brach Max endlich das Schweigen und hob die Schultern. »Wenn dich das Ganze so beunruhigt, solltest du dich genauer untersuchen lassen. Ich kann dir die Adresse eines guten Neurologen geben. Aber lass uns doch erst mal analysieren, ob es nicht noch eine andere Begründung für diese … Phänomene gibt, bevor du gleich an Wahnvorstellungen denkst.«
Anouk zog eine Augenbraue hoch. »Ach, ja? An was für eine Art von Phänomenen hast du denn gedacht? Vielleicht an solche wie in *Das Omen, Der Exorzist* oder *The Sixth Sense?*«
Ihre Stimme troff vor Sarkasmus. Aber was hatte sie auch erwartet? Etwa, dass der gute Landarzt ihr ein Rezept ausstellen und danach alles wieder in Ordnung sein würde? Oder er ihr zumindest eine einfache logische Erklärung liefern könnte? Wie naiv sie doch gewesen war. Wie hätte er als Mediziner auch anders reagieren sollen, als sie auf vorsichtige, nette Weise an einen Spezialisten zu verweisen? Dennoch fühlte sich Anouk verletzt und konnte ihre Enttäuschung über Max' Zweifel kaum verbergen.
Max' Augen waren schmal geworden. »Ich bin zwar nicht besonders bewandert in der Parapsychologie, aber manchmal gibt es Dinge, die wir rational denkenden Menschen uns einfach nicht erklären können. Meine Mutter hat …«
»Schwachsinn!«, unterbrach ihn Anouk, deren Enttäuschung sich in Wut verwandelt hatte. »Du willst doch wohl nicht allen Ernstes behaupten, dass mir ein Geist eine Botschaft überbringen will? In Reimform? Möglicherweise eine tote Dichterin, die posthum nach Ruhm und Ehre lechzt?«
Max zuckte mit den Schultern. »Könnte ja sein.«

Anouk lachte lauthals auf. »Nett, dann soll sie sich gefälligst ein anderes Medium suchen. Ich habe keinen Bock auf so einen Quatsch!«
Max betrachtete sie mit gerunzelter Stirn und vergrub dann seine Hände in den Hosentaschen.
»Möchtest du jetzt noch den Rechen kontrollieren?«, fragte er beiläufig und blickte zum Wehr hinüber.
Anouk schüttelte den Kopf. »Nein, keine Lust mehr. Ich will etwas trinken, meine Großtante nach Hause verfrachten und den ganzen Mist vergessen.«
Mit diesen Worten ließ sie Max unter den Eichen stehen und drängte sich durch die Menge hindurch zum Getränkestand vor. Die bösen Blicke der Wartenden ignorierte sie, verlangte zwei Gläser Wein und stürzte sie nacheinander hinunter. Geister, so ein Schwachsinn!

Max sah Anouk verblüfft hinterher und beobachtete, wie sie die Konzertbesucher zur Seite schubste, als wäre sie auf dem Weg zu einem Touchdown. Stimmungsschwankungen und plötzliche Aggressivität waren ebenfalls Symptome eines Unfalltraumas, hatte er gelesen. Doch womöglich war Anouk auch nur besonders temperamentvoll, und er interpretierte zu viel in ihre Reaktionen hinein. Die zweite Möglichkeit gefiel ihm bedeutend besser, denn die erste implizierte, dass sie ein ernsthaftes Problem hatte, das behandelt werden musste.
Welcher Teufel hatte ihn bloß geritten, Anouk zu küssen? Obwohl die Initiative von ihr ausgegangen war, hatte er sich nicht dagegen gewehrt. Ganz im Gegenteil – war ihm doch schon seit längerem klar, dass er sich Hals über Kopf in Valeries Großnichte verliebt hatte, eine Beziehung zwischen ihnen aber wohl scheitern und ihm mit größter Sicherheit das Herz brechen würde.

»Verdammt, Max«, murmelte er vor sich hin, als er zu seinem Wagen ging, »du hattest schon immer das Talent, dich in Schwierigkeiten zu bringen.«

Die Heimfahrt verlief ohne Zwischenfall. Valerie setzte sich wieder auf die vergrößerte Ladefläche, zupfte an ihrer Perücke herum und summte ein Lied. Anouk konzentrierte sich aufs Fahren und versuchte, die aufkommende Panik durch ruhiges Atmen unter Kontrolle zu bringen. Dabei leisteten die zwei Gläser Wein keinen unerheblichen Beitrag. Sie traute sich sogar, einen schleichenden Wagen zu überholen. Nachdem sie ihrer Großtante beim Ausziehen des gelben Kostüms geholfen hatte, genehmigte sie sich noch einen Schluck Amaretto. Danach setzte sie sich auf die Veranda, entledigte sich ihrer unbequemen Stöckelschuhe und zündete sich eine Zigarette an.

Die Nachtluft war angenehm warm, gleichwohl kuschelte sich Anouk in die Decke, die auf der Bank bereitlag, zog die Füße an und betrachtete den Vollmond. Die Ereignisse im Schloss begannen zu verblassen, je mehr sie sich von der bernsteinfarbenen Flüssigkeit einverleibte. Plötzlich fand sie das Ganze sogar komisch. Julia hätte sich köstlich darüber amüsiert.

Anouk zuckte zusammen, und der Amaretto schwappte auf die karierte Decke. Geist? Botschaft? Ob ihre Freundin etwa …? Anouk keuchte. Natürlich! Julia wollte ihr mit der Erscheinung etwas mitteilen. Etwas über den Unfall, über Anouks Schuld? Vielleicht irrte Julias Seele ja in einer Art Zwischenreich umher und konnte erst zur Ruhe kommen, wenn sie, Anouk, Sühne geleistet hatte. Doch wie sollte sie das anstellen? Sollte sie ihr Leben den Bedürftigen und Armen widmen? Nach Afrika gehen und missionieren? Der Al-

kohol stieg ihr bitter die Kehle hoch. Oder hatte ihr die Erscheinung bereits den entscheidenden Hinweis gegeben, und sie hatte ihn nur nicht deuten können? So musste es sein! Die Verse und die Frau auf den Zinnen waren Botschaften aus dem Jenseits! Max hatte recht gehabt mit seiner kurz zuvor geäußerten Vermutung. Und sie hatte ihn deswegen wütend abgekanzelt.
Anouk bekam eine Gänsehaut. Die Schatten unter den Birken schienen auf einmal zu wachsen und näher zu kommen. Die Zweige der Forsythien sahen plötzlich wie Skelettfinger aus, die sich bedrohlich nach ihr ausstreckten. Eine Maus lief über die Veranda, und Anouk schrie erschrocken auf. Sie strampelte die Decke von den Beinen, hastete ins Haus und verriegelte mit zitternden Händen die Haustür. Dann stürzte sie die Treppe hoch, zog sich das Kleid über den Kopf und warf es in eine Ecke. Bevor sie unter die Bettdecke schlüpfte, schluckte sie zwei Schlaftabletten. Kurz dachte sie noch an die Frau im roten Kleid. Ob das tatsächlich Julia gewesen war? Dann verschwammen die Bilder zu einem einzigen farbigen Gemenge, und sie schlief ein.

Irgendwo im Haus fiel eine Tür ins Schloss. Anouk schreckte aus dem Schlaf. Durch die Vorhänge drang Sonnenlicht herein, ein Trecker fuhr rumpelnd am Haus vorbei, und vom Wohnzimmer drang Klaviermusik nach oben.
Anouk rieb sich die Augen. Sie fühlte sich völlig zerschlagen, so als hätte sie die ganze Nacht über Kohlesäcke geschleppt. Als sie die Beine aus dem Bett schwang, wurde ihr schwindlig. Tabletten und Alkohol waren noch nie eine gute Mischung gewesen.
Sie trat ans Fenster und zog die Gardinen zur Seite. Draußen herrschte strahlender Sonnenschein, so dass sie ihre Augen

hastig mit der Hand beschirmte und sich abwandte. Geister und Botschaften? Absurd! Im hellen Tageslicht verloren die Ereignisse des gestrigen Tages ihren Schrecken. Anouk fuhr sich mit den Fingern durch die zerzausten Locken, steckte sie mit einem Kamm nach oben und ging die Treppe hinunter. Es war bereits nach zehn Uhr. Sie hatte gründlich verschlafen.

»Ich liebe die Malerei! Als junges Mädchen war es immer mein Traum, eine Akademie zu besuchen. Leider waren wir nicht vermögend genug, um … Ach, Liebes, schön, dass du da bist. Darf ich dir den Maler Gustav van der Hulst vorstellen? Ein wahrer Künstler!«

Valerie saß am Küchentisch, ihr gegenüber ein junger Mann mit rötlichen, etwas zotteligen Haaren und einer monströsen Pilotenbrille. Seine Kleidung war abgetragen und teilweise zerrissen. Als Anouk eintrat, sprang er auf, als hätte ihn jemand in den Hintern gestochen.

»Erfreut, Sie kennenzulernen.«

Sein Akzent deutete auf einen Franzosen oder Belgier hin. Wen zum Teufel hatte ihre Großtante da nun wieder aufgegabelt?

Tati Valerie hatte ein Faible für Straßenkünstler, die sie regelmäßig in ihr Haus einlud, um sie zu verköstigen. Ein paar dieser Gäste hatten in der Vergangenheit ihre Großzügigkeit jedoch dazu missbraucht, Geld, wertvolle Gegenstände und sogar Kleider mitgehen zu lassen. Anouk bedachte den Fremden daher mit einem prüfenden Blick. Aber der Mann schien ihr weder ein Dieb noch ein psychotischer Axtmörder zu sein; deshalb nickte sie ihm zu und holte sich einen Orangensaft aus dem Kühlschrank.

»Monsieur van der Hulst war ein Schüler der ›Königlichen Akademie der Wissenschaften und Schönen Künste‹ in Brüssel«, erklärte Valerie voller Stolz, als spräche sie von ihrem Enkel, der gerade promoviert hatte.

»Tatsächlich? Wie aufregend!«, erwiderte Anouk, warf dem Künstler einen spöttischen Blick zu und setzte sich an den Küchentisch.
»Ich traf ihn beim Bäcker«, fuhr ihre Großtante fort, ohne auf ihre ironische Bemerkung einzugehen, »er ist auf der Durchreise in den Süden. Nach Mailand, nicht wahr?« Der Maler nickte. »Wir kamen überein, dass er eine Weile hierbleiben und mich in dem gelben Kleid porträtieren soll.«
Anouk verschluckte sich und begann zu husten. »Wie bitte?«, keuchte sie.
Valerie runzelte die Stirn. »Spricht vielleicht etwas dagegen, Liebes?«
Anouk öffnete den Mund, schüttelte dann aber nur stumm den Kopf. Sie war noch nicht wach genug, um sich mit ihrer Großtante anzulegen, nahm sich aber vor, später ein ernstes Wort mit ihr zu reden.
»Übrigens kommt Doktor Sandmeier in einer halben Stunde vorbei. Er hat vorhin angerufen; ich wollte dich aber nicht wecken.«
Ihre Großtante zwinkerte ihr schelmisch zu, während Anouk unwillkürlich errötete. Der Kuss! War das wirklich erst gestern Abend gewesen? Es schien ihr bereits eine Ewigkeit her zu sein. Doch allein wenn sie nur daran dachte, spürte sie schon ein warmes Kribbeln in den Fingerspitzen. Fast hätte sie laut aufgeseufzt, schalt sich aber sogleich eine Närrin. Was war schon ein Kuss? Der hatte nichts zu bedeuten und würde bald vergessen sein – sowohl von ihr als auch von ihm. »Nein«, korrigierte sie sich leise, »damit belügst du dich nur selbst. Dazu bedeutet dir Max einfach zu viel.« Dennoch war sie überzeugt, dass es für sie in ihrer derzeitigen Verfassung besser war, die Sache zwischen ihnen zu beenden, bevor sie richtig begonnen hatte.

Mit einem Ruck erhob sie sich. Beim Verlassen der Küche hörte sie ihre Tante sagen: »Vielleicht nehmen Sie aber besser eine andere Farbe. Gelb macht mich so blass. Ein Rot wäre doch hübsch.«
Anouk schüttelte den Kopf und stieß die Luft aus. Es wurde langsam schlimm mit ihrer Großtante. Was wohl als Nächstes käme?

»Hör mal, Max …«
Sie saßen auf der Veranda und tranken Valeries selbst gemachte Limonade, die süß und klebrig war. Anouk stellte ihr Glas auf das Rattantischchen zurück.
»Es tut mir leid, aber ich denke, wir sollten das, was gestern passiert ist, vergessen.«
Max beobachtete sie über den Rand seines Glases hinweg. Er hatte nur einmal von der Limonade gekostet. Anscheinend konnte er ihr ebenfalls nichts abgewinnen.
»Du meinst den Kuss?«, fragte er.
»Nein, Roger Federers Ausscheiden in Wimbledon.« Anouk verdrehte die Augen. »Natürlich meine ich den Kuss!«
Max zog einen Mundwinkel nach oben. »Und wieso sollten wir das tun?«
Anouk verschränkte die Arme vor der Brust. »Mein Leben ist im Moment schon kompliziert genug«, sagte sie seufzend. »Ich denke, es ist keine gute Idee, wenn ich … wenn wir …« Sie brach ab und presste die Lippen aufeinander.
»Verstehe«, sagte Max, »du willst mir damit sagen, dass das Topmodel keine Lust hat, sich mit einem einfachen Dorfarzt einzulassen. Schließlich wird es irgendwann sein früheres Leben wieder aufnehmen, und dabei wäre er ihr nur im Weg. Habe ich recht?«
Anouk schnaubte. »Das habe ich nicht gesagt«, meinte sie,

musste sich aber eingestehen, dass ein Körnchen Wahrheit in seinen Worten steckte. »Es ist nur … Ach, vergiss es einfach!«
»Okay.« Max stand auf und sah auf seine Armbanduhr. »Vergessen wir's!«
Anouk schaute verblüfft zu ihm hoch. Sie hatte sich auf ein längeres, unerfreuliches Gespräch eingestellt und war deshalb reichlich überrascht, dass er widerstandslos einlenkte. Sie war beinahe enttäuscht. So schnell gab er also auf? Demzufolge hatte ihm der Kuss nicht viel bedeutet. Aber gut, auf diese Weise war es einfacher für sie beide.
Max ging die Verandastufen hinab. »Ach, bevor ich es vergesse.« Er drehte sich um und krempelte die Ärmel seines Hemdes hoch. »Ich habe leider keinen Ersatz für Susanne gefunden. Daher möchte ich dich noch mal darum bitten, für sie einzuspringen. Die anderen verlassen sich auf mich. Und wenn ich Susannes Part nicht besetzen kann, müssen wir das Stück absagen.«
Anouk betrachtete Max' braungebrannte Unterarme. Sie waren muskulös, als ob er regelmäßig Tennis spielen würde. Aber vielleicht tat er das ja auch. Sie wusste so wenig über ihn und würde vermutlich auch nicht mehr über ihn erfahren, so, wie sie ihn gerade behandelt hatte. Der Gedanke daran schnürte ihr unvermittelt die Kehle zu. Sie wusste, dass sie ihm Unrecht tat, weil sie unentschlossen war und mit ihrer gesamten Situation nicht mehr zurechtkam. Mit Julias Unfall, den Stimmen und Erscheinungen und ihren Gefühlen für ihn. Max war stets hilfsbereit, behandelte Valerie trotz ihrer Krankheit mit Respekt und brachte ihr ehrliche Freundschaft entgegen. Immer hatte er ein offenes Ohr für die Anliegen der Morlot-Frauen. War es daher nicht recht und billig, dass sie auch einmal etwas für ihn tat? Ihm seinen Wunsch nicht abschlug und wenigstens versuchte, auf rein freundschaftlicher Basis mit ihm umzugehen?

»Gib deinem Herzen einen Stoß, Anouk!«, unterbrach er sie in ihren Gedanken und schaute sie dabei hoffnungsvoll an.
Sie zog die Nase kraus und kämpfte mit sich und ihrem schlechten Gewissen. Durch das Wohnzimmerfenster hindurch sah sie ihre Großtante, die mit dem ihr zugelaufenen Künstler debattierte. In einer Ecke stand eine Staffelei, daneben ein kleiner Tisch, der mit einem Wachstuch abgedeckt und mit Farbtuben übersät war. So schnell würde der Belgier sie vermutlich nicht verlassen. Und vielleicht wäre das Theaterspielen ja auch eine ganz nette Abwechslung für sie.
»Ach, was soll's. Also gut, ich mach's.«
Max strahlte. Mit zwei Schritten war er bei ihr und umarmte sie stürmisch.
»Danke«, sagte er, »dann hole ich dich also um sechs Uhr ab.«
Er ließ sie los und lief zu seinem Wagen. »Du wirst es nicht bereuen!«, rief er noch über die Schulter, stieg ein und fuhr davon.
»Hoffentlich«, murmelte Anouk, griff nach der Limonade und tränkte damit die Geranien neben der Treppe.

Fröhlich pfeifend bog Max auf die Hauptstraße ein und fuhr Richtung Meisterschwanden davon. Gott sei Dank hatte Anouk sich erweichen lassen, Susannes Rolle doch noch zu übernehmen. Das Theaterstück lag allen am Herzen, und nicht nur die Schauspieler wären enttäuscht gewesen, wenn sie es hätten absagen müssen. Doch das war nicht der einzige Grund, weshalb er so gut gelaunt war. Obwohl Anouk ihn gebeten hatte, ihren Kuss am besten so schnell wie möglich zu vergessen, glaubte Max ihr nicht. Zu sehr hatte sie sich über sein schnelles Einlenken gewundert. Max wusste nicht viel über Frauen, aber dass sie manchmal etwas anderes sagten, als sie in Wirklichkeit meinten, hatte er schon des Öfteren erfahren. Und da ihm die kommenden Proben nun die Möglichkeit geben würden, weiterhin Zeit mit Anouk zu verbringen, nahm er sich vor, diesen kuriosen Umstand näher zu untersuchen. Ein Blick hinter die Fassade brachte nicht nur beim Theater gelegentlich neue Erkenntnisse. Und vielleicht fände er auf diese Weise auch gleich seine Herzdame, selbst wenn diese nur eine alte Magd spielte.

Die Sporthalle roch nach Magnesium, altem Schweiß und frisch gebohnertem Linoleum. Es befanden sich etwa zwanzig Leute verschiedenen Alters in dem Raum, als Anouk und Max kurz nach achtzehn Uhr eintraten. Die Laienschauspieler standen in Grüppchen zusammen und unterhielten sich angeregt. Als sie die Neuankömmlinge bemerkten, brachen die Gespräche abrupt ab. Anouk erkannte die Frau des Metzgers, die Bibliothekarin, die ihr einen eigentümlichen Blick zuwarf, und noch ein paar andere Leute aus dem Dorf.

»Hallo zusammen!«, rief Max und schob Anouk nach vorne. »Das ist Anouk Morlot, sie wird Susannes Rolle übernehmen. Somit sind wir wieder komplett und können durchstarten.«

Ein freudiges Gemurmel setzte ein. Die Anwesenden umringten Anouk wie eine Horde Wölfe ein vereinzeltes Schaf. Sie lächelte pflichtschuldig, schüttelte Hände und versuchte, sich ihre Nervosität nicht anmerken zu lassen. Zwischen ihren schweißigen Fingern mutierte das Skript langsam zu einem feuchten Lappen. Sie steckte es daher kurzerhand in die Gesäßtasche ihrer Jeans.

Auf der Fahrt zur Sporthalle hatte sie einen kurzen Blick hineingeworfen. Ihre Rolle hatte kaum Text, was sie ungemein erleichterte, aber sie musste bei einigen Szenen auf der Bühne präsent sein. Als schmückendes Beiwerk! Wieder mal.

Die Laienspielgruppe, so hatte ihr Max berichtet, war ein eingespieltes Team und studierte jedes Jahr ein neues Stück ein, das im Hof des Hallwyler Schlosses aufgeführt wurde. Die Einnahmen wurden der örtlichen Schule gespendet. Dieses Mal wurde ein unbekanntes Bühnenwerk eines ortsansässigen Autors aus dem achtzehnten Jahrhundert inszeniert. Die Sprache war dementsprechend altertümlich, die Kostüme aufwendig, und die Proben fanden dreimal wöchentlich statt.

»Okay, Leute, stellt euch bitte für die erste Szene auf.« Max trat hinter ein schwarzes Pult, das mit diversen Knöpfen und Reglern gespickt war und aus dessen Rückseite eine Unmenge farbiger Kabel herausquoll. Er setzte sich auf einen Klappstuhl, blätterte in seinen Aufzeichnungen und gab dem Beleuchter ein Handzeichen.

»Anouk, du bleibst auf der rechten Seite, sagst deinen Text und gehst danach zu Rolf hinüber.« Der Genannte, ein Mann in den Fünfzigern mit einem Schnurrbart wie ein Walross, winkte ihr lächelnd zu. Sie nickte und rief sich noch einmal ihre Zeilen in Erinnerung. »Alle bereit? Dann los!«

Die Deckenbeleuchtung erlosch, gleichzeitig flammte in der Halle ein heller Lichtkegel auf, in dessen Zentrum ein Paar stand, das sich in den Armen hielt. Die Bibliothekarin schaute mit verschleiertem Blick zu ihrem Partner Nick hoch. Anouk unterdrückte ein Kichern.

Liebste, du warst in deinem Geist gewiss,
mich nicht auf ewig zu verlieren.
Gott wird daher im Paradies
uns wieder wissen zuzuführen …

Anouk glaubte, ihren Ohren nicht zu trauen. Verzweifelt schnappte sie mehrmals nach Luft und sackte dann zu Boden.

»Bringe Er seinem Herrn noch mehr Wein!«
Der Diener verbeugte sich und eilte zur Tür hinaus. Bernhardine sah Johannes dabei zu, wie er das Essen in sich hineinschaufelte, und schüttelte sich. Wie konnte ein einzelner Mensch nur solche Unmengen vertilgen? Kein Wunder, dass ihn die verschiedensten Gebrechen plagten. Doch heute Abend sollte er ruhig völlern und sich betrinken. Das kam ihr nur zupass. Sie selbst hatte keinen Hunger und schob den gebratenen Kapaun lustlos auf dem Teller herum. In ihrem Magen ging es drunter und drüber. Sie war voller Unruhe, doch nach außen hin gab sie sich gelassen. Niemand durfte Verdacht schöpfen.
Ächzend öffnete sich die Tür zur Vorhalle. Der Meier verbeugte sich unbeholfen und drehte seine Mütze zwischen den Händen.
»Was will Er?«, knurrte Johannes und wischte sich mit dem Mundtuch über die fettigen Lippen.
»Herr, Euer hochwohlgeborener Herr Bruder ist angekommen und bittet um Unterkunft.«
Johannes rülpste. »Gerold?«, fragte er ungläubig. »Was will *der* denn hier?«
Bernhardine fiel die Gabel aus der Hand. Ihr Schwager? Das fehlte ihr gerade noch! Seit dem Vorfall in ihrem Zimmer, als sie mit Désirée schwanger gewesen war, ging sie ihm bewusst aus dem Weg. Und während der Schwangerschaft mit den Zwillingen hatte sie sich sogar vor ihm versteckt, wenn er Johannes besucht hatte.
Gerold war das pure Gegenteil ihres Gatten. Ein schmächtiges, fast schon asketisches, frömmelndes Männchen, das hinter jeder Lebensäußerung die Versuchung des Teufels ver-

mutete. Ihr während seiner missionarischen Tiraden in den Ausschnitt zu starren, schien ihm aber keineswegs blasphemisch zu sein. Gerold lebte auf der Trostburg, nur einen Tagesritt von Schloss Hallwyl entfernt, ließ sich aber – dem Himmel sei Dank! – nur selten bei ihnen blicken. Er verbrachte seine Tage damit, in der Bibel zu lesen, den Einwohnern seiner Gemeinde mit feurigen Reden über die Hölle und die Verdammnis auf die Nerven zu fallen und das Geld seines älteren Bruders für gefälschte Heiligenreliquien auszugeben. Ein Eheweib hatte er sich nie genommen, er ließ sich, wie gemunkelt wurde, seine Gelüste aber dennoch gern von einer hübschen Küchenmagd befriedigen, die er, wenn er ihrer überdrüssig geworden war, mit Schimpf und Schande von der Burg jagte. Meist mit dem Vorwurf, sie sei ihm vom Teufel gesandt worden, um seine unsterbliche Seele zu verderben. Dass er seinen Verwandten gerade heute einen Besuch abstattete, kam Bernhardine äußerst ungelegen. Was, wenn er das Nachtmahl dazu benutzte, ihnen die Qualen des Fegefeuers darzulegen? Bernhardine war im reformierten Glauben erzogen worden. Aber das hinderte Gerold nicht daran, sein mittelalterlich religiöses Weltbild zu proklamieren. Er konnte stundenlang über das Partikulargericht schwafeln. Und wenn sich seine Zuhörer dann so sehr gruselten, dass sie kaum mehr wagten, im Dunklen den Abort aufzusuchen, blühte er erst so richtig auf. Ihr Schwager war nur glücklich, wenn er andere unglücklich machen konnte. Sie hoffte inniglich, der Ritt hätte ihn so sehr erschöpft, dass er sich bald zurückziehen würde.

»Er soll hereinkommen«, sagte Johannes zum Verwalter und erhob sich ächzend.

Gerold war, wenn das überhaupt möglich war, noch dünner geworden. Seine dunklen Augen lagen tief in den Höhlen, sein Blick huschte unruhig hin und her. Er erinnerte Bernhardine immer mehr an eine alte, zerzauste Krähe. Seine stoppeligen Wangen waren eingefallen und zerfurcht, als wäre ein Pflug über sie hinweggefahren. Das schwarze Haar stand fettig und verfilzt vom Kopf ab. Er trug einen dicken Wollmantel. Die kniehohen Reitstiefel starrten vor Dreck. Bernhardine rümpfte die Nase. Wie immer gab Gerold nichts auf Putz, den er, wie alles, was mit dem äußeren Erscheinungsbild zu tun hatte, für Teufelswerk hielt.

»Geliebter Bruder, welche Freude!« Johannes ging mit offenen Armen auf ihn zu.

»Mon Frère«, erwiderte Gerold leutselig, verbeugte sich tief vor seinem Bruder und umarmte ihn anschließend. »Entschuldigt mein unangemeldetes Erscheinen. Ein böser Traum lockte mich von meiner Burg.«

Bernhardine zog eine Augenbraue hoch. Jetzt würde er bestimmt gleich anfangen, von der Verdammnis zu sprechen, doch Gerold blieb stumm und warf ihr nur einen prüfenden Blick zu. Sie errötete heftig. Ihr Herzschlag verdoppelte sich. Er konnte unmöglich etwas wissen. Das war reiner Zufall!

»Ah, *ma Belle-Sœur.*«

Er machte einen Kratzfuß, und Bernhardine neigte den Kopf. Sie griff nach ihrem Fächer. Obwohl es im Speisesaal eher klamm war, fächelte sie sich hastig Luft zu. Keiner sollte ihr Erröten falsch deuten.

»Gerold, welche Freude, Euch hier zu sehen«, erwiderte sie und wies mit der Hand auf einen Stuhl. »Nehmt doch Platz und leistet uns Gesellschaft! Habt Ihr schon gespeist?«

Er schüttelte den Kopf, setzte sich an die Längsseite des Tisches und schälte sich aus seinem Mantel.

»Zur Ehre des Herrn habe ich heute gefastet. Aber einem Glas Wein wäre ich nicht abgeneigt, da das Blut Christi den

Gläubigen doch in Form der Früchte des Rebstockes dargereicht wird.«
Bernhardine holte tief Luft und wappnete sich innerlich gegen ein langes Abendmahl. Von fern drang das Läuten der Kirchenglocken an ihr Ohr. Sie zählte leise mit. Sieben Schläge. In drei Stunden wollte sie sich mit Cornelis treffen. Hoffentlich hätte ihr Schwager bis dahin seinen Sermon beendet.

»Dédée verlangt nach ihrer Mutter.« Marie stand im Nachtgewand, eine Kerze in der Hand, im Türrahmen und trat von einem Fuß auf den anderen. »Sie fiebert schon den ganzen Tag, und es will mir nicht gelingen, sie zu beruhigen.«
Bernhardine warf ihre Haarbürste auf die Kommode.
»Dann mach ihr halt einen Tee!«, gab sie ungehalten zurück und bereute ihre harschen Worte im selben Moment. Es war aber auch wirklich zum Verzweifeln! Die Tischrunde hatte sich erst vor einer knappen Viertelstunde aufgelöst, nachdem Johannes betrunken vom Stuhl gefallen war. »Marie, Kinder sind oft fiebrig … das wird sich schon wieder legen.«
Die Pendeluhr in der Ecke schlug die zehnte Stunde. Kurz darauf begann auch das Nachtgeläut der Seenger Kirche. Bernhardine presste ärgerlich die Lippen zusammen. Sie würde zu spät kommen.
Der Wind zerrte an ihrem Umhang und riss ihr fast die Haube vom Kopf, als sie die Pforte zum Hof aufschloss. In der Küche brannte noch Licht. Sie konnte zwei Schatten ausmachen, die sich hinter dem Fenster bewegten. Ansonsten lag der Schlosshof verlassen da. Über den Himmel jagten Wolken. Ab und zu schien der Mond zwischen ihnen hindurch und tauchte die Szenerie in bleiches Licht. Aus dem Pferdestall hörte sie Schnauben und Getrampel. In der Luft lag ein

Hauch von Schnee. Der Winter würde in Kürze zurückkehren, um sein kaltes Regime wieder aufzunehmen.
Bernhardine wagte kaum zu atmen. Ihr Mund war staubtrocken. Das Herz klopfte ihr bis zum Hals. Sie hielt einen Moment inne und betrachtete die Kapelle jenseits der Steinbrücke.
Noch konnte sie umkehren, die Stiege hinaufgehen, sich ausziehen und unter die Bettdecke schlüpfen. Cornelis würde vergebens warten, irgendwann aufgeben und in sein Quartier zurückkehren. Sicher enttäuscht und ärgerlich, vermutlich würde er sogar abreisen, bevor es wieder zu schneien anfing. Aber sie, Bernhardine von Hallwyl, hätte ihre Ehre bewahrt. Maries Worte kamen ihr wieder in den Sinn: Désirée fieberte. War es nicht ihre Mutterpflicht, bei ihrer kranken Tochter zu wachen? Ihr die heiße Stirn zu kühlen und ein Lied vorzusingen? Sie wollte keine schlechte Mutter sein, aber da war eine Kraft in ihr, die sie mit aller Macht zu Cornelis hinzog. Ihr Tagebuch war voller selbstgeschriebener Verse, die ihm zugeeignet waren. Bernhardine ertappte sich immer wieder dabei, wie sie tagsüber minutenlang ins Leere starrte, weil ihre Gedanken bei dem Holländer weilten und sie sich vorstellte, wie er und sie … Sidonia hätte sicher von einem *coup de foudre*, einem Blitzschlag, gesprochen, hätte sie um Bernhardines Gefühle gewusst.
Sie straffte die Schultern. Marie würde gut für die Kleine sorgen. Später könnte sie selbst noch kurz bei Désirée vorbeischauen. Sicher ginge es ihrer Tochter dann schon wieder besser. Einen Moment dachte Bernhardine an Gerold und seine Teufelsreden. Ob dies die Versuchung war, von der er ständig sprach? Sie wusste nicht, wie man heutzutage mit Ehebrecherinnen verfuhr. Früher waren sie verbrannt worden. Was den Herren seit jeher gestattet war oder zumindest stillschwei-

gend geduldet wurde, war dem Weibsvolk schon immer verboten gewesen. Es hatte keusch und gottesfürchtig zu sein und alles anzunehmen, was die Männer oder die Kirche ihm vorschrieben. Was würde geschehen, wenn man sie mit Cornelis ertappte? Müsste sie ins Kloster gehen? Würde man sie von ihren Kindern trennen? An den Pranger stellen oder ins Verlies werfen? Oder zu ihren Eltern zurückschicken, die dann mit der Schande leben müssten, eine Buhle aufgezogen zu haben? Bernhardine schluckte. War es dies alles wert? Ein Käuzchen schrie in der Nähe, und sie erschrak. Sie durfte nicht länger zögern. Entweder überquerte sie jetzt diese Brücke, oder sie schlich zurück in ihr Gemach. Als hätte das Schicksal ihre Zweifel vernommen, riss in diesem Moment die Wolkendecke auf, und am Himmel waren die Sternbilder des Perseus und der Andromeda zu sehen. Bernhardine lächelte. Ihre liebsten Figuren aus den griechischen Sagen. Perseus, der seine geliebte Andromeda vor dem Ungeheuer rettete und damit ihre Hand und ein Königreich gewann. Gab es ein romantischeres Liebespaar?

Bernhardine schlang sich den Mantel enger um die Taille, zog die Haube tiefer ins Gesicht und rannte los.

Der Türknauf der Kapelle war mit Rauhreif überzogen, so dass ihre klammen Finger zunächst an ihm abglitten. Bernhardine hauchte in die Hände, schaute sich ängstlich um und versuchte es ein zweites Mal. Diesmal mit Erfolg. Sie zog die Tür auf und huschte ins Gotteshaus. Im Innern brannte eine Kerze, deren Flamme heftig flackerte, als sie eintrat. Kalter Rauch und aufsteigende Nässe stiegen ihr in die Nase. Neben ihren Füßen raschelte etwas, gleich darauf hörte sie ein leises Fiepen. Erschrocken raffte sie ihre Röcke und unterdrückte einen Aufschrei. Ekliges Mäusepack! Bernhardine wagte nicht zu sprechen und versuchte, Cornelis in der Düsternis

auszumachen. Ob er schon wieder gegangen oder erst gar nicht gekommen war? Hatte auch ihn das Gewissen geplagt, so wie sie selbst?
Zwischen den Holzbänken erhob sich unvermittelt eine Gestalt und blieb reglos stehen. Bernhardine stockte der Atem. Sie griff sich an die Kehle. Der Teufel! Er war gekommen, um sie in die Hölle mitzunehmen!
»Mon Trésor?«, flüsterte eine bekannte Stimme.
Sie war so erleichtert, dass sie aufschluchzte. »Cornelis, Ihr habt mich fast zu Tode erschreckt!«
Sie hörte ein leises Lachen. Der Maler kam zwischen dem Kirchengestühl hervor, durchmaß den Raum in drei Schritten und schlang seine Arme um ihre Taille.
»Ihr habt mich warten lassen«, raunte er in Bernhardines Ohr. Sein Atem war warm und roch nach Gesottenem und Rüben. Mit seiner Zungenspitze berührte er spielerisch ihren Hals. Sie bekam eine Gänsehaut und schüttelte sich. »Ist Euch kalt? Soll ich Euch wärmen?«
Obwohl es dunkel war und Cornelis ihre Mimik nicht sehen konnte, nickte Bernhardine. Sie fürchtete, ihre Stimme würde ihm verraten, wie aufgewühlt sie war. Der Holländer wartete ihre Entgegnung nicht ab, sondern drückte sie enger an sich, schob seine Hände unter ihren Umhang und streichelte ihren Rücken. Er liebkoste ihre Schultern, strich sanft über ihre Arme und umfasste ihre Brüste. Sie keuchte auf. Ihre Knie knickten ein, und sie fiel hart an seine Brust.
»Ich …« Bernhardine hob den Kopf und wollte sich für ihre fehlende Contenance entschuldigen, doch Cornelis beugte sich zu ihr herunter und presste seine Lippen auf ihren Mund. Sie waren weich, und sein Bart kitzelte sie an der Wange. Bernhardine schmeckte das Bier, das er zum Abendessen getrunken haben musste. Während Cornelis' Zunge ihren Mund

erkundete, dachte sie, dass sich jetzt entweder gleich der Höllenschlund oder aber die Himmelspforte öffnen müsse. Niemals zuvor, nicht einmal in ihren wildesten Träumen, hatte sie nur annähernd ein solches Gefühl gehabt, wie es sich jetzt ihres Körpers bemächtigte. Ihr war kalt und heiß zugleich. Ihre Glieder wurden schwer, und doch glaubte sie zu schweben. Ihr Herz hämmerte wild in der Brust, aber gleichzeitig breitete sich eine Mattigkeit in ihr aus, als hätte sie tagelang geschlafen. Nie wieder würde sie in Johannes' Arme zurückkehren. Nie und nimmer. Eher würde sie sterben!

Marie hetzte über den Schlosshof und stieß die Tür zur Küche auf. Neben der Kochstelle, in der noch ein paar Stücke Kohle glühten, stand der Küchenjunge und kratzte Angebranntes aus einem rußigen Topf. Dahinter hockte eine Magd auf einem Schemel und rupfte ein Huhn. Bei Maries Eintreten drehten sich ihre Köpfe nach der Ankommenden.

»Schnell«, rief sie, »bringt Essig, warmes Wasser und trockene Tücher!« Die Bediensteten wechselten einen Blick. »Habt ihr nicht gehört? Faules Pack! Die Tochter des Herrn ist krank. Macht vorwärts!«

Die Magd warf das halb gerupfte Huhn auf den Küchentisch, stand auf und wischte sich die Hände an ihrer fleckigen Schürze ab. Der Küchenjunge ließ den Topf fallen, der mit einem metallischen Scheppern auf den Boden knallte, und schwenkte den großen Kessel über die Kochstelle. Er warf ein paar Holzscheite in die Glut und stocherte mit einem Eisen darin herum, bis die Flammen züngelten.

Marie setzte sich an den Küchentisch und wischte sich müde über die Augen. Dédée hatte hohes Fieber und sprach im Delirium. Die Essigsocken würden hoffentlich helfen, es zu senken. Sie war keine Heilkundige, wusste aber, dass es ernst um die Kleine stand. Bernhardine war nicht in ihrem Zimmer gewesen, als sie vorhin noch einmal zaghaft an deren Tür geklopft hatte. Marie hatte einen Verdacht, wo sich ihr ehemaliges Ziehkind befand, hoffte aber, sich zu irren. Dinchen konnte doch nicht wirklich so dumm sein und ihrer Schwärmerei für den Holländer nachgeben. Aber Frauen neigten schon seit jeher zur Kopflosigkeit, wenn es um Gefühle ging. Genau wie das Huhn, das halbnackt vor Marie auf dem Tisch lag.

Wenn nur ein Arzt hier wäre. Aber der nächste weilte im Kloster Baldegg, das einen Tagesritt, bei dem vielen Schnee vermutlich sogar zwei, entfernt lag. Ob sie Johannes von Hallwyl wecken sollte? Oder seinen Bruder? Aber Ersterer lag betrunken in seinem Bett, und vor dem anderen fürchtete sie sich. Sein stechender Blick war ihr unheimlich. Sie hatte auch das vage Gefühl, dass er Bernhardine und den Kindern nicht wohlgesinnt war.

Dinchen hatte ihr von Gerolds Besuch und seinem kuriosen Gebaren von vor drei Jahren erzählt. Marie erinnerte sich noch, wie ihr ehemaliges Stillkind auf ihren Ratschlag hin, einen Druidenfuß um sein Bett herum zu zeichnen, damals in schallendes Gelächter ausgebrochen war. Aber Marie wusste genau, wie Schwarze Magie angewandt wurde und mit welchen teuflischen Sprüchen man Unheil heraufbeschwören konnte. Gott sei Dank war Désirée gesund zur Welt gekommen! Sie hatte der Kleinen gleich nach der Geburt ein schützendes Amulett mit einem Bergkristall angefertigt und ihr später, als sie zwei Jahre alt gewesen war, eingeschärft, dass sie diesen zu ihrer Sicherheit immer bei sich tragen sollte. Er würde bei Gefahr aufleuchten und sich erwärmen. Sicher war sicher!

Die zweite Schwangerschaft hatte Bernhardine problemlos hinter sich gebracht. Es konnte aber nicht schaden, wenn sie

nächstens die Kinderzimmer mit Rosmarin ausräuchern und bei abnehmendem Mond ein schwarzes Band knoten würde. Gerold von Hallwyl hatte allen Grund, die Nachkommen seines Bruders zu hassen, die in der Erblinie vor ihm standen. Gleich ob Herr oder Knecht, Neid und Habgier hatten schon so manchen zu abscheulichen Taten verleitet.
Der Küchenjunge trat mit einem Eimer dampfenden Wassers an den Tisch, die Magd gesellte sich mit einem Arm voller Tücher dazu und griff nach der Essigkaraffe.
»Dann kommt«, sagte Marie und erhob sich ächzend. »Und betet für die Kleine!«

»Wir dürfen das nicht.«
Sie versuchte, Cornelis' Hände abzuschütteln. Doch der Maler schien seine Finger plötzlich überall zu haben. Bernhardine trat einen Schritt zurück. Sie atmete heftig. Ihr Busen, den Cornelis schon fast aus dem Mieder befreit hatte, wogte auf und ab. Verschämt kreuzte sie die Hände vor der Brust.
»Mon Amour«, flüsterte der Maler, trat aber nicht näher, sondern lehnte sich an die schlecht verputzte Steinmauer der Kapelle. »Wir dürfen alles, weil die Liebe alles darf.«
Bernhardine errötete. Er liebte sie wirklich! Ihr Herz machte einen Sprung.
»Dann werden wir gemeinsam das Schloss verlassen?«
Sie wagte kaum zu atmen. Hatte sie diese Frage tatsächlich gestellt? Und wenn er sie nun bejahen würde, hätte sie dann auch den Mut, es zu tun?
Cornelis blieb einen Moment stumm, trat näher und nahm ihr Gesicht in beide Hände: »Schönste aller Blumen, nichts würde mir mehr gefallen. Aber so ein Schritt muss gut überlegt sein. Seid Ihr Euch denn sicher? Würdet Ihr ein Leben auf der Straße all dem hier«, er machte eine ausladende Geste, »vor-

ziehen? Und könntet Ihr Prunk und Annehmlichkeiten zurücklassen, nur um bei mir zu sein?«

»Jederzeit!«, rief Bernhardine leidenschaftlich. »Nichts von alledem bedeutet mir etwas!«

Er lachte, ließ sie los und drehte sich um. Sie erschrak; hatte sie etwas Falsches gesagt? Ihm zu wenig gezeigt, dass sie ihn liebte?

Der Holländer ließ sich mit einem Seufzer auf eine Holzbank sinken und strich sich durch die Haare.

»Verzeiht, wenn ich an Euren Worten zweifle«, sagte er und fuhr mit einem Finger über die Kirchenbank, »aber Ihr gestattet mir ja nicht einmal, Euch richtig zu berühren. Wie soll ich da sicher sein, dass Eure Liebe jede Unbill, die uns erwachsen wird, erträgt?«

Bernhardine schluckte. Er hatte recht. Zwar schrie jede Faser ihres Körpers danach, von seinen Händen liebkost zu werden, aber wenn sie diesen letzten Schritt ginge, gäbe es für sie kein Zurück mehr. Dann wäre sie, auch in fleischlicher Hinsicht, eine Ehebrecherin. Und damit vogelfrei.

Der Föhn brauste mit unverminderter Kraft um die Kapelle, drang durch die Mauerritzen und ließ die Kerzenflamme tanzen. Im Gebälk knirschte es, als würde dort oben jemand Nüsse knacken. Bernhardines Atem gefror zu weißen Wölkchen. Sie trat vor Cornelis, öffnete die Bänder ihres Mieders und zog sich das Kleidungsstück bis zur Taille hinab. Ihre Brustwarzen wurden in der kalten Luft augenblicklich hart. Eine Gänsehaut zog über ihren nackten Oberkörper. Der Maler umfasste mit beiden Händen ihre Körpermitte, vergrub sein Gesicht zwischen ihren Brüsten und zog Bernhardine langsam auf die harte Holzbank hinunter.

8

Seengen, 2010

Beißender Rauch füllte ihre Lungen. Anouk hustete und schnappte verzweifelt nach Luft. Von irgendwoher hörte sie lautes Rufen. Sie blinzelte, aber etwas Weißes versperrte ihr die Sicht. Ihr Kopf fühlte sich wie ein riesiger Ballon an und pochte rhythmisch. Der Sicherheitsgurt schnitt in ihren Brustkorb und ließ sie kaum atmen. Sie griff sich an die Stirn und fasste in etwas Warmes. Als sie ihre Hand daraufhin zurückzog, war sie voller Blut. Anouk fing an zu schreien.

»Anouk? Anouk, hörst du mich?«

Eine Hand streifte ihre Wange. Sie schlug danach und stöhnte. Als sie die Augen öffnete, sah sie überall Kreise, in denen sich schwarze Löcher befanden.

»Geht's dir gut?«

Sie wandte den Kopf und blickte in Max' besorgte Miene. Anouk blinzelte. Die Kreise wurden schärfer und entpuppten sich als die Gesichter der Schauspieler, die auf sie herunterblickten.

»Max?«

»Gott sei Dank!« Er stieß die Luft aus. »Du hast mir … uns allen einen schönen Schreck eingejagt.«

Anouk setzte sich auf, und der Ring um sie herum weitete

sich. Die Dorfbewohner schauten sie merkwürdig an. Sie versuchte zu lächeln.
»Was ist denn passiert?«, fragte sie und strich sich die Bluse glatt.
»Keine Ahnung«, sagte Max und hielt sie am Arm fest, als sie aufstand und dabei schwankte. »Du bist ohnmächtig geworden, hast um dich geschlagen und laut geschrien. Ich habe fast einen Herzinfarkt bekommen.« Er verzog den Mund. »Toller Arzt, was?«
Die Umstehenden kicherten und stießen sich mit den Ellbogen an.
»Ohnmächtig?«, echote Anouk. »Aber wieso?«
Max zuckte die Achseln. »Nick sagte gerade seinen ersten Satz auf, da bist du einfach umgekippt.«
Sie schaute verwirrt zu Nick hinüber. Er war der männliche Part des Liebespaares und hob nun entschuldigend die Hände.
»Tut mir leid, Anouk. Aber bei meinem Talent fallen die Damen eben reihenweise in Ohnmacht.«
Die Schauspieler fingen schallend an zu lachen und steckten Anouk damit an. Doch plötzlich gefror das Lächeln in ihrem Gesicht und wich dem Schock der Erkenntnis.
»Die Verse!«, keuchte sie und packte Max am Arm. »Es waren dieselben Verse!«
Er runzelte die Stirn. »Ich verstehe nicht.«
»Geht's denn jetzt weiter?« Die Bibliothekarin warf Anouk einen giftigen Blick zu. »Ich habe schließlich auch noch etwas anderes zu tun.«
Zustimmendes Gemurmel erhob sich, und Max wand sich aus Anouks Griff. Sie wollte ihn zurückhalten, doch er schüttelte den Kopf.
»Fangt schon mal mit der Szene an, in der sich Nick und Peter duellieren und Anouk nicht auf der Bühne ist«, wandte er

sich an die Schauspieler. »Ich bringe sie währenddessen für einen Moment hinaus an die frische Luft.«
Die Dorfbewohner nickten und stellten sich wieder in Position. Nur Frau Häusermann starrte Anouk böse an und ließ ein deutliches Schnauben vernehmen.
Anouk schürzte die Lippen. Was war denn mit der los? Als sie die Gedichtbände bei ihr bestellt hatte, war sie doch noch überfreundlich und recht sympathisch gewesen.
»Ich brauche aber später deinen Rat, Max, wegen meiner Szene«, wandte sie sich nun an den Arzt. »Ich bin mit meinem Ausdruck noch nicht ganz zufrieden.«
»Ja, klar, Brigitte. Ich komme gleich wieder.«
Er schenkte der Frau ein hinreißendes Lächeln, worauf diese beschwichtigt nickte und Anouk ein Licht aufging. Allem Anschein nach kam sie der Bibliothekarin ins Gehege.
Vor der Turnhalle hatte sich eine Schar Jugendlicher zusammengefunden. Die Teenager hörten Musik über ihre Handys, ein paar rauchten verstohlen und einer ließ diskret eine Flasche Bier verschwinden, als Max und Anouk auftauchten. Max warf ihnen einen tadelnden Blick zu, unterließ jedoch jeden Kommentar und zog Anouk mit sich über die Straße. Er öffnete ein schmiedeeisernes Tor, das auf den Friedhof führte, und drückte sie, dort angekommen, sanft auf eine Bank. In der Luft hing der Duft von geschnittener Thuja und verwelkten Blumen.
»So«, sagte er, »und jetzt rede bitte mal Klartext! Von welchen Versen hast du gesprochen? Und weshalb hast du so geschrien?«
Seine Stimme klang rauh, als hätte er Halsschmerzen. Er räusperte sich.
»Ich habe den Unfall nochmals nacherlebt«, sagte sie und schaute zum Kirchturm hoch. Eine Krähe hockte auf einem

Mauervorsprung und beäugte die Eindringlinge mit ihren glänzenden Knopfaugen. Sie stieß einen krächzenden Schrei aus und flatterte mit den Flügeln.

»Das Auto ist nach dem Aufprall auf dem Dach gelandet«, wandte sich Anouk an Max. »Ich konnte den Sicherheitsgurt nicht lösen. Sie haben mich zuerst rausgeholt. Julia aber ... sie ... es fing an zu brennen. Ich ...«

Anouk zitterte. Ihre Augen füllten sich mit Tränen. Sie schluckte.

»Schon gut.« Max legte seinen Arm um ihre Schultern und hielt sie fest.

»Es war meine Schuld!«

»Das war es nicht.« Er strich ihr übers Haar. »Unfälle passieren eben. Du ...«

»Was weißt du schon?«, schrie sie ihn an und riss sich von ihm los. »Ich hätte fahren sollen! Es war mein Auto! Aber ich war zu betrunken. Julia war meine beste Freundin. Sie hat mich immer auf den Boden der Tatsachen zurückgeholt, wenn ich abzuheben drohte. Sie war das einzige Kind ihrer Eltern. Wie soll ich ihnen je wieder in die Augen sehen können? Wie mit dieser Schuld weiterleben? Ich ...« Sie schüttelte Max' Hand ab, als er nach ihr greifen wollte, und sprang auf. »Und zu allem Übel bin ich jetzt auch noch meschugge. Vollkommen durchgeknallt wie meine verrückte Großtante! Man kann uns gleich beide in die Geschlossene einweisen.«

Der Ausbruch verebbte so schnell, wie er gekommen war. Anouk stieß die Luft aus, setzte sich wieder hin und strich sich müde die Haare aus dem Gesicht.

»Nick hat genau dieselben Zeilen aufgesagt, die gestern meine Großtante deklamiert hat«, fuhr sie fort. »Das kann doch kein Zufall sein, oder?«

Max hob die Augenbrauen. »Genau dieselben Worte?«

Anouk nickte. Sie erinnerte sich an ihr Skript und zog es aus der Hosentasche.
»Hier!«
Er las die Zeilen und schnalzte mit der Zunge. »Schon komisch, ja.« Er drehte das Heft um. »Kennt deine Großtante diesen Dichter denn?«
Anouk warf einen Blick auf den Namen des Verfassers: Huldrich Erismann.
»Keine Ahnung, ich glaube nicht.« Plötzlich riss sie die Augen auf. »Moment mal!«
Anouk stand auf und lief zur Sporthalle hinüber. Nach ein paar Minuten kam sie schwer atmend zurück, ihre Handtasche unter dem Arm.
»Ich habe da was.« Sie griff in ihren Beutel und holte die Poesiebüchlein heraus. »Diese zwei Lyrikbände habe ich in der Annahme erworben, dass es mir weiterhilft, wenn ich weiß, wer die Verse geschrieben hat, die ich ständig höre. Frag mich nicht wieso, es ist bloß so ein Gefühl. Der Schulcomputer der Dorfbibliothek hat in diesem Zusammenhang zwei Namen gefunden. Beides Dichterinnen aus dem achtzehnten Jahrhundert. Wenn also die Zeilen von einer dieser Frauen stammen, muss sie Huldrich Erismann bei einer abgeschrieben haben. Aber wieso? Und weshalb verfolgen sie mich ständig?«
Max warf Anouk einen eigentümlichen Blick zu und langte nach den Büchern.
»Rätselhaft, in der Tat«, meinte er und betrachtete die schmalen Bände. »Aber du hast recht. Vielleicht bringt es wirklich Licht ins Dunkel, wenn wir den ursprünglichen Verfasser herausfinden. Es muss ja schließlich einen Grund dafür geben, dass du genau *diese* Verse hörst.«
Anouk nickte, und die nächsten zehn Minuten verglichen sie Nicks Text mit den Gedichten des ersten Lyrikbandes, konn-

ten aber keinerlei Übereinstimmung finden. Ein Pfiff ertönte. Max' und Anouks Köpfe schossen gleichzeitig in die Höhe. Vor der Turnhalle stand die Bibliothekarin und fuchtelte mit den Armen.

»Ich muss zurück«, sagte Max und erhob sich. »Schließlich bin ich der Regisseur.« Er setzte ein schiefes Lächeln auf. »Willst du noch eine Weile hierbleiben oder wieder mit mir hineingehen?«

Anouk schüttelte den Kopf. »Ich sehe noch den zweiten Band durch und komme dann nach.«

Er nickte und eilte davon. Anouk sah ihm hinterher. Er war so verschieden von den Männern, mit denen sie sich bislang getroffen hatte. Obwohl sie in den einen oder anderen verliebt gewesen war, hatte es bis auf Max noch keiner geschafft, sie in solch ein Wechselbad der Gefühle zu stürzen. Entweder brachte er sie auf die Palme, zum Lachen oder zum Träumen. Sie erschrak. Verliebtsein? Träume? Nein! Sie war nicht verliebt. Sie durfte sich nicht verlieben! Max war ausschließlich ein flüchtiger Bekannter, ein guter Freund. Das fehlte gerade noch, dass sie in Seengen ihr Herz verlor. Sie lachte leise. Das wäre ja fast wie in einem schlechten Heimatroman. Wie lautete der Spruch noch? Wer stärker liebt, ist immer der Schwächere. Und sie wollte weder schwach sein noch lieben. Denn Liebe verging oder wurde einem entrissen. Und sie hatte wahrlich Besseres zu tun, als ein zerbrochenes Herz zu kitten. Ob es das seine oder das ihre war, war dabei zweitrangig. Anouk schüttelte den Kopf und vertiefte sich erneut in die Gedichte.

»Du kannst uns doch nicht einfach so hängenlassen«, beschwerte sich Brigitte empört, »gerade bei der Liebesszene!«

Max hielt ihr die Tür zur Sporthalle auf. Sie hatte recht, doch

Anouks Wohlergehen lag ihm im Moment mehr am Herzen als irgendwelche szenischen Feinheiten.

»Schon gut, Brigitte, jetzt bin ich ja wieder da«, versuchte er, sie zu beschwichtigen, doch die Bibliothekarin biss sich wütend auf die Lippen und rauschte davon.

Max seufzte. Er musste so bald wie möglich mit Brigitte über ihr gegenseitiges Verhältnis und seine Gefühle für sie reden – seine fehlenden Gefühle. Hoffentlich würde sie deswegen nicht anfangen zu weinen. Frauentränen gegenüber war Max hilfloser als ein neugeborenes Kätzchen einem Raubvogel.

Max stutzte plötzlich. Was, wenn Brigitte nach diesem Gespräch ihre Hauptrolle hinschmiss? Das traute er ihr durchaus zu. Ihm wurde ganz flau im Magen. Das konnte er unmöglich zulassen, weshalb er auch beschloss, das klärende Gespräch so lange wie möglich hinauszuschieben. Dass er sich dabei wie ein mieser Feigling verhielt, nahm er zwangsläufig in Kauf.

Die Schauspieler formierten sich erneut, Max gab dem Beleuchter ein Zeichen, und Nick begann abermals, seinen Text zu rezitieren. Max hörte nur mit halbem Ohr hin. Wieso war es ihm eigentlich so wichtig, Anouk bei ihren Recherchen zu helfen? Konnte es sein, dass er sich dadurch so etwas wie eine nachträgliche Absolution versprach, weil er seiner Mutter einst, als sie ihm von ähnlichen Erlebnissen erzählt hatte, nicht geglaubt hatte? Oder war der Grund dafür lediglich seine Verliebtheit und der daraus resultierende Wunsch, seiner Angebeteten so oft und so nahe wie möglich zu sein? Vermutlich gingen beide Aspekte Hand in Hand.

Plötzliche Stille riss ihn aus seinen Gedanken, und als er den Kopf hob, starrten ihn Nick und Brigitte fragend an. Die Szene war vorbei, und er hatte nichts davon mitbekommen.

Max räusperte sich. »Super!«, rief er etwas zu laut und drückte sinnlos ein paar Knöpfe auf dem Schaltbrett, um seine Verlegenheit zu kaschieren. »Fein gemacht, ihr beiden. Und jetzt üben wir mal den zweiten Akt!«

Im Schatten der mannshohen Koniferen war es angenehm kühl. Die tief stehende Sonne erleuchtete den gelb-weißen Kirchturm wie eine übergroße Kerze. Anouk rieb sich den verspannten Nacken und blickte auf. Eine ältere Frau mit einer Gießkanne ging die Reihen entlang, besprengte ein Grab und nickte ihr lächelnd zu.
Die geistlichen Gedichte dieser Zäunemann waren sterbenslangweilig. Anouk unterdrückte ein Gähnen, klappte den Gedichtband zu und sah zur Sporthalle hinüber. Ob sie zurückgehen sollte? Aber der Sommerabend war einfach zu schön, um ihn in einer muffigen Halle zu verbringen. Sie stand auf und schlenderte über den Kiesweg auf die Kirche zu. Über der Eingangstür, an der weiß verputzten Wand, befand sich eine aufgemalte Sonnenuhr, über der sich ein altmodischer Schriftzug wölbte: »Meine Zeit steht in deinen Händen« und darunter prangte noch ein weiterer Spruch: »Gib Gott die Ehre«.
Anouk hatte mit Religion nichts am Hut, obwohl sie ein kleines, silbernes Kreuz um den Hals trug, das ihr Tati Valerie zur Konfirmation geschenkt hatte, doch die Stille rings um sie herum war überaus wohltuend. Wie ein warmes Bad nach einem anstrengenden Shooting. Ob sie in die Kirche hineingehen sollte, um ein Gebet zu sprechen? Doch sie wollte nicht heucheln … und überhaupt kannte sie gar kein Gebet.
Anouk schlenderte durch die Grabreihen und studierte die Namen der Verstorbenen. In einem höher gelegenen Teil des Friedhofs standen kleinere Grabsteine und schlichte Holzkreuze. Sicher der Kinderfriedhof. Anouk fröstelte. Wie tragisch, sein Kind zu verlieren! Sie dachte an Julias Mutter, die

beim Begräbnis ihrer einzigen Tochter zusammengebrochen war. Und Anouk war schuld an diesem Schmerz. Sie hatte Julia auf dem Gewissen, obwohl ihr alle ständig das Gegenteil beteuerten. Wie Max gerade vorher. Sie schluckte den Kloß hinunter, der sich in ihrer Kehle gebildet hatte, und ging weiter. An einer Backsteinmauer befand sich eine verwitterte Marmorplatte. Anouk trat näher und versuchte, die eingravierten Worte zu entziffern:

HIER RUHT IN GOTT:
FRAU VIKTORIA GRÄFIN VON HALLWYL,
GEBORENE GRÄFIN VON STACKELBERG,
GEB. DEN 15. JANUAR 1691, GEST. DEN 4. JANUAR 1711
UND UNSER GELIEBTER SOHN
GEORG DIETRICH GRAF VON HALLWYL
4. JANUAR 1711
ICH BIN DIE AUFERSTEHUNG UND DAS LEBEN.
WER AN MICH GLAUBT, DER WIRD LEBEN,
OB ER GLEICH STÜRBE. UND WER DA LEBET UND
GLAUBET AN MICH, DER WIRD NIMMERMEHR STERBEN.
JOH. XI.25.26

Daneben befand sich noch eine weitere Marmorplatte, auf der zwei Engel zu erkennen waren. Die Schrift war aber so verwittert, dass Anouk sie trotz allen Bemühens nicht entziffern konnte. Ein zusätzlich daneben angebrachtes Messingschild lieferte jedoch die Information, dass es sich bei den beiden Gedenkplatten um die von Viktoria von Hallwyl und die ihrer vier Kinder handelte.

Anouk erinnerte sich, auf ihrem Spaziergang zum Schloss am dortigen Friedhof vorbeigekommen zu sein. Sie hatte aber die zerfallenen Gräber und Grabsteine nicht weiter beachtet.

Die arme Frau, dachte sie. Sie hatte drei Kinder beerdigt und war anscheinend bei der Geburt des vierten gestorben. Anouk fuhr mit dem Finger über die moosbewachsene Inschrift. Ihre Fingerspitzen kribbelten, als stünde der Stein unter Strom. Ein Krächzen ließ sie zusammenzucken. Über ihr flatterte eine Krähe im blassblauen Abendhimmel. Das Tier stieß laute Schreie aus, stürzte dann auf sie herunter und schlug seine Krallen in ihr Haar. Anouk versuchte, ihr Gesicht mit den Armen zu schützen und gleichzeitig die Krähe zu vertreiben. Dabei fiel ihr der Beutel zu Boden, und sein gesamter Inhalt verstreute sich über den Kies.
»Hau bloß ab, du Mistvieh!«, schrie sie und duckte sich. Anouk stolperte auf die Kirche zu, griff nach der Klinke und schlüpfte durch die Tür hinein. Schwer atmend lehnte sie sich an das kühle Mauerwerk und schüttelte ungläubig den Kopf. Hitchcock auf dem Dorf? Und sie hatte gedacht, das Landleben sei langweilig.

Schloss Hallwyl, 1746

»Lieben und geliebet werden, war das Erste auf der Erden.« Cornelis hatte seinen Kopf auf Bernhardines nackten Bauch gelegt. Er sprach leise, doch sie erkannte die Verse sofort. Sie stammten aus einem Liebesgedicht von Sidonia Zäunemann. Sein warmer Atem strich über Bernhardines Haut und ließ sie erschauern. Die Kerze war schon längst erloschen, aber durch das Bleiglasfenster, das die Enthauptung Johannes' des Täufers darstellte, drang Mondlicht in das Gotteshaus. Es ließ die bare Haut der Liebenden bläulich schimmern. Bernhardines Rücken schmerzte. Die Kirchenbank war hart und unbequem. Der Maler hatte zwar seinen Umhang darauf gelegt,

aber der rauhe Stoff kratzte und trug nur wenig zur Bequemlichkeit bei. Sie streckte sich und erbebte.
Cornelis hob den Kopf. »Ist dir kalt, mein Herz?«
»Fürchterlich.«
Er stützte sich auf die Unterarme und betrachtete sie. Ihr Oberkörper war noch immer nackt. Plötzlich schämte sie sich dessen und kreuzte die Arme über ihren Brüsten.
Cornelis lachte leise. »Etwas spät für Schamhaftigkeit«, neckte er sie und küsste ihren Bauch. Er ließ seine Zunge langsam um ihren Bauchnabel kreisen. Bernhardine kicherte. Sie griff in sein volles Haar und zog seinen Kopf so weit zu sich hinauf, bis sich sein Gesicht auf Augenhöhe mit dem ihren befand.
»Liebst du mich?«, fragte sie und versuchte, den Ausdruck in seinen Augen zu deuten.
»Liebt die Lerche die Morgenröte?«
Er presste seine Lippen auf die ihren, schob seine Hand unter ihre Röcke und massierte das weiche Fleisch ihrer Oberschenkel. Seine Finger wanderten höher, spielten mit der kleinen Knospe. Bernhardine stöhnte. Cornelis verlagerte sein Gewicht, zwängte ihre Beine auseinander und drang erneut in sie ein.
Als sie die Kapelle verließen, war der Himmel noch dunkel, und dicke Flocken wirbelten umher. Das Morgengeläut hatte noch nicht eingesetzt; es konnte also noch nicht fünf Uhr sein. In Kürze würden die Bediensteten aufstehen, um das Morgenmahl für die Knechte und Mägde zuzubereiten. Wie leichtsinnig von ihr, so lange mit Cornelis in der Kapelle geblieben zu sein.
Bernhardine äugte nach allen Seiten. Der Hof lag verlassen da. Sie zog die Kapuze ihres Mantels über die Haube und überquerte mit eiligen Schritten den Platz. Einen Moment hielt sie

inne, als sie den schützenden Torbogen erreichte. Sie drehte sich um und sah, wie Cornelis zu den Pferdeställen rannte. Gott sei Dank, niemand hatte sie gesehen!
Die Schlafzimmertür knarrte beim Öffnen unnatürlich laut. Bernhardine wartete und horchte. Nichts. Vermutlich schliefen noch alle. Sie schlüpfte in ihr Gemach und begann, sich zu entkleiden. Das Zimmer war so kalt wie eine Eishöhle. Welches dumme Huhn hatte bloß das Fenster offen gelassen? Bernhardine schlotterte, während sie das einfache Gewand auszog. Es war zum Glück nicht schwierig aufzuknöpfen. Ein Lächeln umspielte ihre Lippen, als sie an Cornelis' flinke Finger zurückdachte, die mit den Bändern und Verschlüssen keinerlei Mühe gehabt hatten. Als sie das Unterhemd über den Kopf zog, erschauerte sie und fasste sich an den Hals. Sie entzündete eine Kerze, trat vor den Spiegel und erschrak. Grundgütiger, ein feuerrotes Mal prangte an ihrer Kehle! Ihr wurde heiß und kalt. Wie sollte sie das nur verdecken? Alle ihre Kleider waren tief ausgeschnitten und zeigten eine Menge Haut, wie es in Frankreich Mode war.
Sie biss sich auf die Lippen. Zum Glück war es Winter! Im schlimmsten Fall könnte sie eine Erkältung vorschützen und einen Schal tragen, solange der Fleck zu sehen war. Bei diesem Gedanken fiel ihr Désirée ein. Bernhardine bekam ein schlechtes Gewissen. Ob sie noch, wie sie es Marie versprochen hatte, nach ihrer Tochter sehen sollte? Aber um diese Zeit schlief die Kleine bestimmt noch. Und Schlaf war schon immer die beste Medizin gewesen. Es wäre daher sicher besser, wenn sie erst vor dem Frühstück nach ihr sehen und ihr eine Geschichte vorlesen würde. Mit diesen Gedanken schlüpfte Bernhardine unter die Bettdecke, rieb ihre eiskalten Füße aneinander und lauschte dem Morgengeläut, das den neuen Tag ankündigte.

»Dédée ist verschwunden!«

Bernhardine schreckte aus dem Schlaf und rieb sich die Augen. Marie steckte den Kopf ins Zimmer. Ihre grauen Haare standen wild in alle Richtungen ab. Sie sah wie ein Huhn in der Mauser aus. Es war früher Morgen, die Konturen der Möbel noch unscharf. Bernhardine hatte das Gefühl, gerade erst eingenickt zu sein.

»Was sagst du da?«, murmelte sie schläfrig. »Was heißt verschwunden?«

Marie stürmte an ihr Bett und riss ihr die Decke fort.

»Weg! Fort! Nicht mehr da!«, schrie sie und fing kläglich an zu schluchzen. »Eben wollte ich nach dem Schätzchen sehen, um ihm ein Paar frische Essigsocken überzuziehen«, stammelte sie, »da gewahre ich, dass ihr Bettchen leer ist.«

»Gib mir die Decke wieder«, grummelte Bernhardine, »ich friere. Lass anfeuern!«

Sie rollte sich wie ein Embryo zusammen und legte sich einen Arm über die Augen. Sie war todmüde. Die Kleine war sicher irgendwo im Schloss. Womöglich in der Küche, um dem Koch etwas Süßes abzuschwatzen.

»Hörst du nicht? Deine Tochter ist verschwunden. Steh gefälligst auf und lass nach ihr suchen, du herzloses Ding!«

Bernhardine stand der Mund offen. Was fiel Marie ein, so mit ihr zu sprechen? Die Amme stand jetzt mit verschränkten Armen vor der Bettstatt und starrte grimmig auf ihren ehemaligen Schützling hinab. An Schlaf war nicht mehr zu denken, deshalb schwang Bernhardine seufzend die Beine aus dem Bett und hangelte nach ihren Pantoffeln.

»Ist ja gut, ich komme. Reich mir bitte den Morgenmantel!«, sagte sie, gähnte und stand auf. »Und wehe, wenn ich jetzt in Désirées Zimmer gehe und die Kleine dort mit honigverschmiertem Mündchen friedlich schlafend vorfinde. Dann …«

Sie ließ den Satz unvollendet. Marie sollte ruhig merken, dass sie mit ihrem respektlosen Gebaren zu weit gegangen war.
Vom Hof drangen die üblichen morgendlichen Geräusche herauf: Karren rumpelten über die Steinbrücke, ein Hahn krähte, die Hunde bellten sich die Seele aus dem Leib, und die Wäscherin rief den Mägden Befehle zu. Johannes und Gerold würden vermutlich noch in den Federn liegen. Der Ältere, weil er gestern sturzbetrunken gewesen war, und der Jüngere, weil er die Angewohnheit hatte, die halbe Nacht lang in der Bibel zu lesen.
Bernhardine stockte der Atem. Himmel! Sie hatte gar nicht daran gedacht, dass Gerolds Schlafzimmerfenster auf den Hof hinausging. Was, wenn er sie letzte Nacht beobachtet hatte? War ihr nächtliches Treiben der böse Traum, von dem er gesprochen hatte? Ihre Knie drohten einzuknicken. Sie musste sich an der Bettstatt festhalten, um nicht zu stürzen.
»Bernhardine?« Marie griff nach ihrem Arm. »Ist dir nicht gut?«
»Nein, es ist nichts. Nur ein leichter Schwindel«, presste sie hervor und scheuchte Marie mit einer Handbewegung beiseite. Sie versuchte, die aufkommende Angst zurückzudrängen, fühlte aber, wie sich diese durch ihre Eingeweide schlängelte. Mit einem Mal hatte sie einen bitteren Geschmack im Mund. Sie schluckte, durchquerte den Raum und öffnete die Tür zu den Kinderzimmern. Neben dem Fenster, auf einem gepolsterten Schemel, saß die junge Amme, die Marie im Dorf aufgetrieben hatte, und gab einem der Zwillinge die Brust. Bernhardines anderer Sohn lag in der Wiege und brabbelte zufrieden vor sich hin. Das Mädchen grüßte mit leiser Stimme, errötete und schlug die Augen nieder.
Bernhardine warf einen kurzen Blick auf die prallen Brüste der Kinderfrau, die wie riesige Kohlköpfe aussahen, und trat

dann in Désirées Schlafgemach. Ein widerlicher Geruch von Krankheit und abgestandener Luft stieg ihr in die Nase. Das Bettchen ihrer Tochter war zerwühlt. Ihre Lieblingspuppe lag mit dem Gesicht nach unten auf dem Holzboden. Man hatte den Kamin noch nicht angefeuert. Es war auch hier bitterkalt. An der Fensterscheibe wuchsen Eisblumen und tauchten das Zimmer in ein milchiges Licht.

»Hast du auf dem Abort nachgesehen?«, wandte sie sich an Marie und schlang den Morgenmantel enger um die Taille.

Die Amme nickte. »Ebenso im Spielzimmer, in der Wohnstube und in der Küche. Selbst im Stall, weil Dédée die Pferdchen doch so mag.« Marie wischte sich über die nassen Augen. »Nichts, keine Spur! Sie kann doch nirgends hin ... hat ja nur ihr Nachthemdchen an und solches Fieber.«

Ihre Lippen zitterten.

»Nun beruhige dich doch«, sagte Bernhardine und versuchte, das Zähneklappern zu unterdrücken. »Vielleicht hat sie sich versteckt, sitzt irgendwo im Verborgenen und amüsiert sich köstlich darüber, dass die alte Marie so ein Gewese veranstaltet.«

Aber ihr Tonfall strafte ihre Aussage Lüge. Désirée war ein folgsames Kind und hatte noch nie etwas Ähnliches getan. »Désirée«, rief sie, »komm sofort her! Mama ist sehr ärgerlich, weil du so ungezogen bist!«

Im Nebenzimmer fingen die Zwillinge gleichzeitig an zu schreien. Der eine an der Brust der Amme, der andere in der Wiege. Wunderbar! Hinter Bernhardines Stirn fing es an zu pochen.

»*Morbleu,* was soll denn dieser Höllenlärm?«

In der Tür stand Johannes im Nachtgewand, die Schlafmütze noch auf dem Kopf. Seine Augen waren blutunterlaufen. Der Schlossherr gähnte mit offenem Mund und kratzte sich zwischen den Beinen. Bernhardine roch den Alkoholdunst in seinem Atem und wandte angeekelt den Kopf ab.

»Herr, Désirée ist verschwunden«, jammerte Marie und brach erneut in Tränen aus.

»Was heißt verschwunden?«

Johannes trat ins Zimmer und blinzelte. Er schlurfte durch den Raum und setzte sich ächzend auf den Schemel. Die Amme rutschte erschrocken zur Seite. Ihre Gesichtsfarbe wechselte ins Purpurne, als der Schlossherr ungeniert auf ihre entblößten Brüste starrte.

»Das Püppchen wird sich an irgendeinem Ort verbergen«, sagte er und fuhr sich mit der Zunge über die Lippen, »Kinder tun das alle naselang.« Er gab sich keine Mühe, seine Erektion, die sich unter dem Nachthemd abzeichnete, zu verstecken.

»Ich habe Marie soeben dasselbe gesagt«, wandte sich Bernhardine an ihren Ehemann und raffte den Ausschnitt ihres Morgenmantels am Hals zusammen. Dabei versuchte sie, nicht auf den Schoß ihres Gatten zu blicken. »Ein Streich. Nicht der Rede wert und kein Grund, das ganze Schloss in Aufruhr zu versetzen.«

Marie weinte still vor sich hin und schüttelte den Kopf. »Dédée würde so etwas nicht tun. Niemals, sie …«

»Herrgott noch mal, Marie«, unterbrach Bernhardine ihr Gejammer, »dann geh halt hin und lass nach dem Kind suchen! Aber eins sage ich dir, wenn Désirée nächstens zur Tür hereinkommt, wirst du die Peitsche zu spüren bekommen!«

Marie erbleichte, und die junge Amme stieß einen spitzen Schrei ob dieser Androhung aus.

Bernhardine war selbst erschrocken über ihre harten Worte. Noch nie hatte sie einen der Dienstboten gezüchtigt. Und schon gar nicht Marie! Doch die vergangene Nacht und die

Angst vor Entdeckung hatten sie an den Rand eines Nervenzusammenbruchs gebracht.
»Sehr wohl«, erwiderte Marie tonlos. Sie knickste, und ihre alten Knochen knackten dabei.
Augenblicklich tat Bernhardine ihre unverhältnismäßige Schelte leid. Was war bloß mit ihr los? Sie wandte sich an Marie, um ihr ein paar milde Worte mit auf den Weg zu geben, doch diese hatte das Zimmer bereits verlassen.
Bernhardine atmete tief durch. Sie spürte, dass Johannes sie beobachtete, deshalb trat sie zur Wiege und strich Burkhardt sanft übers Köpfchen. Seine Haut war heiß und trocken, die Wangen gerötet und der dunkelbraune Haarflaum schweißnass. Hatte er sich bei seiner Schwester angesteckt? Kaspar schien es jedoch gut zu gehen. Er war an der Brust der Amme eingeschlafen. Diese legte ihn in die Wiege und knöpfte ihre Bluse zu. Auch Johannes erhob sich und schlurfte zur Tür zurück.
»Gebt mir Bescheid, Madame, wenn ich Euch eine Reitgerte ausleihen soll«, nuschelte er und schnalzte mit der Zunge. Die Amme gluckste, verstummte aber sofort, als Bernhardine ihr einen eisigen Blick zuwarf. »Ansonsten gehe ich jetzt wieder zu Bett. Gehabt Euch wohl.«
Er drehte sich um und zwinkerte dem Mädchen zu, das daraufhin geschäftig Désirées Bettzeug aufschüttelte, um seine Verlegenheit zu kaschieren.
Bernhardine hätte vor Wut am liebsten etwas zerschlagen. Nicht genug, dass Johannes sie mit jedem weiblichen Wesen betrog, das ihm außerhalb des Schlosses über den Weg lief, trieb er es jetzt vermutlich auch noch mit dieser Milchkuh. Kein Wunder, wenn sich das Weibsbild Freiheiten gegenüber der Schlossherrin herausnahm. Sie hatte schon einen scharfen Verweis auf der Zunge, als ihr die vergangene Nacht einfiel.

War sie denn besser als ihr hurender Ehemann? Obwohl sie Johannes nicht liebte, war sie ihm immer eine tadellose Ehefrau gewesen. Bis gestern!
Ohne ein weiteres Wort drehte sich Bernhardine auf dem Absatz um und stolperte davon. Beim Gehen fuhr sie sich mit den Fingerspitzen über die Lippen. Sie waren geschwollen. Ein aufkommender Kopfschmerz ließ sie aufstöhnen. Sie musste unbedingt zu Cornelis und ihn bitten, sie so schnell wie möglich aus dem Schloss wegzubringen.

9

Seengen, 2010

»Heute nicht.«
Max verabschiedete sich von seinem Ensemble, das schwatzend auf das Restaurant »Burgturm« zusteuerte. Er gesellte sich zu Anouk, die wartend auf der Treppe der Turnhalle saß und ein Grinsen unterdrückte, als sie das verkniffene Gesicht der Bibliothekarin bemerkte. Sie würden vermutlich keine Busenfreundinnen werden.
»Tut mir leid, Max. Ich habe die Zeit vergessen.«
Er machte eine wegwerfende Handbewegung. »Kein Problem«, sagte er, »ich habe deine Textstellen gelesen. Wenn du das nächste Mal dabei bist, reicht das völlig. Geht's denn wieder?«
Sie nickte und beschloss, ihm nichts von der ungewöhnlichen Krähenattacke zu erzählen. »Hast du noch etwas herausgefunden?« Er schulterte seine Mappe, half ihr auf die Füße und steuerte auf seinen Wagen zu.
»Leider nicht«, beantwortete sie seine Frage und ließ sich auf den Beifahrersitz fallen. »Es sind einfach zu viele Gedichte … langweilige Gedichte.« Sie hakte den Sicherheitsgurt ein und rieb sich die eiskalten Hände. Herrgott, fing das schon wieder an? Sie atmete tief durch, um die aufsteigende Angst unter Kontrolle zu bekommen. »Hast du Internet?«, fragte sie unvermittelt und strich sich die Haare zurück. Max warf ihr ei-

nen erstaunten Blick zu und legte den ersten Gang ein. Anouk lachte, als sie seinen überraschten Gesichtsausdruck registrierte. »Das ist keine plumpe Anmache, Herr Doktor. Ich denke nur, es würde die Sache erheblich vereinfachen, wenn wir die Zeilen von Huldrich Erismann in eine Suchmaschine eingeben. Vielleicht finden wir dadurch eine Verbindung zwischen ihm und den zwei Dichterinnen. Oder sonst etwas, das uns weiterhilft.«

Max schnalzte mit der Zunge. »Stimmt!«, sagte er, schüttelte den Kopf und steuerte den Wagen auf die Hauptstraße. »Auf die nächstliegende Lösung kommt man immer zuletzt.« Er lachte, doch Anouk bemerkte einen Unterton in seiner Stimme, den sie nicht einzuordnen wusste.

»Ich hoffe, du erwartest kein gestyltes Penthouse«, fuhr er fort. »Ich habe leider kein gutes Händchen, was das Einrichten von Wohnungen angeht.«

Max fuhr am Brestenberg vorbei Richtung Meisterschwanden und bog nach ein paar Kilometern in eine gekieste Auffahrt ein. An deren Ende, erhöht am Hang, thronte ein zweistöckiges Fachwerkhaus, das von Blumenrabatten umgeben war.

»Hübsch«, meinte Anouk und schmunzelte.

»Leider nicht meins«, sagte Max und stieg aus. »Ich bewohne nur das Obergeschoss. Meine Vermieterin wird sich sicher wundern, wenn ich Damenbesuch mitbringe. Normalerweise …« Er brach ab und räusperte sich. Als hätte er das Stichwort gegeben, öffnete sich die Haustür, und eine ältere Dame in einem grauen Hosenanzug trat auf die Veranda. Sie hielt abrupt inne, als sie Max und Anouk bemerkte.

»Et voilà«, seufzte er, »meine Schlummermutter!«

Frau Bolliger war eine rüstige Rentnerin Ende sechzig. Sie lud die Ankömmlinge zu einer Tasse Tee ein und insistierte vehement, als sie höflich ablehnen wollten. Anouk zog amüsiert die Augenbrauen hoch und stupste Max heimlich mit dem Ellenbogen an. Diese Dorfbewohner! Er willigte mit einem gequälten Lächeln ein, sprach aber nach einer Stunde mit viel Tee und trockenen Biskuits ein Machtwort. Beinahe fluchtartig verließen sie daraufhin das Wohnzimmer mit den vielen Häkelarbeiten und dem übergewichtigen Cockerspaniel, der ihnen während der vergangenen Minuten alle seine zerfetzten Plüschtiere zu Füßen gelegt hatte.

Im Gegensatz zu Frau Bolligers vollgestopftem Zuhause waren Max' Zimmer spartanisch eingerichtet. Im Wohnzimmer standen eine schwarze Sitzgruppe, ein einfacher Holztisch mit dazu passenden Stühlen und eine nüchterne Stehlampe. In einer Ecke befand sich eine moderne Küchenkombination. Die Wände waren kahl, die Fenster ohne Gardinen. Selbst der glänzende Parkettboden musste ohne Teppich auskommen. Anouk schürzte die Lippen. Die Zimmer sahen so aus, als würde ihr Bewohner gleich wieder seine Koffer packen oder als hätte er sie erst gar nicht ausgeräumt. Es gab weder Fotos noch Bilder, weder Blumen noch irgendwelche Nippsachen. Dagegen wirkte Max' Praxis ja geradezu anheimelnd.

»Etwas zu trinken?«, fragte er und stellte seine Tasche ab.

»Wenn's nicht noch ein Tee ist, gerne.«

Er lächelte säuerlich, ging zum Kühlschrank und schaute hinein. »Wie wär's mit einem Bier?«

Anouk nickte. »Kann ich das Fenster öffnen?«

Sie trat zur Balkontür. Der Ausblick auf den Hallwilersee war grandios. Hinter den gegenüberliegenden Hügeln ging gerade die Sonne unter und verwandelte das Wasser in flüssiges Gold. Am Himmel stand bereits die Venus und funkelte, als wäre sie frisch poliert worden.

Max öffnete zwei Flaschen Millers und folgte Anouk, die auf den Balkon hinausgetreten war.

»Tolle Aussicht!«, sagte sie begeistert und stützte sich mit beiden Händen auf das Geländer.
»Deshalb habe ich die Wohnung genommen. Trotz Frau Bolliger.« Er verzog den Mund, und Anouk lachte. »Hier.« Er reichte ihr die Flasche, dabei streifte seine Hand ihren Arm. Anouk bekam eine Gänsehaut, und ihr Herzschlag beschleunigte sich.
»Auf liebenswerte, alte Damen!«, rief sie und stieß etwas zu heftig mit ihm an. Max nickte.
»Ich …«, sagten beide gleichzeitig und fingen an zu lachen.
»Also«, ergriff Max das Wort, »mein Laptop steht im Schlafzimmer. Einen Moment.«
Er drehte sich um, stellte sein Bier auf den Tisch und verschwand in den hinteren Bereich der Wohnung. Schlafzimmer? Anouk legte den Kopf schief, konnte von ihrem Standort aus jedoch keinen Blick hineinwerfen. Es hätte sie interessiert, wie er nächtigte und ob eventuell ein Foto auf seinem Nachttisch stand. Aber wieso eigentlich? Was ging es sie an, welche Bilder sich in Max' Schlafzimmer befanden und wer darauf abgebildet war? Er hatte sein Leben, sie das ihre, und es würde keine Liebesbeziehung zwischen ihnen geben. Freundschaft, ja, dazu war Anouk bereit, aber zu mehr nicht. Hoffentlich war sich Max dessen bewusst.
Sie seufzte und nahm noch einen Schluck. Das Bier rann kühl und prickelnd ihre Kehle hinab. Ob es so eine gute Idee gewesen war, in seine Wohnung zu kommen? Gut möglich, dass Max darin eine Aufforderung zu mehr verstehen würde.
»Unsinn!«, murmelte Anouk halblaut und schüttelte den Kopf. Sie interpretierte schon wieder einmal viel zu viel in eine ganz normale Sache hinein. Schließlich waren sie beide erwachsen und die Sache mit dem Kuss mittlerweile geklärt.
»So«, Max stellte seinen Computer auf den Tisch, »dann wollen wir mal sehen, ob wir Talent zum Detektivspielen haben!«

Er lachte, doch es klang gepresst, als müsste er sich selbst von seinem Scherz überzeugen. Anouk beobachtete ihn nachdenklich, als er das Notebook startete. Warum half er ihr eigentlich so selbstlos? Im Grunde erstaunlich; sie kannten sich ja kaum, und er hatte doch sicher Wichtigeres zu tun, als der Großnichte einer Patientin bei der Aufklärung seltsamer Ereignisse zur Hand zu gehen. Steckte da mehr dahinter? Und wenn ja, was waren seine Motive? Sollte sie ihn einfach fragen? Aber was wäre, wenn ihr seine Antwort nicht gefiele? Anouk beschloss, sich später darüber Gedanken zu machen. Zunächst wollte sie erst einmal wissen, was es mit diesen Versen auf sich hatte. Sie setzte sich neben Max und zog das Skript aus ihrer Handtasche. Anouk hatte ihre Sachen nach dem Krähenangriff zum Glück alle wiedergefunden und einsammeln können. Als sie nach einer Weile die Kirchentür geöffnet und vorsichtig den Kopf hinausgestreckt hatte, war die angriffslustige Krähe verschwunden gewesen.

Sie fanden die Zeilen auf Anhieb. »Auf eben diese Leiche« lautete das Gedicht, das, wie sie schon vermutet hatten, nicht von Huldrich Erismann, sondern von Sidonia Hedwig Zäunemann stammte. Der Dichterin mit dem Lorbeerkranz auf dem Kopf. Geboren siebzehnhundertvierzehn, gestorben siebzehnhundertvierzig.

»Tja. Dann hat der gute Huldrich die Zeilen also tatsächlich geklaut«, sagte Max, lehnte sich zurück und verschränkte die Hände hinter dem Kopf. »Für eine Plagiatsanzeige wird es aber vermutlich zu spät sein. Und jetzt?«

Anouk stützte ihren Kopf in die Hand. »Ich habe keine Ahnung«, erwiderte sie kleinlaut.

Was hatte sie denn erwartet? Dass ein himmlischer Gong erklingen würde, wenn sie wüsste, wer die Zeilen verfasst hatte?

Gratuliere, Sie haben gewonnen! Freuen Sie sich auf einen Millionengewinn! Auf einmal kam sie sich ziemlich dumm vor.
Max warf ihr einen schnellen Blick zu und konzentrierte sich dann wieder auf den Interneteintrag.
»Sie ist jung gestorben«, meinte er, kniff die Augen zusammen und starrte auf den Bildschirm. »Von einem Ausritt nicht zurückgekommen. Vermutlich in der Gera ertrunken«, las er vor. »Und du sagst, deine Großtante kann Gedichte nicht ausstehen?«
Anouk nickte. »Ich wüsste wirklich nicht, wieso sie diese Zeilen aufsagen sollte. Außer … aber das ist ein ganz und gar abwegiger Gedanke.«
»Ja?« Max klickte ein paar der Verse an. »Was ist ganz und gar abwegig?«
»Na ja«, druckste sie herum, »dass es vielleicht Julia sein könnte, die mir auf diese Weise eine Botschaft zu übermitteln versucht.«
Sie schaute Max nicht an, während sie sprach, weil sie fürchtete, er würde sie auslachen. Sie konnte einiges ertragen, aber Spott traf sie tief. Doch er überraschte sie erneut.
»Das ist gar keine so dumme Idee«, erwiderte er ernsthaft und nickte dabei mehrmals.
»Tatsächlich?«, meinte Anouk verblüfft. »Ich dachte …«
Ein schrilles Pfeifen unterbrach ihr Gespräch. Anouk und Max starrten sich erschrocken an. Auf dem Laptop poppten in schneller Reihenfolge Bilder auf: Anouk bei einer Modenschau in Paris, das Schloss Hallwyl, die Seenger Kirche, ein Ölgemälde, auf dem ein eng umschlungenes Paar zu sehen war, Kornblumen, Krähen, wieder Anouk, diesmal in einem Badeanzug, das Berner Münster, zwei Engel, erneut das Wasserschloss, eine Teufelsgestalt, das Bild der Zäunemann, ein

Grabstein. Immer schneller wurde die Abfolge der Bilder, begleitet von diesem schrillen Pfeifen.
Max hämmerte heftig auf die Tastatur ein. Keine Reaktion. Er drückte den Ausschaltknopf. Nichts. Die Bilder rasten weiter. Anouk starrte wie hypnotisiert auf den Bildschirm, bis der Spuk schließlich abbrach. Ein letztes durchdringendes Pfeifen, dann wurde das Display dunkel.
»Heiliger Strohsack!«, keuchte Max. »Was war denn das?«
Anouks Hals war ganz ausgetrocknet. Ihre Hand, mit der sie die Bierflasche umklammerte, zitterte unkontrolliert, und sie brauchte einen Moment, bis sie in der Lage war, das Bier auf den Tisch zu stellen.
»Ich weiß es nicht. Das war echt unheimlich.« Anouk räusperte sich. »Als ob uns jemand etwas Wichtiges mitteilen wollte. Aber von Julia kam das sicher nicht. Sie ist nie in Seengen gewesen. Davon bin ich überzeugt. Und wenn es von ihr gekommen wäre, wären doch sicher auch Bilder vom Unfall mit dabei gewesen. Meinst du nicht?«
Max zuckte mit den Schultern und drückte mit spitzen Fingern auf der Tastatur herum. Der Bildschirmhintergrund wurde blau, und der Cursor blinkte unschuldig, als ob nichts gewesen wäre.
Anouk schob den Stuhl energisch auf dem Parkett zurück, was ein hässliches Kratzgeräusch verursachte. Sie musste hier weg! Die Sache fing an, sie zu überfordern. Das Ganze war kein Spiel mehr, sondern mutierte langsam zu einem unheimlichen Szenario mit ungewissem Ausgang. »Wer sich in Gefahr begibt, kommt darin um«, sagte ihr Vater immer. Er hatte recht. Es war an der Zeit, die Sache ruhen zu lassen. Sonst würde am Ende noch einer von ihnen Schaden nehmen. Körperlich oder psychisch – beides war nicht tragbar.
»Ich glaube, es ist besser, wenn ich jetzt nach Hause gehe.« Sie

schnappte sich ihre Handtasche und steuerte auf den Ausgang zu.
»Anouk?« Sie blieb stehen und schaute über die Schulter. »Wir werden rauskriegen, was hier vor sich geht, okay? Du bist nicht verrückt.«
Max erhob sich und streckte seine Hand aus. Anouk wich einen Schritt zurück und lächelte bemüht.
»Gut!«, sagte sie und presste ihren Beutel an die Brust. »Wir sehen uns bei der nächsten Probe.«
»Soll ich dich nicht nach Hause fahren?«
Er schaute sie hoffnungsvoll an, doch sie schüttelte vehement den Kopf, so dass ihre roten Locken flogen.
»Ich brauche jetzt einen Moment für mich allein. Tut mir leid … ciao.«

Das Bild kam Max bekannt vor: eine Frau, die zur Tür hinausstürzt. Gestern war es Brigitte gewesen, soeben Anouk. Nur war er bei der einen erleichtert gewesen, während er bei Anouk einen scharfen Stich der Enttäuschung fühlte. Als sie ihn vorhin gebeten hatte, seinen Computer benützen zu dürfen, war ein regelrechtes Feuerwerk der Gefühle in seinem Inneren explodiert, und er hatte sie beide schon eng umschlungen auf seinem Doppelbett liegen sehen. Doch das war nur Wunschdenken gewesen. Und dieser unheimliche Computercrash und Anouks Reaktion darauf hatten seine Hoffnung auf eine mögliche Annäherung dann endgültig zunichtegemacht. Vielleicht sollte es einfach nicht sein, und ehrlich gesagt war er sich auch gar nicht sicher, ob eine so komplizierte Beziehung das Richtige für ihn war.
Seufzend setzte er sich wieder an den Tisch, stützte seinen Kopf in eine Hand und schaltete mit der anderen den Computer aus. Wenn das mit seinen Gefühlen doch bloß auch so einfach ginge!

Anouk floh nach unten, wo Frau Bolligers Lächeln wie eine kaputte Glühbirne erlosch, als Anouk an ihr vorbeirannte und ihre Einladung zu einem weiteren Tee mit einem stummen Kopfschütteln beantwortete. Nur weg von hier! Am liebsten gleich nach Zürich zurück. Egal, ob zu den Eltern oder in ihr Loft. Nur weg von verstaubten Versen, tollwütigen Krähen und durchgedrehten Computern!

Sie hastete die Kieseinfahrt hinunter und lief Richtung Seengen. Wenn sie sich beeilte, würde sie noch das letzte Postauto nach Lenzburg erwischen. Ihr Gepäck könnte sie später abholen lassen. Tati Valerie müsste bis zum Herbst eben ohne sie auskommen.

Anouk stolperte und fiel unsanft auf den Gehsteig. Sie blieb einen Moment benommen auf dem warmen Asphalt liegen, bis sie sich ohne Schwindel wieder hochrappeln konnte. Ihr Knie war aufgeschürft und brannte wie Feuer. Auch das noch! Sie humpelte zur Böschung am Straßenrand und setzte sich ins Gras. Es war frisch gemäht und duftete nach Heu und wildem Thymian. Anouk zog ein Taschentuch aus ihrem Beutel und säuberte damit ihr Knie. Ein Wagen mit heruntergelassenen Fenstern, aus dem wummernde Bässe dröhnten, flitzte an ihr vorbei. Vier Jungs hockten darin und johlten, als sie Anouk erblickten. Sie warfen ihr Luftküsse zu und grinsten blöde. Was war bloß aus ihrer Idee, einen ruhigen Sommer in der beschaulichen Gegend von Seengen zu verbringen, geworden? Anouk vergrub das Gesicht in den Händen. Sie war wirklich zu bedauern und …

»Nein! Nicht mit mir!« Sie stand auf und presste ärgerlich die Lippen aufeinander. Sie war eine Morlot! Und die Morlot-Frauen ließen sich nicht so leicht unterkriegen. Sie hatte schließlich schon Shootings mit Schlangen, Vogelspinnen und Krokodilen überstanden; war schon an einem Seil zwanzig

Meter über einem Abgrund gebaumelt, aus einem Flugzeug gesprungen und hatte bei minus fünfzehn Grad Bademode vorgeführt. Und das alles lächelnd und perfekt frisiert. Diese ganzen unerklärlichen Vorkommnisse hatten etwas zu bedeuten. Und dass sie ihr gerade in dieser Phase ihres Lebens passierten, ebenso. Irgendjemand oder irgendetwas versuchte, mit ihr Kontakt aufzunehmen und ihr etwas mitzuteilen, damit sie etwas unternahm. Wenn sie jetzt davonliefe, würde sich die Situation dadurch erstens nicht verändern und sie sich zweitens wahrscheinlich ihr ganzes späteres Leben lang fragen, wieso sie nicht den Mut aufgebracht hatte, sich dieser Herausforderung zu stellen. Anouk straffte ihre Schultern und hob, als sich ein weiteres Auto näherte, entschlossen den Daumen.

Schloss Hallwyl, 1746

Die Wanduhr machte Bernhardine wahnsinnig: tick-tack, tick-tack, Dir-ne, Dir-ne! Am liebsten hätte sie den Zeitmesser von der Wand gerissen und ins Feuer geworfen. Jedes noch so kleine Geräusch zerrte an ihren Nerven. Die Dielenbretter knarrten gehässig, der Wind rüttelte wütend an den Fensterläden, und die Holzscheite im Kamin knackten anklagend. Sie hielt sich die Ohren zu. Zum hundertsten Mal stand sie auf, strich sich das Kleid glatt und trat ans Fenster. Nichts. Der Schlosshof lag verlassen unter einer schmutzig grauen Schneedecke.

Es hatte die ganze Nacht geschneit. Der Tumult der vergangenen Stunden und die vielen hastigen Füße, die über den Hof gelaufen waren, hatten die weiße Pracht in hässlichen, braunen Matsch verwandelt. Über dem See ballten sich neue

Schneewolken. Es war noch kälter geworden. Selbst die Krähen hockten wie schwarze Eiszapfen in den kahlen Bäumen und hielten die Schnäbel. Die ganze Welt war erstarrt. Herrgott, warum kam denn keiner, um ihr zu berichten?

Bernhardine hielt es nicht länger in ihrem Boudoir aus. Sie griff nach einem wollenen Schultertuch und stolperte die Treppe hinunter. In der Vorhalle traf sie auf zwei Mägde, die bei ihrem Anblick abrupt verstummten.

»Was habt ihr so zu gaffen? Bewegt euch lieber und schafft etwas!«

Die Mädchen stoben davon. Bernhardine strich sich müde über die Stirn. Seit den frühen Morgenstunden befand sich das ganze Schloss in Aufruhr. Die Bediensteten hatten jeden Winkel nach Désirée abgesucht – von ihrer Tochter keine Spur. Jetzt ging es bereits auf Mittag zu. Normalerweise war dies die geschäftigste Tageszeit in der Burg. Doch ein Blick aus dem Fenster bestätigte ihre Ahnung; selbst die Küche war verwaist. Der rußgeschwärzte Schornstein stieß keinen Rauch aus.

Mit Fackeln hatten sich Johannes und die Knechte bei Tagesanbruch aufgemacht, um den Schlossgraben und die nähere Umgebung abzusuchen. Seitdem wartete Bernhardine auf die Nachricht, dass man das Kind wohlbehalten gefunden hätte. In der Scheune, dem Kornhaus oder vielleicht sogar im Verlies.

Sie fasste sich an die Kehle. Das Verlies! Wenn Désirée dort … Aber nein, Johannes hatte das Schandloch erst letzten Sommer mit einem schweren Gitter sichern lassen. Und ihre Tochter würde nicht dorthin gehen. Sie war so ein artiges Mädchen, das brav seinen Brei aß, mit seiner hübschen *poupée* spielte und immer lachte.

»Und der Teufel, ihr Verführer, wurde in den See von brennendem Schwefel geworfen, wo auch das Tier und der falsche

Prophet sind. Tag und Nacht werden sie gequält, in alle Ewigkeit!«

Bernhardine stieß einen spitzen Schrei aus. Gerold trat hinter einer Steinsäule hervor und nieste. Sein Mantel war schneebestäubt, die Stiefel dunkel von Nässe und Schmutz.

»Himmel, habt Ihr mich erschreckt!« Sie zog das Schultertuch enger um den Oberkörper. »Sagt, habt Ihr gute Nachricht?« Ihr Schwager hauchte in seine Hände und schüttelte den Kopf. »Wo ist mein Gemahl?«

»Wer nicht in mir bleibet, der wird weggeworfen wie eine Rebe und verdorrt!«

Bernhardine hatte noch nie den Wunsch verspürt, einen Menschen körperlich zu verletzen, doch jetzt kostete es sie all ihre Kraft, ihrem Schwager nicht ins Gesicht zu schlagen. Sie schloss für einen Moment die Augen, um sich zu sammeln. Es hatte keinen Zweck, sich über ihn und seine – angesichts dieser Situation – völlig unangebrachten Worte zu echauffieren. Er würde ihr so wenig Mitgefühl entgegenbringen wie ein Wolf einem frisch geborenen Lamm, deshalb wandte sie sich ab und trat in den Speisesaal. Der Raum war eisig und stank nach Kohl und kalter Asche. Auf dem Tisch standen noch die Morgensuppe, eine Maß Bier, ein Stück Käse und eine Schüssel mit eingetrocknetem Haferbrei. Daneben ein benutztes Gedeck.

»Seid Ihr hungrig?«, fragte sie, da sie sich auf ihre Pflichten als Gastgeberin besann. Als sie keine Antwort erhielt, drehte sie sich um. Gerold stand mit verschränkten Armen vor dem Gobelin und betrachtete die Jagdszene. Auf seinem eingefallenen Gesicht lag ein Ausdruck von … Zufriedenheit? Bernhardine blinzelte. Bis zum heutigen Tag hatte sie sich aus seinen Ressentiments ihr gegenüber nichts gemacht, doch seit gestern Nacht plagte sie das schlechte Gewissen. Und genau so, wie Johannes' Köter über Meilen hinweg witterten, wenn sich eine läufige Hündin herumtrieb, hatte ihr Schwager womöglich gerochen, dass sie zur Ehebrecherin geworden war. Dass er sich jetzt aber am Verschwinden seiner Nichte ergötzte, war einfach zu viel des Guten. Maßloser Zorn loderte in ihr auf. Sie langte nach dem Käsemesser, betrachtete den Hirschhorngriff eine Weile, prüfte die Schärfe der Klinge mit dem Daumenballen und ging dann zu Gerold hinüber. Ihr Arm schnellte nach oben …

Seine Finger umschlossen ihr Handgelenk wie ein Schraubstock. Mit einer raschen Bewegung drückte er ihren Arm nach unten. Bernhardine ging mit einem Schmerzenslaut in die Knie. Sie öffnete die Hand, und die Klinge fiel zu Boden.

»Verehrte *Belle-Sœur.*« Gerold bückte sich, bis sein Mund ihr Ohr berührte. »Ich schreibe Euer törichtes Gebaren Euren überreizten Nerven zu«, flüsterte er und fuhr mit seiner Zungenspitze ihren Hals entlang. Ihr wurde eiskalt, Ekel schüttelte sie, und sie unterdrückte einen Schrei. »Und ich werde«, fuhr er fort, »davon absehen, meinem geliebten Bruder von Eurer Anwandlung zu berichten. Aber seid Euch dessen gewiss, Madame, das nächste Mal werde ich nicht mehr so gnädig sein.« Er schnüffelte wie ein Köter an ihrem Haar. »Ich will meinen Eifer über dich gehen lassen, dass sie unbarmherzig mit dir handeln sollen. Sie sollen deine Söhne und Töchter wegnehmen und das Übrige mit Feuer verbrennen.«

Bernhardine sah, wie sich der Stoff seiner Hose bei diesen Worten beulte. Ihr Herz hämmerte gegen das Mieder, in ihren Ohren rauschte es, als würden tausend Bäche zu Tal stürzen. Doch da ließ Gerold ihre Hand unvermittelt los, verbeugte sich formvollendet und verließ den Saal.

Der Steinboden neben dem Esstisch, auf dem Bernhardine noch immer kauerte, war eisig kalt, und die Feuchtigkeit kroch langsam vom Saum ihres Kleides weiter nach oben. Sie fing an zu zittern, griff nach dem Wolltuch, das ihr von den Schultern geglitten war, und zog sich an der Tischkante hoch. Gedanken wirbelten wie ausschwärmende Bienen in ihrem Kopf. Hatte sie ihren Schwager tatsächlich töten wollen? Würde er Johannes davon erzählen? Wusste Gerold von Cornelis und ihr? Und das Wichtigste: Hatte er vielleicht sogar etwas mit Désirées Verschwinden zu tun? Bernhardine griff sich an die Stirn. Ein jäher Schwindel erfasste sie, und sie setzte sich schwer atmend an den Esstisch. Der Geruch der kalten Morgensuppe stieg ihr in die Nase und ließ sie würgen. Ihr ganzes Leben schien sich plötzlich in einem wilden Strudel aufzulösen. Nichts hatte mehr Bestand, nirgends gab es Zuflucht, niemand stand ihr bei.

Bernhardine liefen die Tränen übers Gesicht. Ein Geräusch ließ sie zusammenzucken. Neben dem Kamin regte sich eine Gestalt. Der einarmige Junge, der bei ihrer Ankunft im Schloss einst die Krähe abgeschossen hatte, drückte sich mit aufgerissen Augen in den Schatten des Rauchfangs. In der Hand hielt er eine kleine Schaufel, und zwischen seinen Füßen stand der Ascheeimer.

Bernhardine erschrak. Wie lange war der Bub schon hier? Hatte er etwa die ganze Szene beobachtet und mit angehört? Sie räusperte sich, straffte die Schultern und stand auf.

»Wie ist dein Name?«, fragte sie den Knaben und trat einen Schritt näher. Sie hatte den Krüppel noch nie aus der Nähe begutachtet. Für sie war er lediglich der Junge, der die Krähen erlegte und sich um die Pferde kümmerte.

»Huldrich«, wisperte der Kleine und scharrte mit den Füßen, dabei warf er ihr einen scheuen Blick durch seine verfilzten, in Zotteln herabhängenden Haare zu. Er hatte tiefschwarze Augen, die an reife Brombeeren erinnerten. Um seinen schön geschwungenen Mund spielte, trotz seiner Zurückhaltung, ein leichtes Lächeln. Er erinnerte sie an jemandem. Aber an wen? Aus ihm hätte einst ein ansprechender Mann werden können, wäre dieser leer baumelnde Ärmel an seiner Seite nicht gewesen.

»Also, Huldrich, ich bin mir sicher, du liebst deinen Herrn, nicht wahr?« Der Knabe nickte eifrig. »Fein, dann willst du doch nicht, dass er noch mehr Kummer ertragen muss?« Jetzt schüttelte der Kleine vehement den Kopf. »Dann hör mir gut zu! Du und ich, wir haben jetzt ein Geheimnis zusammen, das wir keinem Menschen erzählen werden. Schwörst du mir das?«

Der Junge ließ die Schaufel fallen, die mit einem ohrenbetäubenden Scheppern auf den Steinboden fiel. Er legte seine dreckige, mit Ruß verschmierte Hand auf die magere Brust und spreizte Daumen, Zeige- und Mittelfinger ab, dabei schaute er Bernhardine ernst ins Gesicht.

»Bei der heiligen Gertrud, Herrin, ich werde niemandem etwas erzählen!«

10

Seengen, 2010

Als Anouk die Wohnungstür aufschloss, hörte sie, wie ein Wagen startete und mit kreischenden Reifen vom Trottengässli in die Hauptstraße einbog. Sie blickte über die Schulter, sah aber nur noch einen silberfarbenen Haarschopf in einem dunklen, davonfahrenden Wagen. Anouk schüttelte missbilligend den Kopf. Im Wohnzimmer lief der Fernseher. Durch die Tür, die einen Spalt offen stand, erkannte sie ihre Großtante und den Maler. Die beiden saßen nebeneinander auf dem Sofa und starrten gebannt auf die Mattscheibe, die ihre Gesichter in ein bläuliches Licht tauchte.

Anouk ging in ihr Zimmer hinauf, zog die Kleider aus und stellte sich unter die Dusche. Während das heiße Wasser auf ihren Körper prasselte, lehnte sie die Stirn an die kühlen Fliesen und ließ den Tag Revue passieren.

Mysteriöse Dinge passierten in diesem Dorf. Aber sie selbst hatte bisher nie an Übersinnliches geglaubt. Wenn im Fernsehen irgendwelche Mystery-Serien gelaufen waren, hatte sie sich immer das Lachen verbeißen müssen. Denn stets kam in ihnen eine hübsche Frau vor, die des Nachts in einem Flatterhemdchen ängstlich auf den Dachboden stieg, um unheimlichen Geräuschen auf den Grund zu gehen. Und jetzt? Hielt sie es jetzt tatsächlich für möglich, dass Julia …? Aber diese Bilder

konnten unmöglich von ihrer toten Freundin stammen. Das ergab alles keinen Sinn! Es war beunruhigend, was hier passierte, und Anouk hatte keine logische Erklärung dafür. Merkwürdig war außerdem auch, dass sie zwar bei jedem dieser Vorkommnisse fast zu Tode erschrocken war, aber komischerweise nie wirklich Angst gehabt hatte. Sie spülte sich das Shampoo aus den Locken, wickelte sich ein Handtuch um den Kopf und warf sich nackt aufs Bett, das ächzend protestierte. Mit der Hand hangelte sie nach der Packung Zigaretten auf ihrem Nachttisch und steckte sich eine an. Es musste eine andere Erklärung für all diese Dinge geben. Nichts geschah grundlos.
»Ach, Süße«, murmelte sie und dachte an Julia, »ich vermisse dich. Du mit deinem hellen Köpfchen hättest mir des Rätsels Lösung schon längst präsentiert.« Energisch drückte sie die halb gerauchte Zigarette im Aschenbecher aus. »Okay«, sagte sie dann und schwang die Beine aus dem Bett, »gehen wir also analytisch an die Sache heran!«
Das hatte schon ihr Mathelehrer auf dem Gymnasium immer zu ihr gesagt. Anouk musste bei der Erinnerung daran grinsen. Sie kramte in ihrer Reisetasche, zog ein Spiralheft hervor, in das sie früher ihre Termine notiert hatte, und griff nach einem Kugelschreiber. Sie zeichnete zwei Spalten auf das karierte Papier und schrieb oben links »Ereignisse« und rechts davon »Fragen / Interpretation«.

Ereignisse	*Fragen / Interpretation*
Ruf nach Désirée beim Schloss	*Frauenname / Wer?*
Verse (Tati, Schülerin)	*S. H. Zäunemann / 18. Jh. / tot*
Fallende Frau beim Schloss mit rotem Kleid und roten Locken	*Wer?*

Ereignisse	*Fragen / Interpretation*
Kleines Mädchen im Nachthemd und roten Locken	*Wer?*
Theaterstück	*Huldrich Erismann / 18. Jh.*
Krähe auf Friedhof, beim Grab	*tollwütig?*
Computer, selbständige Bilderabfolge	*Störung? Botschaft? Von wem?*

Sie starrte einen Moment auf die Aufstellung und strich dann die Zeile mit dem kleinen Mädchen wieder durch. Das war zwar eine ungewöhnliche Begegnung gewesen, aber eine erklärliche. Anouk kaute gedankenverloren am Kugelschreiber. Etwas viele Fragezeichen! Sie blätterte die Seite um und notierte nun alle Worte auf, die sie von den Gedichten noch im Kopf behalten hatte, gefolgt von den Versen aus dem Theaterstück:

~ *verdammen*
~ *nicht richten*
~ *frommes Weib*
~ *Liebe*
~ *Ruhe*
~ *kühle Erde*
~ *alter, krummer Mann*
~ *Eltern werben*
~ *Ehestand*
~ *bitter*
~ *Liebste, du warst in deinem Geist gewiss, mich nicht auf ewig zu verlieren. Gott wird daher im Paradies uns wieder wissen zuzuführen.*

Anschließend schrieb sie noch die Bilder auf, die auf Max' Computerbildschirm aufgetaucht waren.

~ *Anouk, 2 x*
~ *Schloss Hallwyl, 2 x*
~ *Krähe*
~ *Grabstein*
~ *Kornblumen*
~ *Seenger Kirche*
~ *Sidonia Zäunemann*
~ *Ölgemälde mit Liebespaar*
~ *Engel*
~ *Hauptstadt*
~ *Teufel*

Beim Memoryspielen war Anouk früher immer unschlagbar gewesen. Vermutlich hatte sie deshalb auch keines der Bilder vergessen. Sie blätterte von der ersten auf die zweite Seite des Spiralblocks. Es gab durchaus Parallelen. Die Krähe zum Beispiel, die kam sowohl bei den Ereignissen als auch bei den Bildern vor. Oder Sidonia Zäunemann. Die Dichterin befand sich sogar in allen drei Aufstellungen. Genau wie das Schloss. Dort hatten sich zwei Ereignisse abgespielt, und das Ölgemälde war zweimal auf Max' Computer erschienen.
»Denk nach!«, murmelte sie. »Es muss einen roten Faden geben. Schließlich warst du im Deutschunterricht mal die Beste im Interpretieren.«
Sie stand auf und ging im Zimmer umher. Das Denken war ihr schon immer leichter gefallen, wenn sie sich bewegte.
»Weib, Ehemann, Liebespaar, werben, Grabstein, Tod. Geht es um Liebe und Tod?«, murmelte sie vor sich hin und dachte an das eng umschlungene Paar auf dem Ölgemälde.

»Die Zäunemann spielt eine Rolle. Ob als Protagonistin oder Nebenfigur, ist noch ungewiss. Liebe ... zu einem alten, krummen Mann? Unwahrscheinlich. Vermutlich eher eine unglückliche Liebe zu einem fremden Mann, die im Tod endet und deren Protagonisten erst im Paradies wieder zusammenfinden werden. Das würde auch die Verse aus dem Theaterstück erklären. Sehr romantisch!«

Anouk blätterte durch den Spiralblock, hielt einen Moment inne und ging weiter auf und ab. »Rote Locken – wie meine – rotes Kleid. Das Schloss. Irgendetwas muss mit dem Schloss sein. Vielleicht hat dort mal eine rothaarige Frau gelebt. In einem roten Kleid. Womöglich auch ein kleines Mädchen. Der kleine Engel sozusagen. Aber wer ist der Teufel? Der alte Mann? Und was hat Bern damit zu tun? Und die Krähe? Und was ist mit den Kornblumen? Haben einige Blumen nicht auch eine bestimmte Bedeutung?«

»Geht's dir gut, Liebes?«

Valerie streckte den Kopf zur Tür herein und wandte schnell den Blick ab, als sie bemerkte, dass Anouk nackt war.

»Herrgott, Tati!«, fuhr Anouk herum. »Jetzt hast du mich beinahe zu Tode erschreckt.«

»Tut mir leid, Schätzchen, aber wir hörten Schritte, und auf mein Klopfen hin hast du nicht reagiert. Lernst du für deine Rolle?«

Anouk wollte schon den Kopf schütteln, besann sich dann aber eines Besseren und nickte. »Ja, genau. Ich bin am Üben.«

»Fein, fein«, sagte Valerie lächelnd. »Freut mich, wenn du etwas gefunden hast, das dir Spaß macht.«

»Sag mal, Tati, weißt du zufällig, welche Bedeutung den Kornblumen zugeschrieben wird?«

Ihre Großtante runzelte die Stirn. »Ich glaube, Hoffnung«, sagte sie dann, »warum?«

»Nur so«, erwiderte Anouk und machte sich eine Notiz in ihrem Block.

Valerie blinzelte verwirrt und zuckte dann leicht mit den Achseln. »Kommst du noch herunter … wenn du dich angekleidet hast?«

»Ich glaube nicht, Tati. Ich bin müde und werde wohl früh ins Bett gehen.«

»Verstehe. Bis morgen also.« Ihre Großtante hatte die Tür schon fast geschlossen, als sie plötzlich innehielt. »Ach, bevor ich es vergesse. Herbert hat angerufen und nach dir gefragt.«

Anouk hob erstaunt die Augenbrauen. »Dein Objekt der Begierde? Was wollte er denn?«

Ihre Großtante kniff die Lippen zusammen. »Also bitte, Anouk. Herr Rufli ist nur ein Freund. Und er hat mir nicht gesagt, was er wollte«, beantwortete sie die Frage in einem Ton, der Anouk vermuten ließ, dass es sie gekränkt hatte, nicht über den Grund seines Anrufes informiert worden zu sein.

»Okay«, sagte Anouk. »Danke fürs Ausrichten.«

Valerie nickte und schloss die Tür.

Was konnte der Kurator nur von ihr wollen? Egal, wenn es um etwas Wichtiges ginge, würde er sich wieder melden.

Sie versuchte, ihre Überlegungen erneut aufzunehmen, konnte sich jedoch nicht mehr konzentrieren. Nachdem sie mehrmals gegähnt hatte, legte sie den Block auf den Nachttisch, schlüpfte unter die Bettdecke und knipste das Licht aus.

Roter Faden … Rot … genau! Die Farbe schien der Schlüssel zu allem zu sein.

Ein rhythmisches Klopfen drang in Anouks Träume. Sie öffnete die Augen und schaute auf den Wecker. Schon neun Uhr morgens vorbei. Langsam entwickelte sie sich zu einem regelrechten Faultier. Aber irgendetwas schien anders zu sein als sonst. Sie rieb sich den Schlaf aus den Augen. Das Zimmer lag immer noch im Halbdunkel. Und jetzt erklärte sich auch das monotone Klopfen. Draußen ging ein gewaltiger Wolkenbruch nieder; ab und zu ertönte dumpfes Donnergrollen. Anouk kuschelte sich wieder in die warme Decke. Sie versuchte, noch ein wenig zu schlafen, doch ihre Gedanken kreisten um den gestrigen Tag und fuhren Karussell in ihrem Kopf. Nach ein paar vergeblichen Versuchen, sich Morpheus erneut in die Arme zu werfen, schwang sie schließlich die Beine aus dem Bett und stand auf.

Sie zog die Gardinen beiseite und stieß enttäuscht die Luft aus. Der Herbst ließ grüßen! Tiefe Regenwolken hockten über dem See und gebaren Regenschleier. Die Hortensien waren zerzaust wie nach einem Hurrikan. Ein weißer Blütenteppich lag auf dem Rasen, und die Zweige beugten sich traurig über ihren beraubten Schmuck. Anouks Magen knurrte, weshalb sie sich sofort auf den Weg in die Küche machte. Dort sah es aus, als hätte der Blitz eingeschlagen. Der Küchentisch war mit alten Zeitungen abgedeckt, auf denen Farbkübel standen. Zwischen diesen lagen wiederum Tuben und Pinsel in allen Größen und alte, farbverschmierte Lumpen. Aus dem Wohnzimmer hörte sie das Kichern ihrer Großtante und eine männliche Bassstimme. Im Hintergrund lief Debussy. *La Mer,* wenn sich Anouk nicht täuschte.

»Ach, Monsieur van der Hulst«, hörte sie Tati Valerie sagen, »Sie sind ein veritabler Charmeur! Wenn Sie mir nicht allzu viele Falten ins Gesicht pinseln, bin ich schon glücklich. Ich möchte das Bild ja nicht unbedingt ›Schildkröte in rotem Taft‹ nennen.«

Die Antwort des Malers konnte Anouk nicht verstehen, aber ihre Großtante kicherte wieder. Also war das Findelkind noch immer anwesend und tat seine Pflicht. Anouk schaute sich alarmiert um. Alles noch an seinem Platz? Gut, Tati hatte

also keinen Dieb aufgegabelt. Dass es sich allerdings um einen richtigen Künstler handelte, bezweifelte Anouk.
»Morgen!«, sagte sie und steckte den Kopf ins Wohnzimmer. Ihre Großtante saß auf einem Küchenstuhl zwischen Sofa und Fenster. Sie hatte sich in ihr gelbes Baiserkleid gestürzt und die Perücke aufgesetzt. Der Raum war hell erleuchtet. Um Valerie herum standen vier verschiedene Lampen, was ihrem Teint nicht gerade schmeichelte. Anouk konnte den Spruch mit der Schildkröte jetzt durchaus nachvollziehen. Ihrer Großtante gegenüber stand der Belgier. Er trug einen zerschlissenen Kittel, der vermutlich einmal weiß gewesen war. In der einen Hand hielt er eine Palette, in der anderen einen Pinsel. Ein weiterer steckte quer in seinem Mund, was sein Genuschel erklärte. Über seiner Schulter hing ein Fetzen Stoff, an dem er den Pinsel in seiner Hand säuberte.
»Oh, hallo Liebes«, sagte Valerie und drehte sich zu ihr um, was dem Belgier ein Knurren entlockte. Ihre Großtante verdrehte in gespielter Verzweiflung die Augen. »Ich darf mich leider nicht bewegen. In der Küche steht frischer Kaffee, und im Kühlschrank sind noch Eier. Du kommst sicher ohne mich zurecht.«
Anouk schmunzelte und trat neben die Staffelei. Viel war noch nicht zu sehen. Valeries Konturen, eine Landschaft im Hintergrund, etwas Himmel. An der gefurchten Stirn des Malers merkte sie, dass er es offenbar nicht schätzte, wenn ihm jemand beim Malen über die Schulter blickte. Sie hob entschuldigend die Hände und ging in die Küche.
»Und bitte viel Grün und Blau, Monsieur van der Hulst, damit es richtig natürlich aussieht. Ich hasse gestellte Bilder, wissen Sie.«
Anouk lauschte auf die Antwort des Belgiers, verstand aber wieder kein Wort und schüttelte den Kopf. Hauptsache, ihre Großtante konnte mit ihm kommunizieren.

Sie setzte sich an den Küchentisch, schob die diversen Utensilien darauf zur Seite und griff nach der Morgenpost. Als sie die Zeitung aufschlug, fiel ihr ein Flugblatt entgegen und zu Boden. Sie hob es auf und betrachtete den farbigen Flyer, auf dem ihr Theaterstück angepriesen wurde, mit der Bitte, sich rechtzeitig um eine Platzreservierung zu kümmern. Das Schloss Hallwyl prangte auf der Vorderseite. Jemand hatte das Foto auf alt getrimmt, so dass es aussah, als wäre es in den Anfängen der Fotografie entstanden. Darunter waren der Verfasser des Stückes, dieser Huldrich Erismann, inklusive seines Lebenslaufs, und die Namen der Schauspieler angegeben. Anouk grinste, als sie ihren eigenen entdeckte. War ihre Magd-Rolle eventuell der Beginn einer neuen Karriere?
Sie drehte das Flugblatt um. Aha, die Bibliothekarin fungierte also als Anlaufstelle für den Ticketverkauf, und unter deren Adresse war noch ein kleiner Lageplan der Örtlichkeiten eingezeichnet. Anouk legte das Blatt neben ihre Tasse Kaffee. Sie wollte es aufbewahren. Vielleicht würde sie es später ihren Eltern zeigen. Oder ihren Kindern. Anouk schüttelte den Kopf. Wie kam denn ausgerechnet sie auf so einen Gedanken?
Aus dem Wohnzimmer drang lautes Lachen. Anouk lehnte sich zurück und stieß dabei ihre Tasse um. Der Kaffee ergoss sich über das Flugblatt, lief über die Zeitung und tropfte auf den Fußboden.
»Mist!«, rief sie und lief zur Spüle, um einen Lappen zu holen. Als sie wieder an den Tisch trat, riss sie überrascht die Augen auf. Der Kaffee hatte nur einen Teil des Handzettels getränkt. Einige Stellen waren trocken geblieben und ließen vereinzelte Worte nun wie weiße Inseln hervortreten und sich vom Rest des kaffeegetränkten Textes abheben.

Das Porträt

Ein Drama in drei Akten von Huldrich Erismann

Huldrich Erismann lebte von 1736–1764. Über seine Jugend ist nicht viel bekannt. Angeblich war er ein Waisenkind. Er studierte Theologie in Bern und war später als Pastor in Seengen bis zu seinem Tod tätig. Er befasste sich mit der Heilkunst und pflegte Arme und Kranke. Er liebte die Poesie und schrieb neben seiner Arbeit Gedichte und Theaterstücke. Leider wurden viele seiner Werke bei einem Brand, bei dem der Dichter den Tod fand, ein Raub der Flammen. Sein Grab befindet sich auf dem Schlossfriedhof der Familie von Hallwyl, zu der er zeit seines Lebens ein inniges Verhältnis pflegte. 1996 wurde eine Gedenktafel bei der Kirche Seengen angebracht, auf der er als junger Mann zu sehen ist.

Schauspieler:

Eleanor von Hallwyl	Brigitte Häusermann
Josef von Hallwyl	Peter Wäber
Eusebius von Hallwyl	Hans-Rudolf Gnägi
Jan van Teckel	Nick Hächler
Elisabeth	Evi Leibundgut
Berta	Anouk Morlot
Joggeli	Gerold Humbel
Regisseur	Max Sandmeier
Bild	© Bernhard Rossinet

Anouk starrte gebannt auf den nassen Fetzen, der sich immer mehr mit der braunen Brühe vollsog. Dann stürzte sie zum Telefontischchen, schnappte sich Stift und Papier und lief zurück. Hastig notierte sie die Wörter, die weiß geblieben waren.

Porträt, Drama, drei, Huldrich, 17, 4, kind, Bern, Tod, kunst, Kranke, liebte, Poesie, Gedichte, Grab, Schlossfriedhof, Verhältnis, 6, Gedenktafel, Kirche Seengen, junger Mann, von Hallwyl, Anouk Morlot, Gerold, Bernhard, ine

»Ach, du meine Güte!« Valerie rauschte in die Küche, raffte, bevor Anouk reagieren konnte, die durchtränkten Zeitungen zusammen und warf das tropfende Knäuel in den Abfalleimer. »Entschuldige die Unordnung, Liebes!«, wandte sie sich an ihre Großnichte und wusch sich die Hände an der Spüle. »In Ermangelung eines Ateliers müssen wir uns leider mit der Küche und dem Wohnzimmer begnügen. Soll ich frischen Kaffee aufsetzen?«
Anouk starrte ihre Großtante entsetzt an. »Ich wollte … brauchte …«, stammelte sie.
»Was denn, Schätzchen?«
»Ach, nichts.« Anouk betrachtete die notierten Wörter auf dem Zettel. Ergaben sie einen Sinn, oder war es nur Zufall, dass sie sich nicht verfärbt hatten? »Ich werde mich mal anziehen und einen Spaziergang machen.«
»Bei dem Wetter?« Ihre Großtante blickte zweifelnd durchs Küchenfenster.
»Ja, warum denn nicht?«
»Nimm aber einen Regenschirm mit!«, rief Valerie ihr hinterher.

Das Café Studler wirkte von außen anheimelnd und freundlich. Anouk schüttelte den Schirm aus, trat ein und setzte sich an einen Tisch. Sie bestellte sich einen Latte macchiato und zwei Hörnchen. Der Regen prasselte mit stetem Gleichklang gegen das große Panoramafenster und lief in wahren Sturzbächen ab. Das Café war nur spärlich besucht. Eine Jugendliche, die mit kajalgeschwärzten Augen ins Leere starrte und an ihren Fingernägeln knabberte, zwei Mütter mit Kleinkindern auf den Knien und ein älterer Mann, der die Morgenzeitung las. Ein Umstand, der Anouk wieder an den Handzettel erinnerte. Sie zog ihren Spiralblock aus der Handtasche, schlug ihn auf und legte den Zettel mit den von ihr notierten Wörtern daneben.
Anouk winkte der Bedienung, die mit einem freundlichen Lächeln an ihren Tisch trat und vermutlich froh war, etwas zu tun zu haben.
»Hätten Sie bitte eine Schere für mich?«, fragte sie und bestellte sich einen weiteren Kaffee. Die junge Frau nickte und kehrte wenig später mit dem gewünschten Gegenstand zurück. In den nächsten Minuten war Anouk damit beschäftigt, jedes einzelne Wort auszuschneiden. Sie legte die Papierstreifen vor sich auf den Tisch und versuchte, sie in einen logischen Zusammenhang zu bringen. Als würde ich einen Erpresserbrief verfassen!, ging es ihr durch den Kopf.

Bernhard junger Mann liebte Poesie drei Kranke Tod Schlossfriedhof Verhältnis Bern Porträt Gedenktafel Kirche Seengen kunst Gedichte von Hallwyl Anouk Morlot 17 4 6 Gerold ine

Das ergab überhaupt keinen Sinn. Sie ordnete die Wörter neu.

Anouk Morlot Verhältnis junger Mann Bernhard/Gerold von Hallwyl Bern kind Huldrich/Porträt Drama drei

Tod / Kranke liebte kunst Poesie Gedichte / Grab ine Schlossfriedhof / Gedenktafel Kirche Seengen / 17 4 6

Anouk runzelte die Stirn. Sie kannte weder einen Bernhard noch einen Gerold. Und was war mit den Zahlen? Ergaben sie ein Datum? Oder Koordinaten? Sie seufzte, blickte zu dem älteren Herrn hinüber, der sich seine Jacke anzog und aufstand.

»Entschuldigen Sie bitte. Dürfte ich eventuell das Flugblatt haben, das der Zeitung beigelegt ist?«

Der Mann hielt in der Bewegung inne, musterte sie kurz und hob die Schultern.

»Sicher«, sagte er und reichte ihr den Flyer. »Ich hab's eh nicht so mit dem Theater.« Er lächelte entschuldigend und verabschiedete sich.

Anouk legte das Blatt neben die Papierschnipsel und vertiefte sich erneut in Huldrich Erismanns Lebenslauf. Die Zahlen passten zu der Zeit, in der er gelebt hatte. Siebzehnhundertsechsundvierzig. Sie rechnete kurz nach. Damals war der Dichter zehn Jahre alt gewesen. War in jenem Jahr etwas Außergewöhnliches passiert? Ob dieser Bernhard sein Vater war? Sein Bruder? Onkel? Oder dieser Gerold? Aber angeblich war Huldrich doch ein Waisenkind gewesen. Auf alle Fälle drehte sich alles um das Schloss. Und um den Tod. Irgendjemand war gestorben. Aber wer?

Anouk atmete tief durch und lehnte sich zurück. Sie kam nicht weiter und starrte auf die Worte, als könnte sie diese durch bloße Gedankenkraft in die richtige Reihenfolge bringen. Warum war überhaupt ihr Name erschienen? Sie wusste, dass ein Teil ihrer Familie irgendwann aus dem Bistum Basel in den Aargau gezogen war. Nur wann? Vielleicht im achtzehnten Jahrhundert? Ein Frösteln lief ihr über den Rücken.

Hatten die unerklärlichen Dinge etwas mit der Familie Morlot zu tun? Sollte sie Tati danach fragen? Oder besser gleich die Chroniken der Gemeinde durchforsten? Zum zweiten Mal seit ihrer Ankunft bereute Anouk, dass sie ihr Laptop nicht mitgenommen hatte. Zwar gab es einen öffentlichen Computer in der Dorfbibliothek, aber seit gestern verspürte sie nur noch wenig Lust, Frau Häusermann um etwas bitten zu müssen. Sie würde einfach Max nochmals bemühen.

Schloss Hallwyl, 1746

Das Tor zum Palas wurde aufgerissen. Johannes' Wolfshunde und eine Wolke wirbelnder Schneeflocken stoben in die Vorhalle, dahinter schälte sich ihr Gatte aus dem Zwielicht des späten Nachmittages. Johannes klopfte den Schnee von seinem Hut, schüttelte sich und trat zum Kamin. Dabei mied er Bernhardines Blick, die seit Stunden vor dem Eingang zur Halle auf und ab gegangen war.

»Johannes?«, fragte sie hoffnungsvoll. Sie knetete unentwegt ihre Hände, blieb ansonsten aber völlig reglos vor ihm stehen. Er drehte sich um, hob kaum merklich die Schultern und schüttelte den Kopf. Sie biss sich in die Faust. Tränen liefen ihr über die Wangen. »Nicht eine Spur? Irgendjemand muss doch etwas gesehen haben. Wie kann ein Kind aus einem Wasserschloss verschwinden? Désirée hat doch keine Flügel!«

Sie lachte hysterisch. Der Laut brach sich an den Steinwänden der Vorhalle. Johannes schreckte zusammen und starrte in die Flammen. Von seinem Mantel tropfte Schmelzwasser. Hector schlich herbei und leckte die Pfütze auf. Mit einem ärgerlichen Fußtritt verscheuchte ihn sein Herr.

»Ich denke«, begann er stockend, »dass das Kind – im Fieberwahn – aufs Fensterbrett geklettert ist. Und dann …« Er brach ab und strich sich mit einer müden Geste über die Stirn. »Ihr wisst selbst, unter der Kammer fließt der eiskalte Aabach vorbei.«

Bernhardine griff sich an den Hals.

»Aber sie ist doch noch so klein. Wie sollte sie …?«

Johannes seufzte. »Der Meier hat den ganzen Wasserlauf bis zum Köhlerhaus absuchen lassen. Nichts. Weder im Mühlekanal noch im Abfluss. Keine Fußspuren, kein weißes Nachthemd, nicht das geringste Zeichen.«

Plötzlich wandte er sich zu ihr um und schlug den nassen Hut gegen seinen Oberschenkel. Seine Augen blitzten, er straffte die Schultern und trat drohend einen Schritt auf Bernhardine zu.

»Was seid Ihr nur für eine Mutter, Madame!« Er spuckte das Wort aus, als wäre es giftig. »Euer Kind ist krank, und Ihr schlummert zufrieden unter Euren weichen Daunen. Anstatt, wie es Eure heilige Mutterpflicht gewesen wäre, bei ihm zu wachen. Geht mir aus den Augen! Ihr, Ihr …«

Er beendete den Satz nicht, sondern drehte sich um und stürmte davon. Die Hunde folgten ihm.

Bernhardine starrte durch einen Tränenschleier auf die Stelle, an der ihr Gatte soeben noch gestanden hatte. Der Boden glänzte vor Nässe. Nebenan fiel eine Tür krachend ins Schloss. Bernhardines Brust schmerzte. Sie fing an zu röcheln. Tot? Ihre süße kleine Tochter tot? In den eisigen Fluten des stinkenden Baches ertrunken? Das konnte nicht sein! Das durfte nicht sein! Johannes irrte sich gewiss, und auch der Meier musste sich irren. Désirée hatte sich nur irgendwo in diesem vermaledeiten Schloss verlaufen. Sicher rief sie schon nach ihr und weinte sich vor lauter Angst die Augen aus. Da! War da nicht ein leises Wimmern zu hören? Bernhardine lauschte angestrengt. Doch sie vernahm nur das Knacken der Holzscheite im Kamin und das Heulen des Schneewindes. Aber sie würde Désirée finden. Sie war schließlich ihre Mutter. Und Cornelis würde ihr dabei helfen. Er verstand sich doch so gut mit der Kleinen. Auf sein Rufen würde sie antworten. Bernhardine drehte sich um, raffte ihr Kleid und rannte hinaus Richtung Westbau.

Der Schneesturm entriss ihr das Schultertuch, als sie die Pforte zur vorderen Burg öffnete. Die wirbelnden Eiskristalle fielen spitz wie Nadeln auf die Haut oberhalb ihres Dekolletés. Sie hielt sich schützend eine Hand vor die Augen. Durch das Schneegestöber hindurch konnte sie gerade noch die Schlosskapelle, die angrenzende Scheune und das Kornhaus auf der linken Seite erkennen. Die Pferdeställe und den Westbau, in dem Cornelis untergebracht war, vermochte sie hinter der weißen Wand nur zu erahnen.

Der Wind verfing sich in ihrem Kleid, blähte es auf und ließ es wie ein Segel flattern. Sie stemmte sich gegen den Sturm und stapfte auf Cornelis' Unterkunft zu. Nässe drang durch ihre Schuhe und ruinierte den feinen Damast. Eine Windböe riss ihr die Haube vom Kopf. Sie wollte noch nach ihr greifen, fasste jedoch ins Leere, weil der Wind sie bereits in einem kreiselnden Tanz davongetragen hatte. Bernhardines rote Locken wirbelten wie züngelnde Schlangen um ihr Haupt und nahmen ihr die Sicht. Von fern vernahm sie das Läuten einer Glocke, ansonsten waren nur das Heulen des Windes und ihr eigenes Keuchen zu hören. Nach einer Ewigkeit erreichte sie endlich den Westbau. Sie rüttelte an der Tür, denn ihre Finger waren so starr, dass sie es nicht schaffte, die Klinke herunterzudrücken. Hinter den runden Butzenscheiben schimmerte gelbes Licht. Bernhardine hämmerte an das Fenster. Durch das Glas sah sie, wie sich eine dunkle Silhouette näherte. Gleich darauf wurde die Tür aufgerissen.

Cornelis starrte sie ungläubig an. Er trug nur ein langes Leinenhemd, das nachlässig geschnürt war und den Blick auf seine nackten Oberkörper freigab. Bernhardine unterdrückte das Verlangen, seine Brust zu berühren und ihre Wange an sie zu schmiegen.

»Du?«, sagte er nur und trat beiseite.

Sie stolperte ins Innere. Als sie sich nach ihm umdrehte, bemerkte sie, dass er aufmerksam nach links und rechts spähte, bevor er die Tür schloss.

Er hat Angst, ging es ihr durch den Kopf. Doch der Gedanke verflog so schnell, wie er aufgetaucht war, als sie sich in der Kammer umschaute.

Auf dem Tisch standen ein Krug Bier, eine kleine Schüssel Haferbrei, in der noch der Löffel steckte, und ein angebissenes Stück Brot. Dahinter, auf dem Bett, lag ein Reisesack, der halb gefüllt war, daneben Hut und Reitpeitsche. Die Staffelei war zusammengebunden, die Stiefel standen neben dem gezimmerten Holztisch parat.

Bernhardine wirbelte herum.

»Es scheint mir, als spielte Meister van Cleef mit dem Gedanken, seine Zelte hier abzubrechen«, stellte sie mit schneidender Stimme fest. »Hat Er in der Eile denn nicht etwas vergessen?«

Cornelis zog den Kopf ein. »Bernhardine«, begann er, schlüpfte dabei in seine Hose und stopfte sich hastig das Hemd in den Bund. »Wir müssen vernünftig sein, ich …«

»Vernünftig?«, unterbrach sie ihn und ging einen Schritt auf ihn zu. »Ausgerechnet du sagst mir, dass wir vernünftig sein sollen?« Sie lachte wild auf und strich sich mit einer fahrigen Geste die nassen Locken aus dem Gesicht. »Wer hat mir denn

Liebesverse vorgesäuselt, so dass ich meine Tugend weggeworfen habe wie einen alten Stofffetzen?«

»Ich …«, stammelte Cornelis und hob hilflos die Hände.

»Schweig!« Bernhardine trat näher. Er überragte sie um Haupteslänge und war blass geworden. Sie starrte ihn an, und er senkte beschämt den Blick. »Es ist jetzt nicht die Zeit«, hob sie an, »um sich über das zu unterhalten, was gestern Nacht geschehen ist. Désirée ist verschwunden. Seit den frühen Morgenstunden wird nach ihr gesucht. Ohne Erfolg. Als hätte der Teufel persönlich das Kind geholt.«

Plötzlich war sie über alle Maßen erschöpft. Ihr Kopf fühlte sich an, als würde jemand Wasser darin kochen. Sie setzte sich aufs Bett, schlang beide Arme um ihren Oberkörper und schloss für einen Moment die Augen.

»Wie … verschwunden?«

Cornelis runzelte die Stirn, kniete sich vor Bernhardine hin und versuchte, ihre Hand zu ergreifen. Doch sie wandte sich ab.

»Désirée hat gefiebert«, sagte sie tonlos und rieb sich die Arme. »Marie wachte deshalb die ganze Nacht an ihrem Bett. Als sie irgendwann den Abort aufsuchen musste und danach noch in die Küche ging, um ein Stück Brot zu holen, muss die Kleine weggelaufen sein.« Bernhardine wiegte sich vor und zurück. »Vielleicht wollte sie zu mir. Zu ihrer Mama. Doch die machte sich zu dieser Zeit zur Hure eines Lakaien!«

Sie schluchzte. Ihre Schultern zitterten, und sie ließ den Kopf nach vorne fallen.

Cornelis zuckte bei ihren Worten zusammen, als hätte er einen Peitschenschlag erhalten.

»Liebes«, sagte er gepresst, setzte sich an ihre Seite und zog sie an sich. »So etwas darfst du nicht sagen. Du bist keine Hure. Wir lieben uns und …«

»Ach ja?«, schrie Bernhardine und wand sich aus seiner Umarmung. »Und Liebende schleichen sich bei Nacht und Nebel davon, nicht wahr?«
Sie hob die Hand und gab Cornelis eine schallende Ohrfeige. Der Maler riss entsetzt die Augen auf. Seine Wange rötete sich und zeigte deutlich Bernhardines Fingerabdrücke. Er öffnete den Mund, schloss ihn wieder und starrte zu Boden.
»Du wirst bei diesem Wetter nicht weit kommen«, fuhr sie in höhnischem Ton fort. »Wo willst du hin? Johannes hat dich noch nicht bezahlt. Wovon willst du leben? Oder wartet bereits eine andere Dame auf dich, der du den Kopf mit deinen hübschen Worten und deinem treuherzigen Blick verdrehen willst?«
Ihre Augen wurden schmal. Am liebsten hätte sie ihn angespuckt, aber ihre gute Erziehung hielt sie zurück.
»Es ist dein gutes Recht, schlecht über mich zu denken«, sagte Cornelis leise und stand auf. »Ich bin nicht der mutige Held, den sich ein adliges Fräulein in ihren Träumen ausmalt. Oder der tapfere Prinz auf einem weißen Ross, der seine Holde aus den Klauen des Ungeheuers befreit. Ich bin nur ein Künstler.«
Er schaute bei diesen Worten auf seine Hände hinab, die voller Farbreste waren. Bernhardine schluckte. Sie wusste, dass er recht hatte. Es waren kindische Träume, von denen sie für einen kurzen Moment geglaubt hatte, dass sie wahr werden könnten. Aber niemand konnte seinem Schicksal entfliehen. Im Grunde hatte sie das immer gewusst. Doch die flüchtigen Stunden in der Kapelle hatten sie für die vergangenen Jahre und für die, die noch vor ihr lagen, entschädigt. Endlose Jahre, die sie in diesem düsteren Schloss an der Seite eines alten Mannes würde verbringen müssen, bis sie der Herr zu sich rief. Sie hatte kein Recht, dem Holländer die Schuld an ihrem

Fehltritt zu geben. Sie war genauso schuldig wie er – möglicherweise sogar noch mehr.

Bernhardine stand auf und trat hinter Cornelis, der mit leerem Blick durch die Scheibe starrte. Sie schlang beide Arme um seinen Leib und presste ihr Gesicht an seinen Rücken. Die Hitze seiner Haut war durch das Leinenhemd hindurch zu spüren. Cornelis duftete nach Ölfarbe, Terpentinöl und Moschus. Die Erinnerung durchfuhr sie heiß. Für einen Moment schwankte sie, dann räusperte sie sich.

»Komm!«, sagte sie und wandte sich zur Tür. »Wir müssen Désirée suchen.«

11

Seengen, 2010

»Möchten Sie etwas essen?«

Anouk tauchte aus ihrer Gedankenwelt auf wie ein Schatzsucher aus der Tiefsee. Sie blickte in die fragenden Augen der Bedienung und runzelte verwirrt die Stirn.

»Bitte?« Dann aber bemerkte sie, dass alle Tische im Café bereits fürs Mittagessen eingedeckt waren. Die Uhr hinter dem Tresen zeigte Viertel vor zwölf. »Nein, danke«, erklärte sie und schob hastig die Papierschnipsel zusammen. »Die Rechnung, bitte.«

Der Himmel hatte aufgeklart. Anouk klemmte sich den Schirm unter den Arm und suchte in ihrer Handtasche nach ihrem Handy. Sie wollte Max anrufen und ihn bitten, nochmals sein Laptop benützen zu dürfen. Mit gesenktem Kopf lief sie durchs Dorf, bis sie unsanft gegen einen Passanten prallte. Ihre Louis-Vuitton-Tasche flog in hohem Bogen in eine Pfütze.

»Können Sie denn nicht aufpassen?«, knirschte Anouk mit zusammengebissenen Zähnen.

Sie bückte sich nach der triefenden Ledertasche. Während sie sich wieder aufrichtete, wanderte ihr Blick an einer dunkelblauen Leinenhose, braun gebrannten Armen und einer gestreiften Krawatte entlang in die Höhe.

»Anouk? Entschuldige, ich war in Gedanken.«

»Oh, Herr Rufli …« Sie legte den Kopf in den Nacken und lächelte erfreut zum Kurator hoch. »Keine Gemäldeausstellung zu organisieren?«
Valeries Jugendfreund lachte und zeigte dabei eine Anzahl perfekt gearbeiteter Jacketkronen.
»In der Tat, junge Dame«, entgegnete er, »sobald das Theaterstück aufgeführt worden ist, wird im Schloss eine Vernissage stattfinden.«
Junge Dame? Sie hob amüsiert die Augenbrauen.
»Wie ich gehört habe«, fuhr der Kurator fort und zwinkerte ihr dabei schelmisch zu, »hat das dörfliche Ensemble dieses Jahr einen berühmten Gaststar verpflichten können.«
Anouk lächelte säuerlich. »Star ist gut«, meinte sie und hielt die tropfende Handtasche auf Armeslänge von sich. »Ich werde mich sicher bis auf die Knochen blamieren.«
»Aber nicht doch. Wenn du das Talent deiner Großtante geerbt hast, wird dir ganz Seengen zu Füßen liegen.«
Anouk wiegte zweifelnd den Kopf, fühlte sich aber komischerweise getröstet.
»Für die Provinz wird's schon reichen«, entfuhr es ihr.
Sie verstummte. Das hätte sie besser nicht sagen sollen, es war sehr unhöflich von ihr gewesen. Ruflis Augenbrauen zogen sich daraufhin denn auch für einen Moment zu einem durchgehenden Strich zusammen. Doch sogleich entspannten sich seine Gesichtszüge wieder.
»So, ich muss weiter«, sagte er nach einem kurzen Blick auf seine Armbanduhr. »Grüße bitte Valerie von mir! Ich werde sie in den nächsten Tagen einmal anrufen.«
Vom Kirchturm schlug es zwölf. Sie wandten beide den Kopf, dabei streifte Rufli Anouks Arm.
»Abi in malam crucem!«
»Bitte?«, fragte sie verwirrt.

»Wie?« Der Kurator hatte sich bereits umgedreht und schaute über seine Schulter zurück.
»Sie haben noch etwas zu mir gesagt.«
»Ich? Nein. Nur, dass du deine Großtante grüßen sollst.« Doch sein Tonfall war eine Spur zu beiläufig, als dass sie ihm geglaubt hätte.
»Aber …«
»Tut mir leid, Anouk, ich würde ja gerne noch etwas mit dir plaudern, aber ich habe einen wichtigen Termin.«
Der Kurator blinzelte und zeigte wieder sein Gebiss, bevor er auf dem Absatz kehrtmachte und davoneilte.
Anouk schaute ihm verblüfft hinterher. War das etwa Latein gewesen? Jetzt rächte sich, dass sie diese Sprache nie gelernt hatte. Ihr knurrender Magen erinnerte sie daran, dass Tati vermutlich mit dem Mittagessen auf sie wartete. Anouk schüttelte den Kopf. Alte Leute wurden eben wunderlich. Sie wandte sich um und schritt zügig aus. Plötzlich dachte sie an den Anruf. Jetzt hatte sie doch tatsächlich vergessen, Rufli zu fragen, was er von ihr gewollt hatte.
»Zu allem Übel auch noch vergesslich!«, murmelte sie. »Das Leben ist doch schön.«
Der Maler und Valerie saßen bereits beim Essen, als Anouk eine Viertelstunde später in die Küche platzte. Ihre Großtante hatte sich eine rot karierte Küchenschürze über ihr gelbes Baiserkostüm gebunden, was ihr das Aussehen einer verkleideten Pampelmuse verlieh. Es gab Bratwurst mit Rösti. Anouk lief das Wasser im Mund zusammen. Bei Tatis Kochkünsten würde es sicher nicht länger als einen Monat dauern, bis sie ihr altes Gewicht wieder erreicht hätte, wenn nicht sogar noch ein paar Kilos darüber hinaus.
»Entschuldigt bitte die Verspätung!«, keuchte sie und ließ sich auf einen Stuhl fallen. »Mir lief die Zeit davon.«

Ihre Großtante quittierte die Entschuldigung mit einem Augenrollen, der Maler grinste dümmlich. Anouk häufte sich einen riesigen Berg Rösti auf den Teller. »Übrigens habe ich vorhin den Kurator im Dorf getroffen. Er lässt grüßen.«
Valeries Augen wurden groß. »Herbert?«, fragte sie. Anouk nickte. »Komisch, soweit ich weiß, ist er diese Woche doch außer Landes. Bist du sicher?«
»Aber ja, Tati, wir haben ja miteinander gesprochen. Wie sollte ich dir sonst Grüße von ihm ausrichten können?«
Ihre Großtante schürzte die Lippen. »Natürlich, wie dumm von mir«, murmelte sie, »da habe ich wohl etwas falsch verstanden.«
Valerie lud dem Belgier eine zusätzliche Portion Rösti auf den Teller, ohne seinen Protest auch nur ansatzweise zu beachten. Der Maler resignierte und widmete sich, nachdem er den Knopf an seinem Hosenbund geöffnet hatte, weiter seiner Mahlzeit. Anouk schmunzelte. Der würde vermutlich schon nach einer Woche nicht mehr in seine Garderobe passen.
»Wie läuft's denn mit dem Porträt?«, fragte sie.
Über Valeries Gesicht lief ein Strahlen. »Du musst es dir unbedingt anschauen, Liebes. Monsieur van der Hulst ist ein wahrer Meister seines Faches!«
Sie legte dem Maler lächelnd die Hand auf den Arm. Dieser schreckte auf und hielt schützend seine Hände über den Teller, in der Angst, noch einen Nachschlag zu bekommen. Anouk lachte schallend, verschluckte sich und fing an zu husten.
Nach dem Kaffee entschuldigte sie sich und ging auf ihr Zimmer. Sie rief ihre Mutter an, die sich natürlich darüber beklagte, dass sie sich so selten bei ihr meldete. Beide vermieden es tunlichst, auf Julia zu sprechen zu kommen. Danach versuchte Anouk, ihre Schwester zu erreichen – ohne Erfolg. Sie nahm sich vor, es am Abend noch einmal zu versuchen. Kurz

überlegte sie, auch Max anzurufen, doch vermutlich hatte seine Sprechstunde schon begonnen, und sie wollte ihn nicht bei der Arbeit stören. Anouk räumte ihre durchweichte Handtasche aus und legte sie zum Trocknen auf einen Stuhl. Die Papierschnipsel und ihren Spiralblock verstaute sie in der Nachttischschublade.

Im Zimmer war es stickig. Anouk öffnete ein Fenster und atmete tief durch. Der Hallwilersee schimmerte in den unterschiedlichsten Blautönen unter einer gleißenden Mittagssonne. Der regnerische Morgen hatte die Luft und die staubige Vegetation reingewaschen. Die fleischigen Blätter der Bergenien am Gartenzaun und der dahinterliegende Asphalt glänzten wie frisch poliert. Plötzlich schoss knapp vor ihrem Gesicht eine Krähe vorbei. Anouk zuckte erschrocken zurück.

»Mistvieh!«, murmelte sie und erinnerte sich unwillkürlich an deren aggressive Artgenossin auf dem Friedhof. »Kein Wunder, dass euch keiner mag!«, rief sie dem Vogel hinterher, der spöttisch krächzte und sich auf dem Briefkasten niederließ. Er plusterte seine Federn auf und äugte aufmerksam zur Brombeerhecke.

Anouk lehnte sich weit aus dem Fenster und blickte ebenfalls in Richtung der Büsche. Dort stand das rotgelockte Mädchen vom vergangenen Montag, die Hände wie zum Gebet vor der Brust verschränkt, auf dem noch feuchten Rasen und schaute zu ihr hoch. Als sich ihre Blicke trafen, lächelte es, hob eine Hand und winkte ihr zu. Anouk winkte zurück.

Was für ein süßes Ding! Das Mädchen trug dasselbe Nachthemd wie am Montag. Seine üppigen Locken umwehten das herzförmige Gesicht, als würde das Kind unter Strom stehen. Ein schneller Blick in die Runde bestätigte Anouk, dass es erneut allein unterwegs war. Eine kleine Abenteurerin im Vorschulalter?

»Hi, Süße!«, rief sie in den Garten hinab. »Hast du dich verlaufen?«
Die Augen des Mädchens wurden kugelrund. Es verzog das Gesicht, seine Lippen fingen an zu zittern, und eine einzelne Träne rann die pausbäckige Wange hinab. Anouk erschrak. Was hatte die Kleine denn?
»Warte, ich komme runter.«
Eilig schloss sie das Fenster und lief die Treppe hinab.
»Du wolltest doch das Bild …«
»Später, Tati!«, rief Anouk und quetschte sich an ihrer Großtante vorbei. »Bin gleich zurück.«
Als Anouk die Haustüre aufriss, hörte sie ein schrilles Krächzen, unterbrochen von spitzen Mädchenschreien. Vermaledeites Krähenvolk! Jetzt griffen diese Schwarzröcke schon kleine Kinder an. Irgendetwas konnte mit den hiesigen Krähen nicht stimmen.
»Verschwinde!«, schrie Anouk und sauste um die Hausecke. »Hau bloß ab, du Mistvieh!«
Sie stoppte abrupt. Der Vogel war nirgendwo mehr zu sehen. Und auch die Brombeerhecke lag verlassen unter der strahlenden Sonne. Anouk runzelte die Stirn. Wo war die Kleine nur so schnell hin?
»Hallo?«, rief sie und umrundete Tatis Haus. Keine Antwort. Außer ein paar auffliegenden Spatzen, die sich lautstark darüber beschwerten, dass Anouk sie dabei störte, ein ausgiebiges Bad im Vogelbecken zu nehmen, war nichts zu sehen.
»Komisch«, murmelte sie. »Ich habe doch keine Halluzinationen.« Sie stapfte über das feuchte Gras zu den Brombeerbüschen zurück. Aber nachdem der Rasen erst kürzlich gemäht worden war, konnte sie keine Fußspuren ausmachen. »Hallo?«, rief sie nochmals. »Hab keine Angst. Ich will dir helfen.«

Eine plötzliche Windböe verursachte ihr eine Gänsehaut. Sie rieb sich die Arme und wollte schon ins Haus zurückkehren, als sie mit den nackten Zehen an einen Gegenstand stieß. Sie bückte sich und hob ihn auf. Es handelte sich um einen Bergkristall, der an einer goldenen Brokatkordel hing. Ob er dem kleinen Mädchen gehörte? Der Stein fühlte sich merkwürdig organisch und warm an. Als ob er längere Zeit in der Sonne gelegen hätte. Anouks Finger schlossen sich um das Schmuckstück. Sie spürte ein leichtes Vibrieren. Erschrocken ließ sie den Kristall wieder fallen, der kurz aufleuchtete, als hätte er Licht gespeichert. Anouk hob den Anhänger erneut auf, aber diesmal kam es zu keiner ungewöhnlichen Reaktion. Diesmal war und blieb er lediglich ein Kristall an einer Kordel. Sie steckte ihn in die Hosentasche, schaute sich nochmals um und ging dann kopfschüttelnd ins Haus.

»Kannst du Latein?«
Anouk hatte keine Lust gehabt, Max die Neuigkeiten am Telefon zu erzählen, und war deshalb gegen fünf zu seiner Praxis geradelt. Kurz nach siebzehn Uhr hatte zuerst seine Praxishilfe das Haus verlassen, und wenig später war er selbst herausgekommen und schloss gerade die Tür ab, als Anouk ihn von hinten ansprach.
»Gott, Anouk, du kannst einen aber auch erschrecken!«
Er drehte sich um und schenkte ihr ein solch strahlendes Lächeln, dass sie unwillkürlich errötete. Verlegen strich sie sich eine nicht vorhandene Haarsträhne aus dem Gesicht.
»Also, ich nehme an, da du Medizin studiert hast, wirst du es können, oder?«
Max steckte seinen Schlüsselbund in die Jeans und nickte.
»Richtig gedacht. Es ist Pflichtfach im Medizinstudium. *»Citius, altius, fortius!«*, deklamierte er. Und nach einem Blick in

Anouks verwirrtes Gesicht übersetzte er lachend: »Schneller, höher, weiter!«
»Fein«, sagte sie und schob ihren Drahtesel zu seinem Auto, »dann kannst du mir sicher auch folgende Worte übersetzen. Ich hoffe, ich kriege sie noch zusammen. Es klang etwa so: *Abi in malam krutschem.*«
Max brach in schallendes Gelächter aus. »Nicht sehr höflich, aber heutzutage durchaus gebräuchlich«, sagte er und schloss sein Auto auf. Er warf seine Aktentasche auf den Rücksitz und ließ die Tür offen, damit die angestaute Hitze entweichen konnte.
»Ja, und? Was heißt das jetzt übersetzt?«
»Etwas, das ich von dir nicht hören möchte«, sagte er und zwinkerte ihr zu.
»Max!«
»Okay, okay ...« Er hob abwehrend die Hände, als Anouk drohend auf ihn zukam. »Scher dich zum Teufel!«
»Sehr freundlich«, sagte sie und zog einen Flunsch.
Max grinste. »Du wolltest die Übersetzung doch hören. Das war sie. *Abi in malam crucem* heißt: Scher dich zum Teufel.«
»Bist du sicher?«, fragte sie ungläubig.
»Hundertprozentig. Warum? Möchtest du einen unerwünschten Verehrer in die Wüste schicken?« Er schmunzelte, wurde aber sofort ernst, als er ihren fassungslosen Gesichtsausdruck bemerkte. »Wer hat das denn zu dir gesagt?«
»Rufli«, beantwortete sie seine Frage und ließ sich seufzend auf die Bank fallen, die am Rande des Parkplatzes stand.
»Der Kurator?«
»Nein, der nächste Präsident der USA«, entgegnete sie bissig. »Ja, Tatis Charmebolzen.«
Max setzte sich neben sie. »Und warum sagt er so etwas zu dir?«

Anouk hob die Schultern. »Keine Ahnung. Wahrscheinlich ist er senil ... oder hat das Tourettesyndrom.«
Max lachte schallend. »Kaum. Professor Rufli ist eine der größten Koryphäen, wenn es um die Aargauer Geschichte geht. Er hat bedeutende Gemäldeausstellungen ins Schloss geholt, die im In- und Ausland hochgelobt wurden. Des Weiteren hat er letztes Jahr den Schweizer Historikerpreis mit seinem Buch über die Herren von Hallwyl gewonnen. Der Mann ist eine lebende Legende.«
»Mag sein, trotzdem redet er unflätiges Zeug.«
»Du hast ihn sicher falsch verstanden«, meinte er und kickte einen Stein über den Asphalt. »Oder er hat es zu jemand anders gesagt.«
Anouk schüttelte den Kopf. »Nein, aber was soll's! Vielleicht ist der werte Professor einfach ein wenig verwirrt gewesen. In dieser Hinsicht passt er ja perfekt zu unserer Familie.« Sie versuchte zu lächeln, was ihr jedoch nicht so richtig gelang. »Aber das ist noch nicht alles, was heute passiert ist«, wechselte sie das Thema. »Schau ...!«
In den nächsten Minuten zeigte sie ihm den Flyer, die Schnipsel, ihre Aufstellung der Ereignisse und die dazugehörenden Interpretationen. Von dem Mädchen erzählte sie ihm nichts. Es schien ihr nicht richtig. Weshalb, konnte sie jedoch nicht sagen. Als Anouk an die Kleine dachte, spürte sie ein leichtes Pochen an ihrem Oberschenkel. Sie griff in ihre Hosentasche und berührte den Kristall. Wieder vermeinte sie, ein Vibrieren zu spüren. Doch ihr blieb keine Zeit, sich Gedanken darüber zu machen, denn Max schnellte plötzlich hoch und zog sie ebenfalls von der Bank.
»Komm«, sagte er aufgeregt, »lass das Fahrrad hier und steig ein! Mir kommt da eine Idee.«

Schloss Hallwyl, 1746

Ihre Schritte hallten dumpf in dem unterirdischen Gang. Es roch nach Moder und Feuchtigkeit. Bernhardine fröstelte. Ihre Stoffschuhe lösten sich langsam auf, und der Saum ihres Kleides starrte vor Spinnweben und Mäusekot. Bittere Galle stieg in ihrer Kehle hoch. Sie schluckte sie mühsam hinunter. Cornelis duckte sich. Der Korridor wurde niedriger. Die Fackel in seiner Hand zischte, als er damit an das durchnässte Mauerwerk stieß.

»Désirée!«, rief Bernhardine, doch es kam nur ein verzerrtes Echo zurück.

Sie war so müde, dass sie stolperte und hinfiel. Hart schlug sie auf dem glitschigen Boden auf und berührte dabei etwas Pelziges, das empört fiepte.

Normalerweise hätte sie laut aufgeschrien. Doch mittlerweile war ihr selbst ihre Angst vor Ratten abhandengekommen; wie auch die Hoffnung, noch ein Lebenszeichen von Désirée zu erhalten.

Seit Stunden irrten sie durch das Schloss. Doch hier, in den unterirdischen Gängen, die das Gemäuer wie Adern durchzogen, stand die Zeit still. An diesem Ort war sie nur ein Wort, dem keinerlei Bedeutung zukam.

Cornelis blieb abrupt stehen, und Bernhardine stieß gegen seinen Rücken. Sie taumelte und stützte sich am feuchten Mauerwerk ab.

»Was ist?«, flüsterte sie heiser.

Der Maler hielt die Fackel höher. Der Tunnel war zu Ende. Festes Gestein verhinderte jedes Weitergehen.

»Bernhardine ...«

Cornelis verstummte, doch sie konnte aus diesem einen Wort all das heraushören, was er nicht sagte; sich nicht zu sagen

getraute: Es ist sinnlos – wir müssen umkehren – das Kind kann unmöglich hier unten sein – es ist tot.
»Nein!«, schrie Bernhardine und fiel auf die Knie. »Désirée ist nicht tot!«

Johannes starrte auf die züngelnden Flammen im Kamin. Mit einem Knall zerplatzte ein Holzscheit, und glühende Funken spritzten auf den Steinboden. Achilles jaulte, rappelte sich auf und suchte sich einen ungefährlicheren Platz. Nachdem er sich zweimal um die eigene Achse gedreht hatte, legte er sich neben den Sessel, bettete den Kopf auf die Vorderpfoten und schaute zu seinem Herrn auf. Hector schnarchte leise in der anderen Ecke des Zimmers. Er wurde alt, die Suche im hohen Schnee hatte den Wolfshund erschöpft.
Ihm geht es wie mir, dachte Johannes und griff nach dem warmen Gewürzwein auf dem Beistelltisch. Das scharfe Aroma von Anis, Nelken und Zimt schoss ihm in die Nase und ließ seine Augen tränen. Er nahm einen großen Schluck und lockerte die Halsbinde.
Es hatte keinen Zweck, sich länger etwas vorzumachen. Seine Tochter war tot. Ertrunken im eiskalten Wasser des Aabachs, der das Schloss umschlang wie die Arme einer liebenden Frau den Leib eines Mannes.
Johannes stieß die Luft aus, und sein Gesicht verzog sich zu einer hässlichen Fratze. Der Vergleich mit den Armen einer liebenden Frau hatte ihn unwillkürlich an Bernhardine denken lassen. Und die war alles andere als das. Er hatte gehofft, sie würde sich mit der Zeit an ihn gewöhnen und sich in ihr Schicksal fügen. Doch das war ein Trugschluss gewesen. Das Mädchen hatte ihm zwar die ersehnten Erben geboren, aber ihre Verbindung war von ehelichem Glück so weit entfernt wie der Mond von der Erde. Ihre übertriebenen Forderungen

und Wünsche leerten seine Geldschatulle schneller als ein Säufer seinen Krug Bier. Er hatte sogar schon seinen Oheim um ein Darlehen bitten müssen.

»Ach, Viktoria«, murmelte Johannes und ließ den Kopf hängen, »warum musstest du mich nur so früh verlassen?«

Er nahm einen weiteren Schluck von dem starken Gebräu. Der Wein kratzte im Hals, ließ im Bauch jedoch eine wohlige Wärme entstehen, die ihm langsam in den Kopf stieg und ihn in einen warmen Nebel hüllte. Ein Klopfen an der Tür unterbrach ihn in seinen Gedanken. Noch mehr schlechte Nachrichten? Möglicherweise sogar das Unvermeidliche?

»Herein!«, seufzte Johannes ergeben.

Er drehte sich mit einem Ächzen um und machte sich darauf gefasst, in ernste Mienen zu blicken. Doch unter dem Torbogen stand Gerold. Sein Bruder hatte sich umgezogen und trug nun einen ausgeleierten, schwarzen Rock, der um seine hagere Gestalt schlotterte. Sein verfilztes Haar hatte er sich aus dem Gesicht gekämmt.

»Störe ich?«, fragte er und kratzte sich am Hals.

Johannes schüttelte den Kopf. Sein Bruder setzte sich auf einen Stuhl an seiner Seite und starrte ebenfalls in die Flammen. Eine Weile blieben sie stumm, dann räusperte sich Gerold und rückte mit seinem Stuhl näher ans Feuer. Erneut zerbarst ein Tannenscheit im Kamin. Ein roter Funke sprang auf seinen Rock, glühte einen kurzen Moment weiter und erlosch. Der Geruch von verbrannter Wolle hing plötzlich in der Luft.

»Mon Frère«, begann Gerold und rieb sich die Hände. »Es fällt mir unsagbar schwer, Euch dies zu berichten – gerade jetzt, in dieser dunklen Stunde. Aber ich sehe es als meine heilige Gottespflicht an, Euch mitzuteilen, dass …«

Johannes hob ruckartig die Hand. Der Wein schwappte über den Kelchrand und hinterließ einen Fleck auf dem Steinboden.

»Nicht noch eine deiner Fegefeuertiraden. Nicht jetzt … bitte.« Er schleckte den Wein von seiner Hand und stellte den Becher hart auf den Tisch. »Bei aller Bruderliebe, aber ich vermisse meine Tochter. Sie ist womöglich tot! Du hast keine Kinder, weißt also nicht, was in meinem Herzen vor sich geht … und da willst du über Sünden reden?«

Johannes war so aufgebracht, dass er alle Höflichkeit fahren ließ und Gerold wie einen einfachen Lakaien anfuhr. Er wollte gerade erneut das Wort an ihn richten, als ihm plötzlich das Blut ins Gesicht schoss. Kalter Schweiß bildete sich auf seiner Stirn, und er hatte Mühe zu atmen.

Aber sein Bruder merkte nichts davon. Er war aufgesprungen und lief ruhelos auf und ab.

»Aber es handelt sich um etwas ganz anderes. Um einen Traum, den ich …«

»Was gehen mich deine vermaledeiten Träume an!«, keuchte Johannes, schnellte aus dem Sessel hoch und funkelte seinen Bruder wütend an. »Langweile gefälligst deine Gemeinde mit diesem Geseire. Oder deine Buhlschaften. Mir ist es verdammt noch mal einerlei, ob ich in die Hölle komme! Ich …«

Johannes' Gesichtsausdruck wechselte plötzlich von Ärger in Überraschung. Er griff sich an die Brust, stieß ein heiseres Krächzen aus und sank in den Sessel zurück.

Gerold betrachtete ihn aus schmalen Augen, verbeugte sich dann hölzern und sagte: »Wie Ihr meint, geliebter Bruder. Ganz wie Ihr meint.«

Ohne ein weiteres Wort drehte er sich um und verließ den Raum.

Johannes streckte die Hand aus. Seine Brust wurde wie von einem unsichtbaren Schraubstock zusammengedrückt. Ein jäher Schmerz fuhr durch seinen linken Brustkorb und versuchte, ihm das Herz aus dem Leib zu reißen. Er stöhnte, schnappte nach Luft, als würde ihn jemand unter Wasser drücken, und trommelte sich mit der Faust gegen das Brustbein. Als er bemerkte, wie sich eine schwarze Wand vor seine Augen schob, tastete er mit letzter Kraft nach der Messingglocke auf dem Beistelltisch.

Marie saß mit einer Strickarbeit neben der Wiege der Zwillinge, als Bernhardine den Raum betrat.
»Jesses Maria und Josef!«, rief sie entsetzt, als sie Bernhardine erblickte. »Wo bist denn du gewesen?«
Bernhardine strich sich eine Strähne aus dem Gesicht. Sie fühlte sich wie zerschlagen. Ihr lief die Nase, Kälteschauer wechselten mit Hitzewallungen. Ihr Kleid war fleckig, feucht und zerrissen, die Fingernägel eingerissen, und ihre Haare glichen einem Krähennest.
»Ich habe Désirée gesucht«, flüsterte sie. Ihr war auf einmal schwindlig. Sie stützte sich schwer auf die Kommode und lächelte. »Schnell, Marie«, sagte sie, und ihre Augen blitzten, »geh in die Küche! Sie sollen Apfelringe backen. Mit ganz viel Zimt und Honig. So, wie Dédée sie am liebsten mag. Der Duft wird sie aus ihrem Versteck locken.«
Marie runzelte verwirrt die Stirn, legte eine Hand über die Augen und schluchzte. Ihre Schultern bebten. Die Strickarbeit entfiel ihren Händen.
»Es ist meine Schuld«, stammelte sie, »ich hätte sie keinen Moment aus den Augen lassen dürfen. Wie soll ich nur weiterleben?«
Bernhardine zog ärgerlich die Augenbrauen zusammen.
»Was schwatzt du da für dummes Zeug, alte Frau? Désirée wird gleich zurück sein. Sie ist ein braves Kind; sie wird Mama um Verzeihung bitten, und alles wird gut. Hurtig jetzt, beeil dich! Es …«

Der Rest des Satzes erstarb ihr auf der Zunge. Ein großes, schwarzes Loch schien sich vor ihr zu öffnen, in das sie hineingezogen wurde. Schwindel erfasste sie, zerrte sie hinab. Immer weiter und weiter, bis in die Hölle.

Ein beißender Geruch stach Bernhardine in die Nase, und ihre Lunge pumpte krampfartig Sauerstoff; sie hustete. Langsam kam sie wieder zu sich und fand sich in ihrem Bett liegend. Marie hielt das Riechfläschchen noch in der Hand und trat jetzt einen Schritt zurück. Hinter der Amme stand Cornelis. Er hatte den Kopf gesenkt.
»Entschuldige«, sagte Marie und rückte ihre Haube zurecht. »Ich musste Meister van Cleef rufen, um dich aufzuheben. Dein Gatte ist selbst bettlägerig, dein Schwager nicht auffindbar, der Meier noch unterwegs.«
Bernhardine warf einen Blick zum Fenster. Es war Nacht geworden. Ein Graupelschauer schlug an die Scheiben und blieb in den Ecken als weißer Saum auf dem Fensterbrett liegen.
»Was ist geschehen?«, fragte sie und richtete sich langsam auf. Ein stechender Schmerz schoss durch ihren Kopf. Sie fasste sich stöhnend an die Stirn.
»Ihr wurdet ohnmächtig, Herrin«, sagte Cornelis und hob den Blick. In seinen Augen lag Besorgnis. Ein dunkelbrauner Schmutzstreifen lief quer über seine Wange.
Bernhardine griff nach Maries Arm. Ihre Fingerknöchel traten weiß hervor, und die Amme unterdrückte einen Schmerzensschrei.
»Désirée?« Marie und Cornelis schüttelten gleichzeitig den Kopf. Bernhardine ließ sich wimmernd in die Laken zurückfallen. »Warum?«, schrie sie. »Warum meine Kleine? Ich wünschte, ich wäre tot!«
Sie drehte sich auf die Seite und schluchzte.

»Dinchen«, flehte Marie. »Du musst jetzt stark sein! Dein Gatte ist krank. Er verlangt nach dir. Steh bitte auf!«
Bernhardine zog sich die Decke über den Kopf. Was ging sie der alte Mann an? Sie wollte ihre Tochter zurück. Sollte sich doch sein geliebter Bruder um Johannes kümmern, der mischte sich ja sowieso in alles ein. Ein schrecklicher Verdacht schlich sich unvermittelt in ihren Kopf. Ob Gerold etwas mit Désirées Verschwinden zu tun hatte? Sie traute ihrem Schwager jede Schlechtigkeit zu. Und hatte er ihr nicht gedroht? »Sie sollen deine Söhne und Töchter wegnehmen und das Übrige mit Feuer verbrennen.« Das waren seine Worte gewesen – aus dem Buch Hesekiel.
Sie schlug das Plumeau zurück. Diese bigotte Krähe! Aber sie würde dieses grässliche Subjekt zur Rede stellen. Und wenn es das Letzte war, was sie tat!
»Schnell, meinen Morgenmantel!«, befahl sie, und Marie atmete erleichtert auf. Sie reichte Bernhardine das gefütterte Gewand, das sich diese kurzerhand über ihr schmutziges Kleid anzog. »Komm mit!«, wandte sie sich an Marie. »Und Ihr, Meister van Cleef, ebenso! Ich werde jetzt zu Gerold gehen und brauche Zeugen. Ihr werdet aber beide vor der Tür warten, die ich einen Spalt offen lassen werde. Habt ihr mich verstanden?«
Marie erblasste. »Aber der Herr …«, stammelte sie, »er ist stark leidend.«
Bernhardine warf ihr einen eisigen Blick zu. »Er wird sich eben noch einen Moment in Geduld üben müssen«, erwiderte sie und stülpte sich eine Brokathaube über die Locken. »Und in den paar Minuten, die sich sein geliebtes Weib verspätet, schon nicht gleich sterben.«
Marie schüttelte resigniert den Kopf.
»Wie du meinst«, sagte sie und öffnete die Tür.

12

Seengen, 2010

Dürfen wir das denn?«

Anouk strich behutsam über ein in braunes Leder gebundenes Buch und warf Max einen fragenden Blick zu. Dieser stand vor einem Bücherregal, das bis zur Decke reichte, und studierte die Titel der dort aufgereihten Wälzer.

»Solange wir nichts beschädigen … sicher«, sagte er. »Ich kriege nur Ärger, wenn etwas fehlt.« Er zog ein dickes Buch mit farbigem Umschlag aus dem Gestell und nieste. »Hier!« Max legte das Buch auf einen Sekretär. Ein weißes Tuch schützte die Antiquität vor Staub. »Die Herren von Hallwyl. Die vollständige Familienchronik des Hallwyler Geschlechts von 1167 bis heute« war auf dem Einband zu lesen und auf dem Buchrücken der Name des Verfassers: Professor lic. phil. I, Kurator, Herbert Rufli.

Sie befanden sich in der Schlossbibliothek, die dem Publikum nach der letzten Renovierung erst vor kurzem wieder zugänglich gemacht worden war. Zwar war es den Besuchern nicht erlaubt, die Gegenstände zu berühren – das Mobiliar wurde durch dicke Kordeln, die an Messingständern befestigt waren, vor neugierigen Touristenhänden geschützt –, doch Max hatte einfach eine Absperrung entfernt. Anouk war nicht ganz wohl bei der Sache. Sie schaute ständig nach rechts und

links, um nicht plötzlich von einem Wächter überrascht zu werden.
»Dann wollen wir mal«, sagte Max und blätterte in Professor Ruflis prämiertem Meisterwerk. »Wann, sagtest du, müsste sich das Ganze ereignet haben?«
Anouk zog ihren Spiralblock hervor. »Circa siebzehnhundertsechsundvierzig«, erwiderte sie und linste Max über die Schulter. Sie mochte sein Rasierwasser und musste sich beherrschen, um nicht an seinem Hals zu schnuppern. Sie schloss einen Moment die Augen und seufzte.
»Ist was?« Er musterte sie eindringlich.
»Nein, wieso?«
Anouk errötete. Max schüttelte den Kopf und beugte sich wieder über das Buch.
»Also«, er blätterte die Seiten mit dem Familienstammbaum durch, »hier sind die Familienmitglieder aus dem achtzehnten Jahrhundert aufgelistet. Ich nehme an, uns interessiert nur der Seenger Zweig. Die österreichischen und schwedischen Abkömmlinge können wir sicher vergessen.«
Anouk nickte, und Max fuhr mit dem Finger den Stammbaum entlang.

Johannes v. Hallwyl (1689–1746)
&
Viktoria v. Hallwyl. geb. Stackelberger (1691–1711)

Kinder:
Désirée v. Hallwyl
Burkhardt v. Hallwyl
Kaspar v. Hallwyl
Georg Dietrich v. Hallwyl (1711)

Geschwister von Johannes v. Hallwyl:
Burkhardt v. Hallwyl (1692–1693)
Wilhelm v. Hallwyl (1695–1715)
Gerold v. Hallwyl (1701–1766)
Georgette v. Hallwyl (1703–1715)

»Kein Bernhard und auch kein Huldrich«, murmelte Max. »Der Schlossherr hatte aber vier Geschwister, von denen einer Gerold hieß. Das ist doch ein Name, der sich auch unter deinen Papierschnitzeln befindet und …«

Anouk keuchte. »Désirée!«, schrie sie. »Es gab eine Désirée! Diesen Namen hat die Frauenstimme am Wassergraben gerufen.«

»Gott, Anouk, du jagst mir ja Angst ein!«, japste Max. »Komisch«, fuhr er fort und strich sich über den Nacken, »bei den Kindern sind gar keine Geburts- und Todesdaten mit angegeben. Nur bei diesem Georg Dietrich … der ist scheinbar tot auf die Welt gekommen.«

Anouk riss das Buch an sich und ignorierte Max' Proteste geflissentlich. Sie betrachtete den Stammbaum eine Weile und schaute dann gedankenverloren zum Fenster hinaus.

»Das ging mir auch schon durch den Kopf«, pflichtete sie ihm bei. »Auf dem Friedhof steht eine Gedenktafel für diese Kinder.« Ihre Stimme zitterte vor Erregung. »Ich habe die Inschriften gesehen. Aber auch dort kann man nur das Todesdatum dieses Georg Dietrich entziffern. Bei den anderen steht nichts. Da ist doch etwas faul!« Sie knallte Ruflis Chronik so heftig auf den Tisch, dass eine Staubwolke in die Luft stieg.

Max schaute sich verstohlen um. »Nicht so laut!«, zischte er. »Wenn wir uns nicht benehmen, muss ich den Schlüssel fürs Schloss wieder abgeben. Ich darf mich nämlich nur im vorderen Teil aufhalten.«

»Ist ja gut. Ich bin nur so aufgeregt. Endlich ein konkreter Hinweis.« Sie setzte sich auf einen Schemel neben dem Sekretär, schlug die Beine übereinander und wippte rhythmisch mit dem Fuß. »Ist doch ungewöhnlich, dass der Rufli alles akribisch dokumentiert und nur bei den Kindern geschludert hat. Findest du nicht?« Max griff nach der Chronik und kontrollierte den Einband. Anouk verdrehte entnervt die Augen. »Ich habe das teure Werk schon nicht beschädigt, keine Angst«, meinte sie spöttisch.
Max legte das Buch wieder hin. »Soweit ich weiß, ist das Schloss irgendwann einmal abgebrannt. Vielleicht sind damals ja einige wichtige Dokumente verlorengegangen.«
Anouk pustete sich die Fransen aus der Stirn.
»Nein, ich denke eher, dass der werte Herr Kurator da entweder einen Fehler begangen oder aber wissentlich Informationen unterschlagen hat.«
Max lachte. »Warum sollte er denn so etwas tun?« Er stellte das Buch sorgfältig an seinen Platz im Regal zurück. »Ihm kann doch egal sein, wie und wann die Kinder des damaligen Grafen gelebt haben oder wann sie gestorben sind.«
Anouk stützte den Kopf in die Hand. Max' Einwand war nicht von der Hand zu weisen. Wenn sie mit ihrer Vermutung dennoch recht hatte, musste Rufli einen triftigen Grund gehabt haben, diese Daten zu verheimlichen. Aber welchen?
»Was tun Sie denn hier?«
Eine ältere Frau mit einem Staubwedel in der Hand stand im Türrahmen und blickte sie mit großen Augen an. Anouk schnellte herum.
Max räusperte sich. »Guten Tag, Frau Döbeli!«, rief er und setzte dabei sein charmantestes Lächeln auf. »Wie geht es denn Ihrer Mutter? Alles so weit in Ordnung?«
Die gefurchte Stirn der Angesprochenen entspannte sich au-

genblicklich. »Ach, Sie sind das, Herr Doktor! Ja, der Oma geht's wieder gut.« Sie beäugte Anouk misstrauisch. »Sie wissen aber schon, dass man hier nicht so einfach alles anfassen darf, ne? Dafür sind ja diese Absperrungen da.«

»Tut mir leid, Frau Döbeli. Da haben Sie natürlich recht. Ich wollte meiner Freundin nur schnell die wunderschöne Bibliothek zeigen. Wir sind auch schon wieder weg.«

Max schob die grinsende Anouk aus dem Raum. Vor der Tür sahen sie sich in die Augen und brachen in schallendes Gelächter aus. Sie stolperten die Treppe hinunter ins Freie und setzten sich auf eine Holzbank im Vorhof.

»Meiner Freundin?«, feixte Anouk lächelnd.

Max' Gesicht färbte sich eine Nuance dunkler. Er hüstelte. »Nun ja, ich dachte ...«, er brach ab und beobachtete zwei Krähen, die sich um ein weggeworfenes Stück Brot stritten.

Anouk fand es ausgesprochen amüsant, wie er sich vor Verlegenheit wand. Sie beugte sich zu ihm hinüber und hauchte ihm einen Kuss auf die Lippen.

»Klingt doch gut!«, rief sie und stand auf.

Da schlang er die Arme um ihre Hüften und zog sie an sich. »Finde ich auch«, pflichtete er ihr bei.

Anouk lachte übermütig. Wie dumm sie doch gewesen war, sich die Gefühle, die sie für Max hegte, nicht eingestehen zu wollen. Was spielte es für eine Rolle, was morgen oder übermorgen sein würde und wie lange dieses Gefühl anhielt? Sie lebte hier und jetzt. Nichts war mit diesem Flattern im Magen zu vergleichen, das sich ihrer bemächtigte, wenn Max bei ihr war. Sie wollte jede Minute, jede Sekunde davon ausschöpfen, auskosten und mit allen Sinnen genießen.

Anouk strich ihm durchs Haar. Er drehte den Kopf und küsste ihre Handfläche. Dann schob er seine Hand unter ihr T-Shirt und streichelte ihren Bauch. Anouk zog scharf die Luft

ein. Ein Schauer lief ihr über den Rücken, und spontan kam sie ihm mit ihrem Körper entgegen.
Ein Räuspern ließ sie zusammenzucken. Frau Döbeli stand im Türrahmen, schüttelte missbilligend den Kopf und klopfte ihren Staubwedel aus.
»Ich glaube, wir sollten uns ein ruhigeres Plätzchen suchen«, flüsterte Max und grinste. »Komm, ich zeige dir Bertas Kostüm!«
Anouk nickte stumm. Sie war noch immer aufgewühlt. Dieser Mann brachte sie vollkommen aus dem Konzept. Schweigend folgte sie ihm an der Scheune, die zu einem Café umgebaut worden war, und am Kornhaus vorbei, bis sie schließlich an eine kleine Pforte kamen.
»Das alles hier«, Max machte eine ausholende Geste, »nannte man früher den Westbau. Hier wohnten die Bediensteten und alle anderen Leute, die fürs Schloss arbeiteten. Auch Gäste von niederem Stand wurden in diesem Teil untergebracht. Für die adligen Besucher standen natürlich komfortablere Zimmer im Palas oder im Wohnturm zur Verfügung.«
Anouk hörte ihm nur mit halbem Ohr zu, aber Max schien von ihrer Verwirrung nichts zu bemerken. Er zog seinen Schlüsselbund hervor und öffnete die Holztür.
»Im Moment dient uns diese Kammer als Umkleide.« Er trat beiseite, und Anouk schlüpfte ins Zimmer. Die letzten Sonnenstrahlen brachen sich in den gelben Butzenscheiben der Fenster und tauchten den Raum in ein goldenes Licht. Auf einem Metallständer hingen die Kostüme, die für das Theaterstück verwendet wurden. Samt, Brokat und weiße Spitzen, dazwischen braunes und helles Leinen. Eine Reihe Hüte lag auf einem roh gezimmerten Holztisch; an der gegenüberliegenden Wand standen verschiedenfarbige Schuhe, Pantoffeln und Stiefel in Reih und Glied.

Es riecht wie in Tatis Kleiderschrank, ging es Anouk durch den Kopf.

»Schau, das ist Bertas Kostüm!«

Max hielt einen Kleiderbügel hoch, an dem ein bräunliches, unförmiges Gewand baumelte.

»Das muss ich tragen?«, fragte Anouk bestürzt und linste begehrlich nach einem silberdurchwirkten, tief ausgeschnittenen Kleid aus Taft und Brokat. Dann wandte sie sich wieder dem unscheinbaren Kleid zu und strich über das Gewebe. Es sah nicht nur kratzig aus, es fühlte sich auch so an. Sie verzog den Mund.

»Tja, Berta war eben eine Magd. Die hatte kein so tolles Outfit wie die Gräfin. Aber probier das gute Stück doch einfach mal an«, schlug Max vor. »Wenn es nicht passt, bleibt noch genügend Zeit, es ändern zu lassen. Ich befürchte nämlich, das Teil wird dir etwas zu weit sein. Susanne ist … nun ja, etwas fülliger als du.«

Er grinste.

Anouk griff nach dem Bügel und schaute sich suchend um.

»Hier?«

Obwohl sie sonst nicht prüde war, hatte sie plötzlich Scheu davor, sich vor Max auszuziehen.

»Warum nicht, du bist doch ein Model?«, sagte er unschuldig, aber als er Anouks ärgerlichen Blick bemerkte, nickte er kurz und wies auf eine verborgene Tür neben dem Kamin.

Der kleine Raum dahinter war eher ein Kabuff als ein richtiges Zimmer. Vermutlich hatte er früher als Plumpsklo gedient, denn im Boden war noch ein rundes Loch zu sehen, das ganz offensichtlich in späteren Jahren zugemauert worden war. In einer Ecke standen ein paar Rechen, eine Mistgabel und ein hölzernes längliches Fass, das zum Butterstampfen verwendet wurde. Die Requisiten der Knechte und Mägde im Theaterstück.

Ehemaliges Topmodel erzeugt Markenbutter! Wäre doch eine tolle Schlagzeile für die *Vogue.* Anouk schmunzelte. Ihr früheres Leben schien so weit weg zu sein. Als sei es lediglich eine Geschichte aus einem Buch, an dessen Protagonisten man sich nur noch vage erinnerte. War das hier dieselbe Anouk, die noch vor einem halben Jahr von Party zu Party gehetzt war, mit Gefühlen und Alkohol gespielt und ihr Geld mit vollen Händen ausgegeben hatte?
Sie setzte sich auf eine umgestülpte Apfelkiste und legte das Magd-Kostüm über ihre Knie. Was Zeit doch für ein unwirklicher Begriff war! Es war noch keine Woche her, seit sie aus dem Postbus ausgestiegen war. Mit nichts als einer Schuld auf der Seele, die sie zu ersticken drohte. Und jetzt, nur ein paar Tage später, konnte sie schon wieder viel freier atmen. Zwar tauchte Julias Gesicht immer noch ab und an vor ihr auf, aber der Schmerz ihres Verlustes erdrückte sie nicht mehr. Und sie fühlte sich weniger schuldig. Ja, sie fühlte sogar so etwas wie Glück. Max mit seinen unvergleichlichen Augen, dem schlechten Haarschnitt und seinem unwiderstehlichen Lächeln hatte ihr mit seiner unaufdringlichen, aber beharrlichen Art gezeigt, dass sie nicht bloß eine schöne Fassade war, sondern ein Mensch, den man mit all seinen Vorzügen und Fehlern lieben konnte. Lieben? Anouk lächelte. Ja, vielleicht sogar das.
»Alles in Ordnung?«, hörte sie ihn durch die Tür fragen.
Anouk atmete tief durch und stand auf.
»Sofort!«, rief sie, streifte sich die Schuhe von den Füßen und begann, ihre Bluse aufzuknöpfen.
Da krachte hinter ihr etwas an die Fensterscheibe. Anouk wirbelte herum. Blut und grauer Flaum klebten am Glas. O nein, der arme Vogel! Anouk stellte die Apfelkiste vor das winzige Fenster und kletterte hinauf. Der Fensterriegel war

verrostet und ließ sich nicht bewegen. Sie packte ihn mit beiden Händen und zog mit aller Kraft daran. Mit einem Knirschen gab der Verschluss plötzlich nach. Anouk verlor das Gleichgewicht und ruderte wild mit den Armen. Die Holzkiste unter ihr wackelte wie ein Seemann beim Landgang. Dann kippte sie schließlich um, und Anouk mit ihr. Sie prallte rücklings gegen eine Bretterwand, die unter ihrem Gewicht krachend in sich zusammenstürzte. Staub wirbelte auf. Anouk fiel auf den harten Steinboden und schlug sich den Kopf an.

»Anouk?« Max stürmte in das Kabuff. Er wedelte die Staubwolken zur Seite. »Verdammt, was ist passiert?«

»Hier!«, krächzte sie, fasste sich an den Kopf und stöhnte. Das würde eine schöne Beule geben. Zum Glück gehörte zu ihrem Kostüm eine Haube. Sie lachte, schluckte dabei eine Portion Dreck und fing an zu husten. Max' Hand tauchte durch die Staubwolke hindurch vor ihr auf. Sie griff danach, rappelte sich hoch und klopfte sich den Schmutz von den Kleidern. Ihre Bluse war zerrissen, eine blutende Schramme zog sich über ihre Wade, und ihre roten Locken waren von einer puderigen Schicht aus Staub und Spinnweben bedeckt.

»Du siehst wie Frankensteins Braut aus«, sagte Max trocken und zog ihr ein totes Insekt aus den Haaren. »Kannst du mir erklären, was zum Teufel du schon wieder angestellt hast?«

Anouk nieste. »Ich habe gar nichts gemacht. Etwas flog …«, sie brach ab und starrte überrascht auf einen Gegenstand, der hinter der zerborstenen Bretterwand an der Wand lehnte. Der Zwischenraum war nur eine Handspanne tief und voller Mäusekot.

»Flog …?« Max riss das Fenster auf und schaute sie fragend an.

»Ein Vogel …«, fing sie an und brach dann ab. Sie griff nach dem rechteckigen Gebilde hinter der Bretterwand, das in ein gegerbtes Ledertuch eingeschlagen war. Als sie es berührte, begann die Tierhaut zu zerbröckeln. Sie zog den Gegenstand vorsichtig aus dem Versteck und schlug sich dann entsetzt die Hand vor den Mund. Vor ihr stand die Frau im roten Kleid!

Schloss Hallwyl, 1746

Sie fanden Gerold im Palas, wo er vor dem großen Kamin saß und in einem dicken Folianten blätterte. Dazu murmelte er leise in einer Art Singsang unbekannte Worte vor sich hin, die immer wieder von Zisch- und Schnalzlauten unterbrochen wurden. Auf einem Beistelltisch standen eine Schale mit gedörrten Apfelringen und eine Karaffe Wasser.

Bernhardine gab Marie und Cornelis ein Zeichen, die sich daraufhin hinter den Säulen am Eingang versteckten. Dann straffte Bernhardine die Schultern, zog den Gürtel ihres Morgenmantels enger und marschierte erhobenen Hauptes auf ihren Schwager zu.

Das flackernde Kaminfeuer verlieh Gerolds Gesichtszügen ein dämonisches Aussehen. Genau so stellte sie sich einen Boten der Hölle vor. Sie schauderte und blieb unwillkürlich stehen. Doch der Gedanke an Désirée trieb sie weiter. Sie würde ihren Schwager jetzt zur Rede stellen. Noch einmal blickte sie zurück zum Eingang. Obwohl sie niemanden sehen konnte, gab ihr die Gewissheit, dass Marie und Cornelis hinter den Säulen warteten, Zuversicht. Was konnte ihr schon passieren?

»Wie geht es meinem geliebten Bruder, verehrte *Belle-Sœur?*«, wandte sich Gerold an sie. Bernhardine stolperte. Er musste ihre Schritte gehört haben, hoffentlich nicht auch die ihrer Zeugen.

»Sagt Ihr es mir, werter Schwager!«, erwiderte sie und trat in den Lichtschein des Feuers. Sie streckte ihre eiskalten Hände nach den wärmenden Flammen aus.
Gerold lachte leise, klappte das Buch zu und hob den Kopf. Sein Blick war pure Herausforderung. Plötzliche Angst schnürte Bernhardine die Kehle zu. Sie schluckte.
»Nun, Weib, das würde ich ja gerne tun, nur hat mich mein Bruder des Zimmers verwiesen, als ...« Er brach ab und griff nach einem gedörrten Apfelring.
Bernhardine registrierte mit Abscheu, wie er sich die Süßigkeit zwischen seine verfaulten Zähne schob, mit offenem Mund kaute und sie dabei grinsend musterte. Sie wandte sich angeekelt ab. Es war an sich schon ein unglaublicher Affront, dass er sich nicht erhob, um ihr seine Ehrerbietung zu bezeugen, aber dass er sie derart abfällig mit »Weib« ansprach, verschlug ihr die Sprache.
Ich werde stark sein. Er kann mir nichts anhaben. Marie und Cornelis sind da!, sprach sie sich Mut zu. Es war wie bei Johannes' Wolfshunden: Man durfte seine Angst nicht zeigen.
Bernhardine setzte sich auf das Kanapee zu Gerolds Linken. Sie drapierte sorgfältig die Falten ihres Morgenmantels über ihrem verschmutzten Kleid, zupfte ein wenig an ihrer Haube herum und suchte nach den richtigen Worten. Aus dem Augenwinkel bemerkte sie, dass ihr Schwager sie beobachtete. Sie räusperte sich und hob den Kopf. Gerolds dunkle Augen glänzten wie flüssiges Pech. Sein Mund war ein schmaler horizontaler Strich, als hätte ihn jemand mit einem Beil in sein Gesicht eingeschlagen.
»Schluss mit den vorgespielten Höflichkeiten!«, eröffnete Bernhardine die Schlacht und warf den Kopf in den Nacken. »Ihr könnt mich nicht leiden, genauso wenig, wie ich Euch leiden kann. Die Gründe sind zweitrangig. *Tant pis!* Wie dem

auch sei, man kann sich seine Verwandtschaft nicht aussuchen. Und solange Ihr auf Eurem Anwesen bleibt, soll es mir egal sein, wie Ihr Euch gebärdet. Doch jetzt seid Ihr hier, auf meinem Schloss, und da habt Ihr Euch gefälligst an die Gepflogenheiten dieses Hauses zu halten. Habe ich mich klar ausgedrückt?«

Gerold verzog spöttisch den Mund. »*Euer* Schloss, liebe Schwägerin? Ich verstehe.« Seine Augen wurden schmal. Er umfasste den Folianten mit beiden Händen, bis seine Knöchel weiß hervortraten. Auf dem Einband war ein Pentagramm abgebildet, und einen kurzen Moment dachte Bernhardine, er würde ihr das dicke Buch an den Kopf werfen, doch ihr Schwager entspannte sich wieder und verschränkte seine Finger über dem Einband. »Sehr wohl, Madame«, erwiderte er spöttisch und deutete eine Verbeugung an. »Ganz wie es der hochwohlgeborenen Dame beliebt.«

Bernhardine atmete innerlich auf. Sie spürte, wie ein Schweißtropfen zwischen ihren Brüsten hinabrann, ignorierte aber den Drang, ihn schnell wegzuwischen.

»Was habt Ihr mit Désirée gemacht?«

Sollte die Frage ihren Schwager überrascht haben, so zeigte er es nicht. Er griff nach der Schale mit den Apfelringen und starrte in sie hinein, als würden sich in ihr die Geheimnisse der Menschheit offenbaren. Das Feuer knisterte, die Pendule in der Ecke tickte monoton. Gerold blieb stumm. Das Schweigen zerrte an Bernhardines Nerven. Sie wagte kaum zu atmen, geschweige denn, sich zu bewegen, als würde ein Verändern ihrer Körperhaltung die versteckte Anschuldigung nichtig machen und ihrem Schwager die Möglichkeit geben, sich um eine klare Stellungnahme zu drücken.

Gerold stellte die Süßigkeiten langsam auf das Tischchen zurück. Er nahm einen Schluck Wasser und schloss genüsslich die Augen. Nur das Knacken der Tannenscheite im Kamin übertönte sein Schlürfen. Unvermittelt warf er den Kelch in den Kamin. Mit einem Knall zersplitterte das Glas in tausend Stücke, und als sich sein Inhalt in die Flammen ergoss, folgte ein lautes Zischen.

Gerold hatte sich mit einem Satz aus dem Sessel erhoben. Das dicke Buch fiel zu Boden, wo es aufgeschlagen liegen blieb. Ihr Schwager war mit zwei Schritten beim Kanapee und pflanzte sich vor ihr auf, so dass Bernhardine zu ihm aufblicken musste.

Obwohl Gerold kaum größer war als sie selbst, schien er auf einmal zu wachsen, bis seine Schultern an die Decke stießen und er plötzlich den ganzen Raum beherrschte. Ein unheimliches Brausen erfüllte die Luft, ließ die Flammen im Kamin flackern und dröhnte in Bernhardines Ohren. Eine beißende Kälte drang durch die Wände. Ihr Atem gefror zu weißen Wölkchen. Es roch unvermittelt penetrant nach Schwefel und Moder.

Bernhardine saß zu keiner Bewegung fähig auf dem Kanapee. Es war genau wie damals in Bern, als sie, kurz bevor sie nach Seengen aufgebrochen war, von einem bösen Traum heimgesucht worden war. Eine tote Krähe war darin vorgekommen, Pferdegetrampel und eine Teufelsgestalt. Oder hatte sie diese Szene tatsächlich erlebt? Aber wie war das möglich? Bernhardine blinzelte mehrmals. Der Spuk verflog, und sie atmete erleichtert auf. Vom Eingang her hörte sie einen spitzen Schrei. Ihr Herzschlag verdoppelte sich. Sie begann, geistesgegenwärtig zu husten. Marie, Marie, sei bitte still!, flehte sie stumm und suchte in Gerolds Gesicht nach einem Hinweis, dass er die heimlichen Zuhörer bemerkt hatte. Ihr Schwager schien jedoch vollkommen geistesabwesend zu sein. Seine Augen huschten von einer Seite zur anderen, die Lider flatterten wie Libellenflügel. Er knirschte mit den Zähnen, als hätte er Kiesel im Mund. Plötzlich drehten sich seine Augäpfel so weit nach oben, dass nur noch das Weiße zu sehen war.

»De profundis ad te clamavi. Sic volo, sic ferro ignique, ad honorem diaboli iubeo!« Aus der Tiefe habe ich zu dir gerufen. So will ich, so befehle ich, mit Feuer und Eisen, zu Ehren des Teufels!

Schaum stand vor Gerolds Mund. Sein Körper zuckte, als hätte er den Veitstanz. Er stöhnte und schwankte wie eine junge Birke im Wind.

Bernhardine rutschte entsetzt an die äußerste Ecke des Sofas. Was sollte sie tun? Sie streckte vorsichtig ihre Hand aus und berührte Gerolds Arm. Blitzschnell umschlossen seine Finger ihr Handgelenk. Sie schrie auf. Mit aller Kraft versuchte sie, sich zu befreien, doch seine Klauen hielten sie eisern fest. Er beugte sich zu ihr hinab. Sein Schweißgeruch und sein fauliger Atem malträtierten ihre Nase. Sie wandte den Kopf ab und wimmerte.

»Sei auf der Hut, Metze, er wird auch dich richten! So wie er alle richtet, die ihm nicht folgen. Selbst die kleinen Engelchen …«, flüsterte er und bleckte die Zähne. »Oder zwei lächerliche Gehilfen. Dein Glück, dass du nicht allein gekommen bist.«

Bernhardine keuchte. Sie riss sich los und hetzte davon. Hinter den Säulen traten Cornelis und Marie hervor. Beide bleich wie der Tod. Der Maler ergriff Bernhardines Hand, und zu dritt liefen sie auf den Ausgang des Palas zu, verfolgt von Gerolds höhnischem Gelächter. Der Holländer stemmte die Tür zur Ahnengalerie auf und schlug sie mit aller Wucht wieder zu, nachdem sie durch sie hindurchgeschlüpft waren. Das Lachen erstarb augenblicklich, als hätte es jemand mit einer Schere abgeschnitten. Marie bekreuzigte sich ununterbrochen. Ihre Augen waren dunkel vor Angst. Bernhardine rutschte am kalten Mauerwerk entlang zu Boden und vergrub ihr Gesicht in den Händen.

Im Kinderzimmer roch es nach saurer Milch und Kampfer. Bernhardine verscheuchte die junge Amme, die vor der Wiege kniete, mit einem groben Stoß in die Seite, worauf das Mädchen mit schreckgeweiteten Augen davonstob. Die Zwillinge schliefen, hatten jedoch eine ungesunde Röte im Gesicht. Bernhardine strich Burkhardt über das Köpfchen. Seine Stirn war heiß, und er verzog bei der Berührung den Mund, ohne aufzuwachen.

»Jetzt seid ihr meine Einzigen«, murmelte sie mit tonloser Stimme. Sie hätte gerne geweint, doch ihre Augen waren so trocken wie Staub.

Was hatte sie sich nur gedacht? Gerold würde sich nie zu einer unbedachten Äußerung hinreißen lassen. Wenn er, wie sie vermutete, tatsächlich etwas mit Désirées Verschwinden zu tun hatte, würde er sein Wissen darüber mit ins Grab nehmen. Sie war machtlos. Johannes hätte kein Ohr für ihre Anschuldigungen. Und was sollte sie ihrem Gatten auch erzählen? Wo waren ihre Beweise? Es gab keine; bis auf die wenigen geflüsterten Worte eines Irren und ihre eigenen Mutmaßungen. Johannes! Ihr Kopf schnellte in die Höhe. Er sei krank, hatte Marie gesagt. Bernhardine blickte zur Tür, wo Marie am Türpfosten lehnte. Ihre alte Kinderfrau hatte den Kopf gesenkt, schüttelte ihn immer wieder, als müsse sie sich über etwas klar werden. Cornelis stand neben ihr. Seine Augen lagen tief in den Höhlen. Er starrte Bernhardine an, ohne sie jedoch bewusst wahrzunehmen. Die beiden taten ihr plötzlich unendlich leid. Noch weitere Unschuldige, denen sie Gram verursacht hatte.

»Es ist gut, Marie. Geh jetzt in deine Kammer! Ich werde mich um die Zwillinge kümmern und später bei meinem Gatten vorbeischauen.«
Marie öffnete den Mund. Doch ein Blick in Bernhardines Gesicht ließ sie verstummen. Sie nickte und strich sich mit ihrer runzeligen Hand über die Augen. In Bernhardine wallte plötzlich ein Gefühl tiefer Zuneigung auf. Sie lief zu ihrer alten Amme und umarmte sie stürmisch. Presste den mageren Körper an sich und vergrub ihr Gesicht an Maries Schulter.
Die schluchzte. »Ich …«
»Ich weiß«, sagte Bernhardine, »ich weiß. Wir müssen jetzt stark sein!«
Marie nickte abermals und verließ dann gesenkten Hauptes den Raum. Bernhardine schaute ihr bekümmert hinterher. Ein Räuspern drang in ihr Bewusstsein, und sie wandte den Kopf. Cornelis. Eine tiefe Falte hatte sich auf seiner Stirn eingegraben. Bernhardine hob die Hand und strich behutsam darüber. War es wirklich erst wenige Stunden her, dass sie sich geliebt hatten? Der Holländer griff nach ihren Fingern und presste seine Lippen darauf.
»Was kann ich tun?«, fragte er mit brüchiger Stimme.
Bernhardine schüttelte stumm den Kopf. Sie war sich sicher, dass Gott sie für ihren Fehltritt strafte. Und gegen Gottes strafende Hand konnte niemand etwas ausrichten. Nun zog ein höherer Richter die Fäden. Sie waren lediglich Marionetten, die einmal hierhin, einmal dorthin gelenkt wurden.
»Geh, lass mich allein!«, sagte sie zu ihm. »Ich muss mich jetzt um meine Familie kümmern.«
Cornelis schluckte. »Und wir?«, fragte er leise.
»Wir?« Bernhardine lächelte bitter. »Wir hatten die letzte Nacht.«

13

Seengen, 2010

Das glaub ich nicht!«

Anouk hielt sich noch immer fassungslos die Hand vor den Mund und schüttelte ungläubig den Kopf. Sie setzte sich auf den Boden, ungeachtet dessen, dass ihre Kleider dadurch noch schmutziger wurden, stützte ihre Ellbogen auf die Knie und starrte auf das Bild.

»Du meinst …« Max ging in die Hocke und wischte sorgfältig den Staub von der Leinwand. Dann pustete er die letzten Schmutzpartikel fort. Das Bild war trotz seines ungewöhnlichen Aufbewahrungsortes in erstaunlich gutem Zustand. Das Kleid der darauf porträtierten Frau leuchtete in einem satten Rot, als wäre das Gemälde erst kürzlich hinter der Bretterwand versteckt worden.

»Sie ist es«, flüsterte Anouk bewegt. »Ich wusste, dass ich sie mir nicht eingebildet habe.«

Die Porträtierte trug ihre langen Haare offen, die ihr wildgelockt in einer kupferfarbenen Kaskade über den Rücken bis zur Taille hinabfielen. Sie hatte den Kopf leicht geneigt und blickte den Betrachter herausfordernd an. Der Stoff ihres üppigen Kleides schien aus schimmernder Seide zu bestehen. Als einzigen Schmuck trug sie eine Kette mit einem Perlenanhänger um den Hals, der Anouk seltsam vertraut vorkam. Im

Hintergrund waren ein lichter Laubwald und ein Wasserfall zu sehen.

»Sie ist wunderschön, nicht wahr?« Anouk suchte Max' Blick. Dieser hatte sich ebenfalls auf den Boden gesetzt und betrachtete das Gemälde mit gerunzelter Stirn. »Max!« Sie schubste ihn an.

»Wie?«

Anouk verdrehte die Augen. »Ich sagte, dass sie wunderschön ist. Findest du nicht?«

»Ja, das ist sie«, antwortete er schließlich und warf ihr dabei einen eigentümlichen Blick zu.

Was war denn nun wieder los? Da hatten sie endlich einen Beweis dafür gefunden, dass ihre Beobachtungen nicht aus der Luft gegriffen waren, und jetzt kam es ihr fast so vor, als würde Max dies weder freuen noch beruhigen.

»Ist etwas?«, fragte sie und verlor sich erneut in dem herausfordernden Blick der Abgebildeten, der sie ein wenig an den ihrer Schwester Aimée erinnerte. Anouk neigte den Kopf.

»Tja, also …«, stotterte Max und biss sich auf die Lippen. »Ich bin etwas, na ja, sagen wir mal … erstaunt.«

Anouk lachte. »Kein Wunder, schließlich findet man nicht jeden Tag ein antikes Bild in einer Toilette versteckt.«

»Das ist es nicht«, erwiderte er gedehnt und musterte Anouk erneut prüfend.

»Ich verstehe nicht«, sagte sie und strich dabei mit ihrem Finger behutsam über die Oberfläche des Ölgemäldes. Es war uneben. Für das Kleid hatte der Künstler mehrfach kräftig Farbe aufgetragen. Kleine Erhebungen und einzelne Pinselstriche waren deutlich auszumachen. Das Gesicht der Frau war jedoch vollkommen eben und in einem zarten Pastell gehalten, das dem Teint der Dame genau die vornehme Blässe verlieh, die dazumal in Mode gewesen war. Der Maler war auf alle Fälle kein Dilettant gewesen. Anouk suchte die Ecken des Gemäldes nach einer Signatur ab. Doch bei dem Dämmerlicht, das mittlerweile in der Kammer herrschte, konnte sie keine erkennen. Bei Tageslicht würden sie hoffentlich eine entdecken können.

»Du hast wirklich keine Ahnung, oder?« Max schüttelte ungläubig den Kopf. »Siehst du denn nicht, wie sehr ihr euch ähnelt?«

Anouk verzog den Mund zu einem spöttischen Grinsen. »Aber ja, alle Rothaarige gleichen sich. Wir sind wie siamesische Zwillinge – nahezu identisch.«

Max stand auf und klopfte sich den Staub von der Jeans.

»Du musst mir ja nicht glauben«, sagte er, »aber schau doch mal! Die gleiche ungebändigte Lockenmähne, die gleichen grünen Augen und dieser … tja, vorwitzige Schalk im Blick. Des Weiteren habt ihr ein kongruentes *Os zygomaticum.*« Anouk runzelte die Stirn. »Das heißt Jochbein«, erklärte er.

Anouk rollte mit den Augen. »Du siehst ja Gespenster«, meinte sie lachend und stand ebenfalls auf. »Meinst du, wir können das Bild mitnehmen?«

Max seufzte. »Im Grunde nicht. Es gehört dem Schloss; besser gesagt der Erbengemeinschaft. Ich müsste folglich dem Verwalter Bescheid geben.«

»Aber?«

Er schnalzte mit der Zunge und zwinkerte ihr zu. »Wir könnten uns das Porträt der unbekannten Dame auch einfach für eine Weile ausleihen.«

Sie brachten die Kammer wieder in einen geordneten Zustand. Vor die zersplitterte Bretterwand schoben sie eine wurmstichige Truhe. Bertas Kostüm landete, unprobiert, auf dem Ständer. Anschließend wickelte Max das Gemälde kurzerhand in eine Wolldecke, die mit zum Requisitenfundus der

Theatergruppe gehörte. Bevor sie die Umkleide verließen, äugte Anouk vorsichtig durch den Türspalt. Auf der anderen Seite des Innenhofes erblickte sie Frau Döbeli, die soeben mit einem Eimer und einem Besen in der Hand im Kornhaus verschwand. Ansonsten war weit und breit niemand zu sehen.

Anouk gab Max ein Zeichen. Unauffällig schlichen sie an der Mauer entlang Richtung Ausgang. Sie hatten den Torbogen schon durchschritten, als plötzlich ein lauter Pfiff ertönte. Sie erstarrten.

»Herr Doktor, so geht das aber nicht!«, wetterte eine Stimme hinter ihnen.

Anouk wurde leichenblass, Max hingegen puterrot. Beide drehten sich wie ertappte Schulkinder um.

Ein untersetzter Mann mit einer Halbglatze stiefelte auf sie zu und wackelte dabei mit dem Kopf.

»Nein, nein!«, fuhr er in tadelndem Ton fort. »Wenn Sie die Ankleide nicht zuschließen, geht da jeder rein. Und dann habe ich den Salat. Und Sie schlussendlich auch. Und am Ende werden noch die Requisiten gestohlen. Alles schon mal da gewesen, glauben Sie mir!«

Anouk fiel ein Stein vom Herzen, und Max stieß hörbar die Luft aus.

»Ach, wie dumm von mir, Herr Ramseier«, sagte er. »Ich war in Gedanken. Zum Glück passen Sie so gut auf! Natürlich, immer sorgfältig abschließen.«

Der Aufseher nickte mit Nachdruck, trat näher und beugte sich mit zusammengekniffenen Augen vor.

»Was haben Sie denn …«

»Wir müssen jetzt … leider. Bis bald. Und danke nochmals.«

Max wandte sich um und marschierte eilig über die Brücke. Anouk schenkte dem kleinen Mann ein strahlendes Lächeln und stolperte dann hinter Max drein. Ihre Fingerspitzen krib-

belten. So musste sich ein Dieb fühlen, der seinen Häschern knapp entronnen war.
Ein Krächzen in der Nähe fesselte Anouks Aufmerksamkeit. Als sie den Kopf wandte, sah sie eine Schar Krähen, die auf einer Eiche hockten. Die Vögel flatterten hektisch mit den Flügeln und beäugten den davoneilenden Max. Anouk stockte der Atem. Sie öffnete den Mund, doch es war schon zu spät. Der Schwarm hatte sich bereits in die Luft erhoben. Max hatte gut dreißig Meter Vorsprung. Er wartete an der Hauptstraße auf eine Lücke im vorbeibrausenden Verkehr. Sein Wagen stand auf dem Parkplatz gegenüber.
»Max!«, rief sie aus Leibeskräften. Ihre Stimme überschlug sich. »Pass auf … die Krähen!«
Er drehte sich um, konnte sie aber nicht verstehen, denn in diesem Augenblick näherte sich ihm ein Sattelschlepper, ein riesiger, gelber Laster, beladen mit Baumstämmen. Anouk fuchtelte wild mit den Armen. Max hob seine Hand, um zurückzuwinken, und genau in diesem Moment attackierten ihn die Krähen von hinten. Er versuchte sein Gesicht mit einem Arm zu schützen, mit dem anderen hielt er das Bild noch immer fest an sich gepresst. Anouk fing an zu rennen, während Max, der noch immer vor den Vögeln auf der Flucht war, rückwärts auf die Straße stolperte. Ohrenbetäubendes Hupen erfüllte die Luft, darauf das Quietschen bremsender Reifen. Anouk schrie entsetzt auf. Max stand wie erstarrt auf der Fahrbahn und blickte verblüfft auf den heranrollenden Laster, dessen Räder nun offensichtlich blockierten.
Anouk preschte vorwärts. In vollem Lauf prallte sie gegen Max' Brust und riss ihn mit sich über den Mittelstreifen auf die andere Fahrbahnseite, wo sie hart auf dem heißen Asphalt aufschlugen. Das Bild flog in hohem Bogen ins Gebüsch. Weitere Wagen mussten abrupt abbremsen und fingen an zu

hupen. Es roch nach verbranntem Gummi und Diesel. Anouk spürte ein Brennen an Armen und Beinen.
»Verdammt, mein Agent bringt mich um!«, stöhnte sie, als sie ihre aufgeschürfte Haut betrachtete.

»Aua, das brennt!«
Max saß in seiner Praxis auf einer Metallliege, die mit einem breiten Papierstreifen abgedeckt war, und verzog das Gesicht, als Anouk ihm den jodgetränkten Tupfer auf die Wunde presste.
»Männer!« Sie verdrehte die Augen. »Du kannst dich gleich selbst verarzten«, meinte sie schnippisch, als sie seine leidende Miene bemerkte. »Krankenpflege gehört nicht unbedingt zum Repertoire eines Models.«
Er hielt ihr Handgelenk fest. »Du hast mir das Leben gerettet«, sagte er leise.
Anouk stellte die braune Glasflasche auf den Beistelltisch und warf den Tupfer in eine Keramikschale.
»Du wärst nie in diese Situation gekommen, wenn du mir nicht geholfen hättest. Es ist also nur recht und billig, wenn ich … Und überhaupt war das reiner Instinkt.«
Max zog ihre Hand an seine Lippen und küsste ihre Finger. »Ich stehe für immer in deiner Schuld.«
Sie lachte, doch es klang gepresst. »Wie Winnetou und Old Shatterhand?«, scherzte sie, doch Max verzog keine Miene.
»Ich meine es ernst, Anouk. Ohne dich wäre ich jetzt tot.«
Anouk senkte den Blick. Es machte sie verlegen, dass Max sie ansah, als hätte sie gerade das Penicillin erfunden.
In der Ecke stand das Ölgemälde. Sie hatten es sofort nach dem Zwischenfall unbeschadet aus der bepflanzten Straßenböschung gezogen. Erstaunlich, wenn man bedachte, dass sie beide Schrammen davongetragen hatten und Max darüber hinaus

vermutlich sogar noch eine leichte Gehirnerschütterung, das Porträt aber nicht den geringsten Schaden genommen hatte.
Anouk griff nach den Pflastern und reichte sie Max. Mit der Routine des geübten Mediziners befestigte er eines an seinem Oberarm und rutschte von der Liege. Anouk trat zum Waschbecken und wusch sich die Hände. Aus dem Augenwinkel bemerkte sie, dass er sie beobachtete. Hoffentlich fuhr er mit seiner Danksagung nicht fort.
»Du wirst es nicht glauben«, sagte er unvermittelt, und seine Stimme klang wie immer. »Aber ich habe Hunger.«
Sie atmete erleichtert auf und drehte sich um. »Doch«, erwiderte sie, »das glaube ich dir sofort – ich nämlich auch!« Sie lachten.
»Was machen wir nun mit dem Bild?«
Max zog sorgfältig die Hemdsärmel über seine Blessuren hinab und schaute Anouk fragend an. Die zog die Achseln hoch und stöhnte, als ihre Schulter mit einem schmerzhaften Stechen gegen diese Bewegung protestierte.
»Mir wäre es am liebsten, du behieltest es im Moment hier in deiner Praxis. Sonst attackiert uns das nächste Mal womöglich noch eine Horde Igel, wenn wir es in den Wagen bringen wollen.«
Er verzog das Gesicht. »Einverstanden! Morgen ist Samstag, da ist die Arztpraxis geschlossen. Es wird also keine neugierigen Fragen seitens meiner Sprechstundenhilfe geben.« Anouk nickte. Sie öffnete die Tür zum Korridor, hielt dann aber unvermittelt inne.
»Himmel«, wandte sie sich an Max, der ihr humpelnd folgte, »mir tut alles weh.«
»Dann sind wir schon zwei«, stellte er trocken fest. »Irgendwie witzig, nicht? Wir teilen in letzter Zeit nahezu alles miteinander, sogar den Schmerz.«

Anouk fröstelte plötzlich. Was vermutlich als Witz gemeint war, verursachte ihr ein ungutes Gefühl. Als ob Max' Worte eine Prophezeiung wären, die schon bald ihrer beider Leben beeinflussen würde. Fragte sich nur, auf welche Weise.

Schloss Hallwyl, 1746

Auf Johannes' Nachttisch brannte eine Kerze, die ein weiches Licht auf das wuchtige Bett warf. Daneben, in Reichweite des Kranken, befand sich eine Messingklingel. Der Duft von Lavendelöl lag in der Luft. Bernhardine reckte den Hals, konnte aber nur einen Teil des Kopfes oberhalb des Federbettes ausmachen. Vorsichtig trippelte sie auf den Zehenspitzen näher, damit ihre Absätze beim Auftreten nicht auf dem Boden klackten. Sollte sie lieber wieder gehen und Johannes schlafen lassen? Sie zögerte. Gerade als sie sich entschied, später wieder nach ihrem Gatten zu sehen, drehte er sich mit einem leisen Stöhnen um.
»Seid Ihr es, Madame?«
Seine Stimme klang rauh, als hätte er lange nicht mehr gesprochen. Er trug weder eine Schlafhaube noch ein Nachtgewand. Soweit sie erkennen konnte, hatte er immer noch sein Tageshemd an. Als sie den weißen Verband um seine Armbeuge bemerkte, hob sie missbilligend die Augenbrauen. Jemand hatte ihn zur Ader gelassen. Vermutlich der Verwalter, der sich nicht nur um die kranken Pferde kümmerte, sondern seine zweifelhaften medizinischen Dienste ab und an auch den Bewohnern des Schlosses angedeihen ließ. Sie hatte – dem Himmel sei Dank! – die fragwürdigen Bemühungen des Meiers noch nie in Anspruch nehmen müssen. Leider Gottes gab es hier im Hinterland aber auch kaum anständige *Médecins.*

Der nächste Arzt wirkte im entlegenen Kloster Baldegg. Und während dieser Jahreszeit musste man ihm vermutlich ein Vermögen bieten, damit er seine warme Stube verließ.

»*Oui, c'est moi*«, antwortete sie, »ja, ich bin's.« Sie setzte sich auf die Bettkante und ergriff Johannes' bleiche Hand. »Was macht Ihr nur für Sachen, werter Gemahl?«, schimpfte sie. Über sein Gesicht lief ein Lächeln.

»Ihr habt recht, Madame. Alte Männer sollten lieber am Kamin sitzen und über vergangene Heldentaten schwadronieren, anstatt sich über die Wirrnisse des Lebens zu echauffieren.«

Bernhardine nickte, strich eine Falte auf der Bettdecke glatt und wollte sich schon wieder erheben, als sich Johannes' Finger auf einmal um ihr Handgelenk schlossen und sie festhielten. Dann legte er seine Hand sachte auf die ihre.

»Geht noch nicht, Madame«, flüsterte er eindringlich, »ich muss etwas Wichtiges mit Euch besprechen!«

Marie warf sich im Bett hin und her. Sie konnte keinen Schlaf finden, schlug das Plumeau schließlich mit einem Seufzer ans Fußende des Bettes zurück und stand auf. Eisige Luft schnappte nach ihren bloßen Beinen. Sie fing an zu schlottern, zog ihr Nachthemd über die Knie und rieb die Füße aneinander.

Seit Stunden plagten sie hämmernde Kopfschmerzen, die sich weder mit Pfefferminztee noch mit einer Prise Schnupftabak hatten vertreiben lassen. Sie drückte Daumen und Zeigefinger gegen die Nasenwurzel, doch das Pochen blieb. Sie seufzte und machte sich auf den Weg zum Abort. Es war ein Kreuz mit dem Alter! Selbst das Wasserlassen wurde zu einer mühseligen Angelegenheit, wenn man nahezu jede Stunde auf den Abtritt musste.

Nächtliche Geräusche begleiteten sie auf ihrem Gang: knarrende Dielenbretter, der Wind, der durch Ritzen pfiff, pelzige Pfoten auf der Jagd nach Mäusen. Alles war wie immer und doch anders. Désirée! Keine leuchtenden Äuglein mehr, keine ausgestreckten Ärmchen oder dieses süße, glucksende Lachen, wenn Marie Grimassen für sie geschnitten hatte. Die zerzauste Puppe war das Einzige, was von ihrem Spätzchen übrig geblieben war. Und das Bild von Bernhardine und ihren Kindern hatte der Holländer noch nicht fertiggestellt. Die Gesichter fehlten noch zur Gänze. Ein Schluchzen stieg in Maries Kehle hoch. Sie war gescheitert. Gerolds schwarzer Zauber war mächtiger als ihre albernen Knoten, das Räucherwerk und die gemurmelten Beschwörungsformeln gewesen. Selbst der Anhänger mit dem Bergkristall hatte Désirée nicht schützen können. Der Abort befand sich direkt neben Gerolds Zimmer. Ein schmaler, gelber Lichtstreifen schimmerte unter der geschlossenen Tür hindurch. Dieser Mann war eine Bestie! Sicher heckte er in diesem Moment bereits weitere Teufeleien aus, um Bernhardine und den Kindern zu schaden.

Maries Rücken überzog sich mit einer Gänsehaut. Sie wagte kaum zu atmen und schlich leise am Gemach des Jüngeren von Hallwyl vorbei. Noch immer konnte sie nicht begreifen, was sie im Palas gesehen hatte. Ob das alles nicht doch nur ein Hirngespinst gewesen war? Hatte sich Bernhardines Schwager wirklich in einen Riesen verwandelt? Und dieses unheimliche Brausen, die Kälte und der Gestank. Hatte sie sich das alles nicht nur eingebildet? Und waren die schrecklichen Bilder nicht schlichtweg das Ergebnis ihrer überreizten Nerven gewesen? Aber der Holländer hatte es ebenfalls gesehen. Er war so weiß wie ein Bettlaken geworden, und Bernhardines Entsetzen hatte Marie bis in ihr Versteck hinein gespürt. Kei-

ner hatte das furchterregende Geschehen danach auch nur mit einem Wort erwähnt. Als würde ein Benennen des Schreckens diesen erst zur unumstößlichen Tatsache machen. Stumm waren sie geflohen. Jeder mit sich und dem Erlebten beschäftigt; sich verstohlen umblickend, horchend, ob ihnen jemand oder etwas folgte.
Marie zitterte vor Kälte. Schnell verrichtete sie ihre Notdurft und hastete wieder zurück in ihre Kammer. Sie trat ans Fenster und öffnete einen Flügel. Unter sich hörte sie das Wasser in der Tiefe glucksen. Désirée, war dies das Letzte, was du gehört hast? Marie stützte sich schwer auf das Fenstersims und starrte ins Dunkel hinab. Der eiskalte Fluss verschlang alles und gab nichts mehr zurück. Erschüttert schloss sie die Augen.

»Wenn ich sterben sollte …«
Bernhardine erschrak und zog unwillkürlich ihre Hand zurück. Was redete Johannes da? Wieso sollte er sterben? Doch ein genauerer Blick in sein eingefallenes Gesicht rückte seine Aussage durchaus in den Bereich des Möglichen. Zuerst Désirée und nun ihr Gemahl? Wer käme als Nächstes? Ihr wurde eiskalt, als ihr bewusst wurde, was Johannes' Tod für sie bedeuten würde. Die Zwillinge würden das Lehen erben und Gerold bis zu ihrer Volljährigkeit die Vormundschaft für sie übernehmen. Ihr wurde übel. Und schon sprach ihr Gatte ihre schlimmsten Befürchtungen aus.
»… dann versprecht mir, dass Ihr meinen Bruder ehelicht. Er wird ohnedies als Beistand für die Buben eingesetzt. Wenn Ihr sein Weib seid, ist für Euch gesorgt, und niemand wird Euch aus dem Schloss und von meinem … seinem Besitz vertreiben können.«
»Niemals!«, schrie Bernhardine und sprang auf. »Ihr dürft alles von mir verlangen, nur das nicht! Ich werde mich in alles

fügen, was Ihr wollt! Aber keinesfalls werde ich diesen … Teufel heiraten, der Désirée beseitigt hat! Mit so einem soll ich das Bett teilen? Dieses Subjekt soll unsere Söhne aufziehen? Eher bringe ich uns alle um!«

Johannes schaute sie entgeistert an und richtete sich dann mühsam in seinem Bett auf.

»Was redet Ihr da für dummes Zeug? Mein Bruder war eindringlich darum bemüht, unsere Tochter zu finden. Er scheute keine Mühe, war einer der strebsamsten Sucher und lief stundenlang durch Schnee und Eis. Wieso sollte er Hand an Désirée gelegt haben?« Johannes ließ sich wieder in die Kissen zurückfallen. Auf seiner Stirn stand Schweiß. Er griff an sein Herz und keuchte. »Ihr seid erregt«, fuhr er fort. »Ihr zieht Euch jetzt besser zurück und überdenkt meinen Vorschlag. Ich bin sicher, morgen werdet Ihr Eure Meinung geändert haben. Es ist der einzige Weg.«

Verstört stolperte Bernhardine in ihr Zimmer, schlug die Tür hinter sich zu und warf sich aufs Bett. »Versprecht mir, dass Ihr Gerold ehelicht.« Johannes' Worte dröhnten in ihrem Kopf, wurden lauter und lauter, bis sie sich wimmernd die Ohren zuhielt.

Was sollte sie tun? Als Witwe hatte sie keinerlei Rechte. Keiner würde ihr Unterstützung antragen. Für die Seenger Bürger war sie auch nach drei Jahren immer noch die Fremde aus dem noblen Bern und mehr geduldet als anerkannt. Wäre Flucht eine Möglichkeit? Vielleicht zusammen mit Cornelis? Eine winzige Hoffnung keimte in ihr auf. So klein und zart wie ein frisch geschlüpfter Schmetterling. Ein Leben … eine Liebe mit Cornelis? Frei aller Zwänge und Pflichten. Keine langweiligen Essen, keine gehaltlosen Gespräche mit ungehobelten Adeligen, kein ödes Sticken mehr. Und was ihr als das Erstrebenswerteste erschien: ein Ende der lästigen Ehepflich-

ten! Stattdessen lockten Lust und Erfüllung in den Armen des Geliebten.
Bernhardines Herzschlag beschleunigte sich, und das Blut schoss ihr ins Gesicht. Doch eine kleine Stimme in ihrem Kopf meldete sich sogleich zu Wort. Eindringlich und nervtötend: Was ist dann mit deinen schönen Kleidern? Den wertvollen Juwelen? Und der jährlichen Fuchsjagd? Wer wird dir noch Hochachtung zollen? Und die Zwillinge? Werden sie ihrem Stand entsprechend aufwachsen und erzogen? Oder wären sie nichts und besäßen auch nichts? Außer einem Leben in Armut und Abhängigkeit? Willst du ihnen ... willst du *dir* das antun?
»Schweig!«, schrie sie und trommelte mit den Fäusten auf das Kopfkissen. »Schweig endlich still!«
Eine Tür fiel ins Schloss. Bernhardine schreckte auf. Wer war zu dieser späten Stunde noch unterwegs? Sie horchte angespannt und vernahm jäh ein heiseres Lachen. Ruckartig wandte sie den Kopf, versuchte, in den dunklen Ecken des Raumes etwas zu erkennen. Doch da war nichts. Nun schien das Gelächter aus dem Kamin zu kommen. Nein, aus dem Schrank! Dann drang es plötzlich unter ihrem Bett hervor. Ihr stockte der Atem. Kalter Schweiß stand auf ihrer Stirn, und ihr Herzschlag raste. Sie schlüpfte ins Bett und zog sich die Decke über den Kopf.
»Vater, der Du bist im Himmel. Geheiligt werde Dein Name, Dein Reich komme, Dein ...« Sie presste ihre gefalteten Hände fest an die Brust, »... erlöse uns von dem Bösen.«
Das Gelächter schwoll daraufhin kurz an, verebbte dann aber langsam wie eine Welle, die ans flache Ufer schlägt. Innerhalb von Sekunden war die Temperatur im Zimmer rapide gesunken; die Schweißtropfen auf Bernhardines Stirn kristallisierten zu Eis. Sie keuchte und schlotterte vor Angst. Doch

plötzlich war der Spuk vorbei. Die Wärme des Kaminfeuers kroch unter die Decke zurück wie eine schläfrige Katze und wiegte sie in ihren Armen. Bernhardine war so erschöpft, dass sie sich keinen Zoll mehr bewegen konnte. Dennoch betete sie das Vaterunser so lange, bis der Schlaf sie schließlich übermannte.

14

Seengen, 2010

»Heiliger Strohsack, Kind, was ist denn mit dir passiert?« Valerie Morlot schlug die Hände über dem Kopf zusammen, und als sie Max erblickte, der hinter Anouk die Eingangsstufen hinaufhinkte, stieß sie sogar einen Schrei aus. »Und der Herr Doktor auch? Hattet ihr einen Unfall?«

»So etwas in der Art«, erwiderte Anouk. »Wir sind aber, abgesehen von unseren äußeren Blessuren, okay. Ist noch etwas vom Abendessen übrig?«

Valeries Augen wurden groß. »Ihr solltet besser einen Arzt … oh!« Sie errötete, und Anouk verbiss sich ein Lachen. »Also essen. Ja, es sind noch Würstchen in der Pfanne.«

Herr van der Hulst saß am Küchentisch. Bei ihrem Anblick fiel ihm der Kartoffelsalat von der Gabel. Er starrte sie mit offenem Mund an, bis ihm bewusst wurde, dass dies unhöflich war, und er ihn langsam wieder schloss.

»Mon dieu!«, stieß er hervor und rutschte mit seinem Stuhl zur Seite, um Anouk und Max am Tisch Platz zu machen.

»Ist das …?«, fragte Max. Sein verschrammtes Gesicht begann, sich langsam zu verfärben. Morgen würde seine Haut in den schönsten Regenbogenfarben schillern.

»Der Künstler, ja«, bestätigte Anouk. »Er malt Tati in einem roten …« Sie brach ab und starrte ihn entgeistert an. »Das

Kleid!«, stieß sie hervor und erhob sich so abrupt, dass ihr Stuhl umkippte und auf den Fliesenboden schlug. Im Wohnzimmer stand die Staffelei des Belgiers, darauf das angefangene Porträt. Ein feines Tuch schützte das Ölgemälde vor Staub und neugierigen Blicken. Anouk fühlte ein Kribbeln im Nacken, als sie ihre Hand nach dem Gewebe ausstreckte.

»Stopp!«

Sie wirbelte herum. Hinter ihr stand der Belgier, die Serviette noch um den Hals gebunden.

»*Pas toucher!* Nicht berühren!« Er funkelte sie böse an und stellte sich schützend vor das Gemälde.

»Aber ich …«

»*Non!*«

Anouk schüttelte verständnislos den Kopf. Herrgott, sie wollte doch nur sehen, ob es das gleiche Kleid war.

»Aber …«

»*Non!*«

»Was geht denn hier vor?«

Tati Valerie und der hinkende Max waren ihnen ins Wohnzimmer gefolgt. Max kaute an einem Stück Brot, ihre Großtante blickte abwechselnd vom einen zum anderen. Sie sah aus, als würde sie ein Tennismatch verfolgen.

»Sag deinem Untermieter bitte, dass ich mir das Bild anschauen möchte«, wandte sich Anouk an sie.

Ihre Großtante nickte, redete leise auf den Belgier ein, der mit finsterem Gesicht ihren Worten lauschte. Anouk verdrehte die Augen. Künstler!

Endlich trat er vor sein Gemälde, raffte vorsichtig das Tuch mit beiden Händen und zog es anschließend mit einer einzigen Bewegung vom Rahmen.

Anouk schnappte nach Luft, und Max riss die Augen auf.

Eine Motte kreiste mit sirrenden Flügeln um die Glühbirne. Anouk saß auf der Veranda und betrachtete den Mond, der unnatürlich groß am Himmel stand, als hätte er sich mit Luft aufgepumpt. Max drehte ein Weinglas zwischen den Fingern und hatte den Kopf gesenkt. Schon seit einer Weile hing jeder seinen Gedanken nach, nachdem sie zuvor lange erregt über das rote Kleid auf dem gefundenen Bild diskutiert hatten, das sich als nahezu identisch mit dem auf dem Gemälde des Belgiers erwiesen hatte. Zumindest seitdem dieser Tati Valeries Wunsch entsprochen und die gelbe Farbe ihres Kostüms in ein sattes Rot verwandelt hatte. Max hatte von einem Zufall gesprochen, Anouk von automatischem Malen unter Hypnose und danach noch von einer Fernsehdokumentation erzählt, in der über eine Pinselführung durch Geisterhand berichtet worden war. Ihrer beider Spekulationen waren immer abstruser geworden, bis sich Valerie darüber beschwert hatte, dass sie nicht einschlafen könne, wenn sie so einen Radau veranstalteten.

»Es muss einfach eine Erklärung dafür geben«, brach Anouk das Schweigen nun in trotzigem Ton, stand auf und lehnte sich mit verschränkten Armen ans Geländer. Die Motte hatte ihre Bemühungen, in die Glühbirne zu gelangen, aufgegeben. An ihrer Stelle prallte jetzt ein pudriger Nachtfalter rhythmisch gegen den Lampenschirm.

»Die würde ich nur zu gerne wissen.« Max' Stimme klang müde.

Anouk hatte plötzlich ein schlechtes Gewissen. Wenn sie ihn nicht um Hilfe gebeten hätte, würde er jetzt friedlich in seinem Bett liegen. Unverletzt, vielleicht in den Armen einer liebenden Frau. Sie runzelte die Stirn. Hatte sie sich bisher überhaupt schon einmal die Frage gestellt, ob er eine Beziehung hatte? Nein, natürlich nicht. Das war so typisch für sie! Sie platzte einfach in das Leben ihrer Mitmenschen hinein und vereinnahmte sie mit ihren Befindlichkeiten, ohne Rücksicht auf deren eigene Sorgen und Nöte zu nehmen. Julia hatte sie sogar den Tod gebracht. Und wenn sie heute nicht so instinktiv gehandelt hätte, wäre Max vermutlich auch gestorben. Sie fröstelte. Sie war ein Todesengel. Azrael. Eine Apokalypse in Stöckelschuhen und Gardemaß!

»Ein Königreich für deine Gedanken.«

Anouk fuhr herum. Max stand hinter ihr und lächelte. Seine linke Backe war geschwollen, als hätte er sich einen Zahn ziehen lassen.

»Hast du eine Freundin?«

Er krauste verblüfft die Stirn. »Nicht, dass ich wüsste.« Er fasste in Anouks Mähne und drehte eine Locke um seinen Zeigefinger. »Ich dachte eigentlich, dass du diesen Posten innehast.«

Ihr Herz machte einen Satz, doch sie entzog sich seiner Berührung.

»Ich meine es ernst, Max. Bin ich in eine bereits bestehende Beziehung hineingeplatzt, von der ich nichts weiß, aber wissen müsste?«

Max strich sich über den Nacken und verzog das Gesicht, als ob ihm diese Bewegung Schmerzen verursachen würde.

»Nun ja«, er schob mit dem Fuß ein herabgefallenes Blatt von der Veranda, »ich war ein paar Mal mit Brigitte aus.«

Anouk hob die Augenbrauen. Sie hatte also recht gehabt und die tödlichen Blicke der Bibliothekarin, die diese ihr mehrfach zugeworfen hatte, richtig interpretiert.

»Aber das war alles ganz harmlos«, fuhr er fort, »ich … sie … wir sind nur Freunde. Aber warum fragst du das?«

Anouks Blick wurde leer. Sie griff sich an die Kehle. »Offenbarung des Johannes, Kapitel 6: ›Und siehe, ein fahles Pferd.

Und der darauf saß, dessen Name hieß Tod, und die Hölle folgte ihm nach.‹«

Max schaute sie entgeistert an. »Donnerwetter, das hätte ich dir nicht zugetraut.«

»Was?«

»Dass du aus der Bibel rezitieren kannst!«

»Wer rezitiert denn hier aus der Bibel?«

»Na, du.«

Anouk lachte schallend. »Ja, klar. Ich und Bibelverse? Du musst dir den Kopf wirklich stärker angeschlagen haben, als ich dachte.«

Sie drehte sich um, setzte sich auf die Bank und schlang die Arme um die angewinkelten Knie. Max folgte ihr und ließ sich vorsichtig an ihrer Seite nieder.

»Wenn ich es doch sage. Gerade eben hast du aus dem Buch Johannes deklamiert.«

Anouk tippte sich an die Stirn. »Willst du damit etwa andeuten, dass ich jetzt auch schon wie Tati Valerie irgendwelche Dinge schwatze, von denen ich danach nichts mehr weiß? Netter Scherz, ich kann nur nicht darüber lachen.«

Sie warf die Haare zurück. Max biss sich auf die Lippen, und Anouk starrte ihn entsetzt an. Er hatte keinen Scherz gemacht, sondern es völlig ernst gemeint. Aber sie hatte doch gar nichts gesagt! Und wenn doch, dann sicher keine Bibelverse.

»Es ist Zeit fürs Bett«, versuchte sie, das Thema zu wechseln, und stand auf. Max' Behauptung jagte ihr Angst ein. Bis jetzt hatte sie die Dinge noch einigermaßen unter Kontrolle gehabt, auch wenn sie das meiste von dem, was ihr widerfuhr, nicht begriff. Aber wenn sie – wie Tati – nun auch noch anfing, unverständliches Zeug zu reden, könnte sie sich gleich in die Psychiatrische einweisen lassen.

»Wir wollten doch noch im Internet ein wenig über den Kurator recherchieren«, wandte Max ein.
Sie schüttelte den Kopf. »Ich bin todmüde, und Rufli läuft uns nicht davon. Morgen ist auch noch ein Tag.«
Max nickte und erhob sich ächzend. »Na dann.«
Er stand einen Moment unschlüssig neben ihr, als hätte er noch etwas auf dem Herzen, drehte sich dann aber wortlos um und ging langsam die Stufen hinab zu seinem Wagen.
Anouk blickte ihm nach. Sie hätte ihn gerne umarmt, geküsst oder am liebsten gleich dabehalten. Ja, sie war in ihn verliebt! Aber sie brachte den Menschen kein Glück. Da war es vielleicht doch besser, wenn sie sich nicht noch mehr auf Max einließ. Für ihn auf alle Fälle.

Aus Frau Bolligers Wohnzimmer fiel ein schmaler Streifen Licht in den Flur. Max versuchte, so leise wie möglich durch den Korridor zu humpeln. Er hatte jetzt wahrlich keine Lust darauf, seiner Vermieterin zu begegnen und ihr sein lädiertes Aussehen erklären zu müssen. In seiner Wohnung angekommen, öffnete er die Tür zum Balkon und trat hinaus. Der Mond warf ein silbernes Band auf den See. Max lehnte sich an die noch warme Hausmauer und schloss für eine Minute die Augen. Sie hatten verdammtes Glück gehabt! Eine Sekunde später, und der Laster hätte sie beide zermalmt. Max fröstelte, ging wieder hinein und holte sich ein Bier aus dem Kühlschrank. Er presste die kalte Flasche an seine Wange und stöhnte. Obwohl er nur allzu gern bei Anouk geblieben wäre und enttäuscht gewesen war, als sie ihn weggeschickt hatte, konnte er sie andererseits auch gut verstehen. Die Ereignisse der letzten Tage hatten sie beunruhigt und aus dem Gleichgewicht gebracht, so dass sie im Moment vermutlich all ihre Kraft benötigte, um wieder mit sich ins Reine zu kommen.

Auch aus diesem Grund wäre er viel lieber geblieben, hätte sie in den Arm genommen und ihr gesagt, dass alles gut werden und er immer für sie da sein würde. Hinter Max' Stirn begann es unvermittelt heftig zu pochen, und er griff nach seiner Arzttasche.
»Tabletten nie mit Alkohol«, deklamierte er, würgte zwei Aspirin mit einem großen Schluck Bier hinunter und humpelte dann in sein Schlafzimmer. Anouk hatte recht, morgen war auch noch ein Tag.

»Ich gehe jetzt.« Ihre Großtante stand am Fuß der Treppe und wühlte in ihrer Handtasche. »Monsieur van der Hulst begleitet mich zum Friseur. Ich konnte ihn dazu überreden, sich ebenfalls die Haare schneiden zu lassen. Wir werden gegen Mittag zurück sein.«
Anouk trat aus dem Bad und linste übers Treppengeländer. Sie trug nur ein Pyjamaoberteil und wollte sich dem Belgier nicht halb nackt zeigen.
»Alles klar. Viel Spaß!«, rief sie und hörte kurz darauf, wie die Haustür ins Schloss fiel.
Es war Samstag. Statt des morgendlichen Verkehrslärms, der während der Woche schon in aller Früh einsetzte, waren zwitschernde Vogelstimmen zu hören. Anouk stöhnte. Ihre gesamte linke Körperhälfte befand sich in Aufruhr. Sie ging ins Bad zurück, tupfte Wundsalbe auf die zahlreichen Abschürfungen und versuchte, in ihre Shorts zu schlüpfen. Heute Abend würde eine weitere Theaterprobe stattfinden. Und zwar in voller Montur im Schlosshof. Sie dachte an das Bild, das in Max' Praxis stand, und an die Frau, die darauf abgebildet war. Anouk hatte plötzlich das dringliche, wenn auch absurd erscheinende Gefühl, dass die Dargestellte auf sie wartete. Es war, als wäre sie der Dame etwas schuldig und

dürfte keine Zeit verlieren, ihre Verpflichtung ihr gegenüber nachzukommen.
»Wer traut schon Gefühlen?«, murmelte Anouk und schüttelte den Kopf.
Sie blickte auf ihr Handy, das weder einen eingegangenen Anruf noch eine Kurzmitteilung anzeigte. Dabei hatte sie so sehr auf eine Nachricht von Max gehofft. Doch nach den gestrigen Erlebnissen war sein Schweigen nur allzu verständlich. Wegen ihr wäre er beinahe umgekommen, und danach hatte sie ihn auch noch frühzeitig nach Hause geschickt und damit offensichtlich tief verletzt, obwohl sie im Grunde doch nichts anderes wollte, als von ihm geliebt zu werden. Aber hatte sie auch das Recht dazu? Konnte sie von ihm erwarten, dass er eine so kapriziöse, unberechenbare und völlig aus dem Tritt geratene Person wie sie liebte? Eine, die sich zudem schuldig gemacht und das Leben eines anderen Menschen auf dem Gewissen hatte? Anouk biss sich auf die Lippen. Vielleicht hatte sich Max in dieser Nacht die gleichen Fragen gestellt, war zum gleichen Ergebnis gekommen und rief deshalb nicht an.
»Ist eh besser so!«, seufzte Anouk kläglich und verließ das Haus.

In dem Computergeschäft, das kaum größer als ein doppeltüriger Schrank war, stand ein junger Mann hinter dem Tresen und malträtierte ein Mobiltelefon. Als Anouk eintrat, blickte er auf.
»Grüezi!«, krähte er und strahlte Anouk hingerissen an. Er knallte das Gerät in eine Schublade und zeigte eine Reihe schiefer Zähne.
»Ich brauche ein Laptop inklusive Internetzugang. Am besten sofort. Ist das möglich?«
In der nächsten Viertelstunde überschlug sich der Verkäufer förmlich dabei, ihr die Vorzüge dieses und jenes Notebooks

darzulegen. Anouk entschloss sich schließlich für ein handliches Model mit Tragtasche; kaufte einen dieser ominösen kleinen Stecker, der es ihr ermöglichte, im Internet zu surfen, und befand sich knapp zwanzig Minuten später wieder auf dem Gehsteig.
»Möchten Sie sofort damit arbeiten?«
Anouk drehte sich um. Der Verkäufer war ihr gefolgt und stand nun mit geröteten Wangen im Türrahmen.
»Ja«, beantwortete Anouk seine Frage, »das hatte ich eigentlich vor.«
Der junge Mann trat näher und drückte ihr einen Akku in die Hand.
»Hier, ein Geschenk des Hauses. Der neue ist nämlich leer wie die Wüste Gobi.« Dann drehte er sich schnell um und verschwand wieder im Computergeschäft, ohne Anouk die Möglichkeit zu lassen, sich dafür bei ihm zu bedanken.
Sie schüttelte lächelnd den Kopf. Das Dorfleben hatte also auch seine Vorzüge; in Zürich wäre ihr so etwas nicht passiert.
Sie überquerte die Hauptstraße, mied die Bibliothek wie auch den Friedhof und setzte sich unter eine Pappel, die am Rand des Sportplatzes stand. Eine Jungenklasse übte mit mehr oder minder großem Enthusiasmus Weitsprung und warf ihr neugierige Blicke zu.
Anouk wechselte den leeren gegen den vollen Akku aus und rief ihre Mails ab. Die meisten kamen von ihrem Agenturbüro, das ihr mehrere Anfragen für Fotoshootings zur Kenntnis gab. Anouk leitete sie umgehend mit der Bitte wieder zurück, die Agentur möge sie höflich ablehnen und die Kunden auf später vertrösten. Sie wusste zwar, dass Models, die nicht sofort Gewehr bei Fuß standen, schnell weg vom Fenster waren. Doch im Moment lag ihr nichts am Modeln. Im Herbst würde sie dann weitersehen.

Über Kurator Rufli fand sie eine Fülle von Informationen im Internet. Er wurde allseits als *der* Experte bezeichnet, wenn es um Schloss Hallwyl und dessen Bewohner durch die Jahrhunderte ging. Es gab kaum einen Bericht über die Wasserburg, in dem er nicht als Quelle angegeben wurde. In einem Zeitungsbericht fand Anouk sogar den Hinweis, dass sich ein entfernter Nachkomme der Schlossherren mit dem Gedanken trug, Herrn Rufli den Titel eines Grafen zu verleihen – für seine anerkennenswerten Verdienste um die Geschichte seiner Vorfahren. Anouk verzog den Mund. Obwohl Adelstitel in der Schweiz während der französischen Invasion abgeschafft worden waren, konnte sie sich Rufli sehr gut in der Rolle eines Grafen vorstellen. Einen Titel mehr auf der Visitenkarte zu haben, war für manche Menschen, zu denen sie auch den Kurator zählte, ja ausgesprochen wichtig.
Über die Frau im roten Kleid fand sie keine Hinweise im World Wide Web. Sie wusste aber im Grunde auch nicht, welche Schlagworte sie dafür hätte eingeben müssen. Die Familiengeschichte der Herren von Hallwyl erschien zwar auf verschiedenen Seiten, aber über ein weibliches, junges, rothaariges Mitglied der Familie fand sie keine Informationen. Für die Zeitspanne, für die sie sich interessierte, erhielt sie immer nur die gleichen Vermerke, die auch Rufli in Bezug auf den Stammbaum derer von Hallwyl angegeben hatte. Ob vielleicht diese Viktoria die Dame auf dem Gemälde war? Anouk googelte nach Bildern besagter Gräfin, doch das Netz lieferte kein einziges, verwies in einem Text allerdings auf ein Bild, das sich in der Ahnengalerie des Schlosses befand. Die heutige Probe! Ob sie die Möglichkeit nutzen sollte, um sich zwischendrin wegzustehlen und die Familienporträts anzusehen?
Als sich eine Krähe auf der Pappel neben Anouk niederließ und sie mit geöffnetem Schnabel beäugte, raffte sie ihre Sachen

zusammen und lief über den Sportplatz. Sie hatte die Schnauze gestrichen voll von diesen üblen, fliegenden Gesellen. Die Weitspringer pfiffen ihr bewundernd hinterher. Anouk schmunzelte, drehte sich um und zwinkerte den Jungs kokett zu, was diese in übermütiges Indianergeheul ausbrechen ließ.

Zu Hause fand sie eine frisch geföhnte, dauerwellengelegte Großtante vor, die am Herd stand und leise summend in einem Kochtopf rührte. Die Küche duftete nach Tomaten, Basilikum und Hackfleisch. Anouk lief das Wasser im Mund zusammen.

»Gut siehst du aus, Tati!«, sagte sie und hauchte ihr einen Kuss auf die faltige Wange.

»Danke, Liebes. Reichst du mir bitte das Salz?«

»Gern, aber sag mal«, wandte sie sich an ihre Großtante und gab ihr den Salzstreuer: »Wie hast du den Kurator eigentlich kennengelernt?«

Valerie streute eine Prise Salz in die Soße, kostete sie und nickte zufrieden.

»Herbert? Lass mich überlegen. Wir kennen uns ja schon ewig. Ich glaube, es war bei einer Tanzveranstaltung hier in Seengen. Früher gab's fürs Jungvolk ja nicht viele Anlässe, um sich zu vergnügen. Ja, ich bin mir fast sicher, wir trafen uns, als ich mit meiner Schwester – deiner Großmutter – zum Tanzen ging. Wieso willst du das wissen?«

Anouk lehnte sich an den Kühlschrank und verschränkte die Arme.

»Nur so«, sagte sie gedehnt, griff nach einem Bund Basilikum und schnupperte daran. »Und ihr habt euch immer gut verstanden?«

Über Valeries Gesicht huschte ein Schatten. Sie warf Anouk einen schnellen Blick zu, bevor sie sich wieder der blubbernden Soße widmete.

»Warum fragst du das?«
Anouk hob die Achseln. »Aus keinem bestimmten Grund. Ich kann mich erinnern, dass ich den Professor als Kind recht nett fand, aber als ich ihn gestern getroffen habe, benahm er sich … nun ja, etwas komisch.«
»Inwiefern?«
Valeries Stimme hatte einen scharfen Tonfall angenommen. Sie wirkte im Moment nicht mehr wie eine schrullige, ältere Dame, sondern eher wie ein lauernder Puma.
Anouk zögerte, gab sich dann einen Ruck und erzählte ihr von Ruflis unflätigem Gemurmel. Ihre Großtante hörte aufmerksam zu, runzelte die Stirn und seufzte. Sie legte die Soßenkelle auf einen Teller und drehte sich um.
»Ich werde dir etwas erzählen, was dir deine Großmutter – würde sie noch leben – vermutlich schon längst berichtet hätte. Vor allem, da du für eine geraume Zeit hierbleibst. Ich bin zwar dafür, alte Begebenheiten ruhen zu lassen, weil vorbei eben vorbei ist. Und manchmal macht man in seiner Jugend die abstrusesten Dinge, aber nachdem unser lieber Professor sich aktuell so benommen hat, solltest du die Geschichte erfahren. Du kannst dir danach selbst ein Urteil bilden, ob das, was meine Schwester und ich damals erlebt haben, ins Reich pubertärer Hirngespinste gehört oder aber, ob Herbert …«
»*Madame Morlot, mais non, mais non! Alors comme ça, je ne peux pas travailler!*«
Der Belgier stand, das Gesicht ein einziger Ausdruck der Entrüstung, im Türrahmen und fuchtelte mit den Armen.
»Himmel, *Sie* habe ich ja ganz vergessen! Aber warum können Sie auf diese Weise denn nicht arbeiten?«, rief Valerie schuldbewusst. »Er meint bestimmt die Sitzung fürs Porträt, Liebes«, wandte sie sich an Anouk. »Die habe ich vollkom-

men verschwitzt. Kannst du bitte die Soße für mich umrühren? Ich muss mich umziehen. In einer halben Stunde gibst du dann die Nudeln in den Topf.«
Sie drückte ihr den Rührlöffel in die Hand und lief aus der Küche.
»Aber, Tati ... die Geschichte!«

Schloss Hallwyl, 1746

Der nächste Morgen brachte Bernhardine zwei Überraschungen. Die erste war Johannes, der am Esstisch saß und eine dicke Erbsensuppe löffelte, als wäre nichts gewesen. Die zweite, dass Gerold sich für alle unerwartet bereits in aller Frühe auf den Heimweg gemacht hatte. Trotz des anhaltenden Schneesturmes hatte ihr Schwager im Morgengrauen seinen Rappen satteln lassen und befand sich vermutlich schon wieder auf der Trostburg. Was für eine Erleichterung, diesem Teufel nicht mehr begegnen zu müssen! Bernhardine wollte sich gerade in ihr Boudoir zurückziehen, um etwas zu ruhen, als man sie in die Halle rief. Die Nachricht von Désirées Verschwinden hatte sich in Windeseile in der Umgebung verbreitet, und nun füllte ein steter Zustrom von Kondolenzbesuchern den Palas. Johannes glänzte mit Abwesenheit. Also musste sie die Aufwartenden empfangen, verköstigen und ihnen für ihr Mitgefühl und ihre tröstenden Worte danken. Am späten Nachmittag befahl sie jedoch dem Meier, keinen einzigen Besucher mehr einzulassen. Ein weiteres »Es ist ja gottlob nur das Mädchen« hätte sie vermutlich zu einem kaltblütigen Mord verleitet. Bernhardine hatte stechende Kopfschmerzen, und in ihrem Hals kratzte es, als wäre er mit einem Reibeisen aufgerauht worden. Sie hatte sich sicher bei

den Zwillingen angesteckt, die immer stärker fieberten und sich nahezu stündlich erbrachen. Ein Umstand, der die Luft im Kinderzimmer dementsprechend übel riechen ließ.
Bernhardine beschloss, einen Spaziergang zu machen. Dass sie dieser dann in die Nähe des Westbaus führte, war nicht von ihr beabsichtigt gewesen. Aber da bei diesem Wetter keine Menschenseele im Schlosshof zu erblicken war, ergriff sie die Gelegenheit und klopfte kurzerhand an Cornelis' Tür.
Der Holländer war höchst überrascht, als er sie erblickte. Er warf seinen Kittel eilig über die Staffelei und wischte sich die rot verschmierten Finger an einem Fetzen Stoff ab, der ihm über der Schulter hing.
»Wie geht es dir?«, fragte er und stellte die Borstenpinsel in ein Glas mit Terpentinöl.
»Gerold ist weg.« Bernhardine schälte sich aus ihrem Wollmantel und legte ihn über einen Stuhl.
»Worüber keiner unglücklich ist«, erwiderte der Maler und trat an den Tisch. Er goss sich ein Glas Bier ein und trank in tiefen Zügen. »Und dein Ehemann?«
Bernhardine schritt in der Kammer umher. Sie griff nach einem zerfledderten Buch, das auf dem Fenstersims lag, las den Titel und legte es wieder zurück.
»Erfreut sich bester Gesundheit.« Unversehens wurde ihr elend. Der Raum schwankte und wurde immer kleiner; die Wände kamen auf sie zu, als hätten sie die Absicht, sie zu zerquetschen. Sie schwitzte auf einmal so stark, als hätte sie über Stunden zu nah am Kaminfeuer gesessen. Ihr Bauch zog sich schmerzhaft zusammen. »Mir ist gar nicht gut«, hauchte sie.
Das Frühstück rumorte gleich einer Horde Plünderer in ihrem Magen und suchte sich einen Weg nach draußen. Gerade noch rechtzeitig schlug sie sich die Hand vor den Mund. Cornelis

öffnete geistesgegenwärtig die Tür zum Abort – keuchend übergab sich Bernhardine in das schmutzige Loch. Der unerträgliche Gestank ließ sie weiter würgen, bis sie nur noch Galle und Speichel erbrach. Der Maler hatte unterdessen ein feuchtes Tuch geholt und wischte ihr damit den Schweiß von der Stirn.

»Du solltest dich hinlegen!«, sagte er. »Im Gesindehaus sind schon mehrere Leute erkrankt. Man spricht von einer Influenza. Angeblich sind im Nachbardorf bereits Todesfälle zu beklagen.«

Bernhardine erschrak. Die Grippe war gefährlich. Vor allem für Kinder und alte Leute. Hatte sich Désirée etwa angesteckt und die Grippe danach an ihre ganze Umgebung weitergegeben? Aber die junge Amme wie auch Marie waren putzmunter, obwohl sie viel mehr Zeit mit den Sprösslingen verbrachten als sie.

»Es geht schon«, sagte sie und presste die Hand auf ihren Magen. »Ich muss zurück. Wenn man mich hier findet, dann …«

Sie brauchte nicht weiterzusprechen. Beide wussten, was ihnen blühte, sollte sie jemand zusammen in Cornelis' Kammer überraschen. Sie griff nach ihrem Mantel und schlüpfte hinein. Als sie nach der Klinke langte, hielt sie der Holländer am Ärmel fest.

»Ich werde Désirée aus dem Gedächtnis malen.«

In Bernhardines Hals bildete sich ein dicker Kloß. Ihre Stimme versagte. Sie hauchte ihm einen Kuss auf die Wange und trat ins Schneegestöber hinaus.

Eine Woche war seit Désirées Verschwinden vergangen. Der Alltag kehrte nur langsam wieder ins Schloss zurück. Die Bediensteten fingen an, die Räume mit Stechpalmen- und Mistelzweigen zu schmücken. In allen Zimmern duftete es nach

Zimt, getrockneten Äpfeln und Tannenzweigen. Der dritte Advent nahte. An diesem Tag sollte für Désirée ein Abschiedsgottesdienst in der Seenger Kirche abgehalten werden, denn keiner glaubte mehr daran, dass die Kleine noch lebend gefunden werden würde. Auch Bernhardine verbat sich jede weitere Hoffnung. Obwohl sie ihre Tochter oft in ihren Träumen sah, wie sie in einer hellen Landschaft umherwanderte, das Gesichtchen ganz rot und vom Weinen geschwollen. Dazu barfuß, in ihrem weißen Nachthemd, ohne Haube, so dass ihre roten Locken die pausbäckigen Wangen umwirbelten, als bliese ein stürmischer Wind. Und wenngleich Bernhardine nach diesen Träumen weinend erwachte, fühlte sie sich unerklärlicherweise getröstet. Als ob sich ihre Kleine zwar weit weg, aber dennoch in Sicherheit befände. Sie konnte sich dieses Gefühl nicht erklären und versuchte einmal, mit Johannes darüber zu sprechen. Doch ihr Gatte winkte nur ungehalten ab. Selbst Marie, die doch sonst so gerne über Träume und deren Bedeutung palaverte, wollte von Bernhardines Schlafbildern nichts hören.
Cornelis sah Bernhardine nur noch selten. Er malte am Porträt weiter, obschon die Sitzungen nicht mehr stattfanden. Die Zwillinge kränkelten weiterhin und blieben keine Minute ruhig. Und so beschäftigte sich Bernhardine wieder mit den ihr verhassten Stickarbeiten, wenn sie nicht gerade in Sidonias Werken las, oder verbrachte ihre Tage damit, aus dem Fenster zu starren.
Der dritte Advent war ein eisigkalter Tag. Der Schneesturm hatte sich über Nacht nach Osten verzogen und ließ eine weiße, erstarrte Landschaft zurück. Der innere Burggraben war zugefroren wie auch der größte Teil des Sees. Nur beim Abfluss des Aabachs waren dunkle, mit scharfen Kanten versehene Eislöcher auszumachen.

Huldrich stand beim Schlitten, als Bernhardine und Johannes aus dem Palas traten. Der magere, kleine Kerl hielt mit Mühe die Zügel der stämmigen Pferde fest, aus deren Nüstern Dampfwolken in den blassblauen Himmel stiegen. Er warf ihr einen eigenartigen Blick zu, als sie über den Hof schritt. Obwohl der Einarmige immer noch wie ein Bettler aussah, prangte ein Paar neue Holzschuhe an seinen Füßen.
Wie kann er sich solch teures Schuhwerk leisten?, dachte sich Bernhardine, aber Johannes enthob sie jeder weiteren Überlegung. Er saß bereits im Schlitten und schnalzte ärgerlich mit der Zunge, weil sie so trödelte. Cornelis saß ebenfalls schon im Sattel. Sein Pferd tänzelte nervös hinter dem Gefährt herum. Das Tier hatte lange Zeit im dunklen Stall ausharren müssen und war deshalb ganz begierig, sich endlich wieder regen zu können. Bernhardine beeilte sich, in den Schlitten zu kommen. Der Meier befestigte die Decken und Felle an den Sitzbänken, der Kutscher knallte mit der Peitsche, und der Zug setzte sich in Bewegung.
Bei ihrer Ankunft war die Kirche mit Menschen überfüllt; es roch nach feuchter Wolle, Körperausdünstungen und Weihrauch. Als die Kirchgänger die Trauernden erblickten, verstummte ihr halblautes Gemurmel, und zwischen den menschlichen Leibern öffnete sich eine Gasse, als zöge ein unsichtbarer Keilpflug eine Schneise durch die Kirche. Johannes schritt erhobenen Hauptes durch die Gemeinde, neigte den Kopf in Richtung des Bürgermeisters und setzte sich dann links vom Altar ins Gestühl der Herren von Hallwyl. Die mit dem Familienwappen verzierten Adelsstühle waren ausschließlich den Familienmitgliedern vorbehalten und durch zwei Stufen von den Langbänken des Mittelschiffes abgetrennt. Bernhardine wusste, dass Bestrebungen im Gange waren, die spätgotische Kirche, die eher einer Festung als

einem Gotteshaus glich, abzureißen und eine neue – nach lutherischem Vorbild – bauen zu lassen. Mehrere Male waren der Bürgermeister und die Abgeordneten der lokalen Zünfte deswegen schon bei Johannes vorstellig geworden und hatten um Geld für den Neubau angefragt.

Sie ging, wie es sich geziemte, drei Schritte hinter ihrem Gemahl. Die Blicke der Einheimischen wanderten über ihre Gestalt, und Bernhardine unterdrückte das Verlangen, sich über den Mantel zu streichen. In vielen Augen sah sie Mitleid, in einigen jedoch auch so etwas wie Genugtuung. Und in anderen sogar unverhohlenes Ergötzen. Sie stolperte. Ein dicker Mann in einem grob gewebten Rock kam ihr zu Hilfe. Sie dankte ihm mit einem kurzen Nicken. Was hatte sie den Leuten hier bloß getan, dass man sich nicht einmal einer trauernden Mutter erbarmte? Bernhardine straffte die Schultern, atmete tief durch und blickte geradeaus auf den gekreuzigten Heiland am Ende der Basilika. Ihm war nichts Menschliches fremd. Sie hatte plötzlich das starke Bedürfnis, sich vor ihm in den Staub zu werfen und ihn um Vergebung ihrer Sünden zu bitten. Schon senkte sie das Knie, als dröhnendes Orgelspiel einsetzte und sie erschrocken zusammenzucken ließ. Sie starrte in Johannes' fragende Augen, riss sich zusammen und setzte sich auf ihren Platz.

Die Kopfschmerzen waren unerträglich geworden, zudem taten ihr nun auch alle Glieder weh. Sie hoffte inbrünstig, dass der Pfarrer die Predigt nicht unnötig in die Länge ziehen würde. Nachdem die Gemeinde das Vaterunser gebetet hatte, war Bernhardine jedoch nicht länger in der Lage, ihre Augen offen zu halten. Ihr Kopf sackte zur Seite, und sie schlief ein.

15

Seengen, 2010

»Herrgott, Brigitte! Das ist jetzt das vierte Mal, dass du die Szene verhaust. Was ist denn nur los?«
Max raufte sich die Haare und verzog dabei schmerzhaft den Mund. Behutsam ließ er seinen lädierten Arm sinken und blätterte in seinen Notizen. Auf der Bühne stand die Bibliothekarin in dem silberdurchwirkten, tief dekolletierten Kostüm aus Taft und Seide, das Anouk gestern so bewundert hatte.
Brigittes Augen füllten sich mit Tränen. »Tut mir leid, Max«, schniefte sie mit zitternden Lippen, »lass es mich noch einmal versuchen, okay?«
Er seufzte, nickte ergeben und warf Anouk einen genervten Blick zu, die in ihrer Berta-Tracht auf den Holzstufen der Bühne saß und sich köstlich amüsierte.
Die Probe war ein einziges Desaster. Es klappte überhaupt nichts. Zuerst war eine Kulisse auf das Liebespaar gestürzt, dann war Nick bei seinem Abgang gestolpert und hatte sich dabei den Fuß verstaucht, und Brigitte, die unfehlbare Brigitte, vergaß ständig ihren Text. Wenn sie so am Tag der Premiere aufträten, könnten sie es besser gleich bleibenlassen.
Anouk schob die Haube, die ihr dauernd bis auf die Augenbrauen hinabrutschte, zurück und stand auf. Dabei hielt sie

den braunen Leinenrock fest zusammen, der so weit war, dass er ihr ständig über die Hüften zu gleiten drohte. Wie Max vermutet hatte, war ihr das Kostüm um einiges zu groß. Die Garderobiere war schon unterwegs, um einen Gürtel und ein paar Sicherheitsnadeln aufzutreiben.

»Also dann, alles wieder auf Anfang«, knurrte Max, gab dem Beleuchter ein Zeichen, und die Probe begann von neuem.

Es war kurz nach neunzehn Uhr. Die Abendsonne brach sich in den Baumwipfeln rund ums Schloss und malte münzengroße Lichtsprenkel auf die dicken Steinmauern. Im Innenhof war es herrlich kühl, und Anouk genoss die angenehmen Temperaturen im Schatten. Vorhin hatte sie noch geschwitzt, nachdem sie mit dem Fahrrad zur Burg gestrampelt war, weil Max sich nicht bei ihr gemeldet hatte und ihr daher nichts anderes übrig geblieben war, als selbst zur Theaterprobe zu fahren.

Anouk stand auf und schlenderte zur Brücke, die den Palas mit dem vorderen Schloss verband. Sie hatte ihren Auftritt erst in der dritten Szene. Bis dahin blieben ihr noch gute zehn Minuten. In der Rocktasche hatte sie ihr Handy versteckt; ein paar Fotos konnten nicht schaden.

Unwillkürlich wanderte ihr Blick zu den Zinnen hinauf. Doch dort tauchte weder eine rot gekleidete Frau noch sonst ein anderes unerklärliches Phänomen auf. Eine einzelne Krähe flatterte durch den blasser werdenden Abendhimmel und ließ sich auf dem Giebel des Westbaus nieder. Anouk fröstelte. Überall waren diese Krähen. Sie waren eine richtige Plage.

Anouk warf einen letzten Blick zur Bühne, wo Brigitte soeben Nick anschmachtete. Aller Augen waren auf die beiden Hauptdarsteller gerichtet. Und so nutzte sie den Moment, um im Palas zu verschwinden.

Der Eingangsbereich war erst kürzlich renoviert worden. Der Geruch von frischer Farbe hing noch in der Luft. Im Hintergrund führte eine Wendeltreppe in die oberen Räume. Linker Hand befand sich ein riesiger Kamin, davor standen drei geschnitzte Holzstühle mit hohen Lehnen. Ein kleiner Salontisch, auf dem ein aufgeschlagenes Buch lag, vervollständigte die karge Einrichtung. Auf der rechten Seite hinter einer Anzahl Säulen war noch eine weitere Tür eingelassen. Doch weit und breit war kein einziges Bild zu sehen. An den weiß verputzen Wänden befanden sich lediglich Halterungen für Fackeln, und von der hohen Decke hing ein prachtvoller Lüster. Anouk zögerte. Sollte sie nach oben oder lieber weiter geradeaus durch die Tür ins nächste Zimmer gehen? Sie entschloss sich für Letzteres. Mit klopfendem Herzen schlich sie auf die reich verzierte Flügeltür zu und griff nach der Klinke. Die Tür war unverschlossen. Das Glück schien ihr hold zu sein. Bevor sie jedoch durch das Portal hindurchtrat, blieb sie noch einmal stehen und lauschte. Die Proben dauerten an, sie hörte das Klappern der Holzschwerter. Zweite Szene. Ihr blieben noch knappe fünf Minuten.

Anouk betrat das Zimmer und stieß erleichtert die Luft aus. Es war die Ahnengalerie! Und wie schon im ersten, führte auch in diesem Raum eine Wendeltreppe in die obere Etage hinauf. Sie war mit einem eisernen Geländer versehen. Ausgetretene Steinstufen ließen ahnen, dass sie schon sehr alt sein musste. Ein Schild warnte die Besucher denn auch, sich beim Betreten der Treppe in Acht zu nehmen. Anouk schritt langsam die verschiedenen Porträts, Jagdszenen und Landschaftsbilder ab. Von riesigen Gemälden, die sicher vier Meter hoch waren, bis hin zu kleinen, quadratischen Aquarellen war so gut wie jedes Sujet und jede Stilrichtung vertreten. Doch auf keinem war auch nur eine einzige Frau zu sehen, die der mit den üppigen roten Locken im roten Kleid ähnlich sah. Anouk war enttäuscht, wollte aber noch nicht aufgeben. Sie stellte

sich auf die Fußspitzen und schaute durch die hohen Fenster nach draußen. Die Kulissen für die dritte Szene wurden bereits aufgestellt; sie musste sich beeilen. Noch einmal schritt sie die Ahnengalerie ab, nur dass sie diesmal auch die kleinen, messingfarbenen Namensschildchen unter den Bildern dabei studierte. Hartmann, Burkhardt, Johann Georg, alles Ehrfurcht gebietende Herren in Rüstung, Uniform oder Talar, die Anouk von oben herab beäugten. Nur wenige Frauen waren unter den Abgebildeten. Das Gemälde einer Magd, wie sie ein Huhn rupfte, daneben das Porträt eines blassen Mädchens, das Margeriten pflückte. Vor einem Zwei-Meter-Bild, das eine Viktoria von Hallwyl zeigte, blieb Anouk stehen. Neben der Frau prunkte ein beleibter, hamsterbackiger Mann in zu engen Hosen. Graf Johannes und Gräfin Viktoria von Hallwyl. Viktoria? Anouk starrte auf das Bildnis. Natürlich! Gräfin Viktoria von Hallwyl. Die Frau, deren Namen Anouk zusammen mit denen ihrer vier toten Kinder auf dem Grabstein des Seenger Friedhofs gelesen hatte. Die Dame hatte pechschwarzes Haar, ein schmales, kränkliches Gesicht und war, wenn ihre Körpergröße auf dem Bild originalgetreu wiedergegeben war, beinahe eine Zwergin. Nie und nimmer war das die Zinnengängerin!
»Verdammt!«, stieß Anouk enttäuscht hervor und wandte sich ab. Eine Sackgasse.
»Anouk? Wo bist du?« Max' Stimme klang verärgert.
Anouk griff nach ihrem Handy und machte schnell ein Foto von Viktoria und ihrem Gatten. Überrascht hielt sie inne. Das Blitzlicht hauchte den Gesichtern der Porträtierten eine Sekunde lang Leben ein. Es war, als würden deren Augen bis auf den Grund ihrer Seele blicken. Anouk bekam eine Gänsehaut.
»Anouk, verdammt noch mal! Du bist dran!«

Max lief draußen am Fenster vorbei. Sie konnte seinen Schatten sehen. Es war besser, sich sofort auf die Socken zu machen. Also huschte sie zur Tür hinaus, lief durch das angrenzende Zimmer und trat aus dem Palas ins Freie. Die Schauspieler standen schwatzend beieinander. In ihren Kostümen wirkten sie wie Menschen aus einer anderen Zeit. Anouk überquerte die Brücke, ohne dass sie jemand bemerkte, und ging zur Bühne hinüber.

»Bin ja schon da!«, rief sie. »Tut mir leid.«

»Okay«, stieß Max zwischen den Zähnen hervor, »wenn das Supermodel dann endlich so weit ist, können wir ja weitermachen. Bitte alle auf ihre Plätze!«

»Blödmann!«, zischte Anouk, als sie an ihm vorbeiging und sich zu den anderen gesellte. Sie konnte es nicht ausstehen, wenn sich jemand in solch einem abfälligen Ton über ihren Beruf äußerte. Und dass dieser Jemand ausgerechnet Max war, schmerzte sie. Doch der Teufel sollte sie holen, wenn sie sich das anmerken ließe. War er etwa immer noch wegen gestern Abend gekränkt? Möglich. Sie wusste ja, dass sie ihn verletzt hatte. Aber deshalb war seine Bemerkung gerade eben trotzdem nicht in Ordnung und sie wiederum zu stolz, um ihn merken zu lassen, wie sehr er sie damit getroffen hatte. Deshalb schenkte sie ihren Szenenpartnern auch ein hinreißendes Lächeln und registrierte mit Genugtuung, wie sich Max' Blick verfinsterte.

Letztlich verlief die Probe doch noch einigermaßen glücklich, wenigstens verletzte sich niemand mehr. Und die blauen Flecken während der Kampfszene hielten sich in Grenzen. Brigitte erinnerte sich wieder an ihren Text, Anouk sagte ihre Zeilen ohne Stottern auf, und Max fand am Ende sogar zu seiner guten Laune zurück, als sich alle Darsteller gemeinsam vor den leeren Stuhlreihen verbeugten.

Anouk ging sich wie alle anderen umziehen, hängte ihr Kostüm auf den Ständer zurück und schlenderte dann zu ihrem Fahrrad. Es versprach eine wundervolle Nacht zu werden. Die Luft war samtig, die Grillen zirpten voller Enthusiasmus, und über dem See ging gerade der Mond auf. Samstagnacht. Früher das Synonym für Partys, Alkohol und schnellen Sex. Und jetzt? Ratesendungen im Fernseher, Scrabble mit Tati Valerie und ihrem Maler sowie Proben zu einem Theaterstück aus dem achtzehnten Jahrhundert. Die Flasche Amaretto blieb bereits seit Tagen in ihrem Versteck. Anouks Bedürfnis nach Alkohol schwand mit jeder Stunde, die sie im Seetal verbrachte, und ihr früheres Leben vermisste sie genauso wenig wie ein Fotograf schlechtes Wetter. Hätte ihr das jemand vor einem halben Jahr prophezeit, sie hätte an dessen Verstand gezweifelt. Und noch etwas gab es, was sie hier in Seengen beschäftigte und nicht mehr losließ. Ein Rätsel. Das Rätsel um die Frau im roten Kleid. Anouk war sich mittlerweile sicher, dass die Stimmen und Verse, die sie hörte, mit dieser Erscheinung zusammenhingen. Und wenn es ihr gelänge herauszufinden, wer die Unbekannte war, würden auch diese unerklärlichen Phänomene verschwinden, und niemand würde mehr an ihrem Verstand zweifeln. Am wenigsten sie selbst.
Anouk löste das Fahrradschloss, schwang sich auf den Sattel und blickte zum Eingang, wo Max neben Brigitte stand. Sie redeten miteinander, dann deutete er mit dem Arm zur Bühne hinüber, und beide fingen schallend an zu lachen. Die Bibliothekarin legte ihre Hand auf seinen Arm und flüsterte ihm etwas ins Ohr. Max lächelte und nickte.
Anouk runzelte die Stirn. Was hatten die beiden eigentlich ständig miteinander zu flüstern? Ihr schien, die zwei gingen sehr vertraut miteinander um. Anouk spürte einen Kloß im Hals. Obwohl ihr Max versichert hatte, dass zwischen ihm

und Brigitte außer Freundschaft nichts war, verursachte ihr allein schon der Gedanke, dass sich die beiden küssen könnten, Übelkeit. Oder erzählte Max der Bibliothekarin soeben womöglich gar von dem Bild und ihrer Suche nach der Identität der Zinnengängerin? Das wäre ja noch schöner!

Anouk bereute plötzlich, dass sie das Bild in Max' Praxis zurückgelassen hatte. Sie fühlte sich der Frau auf dem Gemälde seltsam verbunden und wollte nicht, dass andere von dessen Existenz erfuhren. Vielleicht würde ihr das Porträt ja sein Geheimnis offenbaren, wenn sie es näher untersuchte. Sie fuhr zu den beiden hinüber.

»Entschuldigt die Unterbrechung!«, rief sie fröhlich und ignorierte die giftigen Blicke der Bibliothekarin. »Kann ich dich mal sprechen?«, wandte sie sich an Max. »Unter vier Augen bitte«, fügte sie hinzu und fühlte sich großartig, als sie sah, wie Brigittes Gesicht sich verfinsterte.

»Klar«, sagte Max in bemüht neutralem Tonfall. Es war ihm offenbar peinlich, zwischen die Fronten geraten zu sein. »Also dann bis Montag, Brigitte. Und denk über das nach, was ich dir wegen der ... Liebesszene gesagt habe.«

Die Bibliothekarin nickte, wandte sich um, hielt dann aber noch einmal inne.

»Und du vergiss meine morgige Geburtstagsparty nicht, gell?«, sagte sie mit honigsüßer Stimme.

Max schlug sich an die Stirn. »Natürlich, wie dumm von mir. Ich komme gern, danke für die Einladung.«

»Fein«, meinte Brigitte und strich sich durch die Haare. »Es wird ganz zwanglos. Ein paar *gute* Freunde, reichlich Essen und ... na ja, wir werden sehen.«

Sie kicherte kokett.

Anouks Augen verengten sich. »Dann gratuliere ich dir doch vorab schon einmal recht herzlich, liebe Brigitte. Wie alt wirst

du denn?«, fragte sie und sah mit Genugtuung, wie die Bibliothekarin blass wurde.
Max zog Anouk samt Fahrrad schnell mit sich fort.
»Du bist unmöglich«, zischte er.
Seine linke Backe war noch immer geschwollen und schillerte mittlerweile in allen Regenbogenfarben. Eine breite Schramme zog sich unter seinem rechten Auge bis zum Haaransatz hinauf.
»Schon möglich«, sagte Anouk und wechselte dann das Thema. »Ich möchte gerne das Bild aus deiner Praxis holen.«
»Warum denn? Hast du etwa neue Erkenntnisse?«
Er schien auf einmal wie elektrisiert, und Anouk warf ihm einen prüfenden Blick zu. Was hatte das jetzt wieder zu bedeuten? Zuerst zeigte er ihr die kalte Schulter, so dass sie sich schon darauf eingestellt hatte, ihre Suche zukünftig allein fortsetzen zu müssen, und jetzt wirkte er gespannt wie eine Feder. Steckten womöglich noch andere Motive hinter seinem Interesse? Sie wurde nicht schlau aus seinem Verhalten, und das ärgerte sie. Normalerweise hielt sie sich für eine gute Menschenkennerin, aber bei Max schien ihr sonst so untrügliches Gespür vollkommen zu versagen. Doch ein Blick in seine Augen zerstreute ihre Zweifel wieder. Letzten Endes spielte es auch gar keine Rolle, weshalb er ihr half, allein dass er es tat, war wichtig. Und so berichtete sie ihm im nächsten Moment auch schon atemlos von Viktoria und danach von Tatis angekündigter Geschichte über den Kurator. Sie beugte sich beim Erzählen zu ihm hinüber und seufzte leicht, als ihr sein Rasierwasser in die Nase stieg. Er zog belustigt einen Mundwinkel nach oben, als er es bemerkte.
»Ich bringe dir das Porträt nachher vorbei«, sagte er und strich ihr dabei sanft über den Arm. »Ich muss sowieso noch einmal in die Praxis zurück, weil ich meine Tasche dort vergessen habe. Und die brauche ich für einen Hausbesuch.

Wenn ich sie hole, kann ich das Bild also gleich mitnehmen, nur wird es wohl ziemlich spät werden.«

»Kein Problem«, erwiderte Anouk schnell, der seine Berührung ein weiteres Seufzen entlockt hatte. Sie freute sich schon jetzt auf das nächtliche Treffen mit ihm und hätte ihn am liebsten auf der Stelle geküsst, wären nicht noch einige Schauspieler in der Nähe gewesen.

Max' Grinsen wurde noch um eine Spur breiter.

Der Teufel soll den Kerl holen!, dachte Anouk ärgerlich, der es alles andere als recht war, dass er sie so leicht zu durchschauen schien. Doch als er aufbrechen wollte, hielt sie ihn am Arm zurück.

»Pass auf dich auf«, sagte sie leise, »ich will dich nicht auch noch verlieren!«

Schloss Hallwyl, 1746

Die Wiese war übersät mit gelbem Löwenzahn. Ein Bächlein gurgelte durch sie hindurch und verschwand im nahegelegenen Fluss. Bienen summten, Amseln sangen, und über allem wölbte sich ein tiefblauer Frühlingshimmel. Désirée lief drei Schritte vor ihrer Mutter durch das hohe Gras. Sie war barfuß, trug ein weißes Hemdchen und bückte sich allenthalben, um eine Blume zu pflücken. Ein Schmetterling fesselte ihre Aufmerksamkeit, und sie sprang ihm hinterher. Dabei lachte sie fröhlich, warf ihre roten Locken in den Nacken und drehte sich um.

»Venez, Maman, venez vite!« Kommt, Mama, kommt schnell!

Bernhardine lächelte. Désirée war so ein braves Kind, und endlich sprach sie auch Französisch, wie es sich für ein junges Adelsfräulein geziemte.

Bernhardine schwitzte. Sie blickte an sich herab und gewahrte verblüfft, dass sie ihr rotes Taftkleid trug. Was für ein Teufel hatte sie nur geritten, diese Robe ausgerechnet an so einem lauen Tag zu wählen? Sie schüttelte ärgerlich den Kopf und schaute sich um. Ihre Tochter hatte schon einen beträchtlichen Vorsprung und hüpfte übermütig auf den Fluss zu. Bernhardine erschrak. Die Kleine konnte nicht schwimmen!

»Bleib hier, Désirée, geh nicht zum Fluss, das ist gefährlich!«, rief sie und wollte zu ihr eilen. Doch die Wiese hatte sich urplötzlich in einen stinkigen Sumpf verwandelt. Ihre Seidenschuhe versanken in trübem Morast, verzweifelt versuchte sie, sich zu befreien, indem sie wild mit den Armen ruderte. Doch etwas Schweres an ihrem Hals zog sie unaufhaltsam zu Boden. Sie griff danach und hielt den tropfenförmigen Perlenanhänger, den ihre Mutter ihr zur Verlobung geschenkt hatte, in den Händen. Mit einem Keuchen ließ sie ihn los und starrte erschrocken auf ihre verbrannte Handfläche. Das Schmuckstück war siedend heiß! Ein Schrei ließ Bernhardines Kopf nach oben schnellen. Am Flussufer stand Gerold, neben ihm der einarmige Huldrich. Ihr Schwager war ganz in Schwarz gekleidet und hielt etwas Weißes, Zappelndes in den Armen.

»Au secours, Maman!« Zu Hilfe, Mama!

Bernhardine wurde übel. Ihr Kind schrie um Hilfe. In seiner Stimme schwang Todesangst mit. Sie musste zu ihm; musste es aus den Händen dieses Teufels reißen.

Mit größter Anstrengung kämpfte sie sich durch den Schlick. Aber immer, wenn sie dachte, sie sei ein paar Schritte vorangekommen, schienen die drei Gestalten noch ein Stück weiter entfernt. Bernhardine liefen die Tränen über die Wangen.

»Lass sie gehen, du Hundsfott!«, schrie sie außer sich. »Sie ist nur ein Kind! Nimm mich, wenn du dich erleichtern willst.«

Ihr Schwager grinste. Der Einarmige stand mit weit aufgerissenen Augen noch immer an Gerolds Seite. Im aufkommenden Wind flatterte sein leerer Ärmel wie eine Standarte um den mageren Oberkörper.
»Huldrich«, rief Bernhardine flehentlich, »hilf mir! Hilf Désirée!«
Im ersten Moment sah es danach aus, als würde der Junge ihrer Bitte nachkommen. Er griff nach Gerolds Arm. Doch anstatt ihre Tochter zu befreien, schnellte seine Hand noch ein Stück weiter nach oben und riss heftig an Désirées Locken. Deren kleiner Kopf schaukelte hin und her, als gehöre er einer Stoffpuppe. Gerold blickte auf Huldrich hinab und strich dem Buben lächelnd über den Kopf. Dann drehte er sich um und warf Désirée in den Fluss.

»Nein!«
»Madame, ich bitte Euch, bewahrt Haltung.«
Johannes' Blick hatte sich verfinstert. Er drückte Bernhardines Arm so fest, dass ihr die Tränen in die Augen schossen. Der Pfarrer schaute konsterniert zu ihnen herüber. Doch nach einem Nicken seitens ihres Gatten räusperte er sich und fuhr mit seiner Predigt fort. Die Kirchgänger auf den vorderen Plätzen reckten ihre Hälse.
Ein Traum, es war nichts weiter als ein dummer Traum gewesen! Bernhardine atmete tief durch. Aber hatte sie tatsächlich laut geschrien? Was mussten die Anwesenden nur von ihr denken? Obwohl es in der Kirche kaum wärmer war als draußen, war sie schweißgebadet. Ihr Rücken schmerzte, das Kopfweh hatte sich verschlimmert, es war, als würde ihr jemand von innen mit einem Hammer gegen die Schädeldecke schlagen. Wie lange hatte sie geschlafen? Eine Minute? Eine Stunde? Jedes Zeitgefühl hatte sie verlassen.

»Warum ist Gerold nicht hier?«, fragte sie leise und rieb sich ihre eiskalten Hände. Ihr Muff war zu Boden gefallen, aber sie sah sich außerstande, sich nach ihm zu bücken. Womöglich wäre sie dabei in Ohnmacht gefallen.
»Dringende Angelegenheiten«, zischte Johannes. »Er schickte einen Boten mit einem Kondolenzschreiben.«
Bernhardine verzog spöttisch den Mund. Wie überaus mitfühlend. Es wurde ein Trauergottesdienst zu Ehren seiner einzigen Nichte abgehalten, und Gerold hielt es nicht einmal für nötig, dabei anwesend zu sein. Ob ihr Traum der Wahrheit entsprach? Hatte ihr Schwager Désirée mit Huldrichs Hilfe eigenhändig in den Fluss geworfen? Und begehrte er sie tatsächlich, wie sie es ihm im Traum auf den Kopf zugesagt hatte? Bei dem Gedanken wurde ihr speiübel. Sie zog ein Lavendelsäckchen aus ihrem Beutel und hielt es sich unter die Nase. Mit gleichmäßigen Atemzügen versuchte sie, ihren rebellierenden Magen zu besänftigen.
Die Predigt zog sich dahin. Was wusste der Pfaffe schon von ihrer Tochter? Er schwafelte etwas von einem Engelchen und von unschuldigen Lämmchen. Am liebsten hätte sie ihn an seinem schwarzen Talar gepackt und heftig durchgeschüttelt. Er sollte besser von Strafe, Rache und Vergeltung predigen. Vom fünften und vom zehnten Gebot!
Und was ist mit dem sechsten?, fragte eine leise Stimme in ihrem Kopf. Hast du nicht Gottes Gebot über den heiligen Ehestand gebrochen? Bernhardine schluckte. Sie sank in sich zusammen. Wie konnte sie von Gott erwarten, dass Er den Tod ihrer Tochter sühnte, wo sie doch selbst eine Sünderin war? Sie musste ernsthaft bereuen; musste Gott zeigen, dass sie beschämt und bußfertig war, dann würde Er Gerold vielleicht zur Rechenschaft ziehen. Doch wie sollte sie Ihm das offenbaren? Sie ließ ihren Blick über die Kirchgänger schwei-

fen. Die meisten dösten in ihren Bänken, fest eingepackt gegen die klirrende Kälte dieses Adventmorgens. Von den Wänden bröckelte der Verputz, tiefe Risse zogen sich durch die Steinplatten des Mittelschiffes. Oberhalb der Kanzel klebte ein verlassenes Schwalbennest an der Mauer. Eine neue Kirche! Das war die Lösung. Sie würde Johannes bitten, eine Kirche zu bauen. Ein neues Gotteshaus zu Ehren des Allerhöchsten. Und sie würde Cornelis befehlen, das Schloss auf der Stelle zu verlassen. Die Erinnerung an ihre Nacht in der Kapelle würde sie ganz tief in ihrem Herzen vergraben; die Lust aus ihrem Körper verbannen. Unter Umständen würde sie sogar Johannes wieder beiwohnen, um ein weiteres Kind zu empfangen: eine Tochter.

Der Pfarrer drehte seine Handflächen nach außen, und die Gemeinde erhob sich. Er sprach den Schlusssegen, klappte die Bibel zu und verließ die Kanzel. Zuerst kondolierte er dem Schlossherrn, der die tröstenden Worte mit versteinerter Miene entgegennahm, danach wandte er sich an Bernhardine.

»Gott sei über Ihnen, um Sie zu segnen. Heute, morgen und allezeit.«

»Amen«, flüsterte sie inbrünstig.

Das ausgehobene Grab sah wie eine offene Wunde aus. Ringsum bedeckte eine jungfräulich weiße Schneedecke die flachen Hügel und die steinernen Kreuze. Der Frost hatte die Bäume und Sträucher mit einer durchsichtigen Glasur überzogen. Ab und zu knackte die Eisdecke des zugefrorenen Aabachs, der unweit des Gottesackers vorbeifloss. Ein paar Krähen hockten aufgeplustert auf der Steinmauer, die den *Cimetière* umgab. Johannes hatte nur ein paar ausgewählte Bürger auf den Friedhof geladen. Verwandte waren nicht zugegen. Es war ihnen bei diesem Wetter nicht möglich gewesen, diese rechtzeitig zu informieren. So standen nur zwanzig Leute neben dem dunklen Erdloch, das mit Tannenästen geschmückt war, um die nackte Erde zu verbergen. Ein Leinentuch verhüllte die kahlen Wände des Grabes. Die Totenglocke der Schlosskapelle klang dumpf über die Begräbnisstätte hinweg und hallte in Bernhardines Ohren. Einen Augenblick später stimmte die der Seenger Kirche mit ein. Der Pfarrer sprach schnell, man sah ihm an, dass er fror. Seine Lippen hatten sich bläulich verfärbt, die Bibel zitterte in seinen Händen.

»Denn Du hast mein Inneres geschaffen, mich gewoben im Schoß meiner Mutter …«

Cornelis stand zuhinterst und starrte auf einen imaginären Punkt am Horizont. Wie alle anderen Männer hatte auch er seine Pelzmütze abgenommen und hielt sie in den Händen. Sein gelocktes Haar war länger geworden, ringelte sich auf dem hochgeschlagenen Kragen seines Mantels. Was wohl in seinem Kopf vorging? Bedauerte er es, den Auftrag für das Porträt angenommen zu haben? Bereute er die gemeinsame Nacht?

Bernhardine schüttelte den Kopf und versuchte, sich auf die salbungsvollen Worte des Priesters zu konzentrieren.

»Deine Augen sahen, wie ich entstand, in Deinem Buch war schon alles verzeichnet; meine Tage waren schon gebildet, als noch keiner von ihnen da war.«

Die Kälte kroch durch die fellgefütterten Stiefel Bernhardines Beine hinauf. Sie bewegte ihre Zehen, die zu Eisklumpen erstarrt waren. Ihr graute vor dem Leichenschmaus, sie wollte lieber allein sein. In Désirées Kammer gehen, an ihren Kleidchen riechen und ihre Lieblingspuppe drücken. Vielleicht könnte sie dadurch ein Band mit ihrer Tochter knüpfen. Ein Band, das über den Tod hinausging.

Sie wandte sich ab, als die Sargträger den kleinen Totenschrein, auf dem ein Tuch mit dem eingestickten Familien-

wappen prangte, in die Grube hinunterließen. Wieso sollte sie eine leere Kiste betrauern?
»… aus der Erde sind wir genommen, zu Erde sollen wir wieder werden, Erde zu Erde, Asche zu Asche, Staub zu Staub.« Der Pfarrer griff in eine Messingschale und warf eine Handvoll Sand ins Grab. »Ruhe in Frieden.«
Bernhardine blickte auf das schlichte Kreuz mit Désirées eingebranntem Namen. Stechpalmenzweige und Efeu schmückten das Holz. Der Grabstein war beim Steinmetz bereits in Auftrag gegeben worden. In acht Wochen würde er geliefert werden. Einen Engel hatte sie sich für ihre Tochter gewünscht.
»Wir sehen uns bald wieder«, flüsterte sie und schwor sich in diesem Moment, dass der Schuldige seine gerechte Strafe erhalten würde. Wenn nicht in diesem, dann in einem anderen Leben. Sie drehte sich um und stapfte durch den hohen Schnee aufs Schloss zu.

16

Seengen, 2010

Jetzt geh schon endlich ans Telefon!«

Anouk ging in ihrem Zimmer auf und ab und versuchte verzweifelt, Max zu erreichen. Sie sah auf ihre Armbanduhr. Viertel nach elf. Obwohl er gesagt hatte, dass es spät werden könnte, beschlich sie langsam ein ungutes Gefühl. Was, wenn er wegen des Bildes erneut in Gefahr geraten war? Zwar flogen nachts keine Krähen herum, aber vielleicht gab es ja auch aggressive Schleiereulen … oder Fledermäuse. Ihr schien im Moment alles möglich zu sein.

Sie setzte sich aufs Bett und legte ihr Handy auf den Nachttisch. Sollte sie, um sich zu beruhigen, einen Schluck Amaretto trinken? Nein, sie wollte mit Max noch über diese Viktoria und über Rufli sprechen. Dazu brauchte sie einen klaren Kopf.

Der Kurator wurde für sie immer mehr zu einer undurchsichtigen Figur. Wusste er etwas über die Zinnengängerin? Sollte sie ihm deren Porträt zeigen, in der Hoffnung, dadurch einen Schritt weiterzukommen? Schließlich war er eine Koryphäe, was die von Hallwyls anbelangte. Doch alles in ihr sträubte sich gegen diese Idee. Aber wieso? Bis jetzt hatte sich Rufli – vom Aussetzer des gestrigen Tages einmal abgesehen – doch ganz normal ihr gegenüber verhalten. Und was war mit Tatis

Geschichte aus ihrer Jugendzeit? Ihre Großtante hatte leider schon geschlafen, als sie von der Theaterprobe zurückgekehrt war. Sie würde sie also erst morgen wieder darauf ansprechen können. Woher also diese Skepsis in Bezug auf Kurator Rufli? Max hätte es vermutlich weibliche Intuition genannt. Doch er hätte es nicht, wie die meisten Männer es gerne taten, mit diesem ironischen Unterton in der Stimme festgestellt. Er war ohnehin ein ganz besonderer Vertreter seiner Spezies.

»Und deshalb habe ich mich auch in ihn verliebt«, seufzte Anouk. Sie lächelte still in sich hinein. Jetzt hatte sie es tatsächlich laut ausgesprochen, auch wenn es niemand gehört hatte. Am liebsten hätte sie Aimée angerufen und ihr von ihren Gefühlen für Max erzählt. Aber ihre Schwester schlief bestimmt schon und würde sich nur ängstigen, wenn sie um diese Uhrzeit anriefe. Und vielleicht war es auch besser abzuwarten, ob Max die gleichen Gefühle für sie hegte, bevor sie ihre ganze Familie informierte. Es wäre doch recht peinlich, wenn die Verliebtheit nicht auf Gegenseitigkeit beruhte. Doch ganz tief in ihrem Inneren wusste Anouk, dass es Max genauso ging wie ihr. Er brauchte vermutlich nur noch etwas mehr Zeit. Aber wo zum Teufel steckte der Kerl nur?

Sie stand auf und öffnete das Fenster. Der Mond wurde von einer Wolkenbank verdeckt, hinter der er nur noch als gelbe Scheibe zu erahnen war. Die Luft, dick wie Erbsensuppe, roch nach Rosen und Verwesung. Über dem See zuckten Blitze. Der folgende Donner war so ohrenbetäubend, dass die Fensterscheiben vibrierten. Es konnte sich nur noch um Minuten handeln, bis das Unwetter mit voller Wucht losbrach. Hoffentlich kam Max bald.

»Maman, vous êtes là?«

Anouks Kopf schnellte herum. Die Schlafzimmertür war geschlossen. Ihr Handy lag dunkel und stumm auf dem Nachttisch. Ihr Magen verkrampfte sich. Sie hatte deutlich eine Kinderstimme gehört. Mutter, wo seid Ihr? Wer hatte das gerade gesagt?

Der offene Fensterflügel schlug krachend zu. Anouk schrie auf. Sie beeilte sich, den Riegel einzuhaken, und da sah sie es. Das kleine Mädchen! Es stand an genau der gleichen Stelle wie gestern. Es war zu dunkel, um sein Gesicht erkennen zu können, doch Anouk hatte keinen Zweifel, dass es sich um ein und dasselbe Kind handelte. Die verwilderten Brombeerbüsche wogten im aufkommenden Sturmwind wie Seetang in der Brandung. Anouk zögerte keine Sekunde. Sie riss die Nachttischschublade auf, schnappte sich den Bergkristall mit der Kordel, den sie bei den Brombeerbüschen gefunden hatte, nachdem ihr das kleine Mädchen zuletzt erschienen war, und hetzte die Treppe hinunter. Als sie die Haustür öffnete, schlug sie ihr der Wind aus der Hand und mit voller Wucht gegen den Blumentopf neben dem Eingang, der mit einem Scheppern zerbrach. Anouk rannte ums Haus herum. Ihre von der Rettungsaktion noch immer lädierten Muskeln protestierten schmerzhaft gegen den Sprint.

»Lass sie noch da sein, bitte, lass sie noch da sein!«, betete sie halblaut vor sich hin.

Was Anouk kaum zu hoffen gewagt hatte, trat ein. Die Kleine stand immer noch neben den Brombeeren. Sie blickte Anouk verwundert an, als diese um die Ecke gesaust kam, als wäre ihr der Höllenhund höchstpersönlich auf den Fersen.

Anouk stoppte und blieb keuchend stehen. Sie wusste auf einmal nicht, was sie zu dem Mädchen sagen sollte … und in welcher Sprache.

»*Tu cherches ta Maman?* Suchst du deine Mutter?«, versuchte sie es in beiden Sprachen, und die Kleine nickte. »Verstehst du mich, wenn ich Deutsch rede?«

Das Mädchen nickte abermals, und Anouk atmete auf.
»Wo ist meine Mama?«, fragte es. »Ich kann sie nicht finden.«
»Tja, also, ich weiß nicht«, erwiderte Anouk und sah sich suchend um. »Bist du weggelaufen? Wo wohnst du denn? Und wie heißt du?«
Das Kind schaute Anouk aufmerksam an, lächelte, sagte aber kein Wort. Anouk trat einen Schritt näher. Das Mädchen fixierte plötzlich einen Punkt hinter Anouks Schulter. Es hörte auf zu lächeln, riss seine Augen angstvoll auf und fing an zu zittern.
Anouk streckte die Hand aus, um es zu beruhigen.
»Nein, nein, hab keine Angst. Ich will dir nichts tun. Schau, ich habe deinen Anhänger gefunden. Das ist doch deiner, oder nicht?« Sie hielt ihm den Bergkristall hin.
»Mit wem redest du da? Sag mir sofort, wen du da siehst!« Zeitgleich mit diesen Worten wurde Anouk grob am Arm gepackt. Sie drehte sich zu der Stimme um. Hinter ihr stand der Kurator. Sein Gesicht war verzerrt. Als ein Blitz für einen Moment die Umgebung erhellte, sah sie außerdem, dass er eine Zeichnung auf der Stirn trug, die sie an stilisierte Federn erinnerte.
»Anouk, gib endlich Antwort!«, schrie der Kurator wütend, packte sie an den Schultern und schüttelte sie heftig hin und her.
»Lassen Sie mich gefälligst los! Was soll das denn?«, schrie sie zurück. »Sind Sie irre geworden?«
»Was geht hier vor?«
Anouk und der Kurator schnellten beide gleichzeitig herum.
»Max, Gott sei Dank!«, stieß Anouk erleichtert hervor.
»Herr Doktor, wie schön, Sie wiederzusehen«, begrüßte Rufli ihn seinerseits, gab Anouk frei und lächelte. »Ich kam grad vorbei, sah noch Licht bei Valerie und wollte auf einen Sprung

hereinschauen. Doch anscheinend schläft sie schon. Dann werde ich mal wieder. Anouk, Herr Doktor.«

Er deutete eine Verbeugung an und entfernte sich dann gemessenen Schrittes.

Anouk war völlig perplex. Sie konnte kaum fassen, wie schnell sich Rufli vom Berserker in den charmanten Professor zurückverwandelt hatte. Doktor Jekyll und Mister Hyde waren nichts dagegen.

»Ich hörte dich schreien und habe gesehen, wie dich Rufli geschüttelt hat. Was ist denn passiert?«, fragte Max besorgt und sah dem Professor hinterher.

Das Mädchen! Anouk wirbelte herum. Der Platz vor den Brombeerbüschen war leer.

»Können wir zuerst reingehen?« Anouks Beine drohten unter ihr einzuknicken, und sie fing am ganzen Körper an zu zittern. »Ich glaube, ich muss mich übergeben.«

»Also noch mal der Reihe nach.« Max saß auf der Fensterbank und verschränkte die Arme vor der Brust. Anouk lag im Bett, eine Tasse Tee in den Händen, und versuchte, des Zitterns Herr zu werden. »Du hast ein Kind gesehen. Und mir nichts davon gesagt.« Sie nickte schuldbewusst, und er knurrte etwas Unverständliches. »Und eben ist es wieder aufgetaucht. Es spricht Französisch, war schon einmal in eurem Garten und hat dabei wahrscheinlich seine Kette verloren, und als der Kurator auf der Bildfläche erschienen ist, ist es verschwunden. Habe ich das richtig verstanden?«

»Genau. Ich fand den Kristall bei den Büschen, gleich nachdem ich das Kind zum zweiten Mal gesehen hatte, und dachte natürlich, er gehöre ihm.« Sie drehte den Anhänger zwischen den Fingern hin und her und verstaute ihn dann wieder in der Nachttischschublade. Anouk fühlte sich erbärmlich. Max half ihr, wann immer er konnte, brachte sich dabei selbst in Gefahr und schenkte ihr jede freie Minute seines Tages, und sie hatte ihm nichts von dem Kind erzählt. »Ich …«, fing sie an, doch er winkte ab.

»Aha, sogar dreimal gesehen. Du machst es mir wirklich nicht leicht«, sagte er, und seine Stimme klang müde. »Wirklich nicht leicht.«

Sie stellte die Tasse auf den Nachttisch, ging zu ihm hinüber und griff nach seiner Hand.

»Es tut mir leid. Ich habe dir dieses Kind … diese Erscheinung nicht böswillig verheimlicht. Wie es aussieht – und Ruflis Reaktion hat mir das eben noch einmal bestätigt –, sehe ja nur ich sie. Ich wollte daher … ach, ich weiß auch nicht. Etwas hielt mich eben zurück. Wie mich auch etwas davon abgehalten hat, dem Kurator von dem Bild zu erzählen.«

»Du wolltest ihm gegenüber das Porträt erwähnen?« Max schnappte nach Luft.

Anouk schüttelte den Kopf. »Nein, also ja, das heißt … ich habe mir gedacht, da er ja anscheinend alles über die von Hallwyls weiß, weiß er vielleicht auch etwas über die Frau in Rot. Aber wie sich vorhin zeigte, ist Rufli nicht mehr ganz richtig im Kopf! Ich habe dir heute ja außerdem schon gesagt, dass Tati Valerie mir eine Geschichte über den Professor erzählen wollte, die sich während ihrer Jugendzeit ereignet hat, aber leider nicht mehr dazu gekommen ist. Aus ihrer verkniffenen Miene konnte ich jedoch herauslesen, dass es sich dabei um nichts Lustiges gehandelt haben kann.«

Max runzelte die Stirn. »Verstehe. Und du glaubst also wirklich, dass dieses Mädchen Désirée ist? *Dieselbe* Désirée, die im Stammbaum der Hallwyls aus dem achtzehnten Jahrhundert aufgeführt ist?«

Anouk wiegte den Kopf hin und her. »Ich weiß, dass das verrückt klingt, aber es würde immerhin passen. Ihr Alter ebenso wie ihre Sprache – früher haben die Adligen Französisch miteinander gesprochen – und die Frage nach ihrer Mutter.«
»Aber du sagtest doch, dass diese Viktoria nicht identisch mit unserer Dame sein kann.« Max zog Anouks Hand an seine Lippen und küsste ihre Handfläche. »Ich finde es übrigens nach wie vor unglaublich, dass du dich einfach so ins Schloss hineingeschlichen hast … ohne mich!«
Anouk lächelte zaghaft. Er schien nicht mehr böse auf sie zu sein. »Nein«, versicherte sie ihm, »die Gräfin kann unmöglich Désirées leibliche Mutter gewesen sein. Die beiden gleichen einander wie Himmel und Hölle. Ich vermute, dass die Zinnengängerin ihre wirkliche Mutter war.«
Max hauchte kleine Küsse auf ihre Fingerspitzen, was Anouk wohlige Schauer über den Rücken jagte.
»Das würde aber bedeuten, dass die Ahnengalerie unvollständig ist. Wenn dem tatsächlich so ist, müsste man wiederum in Erfahrung bringen, von wem und aus welchem Grund Désirée einer falschen Mutter untergejubelt wurde. Und sich außerdem die Frage stellen, weshalb unsere Dame eigentlich in keiner Chronik verzeichnet ist. Sie sieht ja nicht gerade wie eine dahergelaufene Magd aus, oder?«
Anouk schüttelte den Kopf und seufzte. »Nein, ganz und gar nicht. Es ist alles so undurchsichtig. Und wie dann auch noch Rufli mit dem Ganzen zusammenhängt, ist mir völlig schleierhaft.«
Max schnalzte zustimmend mit der Zunge. Anouk stand auf, ohne seine Hand loszulassen, zog ihn zum Bett und legte die Arme um seinen Hals.
»Wissen Sie eigentlich, Herr Doktor, dass Sie verdammt gut riechen?«

Sie schnupperte an seinem Hals, fuhr mit der Zunge langsam an seiner Kehle hoch und küsste ihn. Er schmeckte nach Pfefferminzkaugummi und dem Amaretto, den sie ihm vorhin angeboten hatte. Zuerst hatte er sich auf seinen Notfalldienst berufen, aber nachdem sie ihm die Vorgeschichte von Ruflis Attacke im Garten erzählt hatte, hatte er doch noch einen großen Schluck direkt aus der Flasche genommen.
»Danke für das Kompliment, Frau Morlot. Ich kann Sie auch gut riechen.« Max hob seinen gesunden Arm und strich ihr eine Locke aus dem Gesicht. »Du hast wunderschönes Haar.«
Sie setzten sich auf das schmale Bett, und Anouk dachte einen Moment mit Bedauern an ihr Doppelbett in Zürich.
»Danke«, erwiderte sie. »Damit bin ich jetzt wieder dran. Du hast eine … interessante Gesichtsfarbe.«
Sie lachten schallend, bis sich Max den Bauch hielt.
Währenddessen ging draußen die Welt unter. Der Regen peitschte an die Scheiben. Blitze erhellten in unregelmäßigen Abständen den Himmel und warfen scharfe Schatten an die Zimmerwände. Plötzlich ging das Licht aus.
»Ich suche mal ein paar Kerzen«, sagte Anouk und wollte aufstehen.
»Lass nur!«, antwortete er leise und hielt sie zurück. Er küsste ihre Stirn, die Wangen, strich mit seiner Zunge ihren Hals und weiter bis zu ihrem Ausschnitt hinab, wo er sie spielerisch über ihren Brustansatz gleiten ließ.
Anouk schloss die Augen. Sie suchte seinen Mund. Hungrig presste sie ihre Lippen auf die seinen. Sie hatte beinahe vergessen, wie stark körperliches Begehren sein konnte und wie mächtig der Wunsch, es zu befriedigen. Mit einer Hand knöpfte sie sein Hemd auf. Half ihm, es auszuziehen, da er seine linke Schulter und den Arm kaum bewegen konnte. Seine Haut war warm und glatt bis auf die Abschürfungen. Ein

dunkler Streifen gekräuselten Haares lief von seiner Brust über den flachen Bauch und verlor sich im Bund seiner Jeans. Anouk seufzte.

Sie hatte schon zahlreiche Männerkörper gesehen. Einige waren nahezu vollkommen gewesen. Viele männliche Models hatten ihren Weg gekreuzt. Perfekt gestylte Bizeps, Trizeps und Sixpacks. Max' Körper war nicht perfekt, genauso wenig, wie es ihrer nach dem Autounfall war, aber noch nie zuvor hatte sie einen Mann so sehr begehrt wie ihn. Jetzt. In diesem Moment.

Mit einer einzigen Bewegung zog sie ihr T-Shirt über den Kopf und löste den Büstenhalter. Ihr Busen schimmerte hell im Zwielicht. Max küsste die Kuhle an ihrem Halsansatz, in der das Blut pochte und ihm zeigte, wie heftig sie auf seine Zärtlichkeiten reagierte. Seine Zunge wanderte tiefer, suchte sich ihren Weg zu ihren beiden Brüsten mit den harten Spitzen, nahm sie in Besitz, saugte, leckte, biss. Anouk stöhnte, vergrub ihre Hände in seinem Haar, presste seinen Kopf auf ihre Haut. Sie wollte ihn, wollte ihn spüren, auf sich, in sich. Die restlichen Kleidungsstücke segelten zu Boden. Anouk schlang ihre Beine um seine Hüften, zog ihn zu sich. Im letzten Moment hielt er jedoch inne.

»Willst du das wirklich?«

Sein Gesicht war in der Dunkelheit nicht zu erkennen, nur ab und zu erhellte ein Blitz seine Züge. Das perfekte Schwarz-Weiß-Shooting. Anouk blickte zu ihm hoch, wartete den Augenblick ab, bis sie seine Augen sehen konnte, und lächelte.

»Nie war ich mir sicherer.«

Das Gewitter hatte sich von einem reißenden Wolf in einen knurrenden Hund verwandelt. Regen trommelte monoton an die Fensterscheiben, die Blitze wurden schwächer, der Don-

ner leiser und zog dann langsam über den See ab. Anouk nickte immer wieder ein, konnte aber keinen richtigen Schlaf finden. Sie fühlte sich wohlig entspannt und kuschelte sich tiefer in Max' Armbeuge.
Irgendwann war das Licht wieder angegangen und hatte ihr Liebesspiel kurz unterbrochen, bis sie den Schalter betätigt hatte. Ihre Körper fanden sich auch ohne Beleuchtung. Sie erkundeten sich gegenseitig mit Händen, Fingern und Mund. Suchten und erforschten Unbekanntes und doch Altvertrautes, als würden sie einander schon ein ganzes Leben lang kennen.
Wahnsinnig kitschig, Süße!, hörte Anouk Julia spötteln. Sie lächelte. Ja, das war es vermutlich auch. Aber ihre Freundin hätte sie bei diesen Worten umarmt und ihr damit gezeigt, dass sie sich dennoch für sie freute. Schade, dass Max und sie sich nie kennenlernen würden. Anouk war sich sicher, dass die zwei sich prima verstanden hätten.
Von Julia war es dann nur ein kleiner Sprung zu Désirée und zu der namenlosen Zinnengängerin. Weshalb zeigten sich die beiden nur ihr? Was verband sie mit einem Kind aus dem achtzehnten Jahrhundert und dessen Mutter? Plötzlich war sie hellwach. Wie hatte sie das nur vergessen können?
»Max, wach auf! Max!« Sie schubste ihn an. Und als er nur ein schläfriges Murmeln von sich gab, kniff sie ihn heftig in die Brustwarze. »Wo ist eigentlich dein Wagen? Und wo das verflixte Gemälde?«

Schloss Hallwyl, 1746

»Aber das Gemälde ist doch noch gar nicht fertig. Ich verstehe Euch nicht, Madame. Zuerst bekniet Ihr mich monatelang, damit ich einen Maler kommen lasse, und jetzt, wo er da ist, möchtet Ihr, dass ich Meister van Cleef wegschicke?« Johannes schüttelte verwirrt den Kopf, dabei verrutschte seine Perücke, die er mit einer schnellen Bewegung wieder zurechtschob. »Wie stellt Ihr Euch das nur vor?«, fuhr er fort. »Man hat einen gegenseitigen Kontrakt unterzeichnet. Wenn ich diesen breche, bin ich dem Maler eine saftige Pönale schuldig. Ich bin zudem nicht gewillt, mein Geld für ein Porträt aus dem Fenster zu werfen, das nur zur Hälfte fertiggestellt ist.« Er stieß empört die Luft aus. »Frauen!«, murmelte er und setzte sich aufs Kanapee.

»Aber …«, begann Bernhardine, doch er unterbrach sie mit einer unwirschen Handbewegung. Sein Gesicht hatte sich gerötet, Schweißtropfen standen auf seiner Stirn. Er griff sich an den Hals, um seine Binde zu lockern.

»Damit ist alles gesagt, Madame. Der Holländer wird das vermaledeite Bild zu Ende pinseln, danach kann er meinetwegen hingehen, wo der Pfeffer wächst!«

Bernhardine riss schockiert die Augen auf, schluckte die scharfe Erwiderung, die ihr schon auf der Zunge lag, aber hinunter. Wenn ihr Gatte in dieser Stimmung war, war es klüger, zu schweigen und eine günstigere Gelegenheit abzuwarten. Die neue Kirche wagte sie erst gar nicht zu erwähnen. Sie würde Cornelis eben aus dem Weg gehen müssen. Das Schloss war groß genug. Und von sich aus würde er es wohl kaum wagen, in ihre Gemächer vorzudringen. Die Porträt-Sitzungen waren ohnedies müßig. Ihr eigenes Antlitz hatte Cornelis bereits gemalt, das der Zwillinge in ihrer Wiege war ohnehin nicht richtig zu erkennen, und Désirée würde er eben, wie er es ihr versprochen hatte, aus dem Gedächtnis zeichnen müssen.

»Ganz wie Ihr meint, mein Gemahl«, erwiderte sie gehorsam. Worauf Johannes besänftigt knurrte und auf den Durchgang zu den Kinderzimmern starrte. Er rieb sich mit der Hand

über die Brust. Eine Geste, die sie in letzter Zeit öfter an ihm beobachtet hatte. Als ob ihn ständig der Juckreiz plagte.
»Wie geht es meinen Buben?«, fragte er unvermittelt.
»Sie kränkeln nach wie vor«, erwiderte Bernhardine. »Die normalen Erkältungsmittel helfen nicht. Man sollte einen Arzt rufen.«
Johannes hob die Augenbrauen und wies mit dem Kopf zum Fenster. »Darf ich Euch auf die derzeitigen Wetterverhältnisse aufmerksam machen, Madame?«
Die Röte schoss Bernhardine ins Gesicht. Das war zu viel! »Danke für die Belehrung, Monsieur«, erwiderte sie spitz. »Ich weiß selbst, dass draußen tiefster Winter herrscht. Aber bis zum Frühling zu warten könnte fatale Folgen haben. Dann hätten wir womöglich drei frische Grabhügel statt eines auf dem Gottesacker zu verzeichnen. Wollt Ihr das etwa?«
Johannes schnellte vom Kanapee hoch.
»Wie könnt Ihr es wagen, so mit mir zu sprechen? Ich höre aus Euren Worten den Vorwurf heraus, dass mir meine Kinder einerlei seien. Eine infame Unterstellung und bar jeden Wahrheitsgehaltes! Seid froh, dass mich meine gute Erziehung daran hindert, Euch für diese Worte eine Backpfeife zu geben. Ihr dummes, arrogantes Frauenzimmer!« Er schnaufte heftig und rieb sich dabei immer wieder über die Brust. »Hätte ich bloß auf Gerold gehört, der mich davor gewarnt hat, ein so junges verwöhntes Gör zu ehelichen, nur um einen Erben zu zeugen. Der Himmel möge mir verzeihen, aber ich verfluche den Tag, an dem ich um Eure Hand angehalten habe. Ach, Viktoria, Viktoria … warum nur?«
Bernhardine war sprachlos angesichts dieses Ausbruchs. Sie war zu entsetzt, als dass sie in irgendeiner Weise hätte reagieren können. Sogar ihre Augen blieben trocken. So war das also! Ihr Schwager hatte schon von Anfang an gegen sie intri-

giert. Und Johannes liebte seine erste Frau noch immer, während sie selbst nicht viel mehr war als eine Muttersau, die man für den Nachwuchs gebraucht hatte.
Ihr Körper versteifte sich. Sie starrte auf ihre Stickarbeit, als sähe sie diese zum ersten Mal. Die Welt begann, sich um sie herum zu drehen. Bernhardine fühlte sich plötzlich leicht wie eine Schneeflocke. Sie verließ ihren Leib, schwebte zur Decke hinauf und sah von dort oben, wie Johannes keuchend vor ihr stand und mit den Händen fuchtelte. Sein Mund war verzerrt, die Perücke hing schief. Seine Worte konnte sie nicht verstehen, sie nahm lediglich wahr, dass sich seine Lippen bewegten. Wulstige Bänder, die ein schwarzes Loch umschlossen, das immer größer wurde. Die Stickarbeit glitt ihr aus den Fingern, ihre Augen verdrehten sich. Dann fiel sie und fiel …

»Sie kommt zu sich. Gott sei Dank!« Marie legte Bernhardine die Hand auf die Stirn. »Und das Fieber ist auch gesunken.«
Bernhardine öffnete mühsam die Augen. Sie fühlte sich schwach, hatte Durst und rasende Kopfschmerzen. Eine Gestalt im Hintergrund murmelte unverständliche Worte. Der Verwalter! Grundgütiger, man hatte den Quacksalber in ihre Gemächer gelassen!
»Nein, nicht!«, krächzte sie und schirmte ihre schmerzenden Augen mit der Hand ab. Dabei bemerkte sie den blutgetränkten Verband in ihrer Armbeuge. Sie fing an zu schluchzen.
»Ruhig, Dinchen, ganz ruhig«, flüsterte Marie und hielt ihr Handgelenk fest. »Es wird schon wieder.«
»Marie, nicht den Meier!«, bettelte Bernhardine. »Schick ihn weg!«
Marie seufzte, wandte sich zu dem Verwalter um und wies mit dem Kopf zur Schlafzimmertür, worauf der Mann die Augenbrauen zusammenzog, nickte und sich entfernte. Die

Amme setzte sich auf die Bettkante und strich Bernhardine eine feuchte Locke aus dem Gesicht.
»Du hast drei Tage lang geschlafen, Dinchen. Wir hatten schon Angst, dass du …« Sie brach ab und wischte sich über die glanzlosen Augen.
Drei Tage? Bernhardine erschrak. Was war geschehen? Sie erinnerte sich an die Messe für Désirée, den kalten Friedhof, den Streit mit Johannes, danach war nur noch Leere in ihrem Kopf.
»Wie geht es den Zwillingen? Sind sie wohlauf?«, fragte sie und warf einen ängstlichen Blick zum Spiegel. Dem Himmel sei Dank, er war mit keinem Tuch verhängt!
Marie trat zum Waschtisch, nahm einen Becher und setzte sich wieder aufs Bett. Sie schob ihre Hand unter Bernhardines Kopf und hob ihn sanft an.
»Trink, und mach dir keine Sorgen! Es geht ihnen nicht schlechter als vorher. Wenn ich nur wüsste, was den armen Würmchen fehlt.« Sie seufzte und trocknete Bernhardine vorsichtig den Mund mit ihrer Schürze ab. »Ich wünschte, wir wären in Bern.«
»Das wünschte ich mir auch«, erwiderte Bernhardine mit erstickter Stimme und ließ sich wieder in die Kissen fallen. Sie war so unsäglich müde, dass sie nur noch schlafen wollte.
»Ich muss dir noch etwas mitteilen«, sagte Marie und seufzte tief. »Dein Schwager ist wieder hier.« Ihr runzeliges Gesicht hatte sich vor Furcht zusammengezogen wie ein Bratapfel über dem Feuer.
Bernhardine versuchte sich aufzusetzen. Jäher Schwindel erfasste sie. Sie schnappte nach Luft. »Aber … er ist doch zurück auf die Trostburg geritten!«
Marie warf einen ängstlichen Blick zur Tür. »Der Meier hat mir berichtet, dass er gar nicht so weit gekommen ist«, flüs-

terte sie, »sondern nur zwei Dörfer weiter. Er war die ganze Zeit über bei einem Allerweltsliebchen.«
»Der heilige Gerold ein Hurenstecher?«, stieß Bernhardine fassungslos hervor. Marie bekreuzigte sich.
Dieser Unmensch!, schoss es Bernhardine durch den Kopf. Und so einer hielt ihr Vorträge über das Fegefeuer? Und war womöglich sogar ein Mörder? Sie musste aufstehen! Keine Sekunde durfte sie länger darniederliegen. Nicht auszudenken, was er während ihres unfreiwilligen Bettaufenthalts an Üblem ausgeheckt hatte.
»Marie, lass Wasser heiß machen – ich will ein Bad nehmen. Und lege mir mein schönstes Gewand parat. Das rote Taftkleid. Rot wie die Liebe ... und wie die Hölle!«

17

Seengen, 2010

Anouk erwachte mit einem Gefühl, wie sie es während ihrer Kindheit immer am Weihnachtsmorgen gehabt hatte. Eine Mischung aus Erwartung, Vorfreude und Aufregung. Max schlief noch, daher huschte sie leise ins Bad und betrachtete sich im Spiegel.

»Ölpumpe«, hatte er gestern Nacht nur genuschelt, als sie ihn nach dem Verbleib seines Wagens gefragt hatte. Eine Panne also, deshalb hatte sie während Kurator Ruflis Attacke auch kein Motorengeräusch gehört. Max war zu Fuß gekommen. Sie wäre nach seiner gestrigen Erklärung am liebsten nochmals aufgestanden, um das Bild holen zu gehen. Ihr war nicht wohl bei dem Gedanken, dass es unbewacht in einem Pannenfahrzeug lag. Rufli kannte Max' Wagen. Nicht auszudenken, was passieren würde, wenn er das Bild in seine Hände bekäme. Doch Max war sofort eingeschlafen. Und allein hatte sie sich nicht mehr in die Nacht hinausgewagt. Schon gar nicht mit Tatis Wagen. Wenig später war auch sie von der Müdigkeit übermannt worden.

Doch jetzt war sie hellwach und voller Tatendrang. Es war erst sieben Uhr. Sonntagmorgen. Sollte sie Max wecken? Nein, die Ruhe würde ihm und seinem malträtierten Körper guttun. Sie beschloss, seine Autoschlüssel zu stibitzen und das Bild mit dem Fahrrad zu holen. Wenn sie sich van der Hulsts Riesenrucksack kurz ausliehe, wäre auch der Transport geregelt. Max würde Augen machen, wenn sie ihm zum Frühstück das Gemälde servieren würde. Anouk putzte sich rasch die Zähne, band ihre Haare zusammen und zog sich an. Als sie Max' gebräunten Rücken zwischen den zerwühlten Laken erblickte, zögerte sie einen Moment. Jetzt noch ein bisschen zu kuscheln wäre auch nicht schlecht. Dann aber griff sie entschlossen nach den Wagenschlüsseln und drückte die Türklinke vorsichtig hinunter. Sie verzog das Gesicht und hielt den Atem an, als diese dennoch knarrte, doch Max schlief wie ein Toter. In der Küche trank sie ein Glas Milch und griff nach einem Stück Brot, das sie im Gehen aß.

Die Luft war frisch und duftete nach nasser Erde. Um diese Zeit war kaum jemand auf den Straßen unterwegs. Der Weg hinauf zum Eichberg führte steil bergan. Nach kurzer Zeit begann Anouk zu schwitzen. Sie stieg ab und ging zu Fuß weiter. Das alte Fahrrad war massiv und schwer und ließ sie sehnsüchtig an ihr Alu-Bike denken, das in ihrem Zürcher Loft vor sich hin staubte. Die Familie Brechbühl, zu der Max gestern gerufen worden war, wohnte in der Eichbergstraße. Nachdem Max dem Familienvater eine böse Wunde verarztet hatte, die sich dieser beim Holzhacken zugezogen hatte, war sein Wagen einfach nicht mehr angesprungen. Weit vom Dorf entfernt konnte das Haus der Brechbühls nach Max' Beschreibung jedoch nicht sein. Die schmale Straße führte durch Wiesen und Äcker stetig bergauf. Amselgesang, Bienengesumm und das Blöken einer Herde Schafe begleiteten sie auf ihrem Weg.

Anouk blieb einen Moment stehen, um zu verschnaufen, streifte den Rucksack vom Rücken und blickte übers Seetal. Morgendunst lag über dem See, der wie ein polierter Spiegel

zwischen den Hügelzügen glitzerte. Ein Heißluftballon zog über sie hinweg. Sie hörte die zischenden Flammen des Brenners und blinzelte zu dem Luftfahrzeug hoch. Die Fahrgäste winkten ihr fröhlich zu.
Nach einer Biegung, die durch ein kleines Birkenwäldchen führte, sah sie endlich Max' Auto. Gott sei Dank, sie musste also nicht ganz bis zum Hotel Eichberg hinauf! Anouk spähte in das Wageninnere. Wenigstens war der Herr Doktor so klug gewesen, das Bild nicht auf dem Rücksitz zu platzieren; dort lag lediglich seine Arzttasche. Anouk zog den Autoschlüssel aus ihrer Jeans und öffnete den Kofferraum. Das Gemälde war immer noch in die Decke eingehüllt. Anouk fuhr sich mit der Zunge über die Lippen. Ihre Hand zitterte leicht, als sie das Tuch wegzog.
Erneut spürte sie, wie sich ihr Herzschlag verdoppelte, als sie in die grünen Augen der Abgebildeten blickte. Bei Tageslicht kam die Schönheit der Porträtierten erst richtig zur Geltung. Ihr schlanker Hals, die feurigen Locken, die schmale Taille und der gewölbte Busen. Sie hatte die Männer zu ihrer Zeit vermutlich schier um den Verstand gebracht. Anouk lächelte und schnappte gleichzeitig nach Luft. Der Perlenanhänger! Sie runzelte verblüfft die Stirn und beugte sich vor. Was sie beim ersten Betrachten des Bildes zwar bemerkt, aber nicht richtig hatte zuordnen können, stach ihr nun förmlich ins Auge. Der Perlenanhänger, den die Dame in Rot auf dem Gemälde um den Hals trug, glich bis ins kleinste Detail dem Schmuckstück, das sie von ihrer Mutter zu ihrem sechzehnten Geburtstag geschenkt bekommen hatte. Der Anhänger sei, so sagte ihre Mutter damals, ein Familienerbstück und schon seit Jahrhunderten im Besitz der Familie Morlot. Aimée hätte ihn ursprünglich erhalten sollen, doch ihre Schwester machte sich nichts aus Perlen, und deshalb trug Anouk das

Schmuckstück nun gelegentlich. Wie konnte das sein? War das gemalte Schmuckstück tatsächlich mit ihrem Anhänger identisch? Oder sahen sich die beiden nur täuschend ähnlich?
»Wer bist du?«, flüsterte sie.
»Das kann ich dir sagen. Aber danach müsste ich dich töten.«
Sie schnellte herum. Hinter ihr stand der Kurator mit verschränkten Armen und lächelte spöttisch. »Kleiner Scherz, Anouk«, fuhr er fort und trat näher. Er kniff die Augen zusammen und starrte auf das Gemälde. »Ein schönes Bild, nicht wahr? Und sicher aus dem Schloss. Du weißt aber schon, dass Diebstahl strafbar ist, oder?« Er schüttelte missbilligend den Kopf. »Da ich aber ein guter Freund deiner Tante bin, werde ich noch mal ein Auge zudrücken und dich nicht anzeigen. Das Bild muss ich jedoch konfiszieren. Das verstehst du sicher.«
Er griff nach dem Rahmen.
»Nein!«, schrie Anouk und stellte sich mit ausgebreiteten Armen schützend vor das Gemälde. »Es gehört mir!«
»Wohl kaum«, meinte der Kurator und schob sie einfach beiseite. Anouk kam dabei aus dem Gleichgewicht und rutschte in den Straßengraben. Mit zwei Handgriffen hatte Rufli die Decke wieder um das Bild gewickelt, hob es aus dem Kofferraum und schritt eilig auf seinen Wagen zu, den er vor dem Birkenwäldchen geparkt hatte.
Er muss mir gefolgt sein, dachte Anouk verblüfft, und ich habe nichts bemerkt. Sicher schon von Tatis Haus aus, aber das hieße ja, dass er mich überwacht hat! Aber wieso und wie lange schon? Saß er vielleicht auch in dem Wagen, den ich neulich gerade noch habe davonfahren sehen? Anouk rappelte sich auf und rannte dem Kurator hinterher.
»Geben Sie es mir zurück!«, schrie sie und wollte nach dem Bild greifen.

»Fass es nicht an!«, zischte der Kurator leise. »Ihr Morlots habt schon genug Unruhe gestiftet. Damit ist jetzt endgültig Schluss!« Er drehte sich um und setzte seinen Weg fort. Anouk sprintete ihm hinterher und hängte sich an seinen Arm.

Sie zerrte an dem Rahmen, bis Rufli ins Straucheln geriet.

»Verschwinde endlich!«, brüllte er sie an. »Sonst werde ich andere Saiten mit dir aufziehen. Und denk nicht, dass dies eine leere Drohung ist.«

Er griff nach Anouks Handgelenk und drehte ihr den Arm auf den Rücken, bis sie aufschrie und in die Knie ging. Sie keuchte. Tränen der Wut liefen über ihre Wangen. Rufli beugte sich zu ihr hinab und bleckte die Zähne. Sein Rasierwasser stieg ihr in die Nase. Azzaro. Das hatte sie noch nie gemocht.

»Finis coronat opus«, sagte er. »Ich weiß, du kannst kein Latein, aber dein Doktor wird es dir sicher gerne übersetzen. Oder warte. Ich habe heute meinen gütigen Tag, und schließlich sollst du nicht dumm sterben. Der Satz heißt übersetzt: Das Ende krönt das Werk. Merk dir das gut, meine liebe Anouk!«

Mit diesen Worten stieß er sie von sich, hastete zu seinem Wagen und fuhr mit quietschenden Reifen davon.

Anouk war mit dem Arm an einen Begrenzungspfosten geprallt und rieb sich den schmerzenden Ellbogen. Fassungslos sah sie dem Auto hinterher. Vorbei. Aus. Das Bild war weg, und sie hatte es verbockt. Wie sollte sie das nur Max beibringen? Und wie sollten sie jetzt das Rätsel um die unbekannte Dame lüften? Ob Rufli die Abgebildete wirklich kannte? Und wenn ja, weshalb verschwieg er ihre Identität?

Anouk erhob sich ächzend, wischte sich den Dreck von den Jeans und hinkte zu ihrem Fahrrad. Sie sah keine Chance, das Bild wiederzubekommen. Der Kurator war zu hundert Pro-

zent im Recht. Es gehörte dem Schloss, und er konnte als Nachlassverwalter der von Hallwyls damit tun und lassen, was er wollte. Er musste es im Grunde nicht einmal der Öffentlichkeit zugänglich machen. Verdammter Mist!
Sie hob van der Hulsts Rucksack vom Boden auf, klappte den Kofferraum zu, schloss den Wagen ab und stieg auf ihren Drahtesel. Dann musste sie eben auf einem anderen Weg herausfinden, was es mit der Frau im roten Kleid auf sich hatte. Und vor allem musste sie auf der Hut vor Rufli sein. Was er über die Morlots gesagt hatte, ging ihr nicht mehr aus dem Kopf. Nun war es wirklich an der Zeit, dass ihnen Großtante Valerie die Geschichte aus ihrer Vergangenheit erzählte.

Die Kirchenglocken läuteten zum Gottesdienst, und Max schreckte aus dem Schlaf hoch. In seiner Wohnung war ihr Läuten nicht zu hören, was nichts anderes bedeuten konnte, als dass er nicht bei sich zu Hause war. Er schaute verschlafen um sich und lächelte dann.
»Anouk?«, rief er leise.
Valerie Morlot musste ja nicht gleich merken, dass ihre Großnichte diese Nacht einen Untermieter beherbergt hatte. Doch er erhielt keine Antwort. Ob Anouk schon nach unten gegangen war? Max schwang die Beine aus dem Bett und stöhnte. Sein Körper fühlte sich an, als hätte er den Gebrüdern Klitschko als Boxsack gedient. Er humpelte zum Fenster, zog die Gardine zur Seite und stieß die Läden auf. Die hereinströmende Luft roch frisch und sauber. Ein blassblauer Himmel spannte sich über dem See und den beiden Hügelzügen, die das offene Tal begrenzten.
Max streckte die Arme über den Kopf, so weit es seine lädierten Muskeln zuließen. Im Fenster spiegelte sich sein Gesicht, und er gewahrte, dass er noch immer lächelte. Es war ein

leicht debiles Lächeln, als dessen Ursache er bei jedem anderen vermutlich sofort Verliebtheit diagnostiziert hätte, gegen die sich bekanntlich so gut wie nichts tun ließ, selbst mit moderner Medizin nicht. Aber ehrlich gesagt wollte er auch gar nichts dagegen tun, sondern stattdessen jeden Augenblick dieser »Krankheit« genießen.

Max, Valerie und der Maler saßen auf der Veranda, als Anouk gegen halb neun im Trottengässli ankam. Die drei winkten ihr fröhlich zu, als sie vom Rad stieg und die Stufen hinaufeilte.
»Und wo sind die Brötchen?«, fragte ihre Großtante und erhob sich aus dem Sessel.
»Brötchen?« Anouk schaute verwirrt von einem zum anderen.
»Der Herr Doktor sagte …«
»Liebe Valerie, hatten wir uns nicht eben erst auf Max geeinigt?«, unterbrach Max ihre Großtante und grinste.
»Ja, natürlich!«, errötete diese. »Also, Max sagte, du wärst zum Bäcker gefahren.«
Anouk warf ihm einen verblüfften Blick zu, worauf Max nur entschuldigend die Schultern hochzog.
»Ausverkauft«, stammelte sie. »Restlos. Tut mir leid.«
Sie reichte dem Belgier seinen Rucksack, den er ihr aus der Hand riss und an seine Brust presste, als enthielte er Goldbarren.
Valerie hob erstaunt die Augenbrauen. »Tatsächlich? Wie ungewöhnlich. Nun ja, dann gibt's eben Rühreier ohne Brot. Monsieur van der Hulst, würden Sie mir bitte zur Hand gehen?«
Sie bot dem Maler ihren Arm, was diesen dazu nötigte, ihr in die Küche zu folgen.
»Wo bist du denn gewesen?«, fragte Max mit halblauter Stimme und warf einen Blick über die Schulter. »Es war mir doch

recht unangenehm, als deine Tante in aller Früh ins Zimmer kam und wissen wollte, ob sie deine Büstenhalter waschen soll.«

Anouk lachte, wurde aber sofort wieder ernst.

»Rufli hat das Bild.«

Max schüttelte verwirrt den Kopf. »Ich verstehe nicht. Das liegt doch in meinem Wagen, und der steht droben am Eichberg.«

»Ja … nein, eben nicht.« Sie blickte schuldbewusst auf ihre Hände. »Ich wollte es holen gehen«, sie legte Max' Autoschlüssel auf den Tisch. »Rufli ist mir offensichtlich gefolgt und hat sich das Bild gekrallt. Es tut mir leid.«

»Was?«

»Nicht so laut!«, zischte sie. »Er hat mir gedroht. Sagte etwas von die Morlots hätten schon genug Ärger gemacht, und ich solle mich nicht weiter einmischen. Er würde sonst andere Saiten aufziehen. Dann hat er wieder einen lateinischen Spruch losgelassen. Er wusste auch, dass ich diese Sprache nicht beherrsche und du mir die Worte übersetzen würdest, was er dann aber selbst noch getan hat. Nur, woher weiß er das alles?«

»Was sagte er denn genau?« Max beugte sich zu ihr hinüber und küsste sie auf die Wange. Dabei ließ er seinen Blick begehrlich über ihren Busen wandern. »Schade, dass du nicht da warst, als ich aufgewacht bin.«

Anouk schlang ihre Arme um seinen Hals. »Ja, sehr bedauerlich.« Sie lehnte sich zurück. »Das Ende krönt das Werk.« Sie fröstelte plötzlich. »Was kann er damit meinen?« Max zuckte leicht mit den Achseln und schüttelte den Kopf. »Auf alle Fälle«, fuhr Anouk fort, »stecken wir nun im Schlamassel. Ich habe mir so viel von dem Bild versprochen. Irgendwie … eine Eingebung oder so.« Sie schlug sich mit der Hand gegen die

Stirn. »Apropos Eingebung. Die Dame auf dem Porträt trägt wahrscheinlich meinen Perlenanhänger.«

Max schüttelte verwirrt den Kopf. »Ich verstehe schon wieder nicht.«

Anouk lachte. »Na ja, es ist wohl nicht der meine, aber er sieht ihm zumindest verblüffend ähnlich.« Sie seufzte. »Aber nachdem wir das Bild durch meine Dummheit verloren haben, können wir auch diesem Umstand nicht mehr auf den Grund gehen. Im schlimmsten Fall wird Rufli das Gemälde zerstören.«

»Das denke ich nicht«, meinte Max und strich ihr zärtlich eine Strähne hinters Ohr, die sich aus ihrem Pferdeschwanz gelöst hatte. »Dafür ist er zu sehr Historiker, als dass er ein solch einzigartiges Zeitzeugnis vernichten würde.«

Anouk schürzte die Lippen, erwiderte aber nichts. Sie traute dem Kurator alles zu, wollte aber nicht als Schwarzseherin dastehen.

Kaffeeduft drang zu ihnen auf die Veranda heraus, und sie stand auf.

»Ich verhungere. Komm, lass uns frühstücken. Und dann entwerfen wir einen Schlachtplan. So leicht kommt mir der Professor nicht davon!«

»War Tati nicht erstaunt darüber, dass du bei mir übernachtet hast?«

Anouk lag auf dem Bett, während Max, ein Handtuch um die schmalen Hüften, im Badezimmer stand und sich mit ihrem Ladyshave zu rasieren versuchte.

»Schien mir nicht so«, murmelte er und fluchte leise. »Sind Dreitagebärte eigentlich noch in Mode?«

Anouk schmunzelte. »Klar doch!«, rief sie und verschränkte die Arme hinter dem Kopf. »Sie ist schon klasse, nicht?«

Max legte den Rasierer brummelnd auf den Waschtisch zurück und setzte sich aufs Bett.
»Ich wünschte, ich hätte so eine Großtante. Du hast wirklich Glück.«
Er strich mit seinem Finger über ihren Unterarm.
»Du bist ein Einzelkind?«, fragte sie und hielt sein Handgelenk fest.
Max nickte. »Und Vollwaise. Meine Eltern sind bei einem Autounfall ums Leben gekommen, ich hatte damals gerade mit meinem Studium begonnen. Jetzt habe ich nur noch meine Oma.«
Sie legte ihre Hand auf seine warme Brust. »Das tut mir leid. Das muss sehr schwer für dich gewesen sein.«
Er räusperte sich, griff nach ihrer Hand und küsste ihre Fingerspitzen.
»Ja, war es. In jeder Hinsicht.«
Er verstummte abrupt, und Anouk hatte das Gefühl, dass er ihr etwas erzählen wollte, sich aber nicht recht entscheiden konnte, ob er es auch tatsächlich tun sollte. Er hielt immer noch ihre Hand und fuhr mit einem Finger langsam ihre Lebenslinie nach.
»Meine Mutter hatte einen Hang zum Übersinnlichen«, begann er zögerlich. »Ihr Leben bestand aus dem Legen von Tarotkarten, aus Horoskopen und diesem ganzen Zeugs. Mein Vater und ich machten uns immer ein wenig lustig darüber.« Er lachte, aber in seiner Stimme schwang Traurigkeit mit. »Ab und zu traf sie sich mit einer Gruppe von Leuten, die Séancen veranstalteten. Geisterbeschwörung, Tischerücken und so … du weißt schon. Eines Tages, ich hatte eben mit dem Studium angefangen, rief sie mich in meiner Studentenbude an und erzählte mir, dass sie und mein Vater bald bei einem Unfall ums Leben kommen würden.« Anouk schluckte. Max

räusperte sich und warf ihr einen schnellen Blick zu. »Ich glaubte ihr natürlich kein Wort und schimpfte sie regelrecht aus. Am nächsten Tag waren meine Eltern tot. Ein Laster war auf der vereisten Autobahn ins Schlittern gekommen und hat ihren Wagen wie eine Ziehharmonika zerquetscht. Sie starben beide noch an der Unfallstelle.«

Anouk schüttelte erschüttert den Kopf. »Es tut mir so leid«, flüsterte sie und drückte seine Hand.

Max nickte. »Ich hab's dann später selbst einmal versucht. Eine Kommilitonin, von der es hieß, dass sie ›die Gabe‹ hätte, wollte Kontakt zu meinen Eltern aufnehmen.« Er zuckte mit den Schultern. »Es hat natürlich nicht funktioniert. Aber etwas war da, Anouk! Auch wenn ich keine Stimmen hörte oder so, irgendetwas war im selben Raum mit uns. Nenne es eine Kraft oder meinetwegen einen Geist. Aber es hat mich seltsamerweise getröstet, weil ich mich immer schuldig gefühlt habe, meiner Mutter nicht geglaubt zu haben.« Er hob den Kopf. »Blöd, nicht?«

Statt einer Antwort zog Anouk ihn in ihre Arme, und sie küssten sich lange und zärtlich.

»Und was tun wir nun als Nächstes, Frau Morlot?«, ergriff Max erneut das Wort, als sie sich wieder voneinander lösten. Anouk begriff, dass er nicht weiter über seine Vergangenheit reden wollte.

»Wir müssen unbedingt Tatis Geschichte erfahren«, schlug sie vor. »Ich bin mir sicher, dass wir damit des Rätsels Lösung einen großen Schritt näher kommen. Und wenn nicht, werden wir zumindest mehr über Rufli herausfinden.«

»Ja, lass uns Valerie fragen«, stimmte er zu und schob ihr T-Shirt nach oben. »Aber etwas später. Du bist so schön«, flüsterte er und zeichnete mit seiner Hand die Linie ihres Busens nach, bis Anouk schauderte.

Sie entledigte sich ihrer Kleider, half Max aus den seinen und kuschelte sich an seine warme Brust. Sie ließen sich Zeit. Der gestrige Rausch hatte den ersten Hunger gestillt; jetzt ging es darum, dem anderen Lust zu bereiten. Dessen Körper, Empfindungen und Wünsche kennenzulernen.
Als Max in sie eindrang, hätte Anouk am liebsten geweint. Es war nicht nur das Physische, das sie überwältigte, sondern Max gab ihr damit auch ein Stück ihrer selbst zurück, das der Unfall und Julias Tod ihr entrissen hatte.
»Ich liebe dich«, flüsterte sie, als er mit einem Stöhnen auf ihr zusammenbrach. Er hörte ihre Worte nicht, doch das spielte keine Rolle. Wichtig war nur, dass sie in der Lage gewesen war, sie auszusprechen.

Als sie nach einer Stunde hinuntergingen, fanden sie Valerie im Wohnzimmer auf dem Sofa liegend vor. Debussys Klänge erfüllten den Raum, auf ihrer Brust lag ein aufgeschlagenes Buch, und sie hatte die Augen geschlossen. Von van der Hulst war weit und breit keine Spur zu sehen.
»Zu dumm«, flüsterte Anouk, »sie schläft.«
Sie machte auf dem Fuß kehrt und zog Max am Arm aus dem Zimmer.
»Nicht doch, ich döse nur ein bisschen vor mich hin«, ertönte da hinter ihnen Valeries Stimme. Anouks Großtante öffnete die Augen und drehte den Kopf. »Ich denke, ihr beiden seid mir noch eine Erklärung schuldig.« Max und Anouk blickten sich an, als hätte man sie bei einem Schulbubenstreich erwischt. »Nicht, dass ich prüde wäre«, fuhr die alte Dame fort, legte den Schmöker beiseite und setzte sich auf. »Ihr seid schließlich beide erwachsen, aber du hast doch immer beteuert, dass Doktor Sandmeier, ich meine Max, lediglich ein guter Freund sei.«

»Tja«, begann Anouk, »wir sind uns in der Zwischenzeit eben etwas nähergekommen. Ich habe ja auch nur deinen Kuppelversuchen nachgegeben, Tati.«
Valerie schmunzelte. »Nie um eine Antwort verlegen. Und jetzt?« Sie wandte sich an Max. »Meinst du es ernst mit meiner Großnichte?«
Max verschluckte sich. Anouk grinste breit und lümmelte sich auf den Sessel neben dem Fernseher.
»Ja«, sagte sie unschuldig, »sag doch mal! Würde mich auch interessieren.«
Max räusperte sich mehrmals und wurde ein bisschen rot. »Nun, ja, natürlich«, begann er, »sie ist mir sehr teuer.«
Anouk brach in schallendes Gelächter aus und erntete dafür einen vernichtenden Blick von ihm.
Der arme Max. Er tat ihr fast leid, wie er da so vor ihr und ihrer Großtante stand und ein Gesicht machte, als müsse er demnächst die Stufen zum Schafott hinaufsteigen. Sie beschloss, ihn aus seiner unangenehmen Lage zu befreien.
»Wir mögen uns, Tati.« Anouk legte Valerie eine Hand auf den Arm. »Alles Weitere wird sich finden.«
Ihre Großtante nickte und schüttelte leicht den Kopf. »Diese Jugend«, murmelte sie ergeben, »nur nicht festlegen.«
Anouk blinzelte Max zu und wies mit dem Kopf auf den Sessel ihr gegenüber.
»Sag mal, Tati, du hast mir doch gestern eine Geschichte aus deiner Jugendzeit erzählen wollen. Etwas über Professor Rufli und meine Großmutter, erinnerst du dich?«
Valerie Morlot runzelte die Stirn. »Tatsächlich?«, sagte sie gedehnt. »Daran kann ich mich gar nicht mehr erinnern.«
Anouk atmete tief durch. Mist! Musste ihre Großtante gerade jetzt eine Gedächtnislücke haben? Sie warf Max einen hilflosen Blick zu.

»Vielleicht kann ich deiner Erinnerung etwas nachhelfen«, übernahm dieser. »Es ging gestern darum, dass sich der Professor komisch benimmt. Unflätige Dinge von sich gibt und ... na ja, sich einfach ungewöhnlich verhält. Du sagtest daraufhin zu Anouk, dass während deiner Jugendzeit schon mal etwas Seltsames passiert sei. Im Zusammenhang mit Anouks Großmutter, deiner Schwester. Auf einer Tanzveranstaltung.«
Valeries Gesicht hellte sich auf. »Ja, stimmt!«, rief sie. »Jetzt erinnere ich mich wieder.« Ihr Lächeln erstarb, und sie blickte Anouk zweifelnd an. »Es ist aber keine sehr schöne Geschichte. Und ich bin mir selbst heute noch immer nicht sicher, was seinerzeit wirklich passiert ist. Vielleicht habe ich das damalige Geschehen ja auch falsch gedeutet.«
Anouk hatte Mühe, ruhig sitzen zu bleiben. Am liebsten hätte sie ihre Großtante ein wenig geschüttelt, damit sie endlich anfing zu erzählen. Doch sie versuchte, ihre Ungeduld zu zügeln, und antwortete sanft: »Sag uns bitte einfach, was damals vorgefallen ist!«
Valerie lehnte sich zurück. Ihr Blick ging zum Fenster hinaus, dann verschränkte sie ihre Finger ineinander, als ob sie beten wollte.
»Es war Anfang der fünfziger Jahre des letzten Jahrhunderts.« Sie lächelte. »Du meine Güte, das klingt ja, als ob ich Methusalem wäre, nicht? Wie dem auch sei. Ich war damals etwa fünfzehn Jahre alt. Meine Schwester Viola, deine Großmutter, war sechzehn. Der Krieg war seit fünf Jahren vorbei, die Menschen begannen, sich wieder zu amüsieren. Mein Vater, sonst ein sehr strenger Mann, der seine zwei Töchter stets bewachte wie ein Zerberus, war unser ewiges Gejammer wohl leid und erlaubte uns deshalb, zum Schützenfest zu gehen. Als Anstandswauwau wurde unser Cousin Peter abkomman-

diert.« Valerie wandte sich an Anouk. »Dein späterer Großvater. Damals war er aber noch Cousin Peter.«
Anouk nickte; sie kannte die Familiengeschichte.
»Ja, also. Der arme Peter.« Valerie lächelte vor sich hin. »Wir haben dem Jungen ein Glas Bier spendiert, weil wir wussten, dass er keinen Alkohol verträgt. Er ist dann auch tatsächlich am Tisch eingeschlafen, so dass wir den restlichen Abend über unsere Freiheit hatten. Viola hatte ein Auge auf Walter Rufli, Herberts Bruder, geworfen.«
Von einem Bruder hatte Anouk noch nie etwas gehört, deshalb hakte sie nach. »Der Professor hat einen Bruder?«
»Hatte«, seufzte ihre Großtante. »Er ist in jenem Sommer gestorben. Herbert und Walter waren Zwillinge.«
Anouk und Max sahen sich alarmiert an. Valerie bemerkte es nicht und fuhr fort.
»Die Ruflis waren sehr beliebt im Dorf. Beide groß gewachsen, hübsch, intelligent, reich, aus guter Familie. Der Traum jeder Schwiegermutter. Und doch sah man die beiden immer nur zusammen, nie mit einem Mädchen. Es gab sogar Gerüchte, dass die zwei womöglich …« Sie räusperte sich. »Aber Viola gab nichts auf das Geschwätz der Dorfbewohner. Deine Großmutter war wie du, Anouk. Sehr selbstbewusst, mutig und immer auf der Suche nach einem Abenteuer.«
Anouk und Valerie lächelten einander verständnisinnig an. Max verdrehte in gespielter Verzweiflung die Augen. »Hört, hört!«, murmelte er halblaut.
»Also, es war Schützenfest«, Anouks Großtante griff nach ihrer Teetasse und nahm einen Schluck, »und als die Musik einen Walzer spielte, stand Viola einfach auf, ging zu Walter hinüber, der mit Herbert an einem Tisch saß, und forderte ihn zum Tanzen auf.« Valerie legte eine Hand an ihre Brust. »Du kannst dir gar nicht vorstellen, was daraufhin für ein Geflüs-

ter einsetzte. Zu jener Zeit war es für ein Mädchen noch unschicklich, einen Jungen aufzufordern.« Sie lächelte, und Max blinzelte Anouk zu. »Nun, Walter tanzte mit Viola nicht nur diesen Walzer, sondern auch jeden darauffolgenden Tanz, bis die Musiker ihre Instrumente zusammenpackten.« Sie runzelte die Stirn. »Ich selbst habe dagegen, wenn ich mich richtig erinnere, nur ein- oder zweimal das Tanzbein geschwungen. Ich war zu dieser Zeit noch enorm schüchtern.« Sie brach ab, schenkte sich noch einen Tee ein und rührte gedankenverloren in ihrer Tasse.

»Ist das alles?«, fragte Anouk frustriert.

Ihre Großtante sah sie strafend an. »Nein, natürlich nicht. Sei doch nicht so ungeduldig, Kind!« Sie schüttelte missbilligend den Kopf. »Du solltest wirklich etwas mehr Geduld haben. Nicht wahr, Max?«

Der Angesprochene nickte. »Genau, sollte sie.«

»Seit jenem Tanzabend waren Viola und Walter unzertrennlich. Man lud sich gegenseitig zum Tee ein. Ging zusammen am Sonntag zur Kirche, zum Schwimmen und veranstaltete Picknicks im Wald. Was man halt in der damaligen Zeit so alles unternehmen konnte. Natürlich waren immer entweder meine Eltern, ich oder Herbert mit dabei. Walters Eltern waren nicht sehr entzückt über diese Verbindung, ebenso wenig wie Herbert, der seine Abneigung gegen Viola offen zur Schau trug. Mich beachtete er überhaupt nicht. Ich war ihm vermutlich noch zu jung. Aber Viola triezte er, wo er nur konnte. Ich habe mich oft gefragt, weswegen. War es Eifersucht? Ich weiß es bis heute nicht. Jedenfalls galten Walter und Viola offiziell als Paar, was nach damaligen Verhältnissen einer Verlobung gleichkam.

Eines Tages wollten wir alle zusammen schwimmen gehen. Wir hatten uns im Brestenberg-Bad verabredet. Es war ein heißer Tag, ich weiß es noch, als wäre es erst gestern gewesen. Über den Alpen dräute ein Gewitter, und meine Mutter sagte, wir sollten besser zu Hause bleiben. Aber Viola insistierte natürlich auf dem Ausflug. Kurz bevor wir aufbrechen wollten, bekam sie jedoch … ehm … Besuch.«

Anouk schürzte die Lippen. »Von wem denn?«

Ihre Großtante räusperte sich verlegen. »Na ja, Besuch eben. Du weißt schon.«

Anouk ging ein Licht auf. »Ach, so! Ja, verstehe.«

»Ich dafür umso weniger«, sagte Max verständnislos.

»Menstruation«, flüsterte Valerie hinter vorgehaltener Hand, als würde sie ihm ein Geheimnis anvertrauen. Er biss sich auf die Lippen und schaute zu Boden. Seine Schultern zuckten. Auch Anouk musste sich beherrschen, um nicht laut loszulachen.

»Ihr macht euch doch nicht etwa über mich lustig, oder?« Valerie blickte von einem zum anderen.

»Nie und nimmer!«, beteuerte Anouk, aber um ihre Mundwinkel zuckte es verräterisch. »Was geschah dann?«

»Nun. Heute würde man anrufen und absagen, nicht wahr? Oder eine Sumse schicken.«

Diesmal konnte Anouk sich nicht mehr zurückhalten. Sie fing an zu lachen, verschluckte sich und begann zu husten.

»Sagt man denn nicht so?« Ihre Großtante schaute sie überrascht an. Anouk wedelte zur Antwort nur mit der Hand, und Valerie fuhr fort. »Wir hatten dazumal noch kein Telefon, und daher ging ich zum Brestenberg, um den Ruflis mitzuteilen, dass wir nicht kommen könnten. Ich ging etwas früher als verabredet los, weil das Gewitter schneller das Seetal herabkam, als ich gedacht hatte, und ich wollte ja nicht im Regen herumlaufen. Es blitzte auch bereits und wurde rasch dunkel, obwohl es erst Nachmittag war. Ich kam also beim Bad an.

Weit und breit war niemand zu sehen, daher ging ich zu dem Holzhaus, in dem heute der Kiosk untergebracht ist. Dazumal war das ein morsches Konstrukt aus dunklen Balken, in dem sich die Damen- und Herrenumkleidekabinen befanden. Ich setzte mich also auf eine Bank vor die Hütte und wartete.«

Anouk beugte sich vor. Ihr lief ein Schauer nach dem anderen über den Rücken, und sie wagte kaum zu atmen. Sie war sich sicher, dass Valeries Erzählung nun an der Stelle angelangt war, an der ein wichtiges Verbindungsstück zu den jüngsten Geschehnissen ans Tageslicht kommen würde.

»Da hörte ich auf einmal Stimmen in der Herrengarderobe, die ich eindeutig Walter und Herbert zuordnen konnte. Die beiden stritten sich. Ich wollte schon anklopfen und mich bemerkbar machen, als Violas Name fiel.«

Ihre Großtante brach ab.

»Ich war damals ein neugieriges, kleines Ding«, Valerie lachte, »deshalb stieg ich auf die Bank und spähte durch das Oberlicht über der Tür nach drinnen.«

Sie brach erneut ab und atmete tief durch. Anouk rutschte währenddessen vor lauter Aufregung auf ihrem Sessel hin und her. Max schien es ähnlich zu gehen, nur dass er steif wie ein Brett auf seinem Platz saß und den Mund leicht geöffnet hatte. »Was jetzt kommt, erzähle ich euch nur unter Vorbehalt«, erklärte Valerie. »Ich war fünfzehn, hatte eine blühende Fantasie, und vielleicht war ich auch ein wenig in Walter verliebt und daher gegen Herbert eingenommen, der unsere Familie so offensichtlich ablehnte.

Ich habe mir über all die Jahre hinweg die Szene immer und immer wieder ins Gedächtnis gerufen. Aber es kann trotzdem sein, dass ich mit der Zeit das eine oder andere Detail vergessen habe, und …«

»Herrgott noch mal, Tati«, stieß Anouk hervor, »erzähl uns einfach, was passiert ist!«
Valerie warf ihr einen tadelnden Blick zu. »Kein Grund, mich so anzufahren, Liebes. Du weißt doch, Geduld bringt Rosen.«
Anouk holte tief Luft und schluckte eine sarkastische Bemerkung hinunter.
»Ja, du hast recht. Entschuldige! Aber was hast du denn nun genau gesehen?«
Ihre Großtante nickte zufrieden. »Walter und Herbert saßen am Boden inmitten eines Pentagramms. Sie hatten beide ein komisches Zeichen auf ihrer Stirn, so als würden sie Indianer spielen.«
Anouk riss die Augen auf. Die Federn, die sich Rufli auf die Stirn gemalt hatte! Die hatte sie schon fast vergessen gehabt.
»Zwischen ihnen lag ein aufgeschlagenes Buch. Es muss sich dabei um ein sehr altes Exemplar gehandelt haben, denn es war an den Rändern schon ganz zerfleddert. Ich sah, wie Walter aufstand, und habe seine Worte auch nach so vielen Jahren noch ganz genau im Ohr.«

»Ich habe genug von diesen alten Geschichten, Herbert. Das ist doch alles nur Humbug. Gruselige Märchen, um kleine Kinder zu erschrecken. Ich liebe Viola und werde sie heiraten. Da könnt ihr beide, du und Vater, euch noch so querstellen.«
»Du bist ein Verräter!«, schrie Herbert aufgebracht. »Wie kannst du dich nur mit dem Gedanken tragen, eine *Morlot*«, er spuckte das Wort förmlich aus, »zu einer Rufli zu machen? Hast du denn gar nichts aus der Geschichte gelernt? Du beschmutzt die Familienehre!«
Walter zuckte gleichgültig mit den Achseln. »Und wenn schon. Womöglich ist eine solche Verbindung sogar die beste

Lösung, um den jahrhundertelangen Zwist zwischen unseren Familien endlich beizulegen. Viola hat mir berichtet, dass sie ständig dieses Kind sieht, das nach seiner Mutter sucht. Und dass ihr das Angst macht.«

Herbert sprang auf und ballte die Hände zu Fäusten. »Du hast ihr alles erzählt?«

Seine Stimme überschlug sich. Walter schüttelte den Kopf. »Nein, aber ich bin sicher, dass diese Erscheinung aufhört, sobald wir verheiratet sind und den ganzen Mist endlich vergessen können.«

»Niemals!«, schrie Herbert. »Das werde ich nicht zulassen! Wir haben einen Pakt geschlossen, an den du wie alle anderen Ruflis gebunden bist.«

Walter wischte sich das Federzeichen von der Stirn. »Du tust mir leid, Herbert. Das sind doch bloß Geschichten, die in einem zerfledderten Buch stehen. Ich fand sie lustig, solange ich ein Kind war, aber jetzt sind wir erwachsen. Also lass mich mit diesem Hokuspokus endlich in Ruhe.«

Valerie blinzelte. »Darauf wandte sich Walter um und wollte die Herrengarderobe verlassen, doch Herbert griff nach seinem Arm und hielt ihn zurück. Er murmelte etwas in einer fremden Sprache, woraufhin sich Walter den Bauch gehalten hat und mit schmerzverzerrtem Gesicht zu Boden gefallen ist.«

Anouk und Max sahen sich entsetzt an. »Haben sie dich bemerkt?«

Valerie schüttelte den Kopf. »Nein, ich bin ganz leise von der Bank gestiegen und nach Hause gerannt. Viola habe ich erzählt, dass die beiden nicht gekommen sind. Das Gewitter ist dann ja auch mit voller Kraft herniedergegangen, und sie hat mir geglaubt.«

Valerie seufzte und griff mit zitternden Händen nach ihrer Teetasse. »Das war das letzte Mal, dass ich Walter lebend gesehen habe. Eine Woche später war er tot. Im See ertrunken.«
Anouk schlug sich die Hand vor den Mund.
»Entsetzlich!«, sagte Max und schüttelte den Kopf.
»Ja, nicht wahr? Dabei war er doch so ein guter Schwimmer. Viola ist gleich danach zu unserer Tante nach Zürich gezogen. Sie wollte nicht mehr in Seengen bleiben. Dort hat sie sich zur Krankenschwester ausbilden lassen und später deinen Großvater, Cousin Peter, geheiratet. Aber das weißt du ja.« Valerie lächelte Anouk an. »Die zwei waren sehr glücklich miteinander, obwohl wir ihn damals beim Schützenfest so genarrt haben.« Sie kicherte. »Ich selbst bin im darauffolgenden Sommer ins Welschland gegangen und erst zehn Jahre später, nach dem Tod meiner Mutter, in den Aargau zurückgekommen, um meinem Vater den Haushalt zu führen. Herbert wohnte zu diesem Zeitpunkt in Basel, war schon ein angesehener Historiker und schrieb Bücher über das Schloss und seine Bewohner. Wir haben uns erst wieder getroffen, als du und deine Schwester in euren Schulferien öfter hierhergekommen seid.«
Anouk hatte Tränen in den Augen. Sie dachte an ihre Großmutter, die ihre erste Liebe auf so tragische Weise verloren hatte. An Großvater Morlot konnte sich Anouk dagegen nicht mehr erinnern; er war gestorben, als sie drei Jahre alt gewesen war. Max reichte ihr ein Taschentuch. Sie schnäuzte sich kräftig und stand auf.
»Ich brauche jetzt einen Drink«, sagte sie. »Sonst noch jemand?« Max hob die Hand, ihre Großtante nickte. »Gut, ich hole schnell den Amaretto aus meinem …«, sie brach ab und errötete.
»Keine Angst, Liebes, ich weiß von der Flasche«, meinte Valerie lächelnd. »Und obwohl ich dem Alkohol normalerweise

nichts abgewinnen kann, kann er manchmal auch eine gute Medizin sein.«

Sie blinzelte ihr verschwörerisch zu. Anouk hatte schon die Hand auf der Türklinke, als die Stimme ihrer Großtante sie zurückhielt. »Er ist gewachsen«, sagte sie tonlos. Anouk und Max sahen sich verständnislos an.

»Wer denn, Tati?«

»Herbert«, erwiderte sie. »In der Herrengarderobe, als er diese fremdländischen Worte aussprach. Er wurde plötzlich riesengroß und füllte den ganzen Raum aus.« Sie sah Max und Anouk herausfordernd an. »Und jetzt dürft ihr mich gerne für verrückt erklären.«

Schloss Hallwyl, 1746

Während ihr Marie das Mieder schnürte, überlegte sich Bernhardine, was sie als Nächstes tun sollte. Sie brauchte einen Verbündeten, der ihr half, Gerold zu überführen. Der erste Versuch, ihn zum Reden zu bringen, war kläglich gescheitert. Cornelis und Marie hatten zwar ihren guten Willen bekundet, waren aber nicht in der Lage gewesen, ihr gegen den Ketzer beizustehen. Johannes taugte ebenfalls nicht zum Richter. Wer blieb also noch? Sie fing an zu husten.

»Nicht so fest, Marie! Ich bekomme ja kaum noch Luft.« Sie keuchte und presste eine Hand gegen ihre Brust. Das Atmen bereitete ihr Probleme. Sie fühlte sich auch immer noch müde, aber Gott sei Dank war das Fieber gesunken. Was für eine hartnäckige Erkältung! »Reich mir bitte ein Glas Wasser. Meine Kehle ist vollkommen ausgetrocknet.« Hastig griff sie nach dem ihr gereichten Becher. »Und beim Schlucken habe ich Schmerzen«, jammerte sie.

Marie runzelte die Stirn, trat näher und tastete Bernhardines Hals ab. »Geschwollen ist nichts«, sagte sie, »das kommt sicher daher, dass du so lange geschlafen hast.«
Bernhardine nickte. »Vermutlich«, krächzte sie.
Ein erneuter Hustenanfall schüttelte sie, weshalb sie beinahe das Klopfen an der Tür überhörte. Das Mädchen mit den blonden Zöpfen stand davor und trat von einem Fuß auf den anderen.
»Madame«, sagte sie, »der Pfarrer ist hier. Er lässt fragen, ob die Herrin wohl in der Lage dazu ist, Besuch zu empfangen.«
Der Priester? Bernhardine schürzte die Lippen. Ob er für die neue Kirche zu betteln gedachte? Sie war ja gewillt, ihn dahin gehend zu unterstützen, hatte jetzt aber weder Zeit noch Muße für sein Ansinnen. Sie wollte dem Mädchen schon auftragen, sie zu entschuldigen, als ihr eine Idee kam.
»Führe ihn in die Ahnengalerie. Ich werde ihn empfangen.«
Die Kleine nickte und schloss die Tür.
»Aber Bernhardine«, entfuhr es Marie, »du kannst dem Pfarrer doch unmöglich in einem feuerroten Kleid gegenübertreten. Du bist schließlich in Trauer.«
»Er wird diesen Fauxpas meinem kapriziösen Wesen zuschreiben … wie es auch alle anderen tun.« Und als sie Maries betretene Miene sah, fügte sie hinzu: »Glaub nicht, dass ich nicht wüsste, wie die Leute über mich denken. Außerdem hoffe ich sowieso nicht mehr darauf, dass ich hier«, sie machte eine ausladende Armbewegung, »als Herrin akzeptiert werde – auch wenn mich alle so nennen. Nichtsdestotrotz soll man mir Respekt entgegenbringen. Wenn schon nicht als Gräfin von Hallwyl, dann wenigstens als Mutter von deren Erben.«
Der Geistliche stand vor Viktorias Bild, als Bernhardine eine halbe Stunde später die Ahnengalerie betrat.

»Madame«, sagte er ehrerbietig und versuchte, sein Erstaunen über das rote Kleid mit einem Räuspern zu überspielen, »es ist außerordentlich gütig von Ihnen, mich unangemeldet zu empfangen.«
Bernhardine neigte wohlwollend den Kopf und gebot ihm, sich zu setzen. Sie selbst raffte ihr Kleid und ließ sich vorsichtig auf der Kante eines Louis-quinze-Sessels nieder.
»Ich bitte Sie, Hochwürden, der Dank gebührt Ihnen, mich in diesen schweren Stunden mit geistlichem Beistand zu erquicken.«
Der Pfarrer runzelte verdutzt die Stirn, öffnete den Mund, schloss ihn wieder und kratzte sich am Kinn.
Bernhardine beschloss, gleich zur Sache zu kommen, bevor der Geistliche sein eigenes Anliegen vorbringen konnte.
»Hochwürden«, hob sie an und tupfte sich mit einem Taschentuch den Schweiß von der Stirn. »Sie sind ein Mann Gottes und als solcher sicher mit dem Markus-Evangelium vertraut. Ich spreche von Kapitel 4, Vers 15.«
Die dicken Augenbrauen des Pfarrers schossen in die Höhe wie zwei Hummeln. Er nickte langsam, beugte sich vor, als würde er schlecht hören, und befingerte das Holzkreuz, das an einer Kette um seinen Hals hing.
»Wo das Wort gesät wird und sie es gehört haben, so kommt alsbald der Satan und nimmt weg das Wort, das in ihr Herz gesät war«, flüsterte er heiser.
Bernhardine nickte. Sie warf einen kurzen Blick zur Tür und beugte sich ebenfalls vor.
»Ich habe Grund zur Annahme …«, sie senkte die Stimme, »dass ein naher Bekannter dem Irrglauben anheimgefallen ist. Ich sah ihn gewisse Dinge tun, die …« Sie brach ab, legte sich theatralisch eine Hand aufs Herz und fuhr zögerlich fort. »Ich muss sogar leider so weit gehen, ihn der Anbetung des –

ich wage es kaum auszusprechen – Teufels zu bezichtigen.« Der Priester wollte etwas sagen, doch sie hob die Hand. »Ich weiß, das sind schwerwiegende Anschuldigungen. Und es liegt mir fern, zu einer Hexenjagd aufzurufen. Schließlich sind wir zivilisierte Leute, aber als wahre Christin darf ich meine Augen vor diesem Frevel an Gott, Jesus Christus und der heiligen Kirche nicht länger verschließen.«
Der Priester lehnte sich zurück und zog geräuschvoll die Luft ein, dann schluckte er mehrmals. Sie sah, wie sein Adamsapfel dabei auf- und abhüpfte. Fast tat er ihr leid, doch sie bemerkte auch ein gewisses Glitzern in seinen blassen Schweinsäuglein. Der Samen war gepflanzt.
»Verehrte Gräfin, ich bin zutiefst entsetzt. Wenn Ihre Beobachtungen den Tatsachen entsprechen, und ich sage nicht, dass dem nicht so ist, auch wenn man sich davor hüten muss, voreilige Schlüsse zu ziehen, dann müssen wir ... muss ich, als Hirte unserer Gemeinde, natürlich diesen Anschuldigungen nachgehen.« Er zog ein Schnupftuch aus einer Tasche seines Talars und wischte sich damit die Mundwinkel ab. »Dürfte ich in Erfahrung bringen, um wen es sich bei dem fehlgeleiteten Schaf aus Gottes Herde handelt?«
Bernhardine zögerte. Wenn sie den Namen jetzt aussprach, könnte sie ihn nicht mehr zurücknehmen. Der Gedanke an Désirée fegte jedoch ihre letzten Skrupel beiseite.
»Um den Bruder meines lieben Gatten«, sagte sie mit erstickter Stimme. »Graf Gerold von Hallwyl.«

Besteckgeklapper war das Einzige, was während des Mittagsmahls zu hören war. Weder Johannes noch Gerold schienen darauf erpicht zu sein, eine Konversation mit ihr zu führen. Bernhardine saß vor ihrem Teller und starrte auf die Hasenpastete. Doch weder brachte ihr das Gericht eine Erleuchtung, noch konnte sie einen Bissen zu sich nehmen. Sie war nur durstig. Ihr war, als würde sie innerlich verbrennen. Die Begrüßung zwischen ihr und ihrem Schwager war frostig verlaufen. Sie hatten sich gegenseitig mit schnellen, scharfen Blicken gemustert, als müssten sie ergründen, was der eine vom anderen dachte oder wusste. Der Pfarrer war vor einer Stunde gleich nach ihrer Eröffnung mit wehendem Talar davongeeilt, obschon Johannes ihn zum Essen gebeten hatte. Bernhardine nahm noch einen Schluck Wein. Er schmeckte sauer und ließ einen metallenen Geschmack in ihrem Mund zurück. Ihr schwindelte.

»Messieurs, entschuldigen Sie bitte, aber mir ist nicht wohl. Wenn es Ihnen recht ist, ziehe ich mich zurück.«

Bernhardine erhob sich; die beiden Männer ebenfalls. Keiner sprach ein Wort, aber Johannes nickte mit verkniffenem Gesicht. Sie nahm dies als Zeichen dafür, dass sie entlassen war. Mit größter Willensanstrengung durchquerte sie den Speisesaal und wartete, bis der Diener die Flügeltüre geöffnet hatte. Draußen sank sie stöhnend auf einen Sessel nieder.

Was war nur mit ihr los? Sie befühlte ihre Stirn, die feucht und zugleich heiß war. Also hatte sie wieder Fieber. Das rote Kleid schien ihr auf einmal viel zu eng. Sie konnte kaum atmen, alle Glieder taten ihr weh. Am liebsten hätte sie sich auf dem Stuhl zusammengerollt, um ein wenig zu schlafen. Sie winkte einer vorbeieilenden Magd, die den Herren den Nachtisch brachte.

»Geh, hol die Marie! Schnell!«

Bernhardine liefen die Tränen über die Wangen. Sie durfte jetzt nicht krank werden. Sie brauchte ihre ganze Kraft für den Kampf gegen Gerold. Kurze Zeit später hörte sie Schritte auf der Treppe. Marie kam die Stiege herunter. Bei Bernhardines Anblick schlug sie die Hand vor den Mund.

»Jesses Maria und Josef, Dinchen, du bist ja so weiß wie der Tod!«, stieß sie hervor, lief auf sie zu und half ihr auf die Füße. »Du musst ins Bett, sofort!«

Ein Klopfen schreckte Marie aus dem Schlaf. Sie war auf dem Stuhl neben Bernhardines Bett eingenickt und rieb sich die Augen. Sie hatte einen Sud aus getrocknetem Thymian, Lindenblüten und Hagebutten zubereitet, dementsprechend roch es im Zimmer wie in einer Hexenküche. Doch Dinchen hatte kaum die nötige Kraft dafür aufgebracht, den Aufguss zu sich zu nehmen. Marie hatte ihr helfen müssen und dabei in ihrem Rachen kleine, rote Punkte bemerkt. Marie wusste nicht, was sie davon halten sollte. Sie wagte nicht, »Herein« zu rufen, deshalb stand sie auf und schlich auf Zehenspitzen zur Tür. Die Amme der Zwillinge stand davor. Ihre Augen waren groß wie Suppenteller, und sie rieb sich nervös die Hände.
»Wenns bitte mal kommen würden. Die Buben ... sie ... ich weiß nich, aber sie habn so komischs Zeugs im Gsicht und auch an die Ärmchen.«
Marie warf einen Blick auf Bernhardine, die endlich ruhiger atmete, und nickte.
»Sofort«, flüsterte sie, griff nach ihrem Schultertuch und folgte der jungen Frau ins Kinderzimmer.
Der Gestank nach Exkrementen nahm ihr den Atem, als sie durch die Tür trat. Sie warf der Amme einen bösen Blick zu, worauf diese schuldbewusst den Kopf einzog. Marie ging zum Fenster und riss es auf. Eisige Luft schlug ihr entgegen. Sie tat ein paar tiefe Atemzüge und drehte sich dann wieder ins Zimmer. Die Zwillinge lagen apathisch in der Wiege. Ihre Augen glänzten fiebrig, der spärliche Haarflaum war schweißnass.
»Wann hast du ihnen das letzte Mal die Brust gegeben?«, wandte sie sich an die Amme.

Diese runzelte die Stirn. »Heut früh, so um die siebn, aber da habns nur e wengerl dran gnuckelt.«
Marie schüttelte missbilligend den Kopf, sparte es sich jedoch, eine Rüge auszuteilen, weil diese ohnehin nichts nützen würde. Das Mädchen war dumm wie Bohnenstroh.
»Hilf mir, die Buben aus der Wiege zu nehmen!«, befahl sie.
Die Amme eilte hinzu und griff nach Burkhardt, während Marie Kaspar aus dem Bettchen hob. Der Bub glühte. Sie konnte das Fieber durch die Kleider hindurch fühlen. Sein Kopf baumelte hin und her, die Augen waren verdreht. Lediglich das Weiße war noch zu sehen. Marie schluckte. Die zwei waren ernsthaft erkrankt. Der Raum hatte sich blitzartig abgekühlt, daher schlang sie eine Decke um den Knaben. Sie trat zum Fenster, legte sich den halb bewusstlosen Kaspar an die Schulter und stieß den Fensterflügel mit dem Ellbogen zu. Sie drehte den Buben ins Licht, und da sah sie es. Eine eiserne Faust umklammerte ihr Herz und ließ sie in stummem Entsetzen die Hand vor den Mund schlagen.

18

Seengen, 2010

Anouk lehnte mit verschränkten Armen an Max' Auto und sah übers Seetal. Es war kurz nach Mittag. Auf dem See kreuzten Segelboote, die von ihrem Standort, oben auf dem Berg, wie Spielzeuge aussahen, denen ein Riese einen Schubs gegeben hatte. Anouk schwitzte und beneidete all jene, die sich zurzeit in den Strandbädern tummelten.

Max hatte sich in den Kopf gesetzt, seinen liegen gebliebenen Wagen selbst zu reparieren, deshalb waren sie nach dem Mittagessen mit Tatis Auto den Eichberg hinaufgefahren. Seit einer Dreiviertelstunde beugte sich Max nun schon über den Motor, hatte aber, außer sich schwarze Finger zu holen, noch nichts zustande gebracht.

»So eine Mistkarre!«, tönte es unter der Kühlerhaube hervor. Anouk lachte.

»Wie wär's mit dem Pannendienst? Oder ist der Herr vielleicht zu stolz, um Hilfe anzufordern?«

Max knurrte etwas Unverständliches, richtete sich auf und putzte seine verschmierten Hände an einem Lappen ab.

»Meinst du, er hat seinen Bruder umgebracht?«, fragte Anouk unvermittelt und verschränkte die Arme vor der Brust.

»Das traue ich dem Kurator durchaus zu«, erwiderte Max. »Walter wollte Viola heiraten, das passte Herbert nicht in den

Kram, und schwups, hat der Bruder wenig später einen Badeunfall. Ganz schön praktisch, nicht?«
Anouk nickte und verscheuchte eine lästige Fliege.
»Aber was hat er bloß gegen meine Familie?« Sie öffnete den Kofferraum von Valeries BMW, holte eine karierte Decke heraus und breitete sie im Schatten des Wagens aus. Dann ließ sie sich auf ihr nieder und klopfte auffordernd mit der Hand neben sich. »Selbst Tati kannte nicht den Grund dafür. Vielleicht hätte uns ja meine Großmutter mehr darüber erzählen können.«
Max setzte sich ächzend auf die Decke und wischte sich mit dem schmutzigen Lappen den Schweiß von der Stirn. Dabei blieb ein Streifen Motoröl zurück. Anouk grinste.
»Ich vermute, dass irgendwann einmal etwas Schlimmes zwischen euren Familien vorgefallen ist. Das liegt doch auf der Hand. Und Rufli hat gegenüber Walter ja auch etwas Ähnliches angedeutet.«
Anouk runzelte die Stirn. »Das ist aber doch noch lange kein Grund, seinen Bruder gleich umzubringen.«
Sie schüttelte den Kopf.
»Nun ja, fragt sich, was damals passiert ist. Eine Scheidung. Ehebruch. Betrug. Rufschändung. Früher war man in mancherlei Hinsicht noch nicht so aufgeschlossen wie heute.«
Anouk wiegte zweifelnd den Kopf hin und her. »Früher? Du meinst im achtzehnten Jahrhundert? Aber wenn das stimmt, müssten doch irgendwelche Aufzeichnungen darüber zu finden sein. Im Kirchenregister oder in einer Chronik.«
Max lehnte sich mit dem Rücken ans Auto und seufzte. »Vermutlich, aber das sind in jedem Fall vertrauliche Akten, und ich kann mir nicht vorstellen, dass wir so ohne weiteres die Erlaubnis erhalten werde, sie einzusehen oder eventuell sogar zu kopieren.«

»Stimmt, daran habe ich nicht gedacht.« Anouk legte ihren Kopf an seine Schulter. »Sollen wir also aufgeben?«
»Möchtest du das denn?«
»Im Grunde nicht, aber wenn Rufli wirklich seinen Bruder auf dem Gewissen hat, wird er auch vor einem weiteren Verbrechen nicht zurückschrecken. Für ihn steht zu viel auf dem Spiel. Ist uns die Frau in Rot dieses Risiko wert?«
Max drückte ihr einen Kuss auf den Scheitel.
»Wir müssen einfach nur vorsichtig sein. Rufli ist zwar gewarnt, wir aber auch. Außerdem weiß er nichts von Valeries Beobachtungen. Ich denke, dahin gehend sind wir im Vorteil.« Anouk nickte, wischte Max den Ölstreifen von der Stirn und stand auf.
»Also los!«, sagte sie uns streckte ihm die Hand hin.
Er griff danach, und Anouk zog ihn mit einem Ruck auf die Füße.
»Was hast du vor?«
»Wir gehen beichten!«

Vom Kirchturm schlug es ein Uhr, als sie auf den Parkplatz am Friedhof einbogen. Die Luft über dem heißen Asphalt flirrte vor Hitze. Ein rostiges Fahrrad mit verbogenem Vorderrad lehnte an der Begrenzungsmauer, ansonsten war das Areal leer. Anouk stieg aus Tati Valeries BMW aus und wischte sich ihre schweißigen Hände an den Shorts ab. Noch immer bekam sie Panikattacken, sobald sie in einen Wagen stieg. Ob sich das binnen kurzem ändern würde? Wenn nicht, würde sie sich einer Therapie unterziehen müssen, denn es ging nicht an, dass ein Topmodel nicht mobil war. Aber war sie das denn überhaupt noch? Mit ihrer Narbe, all ihren Abschürfungen und blauen Flecken? Als Model für einen fingierten Boxkampf war sie sicherlich gut geeignet, aber Laufstege und Shootings konnte sie im Moment vergessen. Max sah nicht minder lädiert aus. Statt seiner Patienten behandelte er in letzter Zeit vorwiegend sich selbst. Es wäre im Grunde doch so einfach, das ganze Unternehmen aufzugeben und sich ein paar Tage Auszeit zu gönnen; baden zu gehen, eine Segeltour zu machen und alte Bilder, belgische Maler und rote Kleider zu vergessen. Doch dafür kannte sie sich zu gut. Sie würde nicht kapitulieren. Schon als Kind hatte sie verbissen auf das hingearbeitet, was sie sich in den Kopf gesetzt hatte, weshalb ihr Vater sie auch liebevoll »mein kleiner Terrier« genannt hatte. Und meist hatte sie das Gewünschte auch erreicht. Doch sie wusste, dass es im Leben Dinge gab, die man weder durch Hartnäckigkeit noch durch kontinuierliche Arbeit bekommen konnte: Loyalität, Vertrauen, Liebe oder eine beste Freundin. Das alles waren Dinge, die einem oft nur durch Glück zuteilwurden und die man auch oft nur dank glücklicher Umstände behielt.

Anouk bemerkte, dass Max sie aufmerksam musterte. Ihre Gedanken standen ihr sicher ins Gesicht geschrieben, und so straffte sie die Schultern und hakte sich bei ihm unter.

»Jetzt wollen wir doch einmal sehen, ob das Theaterspielen Früchte bei mir getragen hat.«

Das Pfarrhaus befand sich hinter der Kirche in einem parkähnlichen Garten. Es war ein massiv gebautes zweistöckiges Gebäude mit wettergegerbten Sichtbalken. Eine blaue Kinderschaukel hing am Ast einer Eiche und pendelte sachte hin und her. Durch ein offenes Fenster sah man in die Küche, wo ein Mann mittleren Alters am Tisch saß und in einer Zeitung las.

»Du weißt aber schon, dass die Reformierten nicht beichten, oder?«, sagte Max, bevor er die Klingel betätigte.

»Wart's ab«, erwiderte Anouk geheimnisvoll.

Der Pfarrer in einem kurzärmligen, karierten Hemd, Jeans und Sandalen wirkte überrascht, als er die Haustür öffnete.

»Herr Sandmeier?«, rief er und sah über seine randlose Brille hinweg zuerst Max und dann Anouk fragend an. »Gibt es einen Todesfall zu beklagen?« Max beeilte sich zu verneinen und machte ihn daraufhin mit Anouk bekannt. »Oh, die Großnichte unserer lieben Valerie. Von Ihnen hört man ja so Einiges«, stellte der Geistliche mit einem Schmunzeln fest. Anouk seufzte ergeben. Dem Dorfklatsch war nicht beizukommen. Am besten man ignorierte ihn einfach.
»Was kann ich für Sie tun? Aber kommen Sie doch erst einmal herein. Oder nein, gehen wir besser in den Garten.« Er wandte sich um. »Schatz«, rief er ins Innere des Hauses, »wir haben Besuch! Würdest du uns bitte eine Kanne Eistee in die Laube bringen?«
Irgendwo im Haus fiel eine Tür ins Schloss, etwas krachte zu Boden, und gleichzeitig brach ein ohrenbetäubendes Kindergeheul los.
Der Pfarrer stutzte. »Ich kann den Krug aber auch gleich selbst mitnehmen. Warten Sie einen Moment!« Er drehte sich um und lief durch den Flur in die Küche, aus der er mit drei Gläsern und einer Karaffe mit bräunlichem Inhalt wieder zurückkam. »Hier entlang, bitte.«
Sie umrundeten das Pfarrhaus und traten durch einen gemauerten Torbogen an dessen Rückseite hindurch. Danach überquerten sie ein Rasenstück, bis sie zu einer weiß gestrichenen Gartenlaube gelangten, die von einer wuchernden Rosenhecke umgeben war. Dort bat sie der Pfarrer, Platz zu nehmen. Er füllte die Gläser und prostete ihnen zu. Entgegen Anouks anfänglicher Befürchtung schmeckte der Eistee hervorragend, und sie leerte ihr Glas in einem Zug.
»Also«, begann er und legte seine gepflegten Hände auf den Holztisch. »In welcher Angelegenheit kann ich Ihnen behilflich sein?«

Anouk warf Max einen schnellen Blick zu. »Wir möchten heiraten«, sagte sie.
Max verschluckte sich an seinem Getränk und begann zu husten. Er wurde puterrot im Gesicht und schnappte hilflos nach Luft. Anouk klopfte ihm hilfsbereit auf den Rücken.
»Na, dann herzliche Gratulation!«, sagte der Pfarrer gedehnt und warf Max einen irritierten Blick zu.
»Danke«, entgegnete Anouk. »Es gibt aber ein Problem. Wir befürchten, dass wir miteinander verwandt sind. Und da wir gerne Kinder möchten«, sie strich Max bei den Worten liebevoll über die Wange, »sind wir natürlich ... etwas besorgt. Sie verstehen?«
Der Pfarrer nickte. »Das scheint mir aber eher ein Problem medizinischer Natur zu sein, für das Sie ja bereits einen geeigneten Fachmann an Ihrer Seite haben.« Er musterte Max, der sich die tränenden Augen mit einem Taschentuch abwischte und zu niesen anfing. »Ich als Seelenhirte werde Ihnen dabei wohl kaum weiterhelfen können.«
»Ja, natürlich«, bestätigte Anouk. »Es wäre uns aber ein großes Anliegen, jeden Verdacht, auch in moralischer Hinsicht, auszuräumen. Ich würde mich sonst unwohl fühlen. Und deshalb sind wir hier. Wir würden gerne Einsicht ins Kirchenregister nehmen. Den fraglichen Zeitraum, um den es geht, haben wir bereits eingegrenzt, er umfasst die Jahre von circa siebzehnhundertsechsundvierzig bis heute.«
Anouk schenkte dem Pfarrer ein strahlendes Lächeln und strich sich eine Locke aus dem Gesicht. Max biss sich auf die Lippen und betrachtete interessiert eine Ameisenkolonne, die in gerader Linie die Laube durchquerte.
Der Geistliche lehnte sich zurück, nahm seine Brille ab und fing an, sie mit seinem Hemdzipfel zu putzen. Anschließend hielt er sie gegen das Licht, schien mit dem Ergebnis zufrieden und setzte sie wieder auf.

Anouk musste an sich halten, um nicht vor lauter Ungeduld mit den Fingern auf die Tischplatte zu trommeln. Ihr Lächeln bröckelte mit jeder Sekunde, in der der Pfarrer nichts sagte. Endlich räusperte er sich, wischte einen Krümel vom Tisch und blickte Anouk geradewegs in die Augen.
»Das ist der größte Bockmist, der mir je untergekommen ist.« Dann warf er den Kopf in den Nacken und fing schallend an zu lachen, dabei klopfte er so übermütig auf den Tisch, dass die Gläser hüpften. »Und das Gesicht des Doktors während Ihrer Ausführungen hätte man fotografieren und im Seenger Landboten abdrucken sollen! Himmel, das ist das Witzigste, was ich seit langem gehört habe.« Er gluckste. »Sie reden tatsächlich von Blutschande?«
Ein erneuter Lachkrampf schüttelte ihn. Anouk und Max sahen einander betreten an.
Über die Wiese kam eine Frau mit einem Kleinkind an der Hand und nickte grüßend in die Runde. »Was gibt es denn so Lustiges?«, fragte sie, setzte sich und hob das Mädchen auf ihren Schoß. Sie schaute neugierig von einem zum anderen.
Immer noch lachend deutete der Pfarrer auf Anouk. »Sie … ich …«, er brach ab und hielt sich den Bauch.
Die Frau hob verwirrt die Augenbrauen. »Ich entschuldige mich für meinen Mann. Wenn er nicht Geistlicher geworden wäre, dann sicher Komiker.«
Anouk lächelte säuerlich. Max verzog das Gesicht. Das Mädchen deutete auf die Schaukel und fing an zu quengeln. Die Pfarrersfrau setzte die Kleine ab, nahm sie bei der Hand und stand auf.
»Mutterpflichten«, seufzte sie ergeben. »Ich wünsche Ihnen noch einen schönen Tag! Und du«, sie knuffte ihren Mann in den Arm, »solltest dich mal wieder beruhigen.«
Der Pfarrer räusperte sich mehrmals, wischte sich mit einem Taschentuch über die Augen und atmete tief ein.

»Tut mir leid, aber das war eine Oscar-würdige Vorstellung.«
Seine Mundwinkel zitterten. »Aber ganz unnötig. Unsere kirchlichen Register sind zwar prinzipiell nicht öffentlich, doch wenn Sie einen begründeten Interessennachweis erbringen können – zum Beispiel Nachforschungen wegen der Erstellung eines Familienstammbaums oder etwas Ähnliches –, dürfen Sie diese natürlich ohne weiteres einsehen.« Anouk atmete erleichtert auf. »Und das, ohne schwindeln zu müssen«, fügte er augenzwinkernd hinzu. »Das schätzt der Chef nämlich nicht besonders.«
Er wies mit dem Daumen zum Himmel hinauf.
Anouk errötete. »Entschuldigen Sie, dass ich Sie angeflunkert habe«, sagte sie kleinlaut, »aber ich … wir müssen unbedingt einer Sache nachgehen, die sich vermutlich im achtzehnten Jahrhundert ereignet hat. Es könnte eine Verbindung zwischen meiner Familie und der der Ruflis geben, die wir näher untersuchen wollen.«
Der Geistliche hob die Augenbrauen. »*Der* Ruflis?«
Max nickte. »Ja, der Familie des Kurators.«
»Interessant«, murmelte der Pfarrer und stand auf. Anouk und Max blickten zu ihm hoch. »Dann auf ins Reich der verstaubten Folianten!«, rief er gut gelaunt.
Das Kirchenarchiv befand sich in einem Gebäude, das ganz offensichtlich zu einer späteren Zeit ans Pfarrhaus angebaut worden sein musste. Der Geistliche zog einen Schlüsselbund hervor, den er an seinem Gürtel befestigt hatte, und öffnete die Tür. Sie traten in einen hellen Raum mit einem zerschlissenen Orientteppich am Boden. Ein Schreibtisch mit Drehstuhl, ein Computer, Regale voller Ordner und eine mickrige Topfpflanze vervollständigten die Einrichtung.
Anouk war enttäuscht. Sie hatte modrige Luft, staubige Papierstapel und eiserne Schatullen erwartet.

»Mein Büro«, erklärte der Pfarrer. Er setzte sich an den Schreibtisch, startete den Computer und gab dann über die Tastatur ein paar Befehle ein. »Ah, ja«, murmelte er. »Glück gehabt!« Er schnippte mit den Fingern.
Anouk und Max sahen ihn verständnislos an.
»Wie meinen Sie das?«, fragte Anouk und äugte auf den Bildschirm.
Der Priester lehnte sich zurück. »Das Pfarrhaus ist einmal komplett abgebrannt«, erklärte er. »Dabei wurden nahezu alle in ihm aufbewahrten Dokumente zerstört. Wenn ich mich recht erinnere, muss das gegen Ende des achtzehnten Jahrhunderts gewesen sein.« Er schaute verblüfft hoch. »Komischer Zufall!« Anouk und Max wechselten einen bedeutungsvollen Blick. »Wie dem auch sei«, fuhr der Geistliche fort. »Ein paar Akten aus der Zeit konnten vor dem Feuer gerettet werden. Irgendwann in den letzten Jahren wurden sie dann alle elektronisch erfasst und archiviert. Ich habe den Registraturplan hier im Computer.« Er drückte auf eine Taste, worauf in der Ecke ein Drucker zu rattern begann. Der Pfarrer stand auf und griff sich den Ausdruck. »Hier entlang, meine Herrschaften.«
Er zeigte auf eine eisenbeschlagene Tür neben einem Aktenregal, die Anouk zuvor nicht bemerkt hatte. Wieder zog er seinen Schlüsselbund hervor, schloss die Tür auf und ging ihnen voran. Nur wenige Meter später führte eine enge Wendeltreppe zu ihren Füßen in die Tiefe. Der Pfarrer betätigte einen Lichtschalter, und an der Decke flammte eine nackte Glühbirne auf.
»Bitte nicht stolpern, die Treppe ist recht steil!«, warnte er und stieg bereits die ersten Stufen hinab.
Anouks Augen wurden groß, und sie drückte Max' Hand. »Aufregend, nicht?«, flüsterte sie, worauf er nur stumm mit dem Kopf nickte.

»Kommen Sie?«, tönte es von unten aus der Tiefe zu ihnen hinauf.
Die Stimme des Pfarrers hallte unheimlich in dem engen Abgang. Anouk fröstelte. Sie atmete tief durch, dann folgte sie Max vorsichtig die Treppenstufen hinunter.

Schloss Hallwyl, 1746

Marie stand am Fenster, hatte das Gesicht in den Händen vergraben und schluchzte. Die Zwillinge hatten die Pocken! Es war zu entsetzlich, um das Wort laut auszusprechen. Wie sollte sie das dem Herrn mitteilen, wie Bernhardine? Marie hatte schon Leute gesehen, die die Blattern überlebt hatten. Das waren aber alles erwachsene, gesunde Menschen gewesen; keine zarten Frauen oder Säuglinge. Aber selbst wenn man die Krankheit überstand, blieben hässliche, entstellende Narben zurück. Die armen Teufel waren für ihr ganzes Leben gezeichnet. Bernhardine würde das nicht ertragen können!
Marie setzte sich auf ihr Bett und versuchte, sich zu beruhigen. Es brachte keinem etwas, wenn sie jetzt den Kopf verlor. Sie war vermutlich die Einzige, die in diesem verfluchten Gemäuer noch bei klarem Verstand war. Der jungen Amme hatte sie nichts von ihrem Verdacht erzählt. Warum auch? Wenn es wirklich die Pocken waren, hatte sich das Mädchen ohnehin längst angesteckt. Außerdem wäre das dumme Ding danach sicher schreiend aus dem Schloss gelaufen und hätte unnötigen Tumult unter dem Gesinde ausgelöst. Marie hatte gehört, dass man die Infizierten von ihren Mitmenschen fernhalten sollte und zusätzlich die Kleider, das Bettzeug und alles andere, was die Kranken zuvor berührt hatten, verbrennen musste.
Bei den Zwillingen war sich Marie sicher, dass sie die Blattern

hatten, bei Bernhardine jedoch nicht. Vielleicht waren die Sprenkel in ihrem Rachen etwas ganz anderes. Bis jetzt hatte Dinchen nämlich weder Flecken im Gesicht noch an den Armen. Aber die können noch kommen, flüsterte eine böse Stimme in Maries Kopf, wie auch die Bläschen voller Flüssigkeit und die aufbrechenden Pusteln, die diese schrecklichen Narben zurücklassen. Dann wird dein hübsches Dinchen eine garstige Hexe sein. Und was ist mit dir, alte Frau? Womöglich hast du dich auch angesteckt? Sag, schleicht sich schon Furcht in dein Herz?

»Schweig!«, schrie Marie und hielt sich die Ohren zu, als könnte sie die Stimme in ihrem Innern damit zum Verstummen bringen. »Wir vertrauen auf Gott und seine Güte.«

Der letzte Satz klang jedoch nicht sehr überzeugend. Denn seit Désirée nicht mehr war, hatte Marie Mühe, zu ihrem früheren Gottvertrauen zurückzufinden. Doch an wen sollte sie sich sonst in ihrer Not wenden, wenn nicht an den heiligen Jesus? Sie stand auf, öffnete die Tür zum Nebenzimmer und gewahrte, dass Bernhardine immer noch schlummerte. Marie zog sich leise wieder zurück, warf sich das Schultertuch über und kramte eine dicke, weiße Kerze aus ihrer Kommodenschublade. Sie hatte lange gespart, bis sie sich diese hatte kaufen können. Sie war überdies als ihr eigenes Totenlicht gedacht gewesen. Doch die Zwillinge und Bernhardine brauchten die Spende nun nötiger. Ein einfaches Weib wie sie würde auch mit einem bescheidenen Talglicht die Himmelspforte finden. Mit diesem Gedanken machte sie sich auf den Weg zur Kapelle.

Bernhardine erwachte keuchend. Im Traum hatte sie gesehen, wie Désirée auf die Zinnen gestiegen war. Halb nackt und tränenüberströmt, während ein Schneesturm tobte und an ihrem Nachthemd zerrte.

Bernhardines Hals war ein einziges Flammenmeer. Sie hustete und stöhnte. Jeder Atemzug schmerzte wie tausend Bienenstiche. Sie langte nach dem Gebräu auf dem Nachttisch. Es war kalt geworden und schmeckte scheußlich, linderte aber die Schluckbeschwerden.

»Marie«, krächzte sie, »bist du da?«

Nur das Ticken der Pendeluhr war zu hören, dazu das Heulen des Windes vor dem Fenster. Bernhardine musste sich erleichtern. Und zwar dringend. Sie schlug die Decke zurück und setzte vorsichtig einen Fuß auf den Boden. Ihr Morgenmantel lag griffbereit auf dem Stuhl neben ihrem Bett, die Pantoffeln standen darunter. Das rote Kleid hing zum Auslüften vor dem Kleiderschrank. Als sie sich erhob, wurde ihr schwindlig. Kein Wunder, wusste sie doch nicht, wann sie zuletzt etwas zu sich genommen hatte. Sie hielt sich am Bettpfosten fest, schleppte sich dann zum Waschtisch, verschnaufte einen Moment und schlich an der Wand entlang zum Abort. Selbst durch die mit Lammfell gefütterten Pantoffeln hindurch spürte sie den eiskalten Steinboden. Beim Wasserlassen fühlte sie einen brennenden Schmerz im Unterleib, doch sie durfte sich nicht gehen lassen. Ihre Söhne brauchten sie. Und obwohl ihr Körper vehement nach dem warmen Bett verlangte, machte sie sich auf den Weg ins Kinderzimmer.

Was Cornelis wohl gerade tat? Ob er am Porträt malte oder sich zur Abreise entschlossen hatte? Seit der Totenfeier hatte sie ihn nicht mehr gesehen. Zum einen war sie froh darüber, zum anderen vermisste sie seine Gegenwart. Auch wenn es keine Zärtlichkeiten mehr zwischen ihnen geben würde; seine bloße Anwesenheit hatte ihr Leben bereichert. Und wenngleich sie sich verbot, die Stunden in der Kapelle ins Gedächtnis zurückzurufen, konnte sie nichts dagegen tun, dass sie fortwährend von Cornelis' Mund, seinen Händen und den Gefühlen träumte, die er in ihr geweckt hatte. Bernhardine seufzte. Sie wollte jetzt nicht weinen, nicht in Selbstmitleid und sinnlose Träumerei verfallen. Die Zwillinge brauchten ihre Mutter.

Der Weg zu den Kinderzimmern schien ihr unendlich weit. Hoffentlich begegnete sie Gerold nicht. Sie fühlte sich außerstande, ihrem Schwager in ihrer jetzigen Verfassung gegenüberzutreten. Stattdessen zählte sie darauf, dass der Priester Himmel und Hölle in Bewegung setzen würde, um ihren Vorwürfen nachzugehen. Selbst wenn er gegen Gerold nichts ausrichten könnte, bliebe ein dunkler Fleck auf dessen Weste zurück, und er würde für alle Zeit den Makel der Häresie mit sich herumtragen. Ein zufriedenes Lächeln umspielte ihre Lippen.

Im Kinderzimmer war es frisch, als hätte jemand kurz zuvor gelüftet. Die Amme war auf dem Stuhl eingenickt, die Zwillinge schliefen ebenfalls. Das beruhigte Bernhardine ein wenig. Demzufolge schien es ihren Söhnen besser zu gehen. Leise trat sie an die Wiege heran, um sich mit einem Blick zu vergewissern, dass auch wirklich alles in Ordnung war – und stieß einen markerschütternden Schrei aus.

In der Kapelle war es dunkel. Niemand hatte daran gedacht, eine Kerze anzuzünden. Die vergangenen Tage hatten den gleichmäßigen Gang der Dinge und die Menschen im Schloss erschüttert. Ob jemals wieder so etwas wie ein normaler Alltag einkehren würde?

Marie atmete tief durch und ging zum Opfertisch. Sie durfte nicht verzweifeln, denn ohne Hoffnung war das Leben sinnlos. Sie knickste vor dem gekreuzigten Heiland, zog ihre Kerze aus der Rocktasche hervor und stellte sie auf den Steinaltar.

Mit klammen Fingern griff sie nach der Zunderbüchse, die neben dem verbrauchten Kerzenstummel lag.
»Kann ich helfen?«
Marie drehte sich erschrocken um. Vor ihr schälte sich die Gestalt des Malers aus der Finsternis zwischen den Bankreihen heraus und stellte sich neben sie. Er nahm ihr die Büchse unaufgefordert aus der Hand, entfachte geschickt einen Funken, hielt ihn an den Feuerschwamm und entzündete damit die Kerze.
»Schon besser«, meinte er, »die Dunkelheit frisst am Gemüt.«
Marie nickte, ohne etwas zu sagen. Sie wollte lieber allein sein, um zu beten. Und um einen kleinen Handel mit Gott abzuschließen. Eine Hand wäscht die andere, war ihr Motto, von dem auch der Herrgott nicht ausgenommen war.
»Wie geht es Eurer Herrin?«, fragte der Holländer und setzte sich in die vorderste Bankreihe.
Er sah schlecht aus. Seine Haare waren zerzaust, der Bart seit Tagen nicht gestutzt, im flackernden Kerzenschein wirkte sein Gesicht fahl, die Wangen eingefallen. Dieses Schloss machte alle krank!
Maries Augen wurden plötzlich riesengroß. Hatte Cornelis van Cleef womöglich die tödliche Krankheit eingeschleppt? Aber was spielte das noch für eine Rolle, es würde nichts mehr ändern, wenn man den Schuldigen kannte.
»Sie ist krank, Meister van Cleef«, sagte sie und ihre Augen füllten sich mit Tränen. »Sehr krank.«
Der Maler nickte und vergrub sein Gesicht in den Händen. Marie hatte plötzlich Mitleid mit ihm. Sie wusste schon lange, was zwischen ihm und Bernhardine vor sich ging, und hatte diese Entwicklung mit Sorge zur Kenntnis genommen. Die zwei spielten mit dem Feuer und waren sich dessen vermutlich nicht einmal bewusst. Und jetzt saß der Bursche hier wie

ein Häuflein Elend. Nur weil er verliebt war. Und wer konnte ihm verdenken, dass Bernhardine sein Blut in Wallung brachte? Sie war jung, schön und reich. Jedes dieser drei Attribute für sich allein war schon Versuchung genug, und van Cleef war schließlich auch nur ein Mann.

Marie setzte sich zu Cornelis auf die Bank. Einen Moment überlegte sie, mit welchen Worten sie ihm Trost spenden könnte. Sie war nicht sehr gebildet, aber es drängte sie danach, dem Holländer wenigstens ein wenig Zuspruch zukommen zu lassen.

Sie blickte zum gekreuzigten Heiland hoch, dann auf das gesenkte Haupt des Malers und legte ihm zaghaft eine Hand auf den Arm.

»Schaut, Cornelis, Bernhardine ist eine Adlige, und das wird sie bleiben, was auch immer geschieht. Und der Spatz kann nun einmal nicht die Taube freien, auch wenn sie beide Flügel haben.«

Cornelis zog tief die Luft ein und nickte.

»Ihr habt recht, Marie. Ich ... wir wussten das immer, aber was will man gegen seine Gefühle tun? Wenn das Herz spricht, verstummt der Verstand.«

Marie lächelte. Der Holländer war nicht dumm. Sie konnte Bernhardines Empfindungen für den Künstler durchaus verstehen, obwohl sie sie nicht billigte. Aber im Gegensatz zu Johannes war der Maler eben ein ansprechendes Mannsbild. Es war nicht sein Fehler, dass er in die falsche Familie hineingeboren worden war. Aber ändern ließ sich das nun einmal nicht, sondern blieb, wie es war. Es gab Herren, und es gab Knechte. Und jeder musste auf seinem Platz bleiben.

»Betet für sie, Cornelis! Wenn Ihr sie liebt, bittet den Heiland inbrünstig darum, dass er sie und die Zwillinge wieder gesund macht.«

Bernhardine stolperte auf der Suche nach Johannes durch die Gänge. Ihr Morgenmantel flatterte wie ein Segel hinter ihr her. Sie keuchte, Tränen strömten über ihr Gesicht und nässten ihren Busen, aber sie merkte es nicht.
Die Zwillinge hatten die Pocken! Das Grauen drohte, sie angesichts dieser Erkenntnis zu überwältigen. Sie stützte sich auf einen Mauervorsprung und hustete sich die Seele aus dem Leib. Der Tod lauerte im Schloss. Hinter jeder Ecke vermeinte sie, seine Fratze zu erblicken und zu hören, wie er die Sense schliff. Er wollte mähen: die Ähren, die Schlossbewohner, die Kinder.
»Meine Kinder!«, schrie sie zwischen zwei Hustenanfällen. »Hast du denn immer noch nicht genug?«
Sie riss alle Türen auf. Johannes war nirgends zu erblicken. Es blieb nur noch eine Möglichkeit, wo er sich aufhalten konnte: bei seinem Bruder.
Sie schleppte sich in den ersten Stock hinauf und hämmerte an Gerolds Zimmertür. Nach einem Augenblick wurde diese geöffnet, und ihr Schwager musterte sie mit hochgezogenen Augenbrauen.
»Welch ungewöhnliches Habit, verehrte Brudergattin! Ist das die neueste Mode aus Paris?«
Bernhardine stieß einen unartikulierten Laut aus und zwängte sich an ihm vorbei ins Zimmer.
»Wo ist mein Gatte?«, keuchte sie und hielt sich an einem Stuhl fest. »Ich muss ihn unverzüglich sprechen.«
Gerold kratzte sich am Kinn, blickte demonstrativ um sich und schüttelte dann bedauernd den Kopf.
»Wie Ihr selbst seht, befindet er sich nicht in meinen Gemächern. Doch wartet …!« Er griff in seine Westentasche und machte ein betrübtes Gesicht. »Nein, ich bin untröstlich, auch hier hat er sich nicht versteckt.«

Bernhardine war zu schwach, um sich gegen seinen Spott zu wehren. Was spielte es noch für eine Rolle, dass er sie erniedrigte? Sollten die Zwillinge tatsächlich an den Pocken erkrankt sein, trüge sie den Keim der Krankheit vermutlich schon in sich. Und was das bedeutete, wusste sie nur zu gut. Dann waren alle auf dem Schloss in Gefahr, an der schrecklichen Geißel zu erkranken und vielleicht sogar zu sterben. Selbst dieser überhebliche Teufelsanbeter, der mit einem maliziösen Lächeln am Türrahmen lehnte. Sie wollte ihm die gute Nachricht bereits in seine anmaßende Visage schleudern, als ihr ein Gedanke kam und ein gefährliches Funkeln in ihren Augen aufglomm.

»Ja, lieber Schwager, Ihr habt recht, ich muss meinen Gatten anderweitig suchen. Habt Dank für Euren guten Rat.«

Sie trat so nahe an ihn heran, dass sie seinen sauren Atem riechen konnte und den Schweißgeruch, den er mit viel Parfüm zu überdecken versuchte. Gerolds rechtes Lid zuckte.

Bernhardine blickte in seine schwarzen Augen, sammelte ihren Speichel, schlang ihre Arme um seinen dürren Hals und presste ihre Lippen auf die seinen. Ihre Zunge drang schnell und fordernd in seinen Mund ein. Gerold keuchte und schreckte zurück. Bernhardine lächelte.

»Ein Geschenk, verehrter Schwager. Mögt Ihr lange Freude daran haben.«

19

Seengen, 2010

Der Pfarrer stand am Fuß der Treppe und wartete. Sie befanden sich in einer Art Vorraum, von dem mehrere Türen abgingen. Der Geistliche öffnete die erste zu ihrer Rechten und betätigte den Lichtschalter. Auf der einen Seite des Zimmers, das nun hell erleuchtet war, standen Aktenschränke, die alphabetisch beschriftet waren. Links davon reichte ein großer Glasschrank, in dem dicke Folianten lagerten, bis knapp unter die Zimmerdecke. Die meisten waren in Leder gebunden, andere in Leinen eingeschlagen, dazwischen immer wieder lose Blätter zwischen Pappdeckeln, die mit dicken Schnüren zusammengehalten wurden.

»Das entspricht schon eher der Vorstellung eines Kirchenarchivs, nicht?«, raunte Max. Anouk nickte stumm.

Der Pfarrer wies mit dem Kopf auf den gläsernen Schrank und lächelte geheimnisvoll. Er öffnete dessen Schloss, sah auf seinen Ausdruck und griff zielstrebig nach einem dicken Buch im obersten Fach. Er zog es heraus, legte es auf den Tisch und schlug es auf.

Anouk konnte kaum an sich halten. Fast am Ziel!, wisperte eine Stimme in ihrem Kopf und ließ sie schaudern.

»Ist dir kalt?«, flüsterte Max.

Sie schüttelte den Kopf. »Nein, ich platze nur fast vor Neugier.«

Er griff nach ihrer Hand, und gemeinsam traten sie näher. Der Foliant war an einer Seite ein wenig angekohlt, das Leder abgenutzt und brüchig.
»Man sollte die Dokumente unbedingt restaurieren«, bemerkte der Pfarrer. »Nur leider ist das wahnsinnig teuer. Und bislang standen immer dringlichere Projekte an. Aber womöglich schreibe ich nächstens dem Schweizerischen Museumsverein einen Bettelbrief. Oder haben Sie vielleicht gute Verbindungen zu Kurator Rufli?« Er blickte über die Schulter. Anouk verdrehte die Augen. »Das interpretiere ich einmal als ›Nein‹«, bemerkte der Pfarrer trocken. »Nun ja, soweit ich informiert bin, weiß der Professor nichts von diesen antiquarischen Büchern. Man war auch lange Zeit der Meinung, dass bei dem Brand damals alle Dokumente vernichtet worden wären. Doch als ich mir vor ein paar Jahren oben mein Büro eingerichtet habe, fanden die Maurer diesen Keller. Die Akten wurden dann von unserem Kirchenarchivar katalogisiert. Ob der Professor wohl an ihnen interessiert ist und ein paar Fränkli für sie lockermacht? Was meinen Sie? Er soll ja alle Dokumente sammeln, die mit dem Seetal zusammenhängen.« Der Geistliche legte die Stirn in Falten. »Wieso kam mir diese Idee eigentlich nicht schon früher? Ich werde langsam alt.« Er seufzte und wandte sich wieder den Registraturen zu.
Anouk schnaubte. Das fehlte gerade noch, dass der Kurator diese Dokumente in die Hände bekam.
Die Blätter des schweren Buches waren in drei Spalten unterteilt. In der linken stand das Datum, in der mittleren das Ereignis, und rechts außen war Platz für Notizen. Anouk konnte die Schrift nicht entziffern. Die großzügigen Unter- und Oberlängen der einzelnen Buchstaben verwirrten sie, nur die Jahreszahlen bereiteten ihr keine Probleme.

Der Geistliche blätterte vorsichtig die Seiten um, bis die Jahreszahl 1752 auftauchte.
»Etwas früher«, flüsterte Anouk, und der Pfarrer nickte und blätterte bis zur Jahreszahl 1746 weiter. Sie hielt die Luft an.
»Also, von einem Rufli steht hier nichts«, sagte der Priester und drehte sich um.
»Und von jemandem mit Namen Morlot?« Anouk unterdrückte den Wunsch, den Pfarrer beiseitezuschieben und selbst noch einmal durch die Zahlenreihen und Einträge zu gehen.
»Morlot, Morlot …« Der Geistliche beugte sich tiefer über den Folianten. »Auch nicht, tut mir leid.«
Anouk atmete tief durch. Schon wieder eine Sackgasse.
»Kann es auch früher oder später gewesen sein?«, fragte der Pfarrer und schob sich die Brille auf die Stirn.
Anouk zuckte leicht mit den Schultern. 1746 hatte sie zusammengesetzt. Aber vielleicht hatte sie sich ja auch in der Reihenfolge der Zahlen getäuscht? Könnte es auch 1764 geheißen haben?
»Sind auch Einträge aus dem Jahr 1764 vorhanden?«
Der Pfarrer schlug das Buch im hinteren Teil auf.
»Ein paar«, sagte er, »aber es kommen wiederum keine Morlots in ihnen vor.«
Anouk ließ den Kopf hängen. Es wäre ja auch zu schön gewesen, um wahr zu sein. Max legte seinen Arm um ihre Schultern und küsste sie auf die Wange.
»Einen Versuch war es allemal wert«, meinte er tröstend. »Man kann eben nicht immer …«
»Moment!« Der Geistliche setzte die Brille wieder auf. »Hier steht etwas von einem Rufli.«
Anouk riss die Augen auf und drängte den Pfarrer beiseite. »Wo?«, rief sie, und ihre Stimme überschlug sich.

»Da!« Er deutete mit dem Zeigefinger auf einen Eintrag, ohne das Pergament dabei zu berühren.
»Ich kann die Schrift nicht entziffern«, jammerte Anouk. »Was steht denn da?«
»Huldrich Erismann Rufli. Theologe, geboren den 28. Oktober 1736, gestorben den 15. März 1764«, las der Pfarrer vor.
»Der Dichter?«, riefen Anouk und Max gleichzeitig. Sie schauten sich entgeistert an.
»Der war …«
»… also ein Rufli«, beendete Max den Satz. »Ich fasse es nicht!«
»Aber wieso hat Huldrich Erismann den Zunamen Rufli dann aus seinem Namen gestrichen?« Anouk trat von einem Fuß auf den anderen. »Und wieso verschweigt der Professor, dass er einen berühmten Dichter in der Familie hat?«
»Womöglich sind die beiden gar nicht miteinander verwandt«, wandte Max ein.
»Quatsch! Das kann kein Zufall sein.«
»Ich störe ja nur ungern Ihre Diskussion«, unterbrach der Pfarrer das Gespräch, »aber wollen wir nicht lieber wieder nach oben gehen? Mir frieren hier die Zehen ab.« Er zeigte auf seine bloßen Füße in den Sandalen.
Anouk und Max lachten.
»Entschuldigen Sie bitte«, sagte Max, »aber Sie haben uns sehr geholfen. Herzlichen Dank!«
»Keine Ursache«, erwiderte der Pfarrer, schloss den Folianten und legte ihn sorgfältig an seinen Platz zurück. »Dafür ist die Kirche schließlich da.«
Er zwinkerte schelmisch, verschloss den Glasschrank wieder, und gemeinsam kletterten sie die schmale Treppe hinauf.
Der Temperaturunterschied war gewaltig, als sie wieder ins Freie traten. Es mussten mindestens zwanzig Grad mehr hier draußen herrschen. Anouk wurde es leicht schwindlig.

»Wenn es Ihnen keine Umstände macht«, wandte sie sich an den Geistlichen, »würde ich gerne noch ein Glas Ihres köstlichen Eistees trinken. Mein Hals ist staubtrocken.«
Der Pfarrer nickte erfreut. »Aber sehr gern. Er schmeckt gut, nicht wahr? Ein altes Familienrezept. Ich sollte es als Patent anmelden.«
Sie lachte. »Unbedingt! Und dann möchte ich der Kirche Seengen gerne eine Spende zukommen lassen«, fügte sie an. »Vielleicht zum Restaurieren alter Bücher? Ich hörte, es besteht dahin gehend Bedarf.«

»Das war nett von dir.«
Max betätigte den Blinker, bog ins Trottengässli ein und stoppte den BMW direkt vor Valeries Haus.
Anouk winkte ab. »Mein Konto lässt es zu. Ich habe die vergangenen Jahre sehr gut verdient.«
»Trotzdem. Die meisten Leute reden immer nur davon, Gutes zu tun, raffen sich aber nicht wirklich dazu auf. Ich bin stolz auf dich.«
Anouk errötete. Sein Kompliment machte sie verlegen, auch wenn sie sich gleichzeitig darüber freute. Sie hatte sich vor ihrem Unfall nie darum gekümmert, wie es anderen Menschen ging. Manchmal hatte sie zwar an Shootings teilgenommen, deren Erlöse für gute Zwecke an Organisationen wie »Terres des Hommes« oder die »Krebshilfe Schweiz« gespendet wurden oder an Tierversuchsgegner gingen. Aber letztendlich hatte der eigene Nutzen dabei immer im Vordergrund gestanden. Sie hatte es getan, weil es ihr gute Presse brachte, ihrer Karriere nutzte und sie gleichzeitig ihr schlechtes Gewissen damit beruhigen konnte.
Anouk war sich selbst immer am wichtigsten gewesen. Sie und die Befriedigung ihrer eigenen Bedürfnisse. Und jetzt?

Sie warf Max einen schnellen Blick zu. Sein Beruf war es, seinen Mitmenschen zu helfen. Und in diesem Moment verstand sie auch, was jemanden dazu brachte, für andere da sein zu wollen. Es befriedigte ungemein. Man war mit sich und der Welt im Reinen, weil die eigene Person nicht mehr im Mittelpunkt stand. Ehrliche Hilfsbereitschaft bewirkte, dass man sich fühlte, als würde im Körper eine kleine Feder schwingen.
»Du lächelst«, bemerkte Max, »darf ich den Grund dafür erfahren?«
Anouk strich sich eine Haarsträhne aus dem Gesicht.
»Ich komme mir gerade wie Mutter Teresa vor«, sagte sie und lachte. Doch es klang bemüht. Es war ihr peinlich, ihre Gefühle vor Max auszubreiten. Sie befürchtete außerdem, dass er sie auslachen würde, aber er sagte nur: »Ein schönes Gefühl, nicht wahr?«
Verflixter Doktor! Konnte er wieder einmal ihre Gedanken lesen?
»Wie kommst du denn jetzt nach Hause?«, fragte sie, um das Thema zu wechseln.
»Ich dachte, du würdest mich fahren«, erwiderte Max, doch als er ihre entsetzte Miene bemerkte, fügte er schnell hinzu: »Aber ich kann auch euer Fahrrad nehmen.«
Sie stieß erleichtert die Luft aus. »Kommst du später noch einmal vorbei? Wir müssen noch besprechen, wie's weitergehen soll.«
Max blickte zum See hinab. Er hatte sein morgendliches klares Blau verloren und schien im sommerlichen Nachmittagsdunst an einer leichten Gelbsucht zu leiden. Die Luft war so feucht und schwer, dass ihnen die Kleider am Leib klebten.
»Hör zu, Anouk! Ich würde ja gerne das ganze Wochenende mit dir auf Schatzsuche gehen, aber ich habe auch noch einen Beruf. Morgen ist Sprechstunde, und ich muss meine Patien-

tenakten durchsehen. Und am Mittwoch nehme ich an einem Weiterbildungskurs für Diagnostik teil, für den ich mich noch vorbereiten muss.« Er hob entschuldigend die Hände. »Das ist sicher alles nicht so abenteuerlich wie das Enträtseln unerklärlicher Phänomene, aber doch auch interessant.«

Anouk senkte den Kopf und nickte. Sie wusste, dass sie ihn und seine Zeit vereinnahmte. Und wie egoistisch das war. War sie sich nicht gerade eben noch wie eine Heilige vorgekommen, um nur wenige Minuten später wieder in ihr altes Muster zurückzufallen? Selbstlosigkeit schien bei ihr ein kurzes Verfallsdatum zu haben.

»Natürlich. Ich habe ja auch noch zu tun.« Sie überlegte krampfhaft, was sie anführen konnte. »Ich sollte ... wirklich einmal meine Eltern und meine Schwester anrufen. Oder ihnen schreiben. Man schreibt ja heutzutage kaum noch Briefe. Wo Briefe doch ...« Sie brach ab, weil sie merkte, dass sie sinnloses Zeug plapperte.

Max grinste. »Gute Idee! Aber«, er zog sie an sich, »wenn Madame heute Abend noch Zeit hätte, würde ich sie gerne zum Essen ausführen. Sagen wir um acht? Bis dahin ist mein Wagen hoffentlich wieder repariert.«

Sie strahlte. »Einverstanden.«

Sie küssten sich lange und zärtlich, und Anouk fühlte, wie sich ein köstliches Ziehen in ihrem Unterleib ausbreitete. Eine Mischung aus Erregung und Vorfreude.

Max seufzte, schüttelte bedauernd den Kopf und löste sich schließlich aus ihrer Umarmung. Er gab ihr einen letzten Kuss und humpelte dann zum Schuppen hinüber, wo er sich leidlich elegant aufs Rad schwang und Anouk zum Abschied noch einmal winkte. Sie hob ebenfalls die Hand, drehte sich um und trat lächelnd ins Haus.

Ich sollte mehr Sport treiben, ging es Max durch den Kopf, als er sich auf halbem Weg zu seinem Domizil befand und spürte, wie seine Oberschenkelmuskulatur zu protestieren begann. Er dachte an ihre Exkursion ins Kirchenarchiv zurück. Anouk hatte sich so viel davon versprochen, aber leider nicht gefunden, wonach sie gesucht hatte. Dafür war sie jedoch auf eine neue Spur gestoßen, von der Max nicht so recht wusste, was er davon halten sollte. Auf der einen Seite interessierte es ihn tatsächlich zu erfahren, was es mit der Frau im roten Kleid auf sich hatte. Auf der anderen Seite befürchtete er noch immer, dass sich Anouk in die ganze Sache hineinsteigerte und dieser aufgrund ihres Unfalltraumas mehr Bedeutung beimaß, als ihr zukam. Er war sich auch nicht sicher, welche Erklärung ihm mehr zusagte. Die übernatürliche oder die wissenschaftlich-medizinische? Und würde er sowohl mit der einen als auch mit der anderen gleichermaßen zurechtkommen?
Auf alle Fälle genoss er es ungemein, so viel Zeit mit Anouk verbringen zu können. Ihre anfängliche Reserviertheit ihm gegenüber hatte sich verflüchtigt. Sie blühte mit jedem Tag mehr auf, und von der deprimierten, traurigen Frau, die vor ein paar Tagen in Seengen angekommen war, war kaum mehr etwas zu bemerken. Nur manchmal glitt ein Schatten über ihr Gesicht. Vermutlich dann, wenn sie an ihre verstorbene Freundin dachte. Und noch etwas spürte er: Anouk öffnete sich ihm immer mehr, so dass er sich mittlerweile sicher war, dass auch sie ihm weit mehr als reine Sympathie entgegenbrachte. Max lächelte und genoss den Fahrtwind, der ihm die heiße Stirn kühlte. Sein Handy piepste, und er stoppte in einer Hauseinfahrt. Doch als er die Nummer auf dem Display erkannte, verflog sein Lächeln augenblicklich, und er seufzte. Dieses Gespräch war längst überfällig. Er atmete tief durch und meldete sich.

Liebe Mama,
entschuldige, dass ich schon so lange nichts mehr von mir …

Anouk riss das Blatt aus dem Block, zerknüllte es und fing neu an.

Liebe Mama, lieber Papa,
mir geht es hier ausgezeichnet! Ich denke kaum noch …

Entnervt strich sie die Sätze durch und kaute an ihrem Kugelschreiber. Sie stand vom Bett auf, trat ans Fenster und schaute in den Garten hinunter. Unwillkürlich schweifte ihr Blick zu der Brombeerhecke hinüber. Ob Désirée ihr noch einmal erscheinen würde? Wenn sie doch nur ein paar Worte mit der Kleinen wechseln könnte, würde ihnen das sicher weiterhelfen. Doch so sehr sie es sich auch wünschte, es tauchte kein Mädchen mit roten Locken in einem weißen Nachthemd auf. Anouk schüttelte enttäuscht den Kopf. Sie überlegte kurz, ob sie schwimmen gehen sollte, verwarf den Gedanken aber wieder. Seit einer Stunde hatte sie unerträgliche Kopfschmerzen. Vermutlich würde es bald einen Wetterumschwung geben. Sie ging ins Bad, schluckte zwei Aspirin, warf sich abermals aufs Bett und begann, erneut zu schreiben.

Liebe Mama, lieber Papa,
die Zeit fernab von meinem sonstigen Alltag tut mir gut …

Du hast mich scharf versucht.
Ich hatte genug zu tun,
dass ich hier nicht gefehlt.
Doch kann mein Geist nicht ruhn.

Anouk stockte und sah auf die Worte, die sie soeben geschrieben hatte. Sie? Nein, diese Zeilen hatte nicht sie verfasst! Die musste ihr jemand anders eingegeben haben. Aber wer zum Teufel versuchte, mit ihr Kontakt aufzunehmen? Dass es Julia sein könnte, glaubte Anouk nicht mehr. Denn Julia hätte Klartext geredet und keine verworrenen Verse vom Stapel gelassen. Das kleine Mädchen? Unwahrscheinlich. Ein Kind in diesem Alter wäre zu solchen Formulierungen nicht fähig. Anouk war sich deshalb sicher, dass es sich nur um die Zinnengängerin handeln konnte. Sie fröstelte, wurde dann unvermittelt wütend und schleuderte den Block gegen die Wand.
»Was willst du eigentlich von mir?!«, schrie sie ins leere Zimmer. Tränen brannten in ihren Augen. »Ich tue doch mein Bestes!« Sie riss ihr T-Shirt hoch. »Sieh!« Sie zeigte auf ihre Abschürfungen. »Ist das noch nicht genug? Und Max ist beinahe umgekommen. Lass uns doch endlich in Ruhe, verdammt noch mal!« Anouk zitterte am ganzen Leib. Sie barg ihr Gesicht in den Händen. »Ich kann das nicht mehr«, presste sie zwischen den Zähnen hervor, »es ist genug!«
Ein wildes Krächzen ließ sie aufblicken. Sie erhob sich, ging ans Fenster und sah hinaus. Auf dem Rasen vor den Brombeerbüschen kauerte die getigerte Katze. Sie hatte eine Krähe im Maul, die wild mit den Flügeln flatterte. Die Katze blickte zu Anouk hoch, peitschte mit ihrem Schwanz durch die Luft und biss zu. Als der Körper des Vogels erschlaffte, ließ sie den Kadaver fallen, putzte sich mit der Pfote die blutbefleckte Schnauze, warf Anouk noch einen letzten Blick zu und verschwand dann in der Hecke.
Anouk wurde übel. »Das war nur eine Katze, die eine erfolgreiche Vogeljagd hinter sich hat. Nichts weiter«, beruhigte sie sich selbst. Folglich gab es auch keinen Grund, dem blutigen Schauspiel eine tiefere Bedeutung zuzuschreiben. Krähen,

immer diese Krähen! Sie tauchten überall auf, so als ob sie sie überwachen würden.
Anouk drehte sich um, blickte eine Weile auf den Spiralblock am Boden und hob ihn schließlich auf. Sie ließ sich auf dem Bett nieder, griff nach dem Kugelschreiber und setzte ihn entschlossen auf ein neues Blatt.
»Also los! Wer auch immer du bist.«

Schloss Hallwyl, 1746

Schluchzende Frauen, kopflose Bedienstete, und jetzt auch noch die Rückkehr von Gerold. Johannes hielt es nicht länger im Schloss aus; er brauchte dringend frische Luft!
Während er in Richtung Ställe ging, dachte er über seinen Bruder nach, aus dem er einfach nicht schlau wurde. Zu Désirées Totenfeier war er nicht erschienen, obwohl er doch ihr Oheim und Pate war, und jetzt, kurz vor Weihnachten, klopfte er wieder an seine Tür. Auch wenn es Gerold gut verbarg, Johannes war nicht so dumm, ihm seine Keuschheit, die er wie ein flammendes Banner vor sich hertrug, abzunehmen. Schon mehrmals hatten Weiber mit dicken Bäuchen an die Schlosspforte von Hallwyl geklopft und um Hilfe für sich und ihre ungeborenen Bastarde gefleht. Zwar hatte er immer alles gut vertuscht. Doch die Leute waren geschwätzig, und Gerüchte breiteten sich schneller aus als die Krätze. Sein Bruder musste endlich einsehen, dass sie, auch wenn sie die Herren dieser Gegend waren, nicht einfach tun und lassen konnten, was ihnen beliebte.
Im Stall war es warm, die Luft geschwängert vom Geruch nach Pferdedung und Heu. Der Trakehner hob den Kopf, als er seinen Herrn witterte, und blähte die Nüstern. Johannes

kraulte dem edlen Warmblüter die Stirn. Sicher sehnte er sich genauso sehr nach grünen Wiesen und Wäldern wie er selbst.
Ein Geräusch schreckte Johannes aus seinen Gedanken. Huldrich tauchte hinter der Futterkrippe auf, rieb sich die Augen und blinzelte ihn erschrocken an. Der Taugenichts hatte vermutlich gerade ein Schläfchen gehalten, anstatt seiner Arbeit nachzugehen. Johannes seufzte. An dem Tag, an dem er den Krüppel in seine Dienste genommen hatte, musste er nicht recht bei Verstand gewesen sein. Doch halt, es war sein Bruder gewesen, der ihn darum gebeten hatte! Jetzt erinnerte er sich wieder. Er hatte sich damals noch darüber gewundert. Denn normalerweise verabscheute Gerold alles, was mit Krankheit und Siechtum zu tun hatte. Hatte sein Bruder womöglich eine besondere Beziehung zu dem Jungen? Und wirklich, wenn er ihn jetzt so betrachtete …
»Hier seid Ihr! Gott sei Dank!«
In der offenen Stalltür stand Bernhardine. Sie war weiß wie ein Totenhemd und nur mit ihrem Morgenmantel bekleidet, der sich im Sturmwind blähte. Die Haube war ihr vom Kopf gerutscht und baumelte ihr nun um den Hals.
»Herrschaftszeiten, Madame! So schließt um Himmels willen die Tür, bevor der Schnee das Heu nässt.«
Sie reagierte nicht auf seine Rüge, sondern stolperte in den Stall und blieb schwer atmend vor ihm stehen. Er sah Huldrich an und wies nur stumm mit dem Kopf zur Tür. Der Bub nickte, sprang davon und verschloss beim Hinausgehen das Stalltor.
»Meint Ihr wirklich, Madame, dass Ihr in so einem Aufzug vor den Bediensteten erscheinen solltet? Ich finde …«
Bernhardine hob die Hand. »Nicht«, keuchte sie, »hört mir lieber zu! Die Zwillinge haben die Pocken. Ihr müsst einen Arzt holen. Jetzt! Sofort!«

Johannes' Kiefer klappte nach unten. Er hatte ihre Worte zwar gehört, aber sein Verstand weigerte sich, deren Sinn zu erfassen. Er sah sein Eheweib an, wie sie mit wilden Locken und halb nackt vor ihm stand. Sah, wie sich ihr Mund öffnete und schloss, hörte aber nur den Wind ums Gemäuer heulen und das Knacken der Holzbalken im Giebel. Bernhardine griff nach seinem Mantel und zerrte daran.

»Hört Ihr denn nicht? Ihr müsst einen Doktor holen!«

Endlich erwachte Johannes aus seiner Erstarrung. Er trat einen Schritt zurück, und ihre Arme fielen herab.

»Die Pocken?« Seine Stimme brach. »Seid Ihr denn sicher?«

Bernhardine stand mit hängendem Kopf vor ihm. Tränen strömten über ihre Wangen.

»Unsere Söhne«, wimmerte sie, »sie werden sterben.«

Johannes packte sie an den Schultern und schüttelte sie. »Seid still!«, schrie er wild und das Blut schoss ihm ins Gesicht. »Das lasse ich nicht zu! Hört Ihr? Das lasse ich nicht zu!«

Er drehte sich um, riss das Zaumzeug vom Haken und zog es dem Trakehner über den Kopf. Dann warf er dem Tier die Schabracke auf den Rücken, stülpte den Reitsitz darüber und zurrte den Sattelgurt fest. Sein Herzschlag setzte für einen Moment aus, und ihm wurde schwarz vor Augen. Er atmete zweimal tief durch und holte sich aus der Sattelkammer eine Pelerine und eine Pelzmütze. Anschließend stieg er auf einen Holzschemel und schwang sich von dort aus in den Sattel.

»Sagt dem Meier, er soll den Schlitten anspannen und gegen Baldegg fahren. Ich werde in der Zwischenzeit den Arzt holen. Wir treffen uns im Gasthof ›Zum Bären‹. Er soll dort auf uns warten. Ich reite über den zugefrorenen See, das geht schneller. Und jetzt öffnet mir das Tor, Madame … und betet! Bei allem, was Euch heilig ist, betet!«

Eine Magd entzündete die Kerzen im Palas, warf zwei Holzscheite ins Feuer und knickste.
Es war vier Uhr nachmittags und begann bereits zu dämmern. Der Schneefall hatte endlich aufgehört. Vor einer Stunde war Johannes losgeritten, kurz danach hatte auch der Meier das Schloss verlassen. Er musste mit dem Schlitten einen Umweg über die Dörfer nehmen, da das Gefährt zu schwer war, um über die Felder zu fahren, und bereits in der ersten Schneewehe stecken geblieben wäre.
Ob es Johannes gelänge, den Arzt zum Aufbruch zu bewegen? Bernhardine lief auf und ab und schaute immer wieder zur Pendule, obwohl sie wusste, dass es noch Stunden dauern würde, bis die Erwarteten einträfen.
Gerold saß vor dem Kamin und las in einem Buch. Marie hockte zusammengesunken auf einem Stuhl vor dem Feuer, eine Strickarbeit in den Händen. Sie wischte sich ab und zu mit einem Taschentuch über die Augen, war aber sonst gefasst, wofür Bernhardine ihr äußerst dankbar war. Es wäre über ihre Kräfte gegangen, sie trösten zu müssen, wo sie doch schon genug mit sich selbst zu tun hatte.
Außer Marie und Johannes wusste noch niemand von dem bösen Krankheitsverdacht. Es hätte sicher große Unruhe unter den Bediensteten ausgelöst. Sofern der Arzt die Diagnose jedoch bestätigte, müssten sie unverzüglich handeln. Obwohl ihr Gerolds Anwesenheit verhasst war, konnte sich Bernhardine weder dazu aufraffen, in ihre Gemächer zu gehen, noch die Zeit bis zu Johannes' Rückkehr bei den Zwillingen zu verbringen. Jeder Blick, den sie auf ihre Söhne warf, schnitt ihr tief ins Herz. Sie hatte vorhin nach Cornelis geschickt, doch er hatte sich entschuldigen und ihr ausrichten lassen, er stecke mitten in der Arbeit am Porträt. Bernhardine hatte sich überlegt, ihm per Boten einen Brief zu überbringen. Aber was hät-

te sie ihm schreiben sollen? *Liebster, pack deine Sachen und flieh – die Blattern sind im Schloss!* Wenn sie sich angesteckt hatte, dann auch er! Peter der Zweite von Russland war an den Pocken gestorben. Diese Geißel Gottes machte keinen Unterschied, ob einer auf weicher Seide oder im Stroh schlief. Doch Cornelius war jung und gesund, er könnte die Krankheit überstehen. Und selbst ein Maler mit Narben blieb immer noch ein Maler. Im Gegensatz zu ihr, die nichts anderes hatte als ihre Schönheit. War die dahin, würde Johannes sie verstoßen.

Als hätte Gerold ihre Gedanken erraten, stand er plötzlich auf und rief: »›Denn Gott hat die Engel, die gesündigt haben, nicht verschont, sondern hat sie mit Ketten der Finsternis zur Hölle verstoßen und übergeben, dass sie zum Gericht behalten werden!‹ Das ist aus dem Petrusbrief, Madame.«

Marie öffnete den Mund, doch Bernhardine gebot ihr mit einer Handbewegung zu schweigen.

»Beachte ihn nicht!«, flüsterte sie. »Er ist es nicht wert.«

Ihr Blick ging erneut zur Uhr. Halb fünf.

Johannes war gut zwei Kilometer am Seeufer entlanggeritten, bevor er den Sprung aufs Eis wagte. Der Trakehner kam ins Schlittern, rollte die Augen und bleckte die Zähne. Doch im letzten Moment gewann er sein Gleichgewicht wieder. Nachdem er sich an den seltsamen Untergrund gewöhnt hatte, flogen seine Hufe über die weiße Fläche.

Unter der Schneedecke knirschte das Eis. Johannes wagte nicht, nach verräterischen Rissen Ausschau zu halten, stattdessen beugte er sich tiefer über den schweißnassen Hals des Warmblüters und vertraute auf Gott.

Er würde den Arzt aus der Abtei Baldegg hinauszerren, ganz gleich, wie sehr sich dieser auch sträubte oder wie viel er für seine Dienste verlangte. Johannes biss die Zähne zusammen, als ihm der wohlbekannte Schmerz durch den Brustkorb schoss. Sein linker Arm wurde taub, und beinahe entfielen ihm die Zügel. Trotz der eisigen Kälte lief ihm der Schweiß in Strömen übers Gesicht, brannte in den Augen und nahm ihm die Sicht. Nebel hatte sich gebildet und zog in Schwaden über den See. Das jenseitige Ufer war nur noch schemenhaft zu erkennen. War das dort drüben nicht der Kirchturm von Meisterschwanden? Bald hätten sie wieder festen Boden unter den Füßen. Johannes gab dem Pferd die Sporen. Er musste sich beeilen.

Der Krampf kam unvermittelt, drückte ihm den Brustkorb zusammen und ließ seinen Atem stocken. Ein Brennen gleich glühenden Kohlen jagte durch seinen Kopf. Johannes öffnete den Mund zum Schrei, doch es kam nur ein Krächzen über seine Lippen. Die Welt um ihn herum verdunkelte sich schlagartig. Er griff sich ans Herz, riss dabei die Zügel nach oben und brachte den Trakehner dadurch ins Straucheln. Das Pferd brach nach links aus, seine Hufe schabten hilflos über das Eis. Es schlitterte und stürzte. Gemeinsam schlugen sie mit einem dumpfen Knall auf der Eisfläche auf.

Johannes fühlte, wie sein Oberschenkel brach, hörte, wie der Trakehner panisch wieherte … und hörte das Eis. Es knirschte und krachte, dann öffnete der See sein dunkles Maul unter ihm und verschlang die Eindringlinge.

20

Seengen, 2010

So kurz war meine Reise in der Welt,
doch lang ist dieser Gang im Nebel.
Mein Sein wurd von dem Teufel dargestellt,
mein Gehn trug böser Wille Knebel.

Die Meinen sind an fremder Brust,
mein Name floh und ward vergessen,
an einer einzgen Nacht voll Lust,
wurd meiner Sünden Krug bemessen.

Drum kann ich nicht zu meinen Lieben,
ein Fluch treibt mich ins Nimmertal,
bis mich Erbarmen frommer Erden
erlöset von der Seelenqual.

Du, Schwester meines eignen Blutes,
geh hin und suche mein Gebein,
und meines Lebens einzig Gutes
soll immer dir im Herzen sein.

Anouk erwachte wie aus einer Art Trance und schaute verblüfft auf die altmodisch klingenden Verse. Poesie, schon wieder! Sie fröstelte plötzlich. Diese Zeilen mussten eine Botschaft sein, aber was bedeutete sie? Interpretiere, Anouk!, hörte sie ihren ehemaligen Deutschlehrer sagen. Spüre den Worten nach. Versetz dich in das lyrische Ich. Empathie, Anouk, Empathie! Finde den richtigen Schlüssel, und das Gedicht wird dir seinen tieferen Sinn offenbaren.

»Ja, ja«, knurrte sie. »Als wenn das so einfach wäre.«

Sie schlug ein neues Blatt ihres Spiralblockes auf und wartete. Doch ihre Hand blieb ruhig, es wurden ihr keine weiteren Verse mehr aus der Geisterwelt diktiert. Ihr erster Impuls war, Max anzurufen, doch als sie zum Handy griff, stockte sie. Nein, er hatte zu arbeiten, und sie würde ihn heute Abend sehen. Dann könnte sie ihm das Gedicht immer noch zeigen. Vielleicht wäre sie bis dahin sogar schon hinter den Sinn der Zeilen gekommen.

Anouk stand auf, um sich ein Glas Saft aus der Küche zu holen. Als sie am Wohnzimmer vorbeikam, hörte sie erneut Debussy. Ihre Großtante saß auf dem Sofa, hatte die Hände im Schoß gefaltet und starrte zum Fenster hinaus.

»Tati? Alles in Ordnung?« Valerie wandte den Kopf. Ein leichtes Lächeln spielte um ihre Lippen. Anouk runzelte die Stirn und trat näher. Sie berührte sie sanft an der Schulter. »Tati?«

Ihre Großtante blinzelte. »Oh, Liebes. Heiß heute, nicht wahr?«

Anouk nickte und setzte sich neben sie. »Alles in Ordnung?«, fragte sie erneut.

»Aber ja doch«, erwiderte Valerie, »alles bestens. Weshalb fragst du?«

»Du wirktest so … geistesabwesend. Soll ich dir eine Erfrischung holen?«

Ohne die Antwort ihrer Großtante abzuwarten, stand sie auf und wollte in die Küche gehen.

»Du siehst das Kind auch, nicht wahr?« Anouk schnellte herum und schnappte nach Luft. »Ich habe also recht«, lächelte Valerie und fuhr sich über die Augen. »Macht dir das Angst?« Anouk schüttelte den Kopf. Sie war außerstande, sich zu bewegen. Tausend Gedanken schossen ihr durch den Kopf. Tati sah die Kleine also auch? Aber wieso hatte sie ihr gegenüber dann nie irgendetwas darüber verlauten lassen?

»Komisch«, stellte ihre Großtante fest. »Ich habe mich auch nie gefürchtet.«

»Nie?«, echote Anouk. »Wie oft hast du das Mädchen denn gesehen?«

Valerie schürzte die Lippen. »Das erste Mal muss ich so sechs Jahre alt gewesen sein.« Anouk war sprachlos. »Ich dachte damals, es sei ein Nachbarskind, und wollte mit ihm spielen. Aber es verschwand immer, sobald ich es angesprochen habe.« Anouk schüttelte ungläubig den Kopf. Das konnte doch nicht wahr sein! Ihre Großtante legte ihr eine Hand auf den Arm. Sie war kühl, trotz der brütenden Hitze draußen und der stickigen Luft im Wohnzimmer.

»Ich habe nie jemandem davon erzählt«, fuhr Valerie fort. »Ich wollte ja nicht für meschugge gehalten werden.« Sie kicherte. »Aber ich weiß, dass Viola das Kind auch gesehen hat. Sie machte einmal so eine Bemerkung. Ich kann mich aber auch getäuscht haben. Es tauchte ja auch nur auf, wenn ich in Seengen war, und in den letzten Jahren immer seltener. Ich hatte oft das Gefühl, dass ich ihm bei irgendetwas helfen sollte, aber dafür nicht die richtige Person war.« Sie schüttelte seufzend den Kopf.

»Und die Frau im roten Kleid? Siehst du die auch?« Anouk wagte kaum zu atmen.

Ihre Großtante runzelte die Stirn. »Nein, Schatz, eine Frau habe ich nie gesehen. Nur dieses kleine Mädchen mit dem

weißen Nachthemd und den roten Locken.« Sie griff nach Anouks Haaren. »Locken wie diesen! Und jetzt würde ich gerne etwas trinken, wenn es dir nichts ausmacht.«
Anouk verließ ihre Großtante nur widerwillig. Am liebsten hätte sie sie weiter ausgefragt, um auch jede noch so kleine Einzelheit in Erfahrung zu bringen, an die sie sich erinnern konnte. Doch Valerie hatte sich zurückgelehnt und die Augen geschlossen. Und als Anouk mit zwei Gläsern Orangensaft kurze Zeit später wieder ins Wohnzimmer zurückkehrte, war ihre Großtante eingeschlafen. Ihr Kopf lag auf der Lehne des Sofas, und sie schnarchte leise. Sollte sie sie wecken? Sie musste unbedingt wissen, was sie noch alles gesehen und erlebt hatte.
»Tati«, sagte sie leise und schubste ihrer Großtante behutsam an. »Dein Orangensaft.«
Valerie öffnete die Augen. »Oh, das ist lieb, danke.« Sie griff nach dem Glas und nippte daran. »Heiß heute, nicht wahr?«
Anouk nickte zerstreut. »Hast du dich nie gefragt, was es mit diesem Kind auf sich hat?«
Valerie blinzelte. »Mit welchem Kind?«, fragte sie und strich ihr Kleid glatt.
»Dem Kind, von dem wir eben gesprochen haben. Das Mädchen im weißen Nachthemd, mit den roten Locken, das immer bei den Brombeerbüschen steht.«
Anouk wies mit der Hand zum Fenster.
Valerie folgte ihrer Bewegung und schüttelte verständnislos den Kopf. »Ich weiß nicht, wovon du sprichst, Liebes. Ich habe dort noch nie ein Kind gesehen.«
Anouk hätte gerne laut geschrien. Doch sie zählte leise bis zehn und mahnte sich zur Geduld.
»Gerade eben«, sie betonte jedes einzelne Wort, »hast du von diesem Kind gesprochen, das sowohl von dir als auch von meiner Großmutter gesehen worden ist.«

Valerie blinzelte und schien angestrengt nachzudenken. Sie schüttelte den Kopf.
»Es tut mir wirklich leid, Anouk. Aber ich kann mich beim besten Willen nicht erinnern, davon gesprochen zu haben. Ich werde langsam alt, da vergisst man eben ab und zu ein paar Dinge.«
Anouk stieß die Luft aus. Es hatte keinen Zweck. Die Tür zu Tatis Erinnerung war bereits zugefallen. Sie würde sich wieder öffnen, nur wusste man leider nicht wann. Die Altersdemenz schien immer rascher fortzuschreiten.
Valerie studierte Anouks Gesichtsausdruck. »Bist du mir jetzt böse?«, fragte sie kleinlaut, und ihre Stimme zitterte dabei.
Anouk nahm ihre Hand. »Aber nicht doch, Tati. Auf keinen Fall. Ich hätte nur zu gerne gewusst … aber das hat Zeit. Ruh dich aus, okay?«
Ihre Großtante nickte und stellte den Orangensaft auf den Couchtisch. Anouk half ihr, die Beine auszustrecken. Sie waren dünn wie Streichhölzer und genauso leicht.
»Ich bin übrigens heute Abend mit Max verabredet«, erklärte sie, »du musst also nicht kochen. Außer natürlich, der Belgier wäre hungrig – wovon ich ausgehe.«
Valerie unterdrückte ein Gähnen. »Ist gut, Liebes. Ich freue mich, dass ihr beide, Max und du, ein Paar seid. Liebe ist etwas Kostbares.«
Anouk schluckte. Von Liebe hatte Max noch nie gesprochen. Und plötzlich schossen ihr die Tränen in die Augen. Sie wandte sich hastig ab, damit Valerie es nicht bemerkte. Doch ihre Großtante war bereits eingeschlafen.

Anouk steckte sich die Stöpsel ihres MP3-Players in die Ohren und schaltete das Gerät ein. Sie war durcheinander und musste sich ablenken. Mit dem Fuß wippte sie zum Rhythmus der dröhnenden Rockmusik. Doch unwillkürlich kehrten ihre Gedanken zu den merkwürdigen Versen und den Geschehnissen der letzten Tage zurück. Es war alles so verworren, schien aber doch irgendwie miteinander zusammenzuhängen.

Schwester meines eigenen Blutes. Waren diese Worte der Schlüssel zu allem anderen? Wenn sie davon ausging, dass die Frau im roten Kleid die Verfasserin dieser Zeilen war, würde das bedeuteten, dass sie, Anouk, mit dieser Frau verwandt war. Doch soweit sie wusste, gab es keine Adligen in ihrer Familie. Und die Zinnengängerin war auf alle Fälle eine Blaublütige gewesen. Eine verwandtschaftliche Beziehung würde jedoch erklären, weshalb sich das Kind den Frauen der Morlot-Familie zeigte: ihr, Tati Valerie und ihrer Großmutter Viola. Die Antwort musste im Stammbaum ihrer Familie liegen.

Anouk schaltete den MP3-Player aus, zog die Stöpsel aus ihren Ohren und griff nach ihrem Handy. Sie schaute auf die Uhr. Es war kurz vor fünf. Wenn sie Glück hatte, würde sie ihren Schwager noch zu Hause erwischen.

»Oui, allô?«

»Hi, Schwesterchen!« Anouk lächelte. »Wie geht's denn so?«

In den nächsten Minuten kam Anouk nicht dazu, irgendetwas zu fragen, denn Aimée erzählte ihr von den neuesten Streichen der Zwillinge und den Fortschritten ihres Patenkindes Charlotte.

»Aimée? Entschuldige, wenn ich dich unterbreche. Aber ist Julien noch da? Ich weiß, dass er am Sonntag meist Visite hat, aber vielleicht … Oh, tatsächlich? Dann hol ihn mir doch bitte an den Apparat.«

Während Aimée ihren Mann suchte, realisierte Anouk mit einem Mal, dass sie jetzt ebenfalls mit einem Arzt liiert war. Und noch etwas anderes fiel ihr auf. Dass es in ihrer Familie wie auch in der der Ruflis Zwillinge gab. Ein Zufall? Sie fröstelte plötzlich und zündete sich eine Zigarette an.

»*Salut, Beauté, ça va?*« Hallo, Schönheit, wie geht es dir? Anouks Schwager Julien war der Inbegriff des Südfranzosen: charmant, stets gut gelaunt und ein Ausbund an Hilfsbereitschaft. Er brachte sie immer zum Lachen. Aimée hatte wirklich Glück! Und ich? Anouk schüttelte energisch den Kopf und drückte die halb gerauchte Zigarette aus. Es ging jetzt nicht um sie.
»Hör mal, liebster aller Schwager! Du hast für unsere Eltern zu ihrem fünfundzwanzigsten Hochzeitstag doch einen Stammbaum der Morlots anfertigen lassen. Ja, ich weiß, dass ich wie auch alle anderen Familienmitglieder ein eigenes Exemplar erhalten habe, aber das liegt in meinem Loft in Zürich. Ich müsste jedoch ganz dringend etwas wissen. Kannst du das bitte kurz heraussuchen? Ich bringe dir dafür das nächste Mal auch ein Kilo Schweizer Schokolade mit, versprochen.«
Anouk grinste, als sie Juliens Antwort hörte. Er legte den Hörer neben das Telefon. Sie vernahm Kindergeschrei im Hintergrund. Wie schön, eine Familie zu haben und einen Ort, an dem man sich zu Hause fühlte. Und wieder kamen ihr die Tränen. Verdammt, was war nur los mit ihr? Seit wann hatte sie denn so nahe am Wasser gebaut?
»Ja, ich bin noch da. Okay, hör zu. Es geht ums achtzehnte Jahrhundert. *Dix-huitième siècle, exact!* Lies mir doch bitte mal alle Familienmitglieder vor, die damals in der Schweiz ansässig waren. Und bei den Frauen bitte auch noch deren Geburts- und Todesdaten.«
Anouk lauschte und machte sich fleißig Notizen. Als sie einen Namen hörte, stockte sie, und ihre nackten Arme überzogen sich mit einer Gänsehaut.
»Julien? Wiederhole das bitte noch mal! Ja, genau. Okay. Und die Kinder? Ah, verstehe.« Sie konnte kaum noch den Kugelschreiber halten. Ihre Hand zitterte, als hätte sie Schüttelfrost.

»Danke«, krächzte sie, »du hast mir sehr geholfen. Ja, ich komme bald. Gib deinem Nachwuchs einen dicken Kuss von mir. *A bientôt.*«
Sie starrte auf ihre Notizen. Das war es! Sie hatte die Frau in Rot gefunden.

Franz Ludwig von Diesbach, Freiherr zu Liebistorf,
verheiratet mit Amandine von Diesbach,
geborene von Morlot *(1690–1748)*

Kinder:
Wilhelm Alexander von Diesbach
Alfonse Peter von Diesbach
Charlotta Louise von Diesbach-von Morlot *(1715–1760),*
verh. mit Karl Melchior von und zu Elfenau
Elisabeth Klara von Diesbach-von Morlot *(1720–1772),*
verh. mit Fritz Christoph von Salis

Und an letzter Stelle:

Bernhardine Amalia von Diesbach-von Morlot *(1728-?),*
verh. mit Johannes von Hallwyl

Anouk schluckte. Bernhardine Amalia! Verheiratet mit diesem Johannes von Hallwyl, den sie auf dem Porträt in der Ahnengalerie des Schlosses gesehen hatte. Das musste die Frau im roten Kleid sein, die Zinnengängerin, die Mutter von Désirée, ihre Blutsverwandte.
Anouk runzelte die Stirn. In keiner Chronik außer dem Stammbaum, den Julien erstellt hatte, wurde erwähnt, dass Johannes nach Viktoria noch eine weitere Ehefrau gehabt hatte. Was war da los?

Die Meinen sind an fremder Brust, mein Name floh und ward vergessen.
Anouk betrachtete das Gedicht und begann zu kombinieren. Der Sinn des Satzes war eindeutig und besagte, dass die Verfasserin von ihren Kindern sprach. Handelte es sich dabei um Désirée? Aber »die Meinen« war Mehrzahl. Konnte es denn sein, dass sie mit der Vermutung, die sie Max gegenüber schon einmal geäußert hatte, richtig lag, und Bernhardines Kinder dieser Viktoria – Johannes' erster Frau – untergejubelt worden waren? Und man Bernhardines Name aus allen Registern getilgt hatte? Aber wieso? Was hatte die Frau um Himmels willen angestellt, dass die von Hallwyls so mit ihrem Andenken verfahren waren?
Bis mich Erbarmen frommer Erden erlöset von der Seelenqual. Anouk überlegte fieberhaft. Wieso war bei Bernhardine kein Sterbedatum angegeben? Und »frommer Erden«? Was bedeutete das? Hatte man die Frau etwa in ungeweihter Erde bestattet? Und konnte sie deshalb nicht zur Ruhe kommen? Das würde einen Sinn ergeben. Anouk hatte schon mehrere Filme gesehen, in denen es um dieses Thema gegangen war. Zugegeben, das waren Mystery-Schinken gewesen, aber trotzdem. Vor diesem Hintergrund ergab es auf jeden Fall Sinn, dass die Zinnengängerin darum bat, ihre Gebeine zu suchen. Sie brauchte eine richtige Bestattung. Aber wieso hatte man ihr ein christliches Begräbnis verweigert? Was hatte im achtzehnten Jahrhundert als ein so schreckliches Vergehen gegolten, dass man es auf diese Weise geahndet hatte? Ehebruch? Selbstmord? Mord? Sie schauderte.
An einer einzgen Nacht voll Lust wurd meiner Sünden Krug bemessen.
Natürlich, das war es! Es stand wirklich alles da, sie musste es nur richtig interpretieren. Bernhardine hatte offenbar eine Li-

aison gehabt – eine Nacht voll Lust. Als Anouk an das Porträt dieses Johannes zurückdachte, konnte sie diesen Umstand durchaus nachvollziehen. Der Mann war bedeutend älter als seine Frau gewesen. Ehebruch war damals aber eine schwerwiegende Sünde. Vor allem, wenn eine Frau ihn beging. Ob man Bernhardine deswegen exkommuniziert hatte? Anouk schürzte die Lippen. Aber der Aargau war zu dieser Zeit doch schon reformiert gewesen. Und die Reformierten kannten keine Exkommunikation. Zu diesem Thema würde sie den Pfarrer wohl nochmals bemühen müssen. Sie atmete tief durch und massierte sich den verspannten Nacken. Und jetzt noch der letzte, besser gesagt, der erste Vers.

Mein Sein wurd von dem Teufel dargestellt, mein Gehn trug böser Wille Knebel.

»Das sagt mir nichts, Bernhardine«, flüsterte Anouk und schaute sich unwillkürlich im Zimmer um, als ob dort jeden Moment irgendein Zeichen, etwa eine Flammenschrift an weißer Wand, wie bei Belsazar auftauchen könnte. Ihre Nerven waren zum Zerreißen gespannt. Anouk beugte ihren Kopf wieder über die Notizen. Ein Teufel hatte Bernhardines Sein – war damit ihr Leben gemeint? – falsch dargestellt. Also Lügen verbreitet. Und ihr Gehen, sicher der Tod, trug einen Knebel. Mord? Nein, das konnte nicht sein. Wenn sie sich in Erinnerung rief, wie sich die Frau im roten Kleid während des Konzerts von den Zinnen hatte fallen lassen, dann hatte das eher nach Selbstmord ausgesehen. Und Selbstmord galt in jeder Religion als Todsünde. Vermutlich hatte dieser Teufel – ein Mann? – Bernhardines Freitod eher dazu benutzt, ihr ein angemessenes Begräbnis zu verweigern. Ja, das schien logisch. Es fehlten zwar noch einige kleinere Details, aber Anouk war sich sicher, dass sie mit ihren Überlegungen der Wahrheit sehr nahe gekommen war. Jetzt musste sie nur noch herausfinden, welche Rolle die Familie der Ruflis und speziell der Kurator in dieser Tragödie spielte … die des jugendlichen Helden aber vermutlich nicht.

Schloss Hallwyl, 1746

Die Stunden verstrichen. Marie hatte sich bereits zu Bett begeben, Gerold Bibelstudien vorgeschürzt. Bernhardine saß allein in der riesigen Empfangshalle und wusste nichts mit sich anzufangen. Sie hatte versucht, in Sidonias Gedichten Trost zu finden, den Lyrikband aber bald beiseitegelegt, als ihr die Worte vor den Augen zu verschwimmen begonnen hatten. Zum Sticken war sie zu nervös, bei den Zwillingen konnte sie nicht wachen, weil ihr deren Gewimmer durch Mark und Bein ging und sie in Weinkrämpfe ausbrechen ließ. So saß sie nun abermals in der ungemütlichen Halle, lauschte auf jedes Türenschlagen und wurde fast wahnsinnig dabei. Lediglich Johannes' Hunde leisteten ihr Gesellschaft. Die beiden waren ebenso unruhig wie sie selbst. Sie schnüffelten in jeder Ecke, legten sich nieder, um nach nur kurzer Zeit wieder aufzustehen und das gleiche Prozedere von vorne zu beginnen.

»Er wird kommen«, sprach sie sich Mut zu. »Es kann nicht mehr lange dauern.«

Die Pendule schlug Mitternacht. Bernhardine erwachte aus ihrer Lethargie und griff nach ihrem Schultertuch. Es war kalt geworden. Das Feuer nahezu niedergebrannt. Ein Klopfen ließ sie zusammenzucken. Endlich! Sie lief zur Tür, schob den Riegel zurück und öffnete. Ein Diener und ein ihr unbekannter Mann standen vor dem Eingang. Beide hatten den Blick gesenkt.

»Wo ist der Herr? Wo der Arzt?«, stieß sie hervor. »Sprecht!«

Die Männer sahen sich verstohlen an. Bernhardine war, als

legte sich eine kalte Hand auf ihr Herz. So sah keiner aus, der eine gute Nachricht überbrachte.
»Herrin«, der Diener fing an zu sprechen, »dies ist Jakob, ein Fischer aus Meisterschwanden. Er hat …« Der Bedienstete brach ab und räusperte sich.
»Herrgott!« schrie sie. »So sprecht doch endlich!«
»Er hat …«, der Mann wischte sich über die Stirn, »den Gaul … Verzeihung, das Pferd unseres Herrn eingefangen.«
Bernhardine runzelte die Stirn. »Ja, und? Wo ist mein Mann? Hat er den Arzt mitgebracht?«
Der Diener räusperte sich. »Sie verstehen nicht, Herrin. Der Mann hat das Pferd am Seeufer gefunden. Es hat eine tiefe Schnittwunde in der Flanke, war tropfnass und … ohne Reiter.«

Der Schlosshof war mit Fackeln beleuchtet. Die Szenerie erinnerte Bernhardine an den Tag, an dem man nach Désirée gesucht hatte. Doch damals war Tagesanbruch gewesen, jetzt herrschte tiefe Nacht. Zwanzig Männer standen beisammen und besprachen das weitere Vorgehen. Da sich der Verwalter nicht im Schloss befand, hatte der Stallmeister das Kommando übernommen. Er zählte die Helfer durch und teilte sie in Gruppen ein. Dann marschierten sie durch das offene Schlosstor hinaus in die Winternacht, um ihren Herrn, Johannes von Hallwyl, aus den eisigkalten Armen des Sees zu befreien.
Bernhardine stand in ihrem Zimmer, starrte mit trockenen Augen auf das Geschehen und zupfte an ihren Haaren herum.
Ich verliere alles!, ging es ihr durch den Kopf. In ein paar Tagen, vielleicht schon in wenigen Stunden, sind die Zwillinge tot, dann bin ich ganz allein. Meine ganze Familie ausgelöscht. Und ich trage die Schuld daran.

In diesem Moment wurde die Tür aufgerissen, und ein wutentbrannter Gerold stürmte herein.
»Hexe!«, kreischte er. »Dirne, Ungläubige! Da seht Ihr, was Ihr angerichtet habt!« Er packte sie grob an den Schultern, drehte sie um und drückte ihr Gesicht gegen die kalte Scheibe. »Meinen Bruder habt Ihr in den Tod geschickt. Verflucht seid Ihr! Verflucht sei Eure ganze Familie!«
»Welche Familie?«, murmelte sie leise.
Gerold ließ sie abrupt los, als hätte er sich die Finger an ihr verbrannt. »Was schwafelt Ihr da?«, zischte er.
Bernhardine lächelte. Es gab nichts mehr zu verheimlichen. Jetzt, da ihr Gatte tot war und ihre Söhne kaum Aussichten hatten zu überleben, spielte es keine Rolle mehr, was aus ihr wurde.
»Die Pocken. Die Zwillinge haben die Blattern. Johannes wollte den Arzt vom Kloster Baldegg holen, damit er ihnen hilft.« Gerold wich entsetzt zurück. »Nicht doch, mein lieber Schwager!« Sie trat einen Schritt näher. »Es ist sinnlos. Wenn die Buben angesteckt sind, dann bin ich es ebenso. Und der Kuss hat das Band zwischen uns beiden besiegelt.«
Gerold keuchte. Er holte aus. Der Schlag traf Bernhardine mitten ins Gesicht und schleuderte ihren Kopf zur Seite. Sie lachte und fasste sich an die Lippen. Ein warmes Rinnsal lief ihr über das Kinn und tropfte auf ihren Busen. Sie betrachtete das Blut nachdenklich und hob den Kopf.
»Es ist nicht blau«, sagte sie sinnend. »Schaut, Gerold, es ist rot, wie das aller anderen Menschen auch.« Sie streckte ihrem Schwager die Hand hin. »Wir sind nichts Besseres als sie … auch Ihr nicht.«
»Wagt es nicht, so mit mir zu sprechen, Hexe!«, schleuderte er ihr entgegen. »Mit Euch kam das Verderben über uns. Gott hat uns gestraft, weil mein Bruder Eurer hübschen Larve verfallen ist. Herr, Herr, weshalb hast du mich verlassen?«

Er faltete die Hände und fiel auf die Knie, seine Lippen bewegten sich lautlos. Er verdrehte die Augen, bis nur noch das Weiße zu sehen war. Bernhardine schauderte.
Plötzlich schnellte er wieder hoch. Hass loderte in seinen Augen. Er bleckte die Zähne und sah dabei wie der leibhaftige Teufel aus. Sie stolperte rückwärts, bis sie die kalte Wand in ihrem Rücken spürte.
»Bei allem, was mir heilig ist«, krächzte Gerold und fixierte sie dabei, »schwöre ich auf das Grab meiner geliebten Mutter, dass Ihr dafür bezahlen werdet! Auge um Auge, Zahn um Zahn. Noch in dieser Nacht werdet Ihr vor Euren Schöpfer treten. Euer Name aber wird getilgt werden. Alle, die nach uns kommen, werden Euch vergessen, als hättet Ihr nie existiert. Kein Papier, kein Bild, kein Grab wird an Euch erinnern. Bernhardine von Hallwyl, geborene Diesbach-von Morlot, Ihr werdet zu Erde und Staub werden und immer zwischen den Welten wandeln, bis zum Jüngsten Tag! *Alea iacta est!* Die Würfel sind gefallen!«
Bernhardine stockte der Atem. Ihr Herz hämmerte in ihrer Brust, und eine eisige Kälte durchzog ihren Körper. Der helle Raum um sie herum begann, sich zu drehen, und sie sank mit einem Schrei zu Boden.
Sie erwachte, weil ihr kalt war, und tastete nach ihrer Bettdecke, doch da war nichts. Als sie die Augen öffnete, umgab sie Dunkelheit. Sie wusste im ersten Moment nicht, wo sie sich befand, bis ihr bewusst wurde, dass sie auf dem Fußboden ihres Zimmers lag. Beim Aufstehen fuhr ihr ein stechender Schmerz durch den Kopf. Sie befühlte ihre Wange; sie war geschwollen. Mit aller Härte kam die Erinnerung zurück: Johannes' Tod, Gerolds Drohung. Sie wusste, er würde seine Ankündigung wahr machen. Und sobald sich alle zu Bett begeben hätten, würde er vermutlich sogleich zurückkehren

und sie umbringen. Er hatte die Mittel, ihren Tod wie einen Unfall aussehen zu lassen. Angst bemächtigte sich ihrer und schnürte ihr die Kehle zu. Was sollte sie tun? Ihr blieb nur wenig Zeit. Auf alle Fälle nicht hier warten, bis ihr Henker zurückkehrte.

Bernhardine tastete sich an der Wand entlang zur Tür. Sie war von außen verschlossen. Natürlich. Es gab nur diesen einen Ausgang – sie war gefangen. Marie schlief zwei Räume weiter. Selbst wenn sie schrie, ihre Amme würde sie nicht hören. Die dicken Mauern schluckten jedes Geräusch. Und wie sollte die alte Frau ihr auch helfen? Unter Umständen hatte Gerold ihre ehemalige Amme sogar bereits beseitigt. Cornelis? Der Himmel wusste, wo er war, vermutlich schon abgereist. Oder vielleicht hatte Gerolds Zorn auch ihn getroffen. Sie sah keinen Ausweg mehr. Wie Gerold gesagt hatte: Die Würfel waren gefallen.

Den rückwärtigen Verschluss ihres roten Kleides hatte Bernhardine ohne fremde Hilfe nur behelfsmäßig zuschnüren können, weshalb ihr das Oberteil nun ständig von den Schultern rutschte. Unschicklich? In der Tat.

Es war nur ein kleiner Sprung vom Fenstersims ihres Gemachs auf die quadratischen Zinnen der Begrenzungsmauer, die direkt unterhalb ihres Zimmer entlanglief. Ein Wehrgang hätte ihr die Flucht erleichtert, aber es musste auch so gehen. Was die Bediensteten im Frühling schafften, wenn sie die Zinnen jeweils nach neuen, durch die Winterkälte entstandenen Bruchstellen absuchten, musste auch ihr gelingen. Bernhardine suchte mit den Füßen sicheren Halt auf dem verharschten Schnee des Fensterbretts und hielt sich mit einer Hand am Fensterflügel fest. Eisstücke lösten sich vom Sims und fielen in die Dunkelheit. Sie klammerte sich mit der anderen Hand an einen Mauervorsprung. Die Haut an ihren Fingerspitzen riss auf, und Blut tropfte auf den eiskalten Stein. Sie konnte nicht mehr länger warten, ihre Muskeln erlahmten bereits. Sie holte tief Luft, ging leicht in die Knie und sprang.

Hart prallte sie auf der ihrem Zimmer zunächst liegenden, abgeflachten Zinne auf und hielt sich an ihr fest, bis sie mit beiden Füßen auf dem Zinnenfenster zu stehen kam. Geschafft. Gerold würde Augen machen, wenn er ihr Gemach leer vorfände. Sie fühlte ein hysterisches Lachen in ihrer Kehle aufsteigen.

»Ich bin ein Vogel!«, rief sie. »Ein roter Vogel. Bald werde ich in den Himmel steigen, übers Tal fliegen und nach Désirée Ausschau halten können. Sie wartet auf mich. Ja, meine kleine, süße Dédée, Mama kommt bald!«

Auf den Zinnen und Zinnenfenstern lag kein Schnee mehr. Der Westwind hatte ihn in den vergangenen Tagen weggeweht. Trotzdem musste Bernhardine höllisch achtgeben, um nicht abzurutschen. Denn die Quader waren an einigen Stellen vereist und boten ihren Händen und Füßen kaum Halt. Trotz der eisigen Temperatur begann sie zu schwitzen, während ihr gleichzeitig schrecklich kalt war. Ein Schweißtropfen rann zwischen ihren Brüsten hinab. Sie presste eine Hand auf ihr Mieder, kam dadurch aus dem Gleichgewicht und trat mit einem Fuß ins Leere. Im letzten Moment konnte sie sich gerade noch an der Zinne vor sich festhalten. Als sie ihren immer noch frei schwebenden Fuß wieder nach oben zog, verlor sie einen Schuh. Bernhardine hörte ihn unten ins Wasser des Aabachs fallen. Sie hielt einen Augenblick inne, weil sie von einem Hustenanfall geschüttelt wurde. Ihre Lunge schmerzte entsetzlich. Doch mit nur einem Schuh konnte sie nicht weitergehen. Das war zu gefährlich. Also streifte sie sich kurz entschlossen auch noch den anderen vom Fuß, der dem ersten in die Dunkelheit folgte. An das Überziehen von Strümpfen hatte sie bei ihrer überstürzten Flucht nicht gedacht, genauso wenig wie an ihren pelzgefütterten Mantel, der sie bei der Kletterei vermutlich aber sowieso nur behindert hätte. Bereits nach wenigen Augenblicken spürte sie ihre Füße kaum noch. Aber das war unwichtig, Désirée wartete schließlich auf einer Blumenwiese auf sie, auf der sie auch barfuß laufen konnte. Sie musste eben die Zähne zusammenbeißen.

Die Fackeln im Schlosshof spendeten kaum noch Licht. Bernhardine keuchte und blieb kurz stehen, um zu verschnaufen und die Anzahl der Zinnen zu zählen, die auf ihrem Weg zur anderen Seite des Schlosses vor ihr lagen. Es waren sicher noch an die zehn Stück bis zum Westbau. Ob sie die Kraft besaß, diese auch noch zu bezwingen? Sie musste es einfach schaffen, denn dort befanden sich die Dienstbotenkammern. Irgendjemand wäre um diese Zeit bestimmt schon auf. Sie würde um Schuhe, warme Kleidung und ein Pferd bitten. Bitten? Nein, sie war schließlich immer noch die Herrin hier! Sie würde ein Pferd verlangen und fliehen. Bis nach Seengen war es zu schaffen. Dort würde sie beim Pfarrer um Asyl ersuchen und danach ihre Söhne holen.

»Maman, je t'attends. Viens chez moi!« Mama, ich warte auf dich. Komm zu mir!

Bernhardine erbebte. »Désirée?«, fragte sie ungläubig, »bist du es?«

Ihr Kopf schnellte herum, und sie kniff die Augen zusammen. Dort? War da nicht eine Gestalt auf den Zinnen? Hatte ihre Kleine hier die ganze Zeit über auf sie gewartet? Bernhardine kletterte hastig weiter. Das rote Kleid blieb an einem Mauervorsprung hängen, und der Stoff riss in der gesamten Länge ihres Rocks entzwei. Ihre Lungen brannten wie Feuer, Hände und Füße waren zu Eisklumpen erstarrt. Und sie war müde … so müde.

Aus dem Augenwinkel bemerkte sie eine Bewegung unten im Hof. Ein Schatten huschte zwischen den Fackeln umher. Bernhardine hielt schwer atmend inne. Sie kannte den Jungen, der sich einen Jackenärmel in den Hosenbund gestopft hatte, doch von irgendwoher. Aber ja, es war der Krähenjäger! Wie hieß er doch noch gleich? Ob er ihr vielleicht helfen könnte? Aber ihre Stimme besaß nicht mehr genug Kraft, um laut nach ihm zu rufen. Bernhardine blickte um sich, erspähte ein vereistes Stück Schnee und schabte es von der Zinne. Ihre Fingernägel brachen dabei ab, und ein scharfer Schmerz schoss durch ihren Handballen. Doch endlich hatte sie das Eisstück losgelöst und warf es mit letzter Kraft in den Hof hinunter. Es traf unweit der Fackeln auf dem schneebedeckten Hofpflaster auf. Der Junge hielt kurz inne, drehte sich um und blickte über den verlassenen Schlosshof. Dann schüttelte er den Kopf und setzte seinen Weg fort.

Bernhardine begann zu schluchzen. Er hatte sie nicht bemerkt. Sie kauerte zwischen zwei Zinnen; zu erschöpft, um vorwärtszugehen, zu geschwächt, um den Rückweg anzutreten. Sie lehnte ihre Stirn an das kalte Mauerwerk. »Ausruhen«, murmelte sie, »ich muss mich ein wenig ausruhen«, und schloss die Augen.

Eine Tür schlug zu. Bernhardine blinzelte mühsam und gewahrte den Einarmigen, wie er vom Abort zurück zu den Unterkünften eilte. Beim Gehen knöpfte er sich die Hose zu. Huldrich! Genau, so hieß er. Und sie teilten ein Geheimnis miteinander, welches, wusste sie jedoch nicht mehr.

»Hier«, keuchte sie und hob eine Hand. »Huldrich, hier oben!«

Der Junge musste sie gehört haben, denn er drehte sich um und schaute wieder in alle Richtungen. Endlich hob er seinen Blick und suchte die Mauern ab. Bernhardine winkte mit der

Hand und sah, wie sich der Mund des Knaben öffnete und seine Gestalt erstarrte. Er trat noch einen weiteren Schritt nach vorne und riss die Augen auf, dann drehte er sich um und rannte los.
Bernhardine atmete auf. Gott sei Dank! Er würde Hilfe holen. Sie fing an, unkontrolliert zu zittern. Jetzt würde alles gut werden. Der Knabe würde den Stallmeister holen, der wüsste, was zu tun war. Doch halt, der war ja mit den anderen Knechten unterwegs! Hatten sie Johannes denn bereits gefunden? Waren sie sogar schon zurück?
Die Tür zum Palas wurde aufgerissen. Warmes Licht fiel als schmaler Streifen auf den Schnee. Zwei Gestalten stürmten über die Brücke in den Schlosshof. Der Krähenjunge und … ihr Schwager! In Bernhardine zog sich alles zusammen. Nein, wollte sie schreien, nicht Gerold!
Der hatte sich einen Mantel von Johannes über sein Nachthemd geworfen. Also hatte er bereits seines Bruders Kleider in Besitz genommen. Er verlor wirklich keine Zeit. Langsam kam er auf die Mauer zugeschritten, pflanzte sich breitbeinig unter den Zinnen auf und stemmte die Hände in die Hüften.
»Madame«, rief er spöttisch, »was treibt Ihr denn da oben für lustige Sachen? Ist es nicht etwas zu unwirtlich für Versteckspiele?«
Er lachte hämisch und schüttelte den Kopf. Ihr fehlte die Kraft, um ihm eine passende Erwiderung an den Kopf zu schleudern. Stumm und ohne jede Bewegung starrte sie auf ihn hinab.
Gerold wandte sich an den Knaben, sprach auf ihn ein und zeigte dann auf den Palas. Huldrich wich einen Schritt zurück und schüttelte heftig den Kopf.
»Ich habe die Krähenjagd aufgegeben«, stieß er hervor, »wie Ihr es mir befohlen habt. Doch *das* werde ich nicht tun.«

»Du wagst es, dich mir zu widersetzen?«, schrie Gerold, und sein Gesicht verzerrte sich zu einer Fratze. »Soll ich dich wieder in die Armut zurückschleudern, du elender Wurm? Du bist mir Gehorsam schuldig, vergiss das nicht. Sie ist eine Hexe! Hab also kein Erbarmen mit ihr! Sie hat mich beim Pfarrer angeschwärzt. Hätte ich dem Pfaffen kein Geld für die neue Kirche versprochen, würde ich schon längst am Galgen baumeln. Also tu gefälligst, was ich dir aufgetragen habe.« Daraufhin holte er aus und verabreichte Huldrich eine kräftige Backpfeife. Der Junge fing an zu schluchzen, fasste sich mit der einen Hand an die Backe und lief los. Als er im Gebäude verschwunden war, drehte sich Gerold erneut zur Mauer.
»So, Madame«, sagte er. »Es ist sehr freundlich von Euch, es mir so leicht zu machen. Es wird alles wieder gut werden. Seid unbesorgt!«

21

Seengen, 2010

Möchtest du Wein?«

Anouk nickte, worauf Max beim Kellner eine Flasche Œil de Perdrix bestellte. Der gekühlte Rosé schmeckte nach wilden Beeren und Sommer. Sie prosteten sich zu und widmeten sich anschließend dem köstlichen Feldsalat. Die Terrasse des Hotels Schönau war an diesem Sonntagabend bis auf den letzten Platz besetzt. Aber sie hatten einen der besten Tische ergattert und saßen nur wenige Meter vom See entfernt, auf dem gerade ein Blesshuhn schwamm, abtauchte und an einer anderen Stelle wieder an die Wasseroberfläche kam. Die Aktion des Vogels schlug kaum Wellen. Der Hallwilersee schmückte sich mit einer spiegelglatten Fläche, die nur vom Kursschiff in halbstündlichem Takt aufgebrochen wurde.

Anouk verging fast vor Ungeduld. Alles drängte sie danach, Max endlich von ihren neuesten Entdeckungen zu erzählen. Doch jedes Mal, wenn sie ansetzte, um mit ihrem Bericht zu beginnen, brachte die Bedienung irgendetwas an ihren Tisch. Als sie schon beim Hauptgang angelangt waren, hielt sie es nicht länger aus.

»Bernhardine von Hallwyl«, platzte sie heraus. Max hob erstaunt den Blick. »Das ist der Name der Dame auf dem Porträt. Ich habe ihn herausgefunden. Sie ist die zweite Ehefrau dieses Johannes von Hallwyl, des damaligen Schlossherrn. Ein alter Knacker! Und nicht gerade ein Adonis, wenn man dem Bild in der Ahnengalerie Glauben schenken kann.« Sie holte tief Luft und strahlte Max an.

»Donnerwetter«, entfuhr es ihm, »wie hast du das denn herausgefunden?«

Anouk lächelte geschmeichelt und erzählte ihm, während ihr Fisch kalt wurde, von dem Gedicht, das ihr aus der Geisterwelt sozusagen in die Feder diktiert worden war. Und von Juliens Stammbaum für die Familie Morlot und den Folgerungen, die sie daraus gezogen hatte. Dass Valerie und Viola das kleine Mädchen ebenfalls gesehen hatten, verschwieg sie ihm, weil ihr das eine zu intime Nachricht für einen so öffentlichen Ort zu sein schien.

Max schüttelte immer wieder den Kopf. »Du bist unglaublich!«, sagte er mit ehrlicher Bewunderung in der Stimme.

Anouk lächelte und neigte den Kopf. »Danke, man tut, was man kann.« Sie hob ihr Glas. »Trinken wir auf Bernhardine!«

Er nickte. »Wo immer sie liegt«, fügte er hinzu.

Anouk hatte erwartet, dass er ihr noch hundert weitere Fragen stellen und genauso aufgekratzt sein würde wie sie. Doch er blieb seltsam ruhig, stocherte in seinem Essen herum und blickte ab und zu mit leerem Gesichtsausdruck auf den See hinaus, auf dem sich langsam die Dämmerung niederließ.

»Ist was?«, fragte sie.

Max seufzte und legte seine Gabel neben den Teller. Er strich sich durch die Haare, und Anouk fröstelte plötzlich. So sahen Männer aus, wenn sie einer Frau etwas Unangenehmes mitzuteilen hatten. Ihr Mund wurde schlagartig trocken, und sie griff hastig nach ihrem Weinglas.

Max räusperte sich. »Es fällt mir etwas schwer, darüber zu sprechen«, begann er, und Anouk schluckte. Also doch! »Aber irgendwann musst du es ja erfahren«, fuhr er fort.
Anouks griff erneut nach ihrem Glas. Es war leer, ebenso wie die Flasche.
»Willst du mit mir Schluss machen?«, stieß sie hervor und versuchte, dabei zu lächeln, obwohl ihr jämmerlich zumute war. Angreifen, bevor der Gegner Wunden schlägt! Sie wagte es nicht, Max dabei anzublicken, sondern faltete akribisch ihre Stoffserviette zu einem gleichschenkligen Dreieck zusammen. Als er nicht antwortete, hob sie dennoch den Kopf. »Also?« Ihre Stimme zitterte leicht. So viel zu ihrem schauspielerischen Talent.
»Nein, ich nicht, aber du vielleicht.«
Er griff ebenfalls zu seinem Glas und betrachtete es nachdenklich.
»Wieso sollte ich das denn wollen?« Sie schüttelte verwirrt und gleichzeitig erleichtert den Kopf.
»Nun ja«, druckste er herum, »es ist wegen Rufli.«
Anouk krauste die Stirn. Wovon zum Teufel sprach Max da?
»Was ist mit Rufli?«, fragte sie, winkte den Kellner heran und zeigte auf die leere Flasche Rosé. »Bist du etwa mit ihm verwandt?« Sie lachte und schüttelte ihre Locken. »Das wäre der Clou!« Doch als Max keine Miene verzog, blieb ihr das Lachen im Halse stecken. »Das ist jetzt aber nicht dein Ernst, oder?«, fragte sie entsetzt. »Sag mir, dass das nicht wahr ist!«
»Mütterlicherseits«, erwiderte er und biss sich auf die Lippen. »Ich habe meine Großmutter heute Nachmittag angerufen, weil mir der Name Walter Rufli irgendwie bekannt vorkam. Ich wusste, dass sie einmal über ihn gesprochen hat. Er war ihr Cousin. Und Herbert Rufli ist es demzufolge – natürlich – immer noch.«

Anouk starrte ihn entgeistert an. Max ein Rufli? Sofort musste sie daran denken, was der Kurator vor Jahren seinem Bruder an den Kopf geworfen hatte: Du beschmutzt die Familienehre! O Gott, wenn sich jetzt irgendwelche Blutsbande in Max zu Wort meldeten, würde das ihre junge Beziehung auf eine harte Bewährungsprobe stellen. Vielleicht sogar ihr Ende bedeuten. Ihr wurde ganz flau im Magen.
»Du sagst ja gar nichts.« Max blickte sie erwartungsvoll an. »Kleiner Schreck in der Abendstunde, was?« Er lachte, doch es klang bemüht.
»Ich?«, begann Anouk. »Die Frage ist eher, was *du* dazu sagst. Die Ruflis haben ja schließlich eine Aversion gegen meine Familie! Also müsste ich mich eher bei dir erkundigen, was du davon hältst.«
»Du traust mir wirklich zu, dass ich mich von so einem Schwachsinn beeinflussen lasse?«
»Tust du's?«, fragte Anouk lauernd.
Max' Augen verengten sich. »Ich dachte, du würdest mich besser kennen.«
»Tja, dann hast du dich dahin gehend eben getäuscht«, erwiderte sie.
»Scheint so«, sagte er resigniert.
Anouk biss sich auf die Lippen. Alles lief irgendwie schief. Sie wollte sich doch gar nicht mit Max streiten, sondern viel lieber Bernhardines Identitätsfindung mit ihm feiern. Wie waren sie bloß in diese angespannte Situation geraten? Nahm sie denn tatsächlich an, dass er wegen seiner Verwandtschaft mit Rufli die Beziehung zu ihr beenden würde? Nicht wirklich. Max hatte ihr mehr als einmal bewiesen, wie viel sie ihm bedeutete. Woher kam dann aber diese plötzliche Angst, dass er es trotzdem tun könnte? Hatte sie der Tod ihrer besten Freundin denn so sehr in ihren Grundfesten erschüttert, dass sie

allein schon der Gedanke an einen weiteren Verlust zutiefst verunsicherte?
Anouk wollte sich gerade für ihre unbotmäßige Reaktion bei Max entschuldigen, als dieser aufstand und zum Kellner hinüberging, der an einem Stehpult Tabletts zusammenstellte. Er sprach leise auf den Mann ein und zückte dann seine Kreditkarte. Er würde doch nicht …? Aber es sah genau danach aus!
Er trat wieder an ihren Tisch und griff nach seinem Pullover. »Die Rechnung ist beglichen«, erklärte er mit eisiger Stimme. Dann warf er sich das Kleidungsstück über die Schulter. »Und ich bin sicher, die Flasche Rosé wirst du auch ohne meine Hilfe schaffen. Schönen Abend noch, Frau Morlot!«

Max knallte die Wagentür zu, legte den Rückwärtsgang ein und fuhr dann mit quietschenden Reifen davon. Er war wütend und drehte das Autoradio auf volle Lautstärke. Was war nur aus seinem geordneten Leben geworden? Seit er Anouk kannte, glich es mehr einer Achterbahn als einem steten Fluss. Und das nicht nur, was die Gefühlsebene betraf. Als würde seine neue Bekannte das Unglück regelrecht anziehen wie ein Magnet eine Handvoll Nägel, stand er, Max, dabei meist mitten in der Schusslinie. Und als wäre das nicht schon genug, stieß sie ihn auch immer wieder vor den Kopf, als wäre er ein dummer, kleiner Junge, den man problemlos herbeirufen und wieder wegschicken konnte, wie es einem gerade beliebte. Was bildete sie sich eigentlich ein? Es hatte ihn große Überwindung gekostet, ihr seine Verwandtschaft mit Rufli zu beichten, aber anstatt Verständnis für seine missliche Lage aufzubringen, hatte sie ihn angegriffen. Als ob er etwas für seine Verwandtschaft mit dem Kurator könnte! Damit nicht genug, hatte sie sogar darauf angespielt, dass er sie nun – wie Rufli – ebenfalls in Sippenhaft nehmen könnte.

In einem gewagten Überholmanöver zog Max an einem Trecker vorbei und sah im Rückspiegel, dass der Fahrer ihm einen Vogel zeigte.
Was gingen ihn Anouks Stimmen und Erscheinungen denn überhaupt an? Sie war weder seine Patientin noch seine offizielle Freundin. Sollte sie sich doch ohne ihn um den weiteren Verbleib des Bildes kümmern und nach der wahren Geschichte dieser Bernhardine forschen. Er hatte wahrlich Besseres zu tun, als irgendwelchen Damen in roten Kleidern nachzujagen, die schon längst das Zeitliche gesegnet hatten. Und dass er endlich ein klärendes Gespräch mit Brigitte geführt hatte, hatte er Anouk nicht einmal mehr mitteilen können. Die hatte, im Gegensatz zu Anouk, weitaus vernünftiger reagiert, als er vermutet hatte, was ihn insgeheim erstaunte. Aber wer verstand schon die Frauen! Doch Max wusste insgeheim, dass sich seine plötzliche Wut nicht ausschließlich gegen Anouk richtete, sondern auch gegen sich selbst. Seine starken Gefühle ihr gegenüber machten ihm Angst, weil er sie nicht kontrollieren konnte. Sie überrollten ihn einfach und ließen ihn wie eine Puppe agieren. Und das gefiel ihm überhaupt nicht. Denn Kontrolle war schließlich das Wichtigste im Leben. Sie hatte ihm geholfen, sein Leben neu zu ordnen, als seine Eltern gestorben waren, und er wollte sich unter keinen Umständen jemals wieder so verloren fühlen wie damals. Was das wiederum bedeutete, lag auf der Hand: Er musste sich von Anouk fernhalten.
»Verdammt!«, stieß Max hervor.

»Ich bringe den Kerl um!«
Anouk stöckelte auf ihren hohen Absätzen den Uferweg entlang und verscheuchte einen Schwarm Mücken, der es auf ihre nackten Schultern abgesehen hatte.

»Der soll mir ja nicht mehr unter die Augen kommen!« Sie bückte sich, um einen Stein aus ihren Riemchensandaletten zu entfernen. »Mich einfach so mitten im Lokal sitzenzulassen«, sie schnaubte, »wundert mich gar nicht, dass der mit dem Kurator verwandt ist!«

Ein älteres Ehepaar kreuzte ihren Weg und warf ihr beunruhigte Blicke zu.

»Ja, schauen Sie nur«, wetterte Anouk weiter. »So sieht jemand aus, den man … Ach, vergessen Sie's!«

Das Pärchen beeilte sich, an ihr vorbeizukommen, um dann in sicherer Entfernung die Köpfe zusammenzustecken.

Anouk hatte nach der ersten Verblüffung über Max' plötzlichen Abgang in ihrem nachträglichen Ärger tatsächlich noch die ganze Flasche Rosé geleert und fühlte sich nun dementsprechend. Gut, sie hatte ihn mit ihrer Reaktion auf sein Geständnis verletzt! Das war ihr ja auch sofort bewusst geworden. Aber er hatte im Gegenzug auch nicht gerade sehr erwachsen reagiert. Anstatt die Sachlage auszudiskutieren, war er einfach beleidigt abgerauscht. War das eine Eigenschaft von ihm, die sie bis jetzt noch nicht kennengelernt hatte? Ging er Problemen einfach aus dem Weg, anstatt sich ihnen zu stellen? Wenn ja, war das zumindest eine Seite an ihm, die ihr nicht besonders gut gefiel.

Auf einem gelben Wegweiser las sie, dass es noch drei Kilometer bis nach Seengen waren. Und das in High Heels! Zu dumm, dass sie gerade heute Abend ihre Handtasche gewechselt und Geldbörse wie auch Handy in der anderen zurückgelassen hatte. Aber sie hatte ja nicht ahnen können, dass sie sich mit Max streiten und er sie deshalb nicht nach Hause bringen würde.

Rechter Hand erhob sich ein Findling, vor dem sich eine hölzerne Bank befand. Es war schon fast dunkel und der Weg nur noch als hellgraues Band zu erkennen. Anouk ließ sich auf die Bank fallen, öffnete ihre Handtasche und kramte ihre Zigaretten hervor. Langsam beruhigte sie sich wieder. Das leise Plätschern der ans Ufer schlagenden Wellen und das Gezirpe der Grillen wirkten einschläfernd.

Hatte sie überreagiert? Vermutlich. Wie immer, wenn ihr etwas naheging. Sie hatte Angst gehabt, Max zu verlieren, und mit ihrer übersteigerten Reaktion nun wohl genau das erreicht, was sie zu verhindern versucht hatte. Aber er war ohne sie sowieso besser dran. Keine Erscheinungen, keine Krähenattacken und keine Rätsel mehr. Er könnte sich mit der Bibliothekarin zusammentun, mit ihr Kinder großziehen und ein grundsolides Leben führen. Während sie bis ans Ende ihrer Tage allein bleiben würde – wie Tati Valerie. Eine alte Jungfer, die mit Ameisen redete und gestrandete Maler adoptierte. Es tat richtig gut, sich in selbstmitleidigen Betrachtungen zu ergehen, auch wenn ihr langsam kalt dabei wurde. Sie drückte die Zigarette aus und rieb sich die bloßen Arme. Es war an der Zeit, sich wieder auf den Weg zu machen.

Als sich Anouk von der Bank erhob, fiel ihr Blick auf den Findling, in den eine Metalltafel eingelassen war. Sie beugte sich vor und kniff die Augen zusammen, um die darin eingravierte Schrift besser lesen zu können.

ZUM GEDENKEN AN GRAF JOHANNES VON HALLWYL,
(1689 – 1746)
DER AN DIESER STELLE DEN TOD FAND.

ICH BIN BEI EUCH ALLE TAGE BIS AN DER WELT ENDE.
MATTH. 28,20

Unter der Schrift war ein Mann auf einem Pferd abgebildet. Die Gravur von Reiter und Pferd ließ, was die Proportionen der Darstellung betraf, jedoch stark zu wünschen übrig. Der Gaul war, im Gegensatz zu dem dicklichen Männchen, riesig. Und der Bibelspruch klang für sie eher wie eine Drohung. Bernhardines Mann war also hier im See ums Leben gekommen? Komisch, dachte Anouk, ich stolpere alle naselang über Personen und die Geschichte dieses Grafengeschlechts. Doch für heute war sie entschieden zu beschwipst, um sich noch eingehender mit dieser Art von Zufällen zu befassen. Die Zinnengängerin war also auch noch Witwe gewesen. Arme Frau!
»Das Leben kann manchmal ganz schön beschissen sein. Nicht wahr, Schwester?«
Sie seufzte, zog ihre Stöckelschuhe aus und machte sich auf den Heimweg.

Am Montagmorgen erwachte Anouk mit einem furchtbaren Kater. Ihre Zunge fühlte sich an, als ob eine Fußballmannschaft auf ihr trainiert hätte. Hinter ihrer Stirn hämmerte es, ihre Füße waren voller Blasen, und als sie in den Spiegel sah, blickte ihr ein Gespenst daraus entgegen. Das Abschminken hatte sie gestern komplett vergessen. Sie wusch sich das Gesicht mit viel kaltem Wasser, rubbelte sich die verschmierte Wimperntusche von der Haut und legte sich nochmals hin. Sie war schon wieder am Einschlafen, als es an der Tür klopfte und ihre Großtante den Kopf durch die Tür hereinstreckte.
»Entschuldige, Liebes, ich wollte dich nicht wecken, aber unten steht der Postbote mit einem Einschreiben.«
Valerie blickte sich suchend im Zimmer um.
»Er ist nicht hier«, murmelte Anouk, für den Fall, dass ihre Großtante nach Max Ausschau hielt, und fragte dann etwas lauter: »Kannst du nicht für mich unterschreiben?«

»Nein, Schatz, das geht nicht. So sind nun mal die Postvorschriften.«
Anouk seufzte, warf die Decke zurück und rappelte sich auf. »Kann man denn nie seine Ruhe haben?«, raunzte sie ärgerlich und schlurfte zur Tür.
Der Postbote riss die Augen auf, als er sie erblickte. »Frau Anouk Morlot?«, fragte er, und als sie nickte, zückte er einen Kugelschreiber und reichte ihr einen Vordruck auf einem Klemmbrett. Sie kritzelte ihren Namen auf die gepunktete Linie des Formulars, nahm den Brief entgegen und knallte die Haustür zu. Danach warf sie den gelben Umschlag ungeöffnet neben das Telefon und schlurfte in ihr Zimmer zurück. Ein Kontrollblick auf ihr Handy, das weder einen Telefonanruf noch eine erhaltene Kurzmitteilung anzeigte, verbesserte ihre Laune nicht. Anouk warf sich aufs Bett und zog sich die Decke über den Kopf. Max konnte sie mal kreuzweise! Scheinbar nur wenige Minuten später wurde sie erneut durch ein Klopfen aus ihren wirren Träumen gerissen.
»Was ist denn jetzt schon wieder?«, rief sie ärgerlich. Hatten sich denn heute alle gegen sie verschworen?
»Tja, also …«, Valerie lugte abermals durch den Türspalt. Vermutlich hielt sie es momentan für ratsamer, ihrer Großnichte mit gebührendem Abstand zu begegnen. »Es ist jetzt bereits Mittag, Liebes. Wenn du Hunger hast, im Kühlschrank steht ein Birchermüsli. Ich dachte, etwas Leichtes würde dir heute mehr zusagen. Ich fahre Herrn van der Hulst zum Bahnhof. Das Bild ist fertig, und er will unsere Gastfreundschaft nicht länger in Anspruch nehmen. Ich mache anschließend noch einen Besuch bei einer Freundin und bin dann erst am späten Nachmittag zurück.«
»Fein«, murmelte Anouk, »sage deinem Maler auf Wiedersehen von mir, und hast du das Silber schon durchgezählt?«

Valerie verdrehte die Augen. »Also wirklich, Anouk. Du tust Herrn van der Hulst Unrecht. Ein Künstler stiehlt doch nicht!«
Anouk hatte keine Lust, ihre Großtante darüber aufzuklären, was Künstler so alles taten und was nicht, sondern wedelte nur stumm mit der Hand. Sie hörte, wie die Eingangstür ins Schloss fiel, und atmete auf. Endlich Ruhe! Nur dass sie jetzt leider hellwach war. Wieder schaute sie auf ihr Handy. Nichts. Sollte sie Max anrufen? Aber was war, wenn er nicht mit ihr sprechen wollte? Sie bekam einen dicken Kloß im Hals. Warum hatte sie sich nur in ihn verlieben müssen?
»Ich geh jetzt erst mal schwimmen!«, rief sie trotzig in den leeren Raum hinein. »Schließlich habe ich Urlaub.«
Und heute Abend ist Theaterprobe im Schloss, flüsterte eine leise Stimme in ihrem Kopf. Was tust du dann?

Schloss Hallwyl, 1746

Die Totenglocke der Kapelle läutete Sturm. Marie erwachte darob und wusste sofort, dass ein Unglück geschehen war. Die Zwillinge! Die beiden kleinen Würmchen waren also gestorben. Sie musste auf der Stelle zu Bernhardine.
Ein schmaler, heller Streifen zeigte sich am Horizont. So lange wie an diesem Tag hatte sie schon seit Ewigkeiten nicht mehr geschlafen. Schnell schlüpfte sie in ihren Rock, band sich die Schürze um und stülpte sich die Haube über die ungekämmten Haare. Das Wasser in der Waschschüssel war gefroren. Dann musste sie heute eben einmal auf die Morgentoilette verzichten. Auf den Korridoren war der Teufel los. Marie klopfte an Bernhardines Zimmertür und drückte, als keine Aufforderung zum Eintreten erfolgte, die Klinke hinunter. Die Tür war verschlossen. Wie das? Seit wann sperrte sich Dinchen denn ein?

»Bernhardine«, rief sie, »ist alles in Ordnung?«
Keine Antwort. Marie klopfte stärker, rüttelte am Knauf und drückte ihr Ohr an das Holz. Schwach hörte sie das Ticken der Uhr, ansonsten keinen Laut. War Bernhardine vielleicht im Kinderzimmer? Marie drehte sich um und eilte in den Kinderflügel. Als sie die Tür öffnete, blickte die junge Amme hoch.
»Es geht ne schlecht«, sagte sie. »Aber sie lebn noch. Nur habn se jetzt och noch de ganze Beinche voll.«
Marie furchte die Stirn. Wenn die Zwillinge noch lebten, für wen läutete dann die Totenglocke? Angst und eine schreckliche Vorahnung ergriffen Besitz von ihr, die sie jedoch nicht laut auszusprechen wagte.
»Für wen …«, hauchte sie, »läutet man die Glocke?« Sie griff Halt suchend nach der Türklinke.
Der Blick der Amme wurde leer. »Weiß nich«, erwiderte sie, »bimmelt aber schon ewich.«
Marie drehte sich auf dem Absatz um, stürzte zur Treppe und stolperte die Stufen hinunter. Auf halber Höhe kam ihr ein Diener entgegen. Sie packte ihn am Revers.
»Wer ist gestorben?«, schrie sie den Jungen an, der zuerst vor Schreck erbleichte und dann heftig errötete.
»Wisst Ihr es denn noch nicht? Die Herrschaften sind tot«, raunte er.
»Die Herrschaften?«, wiederholte Marie entsetzt. Sie schüttelte den Kopf. »Du meinst … alle beide?«
Der Diener nickte. »Der Herr ist im See abges… ertrunken. Und die Herrin …«, er brach ab, und ein Schauder lief durch seinen Körper, »hat sich umgebracht.«
Marie ließ den jungen Mann los, der sich beeilte, an ihr vorbei die Stufen hinaufzukommen. Ihre Beine knickten ein, und mit einem Schrei fiel sie auf die kalten Steintritte.

Bernhardine tot? Ihr Dinchen tot? Sie schlug die Hand vor den Mund und wiegte sich hin und her. Selbstmord? Nie im Leben! Bernhardine war zwar verzweifelt gewesen, doch so einen feigen Entschluss hätte sie niemals gefasst. Der Freitod war eine Todsünde. Jeder wusste, dass Selbstmörder in die Hölle kamen. Nein, nein! Sie schüttelte immer wieder den Kopf. Dinchen würde nicht selbst Hand an sich legen. Désirées Verlust hatte ihr außerdem gezeigt, wie sehr sie ihre Kinder liebte. Sie hätte die Zwillinge nicht einfach so zurückgelassen. Jetzt, wo sie an der Schwelle zum Tod standen. Da stimmte etwas nicht. Gerold! Natürlich. Marie riss die Augen auf. Der Teufel war zurückgekommen, um nach Désirée nun auch Bernhardine zu beseitigen.
»Herr im Himmel«, flüsterte sie und faltete die Hände. »Wenn mein Dinchen wirklich tot sein sollte, dann sei milde in Deinem Urteil. Sie hat gefehlt, aber Du bist gütig. Du wirst ihr verzeihen und sie wieder mit ihrer Tochter zusammenführen.«
Maries Augen blieben trocken. Aber vielleicht hat man in seinem Leben auch nur eine begrenzte Anzahl Tränen zur Verfügung. Und die meinen habe ich bereits um Désirée vergossen, überlegte sie. Und noch während sie das dachte, füllten sich ihre Augen, und sie fing an zu schluchzen. Als ihr Klagen leiser wurde, trocknete sie sich mit dem Schürzenzipfel das Gesicht und zog sich am Geländer hoch. Und Johannes? War er gestern Nacht tatsächlich im Schnee umgekommen? Marie hatte schon seit Monaten bemerkt, dass der Schlossherr nicht mehr bei guter Gesundheit war. Oder hatte Gerold auch etwas mit dessen Tod zu tun?
Sie hatte plötzlich entsetzliche Angst. Was, wenn Gerolds Auge sich nun auf sie richtete? Sie würde diesem Teufel nichts entgegensetzen können. Sie war nur ein altes Weib ohne jede Bildung. Eine leichte Beute für einen hochwohlgeborenen

Herrn. Am Ende würde man sie sogar noch der Hexerei anklagen, weil sie ab und zu etwas weißen Zauber veranstaltet hatte. Sie schluckte schwer. Was sollte sie bloß tun, jetzt, wo weder Bernhardine noch Johannes sie beschützen konnten? Sie war auf Gedeih und Verderb dem neuen Schlossherrn ausgeliefert. Doch halt, einen Freund hatte sie noch!

Marie sah zum Fenster hinaus. Der Morgen hatte die Nachtschatten bezwungen. Ein grauer Himmel spannte sich über dem Seetal und versprach neue Schneefälle. Doch noch waren die Wege gefroren und daher gut befahrbar. Auch wenn nicht mehr viel Zeit blieb.

Im Atelier war es dunkel und kalt. Es roch nach Farben und Harzöl. Mitten im Raum standen die Staffelei und das Porträt, das Bernhardine bei dem Holländer in Auftrag gegeben hatte. Es war mit einem weißen Tuch abgedeckt.

»Cornelis? Bist du hier?« Marie war, ohne dass es ihr bewusst war, zum vertrauten Du übergegangen.

Sie wagte kaum, ihre Stimme zu erheben, denn der Archivturm befand sich genau neben dem Palas, in dem Gerold Hof hielt und das Gesinde darüber instruierte, wie ihr neuer Herr sich das Leben auf dem Schloss vorstellte. Johannes hatte man noch immer nicht gefunden. Angeblich war er im See ertrunken, als er auf dem Weg zum Baldegger Kloster gewesen war, um den Arzt für die Zwillinge zu holen. Marie schauderte. Nur sein Gaul hatte sich retten können. Der hatte Glück gehabt! Ein paar Hufschläge weiter, und Johannes hätte ebenfalls das rettende Gestade erreicht. Aber Glück war in dieser Familie ein seltener Gast.

Über das, was mit der Herrin geschehen war, kursierten die wildesten Gerüchte. Die einen sagten, sie hätte sich aus Kummer über den Tod ihres Ehemanns von den Zinnen gestürzt.

Lachhaft! Denn Bernhardine hatte Johannes nie gemocht. Wieso also sollte sie sich seinetwegen umbringen? Andere wiederum behaupteten, sie sei infolge der schrecklichen Todesfälle wirr im Kopf geworden und hätte versucht, wie ein Vogel zu fliegen. Dabei sei sie von der Begrenzungsmauer gestürzt und im Aabach ertrunken. Und dann gab es noch weiteres Geschwätz, das widerwärtigste überhaupt. Marie hatte zwei Mägde dabei belauscht, wie sie sich hinter vorgehaltener Hand darüber unterhalten hatten, dass Bernhardine eine Hexe gewesen sei. Die törichten Weiber hatten geflüstert, die Herrin sei auf einem Besen um die Schlosstürme herumgeflogen. Dreimal. Dabei hätte sie ihre Brüste und ihr Geschlecht entblößt und den Satan angerufen. Anschließend hätte sie mit dem Gehörnten Unzucht getrieben und sei danach mit ihm zusammen in die Hölle gefahren.
Marie hatte sich über dieses infame Geschwätz so erregt, dass sie beiden Mägden eine kräftige Backpfeife verabreicht hatte. Ihre Hand schmerzte noch immer.
»Cornelis? Ich bin's, die Marie.«
Ein Rascheln ließ sie zusammenzucken. Hinter einem Paravent trat der Holländer hervor. Er sah schrecklich aus. Die Haare wirr, halb bekleidet, seine Miene ein einziges Trümmerfeld.
»Es heißt, sie sei eine Hexe gewesen«, sagte er tonlos.
»Nie und nimmer!«, entgegnete Marie vehement. »So etwas darfst du nicht glauben. Das sind böswillige Lügen!« Marie sah argwöhnisch über ihre Schulter, nahm Cornelis' Hand und zog ihn wieder hinter die spanische Wand. »Der neue Schlossherr verbreitet diese Gerüchte. Er will Bernhardines Ansehen in den Schmutz ziehen. Aber du hast sie doch gekannt und geliebt … du weißt, dass das nicht wahr ist.«
Der Maler starrte zu Boden. »Geliebt? Mehr als mein Leben. Aber sie wollte mich nicht.«

Marie schluckte. Was sollte sie darauf erwidern?
»Hör zu, Cornelis! Wir haben wenig Zeit. Gerold wird nicht lange fackeln, diejenigen, die Bernhardine nahegestanden haben, ebenfalls zu verleumden. In dieser Gegend herrscht immer noch tiefer Aberglaube. Wenn nur ein winziger Verdacht auf uns beide fällt, landen wir im Schandloch ... oder am Galgen.«
Der Holländer schien ihr gar nicht zuzuhören. Er ließ den Kopf hängen und zerbröselte etwas zwischen seinen Fingern, das wie eine getrocknete Blume aussah.
Marie packte ihn am Arm. »Cornelis«, flüsterte sie eindringlich, »hör mich an, wir sind in Gefahr, beide! Wir müssen fliehen!«

Ihre Reisetruhe war zu unhandlich, daher zog Marie einen Leinenbeutel unter dem Bett hervor, stopfte warme Kleidung und ein paar Kräuter in ihn hinein und machte einen festen Knoten. Unter ihrer Matratze bewahrte sie ein paar Münzen auf, die sie gespart hatte. Die steckte sie in ihren Gürtel und griff nach ihrem wollenen Schultertuch. Danach warf sie noch einen letzten Blick in die kleine Kammer, die sie über drei Jahre bewohnt hatte, und betätigte vorsichtig den Riegel. Der Korridor war leer. Sie überlegte, noch einmal kurz nach den Zwillingen zu sehen, kam dann aber davon ab, weil es ihr zu gefährlich erschien. Jede Minute konnte Gerold sich ihrer erinnern. Und was dann sein würde, wollte sie sich lieber gar nicht erst vorstellen. Als die Kammertür schon fast ins Schloss gefallen war, hielt Marie noch einmal inne und schlüpfte abermals ins Zimmer. Sie huschte zu der Truhe, wühlte in ihr herum, bis sie das gesuchte Schmuckstück gefunden hatte, und verstaute es sorgfältig in ihrem Gürtel.
Sie war seit Jahren nicht mehr geritten und verzog das Gesicht bei dem Gedanken, ihre alten Knochen auf einen Pferderücken hieven zu müssen. Doch es gab nur einen Schlitten im Schloss,

und der war zu groß, als dass sie damit unbemerkt durch die Dörfer hätten fahren können. Sie traute Cornelis auch nicht zu, das schwere Gefährt zu lenken. Er war ein Künstler. Sie lächelte und schüttelte den Kopf. Wer hätte das gedacht, dass sie in ihrem Alter noch mit einem jungen Spund durchbrennen würde. Doch als ihr bewusst wurde, was sie alles zurücklassen musste, erstarrte ihr Lächeln. Sie würde Bernhardine weder die letzte Ehre erweisen können noch jemals wissen, was mit Désirée geschehen war. Bis ans Ende ihrer Tage müsste sie mit dem schrecklichen Gefühl leben, nicht zu wissen, was ihrem Liebling in den letzten Augenblicken seines Lebens wirklich zugestoßen war. Und für das Schicksal der Zwillinge konnte sie nur noch beten. Aber der Herrgott war sicher so gnädig, sie bald wieder mit ihren Liebsten zu vereinen. Dermaßen getröstet lief sie, so schnell sie ihre alten Beine trugen, durch den Palas und spähte auf den Schlosshof.

»Endlich«, zischte Cornelis, als Marie kurze Zeit später in den Stall stürzte, »ich habe schon geglaubt, sie hätten dich geschnappt.«

Er hatte in der Zwischenzeit seinen Rappen und eine ältere Stute gesattelt. Marie trat zu den Pferden, und der Maler verschränkte seine Hände zu einer Räuberleiter, so dass sie ihren Fuß von dort aus leichter über den Rücken der Stute schwingen konnte. Marie biss die Zähne zusammen. Ihr ganzer Körper schmerzte, aber sie durfte jetzt nicht schlappmachen.

»Danke«, flüsterte sie, und Cornelis nickte.

Er griff nach den Zügeln der Tiere und öffnete das Stalltor. Jetzt kam der gefährlichste Moment. Es gab nur einen Weg, den sie nehmen konnten: den über die Schlossbrücke. Wenn jemand am Torturm stünde oder beim Brückenpfeiler … Marie wollte sich nicht vorstellen, was dann mit ihnen geschehen würde. Es musste einfach gelingen!

Sie hatten Glück. Das Schlosstor stand offen, und weit und breit war niemand zu sehen. Cornelis schwang sich in den Sattel. Er warf ihr einen fragenden Blick zu, und Marie nickte. Sodann trieben sie die Pferde an und galoppierten durchs Tor hinaus. Sie wandten sich direkt nach Süden, da ihnen dies der sicherste Weg schien. Wenn Gerold sie suchen und verfolgen ließe, würde er sich gewiss zunächst Richtung Bern wenden, wo Dinchens Eltern lebten. Maries erster Gedanke hatte natürlich zuerst ihrem ehemaligen Dienstherrn Franz Ludwig von Diesbach gegolten. Aber nachdem sie Cornelis anvertraut hatte, dass Bernhardines Vater vermutlich eher dem neuen Schlossherrn als einer alten Amme Glauben schenken würde, hatte auch er den Kopf geschüttelt. Und deshalb hatten sie sich dazu entschlossen, alle Brücken hinter sich abzubrechen und nach Süden zu ziehen. Weit weg vom Herrschaftsgebiet derer von Hallwyl. Und auch weit weg von den Gräbern meiner beiden Schützlinge, dachte Marie. Ein dicker Kloß saß ihr im Hals und ließ sie keuchen. Der Holländer warf ihr einen alarmierten Blick zu, doch sie lächelte tapfer. Sie würde auch dies überstehen. Frauen waren stark.
Plötzlich riss Cornelis an den Zügeln und drängte Maries Stute zur Seite, bis diese zum Stehen kam. Marie wollte bereits protestieren, sah dann aber, wie der Maler einen Finger auf die Lippen legte und mit dem Kopf zur rechten Seite deutete. Ihr stockte der Atem. An die zehn Männer standen – mit Gerold von Hallwyl in ihrer Mitte – am Ufer des Aabachs. Drei Boote waren zu Wasser gelassen worden, in denen sich weitere Knechte befanden. Sie hielten lange Stangen in den Händen, mit denen sie im trüben Aabach herumstocherten.
Marie wollte sogleich vom Pferd steigen. Doch Cornelis stieß einen tiefen Kehllaut aus und schüttelte vehement den Kopf. Er strich mit einer Hand quer über seinen Hals. Marie nickte

stumm. Natürlich, wie töricht von ihr. Zum Glück lag hoher Schnee, der das Geräusch klappernder Hufe dämpfte. Des Weiteren schrien die Helfer wild durcheinander, was Marie und Cornelis einen zusätzlichen Vorteil verschaffte. Vorsichtig, ganz vorsichtig, im Schritttempo, ritten sie an den Männern, die mit dem Rücken zu ihnen standen, vorbei. Keiner bemerkte sie. Doch plötzlich drehte sich einer der Suchenden, fast noch ein Kind, um und starrte die Reiter mit offenem Mund an. Marie erkannte ihn. Es war der Einarmige. Huldrich, der Krähenfänger und Gerolds Helfer. Sie erstarrte, konnte kaum noch atmen.

Der Bub runzelte die Stirn, kniff die Augen zusammen und blickte dann zu Bernhardines Schwager hoch, der den Männern in den Booten etwas zurief. Cornelis war totenbleich geworden. Ein Wort aus dem Mund des Jungen, und mit ihrer Flucht war es vorbei, noch ehe sie begonnen hatte. Bitte, lieber Gott, lass ihn nicht rufen!, betete Marie stumm.

Huldrich sah wieder zu ihnen herüber, schaute nochmals zu Gerold auf und hob seinen Arm.

Marie presste die Lippen zusammen, um nicht zu schreien. Vorbei! Sie werden uns umbringen! Doch anstatt den Hallwyler am Ärmel zu zupfen, winkte Huldrich ihnen zu, lächelte und drehte sich dann wieder um.

Marie und Cornelis sahen sich verblüfft an. Doch es blieb ihnen keine Zeit, sich zu wundern. Die Männer in den Booten machten Anstalten, zum Ufer zurückzukehren. Der Maler gab Maries Stute einen Klaps auf den Hintern und trieb seinen Rappen mit den Unterschenkeln an. Nach einem Sprung über einen zugefrorenen Wasserlauf verschwanden Marie und Cornelis im schneebedeckten Gehölz des Seeufers.

22

Seengen, 2010

Ein Friseur in getigerten Leggings, der sich als Maskenbildner ausgab, schminkte Anouk tiefe Falten auf die Stirn und um den Mund herum, bis sie aussah, als würde sie demnächst das Zeitliche segnen.

»Exquisit!«

Er trat einen Schritt zurück, küsste seine Fingerspitzen und scheuchte sie dann vom Stuhl, denn hinter ihr warteten bereits die anderen Schauspieler auf ihre Verwandlung. Als sie Anouk erblickten, brachen sie in schallendes Gelächter aus. Die schnaubte entrüstet und stülpte sich die Haube über ihre Locken. Im Schatten einer Eiche saß die Bibliothekarin in ihrem wunderschönen Kostüm, ein riesiges, weiß gepudertes Etwas auf dem Kopf, das mit Stoffblumen und Perlen geschmückt war, und himmelte Max an. Der hatte sich neben ihr auf die Bank gefläzt, die Beine weit ausgestreckt, und starrte finster zu Anouk hinüber.

Die ganze Nacht lang hatte Anouk gegrübelt, an welcher Stelle ihre gestrige Unterhaltung gekippt und in gegenseitiges Unverständnis und Missstimmung umgeschlagen war, und mit Schrecken festgestellt, dass erst ab ihrer haltlosen Unterstellung, Max könne wie Rufli reagieren, alles schiefgelaufen war. Deshalb hatte sie sich, in der Hoffnung, zu retten, was noch zu retten war, auch gleich nach dem Aufstehen vorgenommen, sich bei Max zu entschuldigen. Schließlich liebte sie ihn – das war ihr in der vergangenen Nacht ebenfalls klar geworden – und wollte nicht, dass ihre Beziehung wegen eines dummen Missverständnisses in die Brüche ging. Aber seine abweisende Miene, als sie zur Theaterprobe erschienen war, hatte sie abgeschreckt. Außerdem hatte sie keine Lust, sich vor versammelter Mannschaft lächerlich zu machen. Also hatte sie ihm nur kurz zugenickt und sich danach schnell umgezogen. Sie hoffte aber, ihn später noch unter vier Augen sprechen zu können. Ihr Autounfall und Julias Tod hatten Anouk bewusst gemacht, wie schnell sich das Leben ändern konnte und dass manchmal keine Zeit mehr blieb, etwas klarzustellen. Wie schmerzlich dies auch immer war.

Heute war die Hauptprobe. Die erste Vorstellung würde am Mittwoch stattfinden, die zweite am Samstagabend. Und voller Stolz hatte Brigitte verkündet, dass bereits alle Karten verkauft wären. Anouk neigte zur Nervosität, aber ihre momentane Unruhe war wohl eher das, was man Lampenfieber nannte. Was, wenn sie ihren Text vergaß? Oder von der Bühne fiel? Ihr wurde schlecht, und sie schloss für einen Moment die Augen, atmete tief ein und wieder aus und konzentrierte sich auf ihre Körpermitte. Doch es half nichts. Ihr Magen rebellierte, kalter Schweiß trat auf ihre Stirn und drohte das Werk des Maskenbildners zu ruinieren.

Sie zog ihre Armbanduhr aus der Rocktasche. Ihr blieb noch genügend Zeit, um sich die Füße zu vertreten. Also schlenderte sie zum Schlosstor hinaus und ging auf die hohen Bäume zu, die den hinteren Teil des Vorplatzes in bläuliche Schatten tauchten. Zu ihrer Rechten befand sich der Schlossfriedhof, und Anouk musste unwillkürlich an Bernhardines Gedicht denken. Wie sollte sie nur herausfinden, wo man sie begraben hatte? Ob es vielleicht ein Gerät gab, mit dem man Knochen unter der Erde ausfindig machen konnte? Sie setzte sich auf einen der vielen hier aufgestellten Findlinge und musterte das Wasserschloss. Die untergehende Sonne tauchte die Zinnen und Türme in warmes Gold. Es war ein friedliches Bild. Nichts deutete darauf hin, dass sich hier vor nicht ganz dreihundert Jahren eine Tragödie abgespielt haben musste. Wenn Steine sprechen könnten!

»Ich brauche ein Zeichen, Bernhardine«, murmelte Anouk vor sich hin, »ansonsten kann ich dich nicht finden.«

»Hallo.«

Anouk schaute erschrocken hoch. Max stand vor ihr, die Hände tief in den Hosentaschen vergraben.

»Hallo«, erwiderte sie, zu überrascht, um etwas Originelles von sich zu geben.

»Siehst toll aus!«, sagte er und grinste.

Anouk grinste zurück. »Ja, nicht wahr? Sozusagen ein Blick in die Zukunft: ich mit sechzig.«

Eine Strähne fiel Max in die Stirn. Der Drang, sie ihm zurückzustreichen, war übermächtig.

»Kann ich mich setzen?«

Als Antwort rutschte Anouk ein Stück zur Seite, und Max quetschte sich neben sie auf den Findling. Eine Weile blieben beide stumm und lauschten den Geräuschen der Dämmerung: Vogelgeschrei in den Bäumen, glucksendes Wasser, zirpende Grillen.

»Ich …«, begann Anouk.

»Wir …«, sagte Max zur gleichen Zeit.

Sie sahen sich an und mussten dann beide lachen.

»Ich zuerst.« Anouk holte tief Luft. »Es war dumm von mir, dir zu unterstellen, dass die Verwandtschaft mit Rufli ein Problem für dich sein könnte. Ich war nur … na ja, so überrascht und hatte gleichzeitig Angst, dich zu verlieren. Verzeihst du mir?«

Max musterte sie von der Seite. »Schon vergessen«, erwiderte er und machte eine kurze Pause. »Ich hatte die gleiche Angst«, meinte er dann und schüttelte den Kopf. »Und so etwas nennt man nun erwachsen sein.«

»Also ich bin es auf alle Fälle ... wenigstens äußerlich«, erwiderte Anouk trocken.

Max lachte. »Ich würde dich jetzt gerne küssen, aber Thierry erschlägt mich, wenn sein Meisterwerk dadurch zerstört wird.« Er nahm ihre Hand und drückte einen Kuss auf ihre Handfläche. »Sozusagen als Appetithäppchen.«

Anouk spürte ein Prickeln im Nacken. Am liebsten hätte sie sich mit Max gleich hier und jetzt in die Büsche geschlagen. Er hatte wohl dieselbe Idee, denn sie sah, wie seine Augen aufleuchteten und er mehrmals schlucken musste.

»Übrigens«, räusperte er sich und sah auf die Uhr, »habe ich mir vergangene Nacht noch Gedanken darüber gemacht, wo Bernhardine begraben sein könnte.«

Anouk riss die Augen auf. »Und?«

»Mir kam da plötzlich eine Idee. Huldrich Erismann lebte ja zur selben Zeit wie unsere Dame auf dem Porträt.« Anouk nickte. »Ist dir noch nicht aufgefallen, dass wir ein Stück aufführen, in dem nahezu die gleichen Charaktere vereint sind, wie sie dazumal auf dem Schloss gelebt haben müssen? Ganz abgesehen von dem eindeutigen Titel, den das Stück trägt.«

Anouk war völlig perplex. Natürlich! Wie hatte sie das nur übersehen können? Das Stück hieß sogar »Das Porträt«. War sie denn blind gewesen?

»Himmel, ja!«, rief sie aufgeregt und stand auf. »Sie sind alle da. Eleanor ist Bernhardine und Josef Johannes von Hallwyl. Eusebius von Hallwyl ist ... hm, das wissen wir noch nicht ...

aber auf alle Fälle der Böse. Man müsste die Ahnengalerie nochmals durchsehen. Und Nick, der den Künstler im Stück spielt, ist Bernhardines Seitensprung. Ich fasse es nicht! Max, du bist ein Genie!« Sie umarmte ihn stürmisch, und er lächelte geschmeichelt. »Aber«, sie setzte sich wieder hin und krauste die Stirn, »im Stück kommt kein Grab vor, oder?«
Max schüttelte den Kopf. »Nein, aber es gibt eine Stelle im dritten Akt, wo Joggeli und Eusebius miteinander streiten.« Max griff in seine Hosentasche und holte das Skript hervor. »Lies selbst.«
Anouk blätterte das Heft durch, schlug besagte Seite auf und las laut vor: »Joggeli und Eusebius stehen am Ufer des Sees bei Schloss Brestenberg. Beide sind wütend. Joggeli schaut zu Eusebius auf. – Joggeli: ›Das kann nicht Gottes Wille sein!‹ – Eusebius: ›Schweig, Knabe, was weißt du schon vom Herrn?‹ – Joggeli: ›Er ist gütig.‹ – Eusebius, laut lachend: ›Gütig bin ich, der ich es beendet habe.‹ – Joggeli, weinend: ›Und ich war Euer Helfer.‹ – Eusebius: ›Es soll dein Schaden nicht sein.‹«
Anouk krauste die Nase. »Das sagt mir nichts«, meinte sie gedehnt und gab Max das Drehbuch zurück.
»Aber verstehst du denn nicht? Dort steht: am Ufer des Sees bei Schloss Brestenberg. Es gibt dort aber nur eine einzige Stelle, an der man ans Seeufer gelangen kann: die Badewiese. Dort läuft alles zusammen. Dort fand Herberts und Walters letztes Gespräch in der Herrengarderobe statt. Und das Pentagramm, das Valerie gesehen hat und das sogar den Titel unseres Theaterstücks schmückend umgibt, ist ein zusätzlicher Hinweis.« Er drehte das Skript um und wies auf den fünfeckigen Stern auf der Vorderseite. »Ich bin mir sicher, dass sich Bernhardines Grab auf dieser Badewiese befindet. Vermutlich sogar in dem kleinen Kiosk, der heute an der Stelle der ehemaligen Herrengarderobe steht.«

Anouks Augen wurden kugelrund. »Du hast recht«, flüsterte sie atemlos. »Das muss es sein.«
»Und weißt du, was ich denke?« Anouk schüttelte den Kopf. »Ich glaube, dass wir Joggeli falsch besetzt haben. Joggeli ist kein junger Mann, sondern ein halbwüchsiger Junge. Und meiner Meinung nach ist dieser Junge auch derjenige, der das Stück dann später als Erwachsener geschrieben hat.«
Anouk schlug die Hand vor den Mund. »Du meinst …?«
»Ja, Joggeli ist Huldrich Erismann, geborener Rufli. Er schrieb seine Kindheitserlebnisse als Theaterstück nieder.«
»Wenn das stimmt, hat er diesem Eusebius, also dem Bösen, damals geholfen, Bernhardines Leiche zu vergraben.«
Anouk fröstelte plötzlich. War das die Lösung? War Huldrich deshalb später Pfarrer geworden, um dieses Vergehen zu sühnen? Sie schluckte. Am liebsten hätte sie sich umgehend eine Schaufel besorgt, um die Wiese beim Brestenberg umzugraben.
»Kommt ihr?« Auf der Schlossbrücke stand Nick und schwenkte die Arme. »Wäre nett, wenn der Regisseur bei der Hauptprobe auch anwesend wäre!«, rief er.
»Den Spruch kenne ich bereits«, witzelte Max.
Sie standen auf und überquerten den Platz.
»Sag mal«, wandte sich Anouk an ihn, »Brigitte … sie scheint ja immer noch sehr interessiert an dir zu sein.«
Es sollte beiläufig klingen, aber sie merkte selbst, dass sich ein lauernder Unterton in ihre Stimme eingeschlichen hatte.
Max hob amüsiert die Augenbrauen. »Höre ich da etwa einen Hauch von Eifersucht aus deiner Frage heraus?«
»Ich will's einfach wissen.«
»Ja und nein«, beantwortete er ihre Frage. »Ich musste mich bei ihr entschuldigen, weil ich ihre Geburtstagsparty vergessen habe. Ich war vorgestern zu der Zeit ja … anderweitig beschäftigt.«

Er grinste vielsagend.
»Ach, tatsächlich?«, sagte Anouk und klimperte unschuldig mit den Wimpern. »Erzähl doch mal!«
Max schüttelte den Kopf und ließ ihr den Vortritt beim Tor. »Nix da, darüber spricht man nicht. Aber ich kann es dir gerne zeigen.«

Die Hauptprobe war, wie alle Hauptproben, ein einziges Fiasko. Die Hitze ließ die Schminke auf den Gesichtern der Schauspieler zerfließen. Ein Statist schlug einem anderen mit seinem Rechen auf den Kopf, so dass sich dieser von Max verarzten lassen musste. Brigitte konnte jetzt zwar ihren Text, verlor jedoch ständig ihre Perücke, was die Schauspieler zu albernem Gelächter animierte und die Bibliothekarin fast an den Rand eines Weinkrampfs brachte. Anouk glänzte mit ihren zwei Zeilen, ging aber auf der falschen Seite von der Bühne und musste deshalb hinter den Kulissen einen Spurt hinlegen, um ihren zweiten, gleich darauffolgenden Auftritt nicht zu verpassen.
Max nahm das Ganze locker. Er wiederholte ständig, dass eine verpatzte Hauptprobe eine glänzende Premiere versprach. Am Ende glaubten ihm alle und gingen gut gelaunt nach Hause.
Wenig später saßen Max und Anouk auf Valeries Veranda, tranken eisgekühlten Fruchtsaft und bewunderten das verblassende Farbenspiel des Sonnenuntergangs.
»Ich hätte nicht übel Lust, zum Brestenberg-Bad zu laufen und mit einer Spitzhacke den Boden aufzubrechen«, brach Anouk das Schweigen und schaute Max herausfordernd an. Der verschluckte sich am Fruchtsaft und fing an zu husten.
»Schatz«, meinte er in dem Ton, den man bei Kindern anschlägt, wenn sie im Winter ein Eis verlangen. »In einer hal-

ben Stunde ist es stockfinster, und ich glaube kaum, dass wir dann noch in der Lage dazu sind, auch nur einen kaputten Schwimmgürtel zu finden.«

Schatz? Anouks Fingerspitzen fingen an zu kribbeln. Er nennt mich Schatz! Sie lächelte verzückt.

»Wie wär's mit einer Lampe?«, entgegnete sie.

»Nur wenn es die von Aladin ist.« Max verschränkte die Arme hinter dem Kopf und stöhnte. »Ich bin todmüde, Anouk. Lass uns schlafen gehen, okay?«

Obwohl sie nichts lieber getan hätte als das, war es ihr unmöglich, seiner Bitte nachzukommen. Etwas in ihr drängte mit aller Kraft zum Brestenberg.

Max stand ächzend auf. »Wo?«, fragte er und schaute sich suchend um.

»Bitte was?« Anouk blickte erstaunt hoch.

»Wo sind die Lampe, die Spitzhacke und der Bagger? Du siehst wie ein Rennpferd kurz vor dem Start aus. Da wird's mit ruhig schlafen wohl nichts werden. Also wo?«

Anouk sprang auf und schlang beide Arme um Max' Hals. »Danke«, sagte sie strahlend. »Ich liebe dich!«

Die letzten Worte waren ihr einfach so rausgerutscht, und kaum dass sie heraus waren, hoffte sie auch schon inständig, dass er sie nicht gehört hätte. Er würde sich sonst genötigt fühlen, etwas darauf zu erwidern, und Anouk war sich nicht sicher, ob sie eine belanglose Bemerkung seinerseits verkraften könnte. Gott, war ihr das peinlich! Aber Max sagte nichts, was fast noch schlimmer war. Doch plötzlich nahm er sie in die Arme, küsste sie, bis sie nach Luft schnappte, und hielt sie dann eine Armeslänge weit von sich weg.

»Das trifft sich gut«, meinte er mit einem strahlenden Lächeln. »Ich dich nämlich auch.«

»Tja«, Max betrachtete betrübt den nackten Betonboden rund um den Kiosk. »Fehlanzeige.«
Anouk kamen vor Enttäuschung fast die Tränen. Der kleine Laden, der Getränke und Esswaren an die Badenden verkaufte, war mit einem massiven Metallgitter verriegelt. Früher mussten hier die Umkleidekabinen gestanden haben, von denen Valerie gesprochen hatte. Sowohl der Kiosk wie auch der Vorplatz bestanden jedoch aus festem Zement. Und um den aufbrechen zu können, hätte man schon einen Presslufthammer aus dem Hut zaubern müssen.
»So ein Mist!«, schimpfte Anouk und rutschte mit dem Rücken an der Wand des Kiosk auf den Boden hinab. Sie zog die Beine an und legte ihren Kopf auf die Knie. »Und jetzt?«
Max kratzte sich am Kinn. »Hast du eine Idee?«
Anouk schüttelte den Kopf. Voller Enthusiasmus hatten sie sich auf den Weg zum Brestenberg-Bad gemacht, nachdem sie sich in Tatis Schuppen eine Schaufel, eine Spitzhacke und eine Sturmlaterne gegriffen hatten. Sie kamen sich wie zwei Archäologen vor, die unterwegs waren, um das Grab des Tutenchamun zu öffnen.
Max stellte die Lampe auf den Boden, setzte sich neben Anouk und legte seinen Arm um ihre Schultern. Sie kuschelte sich in seine Armbeuge.
»Vielleicht soll es ja einfach nicht sein«, sagte er leise und hauchte ihr einen Kuss auf die Schläfe. »Wir wissen aber wenigstens, wer sie war. Das ist doch immerhin etwas. Und wenn wir jetzt noch genügend Beweise für ihre Existenz zusammentragen, wird Rufli das nicht mehr ignorieren können. Er ist außerdem nicht der einzige namhafte Historiker im Land. Wir werden ganz sicher einen finden, der sich mit Genuss auf unsere Recherchen stürzt und Bernhardine rehabilitiert. Mehr können wir vermutlich nicht tun.«

Anouk nickte. Sie sah ein, dass er recht hatte, aber ein unbestimmtes Gefühl in ihr sagte ihr, dass sie noch nicht kapitulieren durften. Sie waren so kurz vor dem Ziel.
»Aber das Gedicht.« Sie hob den Kopf. »Darin heißt es doch, dass sie keine Ruhe findet, solange ihre Gebeine nicht in geweihter Erde bestattet sind.«
»Ich weiß.« Max seufzte. »Aber du siehst ja selbst, wie es ist.« Er wies mit seiner Hand auf den Boden. »Und ich glaube kaum, dass wir von der Gemeindeverwaltung die Bewilligung erhalten werden, den Boden des Kiosks aufzubrechen und umzugraben. Auch wenn uns jeder Architekt dafür vermutlich die Füße küssen würde.«
Anouk nickte seufzend. Sie erhob sich, ging zu einer Pappel, die neben dem Kiosk stand, und lehnte sich mit dem Rücken an den rauhen Stamm. Ein leichter Wind war aufgekommen. Anouk sah in die Baumkrone hinauf und hörte zu, wie die Blätter miteinander flüsterten. Irgendwo schrie ein Käuzchen, im Gestrüpp raschelten nachtaktive Tiere, und ganz in ihrer Nähe quakte ein Frosch sein Liebeslied.
»Wir müssen nachdenken«, ergriff sie von neuem das Wort. »Bis jetzt sind wir immer dann einen Schritt weiter gekommen, wenn wir die Informationen, die wir hatten, neu analysiert und kombiniert haben.« Sie unterdrückte ein Gähnen und schüttelte ihre Locken, um die Müdigkeit zu vertreiben. »Wenn Bernhardine tatsächlich unter dieser Betondecke liegt, werden wir sie nie finden.« Sie warf Max einen schnellen Blick zu. »Aber es wäre doch auch möglich, dass dieser von Hallwyl und Huldrich ihren Körper an einer anderen Stelle vergraben haben, nicht wahr?«
Max zuckte mit den Schultern. »Keine Ahnung. Ich hatte noch nie den Drang, eine Leiche zu verbuddeln.« An seinem Ton merkte Anouk, dass er bei diesen Worten grinste. »Aber

sollte ich je in die Situation kommen, würde ich mir den Platz natürlich vorher genau aussuchen«, fügte er hinzu.
»Eben!«, meinte Anouk. »Was wissen wir also? Wir wissen, dass der Böse und Huldrich eine Frauenleiche verschwinden lassen müssen. Wir wissen aber nicht, wann genau Bernhardine gestorben ist. War es Sommer? Winter? Wie dem auch sei, die zwei müssen in jedem Fall ein Loch ausheben. Wenn wir jetzt annehmen, der Böse aus dem Stück ist ein von Hallwyl, also ein Edelmann, und Huldrich noch ein Kind, sind das zwei Personen, die sich mit dem Schaufeln von Gruben vermutlich nur wenig auskennen und keine Übung darin haben. Der eine ist ein piekfeiner Schnösel, der andere ein schwaches Bürschchen. Ich kann mir nicht vorstellen, dass die stundenlang in der Erde wühlen.«
»Das sehe ich genauso«, stimmte Max zu. »Welche Stelle könnten sie also dafür gewählt haben?«
Anouk blickte sich auf dem Gelände um. Die Wiese fiel zum Wasser leicht ab, zur Straße hin wurde sie von einer Backsteinmauer begrenzt. Auf dem Terrain standen außerdem mehrere hohe Eichen und Pappeln. Die Bäume konnten damals schon hier gewesen sein. Aber sie wuchsen kreuz und quer. Ihre Anordnung bildete keinerlei Muster, das auf eine bestimmte Stelle hätte hindeuten können.
Max richtete sich ächzend auf. »Vielleicht gab's zu der Zeit ja einen Brunnen in der Nähe? Das wäre doch praktisch gewesen.«
»Ja, das wäre es tatsächlich«, pflichtete Anouk ihm bei. »Ich sehe aber keinen. Nur diese altmodische Dusche dort drüben, die in der kleinen, gemauerten Halle angebracht …«
Sie sahen sich verblüfft an und rannten dann beide gleichzeitig los.

»Du musst mir beim gekreuzigten Heiland schwören, dass du es nur der Gräfin Amandine von Diesbach übergeben wirst. Nur ihr persönlich! Keinem Diener, keiner Magd und schon gar nicht dem Freiherrn. Schwörst du mir das?«
Der Bote kratzte sich am Kinn, spuckte dann in die Hand und hob drei Finger. Marie nickte zufrieden und reichte ihm darauf ein mit Bindfaden verschnürtes Päckchen, das er umgehend in seiner Umhängetasche verstaute.
»Wir vom Kurierdienscht habn schließlich Ehrgfühl«, brummte er und hielt ihr die hohle Hand hin. Marie klaubte vier Münzen aus ihrem Gürtel. Jetzt blieb ihr nur noch eine. Sie seufzte. Der Mann tippte zum Gruß an seine Stirn und drehte sich um.
»Warte!«, rief sie und lief in den Stall, wo Cornelis auf einem Strohballen saß und seine Stiefel einfettete. »Schnell«, keuchte sie, »ein Papier. Und etwas zum Schreiben!«
Seit drei Tagen lagerten sie nun schon in Altdorf und warteten auf besseres Wetter, denn der Pfad nach Süden über den Gotthard war bei Schneefall nicht passierbar. Sie hatten sich einer Säumerkolonne angeschlossen, die mit vier Ochsen und zwei Schlitten die Passüberquerung wagen wollte. Cornelis hatte ihr mit leuchtenden Augen von Italien berichtet und von den alten Meistern vorgeschwärmt. Diese waren Marie jedoch ziemlich gleichgültig, sie hatte nur das Bedürfnis, so schnell wie möglich weit weg von hier zu kommen. Und ob sie jetzt ihren letzten Schnaufer auf dem Weg ins Tessin oder in Mailand tat, war ihr einerlei. Ihre Tage waren sowieso gezählt und alle ihre Liebsten dahin. Was sollte sie noch länger auf Erden? Doch als sie an diesem Morgen dem berittenen Kurier begegneten, war ihr eine Idee gekommen.

War es wahnwitzig oder ein Zeichen des Himmels? Der Postdienst in dieser Gegend war zwar wenig verlässlich, doch sie musste es versuchen. Es war möglicherweise die letzte Gelegenheit.

Cornelis zog ein zerknittertes Stück Leinwand und einen Stift aus der Satteltasche. »Mehr habe ich nicht mehr«, sagte er und hob entschuldigend die Schultern.

Er hatte die vergangenen Tage über kleine Zeichnungen für die Reisenden angefertigt und sie gegen Speis und Trank eingetauscht. Obwohl ihnen ständig der Magen knurrte und man bereits die Rippen ihrer Pferde zählen konnte, hatten sie die überstürzte Flucht bislang heil überstanden.

Marie nickte. »Das muss genügen.«

Sie setzte sich neben die Futterkrippe, rieb ihre eiskalten Hände aneinander und langte nach dem Crayon. Sie befeuchtete die Spitze des Grafitstifts mit der Zunge und fing an zu schreiben:

Verehrte Gräfin!
Glaubt nicht, was man Euch über Dinchen zuträgt. Es ist nicht wahr! Nie und nimmer! Sie war ein liebes Kind und eine gute Mutter. Bewahrt das Einzige, was mir von ihr geblieben ist, gut auf! Sie hat es von Euch bekommen, und deshalb soll es auch wieder an Euch zurückgehen, das hätte sie so gewollt. Vielleicht bringt es einer anderen Dame aus Eurer Familie ja mehr Glück. Gott sei mit Euch!
Die Marie, Dinchens alte Amme.

Sie faltete das Schreiben zusammen und eilte wieder aus dem Stall hinaus. Der Kurier war eben dabei, sich in den Sattel zu schwingen.

»Hier!«, rief sie und streckte ihm die Mitteilung hin. »Das gehört dazu … und ist im Preis inbegriffen.«
Der Mann verdrehte die Augen, schnappte sich das zusammengefaltete Stück Leinwand und gab seinem Pferd die Sporen.

23

Seengen, 2010

Die antike Dusche war Anouk heute schon einmal aufgefallen, als sie schwimmen gegangen war. Die kleine Halle, in der sie angebracht war, bestand aus weißem Marmor, erinnerte ein wenig an einen griechischen Tempel und war nach drei Seiten hin offen. An ihrer Vorderseite und den beiden Längsseiten befanden sich Säulen, nur die Rückwand war aus festem Stein. An dieser war auch der Duschkopf, aus dem es tröpfelte, auf halber Höhe angebracht worden.

»Das Wasser ist eiskalt«, sagte sie keuchend, als sie bei dem Bauwerk ankamen. »Ich habe heute hier geduscht, nachdem ich eine Runde im See geschwommen bin.«

Max umrundete währenddessen die Halle. »Es existiert keine verborgene Tür oder sonst eine Öffnung auf der Rückseite. Das Ding kann außerdem nicht im achtzehnten Jahrhundert erbaut worden sein. Damals gab es noch kein fließendes Wasser.«

»Vielleicht doch, und die Dusche wurde nur nachträglich installiert, und die Halle diente zu Bernhardines Zeit zu etwas ganz anderem«, mutmaßte Anouk. »War der Brestenberg nicht für sein Heilwasser bekannt? Möglicherweise sprudelte hier eine Quelle.« Sie zog ihre Schuhe aus, stieg in das rechteckige Wasserbecken unter dem Duschkopf und drehte den

Griff zu. Das Tröpfeln hörte auf. »Hier ist etwas eingemeißelt«, wandte sie sich an Max und zeigte mit dem Finger an die Decke. »Ich kann es aber nicht entziffern.«
»Warte!« Er rannte zum Kiosk und kam mit der Laterne zurück. Dann schlüpfte er ebenfalls aus seinen Schuhen, kam zu Anouk in das Becken und hielt die Lampe in die Höhe.
»Sieht aus wie ein Wappen«, bemerkte Anouk und kniff die Augen zusammen.
»Stimmt«, rief Max aufgeregt, »das *ist* ein Wappen! Und zwar das der Herren von Hallwyl. Wäre es nicht nur eingemeißelt, sondern auch noch ausgemalt, würden wir ein Paar schwarze Flügel auf gelbem Grund erkennen können. Es prangt auch auf dem Einband von Ruflis … Anouk? Was ist denn?«
Anouk hatte sich auf den Beckenrand gesetzt und schaute entsetzt zu Max hoch.
»Ich kenne das Zeichen auch«, wisperte sie. »Rufli hatte es sich auf die Stirn gepinselt, als er mich im Garten angegriffen hat. Und erinnerst du dich daran, was Tati uns erzählt hat? Sie sagte, Walter und Herbert hätten so komische Zeichen auf der Stirn gehabt, als ob sie Indianer gespielt hätten. Die haben nicht Indianer gespielt, Max. Die haben sich ein Wappen auf die Stirn gemalt. Ihr Wappen! Das Wappen derer von Hallwyl.«
Max schnappte nach Luft. »Das kann nicht sein«, stieß er hervor und schüttelte den Kopf, »denn wenn es so wäre, wären die Ruflis ja mit dem Adelsgeschlecht der Hallwyls verwandt. Wäre *ich* mit dem Adelsgeschlecht verwandt!« Er lachte, aber es klang unsicher. »Deine Fantasie geht mit dir durch.«
Anouk blickte noch einmal zu dem Wappen hinauf. Auch wenn Max ihrer Schlussfolgerung keinen Glauben schenkte, war sie sicher, dass sie zutraf. Wieso sollte ein kleiner Knabe auch sonst jemandem dabei helfen, eine tote Frau beiseitezu-

schaffen? Doch nur, wenn er eine tiefe Beziehung zu diesem Jemand hatte und ihm viel daran lag, diesem zu Diensten zu sein. Und wem waren kleine Buben am meisten verbunden?

»Er war sein Vater«, sagte Anouk und erhob sich. Ihre Shorts waren pitschnass; sie griff nach dem Stoff und wrang ihn mit beiden Händen aus.

»Wie?« Max runzelte die Stirn. »Wer war wessen Vater?«

»Der Böse im Stück, der die Rolle des Eusebius spielt, war Huldrichs Vater. Der Dichter war vermutlich das uneheliche Kind eines Grafen von Hallwyl. Erinnere dich an unseren Theater-Flyer und was dort über Huldrich Erismann, den Verfasser des Stückes, zu lesen war. Ich weiß den genauen Wortlaut nicht mehr, aber dort stand, dass er ein Waisenkind war. Dass er in Bern Theologie studiert hat und dass er ein inniges Verhältnis zu den von Hallwyls pflegte. Denk mal nach! Wie und wovon hätte ein Waisenjunge jemals die Mittel für ein Studium aufbringen können? Und was hätten deiner Meinung nach die Hallwyls davon, eine innige Beziehung zu einem einfachen Pfarrer zu unterhalten? Und wieso sollten sie einen solchen auf dem Schlossfriedhof bestatten? Doch nur aus dem einzigen Grund, weil er einer von ihnen war. Ein Bastard zwar, aber dennoch einer, in dessen Adern das gleiche Blut floss. Das gleiche Blut, das auch in deinen Adern fließt, Max.«

Anouk hatte sich warmgeredet. Ihr Mund war staubtrocken, und sie hatte plötzlich einen unheimlichen Durst. Aber Max blieb stumm. Sie gab ihm Zeit, das Gehörte zu verdauen. Es war sicher nicht leicht für ihn. Zuerst die Erkenntnis, dass er mit den Ruflis verwandt war, und jetzt, dass es vermutlich einen, nein, sogar zwei Mörder in seiner Familie gab: diesen Bösewicht aus dem Stück, der für einen der von Hallwyls stand, und Herbert Rufli. Wie musste er sich fühlen?

Vom Kirchturm schlug es zwölf. Geisterstunde. Genau die passende Zeit, um ein Skelett zu finden. Anouk spürte auf einmal eine große Ruhe in sich aufkommen, als wäre sie nach einer langen Reise endlich zu Hause angekommen. Sie sah sich plötzlich aus großer Höhe auf sich selbst hinabblicken, als würde sie über der Szenerie schweben. Max und Anouk, wie sie in dem Wasserbecken der Halle standen. Max mit der Laterne in der Hand, Anouk neben ihm, sprechend, gestikulierend. Sie blinzelte verwirrt. Was war das eben gewesen? Sie schaute zum Firmament; sah den Vollmond mit seinen Kratern und den dunklen, samtenen Himmel mit seinen Sternen. Hatte sie gerade eben dort oben geschwebt? Sie schüttelte den Kopf. Sie brauchte dringend Schlaf.

»Ich fühle, dass wir beinahe am Ziel sind«, sagte sie leise zu Max und berührte seinen Arm. Im Schein der Laterne wirkte sein Gesicht angespannt.

»Ich hoffe es, Anouk. Am Ende findest du sogar noch heraus, was ich denke. Du wirst mir langsam unheimlich.« Sie schlang ihre Arme um seinen Hals, küsste seine Lippen und schmiegte sich an ihn. Max aber löste sich behutsam aus ihrer Umarmung und sagte: »Okay, Frau Morlot, bringen wir's zu Ende.«

Sie leuchteten jede Stelle der Halle ab, fanden aber keinen Hinweis auf Bernhardines Grab. Der kleine Tempel schien aus einem einzigen Stück Stein gemeißelt zu sein. Nirgendwo war eine Vertiefung oder ein Riss zu sehen. Max klopfte sogar jeden einzelnen Zentimeter Stein ab, um zu überprüfen, ob es irgendwo dahinter einen Hohlraum gab. Fehlanzeige. Am Ende gab es nur noch eine Stelle, die sie noch nicht untersucht hatten: das gemauerte Wasserbecken unter dem Duschkopf, das ganz sicher nicht aus Bernhardines Zeit stammte. Die bräunlichen Fliesen sahen eher nach den Siebzigern des letzten Jahrhunderts aus. In der Mitte des Beckens befand sich ein

Abfluss, der mit einem runden Metallgitter abgedeckt war. Max drückte Anouk die Lampe in die Hand und entfernte das im Becken liegende, hereingewehte Herbstlaub. Dann bückte er sich und löste den Ablaufschutz aus der Verankerung.

»Holst du mir bitte die Spitzhacke?«

Anouk stellte die Laterne ab und rannte zum Kiosk, an dem sie ihre Werkzeuge zurückgelassen hatten.

»Hier«, sagte sie, als sie wieder zurück war, und reichte ihm den Pickel.

»Wenn wir mit unserer Annahme falschliegen, bekommen wir eine Anzeige wegen Vandalismus, das ist dir doch klar?«

Anouk nickte und meinte trocken: »Presse ist immer gut.«

Max schüttelte den Kopf. »Also dann.«

Er führte die Spitze der Hacke in das Loch ein und stemmte sich anschließend mit seinem ganzen Gesicht gegen den Stiel. Die Kacheln knirschten, bewegten sich aber nicht. Anouk trat hinzu, und gemeinsam drückten sie die Stange in Richtung Boden. Mit einem Scheppern gaben die Bodenplatten nach und zersprangen. Mehrere kleinere Einzelteile spritzten in die Halle, das Becken oder fielen in die Tiefe hinab. Unter dem Gitter und den Fliesen musste also so etwas wie ein großes Rohr oder ein Schacht verborgen sein. Max hebelte noch weitere Kacheln heraus, bis zuletzt ein ansehnliches Loch zu ihren Füßen gähnte. Er wischte sich den Schweiß von der Stirn, ging in die Knie und leuchtete mit der Laterne in die Finsternis.

»Ich kann leider nichts erkennen«, sagte er. »Dazu bräuchte ich ein Seil.«

Anouk zuckte die Achseln. Wo sollten sie jetzt auf die Schnelle ein Seil herbekommen?

»Warte!«, rief sie und rannte abermals zum Kiosk hinüber. Auf seiner dem See zugewandten Seite war eine lange Rettungsstange mit einem gebogenen Ende an der Wand befestigt. Sie diente dazu, Ertrinkende aus dem Wasser zu ziehen. Anouk riss die Stange aus der Halterung und lief zurück. »Geht das?«

»Perfekt!«

Max sicherte die Laterne an dem hakenförmigen Ende des Stabes und ließ sie langsam in das Loch hinab.

»Siehst du etwas?« Anouk blickte über seine Schulter, konnte jedoch nichts erkennen.

»Nicht viel. Aber an der Wand sind Griffe eingelassen.« Er wandte sich um. »Man kann da runtersteigen.«

Anouk schluckte. Das war sicher gefährlich. Ihre Neugier und die Besorgnis um Max kämpften miteinander. Doch schon hatte er die Laterne wieder heraufgezogen und von der Stange gelöst. Er stand auf, befestigte die Sturmlaterne an seinem Gürtel und hockte sich dann neben den Rand des Loches.

»Du willst …?« Anouk brach ab.

Er nickte. »Wird schon schiefgehen! Ansonsten weißt du ja jetzt, wo du den Pfarrer findest.« Er zwinkerte ihr zu und rutschte noch näher an die Öffnung heran. »Hoffentlich halten die Griffe! Wenn die brüchig sind …«

Er beendete den Satz nicht, doch Anouk wusste genau, was er meinte.

»Nein, warte! Das ist zu gefährlich.« Sie hielt ihn am Arm fest. »Lass es! Wir kommen morgen wieder. Heuern einen Bautrupp an oder einen Höhlenforscher.«

»Ich passe schon auf«, unterbrach er sie. »Wenn die Griffe lose sind, komme ich sofort wieder rauf. Versprochen.«

Anouk schluckte. »Max, das kann doch wirklich warten. Bitte lass es!«

Doch er tastete mit den Füßen bereits nach dem ersten Wandgriff, testete kurz dessen Trittfestigkeit und verschwand in der Dunkelheit.

»Alles bestens!«, rief er. »Die Dinger sind prima erhalten.«

Seine Worte kamen verzerrt bei Anouk oben an. Im Schein der Laterne sah sie eine Art Schacht aus roh behauenen Steinen. Der Ablauf des Duschbeckens war früher also tatsächlich ein Brunnen gewesen.
»Bist du dort unten, Bernhardine?«, flüsterte sie. »Wenn ja, dann pass auf ihn auf. Ich liebe ihn. Du weißt, was Liebe ist, nicht wahr? Du wirst ihn beschützen. Um meinetwillen.« Sie faltete die Hände und presste sie gegen ihre Lippen. »Lieber Gott, lass ihn heil wieder heraufkommen!«
»Ich bin unten«, tönte es in diesem Moment aus dem Schacht. Anouk rutschte auf ihren Knien bis an den Rand des Loches. Weit unter sich sah sie den Schimmer der Laterne.
»Und?«
»Nichts«, kam es nach oben. »Nur ein Kanal. Vermutlich führt er in den See. Viel Schlamm und Dreck. Ansonsten …«
»Was?«, schrie Anouk. »Was?«

Bern, Stadtresidenz derer von Diesbach, 1746

»Wer?«
»Ein Kurier, Herr. Er hat etwas abzugeben.«
Franz Ludwig von Diesbach wedelte genervt mit der Hand. »Dann nimm es ihm halt ab, Herrgott! Bin ich denn von lauter Dummköpfen umgeben?«
Der Diener machte einen Kratzfuß. »Entschuldigt bitte, aber der Mann will das Päckchen nur der Gräfin überreichen … persönlich.«
Franz Ludwig hob die Augenbrauen. Seit wann bekam sein Weib denn Botschaften, ohne dass er davon wusste? Hatte sie etwa Geheimnisse vor ihm? Das wäre ja noch schöner! Er erhob sich ächzend.

Der Kurier stand in der Halle neben dem Kamin und wärmte sich die Hände. Er drehte sich um, als Franz Ludwig eintrat.
»Gebe Er mir das Ding!«, befahl Franz Ludwig und streckte die Hand aus.
Der Bote kniff die Augen zusammen und verschränkte die Arme vor der Brust.
»Mir wurd aufgetragn, es der Madame zu gebn. Und nur ihr.«
Franz Ludwig verdrehte die Augen.
»Papperlapapp!«, zischte er. »Ich bin der Herr hier, und deshalb geht auch alles an mich. Ich halte nichts von den neumodischen Sitten, dass Weiber selbst Post erhalten. Er etwa?«
Der Kurier setzte ein schiefes Grinsen auf. »Ned wirklich. Die solln gefälligst am Herd stehn und die Brut aufziehn.«
Franz Ludwig nickte zustimmend. »Also her damit. Und dann kann Er sich in der Küche einen Teller Suppe geben lassen.«
Die Augen des Boten leuchteten auf. Er langte in seine Umhängetasche, zögerte kurz und reichte Franz Ludwig anschließend schnell das eingeschnürte Päckchen. Dieser steckte es in seine Westentasche und drehte sich um.
Plötzlich schlug sich der Kurier an die Stirn. »Entschuldigt, da isch noch was.« Er griff abermals in seine Jackentasche und holte einen mehrfach gefalteten Zettel hervor. »Der ghört dazu.«
Doch Franz Ludwig hatte die Tür bereits hinter sich geschlossen. Der Bote betrachtete das Papier eine Weile, zog schließlich die Schultern hoch und warf es ins Feuer.

»Hans, einen Glühwein, aber hurtig!«
Franz Ludwig setzte sich an seinen Arbeitstisch und griff nach dem Verzeichnis der Jungpferde. Wenn das braune Hengstfohlen über den Winter kam, würde es ein hübsches

Sümmchen einbringen. Er zog Speichel hoch und spuckte ihn in den Messingnapf auf dem Tisch. Wenigstens entwickelten sich seine Zuchtpferde hervorragend, wenn es seine eigenen Nachkömmlinge schon nicht taten. Ein Haufen Taugenichtse waren sie, die ihm immer noch auf der Tasche lagen. Und als wäre das nicht schon schlimm genug, hatte er darüber hinaus noch eine Hexe an seiner Brust genährt.

Franz Ludwig knurrte. Er wollte nicht mehr an Bernhardine denken. Zu tief saß die Schmach, die sie ihm angetan hatte und die wie ein Damoklesschwert über seinem Adelsgeschlecht hing. Schwarze Kunst und Selbstmord! Franz Ludwig schüttelte sich vor Entsetzen. Er konnte Gerold von Hallwyl für seine Umsicht, Bernhardine aus allen kirchlichen Registern zu streichen, um dadurch den Namen derer von Hallwyl und letztlich natürlich auch den derer von Diesbach rein zu halten, nur dankbar sein. Nur wenige verhielten sich so edel wie der Bruder seines verstorbenen Schwiegersohns. Gerold hatte dessen gesamten Besitz geerbt und ihm versprochen, Bernhardines Nachkommen der ersten Frau von Johannes zuschreiben zu lassen. So würden diese wenigstens im Tod noch zu einer anständigen Mutter kommen.

Die Blattern! Franz Ludwig fröstelte. Dem Himmel sei Dank, dass Gerold nicht verlangt hatte, dass sie zum Begräbnis der Zwillinge anreisen sollten. Was mit Bernhardines Leichnam geschehen war, wollte Franz Ludwig gar nicht wissen. Amandine hatte zwar Zeter und Mordio geschrien, weil er ihr verboten hatte, in den Aargau zu fahren, sich mit der Zeit aber wieder beruhigt. Nun, die von Morlots waren eben schon immer etwas ... exzentrisch gewesen. Man hatte ihn ja auch vor einer Heirat mit Amandine gewarnt. Aber dass sogar Hexen aus dem Geschlecht der Morlots hervorgehen würden, hatte er doch nicht wissen können.

Das Päckchen! Beinahe hätte er es vergessen. Er griff in seine Westentasche und holte es heraus, entfernte den Bindfaden darum herum und faltete das brüchige Leder auseinander. Ein tropfenförmiger Perlenanhänger kam zum Vorschein. Franz Ludwigs Augenbrauen schnellten in die Höhe. Wer zum Teufel machte seiner Gattin solche Geschenke? Amandine hatte doch nicht etwa einen Galan? Er schüttelte den Kopf. Was für eine abstruse Idee! Sie war schließlich schon siebenundvierzig. Franz Ludwig schürzte die Lippen und lehnte sich zurück. Ein schönes Schmuckstück, in der Tat. Und sicher nicht billig. Sollte er vielleicht …? Aber ja, warum denn nicht?

Er erhob sich, verließ das Zimmer und ging den Gang hinunter. Als er vor der Tür zu Amandines Schlafgemach stand, hörte er Cembalomusik. Sie spielte also wieder. Immerhin hatte sie das Klagen aufgegeben. Dieses ewige Gejammer um ihre Jüngste war ja nicht zum Aushalten gewesen! Franz Ludwig klopfte, und die Musik brach ab.

»Ja, bitte?«

Er trat ein. Amandine saß vor ihrem Spinett, die Augen gerötet. Vor ihr, auf dem Instrument, stand eine Miniatur Bernhardines, die diese im Alter von fünfzehn Jahren zeigte. Franz Ludwig schnaubte. Er hatte doch angeordnet, alle Bilder seiner Jüngsten zu verbrennen. Nichts sollte mehr an diesen Wechselbalg erinnern. Ein falsches Wort ins richtige Ohr, und der Name von Diesbach trüge für alle Zeiten einen Makel. Doch das gramverzerrte Gesicht seiner Gattin besänftigte seinen Ärger.

»Liebste, wie schön, dass es Euch besser geht. Seht her, ich habe ein Geschenk für Euch. Ich habe es extra für Euch anfertigen lassen, damit es Euch ein wenig tröstet.«

Er trat zu seiner Gattin und legte den Anhänger auf die Klaviatur. Amandine griff mit zitternder Hand nach dem

Schmuckstück, warf aber nur einen flüchtigen Blick darauf und drehte es geistesabwesend zwischen den Fingern.

»Es ist reizend«, sagte sie tonlos. »Ihr seid zu gütig.«

Franz Ludwig machte eine wegwerfende Handbewegung. »Nicht der Rede wert, Madame.«

Amandine nickte und betrachtete den Anhänger genauer. Dann runzelte sie plötzlich die Stirn, schauderte und griff sich ans Herz.

»Madame?« Franz Ludwig trat schnell näher. »Ist Euch nicht wohl?«

Sie schüttelte den Kopf und sah zu ihm hoch. »Es ist nichts, Monsieur.« Sie lächelte und presste das Schmuckstück an ihre Brust. »Habt vielen Dank!«

24

Seengen, 2010

Sie wollen mich wohl veräppeln.«

Der Polizist blickte von Anouk zu Max und wieder zurück, unterdrückte dann ein Gähnen und schüttelte den Kopf. Es war Dienstagmorgen kurz nach sechs Uhr. Anouk und Max hatten die vergangenen Stunden damit verbracht, sich einen Schlachtplan auszudenken. Jetzt saßen sie mit unschuldiger Miene in dem kargen Büro der Seenger Polizei.

»Aber wo denken Sie hin, Herr …«, Anouk warf einen Blick auf das Namensschild des Beamten, »… Huggentobler. Nicht wahr, Max, genau so hat es sich zugetragen.«

Max nickte beflissen und wurde ein bisschen rot. Der Polizist nahm das Aussageprotokoll zur Hand und las es nochmals durch.

»Sie behaupten also allen Ernstes, dass Sie, weil ihnen Ihr Verlobungsring in den Abfluss der Halle gefallen ist, diesen aufgebrochen haben und in den Schacht hinabgestiegen sind, um das Schmuckstück wieder herauszuholen, und dabei ein Skelett gefunden haben?«

Anouk lehnte sich auf dem unbequemen Holzstuhl zurück. »Genau so ist es gewesen!« Sie lächelte Herrn Huggentobler gewinnend an. »Natürlich tut es uns außerordentlich leid, dass wir ein öffentliches Bauwerk beschädigt haben, aber sehen Sie … Verlobung bei Mondschein … ein Diamantring. Man kann seine gemeinsame Zukunft doch nicht mit dem Verlust eines solch symbolträchtigen Gegenstandes beginnen? Das verstehen Sie doch sicher?«

Anouks Augen füllten sich mit Tränen, und sie nestelte ein Taschentuch hervor. Dann schnäuzte sie sich kräftig die Nase und warf Max dabei einen warnenden Blick zu, als sie bemerkte, dass seine Mundwinkel verräterisch zu zucken begannen.

»Nun, ja, das heißt, nein, sicher nicht. Es ist nur … reichlich ungewöhnlich.« Der Polizist räusperte sich. »Aber wir müssen der Sache natürlich nachgehen. Ein Skelett, sagten Sie?« Er schüttelte ungläubig den Kopf. »So etwas hat es hier ja noch nie gegeben.« Er griff nach dem Telefonhörer und schaute zur Uhr, die oberhalb eines Aktenschrankes an der Wand hing. »Ich trommle jetzt erst mal meine Kollegen zusammen und danach die Feuerwehr. So, wie Sie mir das geschildert haben, müssen da Fachleute ran.«

Anouk nickte zufrieden und stand auf. »Und Sie geben uns bitte Bescheid, wenn Sie herausgefunden haben, um wen es sich bei dem Skelett handelt. Nicht wahr?«

»Über laufende Ermittlungen darf ich keine Auskünfte erteilen«, brummte Herr Huggentobler mürrisch. Doch als er Anouks enttäuschtes Gesicht sah, fügte er versöhnlich hinzu: »Aber Sie erfahren es sicher aus der Presse. Ein solcher Fund kann nicht lange geheim gehalten werden.«

»Ja, vermutlich.« Anouk legte theatralisch eine Hand auf ihre Brust. »Ich hoffe nur, dass mich keine Alpträume plagen werden, denn …«

»Auf Wiedersehen, Herr Huggentobler. Und danke für Ihre Hilfe«, unterbrach Max Anouks Vorstellung und zog sie kurzerhand aus dem Büro.

»Unsere Telefonnummern haben Sie ja!«, rief sie noch, bevor die Tür hinter ihnen ins Schloss fiel.
Vor der Tür sahen sie sich einen Moment lang an und brachen dann in unterdrücktes Gelächter aus. Sie beeilten sich, aus dem Revier zu kommen, und liefen zum Auto.
Anouk lachte sogar noch, als Max auf die Hauptstraße einbog. Sie war völlig überdreht und konnte sich kaum beruhigen.
»Sein Gesicht! Hast du sein Gesicht gesehen?« Sie hielt sich vor lauter Lachen den Bauch. »Das hätte man filmen sollen.«
Max hatte Bernhardine in der letzten Nacht tatsächlich in dem alten Brunnen gefunden. Sie lag auf einer erhöhten Stelle am Grund des Schachts. Vermutlich war ihr Körper während einer Hochwasserperiode auf diesen Sandhügel geschwemmt worden. Viel war nicht mehr von ihr übrig, hatte Max erzählt, aber dass sie einst ein rotes Kleid getragen hatte, war anhand einiger vereinzelter Stofffetzen noch zu erkennen gewesen.
Die Krux war nur, wie sollten sie der Öffentlichkeit klarmachen, dass es sich bei der Toten um Bernhardine von Hallwyl handelte? Sie mussten einen untrüglichen Beweis für ihre Identität erbringen, sonst würde man sie in den Akten als Jane Doe, als unbekannte Tote, eintragen.
Sie hatten lange überlegt und immer abstrusere Möglichkeiten in Betracht gezogen und wieder verworfen, bis Anouk eine zündende Idee gehabt hatte.
Als sie sechzehn Jahre alt gewesen war, hatte sie ein Praktikum bei einem Goldschmied absolviert, bevor sie sich fürs Gymnasium entschieden hatte. Dabei hatte sie auch gelernt, Schmuck zu gravieren, und selbst einige Ringe und Medaillons bearbeiten dürfen. Was, wenn das Skelett nun ein solches Schmuckstück trüge? Und zwar eines mit einer Namensgravur? Anouk wusste sogar schon, welche Art von Kleinod sie

dem Skelett beilegen wollte. Überhaupt fügte sich alles bestens zusammen. Schließlich trug Bernhardine auf dem Porträt ebenfalls ein Schmuckstück, einen Perlenanhänger, der dem von Anouk zum Verwechseln ähnlich sah. Besser hätte es gar nicht kommen können. Denn wenn sie Bernhardines Namen in ihren eigenen Anhänger eingravieren und diesen danach dem Skelett um den Hals legen würden, hätte dies unweigerlich zur Folge, dass man nach einer Bernhardine von Hallwyl suchen würde. Später könnte Anouk zudem noch Juliens Stammbaum herausrücken. Zu dem Zeitpunkt, an dem man Rufli als Koryphäe zu dem Fall hinzuziehen würde, wären die Details schon aktenkundig und vom Kurator daher nicht mehr zu unterschlagen.
Nachdem sie Anouks Idee mehrmals auf mögliche Schwächen hin untersucht hatten, waren sie aufgebrochen. Hatten Sturmlampe, Spitzhacke und Schaufel gesäubert und wieder in Tatis Schuppen verstaut. Anschließend hatte Anouk ihren Perlenanhänger geholt und in Max' Praxis mit dessen medizinischen Instrumenten eine Gravur in den Rand des Schmuckstückes eingeritzt. Der Schriftzug mit Bernhardines Namen gelang Anouk geradezu meisterhaft. Niemand würde Verdacht schöpfen.
Aber als sie zurück in der kleinen Halle gewesen waren und vor dem Brunnen standen, hatte Anouk einen kurzen Augenblick gezögert, das wertvolle Familienerbstück aus der Hand zu geben. Doch schließlich hatte sie es Max mit einem Lächeln in die Hand gedrückt, und er war noch einmal in den Schacht hinuntergestiegen, um es Bernhardine um den Hals zu legen.
»Gott, bin ich müde«, sagte er und rieb sich die Augen. »Seit ich dich kenne, mein Schatz, ist es mit meinen Schlafgewohnheiten nicht zum Besten bestellt.« Er lächelte und warf ihr einen schnellen Blick zu. »Alles in Ordnung?«

Sie nickte stumm. Jetzt, wo es vorbei war, fühlte sie sich leer und ausgelaugt. Hatten sie alles getan, was erforderlich war? Hatten sie alle Fäden miteinander verknüpft? Und würde Bernhardine jetzt endlich Ruhe finden?
»Können wir beim Friedhof kurz anhalten?«, fragte sie.
Max runzelte die Stirn. »Sicher, wenn du möchtest.« Er warf einen Blick auf seine Armbanduhr. »In einer Stunde öffnet meine Praxis. Da macht es sowieso keinen Sinn mehr, vorher noch ins Bett zu gehen.«
Die Morgenluft war herrlich kühl, als sie aus dem Wagen stiegen. In den Bäumen zwitscherten Amseln, auf den Sträuchern lag glitzernder Tau. Es roch nach frischer Erde und Rosenblüten. Anouk marschierte schnurstracks in den hinteren Teil des Friedhofs und blieb dort vor den Gedenktafeln derer von Hallwyl stehen. Sie betrachtete die verwitterten Platten mit den Engeln.
»Das sind Bernhardines Kinder«, sagte sie und deutete auf die Namen, die unter dem Namen von Viktoria von Hallwyl in den Stein gemeißelt worden waren. Sie brauchte jetzt menschliche Nähe und Wärme und lehnte sich an Max. Der zog sie an sich, und sie schmiegte sich an seine Schulter. »Unglaublich, dass man ihr die einfach so weggenommen … ich meine, einer anderen Frau zugeschrieben hat. Was war das nur für ein Mensch, der das getan hat? Und warum hat nie jemand etwas bemerkt?«
»Auf alle Fälle kein netter«, versuchte Max zu scherzen, doch Anouk lächelte nicht.
»Nein, ganz bestimmt nicht. Meinst du, dieser Eusebius, von dem Huldrich in seinem Stück spricht, hat Bernhardine getötet?«
Max atmete tief durch. »Ich weiß es nicht. Möglich. Ich habe mir den Stammbaum noch einmal angeschaut. Es gab zu der Zeit nur noch einen von Hallwyl. Johannes' jüngeren Bruder Gerold, der später auch den Besitz geerbt hat. Wenn unser

Eusebius aus dem Stück und dieser Gerold miteinander identisch sind, dann war er Huldrichs leiblicher Vater. Vielleicht war er auch derjenige, der Bernhardine umgebracht hat, aber ich glaube, das werden wir nie erfahren.«

Anouk seufzte. »Nein, vermutlich nicht. Komm lass uns gehen, ich brauche einen Kaffee.«

Sie drehten sich um und gingen den Kiesweg zurück.

»Schau mal!«, sagte Max und zeigte auf das Ganzkörperrelief eines Mannes. »Mein Ur-Ur-Irgendwas.«

Anouk trat näher. Das war also die Gedenktafel für Huldrich Erismann. Die hatte sie bei ihrem letzten Besuch gar nicht bemerkt. Aber da war sie ja auch vor einer tollwütigen Krähe geflohen. Komisch, erst hatten sie sich vor den kreischenden Schwarzröcken kaum retten können. Und jetzt waren sie plötzlich so gut wie verschwunden. Als hätte der Fund von Bernhardines Überresten sie vertrieben. Fast schien es ihr, dass zwischen den Krähen und ihrer Suche nach der wahren Identität der Zinnengängerin ein Zusammenhang bestand und die Vögel es sich zur Aufgabe gemacht hatten, sie von der Lösung des Rätsels abzuhalten. Aber da ging vermutlich die Fantasie mit ihr durch, und sie war auch zu müde, um sich dahin gehend weitere Gedanken zu machen.

Anouk betrachtete das Relief eindringlich. Sie verglich Huldrichs Gesichtszüge mit denen von Max, konnte aber keinerlei Ähnlichkeit feststellen. Der Dichter lächelte traurig. Außerdem schien seine Körperhaltung ein wenig schief zu sein. Sie beugte sich etwas weiter vor.

»Was hat er denn da?«, fragte sie verblüfft. »Besser gesagt, was hat er nicht?« Sie wies auf Huldrichs linke Körperhälfte.

»Ich glaube«, Max trat ebenfalls näher, »der hatte bloß einen Arm.«

Sie sahen sich erstaunt an.

»Na, damit wäre die Sache mit dem Verbuddeln im Brunnen ja eindeutig geklärt«, stellte Anouk fest. »Ein Einarmiger kann nur schwer eine Schaufel halten.«
»Frau Morlot? Herr Doktor? Welche nette Überraschung zu dieser frühen Stunde!«
Anouk und Max wirbelten herum.
»Ach, Herr Pfarrer«, Max atmete tief durch. »Jetzt haben Sie uns aber erschreckt.«
Der Geistliche machte ein betrübtes Gesicht. »Tut mir leid, aber normalerweise ist um diese Tageszeit noch kein Mensch auf dem Friedhof. Was führt Sie denn auf den Gottesacker? Ihre Recherche über eine mögliche Blutsverwandtschaft?«
Der Pfarrer zwinkerte ihnen zu, und Anouk senkte errötend den Blick. Das würde ihr der Priester sicher noch lange unter die Nase reiben.
»Wir sind auf dem Heim... auf dem Weg in die Praxis«, beantwortete Max die Frage. »Und Sie, weiden Sie schon so früh Ihre Schäfchen?«
Der Pfarrer lachte schallend und klopfte Max heftig auf die Schulter, der darauf sein Gesicht schmerzvoll verzog.
»Ich liebe Leute mit Humor«, meinte der Geistliche und sah zur Kirchturmuhr hinauf. »Aber jetzt muss ich mich leider verabschieden. Herr Rufli kommt gleich, um sich die Kirchenregister anzusehen.«
Anouk stieß einen Schrei aus. »Der Kurator?«
Der Pfarrer nickte eifrig. »Ja, stellen Sie sich vor, ich habe ihn, gleich nachdem Sie gestern gegangen waren, noch getroffen. Er fragte mich nach Ihnen, weil er gesehen hatte, wie Sie aus dem Pfarrhaus kamen. Und da erzählte ich ihm von Ihrer großzügigen Spende für die Restauration der alten Bücher. Und raten Sie mal, er hat mir sogleich angeboten, ebenfalls ein paar Franken dafür lockerzumachen. Aber zuerst möchte er

die Register natürlich sehen. Er interessiert sich vor allem für dasjenige der Grafen von Hallwyl.«

Anouk sah Max entsetzt an. Der war bleich geworden und brachte kein Wort heraus. Das durfte doch nicht wahr sein! Rufli kam ihnen also schon wieder in die Quere. Und was war das überhaupt für eine Sache mit dem gräflichen Register?

»Wollen Sie damit sagen«, Anouk konnte kaum sprechen, »dass es ein eigenes Kirchenregister der Herren von Hallwyl gibt?«

Der Pfarrer schaute sie verblüfft an. »Aber ja, natürlich. Die Adligen wurden dazumal alle separat geführt.«

Anouk hatte die größte Lust, dem Geistlichen einen Hieb in die Magengrube zu verpassen. Selbst Max, der sonst immer ruhig und besonnen blieb, keuchte entsetzt auf.

Der Pfarrer runzelte die Stirn. »Haben Sie das denn nicht gewusst?«

»Nein, zum Teufel, haben wir nicht!«, rief Anouk aufgebracht. »Woher denn auch?«

»Ich will ja nicht den Geistlichen herauskehren«, entgegnete der Pfarrer kühl, »aber es macht sich nicht sonderlich gut, wenn man neben der Kirche flucht. Und Sie hatten mich auch nur nach den beiden Namen Morlot und Rufli gefragt und nicht nach dem der Hallwyls.«

Anouk atmete tief durch. »Sie haben recht, entschuldigen Sie bitte.« Sie warf Max einen flehenden Blick zu, der sofort verstand, worauf sie hinauswollte.

»Nun, wenn es Ihnen nichts ausmacht«, sagte er freundlich, »würden wir ebenfalls gerne einen Blick in diese Aufzeichnungen werfen. Wenn Sie daher also gleich mit Herrn Rufli ins Archiv hinabsteigen, spricht doch sicher nichts dagegen, dass wir beide Sie begleiten, nicht wahr?«

Der Pfarrer zögerte einen Augenblick, dann lächelte er.

»Aber sicher, für mich spielt es keine Rolle, ob wir nun zu zweit

oder zu viert in die Tiefe steigen. Schließlich muss man sich seine Sponsoren warmhalten.« Er wandte sich um. »Also dann, los geht's! Der Kurator wartet vermutlich schon auf mich.«
Tatsächlich fielen Rufli fast die Augen aus dem Kopf, als er den Pfarrer mit Anouk und Max im Schlepptau auf sich zukommen sah. Doch er hatte sich sofort wieder unter Kontrolle und setzte ein falsches Lächeln auf.
»Anouk? Seit wann gehörst du denn zu den Frühaufstehern? Und der Herr Doktor, auch schon so früh auf den Beinen. Welch entzückende Überraschung.«
»Ja, ganz entzückend«, entgegnete Anouk reserviert und übersah geflissentlich Ruflis ausgestreckte Hand. Sie wollte diesen Mann unter keinen Umständen noch einmal berühren.
Der Pfarrer warf verstörte Blicke von einem zum anderen, räusperte sich und klatschte dann in die Hände.
»Wollen wir?«, rief er fröhlich. »In einer Stunde beginnt die Morgenandacht. Bis dahin muss ich zurück sein.«
Sie nahmen den gleichen Weg wie beim letzten Mal. Durch den Anbau, die eisenbeschlagene Tür hindurch und die enge Treppe hinunter. Der Pfarrer ging voraus, ihm folgten Rufli, danach Max und zuletzt Anouk. Sie hatte keine Ahnung, was sie dort unten erwartete. Die endgültige Lösung des Rätsels schwarz auf weiß auf dem Papier oder ein neues. Wie auch immer, zumindest hatten sie die Pläne des Kurators durchkreuzt, dem sie sogar zutraute, dass er den Versuch unternehmen würde, die Kirchenregister einfach mitzunehmen.
»So, die Herrschaften. Da wären wir.«
Der Pfarrer schloss die Tür zum Archiv auf, und wieder betraten sie den Raum mit den vielen alten Papieren. Ruflis Augen fingen an zu leuchten, als er die dicken Folianten in der Glasvitrine bemerkte. Er rieb sich nervös die Hände und fuhr sich mit der Zunge über die Lippen.

»Man interessiert sich also für unsere Hallwyler, nicht?« Max, Anouk und der Kurator nickten gleichzeitig. Der Pfarrer schaute perplex in die Runde und schloss den Glasschrank auf. »Leider ist nur noch das Register mit den Todesfällen derer von Hallwyl erhalten. Alle anderen wurden vermutlich bei dem Kirchenbrand zerstört.« Er griff zielstrebig nach einem in dunkelgrünes Leder gefassten Folianten und legte ihn sorgfältig auf den Tisch. »Irgendwelche Wünsche, was die Jahreszahlen betrifft?«

»Siebzehnhundertsechsundvierzig«, riefen drei Stimmen im Chor.

»Schön, dass Sie sich so einig sind«, murmelte der Pfarrer und schüttelte befremdet den Kopf.

Anouk wagte kaum zu atmen. Jetzt, ging es ihr durch den Kopf, jetzt entwirrt sich das Fadenknäuel der Geschichte!

»So, hier haben wir das achtzehnte Jahrhundert.«

Der Pfarrer drehte das Buch in ihre Richtung. Max keuchte, Anouk schnappte nach Luft, und der Kurator stieß einen Laut aus, als hätte man ihm einen Dolch ins Herz gestoßen.

Désirée Elisabeth von Hallwyl, geb. den 3. März 1744,
gest. den 5. Dezember 1746, (G. u.)

Johannes August von Hallwyl, geb. den 18. Mai 1689,
gest. den 21. Dezember 1746, (geborgen Januar 1747)

Bernhardine Amalia von Hallwyl,
geborene von Diesbach-von Morlot, geb. den 20. April 1728,
gest. den 22. Dezember 1746, (G. u.)

Burkhardt und Kaspar von Hallwyl, geb. den 31. Januar
1746, gest. den 24. Dezember 1746

»Sie sind alle da«, flüsterte Anouk ergriffen, und ihre Augen füllten sich mit Tränen. Max nickte, nahm ihre Hand und drückte sie. »Was heißt das?« Sie deutete auf eine Zeile unter Désirées und Bernhardines Eintrag.

»G. u.«, murmelte der Pfarrer. Er rückte seine Brille zurecht. »Keine Ahnung.«

»Grab unbekannt«, beantwortete Rufli die Frage. Er lächelte und schüttelte immer wieder den Kopf. »Unglaublich!«, stieß er hervor. »Einfach unglaublich!«

Dann fing er auf eine Weise an zu lachen, dass Anouk es mit der Angst zu tun bekam. Es war das Gelächter eines Irren. Dem Pfarrer schien Ähnliches durch den Kopf zu gehen, denn er verzog irritiert das Gesicht und schaute auf seine Armbanduhr.

»Oh, schon so spät. Ich muss zur Andacht.«

Er klappte den Folianten zu und wollte ihn wieder in den Glasschrank zurücklegen.

»Nicht so schnell, Pfaffe!«, zischte Rufli da leise. »Wir haben's nicht eilig. Gib mir das Buch!«

Der Pfarrer starrte den Professor ärgerlich an. »Etwas mehr Respekt, Herr Rufli!«, erwiderte er. »Sie sind hier schließlich mein Gast.«

Mit diesen Worten ging er unbeirrt auf den Glasschrank zu.

»Gib mir das Buch, habe ich gesagt!«, schrie der Kurator. Seine Augen waren weit aufgerissen, er keuchte und attackierte den Pfarrer. Der Geistliche presste den Folianten an die Brust und floh zur Tür. Doch der Professor war schneller. Er zog einen Gegenstand aus seiner Sakkotasche heraus, mit dem er dem Pastor auf den Kopf schlug. Der stürzte wie ein gefällter Baum mitsamt dem Register zu Boden. Anouk schrie auf. Eine Pistole! Rufli hatte eine Waffe in der Hand! Ihr wurde eiskalt.

»Heb es auf, Hexe!«, wandte sich der Professor an sie, worauf sich Max sofort schützend vor Anouk stellte.
»Was bezwecken Sie eigentlich mit diesem Theater?«, fragte er forsch, doch Anouk hörte die Unsicherheit in seiner Stimme.
»Theater?« Der Kurator bleckte die Zähne. »Das veranstaltet doch ihr. Wir Ruflis bleiben dagegen immer im Hintergrund. Nur die Morlots müssen sich stets vordrängen. Sie lieben es nun einmal, auf der großen Bühne zu stehen, nicht wahr? Seht her!« Er warf sich in die Brust und riss die Augen auf. »Ich bin eine Morlot! Ich bin die Schönste! Ich bin eine Hure!«
»Sie sind ja vollkommen verrückt«, sagte Max und tippte sich an die Stirn.
Ruflis Augen verengten sich zu Schlitzen. »Ach ja? Dann fällt es wohl auch unter geistige Verwirrung, wenn ich Sie gleich über den Haufen schieße, nicht wahr? So etwas tun Irre doch.«
Er zielte auf Max' Brust und drückte ab. Der Knall war ohrenbetäubend, und Anouk sah, wie Max' Gesicht einen verblüfften Ausdruck annahm. Dann fiel er wie ein Stein zu Boden.
»Nein!«, schrie sie und warf sich über ihn. »Du darfst nicht sterben. Max! Max, hörst du mich? Ich liebe dich!«
»Rührend, Anouk, wirklich rührend, aber ich bin in Eile. Also heb das Buch auf und gib es mir.«
Anouks Gedanken jagten. Was sollte sie tun? Hatte sie eine Chance gegen Rufli? Er stand vor der Tür mit einer Pistole in der Hand. Sie saß in der Falle. Ich muss Max helfen! Er atmet noch. Schnell, lass dir etwas einfallen!
Sie bückte sich nach dem Ledereinband und hob ihn auf.
»Sie haben keinerlei Aussicht, wieder heil aus dieser Sache herauszukommen«, sagte sie und versuchte, sich ihre Angst

nicht anmerken zu lassen. »Der Pfarrer und ich werden zur Polizei gehen – man wird Sie verhaften.«
Ein schiefes Grinsen verzerrte Ruflis Gesichtszüge.
»Kleine, naive Anouk. Glaubst du wirklich, dass ich euch beide hier so einfach rausspazieren lasse?« Er schüttelte den Kopf. »Ich hätte dir mehr Verstand zugetraut. Die Polizei wird drei Leichen finden. Den armen Pfarrer und den armen Doktor, alle beide erschossen von der verwirrten Anouk, die den Tod ihrer besten Freundin nicht verwinden konnte, für den sie verantwortlich ist. In geistiger Umnachtung tötet sie zwei unschuldige Männer und richtet sich am Ende selbst. Klingt doch gut, nicht?«
Anouk keuchte. War das Szenario, das der Professor soeben entworfen hatte, glaubhaft? Würde ihm die Polizei das alles so ohne weiteres abnehmen? Ja, vermutlich. Rufli streckte die Hand nach dem Folianten aus, den Anouk darauf automatisch enger an ihren Körper presste. Wenn sie ihn aus der Hand gab, war ihr Schicksal besiegelt.
»Wir haben Bernhardine gefunden«, schleuderte sie dem Kurator an den Kopf. »In diesen Minuten werden ihre sterblichen Überreste von der Feuerwehr geborgen. Und dann wird ihr Name rehabilitiert. Es hat also keinen Sinn, uns alle umzubringen. Es ist vorbei.«
Der Professor schien ehrlich überrascht, und für einen Moment war sogar ein Anflug von Zweifel in seinem Gesicht zu sehen. Doch sogleich hatte er sich wieder in der Gewalt.
»Und wenn schon. Das sind nur Knochen. Keiner wird sie mit den Hallwyls in Verbindung bringen. Man wird sie im Krematorium einäschern, und aus die Maus.«
Anouk lächelte, obwohl ihr eher zum Weinen zumute war.
»Das denke ich nun wiederum nicht. Schließlich trägt sie ein Schmuckstück, auf dem ihr Name eingraviert ist, um den Hals.«

Der Schlag kam aus heiterem Himmel. Anouks Kopf flog zur Seite und schlug hart gegen ein Holzregal, das Register entfiel ihren Händen, und sie sank zu Boden. Ein heißer Schmerz schoss durch ihren Körper und ließ sie laut aufstöhnen.
»Verdammte Hexe!«, schrie Rufli und fuchtelte mit der Pistole vor ihrer Nase herum. »Ich werde dich töten. Aber glaub nicht, dass es schnell gehen wird. Zuvor wirst du noch lange leiden. Genauso wie Walter.« Er lachte hysterisch. »Mein armer verblendeter Bruder, der wie Johannes, unseres Meisters dummer Bruder, einer Morlot verfallen ist. Alles schwaches Fleisch, das es auszumerzen gilt.« Rufli breitete die Arme aus. *»De profundis ad te clamavi. Sic volo, sic ferro ignique ad honorem diaboli iubeo.«*
Seine Augäpfel verdrehten sich, bis nur noch das Weiße darin zu sehen war. Plötzlich war es eiskalt im Raum, und Anouk bemerkte, wie sich ihr Atem in blasse Wölkchen verwandelte. Was um Himmels willen ging hier vor? Sie starrte auf Rufli, der sich wand, als ob er schlimme Schmerzen hätte. Unerwartet riss er die Augen auf, und sein Blick ließ ihr das Blut in den Adern gefrieren. Es stank auf einmal nach Moder und Verwesung. Der Professor keuchte. Speichel troff aus seinem Mund. Er fletschte die Zähne wie ein Wolf, der Beute wittert. Dann machte er einen unbeholfenen Schritt auf Anouk zu … und wuchs. Wie war das möglich? Sie schloss ihre Augen und öffnete sie wieder. Aber sie war keiner Sinnestäuschung erlegen. Rufli wurde tatsächlich immer größer. Schon reichte sein Kopf bis an die Decke. Jetzt musste er sogar die Schultern einziehen. Anouk starrte entsetzt auf das Ding, das sich ihr näherte. Dann fing sie lauthals an zu schreien.

Marie saß auf der Spanischen Treppe und schälte eine Apfelsine. Sie konnte nicht genug von diesen süßen Früchten bekommen und schloss genüsslich die Augen, als sie sich einen Schnitz in den Mund steckte.
Seit nunmehr drei Jahren lebten sie in Rom. In Mailand hatte sie Cornelis den Vorschlag gemacht, getrennte Wege zu gehen. Doch davon hatte der Maler nichts wissen wollen. Er meinte, dass sie viel zu viel zusammen erlebt hätten, als dass der eine ohne den anderen sein könne. Sie war erleichtert über seine Entscheidung gewesen, kannte sie doch weder das Land noch die Sprache seiner Bewohner.
Cornelis hatte hier in Rom ein Engagement am Teatro Argentina als Kulissenmaler ergattern können. Es war nicht unbedingt die Arbeit, die ihm vorgeschwebt hatte, aber er bezog dort wenigstens ein regelmäßiges Gehalt, von dem sie die Miete und das Essen bezahlen konnten. Marie hieß seit drei Jahren Maria van der Hulst und gab sich als Cornelis' Mutter aus. Es war ihnen klüger erschienen, ihre Namen zu wechseln. Schließlich wussten sie nicht, wie weit der Arm derer von Hallwyl reichte.
Am Fuß der Treppe spielten zwei Kinder. Ein Mädchen mit wilden Locken, wie sie auch Bernhardine und Désirée gehabt hatten. Marie fühlte einen Stich in der Brust. Sie vermisste die beiden. Jeden Tag. Und oft weinte sie sich in den Schlaf, wenn sie an die zwei denken musste. Sie hatte Cornelis gebeten, von Dédée und Dinchen ein Bild zu malen, aber er hatte nur den Kopf geschüttelt. Er male nie ein Porträt doppelt, hatte er gesagt. Nur einmal hätte er diesen Grundsatz gebrochen, und deshalb befänden sie beide sich jetzt in dieser Lage. Marie hatte seine Antwort nicht verstanden.

Die Römerinnen liefen Cornelis in Scharen hinterher, doch er schien jedes Interesse am weiblichen Geschlecht verloren zu haben. Marie seufzte. Das war nicht gut. Sie war in die Jahre gekommen. Irgendwann, vielleicht schon bald, würde sie sterben. Wer würde ihm dann den Haushalt führen? Das warme Klima tat ihren alten Knochen zwar gut, doch sie spürte immer öfter eine Beklemmung in der Brust, die ihr das Atmen schwer machte und sie ängstigte. Doch letzthin war Cornelis nach Hause gekommen und hatte mit blitzenden Augen von einer Signorina Alfieri, der Tochter des Kapellmeisters vom Teatro, gesprochen. Möglicherweise bahnte sich da etwas an. Sie hätte es Cornelis von Herzen gewünscht. Man durfte nicht in der Vergangenheit leben, weil man sonst die Gegenwart darüber vergaß. Vom Kirchturm der Santa Trinità dei Monti schlug es die vierte Stunde. Es wurde Zeit.

Marie erhob sich und ging die Treppe hinab. Sie strich dem Mädchen mit den wilden Locken zärtlich über den Kopf, kämpfte die Tränen nieder und verschwand in der Menschenmenge.

25

Seengen, 2010

Am Samstagmorgen erwachte Anouk um halb sechs. Sie drehte sich nochmals um, konnte aber nicht mehr einschlafen und beschloss, joggen zu gehen. Am Abend würde endlich die Premiere des Theaterstücks stattfinden, die ursprünglich für den vergangenen Mittwoch vorgesehen gewesen war, in Ermangelung des Regisseurs jedoch hatte abgesagt werden müssen. Seit Tagen wurde Seengen von Journalisten und Fernsehteams belagert. Das verträumte Dorf war plötzlich in aller Munde. Die Berichte in den Zeitungen überschlugen sich. Mutmaßungen wurden angestellt, Dorfbewohner interviewt, und vor dem Schloss bildeten sich lange Schlangen von Schaulustigen, die den Ort des Geschehens persönlich in Augenschein nehmen wollten. Es war das reinste Chaos. Doch langsam verebbte der Rummel. Eine skandinavische Prinzessin hatte sich zur Heirat entschlossen und das Interesse der Welt sich auf dieses Ereignis fokussiert.

Anouk schlüpfte aus dem Bett, ging ins Bad und wusch sich das Gesicht. Es versprach, auch heute wieder ein heißer Sommertag zu werden. Hoffentlich hatte Thierry genug wasserfeste Schminke dabei. Sie versuchte, keinen Lärm zu machen, als sie in ihrer Reisetasche nach ihren Shorts und ausgetretenen Turnschuhen wühlte. Dabei fiel plötzlich die halb ausge-

trunkene Flasche Amaretto heraus und rollte scheppernd über den Parkettboden.
»Kranke sollte man schlafen lassen«, kam es brummend aus dem Bett, und Max' verschlafenes Gesicht tauchte zwischen den Kissen auf.
»Und Kranke sind auch meist sehr dankbar dafür, dass man sich so gut um sie kümmert«, parierte Anouk und setzte sich lächelnd auf die Bettkante. »Wie geht's dir heute?«
Er verzog das Gesicht. »Den Umständen entsprechend ... um im Fachjargon zu bleiben.«
Ein dicker, weißer Verband bedeckte nahezu seinen ganzen Oberkörper. Stöhnend versuchte er, sich aufzusetzen.
»Bleib doch liegen. Es ist noch früh. Ich will vor dem Frühstück sowieso erst noch eine Runde joggen gehen.«
»Kann ich mitkommen?«
Anouk musste lachen. »Das nächste Mal vielleicht.« Sie beugte sich über ihn und hauchte ihm einen Kuss auf die Lippen. »Bis später, mein Held.«
Als sie das Haus verließ, wanderte ihr Blick unweigerlich zu den Brombeerbüschen. Seit der Bergung von Bernhardines Skelett war ihr Désirée nicht mehr erschienen. Mit den unerklärlichen Phänomenen war es anscheinend vorbei.
Anouk überquerte die Straße und trabte zum See hinunter. Rechts? Links? Sie wandte sich nach links und lief Richtung Brestenberg. Ausatmen, einatmen. Ihr Herz pumpte, sie fing an zu schwitzen, und fühlte sich lebendig. *Wer dem Tod ins Auge gesehen hat, schätzt das Leben ungleich kostbarer.* Wer hatte das gesagt? Sie konnte sich nicht mehr daran erinnern. Ihre Gedanken schweiften zum Dienstagmorgen zurück und in die Kammer unter dem Pfarrhaus, als sie gedacht hatte, sie würde gleich sterben.

Das Wesen, das einmal Professor Rufli gewesen war, griff nach dem grünen Folianten, hob ihn auf und presste ihn an seine Brust. Anouk zitterte am ganzen Körper. Sie schob sich langsam an der Wand entlang Richtung Tür. Doch die Kreatur bemerkte ihren Fluchtversuch und stieß ein tiefes Knurren aus.

»Sie wird mir nicht entkommen«, wisperte sie mit einer Stimme, die Anouk übel werden ließ. »Niemand entkommt mir. So jemand das Tier anbetet und sein Bild und nimmt sein Malzeichen an seine Stirn oder an seine Hand, so wird er mir verbunden sein. Für alle Zeit.«

»Wer bist du?«, flüsterte Anouk. »Was willst du von mir?«

Das Ding öffnete das Kirchenregister und begann, Seiten herauszureißen und sie sich ins Maul zu stopfen.

»Ich bin, der ich bin. Für jeden ein anderer. Ich habe das Land durchzogen, ich habe die Zeit durchzogen. Ich bin hier und zugleich dort. Ich bin ich und immer.«

Das kann nicht real sein, dachte Anouk und schüttelte den Kopf. Das träume ich entweder, oder ich habe eine Halluzination. Gleich wird mich jemand wecken, oder die Tür geht auf und einer schreit: April, April!

Doch nichts dergleichen geschah. In dem kleinen Raum stank es bestialisch. Anouk musste würgen. Neben Max breitete sich eine Blutlache aus. Sie sah, wie sich seine Brust in schneller Folge hob und senkte. Ihm blieb nicht mehr viel Zeit.

Anouk griff sich an den Hals und zog ihr kleines silbernes Kreuz unter der Bluse hervor. Vielleicht half das. Sie hatte genug Horrorfilme gesehen, um dahin gehend Hoffnung zu hegen. Doch das Wesen warf nur den Kopf in den Nacken und fing an zu lachen. Es holte aus und schlug ihr das Kreuz aus der Hand. Anouks Haut brannte an der Stelle, an der die Kreatur sie berührt hatte, wie Feuer. Also auch keine Fotos für Ringe und Nagellack mehr. Sie fühlte ein hysterisches Lachen in ihrer Kehle aufsteigen.

Das Wesen schlurfte auf sie zu und streckte seine Klauen nach ihrem Hals aus. Anouk drückte sich an die Wand, legte den Kopf auf die Seite und schloss die Augen. Hoffentlich ginge es schnell.

Da ließ sie ein hoher, schriller Laut zusammenzucken. Wo blieb der Schmerz? Sie riss die Augen auf. Hinter der Kreatur sah sie den Pfarrer stehen, der nun mit ruhiger Stimme sagte: »Weiche, du böser Geist, im Namen des dreieinigen Gottes, des Vaters und des Sohnes und des Heiligen Geistes! Sieh nicht, höre nicht, verwirre nicht, knechte nicht, löse die Fessel! Der Herr, unser Gott, dein Herr, gebietet dir. Weiche und kehre nicht wieder. Im Namen des Vaters und des Sohnes und des Heiligen Geistes. Amen.«

Das Wesen krümmte sich und stieß unartikulierte Laute aus. Es streckte seine Krallen nach dem Priester aus, doch dieser wich keinen Schritt zurück. Am Kopf des Geistlichen hatte sich eine enorme Beule gebildet, aber sein Gesichtsausdruck war friedlich, fast entrückt, als befände sich in seinem Körper eine ungeahnte Quelle, die ihm Kraft und Mut verlieh. Noch einmal sprach er die gleichen Worte, und das Wesen begann zu schrumpfen. Wie ein Ballon, dem die Luft entweicht, wurde es immer kleiner, bis es wieder die Größe und Gestalt des Kurators hatte.

Der Geistliche sprang zu Rufli und entwand ihm die Pistole. »Die brauchen Sie nicht mehr, Herr Professor. Wir gehen jetzt alle rauf, hinaus ins Licht.«

Ruflis Augen glühten vor Hass, doch die Waffe, die auf seine Brust gerichtet war, ließ ihm keine Wahl. Der Priester dirigierte den Kurator damit zur Tür und drehte den Kopf dann kurz in Anouks Richtung.

»Haben Sie ein Handy dabei?« Anouk nickte. »Schnell, rufen Sie unter der 114 zuerst den Rettungsdienst und danach unter der 117 die Polizei an. Die sollen sich verdammt noch mal beeilen!« Dann war er weg, und Anouk registrierte mit Verwunderung, dass sogar ein Pfarrer ab und zu fluchte.

Der Krankenwagen fuhr mit Blaulicht und heulendem Martinshorn vom Friedhofsparkplatz. Anouk sah ihm weinend hinterher. Der Sanitäter hatte nur den Kopf geschüttelt, als sie ihn darum gebeten hatte, mitfahren zu dürfen. Auf die Frage nach Max' Angehörigen hatte sie entschuldigend die Schultern hochgezogen. Eine Oma, hatte sie gesagt, aber sie kenne deren Namen nicht.
»Kommen Sie, Frau Morlot, wir genehmigen uns jetzt ein Glas Eistee.«
Der Pfarrer berührte Anouk sanft am Arm, und sie schaute ihn verstört an.
»Eistee?«, echote sie.
Der Geistliche nickte. »Der hat Ihnen doch so gut geschmeckt. Und in einer solchen Situation peppe ich ihn auch gerne noch mit einem Schnaps auf.«
Sie gingen durch den verwilderten Garten des Pfarrhauses zur Laube, wo er ihr ein großes Glas seines Gebräus eingoss. Eine Weile blieben sie stumm. Anouk weinte leise und rieb sich die Arme. Sie wusste nicht, was sie tun würde, wenn Max nicht durchkam.
»Was ist da eben passiert?«, brach sie schließlich das Schweigen. Ihre Hände zitterten, als sie das Glas auf den Tisch stellte. »War das der Teufel?«
Der Pfarrer betrachtete eine Amsel, die in einer Blechwanne ein Bad nahm. Er betastete seine Beule und wiegte bedächtig seinen Kopf hin und her.

»Ich weiß es nicht«, sagte er nach einer Weile. »Auf alle Fälle etwas Böses. Möglicherweise ein Dämon.«
Anouk lachte. »Das ist jetzt nicht Ihr Ernst, oder?«
Der Geistliche verschränkte die Hände vor der Brust und lehnte sich zurück. »Glauben Sie an Gott, Frau Morlot?«
Sie runzelte die Stirn. Was sollte diese Frage?
»Ja«, erwiderte sie, »in gewisser Weise.«
Der Pfarrer zog einen Mundwinkel nach oben. »In gewisser Weise ... soso. Und wenn Sie an Gott glauben, an seine Taten und Werke, vielleicht sogar an Wunder, glauben Sie dann nicht auch, dass sein Widersacher genauso real ist wie er selbst?«
Anouk schwieg einen Moment und fragte dann: »Aber wieso hat der Dämon auf Ihre Beschwörungen reagiert, mein kleines Kreuz jedoch einfach wegschlagen können, ohne davor zurückzuschrecken?«
Der Pfarrer antwortete zuerst mit einem kurzen, bitter klingenden Lachen und meinte dann: »Ein silbernes Kreuz wirkt nur gegen das Böse, wenn der Träger in seinem Glauben an Gott gefestigt ist. Er darf keine Zweifel im Herzen tragen und muss die göttliche Kraft mit all ihrer Wahrheit angenommen haben. Nur so kann er das Böse besiegen.«
Anouk nickte verstehend. Sie erinnerte sich an den Gesichtsausdruck des Pfarrers, als er den Dämon bezwungen hatte. Sogar sie hatte in diesem Augenblick gespürt, wie stark der Glaube des Geistlichen war, und dass er sie mit seiner Stärke vermutlich alle vor dem sicheren Tod bewahrt hatte. Aber ihr Verstand weigerte sich noch immer, das Erlebte als unumstößliche Tatsache anzusehen.
»Wo ist Rufli?«, wechselte sie daher das Thema.
»Die Polizei hat ihn in Gewahrsam genommen. Es ist besser, wenn der Professor, bevor er anderen oder sich selbst etwas antut, unter ständiger Aufsicht steht.«

Anouk nickte. »Er wollte uns alle töten«, sagte sie und strich sich wieder über die nackten Arme. »Und das nur wegen dieses Registers; damit keiner von Bernhardine erfährt.«
Der Priester runzelte die Stirn. »Bernhardine?«
Anouk zögerte nur einen Augenblick. Der Mann war schließlich Pfarrer und unterlag dem Beichtgeheimnis. Auch drängte es sie, die ganze Geschichte einer dritten, unbefangenen Person erzählen zu können, die sie nicht gleich als Irre abstempeln würde. Der Geistliche hörte ihr ruhig zu, hob zwar ab und zu verblüfft die Augenbrauen, unterbrach sie aber kein einziges Mal.
Nachdem Anouk geendet hatte, räusperte er sich mehrmals. »Um des Professors Worte zu gebrauchen: einfach unglaublich!«
»Sie glauben mir das alles ohne Wenn und Aber?«, fragte Anouk verblüfft.
»Das ist mein Job … zu glauben.« Der Pfarrer lächelte. »Ich werde die sterblichen Überreste dieser Bernhardine von Hallwyl, sobald sie freigegeben sind, auf dem hiesigen Friedhof bestatten. Sie sind herzlich dazu eingeladen, aber die Presse möchte ich nicht dabeihaben, einverstanden?«
Anouk nickte. »Und dann müssen die Bücher angepasst werden, auch wenn die Register jetzt vernichtet sind. Wir haben die Einträge schließlich gesehen. Bernhardine muss rehabilitiert und ihre Kinder müssen wieder ihr zugeschrieben werden. Es soll alles korrekt sein.«
»Selbstredend.« Der Pfarrer erhob sich und bot ihr seinen Arm. »Begleiten Sie mich?«
»Wohin?«
»Zur Morgenandacht«, erklärte er. »Ich denke, Sie haben einen guten Grund zum Beten. Und danach fahre ich Sie ins Krankenhaus, abgemacht?«

Beim Brestenberg-Bad stoppte Anouk. Sie beugte sich vornüber, stützte ihre Hände auf die Knie und versuchte, ruhig zu atmen. Die kleine Halle war mit einem weiß-roten Absperrband abgeriegelt. Über dem Loch, das Max in die Fliesen geschlagen hatte, lag eine Betonplatte. Die Feuerwehr hatte tatsächlich anrücken müssen, um Bernhardines sterbliche Überreste zu bergen. Sie lagen jetzt in der Aufbahrungshalle des Friedhofes; heute Nachmittag würde das Begräbnis stattfinden. Nur Max, Tati, der Priester und sie wussten davon. Und natürlich die Polizei, die ihnen die Erlaubnis zur Bestattung erteilt hatte.

In einem geheimen Raum in Ruflis Villa hatte man Bernhardines Porträt sichergestellt. Das Schmuckstück am Hals des Skeletts, das tatsächlich identisch mit demjenigen auf dem Gemälde war, und ihre gemeinsame Aussage bezüglich der Kirchenregister hatten den Behörden zur Identifizierung ausgereicht. Vermutlich war die Seenger Polizei sogar froh darüber, dass die Aufregung um die gefundenen Gebeine endlich abebbte und wieder Normalität einkehrte.

Der Nachfolger des Kurators hatte versprochen, das Porträt nach dem Reinigen sofort in die Ahnengalerie des Schlosses zu überführen, um es der Öffentlichkeit zugänglich zu machen. Und noch eine weitere Überraschung hatte die Polizei in Ruflis Haus erwartet. Sie fand dort ein zweites Bild von Bernhardine, auf dem sie mit ihren Kindern abgebildet war. Wiederum in ihrem roten Kleid, die Haare jedoch züchtig unter einer Perücke verborgen, ein kleines Mädchen an der Hand, daneben zwei Knaben in einer Wiege. Anouk brannte darauf, auch dieses Gemälde bald in der Ahnengalerie von Hallwyl in Augenschein nehmen zu können. Bis jetzt kannte sie es lediglich vom Hörensagen. Allem Anschein nach hatte der Maler zwei Bilder gleichzeitig angefertigt. Eines für die

Öffentlichkeit und ein intimeres, das sicher nur für Bernhardine bestimmt gewesen war und das Anouk und Max entdeckt hatten. Gemalt von ihrem Liebhaber. Nein, Anouk schüttelte den Kopf: Gemalt von ihrem Liebsten. Beide Bilder trugen keine Signatur; die Identität des Malers würde man deshalb wohl nie herausfinden können. Vielleicht war es besser so, denn es bezeugte Bernhardines ganz private Geschichte, die niemanden etwas anging.

Als Anouk nach einer halben Stunde wieder zu Hause eintraf, stand Valerie am Herd und bereitete das Frühstück vor, während Max am Jammern war.

»Hör ihm einfach nicht zu, Tati!«, sagte Anouk und schnappte ihm das Glas Orangensaft, nach dem er gerade greifen wollte, vor der Nase weg. »Einen größeren Glückspilz als ihn trifft man nicht so schnell … oder einen schlechteren Schützen als Rufli.«

Max schnaubte. »Ich kann dir ja mal aufzählen, was für Komplikationen nach einem Durchschuss so auftreten können«, raunzte er.

Sie verdrehte die Augen. »Jeder Arzt ist ein Hypochonder. Ich gehe duschen. Für mich bitte Rühreier, liebste aller Großtanten.«

Sie drückte Valerie einen Kuss auf die Wange.

»Und ich?« Max spitzte die Lippen.

»Du kommst später dran.«

»Drohung oder Versprechen?«

Anouk lachte. »Das kannst du dir aussuchen.«

»›Und Gott wird abwischen alle Tränen von ihren Augen, und der Tod wird nicht mehr sein, noch Leid noch Geschrei noch Schmerz wird mehr sein; denn das Erste ist vergangen. Und der auf dem Thron saß, sprach: Siehe, ich mache alles neu!‹

So ruhe nun in Frieden, Bernhardine Amalia von Hallwyl, geborene von Diesbach-von Morlot. Es war eine lange Reise, es war eine lange Zeit. Der Herr behüte dich, er behüte deinen Ausgang und Eingang von nun an bis in alle Ewigkeit. Amen.«
»Amen«, murmelte Anouk und wischte sich über die Augen.
Max gab ihr einen leichten Schubs. »Geht's?«
Sie nickte und lächelte. »Dabei habe ich sie doch gar nicht gekannt.«
»Doch, ein bisschen schon«, entgegnete er. »Und sie hat dich schließlich auserwählt – unter all den Morlot-Frauen. Sie muss dir also eine Menge zugetraut haben. Genau wie ich«, fügte er hinzu.
»Liebes?« Ihre Großtante rückte einen unförmigen Hut zurecht. »Sag«, wisperte sie, »wer ist noch mal gestorben?«
»Bernhardine, Tati ... die Frau im roten Kleid, von der wir dir erzählt haben. Die Mutter des ...« Sie brach ab. »Eine alte Freundin.«
Ihre Großtante nickte. »Ah, so. Tut mir leid. Aber so ist das Leben halt. Geburt und Tod. Eine ewige Abfolge.«
Anouk verdrehte die Augen, und Max schmunzelte. Der Pfarrer warf eine Schaufel Erde in das Grab und trat dann beiseite. Valerie und Max taten es ihm gleich. Anouk hatte eine weiße Rose in der Hand. Sie drückte einen Kuss auf die zarten Blätter und warf die Blume ins Grab.
»Ruhe in Frieden, Bernhardine.«
Dann griff Anouk in ihre Handtasche und zog den Anhänger mit dem Bergkristall hervor. Sie hielt ihn einen Moment in der Hand, doch weder erwärmte er sich, noch sah sie ihn wie schon einmal aufleuchten; er war nur ein lebloser Stein. Sie hatte die Hand schon erhoben, um ihn ebenfalls ins Grab zu werfen, zögerte dann aber und verstaute ihn schließlich wieder in ihrem Beutel. Sie würde ihn behalten, als Andenken.

Es war bereits vier Uhr nachmittags. Die Premiere fing um sieben an, sie mussten sich also beeilen.
»Frau Morlot?«
Der Pfarrer hatte mit Valerie noch ein paar Worte gewechselt, die danach eine Freundin im Dorf besuchen wollte. Jetzt lief er Max und Anouk hinterher und erreichte sie, als sie eben das Friedhofstor öffneten.
»Herr Pfarrer?« Anouk blickte über die Schulter. »Ist noch etwas?«
Der Geistliche nickte. »Hätten Sie kurz Zeit?«
Anouk schaute auf ihre Armbanduhr und dann zu Max.
»Es reicht schon noch. Geh ruhig«, sagte der, »ich warte dann im Wagen auf dich.«
Sie gingen an den Grabreihen entlang zum Pfarrhaus, und Anouk schaute sich ängstlich nach angriffslustigen Krähen um. Doch weit und breit erblickte sie keine einzige. Fast schien es, als hätten sich die schwarzen Galgenvögel nach Bernhardines Begräbnis in Luft aufgelöst.
»Ich will ja nicht drängen«, wandte sich Anouk an den Pfarrer, »aber ich muss mich noch schminken, kostümieren und …«
»Es dauert nicht lange.« Der Geistliche ließ Anouk eintreten. Sie durchquerten eine gemütliche Küche und gingen in die angrenzende Wohnstube. »Hier«, sagte er und deutete auf den Tisch. »Das lag in Ruflis Wagen. Die Polizisten hielten es für ein gestohlenes Kirchenregister und gaben es meiner Frau. Ich bin nicht sicher, was ich damit tun soll. Es … aber sehen Sie selbst.«
Das Buch war in braunes Leder eingeschlagen. Auf dem Einband prangten seltsame Schriftzeichen. Die Seitenränder waren schmutzig und zerfleddert, als wären sie von unzähligen Händen berührt und umgeblättert worden. Anouk sah den Pfarrer erstaunt an.

»Ich verstehe nicht«, sagte sie.
»Schauen Sie sich die erste Seite an … und dann die letzte.«
Er trat an den Tisch und schlug den Wälzer auf. Anouk beugte sich über die vergilbten Seiten, hob dann wieder den Kopf und starrte den Pfarrer verblüfft an. Der nickte nur und blätterte auf die letzte Seite. Dort wies er mit dem Finger auf eine Stelle, und Anouk stieß einen spitzen Schrei aus.

26

Seengen, 2010

Der Schlosshof war bis auf den letzten Platz besetzt. Man hatte bereits zusätzliche Stühle und Sitzbänke aufgestellt, doch es strömten noch immer Besucher über die Brücke in den Innenhof.

Anouk hockte in ihrer Berta-Tracht in der Garderobe und versuchte, ihr Lampenfieber im Zaum zu halten.

»Ich schaff das«, murmelte sie, »problemlos. Es sind ja nur zwei Sätze. Und nach rechts von der Bühne abgehen. Rechts! Gott, ich muss aufs Klo!«

Sie sprang auf, schubste Brigitte beiseite und schlüpfte durch die Tür. Als sie das murmelnde Publikum sah, blieb sie wie versteinert stehen. Ach du lieber Himmel! Ihr Magen machte einen Satz, und sie schlug sich die Hand vor den Mund.

Auf einem gepolsterten Stuhl unweit der Bühne saß Max und sprach mit dem Beleuchter. Als er sie erblickte, hob er den Daumen in die Höhe. Anouk versuchte zu lächeln. Max hatte es gut, er musste sich ja auch nicht den Geiern zum Fraß vorwerfen lassen. Die kamen sicher alle nur, um diejenige zu sehen, die ein altes Skelett gefunden hatte. Das ehemalige Topmodel, die Hobbydetektivin, die Schweizer Miss Marple oder wie sie Anouk sonst noch in den Boulevardblättern nannten. Alles Hyänen, die auf Beute lauerten. Sie atmete

noch einmal tief durch. Jetzt ging sie aber wirklich zu weit! Das hier waren doch alles nur völlig harmlose Dorfbewohner. Sie erkannte Tati, die in der zweiten Reihe saß und sich erneut in ihr Sahnebaiser-Kleid gestürzt hatte. Der Metzger, die Frau vom Quartierladen und selbst der Pfarrer waren gekommen. Alles ganz normale Leute aus Seengen und der näheren Umgebung, die einfach einen netten Abend verbringen wollten. Und seit wann machte sie sich eigentlich solche Sorgen um ihren Ruf?
Heute Morgen erst hatte sie sich wieder an das Einschreiben erinnert, das ihr zugestellt worden war. Die Agentur hatte ihr den Vertrag gekündigt. Man sehe sich außerstande, weiterhin ihre Interessen wahrzunehmen, wenn sie nicht disponibel sei. Adieu, du schöne Glitzerwelt! Doch komischerweise war sie über die Kündigung eher erfreut als bestürzt gewesen. Sie konnte sich nach diesem Sommer nicht mehr vorstellen, in ihr altes Leben zurückzukehren. Max lebte hier, und sie wollte keine Fernbeziehung führen. Er war ihr zu wichtig geworden, als dass sie ihn immer nur für ein paar Stunden zwischen zwei Shootings zu Gesicht bekommen wollte. Keine Liebe hielt das lange aus. Und Tati brauchte sie ebenfalls. Vielleicht war es sogar möglich, Valeries Heimaufenthalt auf später zu verschieben. Schließlich war ihre Großtante weit weniger verrückt als viele sogenannte normale Leute.
Anouk selbst hatte Lust bekommen, wieder die Schulbank zu drücken und vielleicht ein Studium der Psychologie in Angriff zu nehmen. In diesem Fach verfügte sie ja nun schon über einige Erfahrungswerte, und die Aussicht, in Zukunft anderen Menschen bei ihren Problemen Hilfe anbieten zu können, lockte sie. Ihre Schuldgefühle wegen Julias Tod hatte Anouk zwar immer noch nicht ganz überwunden, aber sie lähmten sie längst nicht mehr so stark wie zu Beginn ihres

Aufenthalts in Seengen. Die Zeit würde ihr dabei helfen, besser mit ihnen umzugehen, und irgendwann würde sie sich vielleicht sogar vergeben können. Sie machte sich also völlig unnötig Sorgen. Sie würde gleich eine fabelhafte Berta abgeben und einer aufregenden Zukunft entgegensehen. Mit Max an ihrer Seite. Die Theaterglocke bimmelte. Das Gemurmel der Zuschauer erstarb, und auf der Bühne brachten sich die Schauspieler für den ersten Akt in Stellung. Anouk huschte hinter die Kulissen und wartete auf ihren Auftritt.

»Was?« Max wurde bleich, als der junge Mann hilflos die Schultern hochzog. »Defekt? Das darf doch wohl nicht wahr sein! Gut, dann muss es eben mit nur einem Scheinwerfer gehen.«

Eben noch hatte er Anouk den hoch erhobenen Daumen gezeigt, und nun das. Hoffentlich war das das Einzige, was heute Abend schiefging. Er lächelte bei dem Gedanken, wie nervös Anouk gerade noch gewesen war. Erstaunlich, wenn man bedachte, welchen Job sie ausübte und was für Abenteuer sie gemeinsam durchgestanden hatten. Aber er hatte keinerlei Zweifel daran, dass sie ihre Rolle tadellos spielen würde. Wenn er an ihren Auftritt im Polizeirevier dachte, musste er immer noch grinsen. Sie war tatsächlich eine erstaunliche Frau! Kein Wunder also, dass er sich so heftig in sie verliebt hatte. Verliebt? Nein, das Wort war zu schwach, um die Gefühle zu beschreiben, die er für sie empfand. Ihre gemeinsame Zukunft lag wie ein Versprechen vor ihnen. Ein Versprechen, das sie sich wortlos gegeben hatten. Er war sich sicher, dass sie gemeinsam jedem Problem trotzen konnten, was auch immer geschah. Die medizinischen Sachbücher hatte Max in die Bibliothek zurückgebracht. Er brauchte sie nicht mehr, genauso wenig, wie Anouk einen Spezialisten brauchte. Sie war weder

verrückt, noch litt sie an einem Unfallsyndrom. Sie war einfach, ja, was denn nun? Max zog amüsiert einen Mundwinkel hoch. Sie war ... eben Anouk!
Das Bimmeln der Theaterglocke enthob ihn jeder weiteren Überlegung. Er nickte den Schauspielern auf der Bühne aufmunternd zu, und das Stück begann.

»So gehe denn hin, Geliebter.«
Die Lichter erloschen, frenetischer Applaus brandete auf. Das Publikum erhob sich und klatschte sich die Hände wund. Brigitte verbeugte sich lächelnd, streckte ihre linke Hand aus, und Nick kam zu ihr gelaufen. Er verneigte sich ebenfalls, und der Applaus wurde um eine Spur intensiver. Nun streckte die Bibliothekarin ihren rechten Arm aus, und Peter, ihr Ehemann im Stück, eilte an ihre Seite. Die drei gaben sich die Hände, traten vor und verbeugten sich erneut.
»Jetzt!«, befahl eine Stimme hinter Anouk, und sie wurde auf die Bühne geschoben. Das ganze Ensemble lief in die Mitte, stellte sich in einer Reihe auf, lächelte, verbeugte sich, lächelte wieder, verbeugte sich erneut. Anouk sah nur blendendes, weißes Licht. Dahinter eine Mauer klatschender Hände. Sie hatten es geschafft! Das Stück war ein voller Erfolg. Dann drehten sich alle Darsteller nach links und applaudierten Max, der auf die Bühne gehumpelt kam. Pfiffe und Bravo-Rufe ertönten, und Anouk schossen die Tränen in die Augen. Sie war so stolz auf ihn. Am liebsten wäre sie zu ihm geeilt, um ihn zu küssen. Doch sie bekam einen unsanften Stoß von ihrem Hintermann in den Rücken und stolperte den anderen nach, die bereits von der Bühne gingen.
Ein wildes Geschnatter erhob sich in der Garderobe. Jeder wollte erzählen, was falsch gelaufen war und was man bei der nächsten Vorstellung besser machen könnte. Gelächter er-

schallte, als Nick zum Besten gab, wie er vergeblich nach Brigittes Hand getastet hatte, um ihr diese galant zu küssen, aber nur ihr Kleid zu fassen bekommen hatte. Anouk lächelte und wischte sich das Make-up vom Gesicht. Alle waren aufgedreht und übermütig. Die ganze Truppe wollte sich anschließend noch in der Bar treffen, die vor dem Schloss in einem Zelt eingerichtet worden war. Max kam hereingehumpelt, und alle johlten.

»Übertreibt es nicht, Leute«, sagte er und hob die Hände. »Ihr seid die Helden.«

»Kommt ihr?« Evi, die im Stück die Elisabeth, die junge Amme, gespielt hatte, stand wartend unter der Tür.

»Geht schon voraus«, erwiderte Anouk, »wir kommen gleich nach!«

Die Schauspieler nickten und schoben sich gegenseitig nach draußen. Max setzte sich mit einem Stöhnen neben Anouk und strich ihr eine Locke hinters Ohr.

»Du warst toll, mein Herz. Ich bin stolz auf dich.« Er küsste sie auf die Wange. Dann schaute er ihr aufmerksam ins Gesicht. »Ist was?«

Anouk schob die Tiegel auf dem Holztisch hin und her, als Nächstes holte sie tief Luft.

»Ich war doch noch beim Pfarrer«, sagte sie.

Max nickte. »Ich weiß, seine Frau ist zu mir an den Wagen gekommen und richtete mir aus, dass es doch noch etwas länger dauern und ihr Mann dich dann nach Hause bringen würde. Wieso, ist etwas passiert?«

Anouk stand auf und trat ans Fenster. Die letzten Lichter waren erloschen, und die Bühne versank im Dunkeln. Von draußen hörte man Gelächter. Anouk wandte sich um.

»Er zeigte mir ein Buch. Ein sehr altes Buch. Es gehörte ursprünglich Gerold von Hallwyl.«

Max riss die Augen auf. »Tatsächlich? Wo hat er das denn her? Und was stand drin?«
Anouk setzte sich. Sie kuschelte sich in Max' Arme und genoss die Wärme, die von seinem Körper ausging.
»Der Pfarrer meinte, es sei ein Zauberbuch. Also mit Beschwörungsformeln und anderen okkulten Sprüchen. Das meiste davon war in lateinischer Sprache abgefasst, und er wollte mir die Zeilen nicht übersetzen.«
Max grinste. »Kluger Mann.«
Anouk nickte lächelnd. »Auf den letzten Seiten war das Buch jedoch ganz anders … ebenso die Schrift. Keine Formeln mehr sondern Gedichte, kleine Bilder und Tagesaufzeichnungen.«
»Ah, ja?« Max ließ seine Zunge an ihrem Hals entlanggleiten. »Und wer war der Verfasser?«
Anouk bekam eine Gänsehaut. »Es war Huldrich Erismanns Tagebuch.«
Max hielt in seinem Tun inne. »Und?« Seine Stimme klang angespannt.
Anouk drehte ihren Kopf und küsste ihn. »Er hat alles aufgeschrieben, was damals passiert ist«, sagte sie und verschränkte ihre Finger mit den seinen. Sie spürte, wie Max den Atem anhielt. »Später, während seines Theologiestudiums in Bern. Désirée hatte einen Unfall. Sie war krank und hatte Fieber. Huldrich war zu der Zeit noch ein Kind. Er sah, wie die Kleine aufs Fensterbrett kletterte und nach den Schneeflocken grapschte. Er hat nach ihr gerufen, da hat sie sich erschreckt, das Gleichgewicht verloren und ist in die eisigen Fluten gestürzt. Sie ist ertrunken. Er hat es nie jemandem erzählt. Er hatte Angst, dass man ihn dafür zur Rechenschaft ziehen würde. Die Leiche des Mädchens wurde nie gefunden.«

Max räusperte sich. »Armes Kind.« Anouk nickte, obwohl sie nicht wusste, von welchem Kind er sprach. »Und Bernhardine?«

Er liebkoste Anouks Nacken, und sie bekam eine Gänsehaut. »Sie hat Selbstmord begangen.«

»Es war also kein Mord.« Max' Stimme war die Erleichterung anzuhören. Anouk zögerte einen Moment. Sie hatte mit dem Pfarrer abgemacht, das Buch im Kirchenarchiv zu lassen. Dort würde es keinen Schaden anrichten. Und wenn sie jetzt schwieg, würde niemals jemand erfahren, was damals wirklich passiert war. Doch in diese Geschichte waren auch Max' Vorfahren verwickelt. Außerdem hatte Bernhardine die volle Wahrheit verdient. Zu lange hatte das Lügengespinst um ihre Person schon bestanden.

»Nein, Mord war es nicht«, sagte sie leise, »zumindest nicht im eigentlichen Sinn.«

Und dann erzählte sie ihm, wie Huldrich Bernhardine auf den Zinnen entdeckt hatte. Dass er nicht gewusst hatte, was er tun sollte, und deshalb den einzigen Menschen geholt hatte, der ab und zu freundlich zu ihm war: Gerold von Hallwyl, seinen Vater. Wie dieser ihm befohlen hatte, das Gewehr aus Johannes' Kammer zu holen. Wie Huldrich sich geweigert hatte und dafür Prügel einstecken musste. Wie Gerold auf die Herrin hatte schießen wollen, diese aber einfach in der Tiefe verschwunden war. Mit einem Lächeln auf dem Gesicht. Wie sie anschließend ihre Leiche beim Brestenberg auf dem Grund des Brunnens in der Halle versteckt und wie Gerold daraufhin alle Hinweise auf Bernhardines Existenz vernichtet hatte.

»Wie ich schon vermutet habe«, sagte Anouk aufgewühlt, »waren die Krähen Boten des Bösen und Gerolds Helfer. Diese Viecher sind mir immer unheimlich gewesen. Erinnere dich nur an unseren Unfall. Huldrich schrieb in seinen Aufzeichnungen auch, dass er als kleiner Junge ein Krähenjäger gewesen ist, später aber – um seinem Vater zu gefallen – damit aufgehört hat. Und doch konnte er es seinem blaublütigen Erzeuger nie recht machen, der arme Kerl.«

Anouk schluckte. Auch Max schien erschüttert. Er schüttelte immer wieder den Kopf.

»Kein Zehnjähriger sollte so etwas erleben«, sagte er schließlich. »Ich muss mal an die frische Luft und etwas trinken, entschuldige.« Er stand auf. »Begleitest du mich?«

Sie zeigte auf ihr Kostüm, und Max nickte verstehend. »In Ordnung, dann also bis gleich.«

Er trat in die Nacht hinaus, und Anouk beeilte sich, aus der Berta-Tracht herauszukommen. Sie hängte das Kleid auf den Ständer, kontrollierte im Spiegel ihre Frisur und stand auf. Sie sah sich um. In diesem Raum hatte vielleicht Bernhardines Geliebter gewohnt. Nach Max' Worten waren diese Räume den niedrigeren Gästen vorbehalten gewesen.

»Hier irgendwo hast du also ihr Porträt gemalt«, sagte sie in den leeren Raum hinein. »Wieso nur hast du es versteckt?« Sie hatte nicht wirklich mit einer Antwort gerechnet, aber die Stille verursachte ihr einen Stich der Enttäuschung. Draußen hörte sie Gelächter. Sie beeilte sich, griff nach ihrer Handtasche und verließ die Garderobe, die nach Schminke und Erfolg roch.

Die leeren Sitzreihen lagen im Dunkeln, als sie an ihnen vorbei auf den Ausgang zusteuerte. Sie konnte nicht umhin, einen Moment stehen zu bleiben und zu den Zinnen hochzusehen. Über den Brustwehren ging eben der Mond auf und tauchte das Schloss in ein silbernes Licht. Eine fantastische Nacht. Wie gemacht für Liebende. Anouk lächelte und freute sich auf Max und auf die nächsten Stunden, die sie miteinander verbringen würden.

Plötzlich gewahrte sie aus dem Augenwinkel eine Bewegung. Sie drehte sich zur Brücke, die zum Palas führte. Und da war sie! Bernhardine von Hallwyl. Ihre Urahnin. In demselben roten Kleid, das sie auf den Bildern getragen hatte und in dem sie auch gestorben war. Neben ihr stand Désirée in ihrem weißen Flatterhemdchen. Sie zeigte auf Anouk und blickte zu ihrer Mutter hoch. Diese nickte und lächelte.

Anouk starrte die beiden an. Sie hätte so gerne etwas zu ihnen gesagt. Doch ihr Hals war wie zugeschnürt. Sie konnte sie nur anschauen; sah, wie Bernhardine nach etwas griff, das um ihren Hals hing, es an ihre Lippen führte und küsste. Anouk keuchte. Der Perlenanhänger! Ihr Perlenanhänger!

Plötzlich ging das Schlosstor auf. Der Pförtner holte etwas aus seinem Häuschen. Anouk hatte nur kurz den Kopf nach ihm gedreht, doch als sie jetzt wieder zur Brücke blickte, sah sie, wie sich die Silhouetten von Bernhardine und Désirée langsam auflösten.

»Nein!«, schrie sie. »Bleibt!«

Doch Bernhardine schüttelte nur leicht den Kopf. Sie wurde immer durchsichtiger wie ein Morgennebel, der im Sonnenlicht verschwindet. Dann nahm sie Désirée auf den Arm, und beide winkten ihr zu. Automatisch hob Anouk ihre Hand. Bernhardine wandte sich um und ging auf den Palas zu. Als die beiden schon fast nicht mehr zu sehen waren, materialisierte sich neben ihnen auf einmal eine dritte Gestalt. Ein Mann mit struppigem Haar und einem gütigen Gesicht. Er kam Anouk irgendwie bekannt vor. Erst als er Bernhardine und Désirée folgte, bemerkte sie, dass ihm ein Arm fehlte.

Anmerkungen

Zum historischen Hintergrund

Bernhardine und Johannes von Hallwyl sind die einzigen Personen in meinem Roman, die historisch verbürgt sind. Alle anderen Charaktere wie auch die Geschichte um das Ehepaar und seine Kinder sind frei erfunden.
Bernhardine Elisabetha von Diessbach von Liebisdorf (1728–1779) heiratete aber mit sechzehn Jahren tatsächlich den fünfundfünfzigjährigen Johannes von Hallwyl (1688–1753). Sie hatten auch drei Kinder: eine Tochter, Franziska Maria Angelica (1751–1756), und zwei Söhne, Albrecht Gabriel Rupert (1745–1820) und Abraham Johannes (1746–1779).

Die Schreibweise Hallwil / Hallwyl ist nicht definiert. Der See heißt heute Hallwilersee, das Schloss jedoch Hallwyl. Ebenso gab es die beiden Schreibweisen des Familiennamens, von Hallwil und von Hallwyl, schon zu früherer Zeit.

In einer Erzählung, die angeblich der Vikar Jakob Steinfels, der 1779 in Seengen anstellig gewesen war, verfasst haben soll, wird die Lebensgeschichte von Bernhardines Schwiegertochter geschildert. In dieser finden sich auch ein paar Details aus dem Familienleben der von Hallwyls zu jener Zeit. Aufgeschrieben und veröffentlicht wurde sie von einem Herrn U. E. Fröhlich im »Schweizerischen Jahrbuch für 1837«.

Allem Anschein nach war die Ehe zwischen Johannes und Bernhardine nicht so misslich, wie ich sie dargestellt habe. Im Gegenteil. Denn in besagtem Jahrbuch und im Sprachduktus der damaligen Zeit heißt es da:

Ihr Gemahl erkrankte bei einem Besuche, den er bei dem in Tann wohnenden Marschall von Hallwil gemacht. Auf die Nachricht hievon ließ sie sich ein Pferd satteln und ritt ohne Begleit hin, den sterbenden Gatten mit ihrem Trost zu erquicken. Er konnte ihr noch zum Dank für ihre Zärtlichkeit die lebenslängliche Verwaltung seiner Herrschaft durch ein Vermächtniß zusichern, und starb dann.

Über Bernhardine wird berichtet, dass sie – entgegen meiner Fantasie – bei den Menschen ringsum sehr beliebt und geschätzt war.

Dreißig Jahre von da an besorgte sie die Herrschaft und das Hauswesen mit ungemeiner Thätigkeit, Klugheit und Güte. Gesellschaft liebte sie sehr und ihr durchdringender Verstand und eine seltene natürliche Beredsamkeit ließ es in ihrer Gesellschaft nie an lehrreicher und munterer Unterhaltung mangeln.
Sie war auch nicht unerfahren in der Arzneikunde und hatte immer einen guten Vorrath meist von ihr selbst gefertigter Arzneien bereit, wovon sie jedem Kranken unentgeldlich mittheilte und nicht selten nebst andern Erquickungen in die Wohnungen des Elends und der Armuth selbst hintrug.

Bernhardine, die von der Dienerschaft *Oberherrin* genannt wurde, war jedoch kränklich, und die Sorge um ihre Kinder hat sie am Ende wohl dahingerafft.

Außerordentlich und groß, wie ihr Charakter, waren aber auch die Schicksale, in die sie geführt wurde. Ihr zarter Körper litt oft von Krankheiten, daß man an ihrem Aufkommen verzweifelte; aber sie genas wieder, um nur noch schwerere Prüfungen zu bestehen. Ihre drei Kinder brachten ihr die größten Leiden, denen sie endlich erlag. Ihr Töchterlein, ihr Herzenskind, starb in seinem sechsten Jahr und mit ihm die Wonne ihres Auges und Herzens; und die Wunde dieses Verlustes blieb ungeheilt.

Der ältere Sohn Bernhardines, Albrecht Gabriel Rupert, litt vermutlich an einer schweren Depression. Er, dem einst die Herrschaft zugefallen wäre, wird als *Jüngling von schönen Hoffnungen und von trefflicher Bildung, doch immer etwas finster und cholerisch* beschrieben. Der Kriegsdienst unter fremder Herrschaft und eine unglückliche Liebe trugen dazu bei, dass er immer schwermütiger wurde. Sein Zustand, als er wieder auf Schloss Hallwyl eintrifft, ist desolat:

Er versank immer tiefer und verfiel endlich in Raserei, zerriß seine Kleider, warf die Fenster in den Hof hinunter, zersprengte die Bettstelle, öffnete sein Federbett, schlüpfte dann hinein und wühlte im Flaum. Man mußte alles Zerbrechliche aus seinem Zimmer entfernen, die Fenster über die Hälfte zumauern, und ihm gesteppte Decken von Zwillich geben.

Zu seinem eigenen und dem Schutz anderer Menschen lebte Albrecht bis zu seinem Tod eingeschlossen in einer Kammer des Schlosses.

Der zweite Sohn, Junker Abraham Johannes, wird ebenfalls als ungemein schöner, charmanter und intelligenter junger Mann beschrieben. Doch auch er hatte ein feuriges Temperament, und als Soldat in französischen Diensten trieb er sich in jungen Jahren lieber in der Welt herum und frönte den verschiedensten Vergnügen, als sich um das Schloss und die Ländereien zu kümmern: *wochenlange Jagden bei jeder Witterung, erschöpfende Reisen, Bälle, Genüsse aller Art.*
Er war bekannt für seine Verschwendungssucht und seine diversen Liebschaften. Bernhardine schickte ihm regelmäßig beträchtliche Summen, die sie entlehnen musste, da der Ertrag der Herrschaft eher gering war. Über ihn wird Folgendes berichtet:

Nachdem er aus dem französischen Kriegsdienst getreten, ging er auf Reisen und verweilte längere Zeit in England. Nach Hallwil zurück kam er mit einem Ritter Norton. Dieser war aber eine vornehme Frau, die sich von ihm hatte entführen lassen. Sie wurde vom englischen Hofe zurück verlangt. Da der Junker noch nicht zünftig war, wurde die Sache als ein Jugendstreich behandelt und er von der Berner Regierung um einige tausend Gulden gebüßt.

Zur wirklichen Berühmtheit wurde Abraham Johannes aber erst, als er seine zukünftige Frau, seine Cousine Franziska Romana, in einer abenteuerlichen Aktion vom kaiserlichen Hof in Wien entführte, weil deren böse Stiefmutter sie in ein Kloster verbannen wollte. Doch dies ist eine andere Geschichte.

Quellen:

Schweizerisches Jahrbuch für 1837, Sauerländer's Sortimentshandlung in Aarau 1856

Die Geschichte der Herren von Hallwyl, Bern 2006, von Carl Brun

Homepage des Kantons Aargau, http://www.ag.ch/hallwyl/de/pub/

Zu den Gedichten

Die Gedichtfragmente, die ich im Roman verwendet habe, stammen alle aus der Feder von Sidonia Hedwig Zäunemann (1711–1740). Sie werden nachfolgend in der Reihenfolge ihres Erscheinens im Text aufgeführt. Im Roman habe ich den Originaltext teilweise dem heutigen Sprachduktus angepasst.

aus: **»Ode, welche auf Verlangen eines betrübten Gemüths entworffen«**
Augen! lasset Thrähnen fallen!
Weinet was ihr weinen könnt!
Meine Hoffnung bricht mit Knallen,
weil das Glücke mir nichts gönnt.
Alle Freude ist nun hin,
hochbetrübt ist Seel und Sinn.

aus: **»Das brennende Erfurt«**
Der Höchste schlug
er wird sich auch der elend
und betrübten Armen
nach seinem Väterlichen Brauch
nach seiner Huld und Gnad erbarmen

wer aber davon hört und spricht
verdamme ja und richte nicht!

aus: »**Das Ilmenauische Bergwerk**«
Liegt nicht ein festes Eis in Gründen?
Bedecket nicht anjezt ein tief gefallner Schnee
die grün- und finstern Tannen-Wälder
die sonst mit Klee geschmückten Felder?

aus: »**Auf Frau Christiana**«
Du aber frommes Weib,
ruh in der kühlen Erde,
bis dich dein Lebens-Fürst
zur Freud erwecken werde.

aus: »**Auf die G. und F. Hochzeit**«
Oh, ist ein Mann schon schlimm und dum
und geht von hohem Alter krum
Hat er nur Geld und keine Erben
so will er nur getrost und kühn
um meine Liebe sich bemühn
und bey den Eltern um mich werben.

aus: »**Der Ehstand ist ein schwarzes Meer**«
Der Ehstand ist ein schwarzes Meer
worein viel trübe Wasser fließen
Er ist ein herb- und bittrer Kohl.
Kann ihn ein beißend Salz versüßen.

aus: »**Auf eine gewisse artige Liebes-Begebenheit**«
Die schöne Reande saß einsten alleine,
und seufzte von Herzen nach ihren Galan:

Inzwischen kam Lamus und hörte diß an:
Und sagte: Mein Kindgen! wohlan! ich erscheine,
damit sich mein Herze mit deinem vereine.

aus: **»Auf eben diese Leiche«**
Du warst in deinem Geist gewiss
sie nicht auf ewig zu verlieren
Gott würde sie im Paradies
dir wieder wissen zuzuführen.

aus: **»Heute da Herr M. Sinn, sich in der Frau M. ihren Willen gänzlich stellt«**
Lieben und geliebet werden,
war das Erste auf der Erden.
In Edens Auen war ich zu schauen:
Drum wer wollte meine Flammen,
lästern, höhnen und verdammen?
Lieben, und geliebet werden,
war das Erste auf der Erden.

aus: **»Ein Sendschreiben«**
Du hast mich scharf versucht.
Ich hatte genug zu tun,
dass ich hier nicht gefehlt.
Doch kann mein Geist nicht ruhn.

Quelle:

Sidonia Hedwig Zäunemann, Poetische Rosen in Knospen, Erfurt: Johann Heinrich Nonne, 1738

Danksagung

Die Idee zu diesem Buch entstand bei einem Besuch auf Schloss Hallwyl. Und obwohl mich mein Schulweg vier Jahre lang an dem Wasserschloss vorbeiführte, verfiel ich dem Zauber dieses Gemäuers erst, als ich erwachsen war. In einem Zimmer des Schlosses hängt das Porträt einer Frau, das den Titel »unbekannt« trägt. Von daher danke ich meiner Tochter Michelle, die mich darum bat, das Schloss besichtigen zu dürfen. Ohne sie wäre ich nicht mehrere Male an dem Bild vorbeigegangen und hätte die Idee, die Geschichte der Bernhardine von Hallwyl zu schreiben, vermutlich nie gehabt.

Dann danke ich ganz herzlich Tanja und Werner Kinkel für ihre freundliche Unterstützung und den Anruf am Nikolaustag 2009.

Simone Keil ist und war meine Testleserin. Ich kann ihr gar nicht genug dafür danken, dass sie mir beim Entstehen dieses Buches mit Rat und Tat zur Seite stand, und für die viele Zeit, die sie mit Gegenlesen und Kommentieren verbracht hat. Du bist einfach großartig!

Ein Dank geht auch an Herrn Thomas Frei, Historiker lic. phil. I, Kurator des Schlosses Hallwyl, der mich in Bezug auf die Anredeformen des Adels im achtzehnten Jahrhundert und Näheres zum Stammbaum der Familie von Hallwyl beraten hat. Er wird mir sicher verzeihen, dass sein Beruf mich zu meinem Bösewicht inspiriert hat, denn dies ist selbstverständlich die einzige Gemeinsamkeit.

Frau Christine Steffen-Reimann von der Verlagsgruppe Droemer Knaur danke ich für ihre Unterstützung und ihr Vertrauen in meine Arbeit und Frau Dr. Heike Fischer für ihre Geduld und ihr professionelles Lektorat.

Susan Hill

Die Frau in Schwarz

Roman

Der junge Anwalt Arthur Kipps reist in eine gottverlassene Gegend, um den Nachlass einer verstorbenen Klientin zu ordnen. In dem Haus mitten im Moor stößt er auf lang gehütete Geheimnisse und begegnet immer wieder einer mysteriösen Frau in Schwarz. Als er dann auch noch geheimnisvolle Stimmen hört, ahnt er, dass er einem grauenvollen Geschehen auf der Spur ist …

»Eine Geistergeschichte, die alle Gesetze des Genres glänzend bedient.« *Frankfurter Allgemeine Zeitung*

Knaur Taschenbuch Verlag

Iny Lorentz

Die Rache der Wanderhure

Roman

Glücklich und zufrieden lebt die einstige Wanderhure Marie mit ihrem Ehemann Michel Adler auf Burg Hohenstein, die die beiden als Kastellanin und Burghauptmann für den König verwalten. Mit der Geburt ihrer Tochter Trudi scheint ihr Glück schließlich vollkommen. Doch das Unheil lauert schon, denn Maries größter Feind ist ihr dicht auf den Fersen und hat einen düsteren Plan ersonnen, um sie in seine Gewalt zu bringen ...

Die Fortsetzung von »Die Wanderhure«. Dieser Roman basiert auf dem gleichnamigen Drehbuch von Dirk Salomon und Thomas Wesskamp nach Motiven des Bestsellers »Die Kastellanin« von Iny Lorentz.

Knaur Taschenbuch Verlag

Der Abschluss der großen Trilogie
um die schöne ehemalige Wundärztin Magdalena

Heidi Rehn

Bernsteinerbe

Roman

Herbst 1662: In den Wirren des Königsberger Aufstandes trifft Carlotta, die Tochter der einstigen Wundärztin Magdalena, ihre erste Liebe Mathias wieder. Als Offizier der Kurfürstlichen Armee gehört er zu den Belagerern der Stadt, und ihre Beziehung steht unter keinem guten Stern. Als sich die politische Lage in Königsberg zuspitzt, geraten Carlotta und ihre Mutter in Verdacht, wichtige Geheimnisse an die Belagerer verraten zu haben. Ihnen bleibt nur die Flucht aus der Stadt …

Knaur Taschenbuch Verlag